LIGAÇÕES PERIGOSAS

Choderlos de Laclos

LIGAÇÕES PERIGOSAS

Tradução e posfácio de
Fernando Cacciatore de Garcia

www.lpm.com.br
L&PM POCKET

Coleção **L&PM** POCKET, vol. 687

Texto de acordo com a nova ortografia.
Título do original: *Les Liaisons Dangereuses*

Primeira edição na Coleção **L&PM** POCKET: março de 2008
Esta reimpressão: novembro de 2015

Tradução, notas, posfácio e cronologia: Fernando Cacciatore de Garcia
Capa: Marco Cena
Preparação: André de Godoy Vieira
Revisão: Elisângela Rosa dos Santos

CIP-Brasil. Catalogação na Fonte
Sindicato Nacional dos Editores de Livros, RJ

L145L

Laclos, Pierre-Ambroise-François Choderlos de, 1741-1803
    Ligações perigosas, ou cartas recolhidas junto a um grupo de pessoas e publicadas para a instrução de outras pelo Senhor C... de L... / Choderlos de Laclos; tradução e posfácio de Fernando Cacciatore de Garcia. – Porto Alegre, RS: L&PM, 2015.

    416p. : 18 cm (Coleção L&PM POCKET; v. 687)
    Título original: *Les Liaisons Dangereuses*
    Contém cronologia
    ISBN 978-85-254-1747-3

    1. Romance francês. I. Garcia, Fernando Cacciatore de. II. Título. III. Cartas recolhidas junto a um grupo de pessoas e publicadas para a instrução de outras pelo Senhor C... de L... IV. Série.

08-0799.   CDD: 843
                            CDU: 821.133.1-3

© da tradução, L&PM Editores, 2008

Todos os direitos desta edição reservados a L&PM Editores
Rua Comendador Coruja, 314, loja 9 – Floresta – 90220-180
Porto Alegre – RS – Brasil / Fone: 51.3225.5777 – Fax: 51.3221.5380

Pedidos & Depto. comercial: vendas@lpm.com.br
Fale conosco: info@lpm.com.br
www.lpm.com.br

Impresso no Brasil
Primavera de 2015

Observei os costumes de meu tempo
e tornei públicas estas cartas.

Jean-Jacques Rousseau,
prefácio de *A nova Heloísa*.

Sumário

Ligações perigosas

    Advertência do editor 9

    Prefácio do redator 10

    Primeira parte 15

    Segunda parte 110

    Terceira parte 207

    Quarta parte 299

    Apêndice I 402

    Apêndice II 403

Posfácio 405

Cronologia 413

Advertência do editor

Pensamos ser nosso dever prevenir o público de que, apesar do título deste livro e do que consta no prefácio do redator, não garantimos a autenticidade desta coletânea de cartas. Ao contrário, temos fortes razões para considerar que não passam de um romance.

Ademais, temos a impressão de que o autor, apesar de suas tentativas de ser verossímil, destruiu ele mesmo toda verossimilhança, com grande inabilidade, pela época escolhida para situar os acontecimentos que expôs ao público. Com efeito, vários dos personagens que coloca em cena são caracterizados por tão maus costumes que é impossível supor que tenham vivido em nosso século, este século de filosofia, quando as Luzes, espalhadas por toda parte, tornaram tão corretos os homens e tão honradas e recatadas as mulheres.

Por isso, nossa opinião é a de que, se as aventuras narradas nesta obra têm um fundo de verdade, só podem ter ocorrido em outro lugar ou em outro tempo. Por isso, criticamos severamente o autor, que, aparentemente seduzido pela esperança de despertar maior interesse situando este livro em seu país e em seu tempo, ousou mostrar, com costumes e usos que são nossos, hábitos que nos são totalmente estranhos.

Pelo menos para preservar, tanto quanto nos seja possível, o leitor demasiado crédulo de qualquer tipo de indignação relativa a esse fato, defenderemos nossa opinião com um argumento que lhe propomos com total confiança, já que nos parece imbatível e sem possibilidade de réplica: é o de que, seguramente, as mesmas causas não poderiam deixar de causar os mesmos efeitos. Sendo assim, absolutamente não vemos hoje nenhuma jovem com renda de sessenta mil libras tornar-se freira e nenhuma mulher de alto funcionário, na flor da idade e bonita, morrer de amor.

Prefácio do redator

Esta obra, ou melhor, esta coletânea, que o público com certeza considerará demasiado volumosa, contém, no entanto, um número bem reduzido das cartas que compunham a totalidade da correspondência de onde foi extraída. Encarregado de colocá-la em ordem pelas pessoas a quem era destinada e que, sabia, tinham a intenção de publicá-la, solicitei apenas, como retribuição a meus cuidados, a permissão de cortar tudo o que me parecesse inútil. Assim, tratei de conservar somente as cartas que considerei necessárias, seja para a inteligência dos acontecimentos, seja para o desenvolvimento dos personagens. Se adicionarmos a esse trabalho fácil recolocar em ordem as cartas que escolhi, ordem que quase sempre foi a das datas em que foram escritas, e, enfim, introduzir algumas notas curtas e raras que, na maioria das vezes, têm como único objetivo indicar a fonte de algumas citações ou justificar certos cortes que me permiti, ficará claro qual foi minha participação nesta obra. Minha missão não foi além disso*.

Havia proposto mudanças mais consideráveis, quase todas relativas à pureza do vocabulário ou do estilo, contra a qual muitas falhas serão encontradas. Teria desejado também que me tivessem permitido cortar algumas cartas demasiado longas, entre as quais várias tratam, separadamente e quase sem transição, de assuntos totalmente desconexos entre si. Essa tarefa, que não foi aceita, sem dúvida não teria sido suficiente para dar algum mérito literário a esta obra, mas, pelo menos, teria corrigido uma parte de seus defeitos.

Objetaram-me que eram as próprias cartas que queriam que fossem conhecidas, e não uma obra escrita com base nelas. Além disso, seria ferir tanto a verossimilhança como a verdade fazer com que todas as oito ou dez pessoas que contribuíram para essa correspondência escrevessem com igual correção.

---

* Devo alertar também que suprimi ou alterei todos os nomes das pessoas referidas nas cartas e que, se nos nomes que lhes dei em troca for encontrado algum que pertença a quem quer que seja, terá sido apenas um erro de minha parte, do que não se pode tirar nenhuma conclusão. (N.A.)

E, quanto à minha argumentação de que, ao contrário, não havia uma só delas que não tivesse incorrido em graves erros que necessariamente seriam criticados, responderam-me que todo leitor razoável certamente esperaria encontrar erros numa coletânea de cartas de um grupo de pessoas, já que em todas as coletâneas semelhantes publicadas até hoje por diferentes e estimados autores, inclusive alguns membros da Academia, não havia nenhuma que tivesse permanecido ao abrigo dessa crítica. Essas razões não me persuadiram. Considerei-as, como ainda hoje faço, mais fáceis de serem expostas do que acatadas. Mas, como não era eu quem mandava, a elas me submeti. Reservei-me apenas o direito de protestar contra essas instruções e de declarar que são contrárias à minha opinião, o que faço neste preciso momento.

Quanto ao mérito que esta obra possa ter, talvez não toque a mim explicá-lo, pois minha opinião não deve nem pode influenciar a de ninguém. Entretanto, os que antes de começar uma leitura gostam de saber algo sobre o que têm pela frente, estes, dizia, podem continuar a ler este prefácio. Os outros preferirão passar imediatamente à leitura do livro. O que sabem a respeito já lhes basta.

O que posso dizer inicialmente é que, se minha opinião foi, como admito, favorável a que se publicassem estas cartas, estou, contudo, longe de esperar que venham a fazer sucesso. Que não se tome essa sinceridade de minha parte pela falsa modéstia de um escritor, porquanto declaro com a mesma franqueza que, se esta coletânea não me tivesse parecido digna de ser oferecida ao público, não me teria dedicado a ela. Tratemos de conciliar essa aparente contradição.

O mérito de uma obra vem ou de sua utilidade, ou de sua aceitação, até mesmo de ambas, quando é capaz de tê-las ao mesmo tempo. Mas o sucesso, que nem sempre comprova o valor, é frequentemente devido muito mais à escolha do tema do que à sua execução e muito mais ao conjunto dos assuntos de que trata do que à maneira como são tratados. Ora, contendo esta coletânea, tal como anuncia seu título, cartas de um grupo de diferentes pessoas, nela reina uma diversidade de interesses que diminui o do leitor. Ademais, sendo quase todos os sentimentos expressos nas cartas falsos ou dissimulados, limitam-se apenas a despertar o interesse que nasce da curiosidade, sempre muito inferior ao interesse que se origina da emoção e que, sobretudo, é menos tolerante e, por isso mesmo, faz com que se percebam os erros encontrados nos detalhes, tanto mais quanto esses pormenores se opõem sem cessar à satisfação que desejamos ter com a leitura, único objetivo do leitor.

Talvez esses defeitos possam em parte ser compensados por uma qualidade que tem justamente a ver com a natureza desta obra: a variedade de estilos, mérito que um escritor dificilmente alcança, mas que aqui aparece naturalmente e que ameniza o tédio da uniformidade. Várias pessoas poderão atribuir algum valor a um número bastante grande de observações, novas ou poucos conhecidas, que se encontram esparsas nas cartas. Incluindo-se isso, creio que é tudo o que podemos esperar de positivo neste livro – aliás, julgando-o com grande benevolência.

A utilidade desta obra, que talvez seja decididamente contestada, parece-me, no entanto, mais fácil de ser apontada. Penso que seria prestar um bom serviço aos costumes desvendar os meios utilizados por aqueles que os têm maus para corromper aqueles que os têm bons. Creio que estas cartas poderão contribuir eficazmente para esse objetivo. Nelas encontraremos também a prova e o exemplo relativos a duas importantes verdades, que poderiam ser consideradas desconhecidas ao constatarmos o pouco que são postas em prática: a primeira, que toda mulher que admitir em seu convívio um homem sem escrúpulos terminará por ser sua vítima; a outra, que toda mãe será no mínimo imprudente se tolerar que outra mulher além dela própria mereça a confiança de sua filha. Os jovens de um e de outro sexo poderiam com estas cartas aprender também que, a amizade que as pessoas de maus costumes parecem oferecer-lhes com tanta facilidade nunca passa de uma armadilha perigosa, tão fatal à sua felicidade como à sua virtude. No entanto, parece-me que o ultraje (sempre tão perto do bem) deve ser temido nesta obra. Por isso, longe de aconselhar sua leitura aos jovens, considero ser muito importante afastá-los de qualquer livro como este. A fase em que a leitura desta obra poderia cessar de ser perigosa e tornar-se útil para as jovens parece-me que foi definida por uma boa mãe que não apenas possui espírito, como o tem muito bom. "Acho que", disse-me ela depois de ter lido o manuscrito desta correspondência, "estarei verdadeiramente auxiliando minha filha se a presentear com este livro no dia de seu casamento". Se todas as mães de família pensassem assim, felicitar-me-ia eternamente por havê-lo publicado.

Mas, apesar dessa suposição favorável, continuo a considerar que esta coletânea deverá agradar a poucas pessoas. Os homens e mulheres depravados terão interesse em denegrir uma obra que poderá ser-lhes nociva. Como não lhes falta habilidade, terão talvez a de trazer para seu lado os moralistas, alarmados com o quadro de maus costumes que não se temeu mostrar.

As pessoas que se autointitulam livres-pensadores não se interessarão por uma beata, a qual, por assim ser, considerarão uma infeliz qualquer, enquanto os devotos se irritarão por ver sucumbir a virtude e se indignarão porque a religião foi mostrada com muito pouca influência sobre os seres humanos.

Por outro lado, as pessoas de gosto refinado ficarão desagradadas pelo estilo demasiado simples e repleto de erros de muitas das cartas, enquanto o leitor comum, seduzido pela ideia de que tudo o que é impresso é fruto de esforços meritórios, acreditará ver em algumas delas o estilo bem trabalhado de um autor que se mostra atrás dos personagens que faz falar.

Enfim, de maneira geral, dir-se-á, talvez, que cada coisa só vale em seu lugar e que, se na maioria das vezes o estilo muito refinado dos escritores sempre tira a graça das cartas individuais, os descuidos encontrados nestas se transformam em erros inadmissíveis e as tornam insuportáveis quando impressas.

Confesso sinceramente que todas essas críticas podem ser fundamentadas. Creio também que me seria possível refutá-las sem exceder o tamanho de um prefácio. Mas devemos convir que, para que fosse necessário responder a todas, seria preciso que a obra, por si só, não fosse capaz de responder a nenhuma. Se assim pensasse, teria suprimido ao mesmo tempo prefácio e livro.

Primeira parte

CARTA 1
De Cécile Volanges para Sophie Carnay no Convento das Ursulinas de...

Vê, minha amiga querida, como cumpro minha palavra, como não dedico meu tempo apenas aos chapéus e aos enfeites? Terei sempre muito tempo para você. No entanto, somente hoje fui ver mais vestidos do que nos quatro anos que passamos juntas. Acho que a empertigada Tanville* terá maior desgosto na minha próxima visita, quando com certeza vou pedir para vê-la, do que o desgosto que imaginou ter-nos causado sempre que vinha visitar-nos toda vestida de gala. Mamãe me consulta sobre tudo. Agora, deixou de ver-me apenas como uma menina que vivia internada num convento, tal como fazia antes. Por exemplo, passei a ter uma camareira só para mim e disponho de um quarto de dormir e de um gabinete com uma escrivaninha muito bonita, de onde lhe escrevo. A chave me foi entregue. Assim, posso nela deixar trancado tudo o que quero. Mamãe me disse que a verei todos os dias de manhã, logo após ela despertar, e que eu só precisaria estar penteada para o almoço, pois estaríamos sempre apenas entre nós duas, e que, então, ela me dirá todos os dias a que horas deverei encontrá-la à tarde. O resto do tempo está à minha disposição. Pratico harpa, desenho e leio meus livros, tal como no convento; só que a Irmã Perpétue não está aqui para ralhar comigo, e depende apenas de mim ficar sem fazer nada. Porém, como não tenho aqui a minha Sophie para conversarmos e rirmos juntas, gosto de manter-me ocupada com uma coisa ou outra.

Ainda não são cinco horas. Devo ir encontrar mamãe às sete. Tenho, pois, muito tempo. Ah! Se eu tivesse algo de concreto para contar a você! Mas ainda não me disseram nada.

---
* Interna no mesmo convento. (N.A.)

Não fossem as preparações que vejo fazerem e a grande quantidade de costureiras que vem me ver, poderia supor que nem sonham em casar-me. Tudo não passaria de mais uma brincadeira sem graça da boa Joséphine*. Mas como mamãe me diz a toda hora que uma moça deve ficar internada num convento até que se case, e como agora me deixou sair daí, acho que Joséphine deve ter toda a razão.

Uma carruagem acaba de parar à nossa porta. Mamãe mandou dizer-me que devo ir a seus aposentos imediatamente. E se fosse o tal senhor? Ainda não estou arrumada. Minhas mãos estão tremendo e meu coração bate forte. Perguntei à camareira se sabia quem estava com minha mãe: "Sim", disse-me, "é o senhor C...", e riu-se. Ah! Acho que deve ser meu prometido. Volto mais tarde para contar o que aconteceu. Pelo menos você já sabe seu nome. Não devo fazer-me esperar. Adeus e até breve.

Como você vai rir de sua pobre Cécile! Ah! Comportei-me vergonhosamente. Mas você também cairia nessa armadilha. Ao entrar nos aposentos de mamãe, vi um senhor vestido de preto, de pé a seu lado. Cumprimentei-o da melhor maneira que pude e fiquei imóvel em meu lugar. Você pode imaginar como eu o examinava com os olhos! "Senhora!", disse ele à minha mãe ao saudar-me, "que senhorita encantadora. Sinto como nunca, senhora, o empenho de sua bondade". Diante dessa manifestação tão direta, fui tomada de um tal tremor, que não podia controlar-me. Arrastei-me até uma poltrona, onde me sentei, muito corada, sem saber o que fazer. Mal me instalara e o senhor já estava a meus pés. Sua pobre Cécile perdeu a cabeça. Fiquei, como disse depois mamãe, completamente apavorada. Levantei-me, dando um grito agudo.... Você se lembra? Como no dia do raio. Mamãe deu uma grande risada: "Então, o que você tem? Sente-se e mostre o pé a esse senhor". Na verdade, querida amiga, era o sapateiro. Não posso lhe explicar como me senti envergonhada. Por sorte, apenas mamãe estava lá. Penso que, depois de me casar, não vou ter mais esse sapateiro.

Bem, admita que com isso nós duas ficamos mais experientes! Adeus. Já são quase seis horas. A camareira me diz

---

* Irmã do Convento das Ursulinas que mantinha contato com o mundo exterior. (N.A.)

que devo me vestir. Adeus, minha querida Sophie. Gosto de você como se ainda estivesse no convento.

P.S.: Não sei por quem poderei enviar esta carta. Por isso, devo esperar que Joséphine venha nos ver.

Paris, 3 de agosto de 17**.

CARTA 2

DA MARQUESA DE MERTEUIL PARA O VISCONDE DE VALMONT NO CASTELO DE...

Volte, meu caro visconde, volte a Paris! O que faz você, o que ainda poderá fazer ao lado de uma tia velha que já o fez herdeiro de toda a sua fortuna? Venha imediatamente! Eu preciso de você. Tive uma ideia excelente, cuja execução muito estimaria confiar-lhe. Estas poucas palavras deveriam ser o suficiente: honrado com minha escolha, você deveria vir, com pressa e interesse, receber de joelhos minhas ordens. Mas você está abusando de meus favores, mesmo depois de não mais querer deles beneficiar-se... Por isso, tendo eu de optar entre o ódio eterno e a excessiva compreensão, você tem muita sorte que minha bondade tudo supere. O que eu desejava era calmamente informá-lo sobre um plano meu. Contudo, jure-me que, como fiel cavalheiro, não vai entregar-se a nenhuma outra aventura antes que esta que lhe proponho chegue ao fim. É digna de um herói. Você vai servir ao amor e à vingança. Enfim, será uma patifaria* a mais, para que conste em suas memórias, sim, em suas memórias, pois desejo um dia vê-las impressas. Eu própria vou encarregar-me de escrevê-las. Mas deixemos as memórias de lado e voltemos ao que nos interessa.

A sra. de Volanges vai casar a filha. Trata-se ainda de um segredo, confidenciou-me ontem. E quem você pensa que ela escolheu para genro? O Conde de Gercourt. Quem diria que me tornaria prima de Gercourt? Isso me deixou enfurecida!... E então! Você ainda não adivinhou? Que inteligência mais lenta! Você já perdoou a aventura do conde com a prefeita? E eu? Não tenho ainda mais queixas quanto a ele que você,

---

* As palavras *patife* e *patifaria*, cujo uso a boa sociedade começa a deixar de lado, eram muito empregadas no tempo em que estas cartas foram escritas. (N.A.)

monstro?* No entanto, acalmo-me: a esperança de vingar-me torna minha alma outra vez serena.

Você se irritou cem vezes, tanto quanto eu, com a intocabilidade que Gercourt atribui à sua futura mulher e com a tola presunção que o faz crer que poderá evitar o inevitável. Você conhece bem sua opinião totalmente ridícula a favor da educação das moças na clausura dos conventos e seu preconceito, mais ridículo ainda, de que as loiras são recatadas. Na verdade, aposto que, apesar da renda de sessenta mil libras da pequena Volanges, ele jamais aceitaria desposá-la se ela tivesse os cabelos castanhos ou se não tivesse sido educada num convento. Vamos então provar-lhe que ele não passa de um idiota iludido. Com certeza, assim deverá ser considerado. Mas não é isso que me interessa. Divertido seria se logo depois de casar-se fosse tachado de idiota. Como nos riríamos depois, esperando vê-lo vangloriar-se da pureza de sua mulher, porque ele vai fazer isso! E então, se você "treinar" essa jovem, será grande falta de sorte se Gercourt não se transformar, como tantos outros, no centro das galhofas de Paris.

Finalmente, a heroína deste novo romance merece todo o seu interesse: é realmente muito bela! Tem apenas quinze anos de idade, é um botão de rosa; mas, para dizer a verdade, é desajeitada como ninguém é capaz de ser e nada mundana. De qualquer maneira, vocês, os homens, não se importam com esses aspectos. Ademais, ela possui um olhar algo langoroso, que promete muito. Por fim, junte a tudo isso o fato de ser eu quem a está recomendando. Em suma, você não tem mais nada a fazer senão agradecer-me e obedecer-me.

Você receberá esta carta amanhã de manhã. Exijo que amanhã às sete horas da noite esteja em minha casa. Não receberei ninguém até às oito, nem mesmo meu cavaleiro: ele é muito pouco inteligente para um assunto de tão grande importância. Você bem vê que o amor não me cega. Às oito horas

---

* Para bem entender essa passagem, é preciso saber que o Conde de Gercourt havia deixado a Marquesa de Merteuil pela Prefeita de..., que havia abandonado o Visconde de Valmont pelo conde mencionado. Foi justamente nesse período que o visconde e a marquesa se envolveram amorosamente um com o outro. Como esse relacionamento entre os dois foi muito anterior aos acontecimentos que são tratados nestas cartas, achamos melhor suprimir toda a correspondência a esse respeito. (N.A.)

devolverei sua liberdade, mas você vai retornar às dez, para jantar com o belo alvo de nosso plano, pois tanto a mãe como a filha jantarão aqui. Adeus, já passou do meio-dia. Daqui a pouco não posso mais lhe dar atenção.

Paris, 4 de agosto de 17**.

CARTA 3
DE CÉCILE VOLANGES PARA SOPHIE CARNAY

Ainda não sei de nada, minha querida amiga. Mamãe recebeu ontem muitos convidados para jantar. Apesar do interesse que tive em observá-los, sobretudo os homens, aborreci-me bastante. Homens e mulheres, todos não paravam de me olhar e, depois, de cochichar. Via claramente que falavam de mim. Isso me fazia corar, não podia impedi-lo. Queria ter me controlado, pois notei que, ao serem olhadas, as outras mulheres não coravam. Talvez tenha sido o ruge que elas estavam usando que impediu que se visse como estavam envergonhadas, pois deve ser muito difícil não corar quando um homem olha você fixamente nos olhos.

O que mais me inquietava era não poder saber o que pensavam a meu respeito. Contudo, creio ter ouvido, umas duas ou três vezes, a palavra *linda*. Mas ouvi muito claramente a palavra *desajeitada*. Deve ser verdade. A mulher que disse isso é parenta e amiga de mamãe. Logo depois, pareceu-me que ela queria ser minha amiga. Foi a única pessoa que trocou algumas palavras comigo durante toda a noite. Amanhã vamos jantar em sua casa.

Depois do jantar, ouvi um homem, que também falava de mim, dizer a outro convidado: "Vamos deixá-la amadurecer. No inverno veremos". Talvez seja ele meu prometido esposo. Então, se for assim, faltam ainda quatro meses! Queria tanto saber o que já foi combinado a meu respeito!

Joséphine acabou de entrar no meu gabinete para me dizer que está com pressa. Mas queria contar a você outra de minhas gafes. Ah, aquela senhora deve ter razão!

Depois do jantar, os convidados começaram a jogar cartas. Sentei-me ao lado de mamãe. Não sei o que aconteceu, mas adormeci quase imediatamente. Uma grande gargalhada me acordou. Não sei se riam de mim. Acho que sim. Mamãe permitiu que me retirasse para meus aposentos, o que me deixou muito contente. Imagine! Já passava das onze da noite. Adeus, Sophie querida, ame sempre sua Cécile. Pode ficar certa de que viver em sociedade não é assim tão divertido quanto nós duas imaginávamos.

Paris, 4 de agosto de 17**.

CARTA 4
Do Visconde de Valmont para a Marquesa de Merteuil em Paris

Suas ordens são encantadoras. O modo de dá-las é ainda mais gentil. Você tornaria adorável o próprio despotismo. Não é a primeira vez, como sabe, que lamento não mais ser seu escravo. Apesar de me haver chamado de *monstro*, nunca deixo de recordar com prazer o tempo em que você me honrava com os termos mais meigos possíveis. Na verdade, com frequência desejo merecê-los outra vez para dar ao mundo um exemplo de fidelidade. Mas maiores interesses nos convocam – conquistar é nosso destino, o qual temos de seguir. Talvez, no fim de nossas carreiras de conquistadores, novamente nos reencontraremos. Isso porque, permita-me dizê-lo sem feri-la, minha belíssima marquesa, você, pelo menos, segue o mesmo caminho que eu. E mais: depois que nos separamos, tivemos, para o bem da humanidade, a ocasião de pregar nossos princípios, cada um de seu lado. Parece-me que nessa causa em prol do amor você fez mais seguidores que eu. Estou ciente do zelo que pôs nisso, de seu fervor ardente. Se o Deus do Amor fosse julgar nossas obras, você seria feita padroeira de alguma grande cidade, enquanto este seu amigo seria no máximo um santo de aldeia. Esta linguagem surpreende você, não é verdade? É que depois de oito dias não falo nem escuto outra linguagem que não seja esta. E é para nela me aperfeiçoar que me vejo forçado a lhe desobedecer.

Não fique zangada comigo e escute-me. Depositária de todos os segredos do meu coração, vou lhe confiar o plano de conquista mais importante que jamais concebi em toda a minha vida. O que você me propõe? Seduzir uma menina que nada viu, que nada sabe, que, por assim dizer, me seria entregue sem defender-se. Uma menina que ao primeiro galanteio de minha parte ficará inebriada e a quem talvez a curiosidade conduzirá muito mais depressa que o amor. Outros vinte poderiam fazer isso. Não é assim quanto à empresa a que ora me dedico. Nesse caso, o sucesso me assegurará tanto fama quanto prazer. O Deus do Amor, que prepara minha coroa, hesita, ele próprio, entre o mirto e o louro*; não, ele os entrelaçará para enaltecer meu triunfo. Você mesma, bela amiga, será tomada por tamanho respeito sacro, que a levará a dizer com entusiasmo: "É este o homem de meu coração!".

Você conhece a presidenta** de Tourvel, sua devoção religiosa, seu amor conjugal, seus princípios austeros. São eles que ataco. Eles, sim, é que são inimigo digno de mim. É esse objetivo que quero atingir.

> E se de obtê-lo o prêmio eu não levar,
> Ao menos ter tentado vai-me honrar.

Podemos citar um verso mau, desde que de um grande poeta***.

Com certeza, você sabe que o marido da presidenta está na Borgonha, acompanhando o andamento de um grande processo judiciário (espero fazê-lo perder um bem mais importante). Sua inconsolável cara-metade tenciona passar aqui todo o tempo dessa aflitiva viuvez. Uma missa a cada dia, algumas visitas aos pobres da comarca e orações pela manhã, pela tarde, passeios solitários, conversas pias com minha velha tia e, algumas vezes, um enfadonho jogo de *whist* devem ser suas únicas distrações. Estou lhe preparando outras bem mais eficazes para seu consolo. Meu anjo da guarda me trouxe para cá, para a felicidade da presidenta e minha. Como fui bobo ao lamentar as vinte e quatro horas de minha vida que teria

---

* Mirto – símbolo de Vênus, ou seja, do amor por uma mulher; louro – símbolo da vitória, ou seja, da conquista de uma mulher. Os aristocratas franceses, no auge do neoclassicismo, costumavam empregar as referências à Antiguidade Clássica, então em moda. (N.T.)

** Mulher do presidente, vê-se pelo texto, de um Tribunal de Justiça. (N.T.)

*** La Fontaine. (N.A.)

de conceder, em nome de minhas obrigações sociais para com minha tia, fazendo-lhe uma visita! Mas, agora, que grande punição seria para mim se me obrigassem a retornar de imediato a Paris! Felizmente, é preciso quatro pessoas para jogar *whist*. Como não há aqui ninguém além do cura do lugar, minha tia (que nunca morre!) pressionou-me muito para que eu lhe fizesse o favor de passar com ela uns poucos dias a mais. Você bem pode adivinhar que cedi. Mas não poderá imaginar como ela me mima desde então e, principalmente, como está satisfeita em me ver a seu lado nas missas e durante suas orações. Nessas ocasiões, simplesmente não desconfia que divindade é objeto de minha adoração.

Por isso, aqui estou há quatro dias, presa de forte paixão. Você sabe muito bem quando estou tomado pelo desejo e se estou destruindo os obstáculos à minha volta para satisfazê-lo. Mas ignora o quanto a solidão deste lugar aumenta o ardor dessa vontade. Só tenho um objetivo – nele penso todo o dia e com ele sonho todas as noites. Preciso logo possuir essa mulher para livrar-me do ridículo de estar por ela apaixonado. Pois aonde pode nos levar um desejo contrariado? Ó prazer maravilhoso, que invoco em nome de minha felicidade e, sobretudo, de minha tranquilidade! Como temos sorte de que as mulheres se defendam tão mal! Caso contrário, não passaríamos de escravos timoratos a seu lado. Sinto-me agora tomado por um sentimento de gratidão às mulheres descomplicadas, o que naturalmente me conduz a você e a seus pés. Jogo-me diante deles para pedir perdão, terminando em tal postura esta carta demasiado longa. Adeus, minha belíssima amiga. Sem rancores...

Do Castelo de..., 5 de agosto de 17**.

CARTA 5

Da Marquesa de Merteuil para o Visconde de Valmont

Sabe, visconde, que sua carta está tomada por uma insolência pouco comum e que, se quisesse, poderia até ter me zangado? Mas ela me provou claramente que você está louco. Apenas isso o salvou de minha indignação. Amiga generosa e sensível, esqueço a injúria que me fez para tratar apenas do perigo que você está correndo. Por mais tedioso que me seja arrolar argumentos, cedo à necessidade que você tem de escutá-los agora.

Você! Desejando possuir a presidenta de Tourvel! Mas que capricho ridículo! Reconheço bem essa sua cabeça dura, que apenas deseja o que pensa não poder obter. Como é essa mulher? Feições regulares, se você quiser, mas sem qualquer expressão; passavelmente bem-feita, mas sem graça; sempre vestida de maneira risível, com rendinhas que lhe cobrem o peito e um espartilho que lhe chega até o queixo. Digo-lhe como sua amiga: bastariam duas mulheres como essa para que você perdesse sua reputação. Você se recorda daquele dia na Igreja de Saint-Roch*, quando ela recolhia as esmolas e você me agradeceu tanto por eu ter-lhe feito notar o espetáculo que ela estava dando? Posso vê-la ainda: levada pela mão de um jovem varapau de cabelos compridos, prestes a tropeçar a cada passo que dava, vestida com uma gigantesca saia armada que sufocava as pessoas quando ela se esgueirava entre os bancos e corando a cada reverência que fazia ao agradecer. Quem diria naquela ocasião que você desejaria essa mulher? Vamos, visconde, tenha vergonha! Recupere a consciência perdida! Prometo guardar segredo.

Além do mais, veja os aborrecimentos que o esperam. Que espécie de rival você terá de enfrentar? Um marido! Não se sente humilhado apenas com essa palavra? Que vergonha se você fracassar e, pior ainda, que pequena a fama se vencer. Digo mais: não espere prazer algum. Podem as beatas dá-lo? Refiro-me às beatas verdadeiras, as que, contidas no momento do prazer, proporcionam apenas um gozo incompleto. Esse abandono total de si mesmo, esse delírio de voluptuosidade em que o prazer se purifica pelo excesso, esses apanágios do amor não são conhecidos por elas. Prevejo que, na melhor das hipóteses, sua presidenta acreditará ter feito tudo o que você quer tratando-o como um marido. No dia a dia de um casal, mesmo quando o mais terno possível, permanecemos sempre dois seres distintos. Mas, nesse caso, será ainda pior. Essa sua beata é devota, com essa devoção de mulher honesta que leva a uma imaturidade eterna. Talvez você possa superar esse

---

* Igreja frequentada pela aristocracia parisiense da época. (N.T.)

obstáculo, mas é melhor não se gabar de havê-lo destruído: você não poderá vencer o amor a Deus por causa do temor que essas beatas têm do demônio. E quando, ao ter sua amante nos braços, você sentir-lhe palpitar o coração, será por medo, e não por amor. Talvez, se tivesse conhecido essa mulher mais cedo, você poderia ter feito alguma coisa por ela. Mas tem vinte e dois anos e já está casada há dois. Pode crer em mim, visconde, quando uma mulher se *empederniu* com tantos preconceitos, é preciso abandoná-la a seu destino. Nunca passará de uma pessoa sem qualquer valor.

É por essa bela coisa que você se recusa a obedecer-me, que se enterra na tumba de sua tia e que renuncia à mais deliciosa das aventuras, a mais adequada para engrandecer sua fama. Que fatalidade faz com que Gercourt tenha sempre vantagem sobre você? Creia-me, estou lhe escrevendo sobre esse assunto sem nenhum rancor. Contudo, neste momento, inclino-me a pensar que você não merece a reputação que tem. Estou tentada, sobretudo, a retirar-lhe minha confiança. Jamais me acostumarei a contar meus segredos ao amante da sra. de Tourvel.

No entanto, fique sabendo que a pequena Volanges já fez alguém perder a cabeça. O jovem Danceny está louco por ela. Costumam cantar juntos. Na verdade, ela canta melhor do que seria próprio para uma interna de convento. Devem ensaiar ainda muitos duetos. Creio que ela se poria em uníssono com ele de muito bom grado. Só que esse Danceny é um rapaz que estará perdendo tempo se quiser cortejar uma mulher. Não leva nada até o fim. A charmosa menina, por sua vez, é bastante arisca. Seja como for, tudo será muito menos divertido sem que você entre em cena. Por isso, estou zangada e certamente vou brigar com meu cavaleiro quando ele chegar. Tenho de aconselhá-lo a me tratar com muita doçura, pois, neste momento, vai ser fácil para mim romper com ele. Estou certa de que, se tivesse a boa ideia de brigar com ele agora, ficaria desesperado. Nada me diverte tanto quanto o desespero no amor. Iria chamar-me de pérfida. Essa palavra sempre me deixou feliz. Pérfida, depois de cruel, é o termo mais doce aos ouvidos de uma mulher e o menos difícil de ser merecido. Falando seriamente: vou arquitetar o rompimento com meu cavaleiro. Você é a causa. Consulte por isso sua consciência. Adeus. Recomende-me às orações de sua presidenta.

Paris, 7 de agosto de 17**.

CARTA 6
Do Visconde de Valmont para a Marquesa de Merteuil

    Não há mulher que não abuse dos homens que conquistou! Você mesma, você que eu chamava tão frequentemente de amiga compreensiva, deixa agora de sê-lo, sem temer atacar-me através do objeto de minha afeição. Com que traços você ousou pintar a sra. de Tourvel! Se homem fosse, pagaria com a vida essa insolente audácia. E, se não fosse você quem a tivesse cometido, qualquer outra mulher teria, no mínimo, de pagá-la de forma atroz. Por Deus, que você não me submeta a provas tão duras! Não posso garantir que conseguirei suportá-las. Em nome da amizade, espere até depois de eu possuir esta mulher para falar mal dela. Você não sabe que apenas a volúpia tem o direito de retirar a venda dos olhos de Eros?

    Mas o que estou dizendo? A sra. de Tourvel precisa enganar? Não, para ser adorável, só lhe basta ser ela própria. Você a critica porque se veste mal. Pode ser: todo vestido lhe é daninho, tudo o que esconde seu corpo a desmerece. É no abandono do *négligé* que ela se torna verdadeiramente irresistível. Graças ao calor opressivo por que temos passado, uma simples camisola de linho deixou-me ver seu corpo formoso e suave. Apenas uma musselina cobria-lhe o peito, e meus olhares furtivos, mas penetrantes, puderam captar suas formas encantadoras. Seu rosto, você me diz, é inexpressivo. E o que deveria ele expressar nos momentos em que nada lhe perturba o coração? Não, sem dúvida, ela não tem, como nossas coquetes, esse olhar artificial que algumas vezes nos seduz, mas que sempre nos engana. Ela não sabe encobrir uma frase vazia com um sorriso estudado. E apesar de ter os dentes mais belos do mundo, apenas ri quando algo a diverte. Mas nas brincadeiras com que passamos o tempo é preciso ver como ela é a imagem do bom humor ingênuo e franco. Ao lado de algum desvalido que ela se apressa em socorrer, como seu olhar transmite alegria pura e bondade cheia de compaixão! É preciso ver como, diante do menor elogio ou da menor lisonja, sobre seu rosto celestial se pinta um ruborescer tocante, de modéstia nada fingida. É beata e devota, e por isso você a considera fria e sem vida? Penso de maneira completamente diversa. Que sensibilidade fora do comum não é preciso ter para que essa qualidade se estenda até o marido, amando sempre um ser sempre ausente! Que maior prova você poderia querer? Contudo, consegui outra ainda maior.

Passeando, conduzi nosso caminho de tal modo que topamos com um fosso que tinha de ser cruzado. Se bem que bastante ágil, ela é ainda mais tímida. Você sabe como as beatas temem dar um mau passo que as possa fazer cair no fosso*. Por isso, considerou melhor entregar-se a mim. Tomei, pois, em meus braços essa mulher cheia de pudor. Nossos preparativos para cruzar o fosso e a passagem de minha tia fizeram a beata rir às gargalhadas. No entanto, no momento em que me apoderei dela, por um deslize desejado, nossos braços se entrelaçaram ao mesmo tempo. Apertei seu peito contra o meu. Nesse curto intervalo de tempo, senti seu coração bater mais forte. Um adorável rubor veio colorir seu rosto. Seu corar modesto fez com que me desse conta claramente de que *seu coração tinha palpitado por desejo, e não por medo*. Minha tia, tal como você, enganou-se a esse respeito, dizendo: "A menina ficou com medo". Mas a adorável candura da *menina* não lhe permitiu mentir, tendo ela respondido ingenuamente: "Ah, não! Mas..." Bastaram essas palavras para esclarecer-me tudo. Desde esse momento, a doce esperança substituiu uma inquietude cruel. Vou ter essa mulher para mim. Vou roubá-la de seu marido, que a profana. Ousarei até mesmo arrebatá-la ao Deus que ela adora. Que prazer ser ora o objeto, ora o vencedor de seus sentimentos de culpa. Longe de mim a ideia de destruir os preconceitos que a assolam! Contribuirão eles para minha felicidade e meu renome. Que creia na virtude, mas que a sacrifique para mim. Que seus pecados possam aterrorizá-la sem poder detê-la. E que, transtornada por mil temores, não

---

* Reconhecemos aqui o mau gosto dos trocadilhos que começava a ficar na moda e depois se desenvolveu tanto. (N.A.) [*Sauter le fossé* – pular o fosso – é eufemismo para "dar um mau passo". (N.T.)]

consiga esquecê-los, podendo vencê-los somente nos meus braços. Então eu consentirei que diga: "Eu adoro você". Apenas ela, entre todas as mulheres, será digna de dizer essas palavras. Serei eu o Deus que passará a preferir.

Digamos a verdade: em nossas maquinações, tão frias quanto fáceis, o que chamamos felicidade é apenas prazer. Será que posso dizer tudo a você? Pensava que meu coração havia secado. E, por estar dominado exclusivamente pelos sentidos, queixava-me de uma velhice prematura. A sra. de Tourvel devolveu-me as encantadoras ilusões da juventude. A seu lado, não preciso do prazer sensual para ser feliz. Apenas me deixa preocupado o tempo que essa aventura vai tomar-me, pois não quero deixar que nada aconteça ao acaso. Penso, em vão, em minhas audaciosas e eficazes táticas de conquista, pois não consigo me resolver a colocá-las em prática. Para que me sinta verdadeiramente satisfeito, é preciso que ela se entregue a mim. Isso não será fácil.

Estou certo de que você irá admirar minha prudência: diante dela, não pronunciei ainda a palavra amor. Contudo, já chegamos a dizer "confiança" e "interesse". Para enganá-la o menos possível e, principalmente, para evitar os rumores que poderiam chegar até seus ouvidos, enumerei-lhe eu próprio alguns dos traços mais conhecidos de minha personalidade. Você riria caso visse com que candura trata de trazer-me para a religião. Quer, diz ela, converter-me. Não tem a mínima ideia de quanto lhe custará tentá-lo, uma vez que está longe de imaginar que, *defendendo* (para usar os termos dela) *as infelizes que levei para o mau caminho,* ela está se antecipando na defesa da sua própria causa. Essa ideia me veio ontem durante um de seus sermões. Não pude me recusar o prazer de interrompê-la para assegurar-lhe de que suas palavras eram as de uma profetisa. Adeus, minha belíssima amiga. Você bem vê que não estou totalmente perdido.

P.S.: A propósito, aquele pobre cavaleiro, matou-se ele de tão desesperado? Na verdade, você é cem vezes pior pessoa do que eu. Digo isso porque você até que seria capaz de humilhar-me, caso eu tivesse amor-próprio.

Do Castelo de..., 9 de agosto de 17**.

CARTA 7
De Cécile Volanges para Sophie Carnay

Se não lhe contei nada sobre meu casamento, é porque não tenho mais informações do que no primeiro dia em que cheguei aqui. Acostumei-me a não pensar mais no assunto. A verdade é que estou muito contente com o modo de vida que tenho levado aqui. Estudo muito canto e harpa. Gosto muito de me dedicar a ambos, e ainda mais depois que deixei de ter professor, ou melhor, depois que passei a ter algo melhor que um professor. O senhor Cavaleiro Danceny, aquele a quem já me referi e com quem cantei na casa da sra. de Merteuil, tem a bondade de vir aqui todos os dias cantar horas inteiras comigo. É extremamente amável. Canta como um anjo, além de compor árias muito bonitas, cujas letras também escreve. É pena que seja um cavaleiro da Ordem de Malta*! Imagino que, se ele pudesse casar-se, sua mulher seria muito feliz. É de uma doçura encantadora. Nunca tem o ar de quem está fazendo um elogio, mas tudo o que me diz me deixa lisonjeada. Corrige-me constantemente, seja quanto à música, seja quanto a tudo mais. No entanto, coloca em suas críticas tanto interesse e bom humor que é impossível não lhe ser grata. Apenas seu olhar basta para dar a impressão de que está dizendo algo gentil. Além disso tudo, é muito solícito. Por exemplo: ontem foi convidado a dar um grande concerto, mas preferiu permanecer toda a noite aqui em casa. Fiquei muito satisfeita, pois, quando não está presente, ninguém fala comigo e me entedio. Entretanto, quando me faz companhia, cantamos e conversamos. Sempre tem algo a me dizer. Ele e a sra. de Merteuil são as únicas pessoas que acho simpáticas. Mas adeus, minha querida amiga: prometi a ele que decoraria hoje uma ária cujo acompanhamento é muito difícil. Não quero perder uma só palavra. Vou ficar estudando até ele chegar**.

De..., 7 de agosto de 17**.

---

* Cécile imagina que os cavaleiros de Malta sejam celibatários. (N.T.)

** Para não abusar da paciência do leitor, suprimiram-se muitas cartas desta correspondência diária. Só estão sendo mostradas as que parecem necessárias para que se entendam os fatos que ocorreram com esse grupo de pessoas. Pelo mesmo motivo, foram também suprimidas todas as cartas de Sophie Carnay e várias outras dos atores desses acontecimentos. (N.A.)

CARTA 8
Da presidenta de Tourvel para a sra. de Volanges

Ninguém poderá ser tão sensível quanto eu, senhora, à confiança que me tem devotado, nem se interessará mais do que eu pelo casamento da senhorita de Volanges. É com toda a minha alma que desejo à sua filha uma felicidade da qual não duvido ser ela digna e para a qual confio na prudência da senhora. Não conheço o senhor Conde de Gercourt, mas, honrado por sua escolha, só posso ter a respeito dele uma opinião muito positiva. Limito-me, senhora, a desejar que esse casamento seja tão feliz quanto o meu, o qual igualmente é obra sua, o que faz a cada dia aumentar minha gratidão. Que a felicidade da senhorita sua filha seja a recompensa do que a senhora obteve para mim e que a melhor das amigas possa ser também a mais feliz das mães.

Estou deveras triste por não poder lhe dar de viva voz meus cumprimentos por esse enlace sincero e estabelecer, tão prontamente quanto desejava, uma relação de amizade com a senhorita de Volanges. Após ter provado sua bondade verdadeiramente maternal, sinto-me no direito de esperar de sua filha a terna amizade de uma irmã. Rogo, senhora, que lhe peça essa amizade em meu nome, esperando que me encontre à altura de merecê-la.

Pretendo permanecer no campo durante a ausência do sr. de Tourvel. Aproveito este tempo para usufruir e beneficiar-me da companhia da respeitável sra. de Rosemonde. Trata-se de uma dama sempre encantadora. A idade avançada não fez com que perdesse nenhum de seus atributos, pois conserva integralmente a memória e a alegria. Somente seu corpo tem oitenta e quatro anos; o espírito, apenas vinte.

Nosso refúgio está sendo alegrado por seu sobrinho, o Visconde de Valmont, que teve a bondade de conceder-nos alguns dias. Conhecia apenas sua reputação. Por isso, não desejava aproximar-me dele para conhecê-lo melhor. Contudo, parece-me que vale mais que sua fama. Aqui, onde o turbilhão do mundo não o corrompe, é espontaneamente muito sensato: acusa-se ele próprio de seus erros com candura rara. Confia em mim. Por isso, predico-lhe com muita severidade. A senhora, que o conhece, há de convir que se trata de uma excelente conversão a ser feita. Mas, apesar de suas promessas, estou certa de que oito dias de Paris o farão esquecer todos os meus sermões. Pelo menos por alguns dias sua estada aqui o tirará da vida que costuma levar. Ademais, creio que, tomando seus hábitos em consideração, o que ele pode fazer de melhor é não fazer absolutamente nada. Ele sabe que estou escrevendo esta carta para a senhora e pediu-me que lhe transmitisse respeitosos cumprimentos. Receba também os meus com a bondade que a senhora sabidamente possui. Não duvide jamais dos sentimentos sinceros com os quais tenho a honra de ser etc.

Do Castelo de... , 9 de agosto de 17**.

CARTA 9

DA SRA. DE VOLANGES PARA A PRESIDENTA DE TOURVEL

Jamais duvidei, minha jovem e bela amiga, nem da amizade que me devota, nem de seu interesse sincero por tudo o que se refira a mim. Contudo, não foi para esclarecer esses dois pontos, que espero estejam para sempre acordados entre nós, que respondo à sua *resposta* ao convite para as bodas de minha filha. É que não creio poder eximir-me de lhe escrever sobre o assunto Visconde de Valmont.

Não esperava jamais, confesso, encontrar esse nome em suas cartas. Na verdade, o que pode haver de comum entre você e ele? Você não conhece esse homem. De que maneira, então, pôde chegar a uma opinião sobre como é a alma de um libertino*? Você me falou sobre a *candura rara* de Valmont. Ah, é? Sua candura deve ser de fato muito rara. Ainda mais falso e perigoso do que amável e sedutor, nunca, depois do início de sua juventude, disse uma palavra ou deu um passo que não estivessem ligados a alguma maquinação. Ademais, nunca concebeu qualquer estratagema que não fosse desonesto ou ilícito. Minha amiga, você me conhece bem; sabe que, entre as virtudes que trato de manter, a tolerância não é a que

---

* Libertino tem dois significados, que podem confundir-se: o de *livre-pensador*, mais comum no século XVII, e o de *devasso,* corrente a partir do século XVIII e que predomina até hoje. O *Don Giovanni,* de Mozart, de 1787, por exemplo, é ao mesmo tempo livre-pensador e devasso. (N.T.)

mais aprecio. Por isso, se Valmont fosse levado por paixões fogosas, se, como mil outros, fosse seduzido pelos erros de sua idade, ao criticar sua conduta, eu lastimaria por sua pessoa, esperando em silêncio o momento em que um auspicioso retorno ao convívio honesto lhe recuperasse a estima das pessoas de respeito. Mas Valmont não é assim: sua conduta é o resultado de seus valores. É capaz de maquinar tudo o que um homem pode permitir-se de horrores sem se comprometer. E, para ser cruel e maldoso sem correr perigo, escolheu as mulheres como vítimas. Não paro de contar as que já seduziu, mas quantas mais não terá levado à perdição?

Na vida bem-comportada e reclusa que você leva, essas aventuras escandalosas não chegam a seus ouvidos. Poderia contar algumas que a fariam tremer. Mas seu olhar, puro como sua alma, seria maculado por tais cenas. Certa de que Valmont não lhe será perigoso, você não tem a necessidade de armas como as dele para defender-se. Só tenho a lhe dizer que, entre todas as mulheres por quem se interessou, com ou sem êxito, nenhuma deixou de ter do que se queixar. Apenas a Marquesa de Merteuil é exceção a essa regra. Somente ela soube resistir-lhe e dominar sua maldade. Confesso que esse fato de sua vida é o que a meus olhos mais a honra. Por isso, bastou tal atitude para justificar aos olhos de todos algumas leviandades que fizeram com que ela fosse criticada no início de sua viuvez*.

Seja como for, minha bela amiga, o que a idade, a experiência e principalmente a amizade me autorizam a dizer-lhe é que se começa a perceber na sociedade a ausência de Valmont. Além disso, se vier a público que ficou algum tempo como terceiro, entre você e a tia, sua reputação, cara amiga, ficará nas mãos do visconde – o maior infortúnio que possa ocorrer a qualquer mulher. Aconselho, então, que você convença a tia a não hospedá-lo por mais tempo. Se ele se obstinar em aí permanecer, creio que não deve hesitar em ceder-lhe o lugar. Mas por que razão ele permaneceria nesse castelo? O que faz ele no campo? Se você mandasse espionar seus passos, estou certa de que descobriria que ele aí se exilou apenas para comodamente levar a cabo alguma vilania que está planejando nos arredores.

---

* O engano em que a sra. de Volanges está incorrendo nos faz ver que, como todo celerado, Valmont não revela seus cúmplices. (N.A.)

Contudo, na impossibilidade de remediar o mal, contentemo-nos em nos defender contra ele.

Adeus, bela amiga. Não é que as bodas de minha filha foram um pouco adiadas? O Conde de Gercourt, cuja chegada esperávamos a qualquer momento, informou-me de que seu regimento vai para a Córsega. Como ainda há movimentos de guerra, será impossível para ele tirar licença antes do inverno. Isso me deixa contrariada. No entanto, o atraso me faz esperar que tenhamos o prazer de vê-la durante o casamento. Estava triste por ter de fazê-lo sem a sua presença. Adeus. Fico à sua disposição, sem cerimônias nem reservas.

P.S.: Mande lembranças minhas à sra. de Rosemonde, que amo sempre, da forma que ela tanto merece.

De..., 11 de agosto de 17**.

CARTA 10
Da Marquesa de Merteuil para o Visconde de Valmont

Está aborrecido comigo, visconde? Ou está morto? Ou vive apenas para a sua presidenta, o que muito se assemelha a estar morto? Essa mulher, que lhe restituiu *as ilusões da juventude*, em breve também lhe passará seus preconceitos ridículos. Vejo que já está tímido e escravizado. Essa atitude equivale a estar apaixonado, porquanto você renuncia a suas *audaciosas e eficazes táticas de conquista*. Por isso, está se conduzindo sem diretrizes, deixando tudo ao acaso, ou melhor, ao capricho. Já não se lembra de que o amor, como os remédios, é apenas *a arte de ajudar a natureza?* Está notando como o venço com suas próprias armas? Mas não vou me orgulhar disso: é como vencer um homem prostrado ao chão. *É preciso que ela se entregue*, você me diz. Aham! Sem dúvida é preciso. Por isso, vai entregar-se como as outras, com a diferença de que será de má vontade. Seja como for, para que venha a entregar-se, a maneira correta de agir é começar por possuí-la. Essa ridícula distinção não passa de uma verdadeira bobagem nas coisas do amor! Digo amor, pois você está apaixonado. Dizer-lhe algo diferente seria traí-lo, seria esconder de você seu próprio mal. Conte-me, então, amante langoroso, essas mulheres que você teve, pensa tê-las violado?

Por mais que nós, as mulheres, desejemos nos entregar, por mais que tenhamos pressa em fazê-lo, sempre é preciso termos um pretexto. E existe outro que nos seja mais conveniente que dar a impressão de que cedemos à força? Quanto a mim, confesso, uma das coisas que mais me lisonjeia é um ataque firme e bem-feito, quando tudo acontece em seu tempo, mas rapidamente; um ataque que nunca nos coloque na penosa complicação de termos de corrigir em nós próprias a falta de habilidade da qual, ao contrário, deveríamos estar justamente tirando proveito. Ou seja, uma habilidade que condicione um ataque capaz de manter um quê de violência, até mesmo nos movimentos com os quais estamos concordando, e de satisfazer com maestria a nossas duas paixões favoritas, a glória da defesa e o prazer da derrota. Admito que semelhante talento no ataque, mais raro do que se possa imaginar, sempre me deixou satisfeita, inclusive quando não fui por ele seduzida. Isso porque, algumas vezes, ocorreu ter-me entregue unicamente como recompensa a esse talento. Tal como em nossos torneios medievais, a beleza premiava a coragem e a habilidade.

Mas você, que deixou de ser você, se comporta como se tivesse medo de ter sucesso. E então? Desde quando realiza grandes viagens por etapas curtas, por atalhos? Meu amigo, quando queremos chegar logo, cavalos de posta e estrada principal! Mas deixemos de lado esse assunto, que tanto me causa mau humor quanto me priva do prazer de vê-lo. Ao menos escreva-me mais frequentemente sobre o que tem feito para informar-me sobre seus progressos. Sabe que já faz quinze dias que essa aventura ridícula mantém você ocupado e que, com isso, está negligenciando a toda a gente?

A propósito de negligências, você se parece com alguém que manda várias vezes buscar notícias de uma pessoa doente, mas que não se interessa pela resposta. Você terminou sua última carta perguntando-me se meu cavaleiro morreu. Não responderei; não precisa mais interessar-se por esse assunto. Não sabe que meu amante necessariamente deve ser seu amigo? Mas, tranquilize-se, ele não morreu. E, se tivesse morrido, teria sido por excesso de felicidade. Esse pobre cavaleiro! Como é terno! Como foi feito para amar! Como sente tudo tão profundamente! Por isso, a cabeça me roda. Falando a sério:

a felicidade perfeita que encontra em ser por mim amado faz com que me ligue a ele de maneira sincera.

Justamente naquele dia em que lhe escrevi afirmando que iria arquitetar meu rompimento com ele, como o deixei satisfeito! Quando me anunciaram que havia chegado, por coincidência estava eu procurando com afinco um modo de abandoná-lo. Por capricho meu ou por fato, naquele momento nunca ele me pareceu tão perfeito. Contudo, recebi-o com irritação. Pensava passar duas horas comigo, até o momento em que as portas de minha casa seriam abertas para uma grande festa. Disse-lhe que estava de saída. Perguntou-me aonde ia. Recusei-lhe a informação. Insistiu. *Onde você não estará*, respondi-lhe com amargor. Felizmente para ele, ficou petrificado com minha resposta, porquanto, se tivesse dito uma só palavra, inevitavelmente se seguiria uma cena conducente ao rompimento que eu havia planejado. Surpresa com seu silêncio, olhei-o sem outro objetivo, juro, que não fosse ver a expressão de seu rosto. Reencontrei sobre sua face encantadora aquela tristeza ao mesmo tempo profunda e terna à qual, você concordou comigo no passado, não se pode opor resistência alguma. A mesma causa produziu o mesmo efeito. Fui vencida pela segunda vez. Desde então, tenho me empenhado exclusivamente em comportar-me de tal modo que não possa encontrar em mim nenhum defeito. "Estou saindo para tratar de negócios", disse-lhe com ar um tanto mais meigo que o costumeiro, "e, na verdade, esse negócio é de seu interesse. Não me pergunte nada a respeito. Devo jantar em casa esta noite. Volte. Contarei tudo." Com isso recuperou a fala, mas não permiti que voltasse a usá-la. "Estou com muita pressa", continuei, "deixe-me. Até esta noite." Beijou minha mão e partiu.

Logo que me foi possível, para indenizá-lo – talvez para indenizar-me a mim mesma –, decidi deixar que conhecesse meu pavilhão secreto, de cuja existência não desconfiava. Chamei minha fiel camareira Victoire. Disse-lhe que estava com enxaqueca e que comunicasse aos criados que ia me deitar. Finalmente a sós com minha *fidedigna**, enquanto ela se disfarçava de lacaio, eu me vestia de camareira. Victoire chamou logo um fiacre, que estacionou à porta do meu jardim.

---

* Entenda-se "minha fidedigna ama", ou seja, Victoire. (N.T.)

Partimos as duas. Ao chegar àquele templo do amor, escolhi o *deshabillé* mais glamoroso que tenho. Realmente uma delícia. Eu mesma o desenhei. Não deixa ver nada, mas faz com que se adivinhe tudo. Prometo um modelo para sua presidenta, quando você a houver tornado digna de vesti-lo.

Depois desses preparativos, enquanto Victoire se dedicava a outros afazeres, li um capítulo de *O sofá**, uma carta de *Heloísa*** e dois contos de La Fontaine, para decorar as falas dos diferentes papéis que eu quisesse assumir. A essa altura, chegava à minha casa meu cavaleiro com a pressa que lhe é característica. Meu porteiro suíço não o deixou entrar, informando que eu estava acamada – primeiro incidente. Ao mesmo tempo, deu ao cavaleiro um bilhete meu, mas não de minha caligrafia, regra prudente que sempre sigo. Ele o abriu e leu pela mão de minha camareira Victoire: "Nove horas em ponto, no bulevar, defronte aos cafés". Foi até lá, onde um pequeno lacaio desconhecido – ou que cria não conhecer, porque era de fato Victoire assim vestida – veio anunciar-lhe que devia liberar sua carruagem e segui-lo. Todo esse esquema romanesco fez com que sua cabeça ficasse ainda mais quente. Mas cabeça quente não faz mal a ninguém. Enfim chegou ele, e tanto a surpresa quanto o amor tornaram-no absolutamente maravilhoso. Para que se recuperasse, demos uma volta no pequeno bosque. Depois, conduzi-o até meu pavilhão. Logo ao entrar, viu uma mesa posta para duas pessoas e, um pouco adiante, uma cama feita. Passamos a um *boudoir* magnificamente decorado. Ali, agindo metade com a cabeça, metade com o coração, passei meus braços em volta dele e deixei-me cair a seus joelhos. "Ah! Meu amigo", disse-lhe, "por querer lhe dar a surpresa deste momento, penitencio-me por tê-lo feito crer que estava mal-humorada, por ter por alguns instantes escondido o quanto lhe quer meu coração. Perdoe-me meus erros, quero expiá-los através do amor." Você bem pode imaginar qual terá sido o efeito desse discurso sentimental. O cavaleiro, agora contente, relevou meus erros. Meu perdão foi

---

* Romance licencioso (1749), então muito popular, de Crébillon. (N.T.)

** *Júlia ou A nova Heloísa*, romance (1761), também em cartas, de Rousseau. (N.T.)

selado sobre aquela mesma otomana onde você e eu – tão alegremente e do mesmo modo – selamos nossa ruptura eterna.

Como tínhamos ainda seis horas para passar juntos e por ter eu resolvido que todo esse tempo seria perfeitamente delicioso para ele, moderei meus transportes. Uma amável coqueteria veio a substituir meus carinhos. Penso jamais ter colocado tanto empenho em agradar nem ter estado tão satisfeita comigo mesma. Depois do jantar, ora menina, ora madura, ora desmiolada, ora racional, por vezes inclusive libertina, comprazia-me em imaginá-lo como um sultão em seu próprio harém, do qual eu era, uma de cada vez, diferentes favoritas. Na verdade, suas reiteradas proezas amorosas, embora sempre recebidas pela mesma mulher, foram-no sempre por uma nova amante.

Enfim, ao despontar o dia, tivemos de nos separar. Apesar do que pudesse dizer-me ou fazer para me provar o contrário, tinha tanto desejo de partir como nenhum desejo de fazê-lo. No momento em que saímos, como último adeus, tomei a chave daquele pavilhão de felicidade, coloquei-a entre suas mãos e disse-lhe: "Montei-o para você, nada mais justo que seja seu dono. Não é o oficiante que dispõe do templo?" Foi com esse expediente que preveni qualquer desconfiança que lhe pudesse advir do perfeito estado, muito suspeito, do pavilhão. Conheço-o suficientemente para saber que se servirá dele apenas comigo. Se me vier a fantasia de ir lá sem ele, tenho comigo uma cópia de chave. Quis ele insistentemente marcar uma data para voltar àquele lugar. Mas ainda o amo demais para querer usá-lo assim tão depressa. Só devemos nos permitir excessos com pessoas que queremos logo deixar. Ele não tem consciência dessa verdade, mas, para nossa felicidade, tenho-a por mim e por ele.

Dou-me conta de que são três horas da manhã e de que redigi um livro inteiro. De início, tive a intenção de escrever apenas duas palavras. Eis o encanto da amizade cega: é ela que faz com que você seja sempre de quem mais gosto; mas, na verdade, o cavaleiro é quem mais me agrada.

De..., 12 de agosto de 17**.

CARTA 11
Da presidenta de Tourvel para a sra. de Volanges

Sua carta severa, senhora, me teria aterrorizado se, por sorte, não tivesse encontrado neste lugar mais motivos para sentir-me segura do que os que a senhora me dá para me sentir amedrontada. Esse temível sr. de Valmont, que deve ser o terror de todas as mulheres, parece ter deposto suas armas assassinas antes de entrar neste castelo. Longe de nele estar planejando maldades, para aqui veio sem intenções definidas. A qualidade de homem afável, que lhe atribuem até seus inimigos, quase desapareceu para lhe deixar apenas a de bom menino. Aparentemente, foi o ar do campo que ocasionou esse milagre. O que posso garantir à senhora é que, estando constantemente a meu lado, parecendo inclusive ter prazer nisso, não lhe escapou uma palavra sequer que possa indicar interesse amoroso, nenhuma dessas frases que todos os homens se permitem dizer, sem ter, como ele, o que seria necessário para justificá-las. Jamais nos obriga a assumir esse ar de reserva que toda mulher que se respeita se vê forçada a manter hoje em dia para conter os homens que a rodeiam. Sabe muito bem não se prevalecer da alegria que inspira. É certo que é muito afeito a elogios. Contudo, é com tanta delicadeza que os formula que faria a própria modéstia acostumar-se com lisonjas. Enfim, se eu tivesse um irmão, desejaria que fosse tal como o sr. de Valmont tem se mostrado aqui. Talvez muitas mulheres teriam desejado que fosse abertamente galante. Confesso que lhe sou infinitamente grata por ter sabido julgar-me bem o suficiente para com elas não me confundir.

Sem dúvida, esse retrato que dele faço difere muito do que a senhora me fez. Apesar disso, ambos podem ser verossímeis, se fixarmos épocas no tempo. Ele mesmo admite que cometeu muitos erros. Outros lhe serão atribuídos. Mas poucos homens encontrei que mencionam as mulheres honestas de maneira tão respeitosa, diria mesmo entusiasmada. A senhora me diz que, pelo menos quanto a elas, não consegue sucesso ao ser enganador. Seu comportamento com a sra. de Merteuil é prova disso. Fala-nos muito dela, sempre com tantos elogios e um distanciamento tão verdadeiro que acreditei, até receber sua carta, que o que ele chama de amizade entre eles dois teria sido, na realidade, um caso amoroso. Penitencio-me desse julgamento temerário, em relação ao qual estive tanto mais errada quanto ele próprio, muitas vezes, teve o cuidado de demonstrar a inocência da sra. de Merteuil. Confesso que tomei como lábia o que de sua parte era honesta sinceridade. Não sei, mas me parece que alguém capaz de uma amizade tão constante por uma mulher tão estimável não pode ser um libertino sem remédio. Ignoro, ademais, se devemos o comportamento correto que mantém aqui a algum esquema que esteja arquitetando nos arredores, como a senhora supõe. Existem algumas mulheres formosas na vizinhança. Mas ele sai pouco, exceto de manhã, quando então diz que vai caçar. É verdade que raramente traz caça consigo. No entanto, garante que não tem jeito para essa atividade. Além disso, o que faz lá fora pouco me inquieta. Se desejasse saber o que faz, seria apenas para ter uma razão a mais para aproximar-me de sua opinião sobre ele, ou para aproximar a senhora da minha.

Sobre sua proposta de que eu aja para abreviar o tempo que o sr. de Valmont pretende permanecer aqui, parece-me muito difícil ousar pedir à sua tia que não mais o tenha em casa, tanto mais que ama deveras o sobrinho. Prometo à senhora, contudo, mas somente por deferência, e não por necessidade, tratar de encontrar uma oportunidade de fazer o que me pede, seja junto à tia, seja junto a ele próprio. Quanto a mim, o sr. de Tourvel já está ciente de minha intenção de permanecer aqui até sua volta. Ele, com razão, se surpreenderia com a leviandade de alterar meus planos.

Estes são, senhora, esclarecimentos bastante longos. É que pensei dever à verdade um testemunho favorável ao sr. de Valmont, testemunho de que ele muito necessita diante da senhora. Sou igualmente sensível à amizade que a fez aconselhar-me. A ela devo também o que tão gentilmente me escreveu sobre o atraso no casamento de sua filha. Agradeço-lhe muito sinceramente. Todavia, qualquer que possa ser meu contentamento em poder estar com a senhora na celebração do matrimônio, eu o sacrificaria de bom grado ao desejo de ver a senhorita de Volanges ainda mais feliz, casando-se logo, se bem que jamais encontrará maior felicidade que junto a uma mãe tão digna de toda a sua ternura e respeito. Compartilho com ela esses dois sentimentos que me ligam à senhora e rogo-lhe que receba com deferência meus protestos de sinceridade quanto a eles.

Tenho a honra de ser etc.

Do Castelo de..., 13 de agosto de 17**.

CARTA 12
De Cécile Volanges para a Marquesa de Merteuil

Mamãe não se sente bem, senhora. Por isso, não poderá sair de casa, sendo necessário que eu lhe faça companhia. Desse modo, não poderei ter a honra de acompanhá-la à Ópera. Asseguro-a de que lastimo muito mais não poder estar em sua companhia do que perder o espetáculo. Rogo-lhe que acredite nisso. Amo muito a senhora! Peço-lhe que tenha a bondade de dizer ao Cavaleiro Danceny que não tenho as partituras sobre as quais me falou e que, se puder trazê-las amanhã, vai me deixar muito feliz. Se vier hoje, os criados dirão que não estamos em casa. É que mamãe não quer receber ninguém. Espero que esteja melhor amanhã.

Tenho a honra de ser etc.

De...., 13 de agosto de 17**.

CARTA 13
Da Marquesa de Merteuil para Cécile Volanges

Estou muito aborrecida, meu amor, tanto por ter sido privada do prazer de vê-la quanto pela causa dessa privação. Espero que a ocasião de encontrá-la novamente em breve se apresente. Vou desincumbir-me de seu recado para o Cavaleiro Danceny, que, decerto, ficará muito triste ao saber que sua mãe está enferma. Se ela quiser me receber amanhã, irei fazer-lhe companhia. Nós atacaremos, as duas, o cavaleiro de Belleroche* no jogo de cartas. Além de ganhar seu dinheiro,

---
* Trata-se do mesmo cavaleiro das cartas da sra. de Merteuil. (N.A.)

como prazer extra teremos o de ouvir você cantar com seu amável professor, a quem darei a sugestão de que assim o façam para nós. Se o encontro que sugiro convém à sua mãe e a você, também quanto a mim e a meus dois cavaleiros. Adeus, meu amor. Meus cumprimentos à minha querida sra. de Volanges. Beijo você muito carinhosamente.

De..., 13 de agosto de 17**.

CARTA 14
DE CÉCILE VOLANGES PARA SOPHIE CARNAY

Não lhe escrevi ontem, minha querida Sophie. Garanto, contudo, que não foi por estar ocupada com algo prazenteiro. Ao contrário, mamãe estava enferma, tendo eu permanecido a seu lado o dia todo. À noite, quando me retirei, não tinha vontade de fazer nada. Deitei-me imediatamente para assegurar-me de que o dia tinha terminado. Nunca havia passado um dia tão longo! Não é que não queira bem à minha mãe. Não sei o que aconteceu. Devia ir à Ópera com a sra. de Merteuil. O Cavaleiro Danceny também deveria estar lá. Você já sabe que são as duas pessoas que mais amo. Quando chegou a hora em que deveria estar com eles, sem querer, meu coração apertou-se. Tudo me desagradava. Chorei, chorei sem poder deixar de fazê-lo. Felizmente mamãe estava deitada, não podendo me ver. Estou certa de que o Cavaleiro Danceny também sofreu. Mas pôde distrair-se com o espetáculo e com as pessoas. Para ele foi bem diferente.

Por sorte, mamãe está melhor hoje. A sra. de Merteuil virá com outra pessoa e o Cavaleiro Danceny. É pena que chegue sempre tão tarde. Ficar sozinha tanto tempo é muito aborrecido. Não são ainda onze horas. É verdade que preciso praticar harpa, e depois vestir-me me tomará algum tempo, pois quero estar muito bem penteada hoje. Creio que a Irmã Perpétue tem razão: ficamos faceiras quando estamos em sociedade. Nunca tive tanto desejo de ser bela quanto nos últimos dias. Penso não sê-lo tanto quanto acreditava. É que, ao lado de mulheres que usam ruge, perdemos muito. Dou-me conta de que a sra. de Merteuil, por exemplo, é considerada pelos homens mais bonita que eu. Isso não me deixa muito decepcionada, já que ela me ama muito e me garante que o Cavaleiro Danceny me considera mais bonita que ela. Que sinceridade a dela em me dizer isso! E tinha o ar de estar bem contente ao fazê-lo. É difícil para mim saber o porquê de seus sentimentos. É que me ama muito, com certeza. E ele... Ah! Fiquei felicíssima. Além disso, parece-me que me basta mirá-lo para que fique mais bela. Eu o fitaria constantemente, se não temesse encontrar seus olhos, pois todas as vezes que isso acontece fico sem saber o que fazer, sentindo uma espécie de dor. Mas não faz mal.

Adeus, minha querida amiga, vou vestir-me. Amo-a como sempre amei.

Paris, 14 de agosto de 17**.

CARTA 15
Do Visconde de Valmont para a Marquesa de Merteuil

Quanta magnanimidade de sua parte não me abandonar à minha triste sina! A vida que levo aqui é realmente cansativa, pelo excesso de repouso e por sua insípida uniformidade. Lendo sua carta com os detalhes de seu dia maravilhoso, fui vinte vezes tentado a pretextar negócios para poder voar a seus pés e pedir-lhe, em meu favor, uma infidelidade a seu cavaleiro, que, afinal de contas, não merece a felicidade que tem. Sabe que me fez ter ciúmes dele? Que é isso de falar-me em rompimento eterno? Abjuro esse juramento pronunciado no delírio, já que não teríamos sido dignos de tê-lo feito se tivéssemos de mantê-lo. Ah, que eu possa um dia vingar-me em seus braços do despeito involuntário que me causou a felicidade do cavaleiro! Fico indignado, confesso, quando penso que esse homem, sem planejar, sem se dar o mínimo trabalho, seguindo apenas, como um animal, os instintos de seu coração, encontrou uma felicidade que não pude alcançar. Ah, vou perturbá-la! Prometo-lhe que a perturbarei! Você mesma não se sente humilhada? Você se dá ao trabalho de traí-lo e ele é mais feliz que você. Pensa que o tem em suas cadeias? É você que foi por ele acorrentada. Ele dorme tranquilamente, enquanto você vela por seus prazeres. Uma escrava poderia fazer mais que isso?

Escute, minha bela amiga, enquanto você se dividir entre muitos, não terei o menor ciúme. Isso porque só vejo em seus amantes os sucessores de Alexandre, incapazes de conservar entre si esse império sobre o qual eu reinava só. Mas que você se ofereça inteiramente a apenas um deles, que exista um outro homem tão feliz quanto fui, isso não poderei suportar. Das duas uma: ou reatamos ou, pelo menos, encontre mais um amante. Que você não traia, por um capricho de exclusividade, a amizade inviolável que nos juramos.

Já é bastante ruim que eu tenha de sofrer as dores do amor. Vê como me rendo a suas ideias e confesso meus erros? De fato, se estar amando é não poder viver sem possuir o que desejamos, a isso sacrificando o tempo, os prazeres, a vida, então, sim, estou realmente amando. Mas isso de nada me serviu para meus planos. Não teria, inclusive, absolutamente nada para informá-la a tal respeito, se não fosse por um acontecimento que me fez refletir muito e do qual ainda não sei se devo esperar algo bom ou ruim.

Você conhece meu caçador, tesouro de intrigas, verdadeiro criado de comédia. Poderá, então, adivinhar que as instruções que lhe dei consistiram em enamorar-se da camareira da beata e embriagar os criados. O patife teve mais sorte que eu: já atingiu seu objetivo. Acaba de descobrir que a sra. de Tourvel encarregou um de seus homens de colher informações sobre o que faço e, inclusive, de seguir-me em minhas voltas matinais, tanto quanto pudesse, sem ser visto. Que pretende essa mulher? Então não é que a mais pura das mulheres ousa arriscar algo que nós dois dificilmente nos permitiríamos! Juro sinceramente que... Mas, antes de sonhar em vingar-me dessa artimanha feminina, procuremos meios de fazer com que se torne vantajosa para nós. Até agora minhas voltas suspeitas não tinham nenhum objetivo. É preciso que encontremos um. Isso requer toda a minha atenção. Deixo-a agora para pensar nesse assunto.

Ainda no Castelo de... , 15 de agosto de 17**.

CARTA 16
De Cécile Volanges para Sophie Carnay

Ah, minha Sophie, veja só que notícias! Talvez não devesse contá-las a você, mas preciso falar com alguém. É mais forte que eu. Esse Cavaleiro Danceny... Estou tão confusa que não consigo escrever. Não sei por onde começar. Depois que lhe contei* a linda noitada que passei aqui em casa com ele e a sra. de Merteuil, não lhe escrevi mais sobre o que aconteceu. É que não queria mais tocar nesse assunto com ninguém. Contudo, estive todo o tempo pensando no que ocorreu. Depois daquela noite ele ficou tão triste, mas tão triste, que me doía. Quando lhe perguntei a razão, disse-me que não estava triste. Mas se via que sim. Enfim, ontem ele estava ainda mais triste do que de costume. Isso não impediu que tivesse a bondade de cantar comigo, como sempre. Contudo, todas as vezes que me olhava, meu coração se comprimia. Depois que paramos de cantar, foi colocar a harpa no estojo. Ao me dar a chave, pediu-me que tocasse ainda uma vez naquela noite, logo que estivesse sozinha. Eu não desconfiava de absolutamente nada. Não queria praticar. Mas me pediu tanto que concordei. Tinha ele boas razões para insistir. De fato, quando me retirei para meus aposentos, após minha camareira ter saído, fui pegar a harpa. Encontrei entre as cordas uma carta dele, apenas dobrada e sem lacre. Ah, se você soubesse tudo o que me escreveu! Depois de ter lido a carta, fiquei tão feliz que não posso pensar em outra coisa. Reli-a quatro vezes seguidas, tendo-a depois fechado a chave em minha escrivaninha. Já a sabia de cor. Quando fui deitar-me, tanto a repetia que nem sonhava em dormir! Ao fechar os olhos, eu o via ali, dizendo-me ele mesmo tudo o que eu acabara de ler. Só adormeci muito mais tarde. Logo ao acordar (era madrugada ainda), peguei outra vez a carta para lê-la à vontade. Levei-a para minha cama e a beijei, como se... Talvez não seja correto beijar uma carta dessa maneira, mas não pude deixar de fazê-lo.

Neste momento, minha amiga querida, se me sinto contente, sinto-me também muito constrangida, pois com toda a

---

* A carta que trata dessa noite não foi encontrada. Pode-se crer que é aquele encontro proposto no bilhete da Marquesa de Merteuil e que também foi mencionado na carta anterior de Cécile Volanges. (N.A.)

certeza não devo responder a essa carta. Sei muito bem que isso não deve ser feito, mas ele me pede resposta. Se não responder, estou certa de que ficará ainda mais triste. Como deve estar sofrendo! O que você me aconselha? Mas minha Sophie tem tanta experiência quanto eu! Tenho muita vontade de discutir esse assunto com a sra. de Merteuil, que gosta muito de mim. Queria consolá-lo, mas também não queria agir de modo repreensível. Aconselham-nos tanto a ter bom coração e depois nos proíbem de seguir o que ele nos inspira, quando se trata de um homem! Isso não é nada justo. Será que o homem não é nosso próximo, tal como a mulher, ou até mais próximo ainda? Pois, afinal de contas, não temos nossos pais e nossas mães, nossos irmãos e nossas irmãs? E, além disso, também não há os maridos? No entanto, se fizesse algo que não fosse correto, talvez o próprio sr. Danceny passasse a ter uma imagem negativa de mim. Veja só: mais essa! Prefiro muito mais que fique triste. Seja como for, sempre haverá tempo para uma resposta. Só porque me escreveu ontem não estou obrigada a responder-lhe hoje. Além disso, vou encontrar a sra. de Merteuil esta noite. Se tiver coragem, vou contar-lhe tudo. Fazendo apenas o que ela me disser, não terei nada com que me recriminar. Mas talvez ela me diga que posso responder-lhe um pouquinho para que ele não fique triste! Ah, como estou sofrendo!

Adeus, minha boa amiga. Diga-me o que pensa.

De..., 19 de agosto de 17**.

CARTA 17

Do Cavaleiro Danceny para Cécile Volanges

Antes de me entregar, senhorita de Volanges, ao prazer ou à necessidade de escrever-lhe, começo por suplicar que me escute. Sinto que, para ousar declarar-lhe meus sentimentos, necessito de sua compreensão. Isso porque ela me seria inútil, caso eu quisesse apenas justificá-los. Em última análise, que vou fazer senão expor o que você mesma ocasionou? Que tenho a lhe dizer senão o que meu olhar, meu constrangimento, meu modo de me comportar e até meu silêncio já não lhe disseram antes de mim? Ah! Você seria capaz de se incomodar com um sentimento que sua própria pessoa fez nascer? Emanado de você, com toda a certeza é digno de lhe ser oferecido. Se é ardente como minha alma, é puro como a sua. Será um crime ter sido capaz de apreciar sua bela figura, seus talentos sedutores, seus amáveis atributos, além dessa candura tocante que acrescenta um preço inestimável a qualidades já tão preciosas? Não, sem dúvida. Mas, mesmo quando não somos culpados pelo que sentimos, é possível sermos infelizes. É essa a sina que me espera, se você se recusar a aceitar as juras de amor que lhe faço. É a primeira vez que as profere meu coração. Sem você, continuarei sereno, mas não feliz. Tendo-a encontrado, a paz fugiu para longe de mim. Minha felicidade é incerta. No entanto, você se surpreende com minha tristeza, perguntando-me a causa. Algumas vezes, notei que meu estado de alma a afligia. Ah, diga uma palavra e minha felicidade será obra sua! Mas, antes de pronunciá-la, pense que uma palavra pode também aumentar meu infortúnio. Então, que seja você o árbitro do meu destino. Por você, serei realmente feliz ou infeliz. Em que mãos mais caras poderia eu ter colocado assunto de tamanha importância?

Terminarei como comecei: implorando sua compreensão. Pedi-lhe que me escutasse; ouso ainda mais: peço-lhe que me responda. Recusá-lo seria fazer-me crer que a ofendi. Meu coração é a garantia de que meu respeito por você iguala meu amor.

P.S.: Para responder-me, você poderia utilizar o mesmo artifício de que servi para lhe fazer chegar esta carta. Parece-me tão cômodo quanto seguro.

De..., 18 de agosto de 17**.

CARTA 18

De Cécile Volanges para Sophie Carnay

Como é possível, Sophie? Você me acusa antes mesmo de eu ter feito qualquer coisa! Já estava sendo assolada por uma quantidade suficiente de preocupações e agora você as aumenta ainda mais. É claro, você me escreveu, que não devo responder. Fala a respeito disso tudo com facilidade, mas não tem uma ideia precisa do que se trata. Você não está aqui para ver. Estou certa de que, se estivesse em meu lugar, faria como eu. Com certeza, como regra geral, não deveria responder. Você viu claramente em minha carta de ontem que eu não queria enviar-lhe uma resposta. Acho que ninguém jamais esteve na situação em que me encontro agora.

E ainda ser obrigada a tomar uma decisão totalmente sozinha! A sra. de Merteuil, que esperava poder encontrar ontem à noite, não esteve aqui. Tudo se volta contra mim. Foi a marquesa quem me apresentou a ele. E é quase sempre em sua presença que o encontro, que falo com ele. Não é que eu a esteja querendo mal. Mas me deixou só num momento de aflição. Ah! Coitada de mim!

Veja só o que aconteceu! Como sempre ele veio ontem, mas estava tão perturbada que nem ousava olhá-lo. E ele não podia falar comigo, porque mamãe estava presente. Eu me perguntava se ficaria zangado quando se desse conta de que não lhe havia escrito. Eu não sabia como agir. Logo depois de sua chegada, perguntou-me se queria que fosse buscar a harpa. Meu coração batia tão forte que tudo o que consegui dizer foi apenas sim. Quando retornou, foi pior. Olhei-o apenas por um instante. Não me olhava, mas, a julgar por seu aspecto, parecia doente. Fiquei com muita pena dele. Começou a afinar minha harpa e depois, passando-me o instrumento, disse: "Ah! Senhorita..." Disse apenas essas duas palavras, mas num tom que me deixou transtornada. Passei a tocar uns prelúdios, sem me dar conta do que estava fazendo. Mamãe perguntou se não íamos cantar. Ele desculpou-se, dizendo que não se sentia bem. Quanto a mim, que não tinha desculpas, foi preciso que cantasse. Quisera nunca ter aprendido a cantar. De propósito, escolhi uma ária que não dominava, pois estava certa de que não poderia cantá-la e de que os outros perceberiam como me sentia mal. Felizmente, chegou uma visita e, quando escutei a carruagem se aproximando, parei de cantar e pedi-lhe que guardasse a harpa. Tive medo de que ele aproveitasse para ir embora, mas voltou.

Enquanto mamãe e a visita conversavam, olhei-o outra vez por um segundo. Encontrei seus olhos e foi-me impossível desviar os meus. Imediatamente, vi lágrimas rolarem por seu rosto, que ele virou de lado para não ser visto. Dessa vez, não pude aguentar. Senti que também eu ia chorar. Saí do salão e escrevi rapidamente a lápis num pedaço de papel: "Não fique assim tão triste. Imploro-lhe. Prometo responder". Tenho certeza de que você não poderá dizer que o que fiz é errado. Além disso, foi mais forte do que eu. Introduzi o papel entre as cordas da harpa, tal como estivera sua carta, e voltei ao salão. Sentia-me mais tranquila. Para mim, aquela senhora demorava demais para retirar-se. Felizmente, estava de passagem e logo depois se foi. Após a visita ter partido, disse a ele que queria praticar de novo, pedindo que fosse buscar a harpa. Vi, por seu aspecto, que não desconfiava de nada. Mas quando voltou, ah, como estava contente! Ao colocar a harpa diante de mim, posicionou-se de modo que mamãe não pudesse ver o que fazia e tomou minha mão entre as suas, de um modo que... foi apenas um segundo, mas não saberia explicar a você o prazer que isso me causou. Apesar disso, retirei minha mão, não havendo, por isso, nada de que possam me acusar.

Agora, minha boa amiga, você entende perfeitamente como não posso me recusar a responder-lhe, já que prometi que o faria. Além disso, não vou fazer com que fique triste outra vez, pois sofro mais que ele com sua tristeza. Se fosse algo errado, seguramente não teria feito o que fiz. Mas que mal pode haver em escrever, sobretudo quando é para impedir que alguém sofra? O que me perturba é que não saberei escrever a carta que prometi. Mas ele verá que não é culpa minha. Estou certa de que, pelo simples fato de ser uma carta minha, isso o deixará feliz.

Adeus, minha querida amiga. Se acha que estou errada, diga-me. Mas não creio ter feito nada de mau. À medida que o momento de escrever a ele se aproxima, meu coração bate de modo inimaginável. Mas preciso escrever. Prometi.

Adeus.

De..., 20 de agosto de 17**.

CARTA 19

DE CÉCILE VOLANGES PARA O CAVALEIRO DANCENY

Você estava tão triste ontem, cavaleiro, e isso me causou tanto dó que não pude deixar de prometer-lhe uma resposta à carta que me escreveu. Isso não quer dizer que hoje sinta que não deva fazê-lo. Seja como for, como prometi, não posso faltar à minha palavra. Considere esta carta como prova da amizade que lhe dedico. Agora que o sabe, espero que não me peça para lhe escrever de novo. Espero também que não diga a ninguém que lhe escrevi, porque, com toda a certeza, eu seria repreendida, o que me deixaria extremamente infeliz. Espero principalmente, de sua parte, que não passe a ter uma ideia negativa de minha pessoa porque lhe escrevi, o que seria para mim sofrimento ainda maior. Posso assegurá-lo de que não teria tanta condescendência em fazê-lo, se não fosse por você. Da mesma maneira, gostaria que tivesse a de não mais ficar triste como estava antes, pois isso me tira todo o prazer de vê-lo. Está vendo, cavaleiro, como lhe escrevo com toda a sinceridade? Desejo apenas que nossa amizade possa durar para sempre. Mas rogo que não me escreva mais. Tenho a honra de ser etc.

CÉCILE VOLANGES
De..., 20 de agosto de 17**.

CARTA 20

DA MARQUESA DE MERTEUIL PARA O VISCONDE DE VALMONT

Ah, patife! Adula-me com medo de que eu faça troça de você. Vamos! Eu o perdoo. Escreveu-me tantas loucuras que é mais do que necessário perdoar o bom comportamento em que sua presidenta o tem mantido. Não creio que meu cavaleiro pudesse ter tanta capacidade de perdoar quanto eu. É homem o suficiente para desaprovar a renovação do contrato amoroso entre você e mim e para não encontrar nada de engraçado nessa tresloucada ideia. Eu, contudo, ri bastante, mas me aborreci muito por ter sido obrigada a rir sozinha! Se você estivesse aqui, não sei até onde tanta alegria me teria levado. Contudo, tive tempo para refletir e armei-me de severidade. Não é que me recuse para sempre a reatar com você, mas vou adiar a decisão. Assim estou agindo corretamente. Talvez venha a considerar o assunto sob o ângulo da vaidade, e, tal como quando somos picados pelo desejo de ganhar no jogo, não sabemos quando parar. Seria mulher o suficiente para acorrentá-lo outra vez, para fazê-lo esquecer sua presidenta. No entanto, se eu – eu, a indigna – fizesse com que você deixasse de apreciar a virtude, um grande escândalo se formaria! Para evitar esse perigo, aqui estão minhas condições.

Logo depois que tiver possuído sua beata e me houver dado prova disso, venha, que serei sua. Com certeza não ignora que nos assuntos importantes só se recebem provas escritas. Com esse arranjo, de um lado, serei uma recompensa, em vez de um consolo (essa ideia me agrada mais); de outro, seu sucesso será, por tudo isso, mais picante, já que se transformará na causa de minha infidelidade. Venha, pois, venha o mais cedo possível trazer-me o penhor de seu triunfo, tal como nossos destemidos cavaleiros de antanho, que vinham colocar aos pés de suas senhoras os frutos brilhantes da vitória. Falando seriamente: estou curiosa para saber o que poderá escrever uma pudica, depois de tal momento, e com que véu cobrirá sua prosa, depois de não deixar nenhum sobre si mesma. Cabe a você indicar se estou me atribuindo um preço demasiado alto. Mas previno que não haverá rebaixas. Até lá, meu caro visconde, é de seu interesse que eu permaneça fiel a meu cavaleiro e que me divirta em satisfazê-lo, apesar da magoazinha que isso lhe causa.

Todavia, se eu não cultivasse os bons costumes, meu cavaleiro teria neste momento rival temível. Trata-se da pequena Volanges. Estou louca por essa menina. Verdadeira paixão. Ou muito me engano, ou ela se transformará numa das mulheres mais na moda entre nós. Vejo seu coraçãozinho desenvolver-se, o que é para mim um espetáculo fascinante. Já está amando o seu Danceny com furor, mas ainda não está consciente disso. Ele próprio, embora muito apaixonado, ainda tem a timidez de sua idade. Por isso, não ousa declarar-se a ela. Ambos simplesmente me adoram. A pequena, sobretudo, tem imensa vontade de contar-me seu segredo. Particularmente, depois de alguns dias, vejo-a deveras oprimida por esse desejo de abrir-se totalmente comigo. Iria prestar-lhe um grande favor, caso a ajudasse um pouco. Mas não esqueço que se trata de uma criança. Não quero comprometer-me. Danceny falou-me um tanto mais claramente. Quanto a ele, porém, já me decidi: não quero ouvir o que tem a me dizer. Quanto à pequena, sinto-me com frequência tentada a fazer dela minha aprendiz.

É favor que queria prestar a Gercourt. Deixa-me tempo para tanto, pois estará na Córsega até o mês de outubro. Tenho a intenção de aproveitar esse período para que lhe entreguemos uma mulher perfeitamente formada, em lugar de sua inocente menina de convento. Na verdade, que espécie de insolente segurança é a desse homem que ousa dormir tranquilo enquanto uma mulher que tem queixas contra ele ainda não pôde vingar-se? Escute-me: se a pequena estivesse aqui neste momento, não sei o que seria capaz de lhe dizer.

Adeus, visconde. Boa noite e muito sucesso. Mas, por Deus, siga adiante! Pense que, se não tiver essa mulher, as outras se envergonharão de tê-lo tido.

De..., 20 de agosto de 17**.

CARTA 21

Do Visconde de Valmont para a Marquesa de Merteuil

Enfim, minha bela amiga, dei um passo adiante, mas um grande passo, o qual, se não me levou até o objetivo desejado, fez-me pelo menos saber que estou no caminho certo, dissipando o temor que tinha de ter me perdido. Finalmente, pude declarar meu amor. Se bem que ela tenha guardado o mais obstinado silêncio, obtive talvez a menos equívoca e a mais lisonjeira das respostas. No entanto, não nos antecipemos aos acontecimentos. Retomemos o ponto onde estávamos.

Deve estar lembrada de que meus passos estavam sendo espionados. Pois bem! Fiz com que esse artifício escandaloso fosse utilizado em prol do fortalecimento da moral pública. Eis o que fiz. Encarreguei meu confidente de encontrar nos arredores algum desvalido que estivesse necessitando de ajuda, tarefa que não foi difícil de ser cumprida. Ontem à tarde ele me contou que hoje pela manhã deveriam ser confiscados os móveis de uma família inteira que não tinha como pagar os impostos. Assegurei-me de que não havia naquela casa nenhuma jovem ou mulher cuja idade ou aparência pudessem tornar minha ação suspeita. Quando estava perfeitamente informado, manifestei no jantar minha intenção de ir caçar na manhã seguinte. Aqui, devo fazer justiça à minha presidenta: sem dúvida, foi acometida por algum remorso quanto às ordens que havia dado. Mas, não tendo forças para vencer sua curiosidade, teve-as, pelo menos, para contrariar meu desejo de ir caçar. Esperava-se um calor excessivo, o que colocava em risco minha saúde. Eu não caçaria nada e iria cansar-me em vão. Durante esse diálogo, seus olhos, que talvez falassem mais do que desejasse, fizeram-me ver claramente que queria que eu tomasse por boas suas razões equivocadas. Não tinha intenção de me render a seus argumentos, como você bem pode imaginar. Assim, tive de enfrentar tanto uma diatribe contra a caça e os caçadores como uma nuvem de mau humor que obscureceu toda a noite aquela figura celestial. Temi por um momento que suas ordens tivessem sido revogadas e que eu pudesse ser prejudicado por seus escrúpulos. É que não havia calculado a força da curiosidade feminina, o que fez com que me enganasse. Nessa mesma noite, meu caçador tranquilizou-me. Deitei-me satisfeito.

Com os primeiros raios de sol, levantei-me e parti. A escassos cinquenta passos do castelo, percebo nosso espião a me seguir. Começo a caça, caminhando através dos campos em direção à aldeia, que era meu destino. Não tinha outro prazer no caminho que não fosse o de fazer correr o ser ridículo que me seguia. Não ousando abandonar as trilhas mais usadas, ele percorria sempre a toda brida uma distância três vezes maior que a por mim vencida. Por exercitá-lo tanto, também eu senti muito calor e sentei ao pé de uma árvore. Não é que o espia teve a petulância de meter-se debaixo de um arbusto a apenas vinte passos de mim e sentar-se também? Em certo momento, fiquei tentado a despachar-lhe um tiro de minha arma, a qual, se bem que de chumbo pequeno, ter-lhe-ia dado uma lição sob medida a respeito dos perigos da curiosidade. Felizmente para ele, lembrei-me de que ele era útil, necessário até, para meus projetos. Esses pensamentos o salvaram.

Algum tempo depois, chego à aldeia, onde escuto boatos. Avanço. Pergunto. Contam-me os fatos. Chamo o coletor de impostos. Cedendo à minha generosa compaixão, pago nobremente as cinquenta e seis libras pela falta das quais cinco pessoas seriam obrigadas a dormir no chão e a desesperar-se. Depois de tão simples ação, você não pode imaginar o coro de pedidos de bênçãos divinas que se formou à minha volta, proferidas pelos que haviam presenciado a cena. Quantas lágrimas de agradecimento não escorreram dos olhos do chefe daquela família, embelezando sua figura de patriarca, a qual, um momento antes, a marca do desespero tornara verdadeiramente odiosa. Observava o espetáculo, quando um outro camponês, mais jovem, conduzindo pela mão uma mulher e duas crianças, dirigiu-se a mim com passos precipitados e disse: "Caiamos todos de joelhos diante desta imagem viva de Deus!". No mesmo instante, fiquei rodeado por essa família, prostrada a meus pés. Vou confessar-lhe minha fraqueza: meus olhos se banharam de lágrimas, e senti um involuntário, mas delicioso movimento em minha alma. Assombrei-me com o prazer que se experimenta quando se pratica o bem. Ficaria tentado a crer que o que chamamos de pessoa caridosa não tem tanto mérito quanto a opinião geral se compraz em nos dizer. Seja como for, considerei justo retribuir àquelas pessoas o prazer que acabavam de me dar. Tinha dez luíses comigo. Dei-os a eles. Agora, recomeçaram os agradecimentos, mas não tinham mais aquele ar patético da primeira vez. A necessidade imperiosa – a de pagar os impostos – havia já produzido o grande, o verdadeiro efeito. Depois, tudo não passou da simples expressão do reconhecimento e do espanto com uma esmola inesperada, supérflua.

Enquanto isso, em meio às bênçãos exageradas daquela família, bem que eu parecia o herói de um drama na cena final. Você já deve ter adivinhado que, em meio à multidão, como não poderia deixar de ser, estava nosso fiel espia. Meu objetivo tinha sido alcançado. Desvencilhei-me de todos e voltei ao castelo. Considerando tudo, tenho de felicitar-me por minha atuação. Aquela mulher, sem dúvida, vale todos esses trabalhos que me estou dando. Serão em breve meus títulos diante dela. Desse modo, tendo-lhe, por assim dizer, pagado adiantado, terei o direito de dispor desses títulos a meu bel-prazer, sem ter pelo que me arrepender.

Ia esquecendo de dizer que, para tirar o melhor proveito de tudo o que ocorrera, pedi àquela pobre gente que rezasse a Deus pelo sucesso de meus planos. Noutra carta você verá se as orações deles já não foram, pelo menos em parte, escutadas... É que vieram dizer-me que o jantar está servido. Ficaria muito tarde para que esta carta fosse remetida, se eu a terminasse antes de me deitar.

Desse modo, *a continuação pelo próximo correio**. Fico triste, pois o que falta é a melhor parte. Adeus, minha bela amiga. Você me rouba, nestes momentos em que lhe escrevo, o prazer de ver minha presidenta.

De..., 20 de agosto de 17**.

CARTA 22

Da presidenta de Tourvel para a sra. de Volanges

Sem dúvida ficará contente, senhora, ao tomar conhecimento de um traço da personalidade do sr. de Valmont que contrasta muito, parece-me, com todos aqueles sob os quais ele lhe foi representado. Como me causa dó julgar desfavoravelmente quem quer que seja! Como me sinto mal quando apenas se encontram vícios naqueles que possuem todas as condições necessárias para amar a virtude! Na verdade, a senhora de tal forma se compraz em ser indulgente que seria prestar-lhe um serviço dar-lhe motivos para que reconsidere um julgamento excessivamente rigoroso. O sr. de Valmont parece-me possuir elementos sólidos para que mereça esperar esse seu favor, diria até o dever de justiça. Eis o que me faz pensar assim.

Deu ele, nesta manhã, uma dessas suas voltas que poderiam fazer supor algum projeto escuso de sua parte nos arredores, tal como havia parecido à senhora. Ideia que me acuso de ter adotado, talvez com excessiva ligeireza. Felizmente para ele, mas sobretudo para nós, porquanto isso nos salva de ser injustas, um de meus criados tinha de ir** para os mesmos lados que ele. Foi por isso que minha curiosidade repreensível, mas agora auspiciosa, foi satisfeita. Contou-nos meu criado que o sr. de Valmont, tendo encontrado na aldeia de... uma pobre família cujos móveis estavam prestes a ser vendidos por não ter podido pagar os impostos, não apenas se apressou em

---

* Fórmula dos jornais da França da época para anunciar a continuação de uma notícia incompleta. (N.T.)

** A sra. de Tourvel não ousa dizer que fora por suas ordens? (N.A.)

saldar a dívida, como também lhes deu uma soma de dinheiro bastante considerável. Meu criado testemunhou esse ato virtuoso. Ademais, relatou-me que os camponeses, falando entre si e com ele, tinham dito que um serviçal, que eles apontaram e que o meu criado crê ser o do sr. de Valmont, havia ontem colhido informações sobre os moradores da aldeia que poderiam estar necessitando de ajuda. Se efetivamente assim foi, não se trata de uma compaixão passageira, mas de disposição para a beneficência. É a mais bela virtude das mais belas almas. Seja acaso ou determinação, será sempre uma ação virtuosa e louvável, cujo relato, por si só, me enterneceu até as lágrimas. Acrescentaria, sempre por justiça, que quando me referi à sua ação, sobre a qual ele não disse uma só palavra, começou por escusar-se de tê-la praticado. Quando a admitiu, parecia atribuir-lhe tão pouco significado que a modéstia redobrava seu mérito.

Agora, minha respeitável amiga, peço que me diga se o sr. de Valmont é de fato um libertino sem remédio. Se não passa disso e se comporta como se comportou, o que poderia sobrar para as pessoas honestas? Deus meu! Será que os maus compartilham com os bons o prazer sagrado da beneficência? Permitiria Ele que uma família virtuosa tenha podido receber das mãos de um celerado um auxílio que a fez prestar graças à Divina Providência? E poderia Ele comprazer-se em escutar lábios puros dirigirem seus pedidos de bênção divina a um maldito? Não. Prefiro crer que os erros, mesmo que tenham durado muito tempo, não são eternos. Não posso também crer que quem pratica o bem seja inimigo da virtude. O sr. de Valmont é talvez apenas um exemplo a mais do perigo de certas ligações. Termino esta carta com tal ideia, que me agrada. Se, por um lado, ela poderá servir para que se faça justiça a ele em seu espírito, senhora, por outro, ela torna cada vez mais preciosa para mim a terna amizade que me une à sua pessoa para toda a vida.

Tenho a honra de ser etc.

P.S.: A sra. de Rosemonde e eu iremos, daqui a pouco, visitar também a pobre e infeliz família e adicionar nosso auxílio tardio ao do sr. de Valmont. Nós o levaremos conosco.

Daremos a essas boas pessoas o prazer de rever seu benfeitor. É, creio, tudo o que deixou para que nós duas fizéssemos.

De..., 20 de agosto de 17**.

CARTA 23
Do Visconde de Valmont para a Marquesa de Merteuil

Estávamos na minha volta ao castelo. Retomo a narrativa.

Tive tempo apenas para vestir-me rapidamente. Dirigi-me ao salão, onde minha amada tecia uma tapeçaria e o cura do lugar lia a gazeta para minha velha tia. Fui sentar-me ao lado do tear. Olhares mais meigos que de costume, quase uma carícia, fizeram-me logo adivinhar que o criado já havia prestado contas de sua missão. De fato, minha amável curiosa não conseguiu guardar por muito tempo o segredo que me tinha roubado. Sem medo de interromper o venerável cura, cujo tom de voz mais se parecia com os monótonos anúncios religiosos de depois da missa, disse: "Também tenho notícias para dar". Narrou então minha aventura com uma exatidão que honrava a inteligência do autor do relato. Você bem pode imaginar como aproveitei a oportunidade para mostrar toda a minha modéstia. Mas quem poderia deter uma mulher que sem se dar conta elogiava a quem estava amando? Tomei, pois, a decisão de deixá-la seguir adiante. Dir-se-ia que estava repetindo o panegírico de um santo. Enquanto falava, observei, não sem esperança, tudo aquilo que prometiam ao amor seu olhar animado, seus gestos agora livres, mas, sobretudo, esse tom de voz que, por sua já sensível alteração, traía os sentimentos de seu peito. Ao terminar, a sra. de Rosemonde disse: "Venha, meu sobrinho, deixe-me beijá-lo". Imediatamente, percebi que minha amada do panegírico, por sua vez, não poderia impedir que também fosse beijada. Contudo, tentou escapar. Mas rapidamente a segurei pelos braços. Longe de encontrar forças para resistir, apenas usou as que haviam sobrado para manter-se de pé. Quanto mais observo essa mulher, mais ela me parece apetecível. Apressou-se em retornar ao tear, querendo dar a todos a impressão de que recomeçara sua tapeçaria. Mas percebi claramente que sua mão trêmula não lhe permitia continuar o trabalho.

Depois do almoço, as damas quiseram ir ver os infelizes que eu havia tão piedosamente socorrido. Acompanhei-as. Poupo você da maçada dessa segunda cena de agradecimentos e elogios. Meu coração, levado por perspectivas deliciosas, apressou o momento do retorno ao castelo. Durante o caminho, minha bela presidenta, mais sonhadora que o habitual, não disse uma só palavra. Muito absorto em encontrar a maneira de aproveitar os efeitos que os acontecimentos do dia haviam produzido, mantive igual silêncio. Apenas a sra. de Rosemonde falava, se bem que apenas tenha obtido de nós raras ou curtas respostas. Devemos tê-la enfadado, o que era meu objetivo e que consegui alcançar. Assim, ao descer da carruagem, passou imediatamente para seus aposentos e deixou-nos a sós, minha amada e eu, num salão mal-iluminado. Doce obscuridade que encoraja o amor tímido.

Não foi preciso dar-me ao trabalho de dirigir nossa conversa para onde desejava. O fervor da amável predicante serviu-me melhor do que poderia tê-lo feito minha habilidade. "Quando alguém é tão digno ao praticar o bem", disse-me, pousando sobre mim seu meigo olhar, "como é possível que passe a vida causando o mal?". "Não mereço", respondi-lhe, "nem esse elogio, nem essa crítica. Não posso conceber que, com tanta perspicácia, não me tenha ainda compreendido. Se a confiança que tenho em você viesse a prejudicar sua opinião quanto a mim, você é demasiado digna dela para que eu possa recusá-la. Encontrará a chave de meu comportamento em um caráter, infelizmente, demasiado débil. Cercado por pessoas de maus costumes, imitei seus vícios. Talvez minha vaidade me tenha levado a querer superá-los. Do mesmo modo, seduzido neste lugar pelo exemplo da virtude, sem esperar poder me igualar a você, tentei ao menos seguir seus passos. Ah, talvez o ato que você louvou hoje perca todo o valor a seus olhos, se conhecesse sua verdadeira motivação!" (Note bem, minha bela amiga, como, ao dizer isso, eu estava perto da verdade.) "Não é a mim que aqueles infelizes", continuei, "devem o auxílio que tiveram. Onde você pensa estar vendo um ato louvável, não procurava eu senão uma maneira de agradar. Fui somente, é preciso que o diga, o inexpressivo agente da divindade que adoro." (Aqui ela tentou interromper-me, mas não lhe dei tempo.) "Neste preciso momento", acrescentei, "meu segredo só me escapa por fraqueza. Havia-me prometido não revelá-lo. Estava feliz em poder venerar com um coração puro suas virtudes e seus encantos, sentimentos meus que seriam para sempre ignorados por você. Mas incapaz de enganar quando tenho sob os olhos este exemplo de candura, não terei mais de reprovar-me diante de você por manter uma dissimulação censurável. Não considere que a ofendo com a esperança de um ato ilícito de sua parte. Não terei sucesso, bem sei, e isso me tornará infeliz. Contudo, meu sofrimento me será caro, já que provará a profundidade de meu amor. Será a seus pés, em seu seio que depositarei minha dor. Dela retirarei as forças para sofrer novamente. Nela encontrarei bondade e compreensão. Vou considerar-me consolado, porque você terá sentido pena de mim. Oh! Você, que eu adoro, escute-me, tenha piedade de mim e venha em meu socorro." Entrementes, havia me posto a seus pés e apertava suas mãos entre as minhas. Mas ela, retirando-as repentinamente e cruzando-as sobre seus olhos, com expressão desesperada, disse em voz alta: "Ah, coitada de mim!", e dissolveu-se em lágrimas. Por sorte, havia-me de tal modo entregue à situação que também chorava. Retomando suas mãos, banhava-as com meu pranto. Esse cuidado era totalmente necessário, porquanto ela estava tão tomada pela dor que a afligia que não se teria dado conta da minha, se eu não tivesse encontrado esse meio de chamar sua atenção para mim. Além disso, com esse expediente, pude observar à vontade aquela figura encantadora, embelezada ainda mais pela potente atração das lágrimas. Minha cabeça estava quente, e tão pouco podia dominar-me que fiquei tentado a me aproveitar da ocasião.

Como somos fracos! Como é forte o império das circunstâncias! Digo isso porque até mesmo eu, esquecendo meus planos, arrisquei perder por um triunfo prematuro o encanto das longas conquistas e os pormenores de uma derrota dolorosa. A força das circunstâncias também se manifestou, porque tão dominado estava por um desejo de rapaz que por pouco não expus o vencedor da sra. de Tourvel a recolher, como fruto de seus esforços, apenas a insípida vantagem de ter tido uma mulher a mais. Ah, que ela se entregue, mas que combata! Sem ter forças para vencer, que as tenha para resistir. Que saboreie lentamente o sentimento de ser débil e que seja forçada a confessar sua derrota. Deixemos o ladrão de caça matar às escondidas o cervo que surpreendeu. O verdadeiro caçador deve forçá-lo a entregar-se a suas armas. Trata-se de um plano sublime, não é verdade? Com certeza estaria agora arrependido de não o estar levando adiante, se o acaso não tivesse vindo socorrer minha prudência.

Escutamos um ruído. Alguém vinha para o salão. A sra. de Tourvel, apavorada, levantou-se precipitadamente, tomou um castiçal e saiu. Foi preciso deixá-la agir assim. Mas era apenas um criado. Logo que me dei conta disso, saí ao encalço de minha bela. Poucos passos havia dado, quando, seja por ter percebido que era eu, seja por um vago sentimento de terror, percebi que ela acelerava os seus. Mais que entrar, lançou-se em seus aposentos, fechando a porta atrás de si. Dirigi-me para lá. A chave estava por dentro. Abstive-me de bater. Seria proporcionar-lhe ocasião para uma resistência demasiado fácil. Tive a simples e feliz ideia de tentar olhar através da fechadura. Vi que, de fato, essa mulher adorável estava de joelhos, banhada de lágrimas, rezando com fervor. Que Deus ousava invocar? Seria ele suficientemente poderoso contra o amor? Em vão, ela estava procurando socorro em terceiros. Sou eu quem decidirá sua sina. Pensando ter feito o bastante para um dia, também eu me retirei a meus aposentos e pus-me a escrever para você. Esperava poder revê-la no jantar, mas ela mandou dizer que estava indisposta e que havia se deitado. A sra. de Rosemonde quis subir até onde estava, mas a maliciosa enferma pretextou uma dor de cabeça que não lhe permitia ver ninguém. Você já deve ter imaginado que depois do jantar nosso grupo logo se desfez e que também eu tive minha dor de cabeça. Em meu quarto, escrevi a ela uma longa carta para queixar-me do rigor com que me havia tratado. Deitei-me com a intenção de entregá-la no dia seguinte. Dormi mal, como você pode ver pela data e hora desta carta. Levantei-me e reli a que lhe tinha escrito. Percebi que não me havia contido o suficiente e que mostrara mais paixão que amor, mais irritação que tristeza. Terei de refazê-la. Preciso estar mais calmo.

É ainda muito cedo. Espero que o frescor da madrugada me traga o sono de volta. Vou retornar para minha cama. Qualquer que seja o domínio que essa mulher possa ter sobre mim, prometo não me dedicar excessivamente a ela para que me sobre bastante tempo para sonhar com você. Adeus, minha bela amiga.

De..., 21 de agosto de 17**, às 4 horas da madrugada.

CARTA 24

Do Visconde de Valmont para a presidenta de Tourvel

Ah, por piedade, sra. de Tourvel, que se digne a acalmar a ansiedade de minha alma, que se digne a comunicar-me o que devo esperar ou temer! Entre demasiada felicidade e demasiado infortúnio, a incerteza é um tormento cruel. Por que foi que lhe contei tudo? Por que não pude resistir ao encanto imperioso que lhe entregou meus pensamentos? Contente por adorá-la em silêncio, pelo menos eu me comprazia com o meu amor. Esse sentimento puro, que ainda não havia sido atribulado pela imagem de sua dor, bastava para me satisfazer. Mas essa fonte de felicidade transformou-se em desespero depois que vi correrem suas lágrimas, depois que ouvi aquele cruel "*Ah, coitada de mim!*". Essas poucas palavras retumbarão por muito tempo em minha alma. Por que fatalidade o mais meigo dos sentimentos só pôde inspirar-lhe terror? Mas por que esse medo? Ah! Seria o de compartilhar o amor? Seu coração, que mal conheço, não foi feito para amar. O meu, que você sem cessar calunia, é o único dos dois que sabe ser sensível. O seu não sabe ter piedade. Se não fosse assim, você não teria negado uma palavra de consolo ao infeliz que lhe contava suas penas; não se teria esquivado a seu olhar, quando não possui ele outro prazer senão o de vê-la; não teria feito de sua inquietude uma brincadeira cruel, ao mandar dizer-lhe que estava indisposta, sem permitir que fosse se informar sobre seu estado; se não fosse assim, teria sentido que aquela noite, para você apenas longas horas de repouso, para ele foi um século de dores.

Por que razão, diga-me, mereci essa severidade desoladora? Não temo que você venha a ser meu juiz. Que fiz eu senão ceder a um sentimento involuntário – inspirado pela beleza, justificado pela virtude e sempre contido pelo respeito –, cuja inocente confissão foi o resultado da confiança que deposito em você, e não da esperança de tê-la. Vai trair essa confiança que você própria parecia permitir-me e à qual me entreguei sem reservas? Não, não posso crer que será assim. Seria admitir imperfeições em seu espírito. Meu coração se revolta ante a ideia de que você possa possuir uma só imperfeição que seja. Renego minhas queixas! Fui capaz de escrevê-las, mas não posso imaginá-las. Ah, deixe-me crer que você é perfeita! É o único prazer que me resta. Prove-me que você é assim, concedendo-me seu amparo. Você já socorreu algum infeliz tão necessitado quanto eu? Não me abandone nesse delírio em que você me lançou. Empreste-me sua capacidade de raciocinar, pois você arrebatou a minha. Depois de ter me emendado, traga-me luz para terminar sua obra.

Não quero enganá-la: você nunca conseguirá vencer meu amor. Mas espero que me ensine a controlá-lo. Guiando meus passos, ditando minhas palavras, pelo menos me salvará do horroroso infortúnio de desagradá-la. Dissipe sobretudo esse medo atroz, dizendo que me perdoa, que sente pena de mim, que me promete sua compreensão. Sei que jamais terá tanta quanto eu desejaria que tivesse, mas rogo a que me é indispensável. Vai me recusar isso?

Adeus, sra. de Tourvel. Receba com bondade o penhor de meus sentimentos. Não conspurca ele o de meu respeito.

De..., 20 de agosto de 17**.

CARTA 25

Do Visconde de Valmont para a Marquesa de Merteuil

Segue abaixo o relato do que aconteceu ontem.

Voltei aos aposentos da sra. de Rosemonde às onze horas da manhã. Sob seus cuidados, fui levado ao quarto da enferma fingida, que ainda estava deitada. Tinha os olhos muito vermelhos. Espero que tenha dormido tão mal quanto eu. Aproveitei um momento em que a sra. de Rosemonde tinha se afastado para entregar-lhe minha carta. Recusou-se a recebê-la. Deixei-a sobre seu leito e inocentemente me dirigi à poltrona de minha velha tia, que desejava estar perto de *sua menina querida*.

Foi preciso que esta pegasse a carta para evitar escândalo. A doente disse, sem jeito, que pensava estar com um pouco de febre. A sra. de Rosemonde apressou-se em tomar-lhe o pulso, ao mesmo tempo em que elogiava meus conhecimentos de medicina. Minha amada teve, então, a dupla pena de ser obrigada a entregar-me seu braço e de sentir que sua pequena mentira seria descoberta. Com efeito, tomei sua mão, que mantinha firme em uma das minhas, enquanto com a outra percorria seu braço fresco e bem-torneado. A maliciosa não abriu a boca, o que me obrigou a dizer, quando me afastei: "Nem o mais leve calor, nada sente seu coração". Perguntava a mim mesmo se seus olhos estariam transmitindo severidade e, para puni-la, não os procurei. Pouco depois, disse que desejava levantar-se. Deixamo-la só. Reapareceu no almoço, que foi tristonho. Anunciou que não iria passear, o que equivalia a dizer-me que eu não teria ocasião de lhe falar. Senti que, neste momento, devia soltar um suspiro e lançar um olhar doloroso. Sem dúvida, era o que ela esperava, pois foi o único momento do dia em que consegui encontrar seus olhos. Por mais bem-comportada que possa ser, ela tem suas artimanhas, como todas as mulheres. Encontrei uma ocasião para perguntar-lhe *se ela tinha tido a bondade de informar-me sobre meu destino* e fiquei algo surpreso com sua resposta: "Sim, visconde, eu lhe escrevi uma carta". Queria saber imediatamente o que tinha me escrito. Mas, por astúcia, por inabilidade ou por timidez, apenas à noite me entregou a carta, quando se retirava para seus aposentos. Eu a envio a você, junto com o rascunho da que escrevi. Leia e julgue. Veja com que insigne falsidade afirma que não me ama, quando estou certo do contrário. Mais tarde vai queixar-se se eu a enganar, se bem que não tema enganar-me agora. Minha bela amiga, o homem mais astuto não pode vencer a mais cândida das mulheres. Será, contudo, necessário fingir que creio em todas essas tolices e cansar-me de tanto desespero, porque apraz à presidenta ser rigorosa. Como será possível que eu não queira me vingar de tanta perfídia?... Ah! Paciência... Mas adeus. Ainda tenho muito a escrever.

A propósito, peço-lhe que me devolva a carta da desumana. Pode ser que ela venha a valorizar essas ninharias. É preciso estar preparado para o que der e vier.

Não lhe escrevo agora sobre a pequena Volanges. Falaremos dela na primeira oportunidade.

> Do Castelo de..., 22 de agosto de 17**.

CARTA 26
Da presidenta de Tourvel para o Visconde de Valmont

Com certeza, senhor, não teria recebido nenhuma carta de minha parte se meu tolo comportamento de ontem à noite não me tivesse forçado a dar-lhe, hoje, algum tipo de explicação. Sim, chorei, confesso. Talvez as três palavras que disse e que o senhor me cita com tanto empenho tenham também escapado a meu controle. Lágrimas e palavras, tudo o que senhor notou. É, pois, preciso que tudo lhe explique.

Acostumada a inspirar apenas sentimentos puros, a ouvir apenas palavras que possa escutar sem corar, a usufruir, por conseguinte, de uma segurança que, ouso dizer, mereço, não sei nem dissimular, nem combater as emoções que sinto. O espanto e o constrangimento que seu comportamento me causou, um temor desconhecido ocasionado por uma situação que nunca deveria ter sido preparada para mim, a ideia com certeza revoltante de me ver confundida com as mulheres que o senhor despreza, de ser tratada com a mesma leviandade, todas essas causas reunidas provocaram minhas lágrimas e puderam me fazer dizer, com razão, creio, que me sentia uma pobre coitada. Essa expressão, que o senhor considera tão forte, seria certamente demasiado fraca se meu pranto e minhas palavras tivessem tido um motivo diferente, ou seja, se em lugar de desaprovar esses sentimentos que me ofendem eu tivesse o temor de compartilhá-los.

Não, senhor, não tenho esse temor. Se o tivesse, fugiria, colocando cem léguas de distância entre o senhor e mim, e choraria num deserto a infelicidade de tê-lo conhecido. Apesar da certeza que tenho de absolutamente jamais tê-lo amado, talvez tivesse agido melhor se houvesse seguido os conselhos de pessoas amigas, não deixando que o senhor se aproximasse de mim.

Pensei, e aí está meu único erro, pensei que respeitaria uma mulher virtuosa, que desejava apenas que também o senhor assim fosse, que queria lhe ser justa e que já o estava defendendo enquanto me ultrajava com confissões sem decoro. O senhor não sabe como sou. Não, o senhor não sabe como sou. Caso contrário, não teria transformado sua má conduta em direitos sobre mim. Por ter me feito ouvir palavras que eu não deveria ter escutado, o senhor não deveria ter pensado que estava autorizado a escrever-me uma carta que eu não deveria ler. E o senhor me pede que eu *guie seus passos, que dite suas palavras*! Pois bem, senhor, silêncio e esquecimento são o conselho que me convém lhe dar e que lhe convém seguir. Assim, terá direito à minha compreensão. Só depende do senhor obter também o direito a meu reconhecimento... Mas não, não farei nenhuma exigência a quem não me respeitou. Não darei qualquer prova de confiança a alguém que violou minha paz. O senhor me força a temê-lo, talvez a odiá-lo. Não queria que fosse assim. Queria ver no senhor apenas o sobrinho de minha mais respeitável amiga. Eu estava opondo a voz da amizade à voz pública que o acusava. O senhor tudo destruiu, e prevejo que nada pretende reconstruir.

Limito-me, senhor, a comunicar-lhe que seus sentimentos me ofendem, que a confissão deles me ultraja e, sobretudo, que, longe de vir um dia a partilhá-los, o senhor me forçará a não vê-lo mais, se não impuser sobre esse assunto o silêncio que, creio, tenho o direito de esperar e mesmo de exigir de sua parte. Junto a esta carta a que me escreveu. Da mesma forma, espero que me devolva esta. Ficaria muito aflita, caso sobrasse o menor vestígio de um fato que não deveria jamais ter acontecido.

Tenho a honra de ser etc.

De..., 21 de agosto de 17**.

CARTA 27

DE CÉCILE VOLANGES PARA A MARQUESA DE MERTEUIL

Meu Deus! Como a senhora é bondosa! Como foi sensível ao perceber que seria mais fácil para mim escrever-lhe do que lhe falar. Pudera! O que tenho a lhe dizer é muito difícil. Mas a senhora é minha amiga, não é verdade? Claro que sim, minha amiga muito querida. Procurarei não ter medo, pois necessito muito da senhora e de seus conselhos. Sinto-me mal porque, ao que parece, todo mundo adivinha meus pensamentos. Sobretudo quando ele está presente, coro quando me olham. Ontem, quando a senhora me viu chorar, foi porque queria lhe falar. Não sei o que me impediu fazê-lo. Quando me perguntou o que eu tinha, minhas lágrimas brotaram sem que eu quisesse. Não teria podido dizer uma só palavra. Se não tivesse sido pela senhora, mamãe iria dar-se conta de tudo. E então, o que seria de mim? Mas é assim que tenho passado minha vida, sobretudo de quatro dias para cá.

Foi depois daquele dia, senhora, sim, vou contar-lhe, foi depois daquele dia em que o Cavaleiro Danceny me escreveu. Ah! Garanto-lhe que, quando encontrei sua carta, não tinha ideia do que se tratava! Mas, para não mentir, não posso negar que tive grande prazer em lê-la. Entenda-me, por favor! Para mim, teria sido melhor sofrer a vida inteira do que deixar de receber essa carta dele. Contudo, sabia que não devia lhe dizer isto. Inclusive, garanto à senhora que lhe disse que me zanguei por causa dessa carta. De seu lado, disse-me que escrevê-la tinha sido mais forte que ele. Acredito nisso, pois estava resolvida a não lhe responder, mas não pude impedir-me. Ah, apenas lhe escrevi uma só vez! E na verdade foi, em parte, somente para dizer que não me escrevesse mais. Apesar disso, escreve-me todos os dias. Como não respondo, vejo que está muito triste, o que me deixa ainda mais aflita. Tanto que não sei mais o que fazer nem o que vai ser de mim! Como estou sofrendo!

Rogo que me diga, senhora, se será errado responder-lhe de vez em quando, somente até que ele decida não me escrever mais, até que voltemos a estar como antes. Pois, para mim, se tudo continuar como agora, não sei o que será de mim. Acredite, por favor: lendo sua última carta, chorei até não poder mais. Estou certa de que, se eu continuar a não lhe responder, nós dois sofreremos muito.

Estou lhe enviando a carta que ele me escreveu, ou melhor, uma cópia, para que a senhora mesma forme sua opinião. Verá perfeitamente que não há nenhum mal no que me pede. Porém, se a senhora considerar que não devo satisfazer a seu pedido, prometo-lhe que vou impedir-me de fazê-lo. No entanto, creio que pensará como eu, que não há nenhum mal nisso tudo.

Já que estamos falando no assunto, senhora, permita-me fazer-lhe mais uma pergunta: disseram-me que era errado amar alguém. Por quê? O que me leva a lhe fazer essa pergunta é que o Cavaleiro Danceny considera não haver absolutamente nenhum mal nisso, que quase todo mundo ama. Se for assim, não sei por que deveria ser eu a única pessoa a impedir-se de amar. Ou seria algo errado apenas para as jovens? Isso porque ouvi minha própria mãe dizer que a senhora D... amava o senhor M..., e ela não falava nisso como se fosse uma coisa assim tão errada. Contudo, estou certa de que se zangaria comigo se tivesse apenas uma leve desconfiança de minha amizade com o sr. Danceny. Mamãe sempre me trata como se eu fosse uma criança, não me contando absolutamente nada. Pensava, quando mandou que saísse do convento, que era para casar-me. Mas agora me parece que não. Não é que me preocupe com isso, garanto-lhe. Todavia, a senhora, que é tão amiga dela, sabe com certeza se me caso ou não e, se o sabe, espero que me diga.

Que longa esta carta, senhora! Mas, como me permitiu escrever-lhe, aproveitei para contar tudo. Confio em sua amizade.

Tenho a honra de ser etc.

Paris, 23 de agosto de 17**.

CARTA 28

Do Cavaleiro Danceny para Cécile Volanges

Como é possível, senhorita de Volanges! Continua a recusar-me uma resposta! Nada poderá abrandá-la? Ao terminar o dia, leva ele consigo a esperança que me trouxe na alvorada. Que amizade seria essa que existe entre nós, reconheça, se nem mesmo é suficientemente forte para fazê-la sensível à minha dor, se a deixa fria e tranquila, enquanto sou submetido aos tormentos de um fogo que não consigo extinguir, e se, longe de inspirar-lhe confiança, não é capaz sequer de fazer brotar sua piedade? Qual! Seu amigo sofre e você nada faz para socorrê-lo! Somente lhe pede uma única palavra, que você recusa! Quer que ele se contente com um sentimento tão frágil, cuja garantia você continua temendo reiterar-lhe?

Você me disse ontem que não deseja ser ingrata. Ah! Peço que me creia, senhorita de Volanges: querer pagar amor com amizade não é temer ser ingrata, mas apenas recear a aparência de sê-lo. Contudo, não ouso mais tomar seu tempo com um sentimento que para sua pessoa não passa de um peso, pois não é de seu interesse. Preciso encerrá-lo dentro de mim até aprender a dominá-lo. Sinto já como esse trabalho me será penoso. Não escondo que necessitarei de toda a minha força. Tentarei todos os meios. Um deles é o que mais afetará meu coração: o de repetir, sem cessar, que o seu é insensível. Tentarei até vê-la menos. Já estou tratando de encontrar pretextos para tanto.

Qual! Perderei eu o doce hábito de vê-la todo dia? Ah, pelo menos nunca deixarei de sentir sua falta! Um infortúnio sem fim será o preço do mais terno amor. Você assim o quis. Você tudo causou. Nunca, pressinto, reencontrarei a felicidade que hoje perco. Somente você foi feita para meu coração. Com que prazer não faria o juramento de viver apenas para você. Mas você não quer ouvi-lo. Seu silêncio me faz ver claramente que seu coração não vem em meu auxílio. É a prova mais cabal de sua indiferença, a maneira mais cruel de fazer com que eu a perceba. Adeus, senhorita.

Não mais ousarei lisonjear-me com a possibilidade de uma resposta sua. O amor a escreveria com pressa, a amizade, com prazer, a própria piedade, com complacência. Mas a piedade, a amizade e o amor são igualmente estranhos a seu coração.

Paris, 23 de agosto de 17**.

CARTA 29

DE CÉCILE VOLANGES PARA SOPHIE CARNAY

Bem que eu lhe disse, Sophie, que há casos em que podíamos escrever. Garanto-lhe que me arrependo de haver acatado sua opinião, que tanto nos fez sofrer, o Cavaleiro Danceny e eu. A prova de que eu tinha razão é que a sra. de Merteuil, que é grande conhecedora do assunto, terminou por concordar comigo. Confessei-lhe tudo. De início, concordou com você. Mas, quando lhe expliquei pelo que passava, admitiu que era algo diferente. Exigiu somente que lhe mostrasse todas as cartas, inclusive as do Cavaleiro Danceny, para se assegurar de que escreverei apenas o que convier. Desse modo, estou agora outra vez tranquila. Meu Deus, como gosto da sra. de Merteuil! É tão bondosa! Ademais, trata-se de uma mulher respeitada. Não há nada, pois, do que eu possa me arrepender.

Que bela carta vou escrever ao Cavaleiro Danceny, e como ele vai ficar contente! Irá sentir-se ainda mais feliz do que podia esperar. Isso porque, até agora, só me referi à minha amizade por ele, enquanto está à espera de que eu fale de meu amor. Talvez seja a mesma coisa. De qualquer forma, eu não ousava tocar nesse assunto, apesar de ele fazer questão de escrever-me sobre isso. Contei tudo à sra. de Merteuil. Disse-me que eu tinha razão, pois só devia admitir que o amava quando não pudesse mais deixar de fazê-lo. Ora, estou certa de que não poderei mais reprimir meus sentimentos por muito tempo. Enfim, é tudo a mesma coisa. Mas, se eu admitir meu amor, ele ficará mais feliz ainda.

A sra. de Merteuil disse-me também que me emprestaria livros seus que se referem a tudo por que estou passando e que poderiam ensinar-me não apenas como devo me comportar, mas também como escrever melhor do que faço, pois, repare bem, ela me mostra todos os meus defeitos, o que é uma prova de que me quer muito. Recomendou-me apenas não contar nada a mamãe sobre os livros que me emprestou, pois isso poderia sugerir que esta negligenciou minha educação, o que possivelmente a desagradaria. Ah, não lhe contarei nada!

No entanto, parece-me bastante fora do comum que uma mulher que quase nem é minha parenta tenha para comigo mais cuidados que minha própria mãe! Que sorte tê-la conhecido!

Ademais, pediu a mamãe licença para levar-me depois de amanhã à Ópera em seu camarote. Disse-me que ficaremos as duas a sós para conversarmos todo o tempo sem temer que possam nos escutar. Acho isso melhor que o próprio espetáculo. Assim, poderemos falar sobre meu casamento, pois ela me contou ser verdade que eu me casarei, sem poder me dar, porém, maiores informações. Não é absolutamente incrível que mamãe não me tenha dito nada até agora?

Adeus, minha Sophie, vou escrever ao Cavaleiro Danceny. Ah, como estou contente!

De..., 24 de agosto de 17**.

CARTA 30
DE CÉCILE VOLANGES PARA O CAVALEIRO DANCENY

Enfim, cavaleiro, consinto em lhe escrever e assegurá-lo de minha amizade, de meu *amor*, já que sem isso o tornaria infeliz. Você me diz que não tenho bom coração. Garanto-lhe sinceramente que se engana. Espero que agora, com esta carta, não tenha mais dúvidas. Se ficou ferido porque não lhe estava escrevendo, pensa que isso também não me feria? Foi porque, acima de tudo neste mundo, não queria fazer algo errado. Além disso, certamente não teria admitido meu amor se tivesse podido evitá-lo. Mas sua tristeza me causava muito dó. Espero que agora a deixe de lado e que sejamos os dois muito felizes.

Espero ter o prazer de vê-lo esta noite e que chegue bem cedo. Sei que nunca será tão cedo quanto desejo. Mamãe vai jantar em seus aposentos. Creio que o convidará a fazer-lhe companhia. Espero que não tenha nenhum compromisso, como antes de ontem. Foi agradável o jantar em que esteve? Parece que sim, pois você foi para lá muito cedo. Mas não falemos mais nisso. Agora que sabe que o amo, espero que fique comigo o máximo que puder, pois só estou contente a seu lado. Espero que também seja assim com você.

Estou muito aborrecida que ainda esteja triste. Mas acho que não é por minha causa. Vou pedir que toque harpa logo que você chegar para que veja minha carta imediatamente. É o melhor que posso fazer.

Adeus, cavaleiro, amo-o muito, do fundo de meu coração. Quanto mais o repito, tanto mais contente me faz dizê-lo. Espero que com você também seja assim.

De..., 24 de agosto de 17**.

CARTA 31
DO CAVALEIRO DANCENY PARA CÉCILE VOLANGES

Sim, sem dúvida seremos felizes. Minha felicidade está assegurada, pois sou amado por você. A sua nunca terminará, já que vai durar o mesmo tempo do amor que você me inspirou. Meu Deus! Você me ama, não teme mais garantir-me seu amor! *"Quanto mais o repito, tanto mais contente me faz dizê-lo!"*. Depois de ter lido esse encantador *"amo-o muito"* escrito por sua mão, cheguei a escutar seus belos lábios repetirem a essa confissão. Vi fixarem-se em mim esses olhos fascinantes, que embelezam ainda mais a expressão de sua ternura. Anotei seu juramento de viver sempre para mim. Ah! Aceite o meu de consagrar minha vida inteira à sua felicidade. Aceite-o e esteja segura de que não o trairei.

Que feliz foi para nós o dia de ontem! Ah, quem dera a sra. de Merteuil tivesse todos os dias segredos para contar a sós à sua mãe! Mas por que é que o pensamento dos obstáculos que nos aguardam teria de misturar-se à lembrança deliciosa que toma conta de minha mente? Por que não posso ter constantemente entre as minhas mãos aquela que me escreveu *"amo-o muito"*, cobri-la de beijos e vingar-me, assim, da recusa que você me fez de um favor maior?

Diga-me, por favor, minha Cécile, quando sua mãe voltou à sala onde nos havia deixado a sós, quando fomos forçados, pela presença dela, a trocar apenas olhares indiferentes, quando você não podia mais consolar-me – com as garantias de seu amor – da recusa que me havia imposto de dar-me provas, você não sentiu nenhum arrependimento? Não pensou consigo mesma: "Um beijo o tornaria mais feliz, e fui eu que lhe roubei esse prazer". Prometa-me, minha adorável amiga, que na próxima ocasião não será tão severa. Com a ajuda dessa promessa, encontrarei coragem para suportar as contrariedades que as circunstâncias nos preparam. Essas cruéis privações serão, pelo menos, amenizadas pela certeza de que você partilha comigo um segredo.

Adeus, encantadora Cécile. Chegou o momento em que devo me dirigir à sua casa. Seria impossível deixar de escrever-lhe agora se não fosse para ir vê-la. Adeus, você, que amo tanto! Você, que vou amar cada vez mais!

De..., 25 de agosto de 17**.

CARTA 32

Da sra. de Volanges para a presidenta de Tourvel

Quer, então, sra. de Tourvel, que eu creia que o Visconde de Valmont é virtuoso? Confesso-lhe que não posso decidir-me positivamente e que teria tanta dificuldade em considerá-lo honesto por força de um único ato – este que você me contou – quanto considerar vicioso um homem de honestidade reconhecida de quem me relatassem um único erro. A humanidade não é de modo algum perfeita, nem no bem, nem no mal. O desonesto tem suas virtudes, assim como tem o honesto suas fraquezas. Parece-me que tanto mais temos de crer nessa verdade, porque tanto mais é dela que deriva a necessidade de sermos tolerantes, seja para com os maus, seja para com os bons, e que é pela tolerância que estes se preservam da presunção e aqueles, da falta de ânimo para serem virtuosos. Você bem vê que no momento estou praticando muito mal essa tolerância que prego. É que, no presente caso, vejo nela apenas uma perigosa fraqueza, porquanto nos levaria a igualar o vicioso e o virtuoso.

Não me permito escrutar os motivos do ato do sr. de Valmont. Quero crer que são tão louváveis quanto o próprio ato. Mas pode uma ação meritória fazer com que ele não tenha passado a vida a causar às famílias preocupações, desonra e escândalo? Escute, se quiser, a voz do infeliz a quem ele ajudou, mas que ela não a impeça de ouvir os gritos das cem vítimas que imolou. Quando ele passar a ser, como você me escreveu, nada mais que um outro exemplo do perigo de cortar ligações, deixará por isso, ele próprio, de ser uma ligação perigosa*? Você supõe que ele será capaz de emendar-se com sucesso? Vamos mais longe: presumindo que esse milagre aconteça, não permaneceria contra ele a opinião pública? E não basta essa oposição para determinar a conduta de minha querida amiga em relação ao visconde? Deus apenas absolve

---

* Segundo consta, essa expressão, utilizada no plural como título deste livro e a ele agora associada na maioria das línguas europeias, teria sido utilizada, pela primeira vez na literatura francesa, por Montesquieu ao referir-se a alianças internacionais temerárias ou imprudentes em seu ensaio *Sobre as causas da grandeza dos romanos e de sua decadência*, de 1721. (N.T.)

quando nos arrependemos. Ele lê os corações. Mas os homens só podem julgar os pensamentos dos outros por seus atos. Ninguém, após ter perdido a estima de seus pares, tem o direito de se queixar da inevitável desconfiança que torna essa perda difícil de ser reparada. Imagine sobretudo, minha jovem amiga, que para perder essa estima basta algumas vezes dar a impressão de pouco valorizá-la. Não tache minha severidade de injustiça, porquanto, além de termos fundamentos para considerar que não se abdica desse bem precioso quando temos o direito de almejá-lo, quem o faz está tanto mais próximo de praticar o mal quanto mais não está contido por esse potente freio. Seja como for, são esses os aspectos sob os quais você será vista, se mantiver uma ligação de intimidade com o sr. de Valmont, por mais inocente que possa ser.

Temendo o entusiasmo com que você o defende, apresso-me em preveni-la das críticas que prevejo. Você mencionou a sra. de Merteuil, a quem foi perdoada essa ligação, e também me perguntou por que o recebo em minha casa. Você me dirá que, longe de ser rejeitado pelas pessoas de bem, ele é admitido, inclusive procurado, pelo que chamamos de boa sociedade. Posso, creio, responder a todas as suas questões.

Em primeiro lugar, a sra. de Merteuil, de fato muito respeitada, teria o único defeito de confiar demasiado em suas próprias forças. Tal atitude é como a de um cocheiro hábil que tivesse gosto de dirigir sua carruagem entre rochas e precipícios, e cujo modo de agir se justificaria apenas enquanto estivesse tendo sucesso. Mas, se é justo elogiar a marquesa, seria imprudente imitá-la. Ela própria o admite e, por isso, se critica. À medida que foi vendo mais claramente, seus princípios tornaram-se mais rígidos. Não receio assegurá-la de que ela própria pensa como eu.

Quanto a mim, não vou justificar-me mais que os outros. É certo que recebo o sr. de Valmont e que é por todos recebido. Trata-se de uma inconsequência a mais a ser somada a mil outras que governam a vida em sociedade. Você sabe tanto quanto eu que passamos a vida a criticar essas inconsequências, a queixar-nos delas e a elas nos entregar. O sr. de Valmont, com seu belo nome, sua grande fortuna e seu trato amável deu-se conta a tempo de que para dominar a sociedade só é preciso manipular com igual destreza os elogios e a ridicularização. Ninguém como ele possui esse duplo talento. Seduz com um, faz-se temer com outro. Não é estimado, mas é elogiado. Assim, vive em meio a uma sociedade que, mais prudente que corajosa, prefere tolerá-lo a confrontá-lo.

Mas, sem dúvida, nem a própria sra. de Merteuil, nem qualquer outra mulher ousaria encerrar-se no campo, quase a sós, com um homem desse gênero. Estava reservado à mais bem-comportada, à mais pundonorosa entre elas dar o exemplo dessa temeridade. Perdoe-me essa última palavra; escapa-me por amizade. Minha bela amiga, sua própria honestidade a trai pela segurança que lhe inspira. Considere, pelo menos, que você terá como juízes, de um lado, os frívolos, que não crerão em virtudes cujo exemplo não encontram entre si, e, de outro, pelos maus, que fingirão não crer em sua virtude, para puni-la de tê-la tido. Considere que você está fazendo, neste momento, o que alguns homens não ousariam arriscar. De fato, entre os jovens dos quais o sr. de Valmont se transformou em nada menos que um ídolo, vejo os mais corretos temerem parecer ligados intimamente a ele. E você, você não o teme?! Ah! Volte para casa, volte para casa, suplico-lhe... Se minhas razões não são suficientes para persuadi-la, que ceda então por minha amizade. É ela que me faz renovar minhas súplicas, é ela que as justifica. Sei que vai julgar severa essa minha amizade, a qual, contudo, só desejo que não seja inútil. Assim, prefiro que você se queixe por eu ter sido uma amiga mais solícita que desinteressada.

De..., 24 de agosto de 17**.

CARTA 33

Da Marquesa de Merteuil para o Visconde de Valmont

Já que você teme ter sucesso, meu caro visconde, já que sua tática é fornecer armas contra você mesmo e já que deseja menos vencer que combater, não tenho mais nada a dizer-lhe. Seu comportamento é uma obra-prima de prudência ou, ao contrário, de tolice. Para falar com franqueza, temo que você esteja se iludindo.

Censuro-o não por não ter aproveitado a oportunidade que aquele momento lhe ofereceu. De um lado, não consigo ver claramente se tal oportunidade de fato tenha ocorrido; de outro, sei bem que, apesar do que se costuma dizer, uma oportunidade perdida pode ser recuperada, enquanto nunca nos recuperamos de um passo precipitado.

Mas a verdadeira tolice foi chegar ao ponto de haver-lhe escrito! Desafio-o agora a prever aonde isso poderá levá-lo. Acaso espera provar por escrito a essa mulher que ela deve entregar-se? Parece-me que talvez haja nessa entrega que você deseja apenas sentimentos que se originam na subjetividade, e não sentimentos que podem aparecer por demonstrações lógicas e escritas. Penso também que para que essa entrega ocorra é preciso enternecer, e não argumentar. Mas de que lhe serviria enternecer por cartas, já que não estaria presente para tirar proveito do resultado? E mesmo se suas belas frases produzissem a embriaguez do amor, tem certeza de que será tão duradoura que a reflexão não terá tempo para impedir a confissão dessa mesma embriaguez? Imagine, então, o tempo que é necessário para escrever uma carta e quanto leva para que chegue ao destinatário; e veja se especialmente uma mulher de princípios, como a sua beata, pode querer por tanto tempo o que se empenha em não querer nunca. Sua estratégia, visconde, pode dar resultado entre imaturos, os quais, quando escrevem "eu te amo" não sabem que na verdade estão escrevendo "eu me entrego". Mas me parece que a sra. de Tourvel sabe defender com bons argumentos sua virtude e que reconhece perfeitamente o valor das palavras que usamos. Por isso, apesar de sua vantagem sobre a devota na última conversa que tiveram, ela o derrotou com a carta que lhe escreveu. E, depois, sabe o que acontece? Só por estarmos discutindo, não queremos ceder. De tanto procurar boas razões, terminamos por encontrá-las, por dizê-las e por ater-nos a elas, não porque sejam boas, mas somente para não nos desautorizar a nós mesmos.

Além disso, uma observação que me surpreende não ter sido feita por você é a de que não há nada mais difícil nas coisas do amor do que escrever sobre o que não sentimos. Digo escrever de maneira verossímil. Não é que não devamos nos valer sempre das mesmas palavras, mas não devemos ordená-las da mesma forma, ou melhor, devemos ordená-las e isso basta. Releia sua carta; nela reina uma ordem que o trai a cada frase. Quero crer que sua presidenta é tão pouco experiente que não vai se dar conta disso. Mas que importa? Não será por isso que o efeito deixará de ser produzido. É o mal dos romances: o autor se esforça por exercitar sua mente para dar calor à história, mas o leitor permanece frio. *Heloísa* é o único que pode ser excetuado, mas, apesar do talento do autor, essa minha observação sempre me fez crer que sua história se baseia em fatos reais. Não ocorre o mesmo quando falamos. O hábito de nos esforçar por exercitar o órgão da fala dá sensibilidade a esta. A facilidade das lágrimas acrescenta ainda mais a esse talento. A expressão do desejo se confunde nos olhos com a da ternura. Enfim, a fala entrecortada leva facilmente a esse ar de aflição e desordem mental que é a verdadeira eloquência do amor. Mas, principalmente, é a presença do objeto amado que nos impede de utilizar o raciocínio e que nos faz desejar sermos vencidos.

Creia-me, visconde, pedem que você não mais escreva: aproveite-se disso para emendar seus erros e espere a ocasião de falar-lhe pessoalmente. Sabe que essa mulher tem mais força do que eu jamais poderia ter imaginado? Sua defesa é boa. Se não fosse pela longa extensão da carta e pelo pretexto que lhe deu para voltar ao ataque quando se refere a seu reconhecimento, ela absolutamente não se teria traído.

Devo ainda, parece-me, assegurá-lo de que terá sucesso: é que ela usa demasiadas forças de uma só vez. Prevejo que as esgotará na defesa de suas palavras e que ficará sem elas para defender-se... daquilo.

Devolvo-lhe suas duas cartas. Se você for prudente, serão as últimas até depois do feliz momento. Se fosse mais cedo, eu lhe escreveria sobre a pequena Volanges, que faz progressos bastante rápidos e com a qual estou muito contente. Creio que chegarei ao fim de meus planos antes que você tenha consumado os seus. Isso deveria deixá-lo envergonhado. Adeus, por hoje.

De..., 24 de agosto de 17**.

CARTA 34

Do Visconde de Valmont para a Marquesa de Merteuil

Você escreve maravilhosamente, minha bela amiga. Mas por que se cansar tanto para provar o que ninguém ignora? Para andar depressa na conquista amorosa, melhor falar que escrever. Eis, creio eu, todo o conteúdo de sua carta. Qual! É a prática mais simples da arte de seduzir. Observo que você aponta apenas uma exceção a esse princípio, mas que, de fato, há duas. Aos imaturos que seguem esse caminho por timidez e que se entregam por inexperiência, é necessário acrescer as mulheres que se julgam inteligentes, pois se deixam comprometer pelo amor-próprio e são conduzidas às armadilhas por sua vaidade. Dou um exemplo: estou certo de que a Condessa de B..., que respondeu sem dificuldade à minha primeira carta, não tinha então por mim mais amor que eu por ela, assim como estou convencido de que ela viu nessa resposta apenas a ocasião de tratar de um assunto que devia envaidecê-la.

Seja como for, um advogado nos diria que essa regra não se aplica a nosso caso. De fato, você supõe que tenho a escolha entre escrever e falar, mas não é assim. Depois do que aconteceu no dia 19, minha desumana, que se mantém na defesa, empenhou-se em evitar encontrar-me com uma habilidade que desconcertou a minha. Chegou a tal ponto que, se isso continuar, serei forçado a procurar seriamente um meio de recuperar minha vantagem sobre ela, pois seguramente não quero sob nenhuma hipótese ser vencido por essa mulher. Até minhas cartas são objeto de uma pequena guerra. Não contente com não as responder, recusa-se a recebê-las. Para cada uma que lhe escrevo, preciso arquitetar um novo estratagema, que nem sempre dá resultado.

Você deve estar lembrada do expediente bem simples pelo qual entreguei a primeira. A segunda também não foi causa de maiores dificuldades. Ela me havia pedido que lhe devolvesse sua última carta. Em lugar desta, entreguei-lhe a minha, sem que ela de nada suspeitasse. Mas, seja pelo despeito de ter sido enganada, seja por capricho ou, enfim, por virtude, pois ela está me forçando a crer que a possui, recusou obstinadamente a terceira. Espero, contudo, que o constrangimento em que tratarei de colocá-la após essa recusa venha a emendá-la nas próximas vezes.

Não me surpreendi muito com o fato de ela não ter querido receber essa terceira carta, que naturalmente lhe ofereci. Recebê-la teria sido ceder em algo, e eu, ao contrário, estava era já esperando uma longa resistência. Depois dessa tentativa, que não passou de um intento ocasional, coloquei a carta em um envelope e, aproveitando o momento em que ela se vestia, quando a sra. de Rosemonde e a camareira estavam presentes, remeti-a pelo meu caçador, com a instrução de dizer-lhe que se tratava do papel que ela me havia pedido. Eu intuíra corretamente que ela temeria dar a incômoda explicação que uma recusa exigiria. Com efeito, tomou a carta, e meu emissário, que também estava instruído a observar suas reações e que tem boa visão, somente percebeu um ligeiro rubor e mais constrangimento que irritação.

Regozijava-me com o fato de que, seguramente, ou iria guardá-la, ou, se quisesse devolvê-la, teria de se encontrar a sós comigo, o que me daria o ensejo de falar-lhe. Cerca de uma hora depois, um de seus criados entrou em meu quarto e entregou-me, da parte de sua senhora, um envelope diferente do meu, sobre o qual reconheci a caligrafia tão desejada. Abri-o com precipitação... Era minha própria carta, ainda lacrada, dobrada ao meio. Suponho que o temor de que eu fosse menos escrupuloso que ela quanto à possibilidade de um escândalo fez com que empregasse esse artifício diabólico.

Você me conhece. Não preciso pintar-lhe meu furor. Precisei, apesar de tudo, recuperar meu sangue-frio e procurar novos meios para entregar-lhe minhas cartas. Abaixo, conto o único que encontrei.

Aqui no castelo, todos os dias vão buscar a correspondência no correio, que fica a três quartos de légua daqui. Para tanto, usam uma caixa semelhante a um cofre, da qual o encarregado dos correios possui uma chave e a sra. de Rosemonde outra. Durante o dia, os habitantes do castelo colocam sua correspondência nessa caixa, a qualquer hora que quiserem. À noitinha, ela é levada ao correio e, de manhã, trazida de volta, com a correspondência que chegou. Todos os criados, da casa ou não, fazem igualmente esse serviço. Não era a vez de meu serviçal, mas ele se encarregou de ir ao correio, com o pretexto de que tinha o que fazer por aqueles lados.

Entrementes, escrevi minha carta. Alterei minha caligrafia ao endereçá-la e falsifiquei bastante bem, sobre o envelope, o selo de Dijon. Escolhi essa cidade porque achei mais divertido, uma vez que estava querendo o mesmo direito do marido de escrever daquele lugar e, também, porque minha amada havia o dia todo manifestado a vontade de receber cartas de Dijon. Pareceu-me justo proporcionar-lhe esse prazer.

Tomadas essas precauções, foi fácil juntar minha carta às demais. Além disso, lucrava, com esse expediente, por poder testemunhar o recebimento de minha missiva, pois aqui é de uso que todos se reúnam para o desjejum e esperem a chegada da correspondência antes de se separarem. Finalmente, chegou a caixa dos correios.

A sra. de Rosemonde abriu-a. "De Dijon", disse, entregando a carta à sra. de Tourvel. "Não é a letra de meu marido", comentou com voz inquieta, rompendo o lacre num ímpeto. O primeiro olhar fez com que compreendesse do que se tratava. Tamanha foi a mudança em sua fisionomia que a sra. de Rosemonde o percebeu e perguntou: "Você está se sentindo bem?". Aproximei-me também e disse: "Esta carta é assim tão terrível?". A tímida beata não ousava levantar os olhos, não dizia palavra alguma e, para ocultar seu constrangimento, fingia percorrer a missiva, a qual quase não estava em estado de ler. Deliciava-me com seu desconforto e, satisfeito de aumentá-lo, acrescentei: "Seu aspecto agora tranquilo nos faz pensar que essa carta causou-lhe mais surpresa que dor". A raiva, então, inspirou-a melhor do que faria a prudência. "Ela contém", respondeu, "coisas que me ofendem e que me espanta terem ousado escrever-me". "E então? De quem se trata?", interrompeu a sra. de Rosemonde. "Não está assinada", respondeu a bela enfurecida, "mas tanto a carta como seu autor me inspiram igual desprezo. Obrigam-me a não mais falar no assunto". Com essas palavras, rasgou a audaciosa carta, colocou os pedaços em sua bolsa, levantou-se e saiu.

A raiva, contudo, não impediu que deixasse de ler minha carta. Recordo-me de sua curiosidade, de seu cuidado em lê-la por inteiro.

Contar-lhe tudo o que ocorreu nesse dia me levaria longe demais nesta carta. Junto a ela os rascunhos de minhas duas cartas? Assim, você estará tão informada quanto eu. Se quiser ficar a par de minha correspondência, é preciso que se acostume a decifrar as minutas, pois por nada neste mundo aguentarei o tédio de copiá-las. Adeus, minha bela amiga.

De..., 25 de agosto de 17**.

CARTA 35
Do Visconde de Valmont para a presidenta de Tourvel

É preciso, sra. de Tourvel, obedecer às suas ordens, é preciso provar-lhe que me resta, em meio aos erros que se compraz em ver em mim, pelo menos suficiente decência para não me permitir criticá-la e suficiente coragem para impor-me o mais doloroso dos sacrifícios. Você me ordenou silêncio e esquecimento. Está bem! Vou forçar meu amor a calar-se. Vou esquecer, se possível, a maneira cruel como você o acolheu. Sem dúvida, o desejo de agradá-la não me dá direito a esse amor. E confesso, ademais, que a necessidade que tenho de sua compreensão não constitui um título para que eu a obtenha. Contudo, você considera meu amor uma ofensa. Esquece que, se fosse um erro amá-la, você seria, ao mesmo tempo, sua causa e sua escusa. Esquece também que, acostumado a abrir-lhe minha alma, mesmo quando essa confiança podia prejudicar-me, não me era mais possível esconder-lhe os sentimentos pelos quais fui tomado. E você considera fruto de minha audácia o que foi resultado de minha boa-fé. Como prêmio do amor mais terno, mais respeitoso, mais verdadeiro, você me afasta para longe de si. Enfim, escreve-me sobre seu ódio... Quem não se queixaria de ser tratado assim? Apenas eu, pois me submeto. Tudo suporto e nada lamento. Você me fere e eu a adoro. O inconcebível império que tem sobre mim a transforma na senhora absoluta de meus sentimentos. Se meu amor resiste a seus ataques, se você não pode destruí-lo, é que foi obra sua, e não minha.

Absolutamente não peço que volte atrás, coisa que nunca acalentei. Tampouco desejo essa piedade que o cuidado por mim algumas vezes demonstrado por sua pessoa podia fazer-me esperar. Mas creio, confesso, poder exigir justiça de sua parte.

Informou-me, sra. de Tourvel, de que tentaram denegrir-me junto à sua opinião. Se tivesse seguido os conselhos de seus amigos, não teria deixado sequer que me aproximasse. São suas essas palavras. Quem são, pois, esses amigos solícitos? Sem dúvida, essas pessoas tão severas e de virtude tão rígida consentiriam em ser identificadas; com toda a certeza, não vão querer ocultar-se numa escuridão que as igualaria a vis caluniadores. Desse modo, é certo que não ficarei sem saber seus nomes e suas acusações. Considere, sra. de Tourvel, se não tenho o direito de tomar conhecimento destas e daqueles, pois você me julgou segundo a opinião dessas pessoas. Não se condena um réu sem lhe apontar seu crime, sem lhe nomear seus acusadores. Não peço direito diferente desse. E me comprometo, desde já, a justificar-me e a forçá-los a desdizer-se.

Se desprezei, talvez demasiado, os vãos clamores de um público de que faço pouco caso, não é assim quanto à sua estima, sra. de Tourvel. E, quando consagrar minha vida a merecê-la, não deixarei que essa estima me seja arrebatada impunemente. Torna-se para mim tanto mais preciosa quanto, com toda a certeza, devo a ela o pedido que, em sua carta, temeu fazer-me e que me dará, você me escreveu, *direito a seu reconhecimento.* Ah! Longe de exigi-los pensei que eu, sim, devia demonstrar meu reconhecimento à sua pessoa, se apenas me possibilitasse a ocasião de lhe ser agradável. Comece, então, a ser mais justa comigo, não me deixando mais ignorar o que estava a ponto de pedir-me. Se pudesse adivinhar o que é, eu lhe evitaria o constrangimento de dizê-lo. Ao prazer de vê-la, acrescente a felicidade de servi-la, e ficarei desvanecido com sua magnanimidade. Afinal, que motivo pode impedir que me peça o que já me anunciou? Seria (espero que não) o temor de uma recusa de minha parte? Sinto que não poderia perdoar-lhe tal apreensão. Não foi uma recusa minha não lhe ter devolvido sua carta, pois desejo, mais que você mesma, que ela não venha mais a me ser útil. Mas, acostumado a pensar que sua alma é de fato meiga, é apenas nessa carta que posso vê-la tal como deseja parecer. Quando me prometia torná-la mais sensível, leio nessa carta que, muito mais do que concordar em assim ser, você vai fugir cem léguas de mim. Quando tudo em você aumenta e justifica meu amor, é ainda sua carta que me repete ser uma ofensa meu amor por você. E quando, ao vê-la, esse amor me parece o bem supremo, tenho a necessidade de ler suas palavras para sentir que ele não passa de um tormento atroz. Agora você pode entender como minha felicidade suprema seria poder devolver-lhe essa carta fatal. Mas me pedir outra vez que a devolva seria autorizar-me a não mais crer em seu conteúdo. Não duvide, espero, de meu empenho em devolvê-la.

De..., 12 de agosto de 17**.

CARTA 36
Do Visconde de Valmont para a presidenta de Tourvel
(com o selo de Dijon)

Sua severidade aumenta a cada dia, sra. de Tourvel, e, ouso dizê-lo, você parece temer menos ser injusta que demasiado compreensiva. Depois de ter-me condenado sem me ouvir, certamente deve ter sentido que lhe seria mais fácil não ler minhas razões que respondê-las. Você se recusa com obstinação a receber minhas cartas, devolvendo-as com desprezo. Com isso, força-me a recorrer a artifícios no exato momento em que meu único objetivo era convencê-la de minha boa-fé. A necessidade de defender-me em que me colocou bastará, talvez, para escusar-me dos meios que usei. Aliás, convencido pela sinceridade de meus sentimentos de que, para justificá-los a seus olhos, bastaria que você os conhecesse bem, acreditei que podia me permitir artifícios inocentes para que minhas cartas chegassem até suas mãos. Ouso crer, também, que me perdoará e que não se surpreenderá com o fato de que o amor seja mais engenhoso em expressar-se que a indiferença em afastá-lo.

Permita então, sra. de Tourvel, que meu coração se revele inteiramente. Ele lhe pertence. É justo que o conheça.

Estava longe de imaginar a sina que me aguardava quando cheguei ao castelo da sra. de Rosemonde. Ignorava que você aqui estivesse. E acrescentaria, com a sinceridade que me caracteriza, que, se o soubesse, minha paz não se teria abalado. Não que não fizesse à sua beleza a justiça que não lhe pode ser recusada. Mas, acostumado a apenas experimentar prazeres, a entregar-me exclusivamente aos que a esperança de possuir me encorajava, não conhecia os tormentos do amor.

Você foi testemunha da insistência da sra. de Rosemonde para que eu me mantivesse mais tempo aqui. Já tinha passado um dia em sua companhia. No entanto, apenas concordei, ou ao menos pensava estar concordando, pelo prazer tão natural e legítimo de testemunhar apreço a uma parenta de tanto respeito. O gênero de vida que se leva aqui sem dúvida difere muito daquele ao qual me tinha acostumado. Não me custou nada adaptar-me. Sem procurar entender a causa da mudança que se operava em mim, eu a atribuía unicamente, outra vez, a essa debilidade de meu caráter, sobre a qual penso já lhe ter falado.

Infelizmente (por que será que tenha de ser uma infelicidade?), ao conhecê-la melhor, logo me dei conta de que essa figura encantadora, a qual exclusivamente foi capaz de abalar-me, era o menor de seus atrativos. Sua alma celestial surpreendeu e seduziu a minha. Admirei a beleza, mas adorei a virtude. Sem pretender conquistá-la, preocupava-me em merecê-la. Ao pedir seu perdão quanto a meu passado, ambicionava ter sua aprovação quanto a meu futuro; procurava-a em suas palavras, perscrutava-a em seus olhares; nesse olhares de onde emanava um veneno tanto mais perigoso quanto esparzido sem intenção e recebido sem desconfiança.

Então, conheci o amor. Mas como estava longe de pensar em me queixar dele! Resolvido a absorvê-lo num silêncio eterno, entreguei-me sem temor e sem reservas a esse sentimento delicioso. A cada dia, aumentava seu império sobre mim. Logo, o prazer de vê-la se transformou em necessidade. Você se ausentava por um momento? Meu coração se oprimia de tristeza. Aos ruídos que anunciavam sua volta, palpitava ele de alegria. Passei a existir apenas para você e por você. No entanto, é você mesma a quem suplico reconhecer que nunca, nem na alegria das brincadeiras aqui no campo, nem na seriedade das conversas importantes, deixei escapar uma só palavra que pudesse trair o segredo de meu coração.

Seja como for, chegou o dia em que meu infortúnio deveria começar. Por uma fatalidade inconcebível, um ato caridoso de minha parte se transformou em presságio de minha infelicidade. Sim, sra. de Tourvel, foi entre os infelizes que socorri que, ao mostrar essa sua preciosa sensibilidade que embeleza a própria beleza e que aumenta o valor da virtude, você terminou por fazer com que se perdesse este meu coração, que o amor já embriagara demasiado. Não tenho dúvidas de que se recorda do quanto fiquei preocupado quando voltamos! Ai de mim! Procurava combater uma inclinação que sentia tornar-se cada vez mais forte que eu.

Foi depois de ter esgotado minhas forças nesse embate desigual que um acaso, que não podia prever, fez com que me encontrasse sozinho com você. Nesse momento sucumbi, confesso. Meu coração, demasiadamente satisfeito, não pôde deter nem as palavras, nem as lágrimas que dele brotaram. Mas será isso um crime? E se for? Já não terá sido ele suficientemente punido pelos horríveis tormentos a que fui submetido?

Devorado por um amor sem esperança, implorei sua piedade e só encontrei seu ódio. Sem outra felicidade senão a de vê-la, meus olhos procuravam por você, contra a minha vontade, e eu tremia ao encontrar seu olhar. No estado cruel em que me prostrou, passo os dias disfarçando minha dor e as noites a entregar-me a ela, enquanto você apenas conhece esses tormentos por tê-los causado e por vangloriar-se deles. Apesar disso, é você quem se queixa e sou eu quem se desculpa.

Eis, sra. de Tourvel, o relato fiel do que chama de meus erros, mas que talvez seria mais justo chamar de tormentos. Um amor puro e sincero, um respeito que nunca se desmentiu, uma submissão perfeita: tais são os sentimentos que sua pessoa me causou. Não temeria apresentar seu penhor à própria Divindade. Ah, você, que é Sua obra mais bela, imite Sua capacidade de perdoar! Considere meu sofrer cruel; considere sobretudo que, colocado entre o desespero e a felicidade suprema, a primeira palavra que você pronunciar decidirá meu destino para sempre.

De..., 23 de agosto de 17**.

CARTA 37

DA PRESIDENTA DE TOURVEL PARA A SRA. DE VOLANGES

Submeto-me, senhora, aos conselhos que sua amizade me proporcionou. Acostumada a seguir em tudo suas opiniões, tenho para mim que elas sempre estão fundadas na razão. Confessarei, inclusive, que o sr. de Valmont deve ser de fato infinitamente perigoso, já que é capaz de ao mesmo tempo fingir ser o que aparenta aqui e continuar a ser tal como a senhora o descreve. Seja como for, pois a senhora assim exige, eu o afastarei de mim. Pelo menos, farei tudo o que me for possível para tanto, pois muitas vezes o que no fundo deveria ser simples torna-se muito complexo quanto ao modo de agir.

Continuo considerando impraticável fazer aquele pedido à tia. Vai sentir-se contrariada, tanto em relação a si mesma quanto também a ele. Do mesmo modo, não pretenderia, sem alguma contrariedade, afastar-me daqui. Pois, além das razões que já tive a oportunidade de apresentar-lhe, relativas ao sr. de Tourvel, se minha partida desagradar ao sr. de Valmont, como é bem provável, não lhe seria fácil seguir-me até Paris? E sua partida daqui, da qual eu seria, ou pelo menos pareceria ser, a causa, não daria ela uma impressão mais suspeita ainda que um encontro no campo, em casa de uma pessoa que sabidamente é parenta dele e amiga minha?

Portanto, não me resta senão o recurso de procurar conseguir que queira por bem afastar-se de mim. Sinto que tal objetivo é difícil de ser alcançado. Contudo, como me parece que tomou a peito provar-me que é, na verdade, mais honesto do que se supõe, não deixo de ter esperanças de consegui-lo. Tampouco me desagradará tentar encontrar a ocasião de constatar, tal como afirma frequentemente, se as mulheres honestas nunca tiveram e nunca terão queixas contra o modo como se comporta. Se ele partir, o que desejo, será, na verdade, por consideração a mim, já que não posso esquecer que pretende passar aqui a maior parte do outono. Se não acatar meu pedido e obstinar-se em permanecer, sempre terei oportunidade de partir eu mesma. Prometo-o à senhora.

Eis, creio, sra. de Volanges, tudo o que sua amizade exigia de mim. Apresso-me em satisfazê-la e em provar-lhe que, apesar do *entusiasmo* que pude ter manifestado na defesa do sr. de Valmont, não deixo de estar disposta não apenas a escutar, mas também a seguir os conselhos de pessoas amigas.

De..., 25 de agosto de 17**.

CARTA 38
Da Marquesa de Merteuil para o Visconde de Valmont

Seu volumoso pacote de cartas chegou-me neste momento, meu caro visconde. Se a data estiver correta, deveria tê-lo recebido vinte e quatro horas antes. Seja como for, se me desse o trabalho de ler tudo, não teria tempo de responder-lhe. Assim, prefiro apenas acusar o recebimento do pacote para que falemos de outro assunto. Não é que não tenha nada para contar-lhe sobre mim. O outono quase não deixa em Paris pessoas com aspecto humano. Por isso, faz um mês que estou tão bem-comportada que, parece-me, vou falecer. Alguém que não fosse como meu cavaleiro com certeza estaria cansado dessas provas de minha constância. Não tendo com o que me ocupar, distraio-me com a pequena Volanges. É sobre ela que quero lhe escrever.

Sabe que perdeu muito mais do que poderia ter imaginado ao não encarregar-se dessa menina? É sem dúvida deliciosa! Não tem caráter ou princípios. Imagine como sua companhia lhe poderá ser meiga e fácil. Penso que nunca se destacará por seus sentimentos. Todavia, tudo nela anuncia as sensações mais vívidas. Sem inteligência nem fineza intelectual, tem, contudo, uma certa falsidade natural, se é que se pode dizer assim, que muitas vezes é capaz de surpreender-me a mim mesma e que terá tanto maior sucesso quanto sua fisionomia transmite a imagem da candura e da ingenuidade. É naturalmente carinhosa, e algumas vezes me divirto com isso. Sua cabecinha se esquenta com uma facilidade incrível. Então, é tanto mais divertida quanto não sabe nada, absolutamente nada, sobre o que tanto deseja saber. Por vezes, é tomada por uma impaciência bastante engraçada. Ri, decepciona-se, chora e, depois, pede-me que lhe diga o que deve fazer, com uma boa-fé realmente sedutora. Na verdade, sinto-me quase com ciúmes daquele a quem esse prazer está reservado.

Não sei se já o informei de que há já quatro ou cinco dias tenho tido a honra de ser sua confidente. Pode imaginar que, no início, fiz-me de severa. Porém, logo depois de ter percebido que ela acreditava ter me convencido com suas más razões, assumi o ar de aceitá-las como boas. Está totalmente persuadida de que deve seu sucesso à sua eloquência. Precisei adotar esses cuidados para não me comprometer. Permiti que escrevesse e dissesse *eu te amo*. Nesse mesmo dia, sem que tivesse percebido, arranjei um encontro seu, a sós, com o Cavaleiro Danceny. Mas, imagine, é ainda tão bobo que nem um só beijo foi capaz de obter. Contudo, esse rapaz escreve versos belíssimos. Meu Deus! Como essas pessoas intelectualizadas são idiotas! Esse menino o é de tal modo que me deixa sem saber o que fazer, porque, afinal de contas, por se tratar dele, não posso indicar-lhe como se comportar.

Agora é que você seria muito útil para mim. Você é suficientemente ligado a Danceny para ser digno de suas confidências. E se ele se abrisse com você uma só vez, iríamos de vento em popa. Livre-se, então, de sua presidenta, pois não quero que Gercourt saia desta ileso. Ademais, ontem falei sobre ele com a pequena. Pintei-o tão bem que, mesmo depois que estiver casada com ele há anos, não poderá odiá-lo mais do que já faz agora. Entretanto, defendi muito a fidelidade conjugal. Nada poderá igualar minha severidade quanto a esse ponto. Com isso, de um lado, reafirmo junto a ela minha reputação de virtude, que demasiada condescendência poderia destruir, e, de outro, aumento nela o ódio com que quero brindar seu marido. Enfim, fazendo-lhe crer que somente lhe será possível entregar-se ao amor no curto período que tem para permanecer virgem, espero que se decida mais rapidamente a nada perder nesse espaço de tempo.

Adeus, visconde, vou para meu quarto de vestir, onde lerei seu enorme pacote de cartas.

De..., 27 de agosto de 17**.

CARTA 39

DE CÉCILE VOLANGES PARA SOPHIE CARNAY

Sinto-me triste e angustiada, minha querida Sophie. Chorei quase toda a noite. Não é que neste momento não me sinta muito feliz. Mas prevejo que minha felicidade não vai durar muito.

Fui ontem à Ópera com a sra. de Merteuil. Falamos muito sobre meu casamento e não fiquei sabendo de nada que fosse bom. É o sr. Conde de Gercourt que devo desposar, e isso no mês de outubro. Ele é rico, nobre de nascença, coronel do Regimento de... Até aí tudo bem. Mas, antes de tudo, é velho: imagine que tem pelo menos trinta e seis anos! Depois, a sra. de Merteuil me disse que é triste e severo, e ela teme que eu não venha a ser feliz ao lado dele. Inclusive, notei que estava absolutamente segura de que assim seria, mas que não queria dizê-lo para não me afligir. Durante toda a noite, não fez mais que tentar convencer-me dos deveres das mulheres para com seus maridos. Admitiu que o sr. de Gercourt não é de modo algum fácil de ser amado, mas que, apesar disso, devo amá-lo. E não é que me disse também que, uma vez casada, não deveria mais amar o Cavaleiro Danceny? Como se isso fosse possível! Ah, garanto-lhe de todo o coração que o amarei para sempre! Sabe? Até preferiria não me casar. Que esse sr. de Gercourt se arranje; não fui eu quem o procurou. Está agora na Córsega, bem longe daqui. Queria que ficasse dez anos por lá. Se não temesse voltar ao convento, teria coragem de dizer a mamãe que não quero esse marido. Mas seria pior. Estou sem saber o que fazer. Sinto que nunca amei tanto o Cavaleiro Danceny como agora. Quando imagino que só me resta um mês para que permaneça como ainda sou, imediatamente as lágrimas me vêm aos olhos. Meu único consolo é minha amizade com a sra. de Merteuil. Que bom coração o dela! Compartilha todas as minhas dores como se fossem suas. Além disso, é tão bondosa que, quando estou com ela, não mais as sinto. Aliás, me ajuda muito, pois o pouco que sei foi com ela que aprendi. É tão boa comigo que lhe conto tudo o que penso sem sentir-me de modo algum envergonhada. Quando encontra algo que não está bem, por vezes me repreende, mas de maneira tão meiga que depois a beijo sinceramente para que não mais se zangue comigo. Pelo menos a ela posso amar tanto quanto me apraz sem que haja mal nisso, o que me deixa muito feliz. Contudo, combinamos que, em público, não devo dar a impressão de amá-la tanto, sobretudo na presença de mamãe, para que ela não desconfie de nada quanto ao Cavaleiro Danceny. Garanto-lhe que, se eu pudesse viver para sempre como estou vivendo hoje, acho que seria muito feliz. Só que agora apareceu esse horrível sr. de Gercourt!... Mas não quero mais escrever sobre isso neste momento, pois ficaria triste. Em vez disso, vou escrever ao Cavaleiro Danceny. Vou escrever-lhe apenas sobre meu amor, e não sobre meus tormentos. Não quero afligi-lo.

Adeus, minha boa amiga. Você agora está vendo claramente que se enganou ao queixar-se: por mais que eu esteja *ocupada**, como você disse, nunca me faltará tempo para amá-la e escrever-lhe**.

De..., 27 de agosto de 17**.

CARTA 40
Do Visconde de Valmont para a Marquesa de Merteuil

É pouco para minha desumana não responder às minhas cartas e recusar-se a recebê-las: quer privar-me de vê-la. Exige que me mantenha afastado. O que ainda mais surpreenderá você é que estou me submetendo a tanto rigor. Com certeza vai criticar-me. Contudo, considerei que não deveria perder a oportunidade de acatar ordens, persuadido, por um lado, de que quem ordena se compromete e, por outro, de que a autoridade ilusória que parecemos atribuir às mulheres é uma das armadilhas que elas mais dificilmente sabem evitar. Ademais, a habilidade que mostrou ao evitar encontrar-se a sós comigo colocou-me numa situação de perigo, da qual pensei que deveria sair a qualquer preço. Isso porque, estando sempre a seu lado sem poder manifestar-lhe meu amor, há razões para que eu tema poder ela, eventualmente, acostumar-se a ver-me sem se preocupar, disposição da qual, você bem sabe, seria difícil arredá-la.

De resto, você já deve ter adivinhado que não me rendi incondicionalmente. Tive inclusive o cuidado de formular-lhe uma condição impossível de ser concedida, tanto para que eu seja capaz de manter minha palavra ou faltar a ela como para iniciar uma discussão – pessoalmente ou por cartas –, quando minha amada estiver mais contente comigo ou quando tiver a necessidade de que eu esteja contente com ela, sem mencionar que eu seria bastante inábil, caso não obtivesse algum ressar-

---

* *Estar ocupada* tem aqui duplo sentido: estar sem tempo e ter um amante. Sophie deve ter se referido ao primeiro deles. (N.T.)

** Continuou-se a suprimir as cartas de Cécile Volanges e do Cavaleiro Danceny que são pouco interessantes, ou que não narram nenhum acontecimento relevante. (N.A.)

cimento por minha desistência daquela condição, por mais insustentável que possa ser.

Depois de lhe ter exposto a as minhas razões neste longo preâmbulo, começo o histórico desses dois últimos dias. Ajuntarei, como provas materiais, a carta de minha amada e a minha resposta. Você haverá de convir que há poucos historiadores tão precisos quanto eu.

Bem deve estar lembrada do efeito que produziu antes de ontem pela manhã minha carta de Dijon. O resto do dia foi muito chuvoso. A bela pudica mostrou-se apenas na hora do almoço, quando anunciou uma forte enxaqueca, pretexto com o qual quis encobrir um dos mais violentos ataques de mau humor que nenhuma mulher jamais teve. Até seu rosto ficou alterado. A expressão de doçura que você bem conhece transformou-se em um ar malicioso, mas que lhe conferiu uma beleza nova. Prometo-me oportunamente tirar proveito dessa descoberta com afinco e de vez em quando substituir a terna amante pela amante maliciosa.

Previ que a tarde seria triste e, para me livrar do tédio, pretextei que necessitava escrever algumas cartas, tendo-me retirado para meus aposentos. Voltei ao salão por volta das seis horas. A sra. de Rosemonde sugeriu um passeio, que foi aceito. Mas, no momento de subir na carruagem, com sua malícia infernal, a falsa enferma pretextou, tal como eu fizera antes e talvez para vingar-se de minha ausência depois do almoço, piora de suas dores, fazendo-me, sem piedade, aguentar estar a sós com minha velha tia. Não sei se as imprecações que fiz contra esse demônio feminino foram ouvidas, mas o fato é que, ao voltarmos, nós a encontramos deitada.

No dia seguinte, no desjejum, não era mais a mesma mulher. Voltara sua natural doçura, e encontrei razões para sentir-me perdoado. Logo que terminou o desjejum, a doce criatura levantou-se com um ar dolente e entrou no parque. Segui-a, como você pode imaginar. "De onde poderá vir esse desejo de passear?", perguntei-lhe ao abordá-la. "Escrevi muito nesta manhã", respondeu-me, "e minha cabeça está um pouco cansada". "Posso sentir-me deveras feliz", retomei, "por ter de me atribuir esse cansaço?". "A verdade é que lhe escrevi", respondeu ela, "mas hesito em lhe entregar a carta. Contém um pedido, e o senhor me acostumou a não esperar sucesso em minhas demandas". "Ah! Juro que se me for possível...". "Não há nada mais fácil", interrompeu ela, "e, embora o senhor talvez devesse atender a meu pedido por justiça, consinto em solicitá-lo como um favor". Ao dizer essas palavras, passou-me sua carta. Ao tomá-la, tomei também sua mão, que ela retirou, mas sem irritação, com mais constrangimento que vivacidade. "O calor está mais forte do que pensei", disse ela, "preciso voltar". E retomou o caminho do castelo. Fiz esforços vãos para persuadi-la a continuar o passeio. Precisei lembrar que poderíamos ser vistos, o que me fez utilizar apenas minha eloquência nessa tentativa de persuasão. Voltou ao castelo sem proferir uma só palavra. Vi claramente que o passeio fingido não tinha tido outro objetivo senão o de me entregar a carta. Ao entrar, subiu até seus aposentos. Eu me retirei para os meus a fim de ler sua missiva, a qual você deveria ler também, assim como minha resposta, antes de seguir adiante...

CARTA 41

DA PRESIDENTA DE TOURVEL PARA O VISCONDE DE VALMONT

Parece, senhor, por seu comportamento comigo, que apenas procura aumentar a cada dia os motivos de queixa que tinha contra sua pessoa. Sua obstinação em querer falar comigo, sem cessar, sobre um sentimento que nem quero, nem devo escutar, o abuso que o senhor não temeu fazer de minha boa-fé ou de minha timidez para entregar-me suas cartas, sobretudo o meio, ouso dizer, pouco delicado do qual se serviu para me fazer chegar a última delas sem pelo menos temer o efeito de uma surpresa que poderia comprometer-me, tudo isso deveria ocasionar de minha parte recriminações tão vivas quanto justamente merecidas. No entanto, em lugar de me demorar nesses agravos, limito-me a lhe fazer um pedido tão simples quanto justo. Se o senhor acatá-lo, consentirei em esquecer tudo.

O senhor mesmo escreveu que eu não deveria temer uma recusa de sua parte. Embora, pela inconsequência que o caracteriza, justamente essa frase tenha sido seguida da única recusa que poderia ter me feito*, quero crer que não deixará de cumprir hoje sua palavra, formalmente dada há tão poucos dias.

---
* Ver carta 35. (N.A.)

Assim, desejaria que o senhor tivesse a bondade de afastar-se de mim, de deixar este castelo, onde uma estada mais longa de sua parte só resultaria em expor-me ainda mais ao julgamento de uma sociedade que está sempre pronta para pensar mal dos outros e que já se acostumou a observar de modo obstinado as mulheres que o admitem em sua companhia.

Já há muito advertida por minhas amigas desse perigo, negligenciei e até combati seus conselhos, tanto sua conduta a meu respeito pôde me fazer crer que o senhor não estava querendo confundir-me com essa multidão de mulheres que – todas – têm queixas contra sua pessoa. Agora que me trata como uma delas – fato que não posso mais ignorar –, devo à opinião pública, a meus amigos e a mim mesma manter essa minha posição, mais que necessária. Poderia acrescentar que o senhor não ganharia nada em recusar meu pedido, decidida que estou a partir eu mesma, caso se obstine em aqui permanecer. Mas absolutamente não procurarei diminuir o favor que lhe ficarei devendo se puder contar com essa benevolência de sua parte. Desejaria também que soubesse que, ao tornar inevitável minha partida, o senhor estaria prejudicando meus planos. Prove-me então, tal como me disse tantas vezes, que as mulheres honestas jamais terão do que se queixar do senhor. Prove-me que, quando o senhor se comporta mal em relação a elas, sabe ao menos emendar-se.

Se pensasse ser preciso justificar-lhe meu pedido, bastaria dizer que o modo como passou toda a sua vida o faz necessário e que, portanto, nunca dependeu de mim deixar de formulá-lo. Mas não nos lembremos de acontecimentos que só quero esquecer e que me obrigariam a julgá-lo rigorosamente, num momento em que lhe ofereço a ocasião de merecer todo o meu reconhecimento. Adeus, senhor; sua conduta me dirá com que sentimentos devo ser, toda a minha vida, sua muito humilde...

De..., 25 de agosto de 17**.

CARTA 42

Do Visconde de Valmont para a presidenta de Tourvel

Por mais duras que sejam, sra. de Tourvel, as condições que me impõe, não me recuso a cumpri-las. Sinto que me seria impossível contrariar qualquer de seus desejos. De acordo quanto a este ponto, ouso lisonjear-me com a ideia de que me permitirá formular alguns pedidos (bem mais fáceis de serem aceitos que os seus), que, no entanto, só queria obter em consequência de minha perfeita submissão à sua vontade.

Um deles, para cuja concessão conto com seu senso de justiça, é que concorde em identificar aqueles que me acusaram. Parece-me que já me causaram suficiente mal para que tenha o direito de saber quem são. Outro pedido, para cuja concessão conto com sua benevolência, é que queira me permitir renovar-lhe por escrito, uma que outra vez, a garantia de um amor que necessitará, mais do que nunca, merecer ser objeto de sua piedade.

Considere, sra. de Tourvel, que me apresso em obedecê-la, justamente quando só posso agir assim em detrimento de minha felicidade. Embora persuadido de honrar seu desejo de que me vá, diria mais: que apenas requer minha partida para subtrair-se ao sempre doloroso espetáculo que a vítima de sua injustiça proporciona.

Haverá de convir, sra. de Tourvel, que teme menos uma sociedade já bastante acostumada a respeitá-la para que ouse proferir quanto à sua pessoa um julgamento negativo do que ser perturbada pela presença de um homem a quem lhe é mais fácil punir que acusar. Afasta-me de sua companhia do mesmo modo como desviamos dos olhos um miserável que não queremos socorrer.

Mas, enquanto nossa separação estiver redobrando meus tormentos, a quem senão à sua pessoa poderei dirigir meus lamentos? De quem senão de sua pessoa poderei esperar o consolo que se tornará cada vez mais necessário para mim? Vai negar-me esse consolo, quando apenas você é a causa de meu infortúnio?

Tenho certeza de que tampouco se surpreenderá se, antes de partir, eu vier a desejar, do fundo do meu coração, justificar-lhe os sentimentos que me inspirou. Do mesmo modo, não a surpreenderá que só encontre coragem para afastar-me, se puder receber a ordem de seus próprios lábios.

Essa dupla razão me faz pedir que me encontre por um momento apenas. Seria inútil querer substituir por cartas esta entrevista que lhe peço. Escrevemos verdadeiros livros e nos explicamos mal, quando um quarto de hora de diálogo bastaria para esclarecermos perfeitamente o que sentimos. Tem tempo suficiente para conceder-me esses minutos. Por mais pressa que tenha de obedecê-la, sabe que a sra. de Rosemonde está ciente de minha intenção de passar com ela uma parte do outono. Será necessário pelo menos que eu espere até receber uma carta qualquer para encontrar, como pretexto, negócios que forcem minha partida.

Adeus. Nunca me custou tanto escrever tal palavra como neste momento, em que me traz à mente a ideia de nossa separação. Se pudesse imaginar, sra. de Tourvel, o que ela me faz sofrer, ouso crer que poderia compensar-me a docilidade com que acatei seu pedido de partir. Receba, pelo menos, com mais magnanimidade a certeza e a garantia do mais puro e respeitoso amor.

De..., 26 de agosto de 17**.

CONTINUAÇÃO DA CARTA 40
Do Visconde de Valmont para a Marquesa de Merteuil

Raciocinemos agora, minha bela amiga. Você, como eu, percebeu que a escrupulosa, a honesta sra. de Tourvel não pode conceder-me o primeiro de meus pedidos sem trair a confiança de seus amigos ao identificar meus detratores. Assim, prometendo tudo sob essa condição, não me comprometo com nada. Mas você também percebeu que a recusa se transformará no título que poderei usar para tudo obter, e que então ganho, ao afastar-me, o consentimento para poder iniciar com ela uma correspondência regular. Isso porque conto pouco com a entrevista que lhe pedi, pedido que quase não teve outro objetivo senão o de acostumá-la, de antemão, a deixar de recusar os próximos, sobretudo quando me serão verdadeiramente necessários.

A única coisa que me resta a fazer antes de partir é saber quais são as pessoas que passam o tempo a prejudicar-me junto a ela. Presumo que seja o pedante do seu marido. Gostaria que fosse. Além de ser a defesa do matrimônio um aguilhão para o desejo, estou certo de que, a partir do momento em que minha amada tiver consentido em escrever-me, não terei mais nada a temer quanto a seu marido, pois ela já se encontrará diante da necessidade de traí-lo.

Mas se ela tiver uma amiga suficientemente íntima para ser objeto de suas confidências, e se essa amiga estiver contra mim, parece-me necessário fazer com que se desentendam. Espero ter sucesso nisso. Antes de tudo, porém, preciso informar-me sobre quem seria essa pessoa.

Pensei que colheria essas informações ontem. Mas essa mulher não faz nada como as outras. Estávamos em seus aposentos, quando vieram avisar que o almoço já havia sido servido. Terminava de preparar-se. Apressando-se e desculpando-se, percebi que deixava posta a chave de sua escrivaninha e constatei seu hábito de não retirar a de seu quarto. Pensava nisso durante o almoço, quando ouvi sua camareira descer. Decidi imediatamente. Fingi sangramento no nariz e saí. Voei até a escrivaninha. Encontrei todas as gavetas destrancadas, sem um só pedaço de papel escrito. Contudo, ocorreu-me que não era fácil queimar papéis nesta estação. Então, que faz ela com as cartas que recebe? E as recebe com frequência! Não me fiz de rogado, abri tudo e procurei por toda parte. Mas não tive outro benefício senão o de convencer-me de que o precioso esconderijo é sua bolsa.

Como retirar daí as suas cartas? Desde ontem me esforço inutilmente para encontrar um meio de fazê-lo. No entanto, não posso chegar a uma conclusão. Lamento não possuir o talento dos punguistas. Na verdade, não deveria essa habilidade fazer parte da educação de um homem que se envolve com aventuras? Não seria divertido surrupiar a carta ou o retrato de um rival, ou tirar da bolsa de uma puritana algo para desmascará-la? Mas nossos pais não pensam em nada. Por isso, em vão tenho de pensar em tudo e nada faço senão dar-me conta de que sou ineficiente, sem poder encontrar remédio para isso.

Seja como for, voltei a sentar-me à mesa do almoço, muito descontente. Minha amada, contudo, acalmou meu mau humor com o ar interessado que lhe causou minha indisposição fingida. Não perdi a oportunidade de lhe dizer que havia já algum tempo era presa de violenta agitação, que estava alterando minha saúde. Persuadida como está de que ela é a causa dessa agitação, não deveria em sã consciência esforçar-se para acalmá-la? Contudo, apesar de beata, é pouco caridosa. Recusa-se a dar-me uma esmola de amor, e essa recusa efetivamente basta, parece-me, para nos autorizar a roubá-la. Mas adeus, pois, apesar de lhe estar escrevendo, só penso nessas malditas cartas.

De..., 27 de agosto de 17**.

CARTA 43
Da presidenta de Tourvel para o Visconde de Valmont

Por que procurar, senhor, diminuir meu reconhecimento? Por que querer obedecer-me apenas pela metade e negociar, por assim dizer, com meu modo de agir correto? Não lhe basta que eu esteja certa sobre o valor de meu comportamento? Não apenas me pede demais, como me pede o impossível. Se de fato meus amigos me falaram do senhor, só o fizeram por cuidado para comigo. Ainda que tivessem se enganado, sua intenção não deixaria de ser tão boa quanto é. E o senhor me propõe que eu reconheça o penhor da amizade de meus amigos desvendando-lhes o anonimato! Já errei ao me referir a eles. Agora, o senhor faz com que me arrependa ainda mais desse erro. O que não teria passado de sinceridade diante de qualquer outra pessoa transforma-se, diante do senhor, em imprudência, que poderia levar-me à perfídia, se eu viesse a ceder a seu pedido. Apelo à sua honestidade: o senhor pensa que eu seria capaz de tal atitude? Seria correto de sua parte propor-me tal gesto? Seguramente que não. Estou certa de que, depois de pensar melhor a esse respeito, o senhor não voltará a mencionar esse pedido.

O outro que me faz, de escrever-me, igualmente não é fácil de ser concedido. Se deseja ser justo, não me deve recriminar por minha recusa. Não quero ofendê-lo, mas – com a reputação que o senhor granjeou para si e que, segundo sua própria confissão, em parte a merece – que mulher poderia admitir estar mantendo uma correspondência com sua pessoa? E que mulher honesta poderia decidir-se a fazer algo que sente deve ser ocultado?

Ainda que estivesse certa de que nunca teria do que me queixar quanto a suas cartas e de que poderia para sempre, comigo mesma, considerar correto recebê-las, talvez o desejo de provar-lhe que é a razão, e não o ódio, que me guia me fizesse passar por cima dessas duas potentes considerações e aceitar muito mais do que deveria, permitindo-lhe escrever-me de vez em quando. Se realmente o deseja tanto quanto me afirma, o senhor se submeteria de bom grado à única condição que poderia me fazer consenti-lo. Se tiver alguma gratidão pelo que faço agora pelo senhor, ou seja, escrever-lhe, não adiará mais sua partida.

Quanto a esta, permita-me observar que, hoje de manhã, o senhor recebeu uma carta e não aproveitou o ensejo para anunciar sua partida à sra. de Rosemonde, como me havia prometido. Espero que agora nada possa impedi-lo de manter a palavra. Conto sobretudo com que não espere, para tanto, a entrevista que me pediu, à qual absolutamente não quero prestar-me. Conto também com que, em lugar da ordem verbal que pretende ser necessária, o senhor se contentará com o apelo de que se vá, que ora lhe renovo. Adeus, senhor.

De..., 27 de agosto de 17**.

CARTA 44

Do Visconde de Valmont para a Marquesa de Merteuil

Compartilhe de minha alegria, minha bela amiga! Estou sendo amado. Triunfei sobre aquele coração rebelde. Em vão ele ainda dissimula. Minha habilidade certeira surpreendeu seu segredo. Graças a meus diligentes cuidados, sei tudo o que me interessa. Desde a feliz noite de ontem, reencontro-me em meu elemento. Voltei a ser eu mesmo inteiramente. Desvendei um duplo mistério, de amor e de iniquidade. Vou gozar de um e vingar-me do outro. Vou apressar-me em ir de um prazer para o outro. A simples ideia de fazê-lo me deixa de tal modo inebriado, que me é bastante difícil recorrer à prudência e pôr um pouco de ordem neste relato que tenho de lhe fazer. Tentemos, apesar de tudo.

Ontem mesmo, depois de lhe ter escrito, recebi uma carta da celeste devota. Remeto-lhe essa carta, onde verá que me concedeu, do modo menos canhestro que encontrou, a permissão de corresponder-me com ela. Mas também apressa minha partida, o que me fez sentir claramente que não mais poderei adiá-la por muito tempo sem prejudicar-me.

Contudo, atormentado pelo desejo de saber quem poderia ter escrito contra mim, estava ainda inseguro quanto ao que deveria fazer. Tentei convencer sua camareira. Quis convencê-la a que me entregasse a bolsa de sua senhora, da qual poderia apoderar-se durante a noite, devolvendo-a facilmente a seu lugar de manhã, sem deixar margem a suspeitas. Ofereci dez luíses por esse serviço fácil. Mas me deparei apenas com uma santarrona, escrupulosa ou tímida, que nem minha eloquência, nem meu dinheiro foram capazes de vencer. Tratava ainda de convencê-la, quando soou a campainha do jantar. Fui obrigado a ir-me, bastante feliz porque, sem maiores esforços, prometeu-me segredo quanto à proposta que lhe havia feito, segredo com o qual, você mesma pode imaginar, eu pouco estava contando.

Nunca me senti tão mal-humorado. Sentia-me em perigo. Durante todo o resto da noite, arrependi-me de minha iniciativa imprudente.

Tendo me retirado para meus aposentos, não sem inquietude, conversei com meu caçador, que, na qualidade de amante coberto de êxitos, deveria ser digno de algum crédito. Pedi-lhe que obtivesse da santarrona o que eu lhe havia solicitado, ou que pelo menos se assegurasse da discrição dela quanto ao que me prometera. Mas ele, que de hábito não duvida de nada, pareceu-me duvidar do sucesso dessa negociação e fez-me, a esse respeito, comentários que me surpreenderam por sua profundidade.

"Certamente, o senhor sabe muito mais que eu", disse-me ele, "que ao dormir com uma jovem estamos fazendo apenas o que ela quer. Daí a fazer com que aja como queremos há geralmente uma grande distância."

Às vezes me espanta o bom senso do patife*.

"Quanto à jovem em questão, tanto menos respondo por ela", acrescentou, "quanto tenho boas razões para crer que tem um amante fora daqui e que só a tive pela falta do que fazer no campo. Por isso, se não fosse meu zelo de servir ao senhor, eu

---

* Piron, *Metromania*. (N.A.)

apenas a teria tido em meus braços uma só vez." (Um verdadeiro tesouro esse rapaz!) "Quanto ao segredo", acrescentou ainda, "de que nos serviria fazer com que ela de novo prometesse, já que nunca se atreverá a enganá-lo? Insistir com ela quanto à promessa de segredo só a faria ver como o assunto é importante e, assim, mais lhe aumentaríamos a vontade de ganhar pontos com sua senhora."

Quanto mais justas eram suas considerações, tanto mais aumentava minha confusão. Felizmente, o gaiato estava com vontade de conversar e, como eu precisava de seus préstimos, deixei-o falar. Ao narrar-me seu caso com aquela moça, informou-me que, como o quarto que esta ocupa está separado do de sua senhora apenas por uma fina divisória, permitindo que se escute todo ruído suspeito, era no dele que se encontravam todas as noites. Imediatamente concebi um plano, comuniquei-o a ele e o executamos com sucesso.

Esperei até as duas horas da madrugada. Então, tal como havia combinado com meu criado, com o pretexto de haver em vão tocado várias vezes a campainha, dirigi-me ao quarto dos encontros, levando um castiçal comigo. Meu confidente, que sempre desempenha seus papéis maravilhosamente, representou uma rápida cena de surpresa, de desespero, de desculpas, que interrompi mandando-lhe esquentar água – do que fingi estar precisando –, enquanto a escrupulosa camareira se sentia ainda mais envergonhada porque o gaiato, para aprimorar meus planos, lhe havia exigido uma toalete que o verão possibilitava, mas que ela não podia explicar.

Como percebi que, quanto mais humilhada se sentisse a jovem, tanto mais facilmente eu poderia dela dispor, não permiti que mudasse nem de posição, nem de trajes. Depois de mandar meu serviçal me esperar em meus aposentos, sentei-me ao lado dela no leito, que estava muito desarrumado, e comecei a falar-lhe. Precisava manter sobre ela o controle que as circunstâncias me haviam dado. Por isso, conservei um sangue-frio que teria honrado a continência do próprio Cipião*, sem tomar com a moça qualquer liberdade, o que, contudo,

---

* Cipião, o Africano, depois da tomada de Cartagena, em 209 a.C., não se prevaleceu de uma jovem princesa feita sua prisioneira, tendo-a devolvido a seu noivo. (N.T.)

sua juventude e a ocasião pareciam dar-lhe o direito de esperar. Falei-lhe de negócios com a mesma tranquilidade com que poderia ter falado com meu advogado.

Minhas condições foram que eu guardaria fielmente o segredo, desde que no dia seguinte, por volta da mesma hora, ela me entregasse a bolsa de sua ama. "Ademais", acrescentei, "eu te havia oferecido dez luíses ontem e continuo a te oferecer essa quantia hoje. Não quero tirar vantagem da tua situação." Combinamos tudo, como você com certeza deve ter imaginado. Retirei-me depois, tendo permitido ao feliz casal que recuperasse o tempo perdido.

Empreguei o meu em dormir. Ao despertar, querendo ter um pretexto para não responder à carta de minha amada antes de ter inspecionado seus papéis, o que só poderia fazer de noite, decidi caçar, ao que me dediquei durante quase todo o dia.

Quando voltei, fui recebido muito friamente. Quero crer que ela ficou um tanto desconcertada com a pouca pressa que tinha em aproveitar o tempo que me restava, sobretudo após a dulcíssima carta que me escrevera. Assim julgo porque, tendo-me a sra. de Rosemonde feito algumas reprimendas por minha longa ausência, minha amada tomou a palavra, dizendo com um certo azedume: "Ah, não critiquemos o sr. de Valmont por entregar-se ao único prazer que pôde encontrar aqui!". Queixei-me desse comentário injusto e aproveitei para assegurá-las de que me comprazia tanto com elas, que lhes havia inclusive sacrificado o tempo que devia empregar para escrever uma carta muito importante. Acrescentei que, não podendo conciliar o sono havia muitas noites, quis ver se a fadiga poderia me fazer dormir. Para ela, meu olhar explicava suficientemente bem não apenas o assunto da carta que devia escrever, como também a causa de minha insônia. Dei-me ao cuidado de manter durante todo o resto da noite uma suave melancolia que, pareceu-me, transmiti perfeitamente bem e sob a qual mascarei a impaciência que tinha de ver chegar o momento em que deveria descobrir o segredo que se obstinavam em esconder-me. Enfim, nosso grupo se separou e, algum tempo depois, a fiel camareira veio trazer-me o preço convencionado de minha discrição.

Uma vez dono daquele tesouro, passei a inventariá-lo com a prudência que você conhece, pois era importante deixar tudo de novo em seu devido lugar. Deparei-me, a princípio, com duas cartas de seu marido, mistura indigesta de detalhes de processos jurídicos e lugares-comuns de amor conjugal, que tive a paciência de ler inteiramente e onde não encontrei uma só palavra que pudesse referir-se a mim. Coloquei-as de volta com mau humor, mas este se foi quando tive em minhas mãos os pedaços de minha famosa carta de Dijon, cuidadosamente reunidos a cola. Felizmente, tive vontade de relê-la. Imagine minha alegria quando percebi nela traços bem claros das lágrimas de minha adorável devota. Confesso que me deixei levar por um sentimento de rapaz e beijei a carta com um arrebatamento do qual não me sentia mais capaz. Continuei a ditosa inspeção, tendo logo em seguida encontrado todas as minhas cartas, dispostas em ordem cronológica. Mas o que me surpreendeu ainda mais agradavelmente foi ter encontrado a primeira de todas, a que eu pensava me ter sido devolvida por uma mulher ingrata, fielmente copiada por seu próprio punho, com letra alterada e trêmula, o que sem dúvida testemunhava a doce agitação de sua alma enquanto se dedicava à cópia.

Até esse momento, estava eu inteiramente entregue ao amor. Logo, este cedeu lugar ao furor. Quem você acha que está querendo arruinar-me junto a essa mulher que adoro? Que fúria você supõe maligna o suficiente para tramar tamanha perfídia? Você a conhece: trata-se de sua amiga, de sua parenta, trata-se da sra. de Volanges. Você não pode imaginar a tessitura de horrores que a infernal megera lhe escreveu sobre mim. Foi ela, apenas ela, quem perturbou a paz dessa mulher angelical. Foi por seus conselhos, por suas ideias perniciosas que me vejo forçado a me afastar daqui. É a ela, enfim, que me estão sacrificando. Ah, sem dúvida, sua filha deve ser seduzida! Mas isso não será o suficiente. É preciso que se transforme numa perdida. Como a idade dessa maldita mulher a coloca a salvo de meus ataques, será necessário golpeá-la no mais caro objeto de suas afeições.

Ela quer que eu retorne a Paris! Força-me a fazê-lo! Que assim seja. Voltarei, mas meu retorno vai fazê-la gemer. Desagrada-me que Danceny seja o centro dessa aventura. Seu íntimo honesto vai nos atrapalhar. Contudo, está apaixonado. Vejo-o com frequência e talvez possa tirar partido disso. Deixo-me levar pela cólera e esqueço que devo a você o relato do que aconteceu hoje. Retomemos, então, a narrativa.

Esta manhã voltei a ver minha sensível pudica. Nunca a considerei tão bela. Eis a razão disso: o mais belo momento para uma mulher, o único que pode ocasionar essa embriaguez da alma tão decantada, mas raramente por nós experimentada, é quando, certos de seu amor, não fomos ainda objeto de seus favores. Era precisamente a situação em que me encontrava. Talvez, também, a ideia de que seria privado do prazer de vê-la tenha contribuído para embelezá-la a meus olhos. Então, quando o correio chegou, foi-me entregue a carta que você me escreveu no dia 27. Enquanto a lia, hesitava ainda se cumpriria minha palavra quanto a ir-me. Mas encontrei os olhos de minha amada e teria sido impossível recusar-lhe o que quer que fosse.

Por isso, anunciei que iria partir. Logo depois, a sra. de Rosemonde nos deixou a sós. Mas, apesar de eu ainda me encontrar a quatro passos daquela criatura feroz, ela se levantou e me disse com terror: "Deixe-me, deixe-me, senhor, deixe-me pelo amor de Deus!". Essa súplica ardente, que revelava seus sentimentos, apenas me deu mais ânimo. Já estava agora a seu lado, segurando suas mãos, que ela havia reunido numa expressão realmente tocante. Começava a expressar-lhe ternos queixumes, quando um demônio meu inimigo trouxe de volta a sra. de Rosemonde. A timorata devota, que de fato tem justas razões para sentir medo, aproveitou a ocasião para dizer que ia retirar-se.

Contudo, ofereci minha mão para acompanhá-la, o que ela aceitou. E vendo um bom augúrio nesses modos gentis que havia muito ela não tinha comigo, ao mesmo tempo em que retomava minhas queixas, tratei de sentir a mão que me havia formalmente estendido. A princípio ela quis retirá-la, mas diante de minha insistência, agora mais viva, entregou-a de bom grado, embora sem reagir nem a meu gesto, nem a minhas palavras. Ao chegar à porta de seus aposentos, quis beijar-lhe a mão antes de deixá-la. Sua defesa começou vivaz. Mas um *"considere que estou de partida"*, pronunciado com muita ternura, fez com que perdesse a presença de espírito e as forças. Logo após o beijo ter sido dado, a mão reencontrou as forças perdidas para escapar e minha amada entrou em seus aposentos, onde se encontrava sua camareira. Aqui termina meu relato.

Como presumo que você estará amanhã na casa da Marechala de..., onde certamente não a irei procurar, como também imagino que em nosso primeiro encontro teremos mais de um assunto a tratar, especialmente o relativo à pequena Volanges, que está sempre em meus pensamentos, decidi me fazer preceder por esta carta. Por mais longa que seja, só a terminarei no momento de remetê-la ao correio, pois, no ponto a que cheguei com minha amada, tudo pode depender das circunstâncias. Por isso, deixo você para ir espreitá-la.

P.S.: Oito horas da noite.
Nada de novo. Nem sequer um segundo de descontração. Até mesmo um certo cuidado em evitar informalidades. Contudo, pelo menos, tanta tristeza de minha parte quanto a decência permitiu. Outro fato que talvez não deva ser desprezado é que a sra. de Rosemonde encarregou-me de convidar a sra. de Volanges para vir passar algum tempo com ela no campo.

Adeus, minha bela amiga. Até amanhã, ou depois de amanhã, no mais tardar.

De..., 28 de agosto de 17**.

CARTA 45

Da presidenta de Tourvel para a sra. de Volanges

O sr. de Valmont partiu esta manhã, senhora. Pareceu-me que a senhora desejava tanto sua partida que pensei dever informá-la. A sra. de Rosemonde sente muito a falta do sobrinho, cuja companhia, convenhamos, é de fato muito agradável. Passou toda a manhã a falar-me sobre ele com a afetividade que a senhora conhece. Não conseguia esgotar os elogios. Considerei que lhe devia a consideração de escutá-la sem contradizê-la, tanto mais que, é necessário confessar, ela estava correta quanto a muitos aspectos. Sentia, ademais, que devia inculpar-me por ter sido a causa do afastamento de seu sobrinho, mas não penso poder compensá-la do prazer de que a privei. A senhora sabe que sou naturalmente pouco jovial e que o tipo de vida que levamos aqui não parece ter sido feito para aumentar esse traço meu.

Se não tivesse agido de acordo com seus conselhos, recearia ter me comportado um tanto levianamente ao pedir que o sr. de Valmont partisse, pois me senti realmente penalizada com a dor dessa minha respeitável amiga. Tocou-me tanto seu sofrimento que com prazer teria misturado minhas lágrimas às dela.

Vivemos estes dias na esperança de que a senhora venha a aceitar o convite que o sr. de Valmont deverá fazer-lhe, da parte da sra. de Rosemonde, para que venha passar algum tempo aqui com ela. Espero que não duvide do prazer que terei em vê-la entre nós. Na verdade, a senhora nos deve essa compensação. Ficarei muito contente, caso possa dispor dessa oportunidade para aprofundar meu relacionamento com a senhorita de Volanges e para convencer a senhora cada vez mais dos sentimentos de respeito etc.

De..., 29 de agosto de 17**.

CARTA 46

Do Cavaleiro Danceny para Cécile Volanges

Que aconteceu com você, minha adorável Cécile? Quem pôde causar-lhe essa mudança tão súbita e tão cruel? Que houve com suas juras de nunca mudar seus sentimentos em relação a mim? Ainda ontem você as reiterou com tanto prazer! Quem pôde hoje fazer com que as esquecesse? Por mais que examine minha consciência, não posso encontrar em mim a causa. É terrível ter de procurá-la em você. Ah! Não tenho dúvida de que você não é nem leviana, nem enganadora, e mesmo neste momento de desespero, suspeitas ultrajantes absolutamente não conspurcarão minha alma. No entanto, por que fatalidade você não é mais a mesma? Não, perversa, você deixou de sê-lo! A terna Cécile, a Cécile que eu adoro e de quem recebi tantas juras, não teria evitado meu olhar, não teria arruinado o feliz acaso que me punha ao lado dela. E se alguma razão que não posso conceber a tivesse forçado a tratar-me com tanto rigor, ela pelo menos não teria menosprezado a necessidade de informar-me sobre o que estava acontecendo.

Ah, você não sabe, não saberá jamais, minha Cécile, o que me fez sofrer hoje, o que sofro ainda neste momento! Acredita então que eu possa viver sem ser amado por você? E, apesar disso, quando lhe pedi uma palavra, uma só palavra para dissipar meu temor, em vez de responder-me, você fingiu temer que a ouvissem. E esse obstáculo, que então não existia, você o fez aparecer pelo lugar que passou a ocupar entre as pessoas com quem estávamos. Quando me vi forçado a deixá-la e perguntei a hora em que poderia revê-la amanhã, você fingiu ignorar minhas palavras. Foi preciso que a sra. de Volanges me dissesse. Por tudo isso, esse momento, sempre tão desejado, de poder estar perto de você amanhã fará brotar em mim apenas ansiedade. O prazer de vê-la, até agora tão caro a meu coração, será substituído pelo temor de lhe ser importuno.

Sinto que esse temor já me imobilizou e já não ouso falar-lhe de meu amor. Este *"eu amo você"*, que eu tanto adorava repetir quando podia também ouvi-lo, essas palavras tão meigas que bastavam para que me sentisse feliz me transmitem agora – se você realmente mudou seus sentimentos quanto a mim – apenas a perspectiva de um desespero eterno. Contudo, não posso crer que esse talismã do amor tenha perdido toda a sua força e espero que ainda possa me ser útil*. Sim, minha Cécile, *"eu amo você"*. Repita, então, comigo essa sincera manifestação de minha felicidade. Considere que você me acostumou a ouvi-la e que privar-me dela é condenar-me a um tormento que, assim como meu amor, só terminará com minha vida.

De..., 29 de agosto de 17**.

---

* Aqueles que ainda não tiveram a oportunidade de sentir o valor de uma palavra, de uma expressão consagrada pelo amor, não encontrarão significado algum nesta frase. (N.A.)

CARTA 47
Do Visconde de Valmont para a Marquesa de Merteuil

Ainda não a verei hoje, minha bela amiga. Eis as razões para tanto, as quais rogo que receba de boa vontade.

Ontem, em vez de regressar diretamente, fui até a Condessa de..., cujo castelo estava perto de meu caminho e a quem pedi que me recebesse para o almoço. Cheguei a Paris apenas por volta da sete horas da noite e fui à ópera, onde esperava que você estivesse.

Terminado o espetáculo, fui rever umas amigas íntimas, entre as quais minha velha Émilie, cercada de numerosa corte, tanto de mulheres como de homens, a quem ela oferecia naquela mesma noite um jantar em P... Logo que me encontrei entre essas pessoas, em uníssono rogaram-me que participasse do jantar. Assim também agiu uma figura gorda e baixa que, na algaravia de seu francês da Holanda, me formulou o convite e que reconheci como sendo o homenageado da festa. Aceitei.

Soube, no caminho, que a casa para onde íamos era o preço que Émilie pedira por seus favores àquela figura grotesca e que o jantar era um virtual banquete de núpcias. O homenzinho não se continha de tanta alegria à expectativa da felicidade que iria desfrutar. Pareceu-me tão satisfeito com tudo que me deu vontade de desmanchar seu prazer, o que terminei por de fato conseguir.

A única dificuldade que encontrei foi convencer Émilie a me ajudar, pois a fortuna do prefeito batavo a deixava um tanto escrupulosa. No entanto, depois de alguma resistência, ela aceitou cooperar com meu plano de encher de vinho aquele barril de cerveja humano, colocando-o, assim, fora de combate durante toda a noite.

A ideia correta que tínhamos do tanto que bebem os holandeses nos fez empregar todos os meios conhecidos. Nosso sucesso foi tamanho que, à sobremesa, ele já não mais tinha forças para levantar o copo. Mas a prestimosa Émilie e eu nos alternávamos em enchê-lo. Por fim, caiu sobre a mesa numa bebedeira tal que deverá durar pelo menos oito dias. Decidimos então mandá-lo de volta a Paris. Como não havia pedido que sua carruagem o esperasse, coloquei-o na minha, tendo, ato contínuo, tomado seu lugar como centro da festa. Pouco depois, recebi as homenagens daquela assembleia, que se retirou algum tempo depois e deixou-me senhor do campo de batalha. Tanta alegria e, talvez, minha longa ausência fizeram-me considerar Émilie desejável o suficiente para lhe prometer permanecer com ela até a ressurreição do holandês.

Esse favor de minha parte é consequência deste que ela acaba de me fazer, ou seja, servir-me de escrivaninha, para escrever à minha bela devota, a quem me pareceu divertido remeter uma carta redigida no leito e quase nos braços de uma prostituta, carta que interrompia por total infidelidade e na qual fiz um relato preciso de minha situação e conduta. Émilie, que a leu, riu como uma louca e espero que você também se ria.

Como é preciso que seja selada em Paris, eu a envio a você, deixando-a aberta. Peço-lhe que a leia, que aponha o lacre e que a remeta ao correio. Sobretudo, você não deve utilizar seu próprio timbre ou qualquer marca que indique amor. Apenas a figura de uma cabeça. Adeus, minha bela amiga.

P.S.: Reabri minha carta. Convenci Émilie a ir aos Italianos...* Aproveitarei esse tempo para ir ver você. Vou chegar no mais tardar às seis horas. Se isto lhe convier, iremos juntos às sete visitar a sra. de Volanges. Seria polido de minha parte não adiar o convite que tenho de lhe fazer em nome da sra. de Rosemonde. Ademais, ficarei contentíssimo de encontrar a senhorita de Volanges.

Adeus a essa belíssima dama. Quero ter tanto prazer em beijá-la que seu cavaleiro seguramente ficará com ciúmes.

De P..., 30 de agosto de 17**.

---

* Entenda-se a "Comédia Italiana", assim chamada desde 1762 e origem do atual Teatro Nacional da Ópera Cômica de Paris. (N.T.)

CARTA 48

Do Visconde de Valmont para a presidenta de Tourvel
(selada em Paris)

Foi depois de uma noite tempestuosa, durante a qual não consegui adormecer, depois de ter sentido, sem trégua, não apenas uma agitação causada pelo ardor que me devorava, mas também o aniquilamento total de todas as faculdades de meu espírito, que venho buscar junto à sua pessoa, sra. de Tourvel, a calma que me é necessária, mas que ainda não espero poder encontrar. Na verdade, a situação em que me encontro ao escrever-lhe me faz mais do que nunca compreender o poder irresistível do amor. Tenho dificuldades em manter suficiente domínio sobre mim para poder pôr alguma ordem em minhas ideias. Já prevejo que não poderei acabar esta carta sem ser obrigado a interrompê-la várias vezes. Qual! Não posso, então, esperar que algum dia venha compartilhar comigo a comoção por que passo neste momento? Contudo, ouso crer que, se você a tivesse vivido intensamente, não lhe seria totalmente insensível. Creia-me, sra. de Tourvel, a fria tranquilidade, o sono da alma, imagem da morte, não levam à felicidade. Apenas as paixões atuantes podem conduzir a ela. Apesar dos tormentos que me faz experimentar, creio poder garantir-lhe que, neste momento, sinto-me mais feliz que você. Em vão você me assoberba com sua atitude rigorosa e desoladora, pois ela absolutamente não impedirá que me abandone ao amor e que me esqueça, no delírio que me causa, do desespero ao qual me lançou. É desse modo que quero me vingar do exílio ao qual me condenou. Nunca tive tanto prazer em lhe escrever, nunca tinha saboreado, ao fazê-lo, uma emoção tão suave e, no entanto, tão vivaz. Tudo parece aumentar meus arroubos: o ar que respiro está pleno de volúpia; até a mesa sobre a qual lhe escrevo, pela primeira vez consagrada a esse uso, transformou-se para mim num altar sagrado do amor. Como este móvel vai tornar-se belo a meus olhos! Teria escrito sobre ele o juramento de amá-la para sempre. Perdoe, suplico-lhe, o desarranjo de meus sentidos. Talvez devesse não me abandonar tanto a esses arroubos que não compartilha comigo. Preciso deixar de lhe escrever um momento para dissipar essa embriaguez que aumenta a cada instante e que se torna mais forte que eu.

Volto agora a escrever-lhe, sra. de Tourvel. Sem dúvida que o faço com o mesmo ardor de sempre. No entanto, o sentimento de felicidade fugiu para longe de mim, cedendo lugar a privações cruéis. De que me serve escrever-lhe sobre meus sentimentos, se em vão procuro meios de convencê-la a aceitá-los? Depois de tantos e reiterados esforços, a confiança e as forças ao mesmo tempo me estão abandonando. Se ainda recordo os prazeres do amor, é para mais vivamente sentir a mágoa de tê-los perdido. Não vejo outro socorro senão sua compreensão e deveras sinto, neste momento, o quanto preciso dela para poder obtê-la. Contudo, nunca meu amor foi tão respeitoso, nunca precisou tampouco ofendê-la. É de tal natureza, ouso dizer, que a mais severa das virtudes não deveria temê-lo. Mas temo, eu mesmo, mantê-la em contato por mais tempo com as dores que suporto. Certo de que o ser que as causa não as entende, não devo abusar de sua bondade. E seria fazê-lo empregar mais tempo em pintar-lhe esse quadro doloroso. Só tomarei o suficiente para lhe suplicar que me responda e que nunca duvide da verdade de meus sentimentos.

Escrita em P..., datada em Paris, 30 de agosto de 17**.

CARTA 49

DE CÉCILE VOLANGES PARA O CAVALEIRO DANCENY

Por não ser nem leviana, nem enganadora, cavaleiro, basta que me expliquem o que fiz para que eu entenda ser necessário mudar meu comportamento. Prometi essa mudança que você notou como sacrifício a Deus, até o momento em que possa Lhe oferecer também o de meus sentimentos por você, os quais os votos religiosos que você proferiu tornam ainda mais ilícitos. Sei muito bem que isso me fará sofrer. Não lhe esconderei até que, desde anteontem, chorei todas as vezes que pensei em você. Mas espero que Deus me conceda a graça de dar-me as forças necessárias para esquecê-lo, o que Lhe peço da manhã até a noite. Entre outras coisas, conto com sua amizade e com sua honestidade para que não procure mais alterar essa boa resolução a que fui induzida e na qual trato de manter-me. Por isso, peço-lhe que tenha a bondade de não mais escrever-me, pois que, se o fizer, previno que não lhe responderei e que me forçará a contar a mamãe tudo o que está acontecendo entre nós, o que me privaria por completo do prazer de vê-lo.

Nem por isso deixarei de ter por você todo o afeto que possa ter, sem desviar-me das boas normas de conduta. É com toda a minha alma que lhe desejo profundamente toda a felicidade possível. Estou certa de que passará a amar-me menos e de que, talvez, logo estará amando uma outra mulher ainda mais do que a mim. No entanto, isso seria uma penitência a mais para o erro que cometi ao dar-lhe meu coração, o qual não deveria ter entregue senão a Deus e a meu marido, quando estiver casada. Espero que a misericórdia divina tenha piedade de minha fraqueza e que me dê como penitência apenas o que eu puder suportar.

Adeus, cavaleiro. Posso de fato garantir-lhe que, se me fosse permitido amar alguém, seria apenas você que eu amaria para sempre. Eis, enfim, tudo o que posso escrever-lhe, e talvez seja mais do que deveria lhe dizer.

De..., 31 de agosto de 17**.

CARTA 50
Da presidenta de Tourvel para o Visconde de Valmont

É desse modo, senhor, que cumpre com as condições pelas quais consenti em receber suas cartas uma que outra vez? E posso *não ter do que delas me queixar*, quando só se referem a um sentimento ao qual eu ainda estaria temendo entregar-me e que não poderia fazê-lo sem ferir todos os meus deveres?

Ademais, se me fosse necessário encontrar novas razões para conservar esse temor salutar, parece-me que poderia encontrá-las em sua última carta. Com efeito, justamente quando o senhor crê estar fazendo uma apologia ao amor, que faz senão apenas o contrário ao mostrar-me suas temíveis tormentas? Quem poderá querer uma felicidade conseguida em detrimento da razão e cujos prazeres pouco duráveis serão, no mínimo, seguidos de lamentos, quando não de remorso?

O senhor mesmo, em quem o hábito desse delírio perigoso deve diminuir os efeitos, não se vê, apesar disso, obrigado a convir que frequentemente é esse mesmo delírio mais forte que sua pessoa? E não é o senhor o primeiro a queixar-se do mal involuntário que isso lhe causa? E que estragos aterradores esse mesmo delírio não ocasionaria num coração jovem e sensível, que aumentaria ainda mais seu domínio pela magnitude das concessões que seria obrigado a fazer-lhe?

O senhor acredita, ou finge acreditar, que o amor leva à felicidade. Quanto a mim, estou tão persuadida de que me tornaria infeliz que nunca mais desejaria ouvir essa palavra ser pronunciada. Parece-me que falar sobre amor apenas perturba nossa tranquilidade. É tanto por gosto quanto por dever que lhe rogo de bom grado manter silêncio sobre esse assunto.

Afinal de contas, deve ser agora bem fácil para o senhor conceder-me atender a esse pedido. De volta a Paris, encontrará boas ocasiões para esquecer um sentimento que talvez só deva seu nascimento ao hábito que o senhor tem de dedicar-se a tais assuntos e sua força, apenas ao ócio do campo. Não está agora justamente nessa mesma cidade onde antes me olhava com tanta indiferença? Aí, pode o senhor dar um só passo sem que proporcione um outro exemplo de sua facilidade de mudar? E não está aí cercado por mulheres que, mais amáveis que minha pessoa, têm mais direitos que eu a seus juramentos? Não tenho a vaidade de que acusam meu sexo; menos ainda tenho essa falsa modéstia que não passa de um refinamento do orgulho. É com perfeita boa-fé que lhe digo nesta carta conhecer muito pouco os meios de agradar; e mesmo se os conhecesse a todos, não me seriam suficientes para mantê-lo fiel. Pedir-lhe que se esqueça de mim não passa, pois, de roga que faça hoje o que já fez antes e o que, sem dúvida, tornaria a fazer em pouco tempo, mesmo se eu lhe pedisse o contrário.

Essa verdade, que não perco de vista, seria por si só uma razão suficientemente forte para que não queira escutá-lo. Tenho mais de mil delas. Mas, sem entrar nessa longa discussão, limito-me a rogar, como antes já fiz, que não mais me fale de um sentimento ao qual menos ainda respondo.

De..., 1º de setembro de 17**.

Segunda parte

CARTA 51
Da Marquesa de Merteuil para o Visconde de Valmont

Quer saber de uma coisa, visconde? Você é insuportável! Trata-me com a mesma leviandade com que me trataria se eu fosse sua amante. Sabe que vou me zangar e que estou, neste momento, com um humor terrível? Mas como? Ora, você deve ver Danceny amanhã de manhã, sabe como é importante que eu fale com você antes desse encontro e, sem se inquietar minimamente, deixa-se a esperá-lo todo o dia para ir sei lá aonde! Você foi a causa de eu ter chegado *indecentemente* atrasada na casa da sra. de Volanges e de todas aquelas velhas me terem achado *maravilhosa*. Tive de lhes fazer elogios a noite toda para apaziguá-las, pois não se deve irritar essas velhas: são elas que determinam a reputação dos mais jovens.

Agora, é uma hora da madrugada e, em vez de deitar-me, o que estou morta de vontade de fazer, tenho de escrever-lhe uma longa carta, que vai aumentar meu sono pelo tédio que vai me causar. Você tem bastante sorte, pois não disponho de tempo para descompô-lo ainda mais. Não deve pensar por isso que o perdoo. É que tenho pressa. Leia-me, vou ser rápida.

Por menos hábil que seja, amanhã você deve tornar-se confidente de Danceny. O momento – o da infelicidade – é propício à confiança. A pequena se abriu. Disse-me tudo, como uma criança. Depois disso, está se atormentando a tal ponto, com medo de ir para o inferno, que quer a todo custo romper com ele. Contou-me todos os seus pequenos escrúpulos, com uma excitação que me fez ver claramente como estava alterada. Mostrou-me sua carta de rompimento, que é um sermão altamente hipócrita. Palrou uma hora inteira comigo, sem dizer uma só palavra de bom senso. Mas nem por isso deixou de me causar ansiedade. Você já deve ter adivinhado que não podia arriscar me abrir com alguém de tão mau caráter.

No entanto, percebi, em meio a toda essa falação, que continua a amar seu Danceny. Notei até que usa um desses recursos que os apaixonados nunca deixam de utilizar e com o qual essa menininha alegremente se deixa enganar. Atormentada pelo desejo de cuidar de seu amado e com medo de ir para o inferno por esses mesmos cuidados, imaginou que seria conveniente rezar a Deus para que a faça esquecê-lo. E como ela renova esse pedido durante o dia todo, encontra, na verdade, em suas rezas, um meio de estar pensando nele constantemente.

Talvez com alguém mais mundano que Danceny esse fato poderia ter sido mais favorável que pouco auspicioso, mas o jovem é tamanho Celadon* que, se não o ajudarmos, será preciso tanto tempo para ele vencer os mínimos obstáculos que não nos deixará margem para que levemos a cabo nosso projeto.

Você tem mesmo razão; é pena, e estou tão irritada quanto você que Danceny seja o centro dessa aventura. Mas o que você quer? O que está feito está feito. E por culpa sua. Eu pedi para ver a resposta do rapaz**. Tive dó ao lê-la. Até perder o fôlego, apresenta à menina argumentos que lhe provam que um sentimento involuntário por uma pessoa não é nenhum crime, como se esse sentimento deixasse de ser involuntário no momento em que paramos de combatê-lo! Essa ideia é tão simplória que igualmente ocorreu à pequena. Ele se queixa de seu infortúnio de forma muito comovente, mas sua dor lhe é tão doce e parece ser tão forte e tão sincera que se me afigura impossível que uma mulher que encontre a ocasião de deixar um homem assim tão desesperado, sendo ele tão pouco perigoso, não seja tentada a dar bridas a essa fantasia. Enfim, ele lhe explica que não é um monge, tal como a pequena pensava, e foi sem dúvida o que fez de melhor, porque, se alguém quisesse entregar-se ao amor monacal, seguramente os senhores cavaleiros da Ordem de Malta não mereceriam a preferência***.

---

* Celadon – um pastor, personagem principal de *L'Astrée* (1607-1627), de Honoré D'Urfé, romance de mais de 5 mil páginas, cujo centro da trama é o fato de não confessar o protagonista seu amor por Astreia, filha de Júpiter e Têmis, deusa da Justiça. (N.T.)

** Esta carta não foi encontrada. (N.A.)

*** Na França dessa época, via-se grande incidência de homossexuais na Ordem de Malta. (N.T.)

Seja como for, em vez de perder meu tempo com argumentos que poderiam me comprometer, sem que, talvez, pudessem persuadir a menina, aconselhei-a a romper com ele. No entanto, acrescentei que, em casos semelhantes, só estaríamos agindo corretamente se expuséssemos nossas razões para o rompimento pessoalmente, e não por escrito, e que era praxe devolver as cartas e quinquilharias que pudéssemos ter recebido. E dando a impressão de que me identificava com os pontos de vista da menina, convenci-a a encontrar-se com Danceny. Imediatamente concertamos o plano, e me encarreguei de fazer a mãe sair sem a filha. Será amanhã de manhã esse momento decisivo. Danceny já sabe de tudo. Mas, por Deus, se você tiver oportunidade, faça com que esse belo pastor seja menos langoroso. Ensine-lhe tudo, pois é preciso tudo dizer-lhe. Por exemplo: que o método consagrado de vencer os escrúpulos é fazer com que aqueles que os têm os percam totalmente.

Enfim, para que essa cena ridícula não se repita mais, não deixei de infundir algumas suspeitas no espírito da menina sobre a discrição dos confessores. Garanto-lhe que agora ela está pagando o medo que me causou com o que tem agora de que seu confessor conte tudo à mãe. Espero que, depois de ter conversado com ela uma ou duas vezes mais, não vá essa menina sair por aí contando suas besteiras ao primeiro que chegar*.

Adeus, visconde. Assenhore-se de Danceny e diga-lhe como deve comportar-se. Seria uma vergonha se não fizéssemos o que queremos com essas duas crianças. Se estamos tendo mais trabalho do que havíamos suposto, imaginemos, para animar nosso empenho, você, que se trata da filha da sra. de Volanges, e eu, que ela deverá ser a mulher de Gercourt. Adeus.

De..., 2 de setembro de 17**.

---

* O leitor há muito já deve ter adivinhado, pelos costumes da sra. de Merteuil, o quanto era pequeno o respeito que tinha pela religião. Ter-se-ia suprimido todo esse parágrafo, mas se pensou que, ao serem mostrados os efeitos, não se deveria deixar de tornar conhecidas suas causas. (N.A.)

CARTA 52
Do Visconde de Valmont para a presidenta de Tourvel

Proibiu-me, sra. de Tourvel, de lhe escrever sobre meu amor. Mas onde encontrar a coragem necessária para obedecê-la? Tomado unicamente por um sentimento que deveria ser tão meigo e que você torna tão cruel, esvaindo-me no exílio ao qual me condenou, vivendo apenas de privações e mágoas, presa de tormentos tanto mais dolorosos quanto me lembram sem cessar sua indiferença, seria então preciso que eu perdesse o único consolo que me resta? E posso ter outro que não seja lhe abrir algumas vezes uma alma que você enche de preocupações e de amargor? Desvia os olhos para não ver o pranto que me faz verter? Recusa até reconhecer os sacrifícios que você mesma exige? Não seria mais digno de sua parte, de sua alma honesta e meiga, apiedar-se de um infeliz que apenas o é por sua causa? Não seria isso mais digno que desejar agravar ainda mais as penas dele com uma defesa ao mesmo tempo injusta e rigorosa desse comportamento sem piedade?

Finge temer o amor e não quer ver que apenas você causa os males que nele censura. Ah! Sem dúvida esse sentimento é doloroso quando o ser que o inspira absolutamente não o compartilha. Mas onde encontrar a felicidade, se um amor correspondido não a proporcionar? A amizade terna, a meiga confiança – único sentimento que não deve ter reservas –, os sofrimentos acalmados, os prazeres aumentados, a mágica esperança, as lembranças deliciosas, onde encontrá-los senão apenas no amor? Você o calunia, você, que para gozar de todos os bens que ele lhe oferece tem apenas de deixar de negá-lo a ele. Quanto a mim, esqueço os males que sofro para dedicar meu tempo a defendê-lo.

Você também me força a defender-me a mim mesmo. Pois, enquanto consagro minha vida a adorá-la, você passa a sua a apontar meus erros. Já me disse que sou leviano e enganador. E, prevalecendo-se contra mim de alguns erros que eu mesmo já lhe tinha confessado, diverte-se em confundir o que fui no passado com o que sou no presente. Não contente por eu me haver entregue ao tormento de viver longe de sua pessoa, adiciona a isso uma ironia humilhante com respeito aos prazeres que bem sabe o quanto me fez abandonar. Não acredita nem em minhas promessas, nem em minhas juras. Pois bem! Resta-me uma garantia que queria lhe dar, a qual, pelo menos, não vai despertar suas suspeitas: você mesma. Só lhe peço que examine sua consciência com boa-fé. Se não crê em meu amor, se duvida um momento sequer de que reina sozinha em minha alma, se não está certa de que se apoderou deste coração até aqui de fato bastante volúvel, aceito suportar as penas que este erro acarreta. Vou sofrer por causa delas, mas com elas irei conformar-me. Se, ao contrário, rendendo justiça a nós dois, você for forçada a convir consigo mesma que não tem, que nunca terá uma rival, não me obrigue, suplico, a combater quimeras e deixe-me ao menos o consolo de vê-la não mais duvidar de um sentimento que na verdade vai terminar, que só pode terminar, junto com minha vida. Deixe-me, sra. de Tourvel, rogar que me responda favoravelmente a este trecho de minha carta.

No entanto, se abandono esta fase de minha vida, que parece estar me prejudicando tão cruelmente a seus olhos, não é que não tenha argumentos para justificá-la, caso isso seja necessário.

Que fiz, afinal de contas, senão deixar de resistir ao turbilhão em que eu me havia lançado? Tendo ingressado nos círculos mundanos jovem e sem experiência, e tendo passado, como se diz, de mão em mão por uma multidão de mulheres que se apressaram, todas elas, em serem-me fáceis para impedir-me um exame de consciência que, sentiam, lhes seria desfavorável, caberia a mim dar o exemplo de uma resistência que absolutamente nunca me opuseram? Ou deveria eu punir-me por um momento de erro (erro geralmente causado por outros) com uma fidelidade que era certamente inútil e que seria considerada apenas ridícula? Oh! E como livrar-me de um relacionamento que me envergonhava senão por um rompimento rápido?

Contudo, posso dizer, essa embriaguez dos sentidos e, talvez, até mesmo esse delírio de vaidade nunca atingiram meu coração. Nascido para amar, as aventuras podiam distraí-lo, porém não bastavam para satisfazê-lo. Cercado por pessoas sedutoras, mas desprezíveis, nenhuma delas conseguiu atingir minha alma. Ofereciam-me prazeres, enquanto eu procurava a virtude. E eu próprio, enfim, pensei ser inconstante quando era delicado e sensível.

Foi ao vê-la que tudo se esclareceu: imediatamente reconheci que o encanto do amor se liga às qualidades da alma, que apenas estas podem causar seu excesso e justificá-lo. Senti, por fim, que me era igualmente impossível tanto deixar de amá-la quanto amar outra que não você.

É este, sra. de Tourvel, o coração a que teme entregar-se e sobre cuja sorte tem de decidir. Mas, qualquer que seja o destino que reserva a ele, você em nada poderá alterar os sentimentos que o ligam à sua pessoa. São tão inalteráveis quanto as virtudes que os fizeram nascer.

De..., 3 de setembro de 17**.

CARTA 53
Do Visconde de Valmont para a Marquesa de Merteuil

Encontrei-me com Danceny, mas só consegui dele uma confidência incompleta. Calou-me obstinadamente o nome da pequena Volanges, de quem só me falou como se fosse uma mulher muito honesta e, até mesmo, um pouco beata. Tirando isso, contou-me com precisão seu romance, especialmente a última cena. Encorajei-o tanto quanto possível; por outro lado, fiz bastante troça de sua decência e de seus escrúpulos. Mas parece fazer questão deles. Por isso, não respondo por ele. Aliás, posso conversar mais com você sobre este assunto depois de amanhã. É que vou levá-lo amanhã a Versalhes e analisá-lo mais profundamente durante a viagem.

O encontro que deve ter ocorrido hoje também me dá alguma esperança. Pode ser que tudo tenha acontecido para nossa satisfação. Assim, talvez só nos falte agora arrancar-lhe uma confissão e recolher as provas. Essa tarefa vai ser mais fácil para você do que para mim, pois a menininha é menos desconfiada ou, o que vem a ser a mesma coisa, mais falante que seu discreto namorado. Apesar disso, farei tudo o que me for possível.

Adeus, minha bela amiga. Estou com muita pressa. Não a verei nem nesta noite, nem na próxima. Se, de sua parte, você souber de alguma coisa, escreva-me umas linhas que me encontrem quando eu retornar. Com certeza, volto a Paris para passar a noite.

De..., 3 de setembro de 17**, à noitinha.

CARTA 54
Da Marquesa de Merteuil para o Visconde de Valmont

Ah, então é isso! É por intermédio de Danceny que deveremos saber de algo que nos interessa? Não creio. Se ele lhe deu essa impressão, foi por gabolice. Não conheço ninguém tão estúpido em matéria de amor e me arrependo cada vez mais das gentilezas que lhe temos prestado. Sabe que cheguei a pensar que poderia me comprometer por causa dele? E tudo absolutamente por nada! Ah, vou vingar-me, prometo!

Quando fui ontem buscar em casa a sra. de Volanges, ela não queria mais sair. Sentia-se mal. Precisei de toda a minha eloquência para decidi-la a vir comigo. Então, senti que Danceny iria chegar antes que as duas partíssemos, o que seria tanto mais deseducado quanto a sra. de Volanges lhe havia dito, na véspera, que não estaria em casa. Sua filha e eu pisávamos sobre ovos. Finalmente, saímos. A pequena me apertou a mão de maneira tão afetuosa ao despedir-se que, apesar de seu projeto de rompimento com Danceny, quanto ao qual ela acreditava de boa-fé ainda estar decidida, eu estava esperando maravilhas para o resto da noite.

Minhas preocupações ainda não se haviam esgotado. Apenas meia hora tinha passado quando, ao chegarmos à casa da sra. de..., a sra. de Volanges realmente se sentiu mal, na verdade, seriamente mal, e com razão quis voltar para casa. Quanto a mim, tanto menos queria que voltasse quanto temia, se surpreendêssemos os dois jovens (o que era tão certo que ia ocorrer que dava até para apostar tudo!), que minha insistência junto à mãe para que saísse de casa pudesse lhe parecer suspeita. Decidi atemorizá-la quanto à sua saúde, o que felizmente não foi nada difícil. Com isso, consegui retê-la por hora e meia, não consentindo em levá-la de volta para casa pelo medo, que fingi ter, do movimento perigoso da carruagem. Finalmente, só regressamos na hora combinada. Pelo ar de vergonha que encontramos na menina ao chegarmos, confesso que esperava, no mínimo, que meu penoso trabalho não tivesse sido em vão.

O desejo que tinha de saber o que havia acontecido me fez permanecer ao lado da sra. de Volanges, que imediatamente foi deitar-se. Depois de haver jantado na cama, logo a deixamos com o pretexto de que precisava descansar. Passamos então para os aposentos da menina. Fez, de sua parte, tudo o que eu esperava dela: escrúpulos desaparecidos, novas juras de amor eterno etc. etc. Ao fim e ao cabo, saiu-se bastante bem. Mas o tolo do Danceny não avançou uma polegada sequer do ponto a que chegara antes. Ah! Dá até vontade de brigar com um rapaz assim: reconciliar-me com ele não seria nada complicado.

Contudo, a pequena me assegurou que ele queria muito mais, mas que ela soubera defender-se. Apostaria que ela estava contando vantagens, ou desculpando o rapaz. Na verdade, estou quase certa disso. É que fiquei de fato curiosa para saber o que esperar de sua capacidade de defesa. Então eu, simples mulher, de argumento em argumento, moldei sua cabeça a ponto de... Enfim, pode crer, nunca vi uma pessoa tão suscetível quanto ela a surpreender-se com seus próprios sentidos. É realmente amável essa menina querida! Merecia um outro amante. Terá, pelo menos, uma boa amiga, pois estou me ligando a ela sinceramente. Prometi-lhe que iria treiná-la e creio que manterei minha palavra. Frequentemente sinto a necessidade de ter uma mulher como confidente, e a preferiria a qualquer outra. Mas não posso fazer nada com essa menina, enquanto ela não for... o que é preciso que seja. Mais uma razão para que eu não queira bem a Danceny.

Adeus, visconde. Não venha visitar-me amanhã, a menos que seja antes do meio-dia. Cedi à insistência de meu cavaleiro por uma noite em família...

De..., 4 de setembro de 17**.

CARTA 55

DE CÉCILE VOLANGES PARA SOPHIE CARNAY

Você tinha razão, minha querida Sophie. Suas profecias dão mais certo que seus conselhos. Danceny, como você tinha previsto, foi mais forte que meu confessor, que você, que eu mesma. Voltamos exatamente ao ponto em que estávamos antes. Ah! Não me arrependo disso. E, se você ralhar comigo, é porque ainda não conhece o prazer que há em amar Danceny.

Para você, é muito fácil dizer o que deve ser feito: nada a está impedindo que o faça. Mas se tivesse sentido como o sofrimento de alguém que amamos nos faz mal, como sua alegria se transforma na nossa e como é difícil dizer não quando é sim que queremos dizer, você não se surpreenderia mais com nada. Eu mesma, que senti tudo isso – aliás, com muita força –, ainda não compreendo tudo o que tenho sentido. Você pensa, por exemplo, que posso ver Danceny chorar sem que eu mesma chore? Garanto que isso é impossível para mim. E, quando ele está contente, sinto-me tão feliz quanto ele. Em vão você me aconselha: palavras não podem mudar o modo como as coisas são. Estou absolutamente certa de que é assim.

Queria vê-la em meu lugar... Não, não é isso que quero dizer, pois seguramente não queria ceder meu lugar a ninguém. Mas, sim, queria que você também estivesse amando. Não apenas para que me entendesse mais e me repreendesse menos, mas para que também você se sentisse mais feliz, ou melhor, para que só então comece a se sentir feliz.

Entre nós duas, nossos divertimentos, nossos risos, todas essas coisas, você sabe?, não passaram de brincadeiras de criança. Nada sobra depois de terminarem. Mas o amor, ah!, o amor!... Uma palavra, um olhar, apenas saber que ele está presente e então... é a felicidade. Quando estou com Danceny, não desejo mais nada. Quando não estou com ele, só a ele que desejo. Não sei explicar como isso acontece. Mas tenho a impressão de que tudo o que se parece com ele me agrada. Quando não está comigo, sonho com ele. E quando posso entregar-me a esse sonho totalmente, sem distrair-me, quando, por exemplo, estou completamente só, sinto-me ainda mais feliz. Fecho os olhos e, de repente, imagino que o estou vendo, lembro-me de suas palavras e creio ouvi-lo. Isso me faz suspirar e, depois, sinto um ardor, uma agitação... Não consigo manter-me quieta. É como se fosse uma tortura, mas essa tortura causa uma felicidade inexprimível.

Penso até que, quando sentimos o amor, ele supera a própria amizade. A que tenho por você, no entanto, não se alterou. Continua tudo como no convento. Mas isso sobre o que estou lhe escrevendo, sinto-o em relação à sra. de Merteuil. Parece-me que a amo mais da maneira como amo Danceny do que como amo você. Às vezes queria que ela fosse ele. Talvez seja assim porque essa não é uma amizade entre crianças como a nossa, ou talvez porque os vejo sempre juntos, o que faz com que me confunda. Enfim, a verdade nisso tudo é que os dois me deixam muito feliz. E, além disso, não creio que seja muito errado o que estou fazendo. Por isso, só quero que tudo fique como está. Apenas a ideia de meu casamento é que me causa dor. Pois, se o sr. de Gercourt é como me disseram, do que não duvido, não sei o que será de mim. Adeus, minha Sophie. Eu a amo com muita ternura.

De..., 4 de setembro de 17**.

CARTA 56

Da presidenta de Tourvel para o Visconde de Valmont

De que lhe serviria, senhor, a resposta que me pede? Crer em seus sentimentos não seria uma razão a mais para temê-los? Sem atacar nem defender sua sinceridade, não me basta; e não deveria bastar também ao senhor saber que não quero nem devo dar uma resposta?

Supondo que o senhor me ame verdadeiramente (e é apenas para não mais voltar ao assunto que consinto em fazer essa suposição): os obstáculos que nos separam seriam menos intransponíveis? E teria eu outra coisa a fazer senão esperar que o senhor possa logo superar esse amor e, para tanto, sobretudo ajudá-lo com todas as minhas forças, apressando-me a tirar-lhe toda a esperança? O senhor mesmo reconheceu que "*este sentimento é doloroso, quando o ser que o inspira absolutamente não o compartilha*". Ora, o senhor sabe muito bem que é impossível que o compartilhe e que, se esse infortúnio me acontecesse, eu bem que seria digna de lástima, sem que isso pudesse fazê-lo mais feliz. Espero que me estime o suficiente para não duvidar um só segundo do que lhe escrevo. Cesse pois, suplico-lhe, cesse de querer perturbar um coração para o qual a tranquilidade é tão necessária. Não me force a arrepender-me de tê-lo conhecido.

Querida e estimada por um marido que me ama e me respeita, minhas obrigações e meus prazeres se concentram numa só pessoa. Sou feliz, devo sê-lo. Se existem prazeres mais intensos, não os desejo, não os quero conhecer. Existe prazer mais doce que o de estar em paz consigo mesma, de ter apenas dias serenos, de adormecer sem preocupações e de acordar sem remorsos? O que o senhor chama de felicidade não passa de um tumulto emocional, de uma tormenta de paixões, cujo espetáculo é apavorante, mesmo se o presenciamos à distância. Oh! Como enfrentar essas tempestades? Como ousar embarcar quando o mar está coberto por destroços de milhares de naufrágios? E com quem? Não, senhor, permaneço em terra. São muito caros para mim os laços que a ela me prendem. Mesmo se pudesse rompê-los, não desejaria fazê-lo. E, se não os tivesse, eu me apressaria em tê-los.

Por que acompanha meus passos? Por que se obstina em seguir-me? Suas cartas, que deveriam ser pouco frequentes, sucedem-se com rapidez. Deveriam ser apenas sensatas, mas só me falam de seu amor louco. O senhor procura envolver-me em seus argumentos muito mais do que fazia quando estava presente. Afastado de mim de uma forma, de outra o senhor reaparece. O que lhe peço para não mencionar, o senhor o faz de modo apenas diferente. Agrada-lhe me embaraçar com argumentos capciosos e foge dos meus. Não quero mais corresponder-me com o senhor, não mais responderei às suas cartas... Como o senhor trata as mulheres que seduziu! Com que desprezo se refere a elas! Quero crer que algumas o merecem. Mas são todas elas desprezíveis? Ah, sem dúvida!, pois traíram seus deveres para entregar-se a um amor ilícito. A partir desse momento, tudo perderam, até mesmo a estima daquele por quem tudo abandonaram. Essa tortura é justa, e apenas imaginá-la me faz tremer. Mas, apesar de tudo, que me importa? Por que devo dedicar meu tempo a essas mulheres ou ao senhor? Com que direito vem perturbar minha tranquilidade? Deixe-me em paz, não me procure mais, não me escreva mais, peço-lhe, exijo. Esta carta é a última que o senhor receberá de mim.

De..., 5 de setembro de 17**.

CARTA 57

Do Visconde de Valmont para a Marquesa de Merteuil

Encontrei sua carta ontem, ao chegar em casa. Sua cólera deixou-me absolutamente deliciado. Você só sentirá os erros de Danceny com toda a intensidade depois que ele os cometer para com você. É, sem dúvida, por vingança que você está acostumando sua amada a cometer para com ele pequenas infidelidades. Que péssimo caráter o seu! Sim, como você é uma mulher encantadora, não me espantarei se ela lhe opuser menos resistência que a Danceny.

Seja como for, conheço-o perfeitamente, esse belo herói de livros românticos! Não tem mais segredos para mim. Tanto insisti com ele que o bem supremo era um amor verdadeiro, que um sentimento desses valia mais que dez intrigas amorosas, que eu mesmo estava agora me sentindo enamorado e tímido, que ele acabou vendo em mim um modo de pensar tão semelhante ao seu e, fascinado como estava por minha candura, contou-me tudo, jurando uma amizade sem reservas. Mas nem por isso avançamos muito em nosso projeto.

Em primeiro lugar, tive a impressão de que seus valores indicam que uma senhorita merece muito mais respeito que uma mulher feita, porque a primeira tem muito mais a perder. Pensa ele, sobretudo, que nada pode justificar a ação de um homem que coloque uma jovem diante da necessidade de esposá-lo ou de viver sem honra, quando a jovem é infinitamente mais rica que o homem, como no caso dele. A segurança proporcionada pela mãe, a candura da filha, tudo o intimida e o imobiliza. O grande obstáculo não será combater seus argumentos, por mais corretos que sejam. Com um pouco de habilidade e a ajuda da paixão que está vivendo, logo os destruiríamos, ainda mais porque podem ser ridicularizados e porque teríamos a nosso lado a experiência. Contudo, o que impede que tenhamos poder sobre ele é que se considera feliz como está. Na verdade, se em geral os primeiros amores aparentam ser mais verdadeiros e, como se diz, mais puros, se parecem ser mais lentos em seu ritmo para chegar ao ápice, não é, como se imagina, por delicadeza ou timidez, mas sim porque o coração, surpreso com um sentimento desconhecido, para, por assim dizer, a cada passo para gozar o encantamento que está experimentando, e porque esse encantamento tem tanto poder sobre um coração jovem que o preenche a ponto de fazê-lo esquecer todos os outros prazeres. Isso é tão verdadeiro que um libertino apaixonado (se é que um libertino pode apaixonar-se), a partir desse momento, se sentiria menos inclinado a usufruir prazeres e que, enfim, entre a conduta de Danceny com a pequena Volanges e a minha com a beata sra. de Tourvel, há apenas a diferença do mais para o menos.

Para que nosso rapaz se estimulasse, seria necessário que enfrentasse mais obstáculos do que já encontrou, mas, principalmente, que se deparasse com mais mistério, pois este nos leva à audácia. Não estou longe de pensar que você nos prejudicou ao ajudá-lo tão bem. Sua conduta, marquesa, teria sido excelente com um homem mais *mundano,* que tivesse apenas desejos. Mas você poderia ter previsto que, para um homem jovem, honesto e enamorado, o maior objetivo quanto aos favores femininos é que se materializem numa prova de amor. Por isso, você também poderia ter previsto que, quanto mais seguro ele estiver de que é amado, tanto menos será empreendedor. Que fazer agora? Não sei, mas não espero que a pequena possa ser conquistada antes do casamento. Nós é que seremos tomados de raiva por nosso trabalho perdido. Isso me deixa irritado, mas não vejo remédio.

Enquanto me esforço para escrever-lhe, você se diverte com seu cavaleiro. Isso me faz pensar que me prometeu ser-lhe infiel em meu benefício. Tenho sua promessa por escrito e não quero que se transforme numa *carta de Châtre**. Admito que o desenlace de meu plano quanto à beata ainda não ocorreu, mas seria generoso de sua parte não esperar por ele. De minha parte, prometo pagar-lhe com juros. E então, minha bela amiga, o que me diz? Será que ainda não se cansou de sua fidelidade? Esse cavaleiro é assim tão maravilhoso? Ah! Dê-me uma oportunidade, quero forçá-la a admitir que, se encontrou algum mérito nele, é que já se esqueceu de como sou.

Adeus, minha bela amiga. Beijo-a como a desejo. Desafio todos os beijos do cavaleiro a terem tanto ardor.

De..., 5 de setembro de 17**.

---

* O Marquês de la Châtre (século XVII) pediu à sua amante, a escritora Ninon de Lenclos (1620-1705), uma carta em que prometia ser-lhe fiel. Diante de suas traições, o marquês mostrava o documento com muito bom humor. (N.T.)

CARTA 58
Do Visconde de Valmont para a presidenta de Tourvel

Por que razão mereço, sra. de Tourvel, as objeções que me faz a cólera que me demonstra? A ligação mais vívida e, no entanto, a mais respeitosa, a inteira submissão a suas menores vontades: eis, em duas palavras, a história dos meus sentimentos e de minha conduta. Assoberbado pelas dores de um amor infeliz, só me consolava o fato de poder vê-la. Você determinou que eu deveria ser privado desse consolo. Obedeci, sem permitir-me um murmúrio. Como prêmio desse sacrifício, permitiu que eu lhe escrevesse, mas agora quer me tirar esse único prazer. Vou deixar então que ele me seja arrebatado sem que o defenda? Sem dúvida que não. Ah!, como se esse prazer não fosse caro a meu coração! É o único bem que me resta vindo da sua pessoa.

Minhas cartas, escreveu-me, são demasiado frequentes! Considere então, peço-lhe, que nos dez dias que já dura meu exílio não passei um só momento sem estar pensando em você e que, no entanto, só recebeu duas cartas minhas. *Nelas, eu só lhe escrevo sobre meu amor!* Ah! Que posso escrever senão o que sinto? Tudo o que consegui fazer foi abrandar a maneira de expressá-lo. Pode acreditar que apenas deixei transparecer o que me foi impossível ocultar. Enfim, ameaça-me de não mais me escrever. Desse modo, o homem que a prefere a tudo e que a respeita ainda mais do que a ama, não lhe basta tratá-lo com rigor, quer agora fazê-lo com desprezo. Por que essas ameaças e essa raiva? Por que precisa fazer isso? Não está certa de que a obedeço, mesmo quanto a suas ordens injustas? Então me seria possível contrariar seus desejos, quando já comprovei o contrário? E você vai abusar do império que tem sobre mim? Depois de ter me tornado infeliz, depois de ter se tornado injusta, será fácil para você usufruir daquela tranquilidade que me assegura ser-lhe tão necessária? Você nunca se dirá: "Ele me fez senhora de seu destino e eu lhe causei seu infortúnio. Ele implorava por meu socorro e eu o olhei sem piedade?". Sabe até onde poderá me levar o desespero? Não.

Para calcular meus males, seria preciso que soubesse a que ponto eu a amo, mas você não conhece meu coração.

A que você me está oferecendo em sacrifício? A temores quiméricos. E quem os inspira? Um homem que a adora, um homem sobre quem nunca deixará de exercer um domínio absoluto. O que teme? O que há para temer num sentimento do qual será para sempre senhora, conduzindo-o a seu bel-prazer? Mas sua imaginação cria monstros, e o terror que lhe causam você o atribui ao amor. Um pouco de confiança nos meus sentimentos, e os fantasmas desaparecerão.

Disse um sábio que, para dissipar nossos medos, quase sempre basta que nos aprofundemos em suas causas*. É sobretudo no amor que essa verdade encontra sua aplicação. Ame, e seus temores desaparecerão. Em lugar das fantasias que a afligem, encontrará um sentimento delicioso, um amante terno e submisso. Seus dias, marcados pela felicidade, só lhe deixarão como mágoa o fato de haver perdido alguns deles por indiferença. Eu mesmo, superados os meus erros, depois que só existo para o amor, lastimo o tempo que acreditei ter passado entre prazeres. Sinto que cabe apenas a você me fazer feliz. Mas lhe suplico que o prazer que encontro ao escrever-lhe não seja mais perturbado pelo temor de desagradá-la. Não quero desobedecê-la. Mas me encontro a seus pés, de onde reclamo o contentamento que quer arrebatar-me, o único que você me deixou. Alço minha voz para que escute minhas preces e veja minhas lágrimas. Ah! Sra. de Tourvel, vai negar-me o que lhe peço?

De..., 7 de setembro de 17**.

CARTA 59

Do Visconde de Valmont para a Marquesa de Merteuil

Explique-me, se puder, o que significa esse comportamento estúpido** de Danceny. O que de fato ocorreu e o que perdeu ele? Foi sua namorada que talvez se tenha irritado com seu eterno respeito? Por justiça! Dá para se zangar com muito

---

* Imagina-se que seja Rousseau em *Emílio*, mas a citação não está correta, e a aplicação que Valmont faz dela é imprópria. E, no fim das contas, teria a sra. de Tourvel lido *Emílio*? (N.A.)

** Ver as próximas quatro cartas a seguir. (N.T.)

menos! Que devo dizer a ele esta noite, no encontro que me pediu e que lhe concedi só por conceder? Com certeza, não perderia meu tempo escutando suas penas, se isso não nos levasse a nada. As queixas de amor só são boas de ouvir nos recitativos acompanhados* ou nas grandes árias. Peço, então, que me informe o que aconteceu e me diga o que devo fazer; senão desisto para evitar os aborrecimentos que estou prevendo nisso tudo. Posso ir conversar com você amanhã? Se estiver *ocupada*, pelo menos me escreva umas palavras, instruindo-me sobre as falas do papel que devo representar.

Onde estava ontem à noite? Não consigo mais encontrá-la. Na verdade, não valeu a pena você ter me retido em Paris em pleno mês de setembro. Por isso, é melhor que se decida, pois acabo de receber um convite muito insistente da Condessa de B... para ir vê-la no campo, e, como me informa muito jocosamente, "seu marido tem um bosque cujas árvores possuem as galhadas mais bonitas do mundo, que ele conserva cuidadosamente para o prazer de seus amigos". Ora, você bem sabe que tenho alguns direitos sobre esse bosque. Irei revê-lo, se você não estiver precisando de mim. Adeus. Considere que Danceny estará em minha casa por volta das quatro horas.

De..., 8 de setembro de 17**.

CARTA 60

Do Cavaleiro Danceny para o Visconde de Valmont (anexa à precedente)

Ah!, senhor, estou desesperado, perdi tudo. Não ousaria confiar a este papel o segredo de minhas dores. No entanto, tenho a necessidade de derramá-las no coração de um amigo fiel e seguro. A que horas poderia ir vê-lo, para buscar junto ao senhor consolo e conselhos? Estava tão feliz no dia em que lhe abri minha alma! Agora, que diferença! Tudo mudou. O que estou sofrendo não passa do menor de meus tormentos.

---

* Trecho das óperas em que a parte do cantor mais se aproxima da fala que do canto e que, ao contrário do recitativo seco, é executado sob o acompanhamento da orquestra. (N.T.)

Minha aflição quanto a um ser bem mais querido, eis o que não posso suportar. Mais feliz que eu, o senhor poderá vê-la. Conto com sua amizade para que não venha a recusar-me este pedido. Mas é preciso que eu lhe conte tudo, que eu o mantenha informado. O senhor se apiedará de mim e me socorrerá. Só no senhor vejo esperança. O senhor é sensível, conhece o amor e é a única pessoa em quem posso confiar. Não me recuse seu auxílio.

Adeus. O único bálsamo que tenho para minha dor é imaginar que ainda me resta um amigo como o senhor. Peço-lhe a bondade de informar-me, por favor, a que horas poderei encontrá-lo. Se não for possível pela manhã, desejaria que fosse o mais cedo possível, à tarde.

De..., 8 de setembro de 17**.

CARTA 61
DE CÉCILE VOLANGES PARA SOPHIE CARNAY

Minha querida Sophie, tenha piedade de sua Cécile, de sua pobre Cécile. Como ela está infeliz! Mamãe sabe de tudo. Não posso sequer imaginar como pôde desconfiar de alguma coisa e, no entanto, descobriu tudo. Ontem de noite, bem que mamãe me pareceu um tanto mal-humorada. Mas não prestei muita atenção. E, esperando que o jogo de cartas terminasse, até que conversei muito alegremente com a sra. de Merteuil, que havia jantado aqui. Falamos muito sobre Danceny. Apesar disso, não creio que tenham podido nos ouvir. Ela se foi e retirei-me para meus aposentos.

Mudava de roupa quando mamãe entrou e mandou a camareira sair. Pediu-me a chave da minha escrivaninha. O tom com que me dirigiu a palavra ao fazer esse pedido causou-me um tremor tão forte que mal podia manter-me de pé. Fingi que não encontrava a chave, mas, por fim, tive de obedecê-la. A primeira gaveta que abriu foi justamente aquela onde estavam as cartas do Cavaleiro Danceny. Fiquei tão perturbada que, ao perguntar-me do que se tratava, só fui capaz de lhe responder que não era nada. Mas, quando vi que começava a ler a primeira carta, só tive tempo de me dirigir a uma poltrona. Sentia-me tão mal que desmaiei. Logo que recuperei a consciência, mamãe, que tinha chamado minha camareira, retirou-se, dizendo-me que me deitasse. Levou consigo todas as cartas de Danceny. Estremeço todas as vezes que penso que logo estarei com ela face a face. Passei a noite toda chorando.

Escrevo-lhe ao raiar do dia, com a esperança de que Joséphine venha. Se eu puder falar a sós com ela, vou pedir-lhe que entregue um bilhete que escreverei para a sra. de Merteuil. Do contrário, vou colocá-lo junto com esta carta e peço que o remeta a ela como se fosse seu. Apenas dela poderei receber qualquer consolo. Pelo menos falaremos sobre ele, pois não espero mais poder vê-lo outra vez. Sinto-me tão infeliz! Talvez ela tenha a bondade de entregar uma carta a Danceny. Não ouso confiar em Joséphine para fazer isso e, muito menos, na minha camareira, pois talvez tenha sido ela quem disse a mamãe que eu estava guardando cartas na minha escrivaninha.

Não lhe escreverei muito, porque quero ter tempo de escrever para a sra. de Merteuil e também para Danceny e de ter minha carta já concluída caso ela se prontifique a entregá-la. Depois disso, vou deitar-me de novo para que me encontrem na cama quando entrarem no meu quarto. Vou dizer que estou mal a fim de que me dispensem de ir ver mamãe em seus aposentos. Não estarei mentindo muito. Na verdade, sinto-me pior do que se estivesse com febre. Meus olhos ardem por ter chorado tanto, e sinto um peso no estômago que me impede de respirar. Quando imagino que não verei mais Danceny, queria estar morta. Adeus, minha querida Sophie. Não posso contar mais nada. As lágrimas me sufocam.*

De..., 7 de setembro de 17**.

---

* Suprimiu-se a carta de Cécile Volanges para a marquesa, porque continha apenas os mesmos fatos da carta precedente, mas com menos detalhes. A escrita ao Cavaleiro Danceny não foi encontrada. A razão para tanto será vista na carta 63, da Marquesa de Merteuil para o visconde. (N.A.)

CARTA 62
Da sra. de Volanges para o Cavaleiro Danceny

Depois de ter abusado, cavaleiro, da confiança de uma mãe e da inocência de uma criança, sem dúvida não se surpreenderá que não mais venha a ser recebido em uma casa onde o senhor retribuiu as provas da amizade mais sincera apenas com o esquecimento de toda a educação. Prefiro pedir-lhe que não procure mais minha casa a ter de dar ordens ao porteiro, que nos comprometeriam a todos igualmente, pelas observações que os lacaios não deixariam de fazer. Tenho o direito de esperar que não me forçará a recorrer a esse meio. Previno também que, se fizer no futuro a menor tentativa de manter minha filha no descaminho em que a projetou, um retiro austero e eterno a subtrairá à sua persecução. O senhor próprio há de avaliar, cavaleiro, se teme tão pouco causar a infelicidade de minha filha quanto pouco temeu causar sua desonra. Quanto a mim, a decisão está tomada, e já a transmiti à minha filha.

O senhor encontrará, em anexo, um pacote com as cartas que escreveu à minha filha. Espero que, em troca, me devolva todas as dela e que seja capaz de não deixar nenhum vestígio de fatos cuja lembrança não poderíamos guardar: eu, sem indignação, ela, sem pejo, e o senhor, sem remorso. Tenho a honra de ser...

De..., 7 de setembro de 17**.

CARTA 63
Da Marquesa de Merteuil para o Visconde de Valmont

Está bem, vou explicar o porquê do bilhete que Danceny lhe mandou. O fato que o levou a escrevê-lo é obra minha, minha obra de arte. Não perdi tempo depois da última carta que você me escreveu. Disse a mim mesma, como aquele arquiteto de Atenas: "O que ele disse, eu o farei"*.

É preciso então que esse lindo herói de novelas românticas encontre obstáculos pela frente? Continua ele a adormecer

---
* Caso relatado por Plutarco acerca de dois arquitetos envolvidos na concorrência de projetos para um grande edifício: o primeiro leu um longo arrazoado, enquanto o segundo disse apenas a frase citada. (N.T.)

feliz? Ah! Que venha até mim, que lhe darei muitos trabalhos. Ou muito me engano, ou seu sono não será mais tranquilo. Foi preciso fazer que visse como o tempo é precioso. Envaideço-me de que se sinta agora arrependido do tempo que perdeu. Você mesmo considerou que lhe fazia falta maior mistério. Pois bem! Essa necessidade não mais lhe faltará. Algo de bom em mim é que basta que me façam ver meus erros para que não descanse até corrigi-los. Persuadida de que você havia apontado com precisão a causa do mal, fiquei todo o tempo pensando como encontrar um meio de curá-lo. A princípio, porém, fui deitar-me, pois meu infatigável cavaleiro não me havia deixado dormir sequer um momento e achei que estava com sono. Puro engano! Inteiramente dedicada a Danceny, o desejo de tirá-lo de sua indolência ou de puni-lo por ela não me permitiu fechar os olhos. Apenas depois de haver concertado meu plano com perfeição é que pude encontrar duas horas de repouso.

À tardinha, fui visitar a sra. de Volanges e, seguindo meu plano, confidenciei-lhe estar convicta de que havia uma ligação perigosa entre sua filha e Danceny. Essa mulher, tão clarividente para acusar você, estava a tal ponto cega que inicialmente me respondeu dizendo que com toda a certeza eu me equivocava, que a filha era uma criança etc. etc. Não podia dizer-lhe tudo o que sabia, mas citei palavras e olhares trocados *com os quais meu caráter e minha amizade se alarmavam*. Enfim, falei quase tão perfeitamente quanto faria uma beata e, para dar o golpe decisivo, cheguei até a dizer que pensava ter visto uma carta que fora entregue e recebida. "Isso lembrou-me", acrescentei, "que um dia a menina abriu diante de mim uma gaveta de sua escrivaninha, na qual vi muitas folhas de papel que ela, sem dúvida, ali guardava". "Você sabe se ela tem mantido correspondência frequente com alguém?", perguntei. Nesse momento, a expressão da sra. de Volanges alterou-se e vi lágrimas rolarem por suas faces. "Eu lhe agradeço, minha honrada amiga", disse ela segurando-me as mãos, "vou esclarecer tudo".

Depois dessa conversa, curta demais para ser suspeita, fui ver a jovem criatura. Deixei-a logo depois, para ir pedir à mãe que não me comprometesse junto à sua filha, o que me prometeu com tanta boa vontade que lhe fiz ver como seria benéfico se a menina tivesse suficiente confiança em mim para abrir-me seu coração, tornando-me, desse modo, capaz de dar-lhe *meus sábios conselhos*. O que me deixa certa de que a mãe cumprirá sua promessa é que não duvido querer ela para si as honras de haver surpreendido a filha. Por isso, considerei-me autorizada a manter meu tom amigo com a pequena, sem parecer falsa aos olhos da sra. de Volanges, o que justamente estava querendo evitar. Com isso, obtive a vantagem de poder estar no futuro com a menina, por tanto tempo e tão secretamente quanto quiser, sem que a mãe jamais possa ter a menor suspeita. Aproveitei-me dessa nova situação ainda naquela noite. Terminado o jogo de cartas, levei a pequena para um canto, onde ficamos a sós. Fiz com que abordasse o assunto Danceny, sobre o qual nunca para de falar. Diverti-me em encher sua cabeça com a perspectiva do prazer que teria em vê-lo no dia seguinte. Não houve loucuras que não a tivesse feito dizer. Tinha de compensar com esperanças o que eu lhe havia subtraído na realidade. Tudo isso deveria torná-la ainda mais sensível ao golpe de ter perdido seu namorado, estando eu persuadida de que, quanto mais vier a sofrer, tanto mais será obrigada a desembaraçar-se dele na primeira oportunidade. Aliás, é propício acostumar a grandes acontecimentos alguém que destinamos a grandes aventuras.

Afinal de contas, não deve ela pagar com algumas lágrimas o prazer de ter seu Danceny? Está louca por ele! Pois bem, prometo que ela o terá, e mais cedo ainda do que o teria sem essa tempestade. Trata-se de um pesadelo, do qual despertar-se será uma delícia. E, considerando-se tudo, creio que deve sentir-se agradecida a mim. De fato, se bem que eu tenha agido com um pouco de malícia, preciso divertir-me:

*Os tolos estão neste mundo para nossos pequenos prazeres.**

Finalmente fui para casa, muito contente comigo mesma. Perguntava-me se Danceny, animado por esses obstáculos, redobraria sua paixão. Em caso positivo, eu o ajudaria

---

* Gresset, *O malvado*, comédia. (N.A.) [O autor entrou para a Academia Francesa graças, sobretudo, ao grande sucesso da comédia mencionada, de 1747. (N.T.)]

com todas as minhas forças. Mas pode ser que não passe de um tolo, como algumas vezes sou tentada a crer que é, e venha a desesperar-se, considerando-se vencido. Ora, nesse caso, iria pelo menos sentir-me vingada, tanto quanto me fosse possível, e, ao mesmo tempo, estaria aumentando, a meu favor, a estima da mãe, a amizade da filha e a confiança das duas. Quanto a Gercourt, o alvo principal de meus cuidados, seria eu bem canhestra se, senhora dos sentimentos de sua futura mulher, como já sou e ainda mais serei, eu não encontrasse mil maneiras de fazer dela o que quer que deseje. Deitei-me, embalada por esses pensamentos agradáveis. Dormi finalmente e acordei bastante tarde.

Ao despertar, encontrei dois bilhetes, um da mãe, outro da filha. Não pude deixar de rir ao encontrar em ambos literalmente a mesma frase: "*Apenas de sua pessoa posso encontrar algum consolo*". Não é, na verdade, engraçado consolar uma contra a outra e ser a única advogada de dois interesses totalmente opostos? Eis-me como a Divindade: recebo promessas opostas desses cegos mortais sem nada alterar em meus desígnios imutáveis. No entanto, deixei esse augusto papel para assumir o de anjo consolador. E, seguindo regras angelicais, fui visitar minhas amigas em sua aflição.

Comecei pela mãe. Encontrei-a tão acabrunhada que, em parte, você já está vingado das contrariedades que ela o fez suportar quanto à sua bela beata. Tudo foi coroado de êxito. Minha única preocupação era que a sra. de Volanges aproveitasse o momento para ganhar a confiança da filha, o que lhe teria sido bem fácil se só utilizasse com ela termos meigos e cordiais e se imprimisse aos conselhos vindos da razão um ar de ternura e compreensão. Felizmente, ela armou-se de severidade, tendo se comportado tão mal que só posso aplaudi-la. É bem verdade que ela julga estar impedindo nossos planos com a decisão que tomou de mandar a filha para o convento. Mas desviei esse golpe e aconselhei-lhe que apenas a ameaçasse no caso de Danceny continuar a importunar, de tal modo a forçar os dois a uma circunspeção que creio necessária para o nosso sucesso.

Em seguida, fui até o quarto da filha. Não pode imaginar como a dor a embelezou. Por pouco experiente que ainda seja na arte de seduzir, garanto a você que no futuro vai chorar com frequência para fazer-se atraente. Mas, dessa vez, chorou sem malícia... Tocada por esse novo encanto da menina, o qual ainda não havia reparado e que agora me dava muito prazer em observar, a princípio só lhe dei conselhos estúpidos, que mais que apaziguar só aumentavam suas penas. Dessa maneira, levei-a a tal ponto que não podia mais respirar. Parou de chorar. Temi, por um momento, as convulsões que a atacavam. Aconselhei-a a dormir, com o que concordou. Fiz-lhe as vezes de camareira. Ainda não se havia vestido para dormir, e logo seus cabelos soltos caíram sobre os ombros e o colo totalmente nus. Beijei-a. Entregou-se a meu braços, e suas lágrimas recomeçaram a escorrer sem esforço. Meu Deus! Como é bela! Se Madalena foi como ela, deve ter sido muito mais perigosa como arrependida do que como pecadora.

Quando a bela desesperada deitou-se em seu leito, passei a consolá-la com a maior boa vontade. Em primeiro lugar, tranquilizei-a quanto a seu temor de ir para o convento. Fiz nascer a esperança de ver Danceny secretamente e, sentando-me sobre o leito, disse-lhe: "Ah! Se ele estivesse aqui...". Depois, aprofundando-se nesse tema, levei-a, de distração em distração, a esquecer totalmente que estava angustiada. Nós nos teríamos separado perfeitamente satisfeitas, se ela não tivesse querido me encarregar de levar uma carta para Danceny, o que recusei sem esmorecer. Aqui estão minhas razões, com as quais você, sem dúvida, concordará.

A primeira é que, se entregasse a carta, poderia estar me comprometendo em relação a Danceny. Ademais, se essa razão foi a única que pude alegar para a pequena, havia muitas outras que interessariam a nós dois. Por exemplo, servindo eu de correio, não seria arriscar o fruto de meus esforços estar tão cedo possibilitando a nossos jovens um meio tão fácil para mitigar suas penas? Além disso, não me incomodaria forçá-los a envolver alguns criados em sua correspondência. Isso porque, se finalmente essa aventura entre Cécile e Danceny se consumar, como espero, é preciso que se saiba de tudo imediatamente após o casamento da menina. Para que isso aconteça, existem poucas maneiras mais seguras do que a tagarelice dos serviçais. Se por um milagre estes não disserem nada, nós o faremos, e será bem fácil colocar na criadagem a culpa da indiscrição.

Por isso, é preciso que hoje você dê a Danceny a ideia de envolver os criados em sua aventura com Cécile. Como não tenho confiança na camareira da pequena Volanges, da qual ela mesma parece desconfiar, sugira ao rapaz a minha, a fidedigna Victoire. Vou cuidar para que tudo dê certo. Essa ideia me parece tanto melhor quanto a confiança dos dois em Victoire só será benéfica para nós e em nada ajudará a eles dois. Por quê? É que não terminei ainda o que tenho a escrever-lhe.

Enquanto eu dava razões para não entregar a carta da menina, temia a todo instante que me propusesse, como alternativa, depositá-la no correio, o que me seria quase impossível recusar. Felizmente, seja por confusão, seja por ignorância de sua parte, ou ainda porque se importava menos com a própria carta do que com a resposta, a qual não poderia receber pelo correio, a pequena não me fez a sugestão que eu estava temendo; porém, para evitar que essa ideia lhe ocorresse, ou que viesse a se servir dos correios, sem hesitar decidi o que deveria fazer: de volta aos aposentos da mãe, convenci-a de afastar a menina de Danceny por algum tempo e mandá-la para o campo... E para onde? Seu coração não está palpitando de alegria? Para o castelo de sua tia, o castelo da velha Rosemonde. Ela vai comunicar hoje sua decisão à menina. Desse modo, sinta-se autorizado a reencontrar sua devota, que não terá mais o que objetar quanto ao escândalo que é estar a sós com você. Além disso, graças a meus cuidados, a própria sra. de Volanges irá reparar o mal que lhe causou.

Mas preste atenção: não se dedique demasiado a seus planos para a devota, a ponto de descuidar-se do que temos para Cécile e Danceny. Considere que é este o que me interessa. Quero que você se transforme no confidente e no conselheiro dos dois jovens. Informe, pois, a Danceny sobre a ida de Cécile ao castelo de sua tia e diga ao rapaz que estará à disposição dele. Só teremos a dificuldade de fazer chegar às mãos da menina a carta em que recomendo você. Mas vença logo esse obstáculo, utilizando minha fidedigna. Não tenho dúvida de que a carta será aceita. Então, como prêmio de seus esforços, você terá as confidências de um coração jovem, o que sempre é interessante. A pobre menina! Como vai corar ao entregar sua primeira carta a você! Na verdade, parece-me que esse papel de confidente, contra o qual existem tantos preconceitos, é um passatempo muito simpático, sobretudo quando nossos interesses se encontram em outra pessoa, como em seu caso.

Será de seus cuidados que vai depender o bom desfecho desta trama que estamos urdindo. Considere bem o momento em que será preciso pôr frente a frente os atores envolvidos. O campo oferece mil possibilidades e Danceny, com absoluta certeza, vai querer ir até lá ao primeiro aceno que você fizer. Uma noite, um disfarce, uma janela... que sei eu? Mas, enfim, se a menina voltar intacta como foi para o campo, vou culpar você. Se achar que ela precisa de algum tipo de encorajamento de minha parte, diga-me. Creio já tê-la advertido o suficiente sobre o perigo de guardar cartas para que agora possa escrever-lhe. Continuo com o propósito de fazê-la minha pupila.

Acho que esqueci de lhe dizer que as suspeitas a respeito da denúncia de sua correspondência com Danceny recaíram, de início, em sua camareira e que as dirigi, posteriormente, para seu confessor. Foi como matar dois coelhos com uma só cajadada.

Adeus, visconde. Já faz muito tempo que estou a escrever-lhe, e meu almoço se atrasou. Mas o amor-próprio e a amizade ditaram-me esta carta, e ambos são muito falantes. De resto, ela chegará à sua casa por volta das três da tarde, e nela está tudo o que você precisa saber.

Queixe-se de mim agora, se tiver a ousadia, e vá rever, se estiver tentado, o bosque das belas galhadas do Conde de B... Você me escreveu que ele o cuida para o prazer de seus amigos? Então esse homem é amigo de todo mundo! Mas adeus, estou com fome.

De..., 9 de setembro de 17**.

CARTA 64

Do Cavaleiro Danceny para a sra. de Volanges
(Minuta anexa à carta 66 do visconde para a marquesa)

Sem procurar, senhora, justificar minha conduta e sem queixar-me da sua, posso apenas afligir-me com um fato que torna três pessoas infelizes, todas elas dignas de um destino mais ditoso. Muito mais sensibilizado por ter sido a causa do mal do que sua vítima, desde ontem tentei várias vezes ter a honra de responder à sua carta, sem poder encontrar forças para fazê-lo. Contudo, tenho tantas coisas a dizer que preciso esforçar-me. E, se esta carta tem pouca ordem e lógica, a senhora poderá sentir perfeitamente como minha situação é dolorosa para que me beneficie com alguma compreensão.

Permita-me, de início, reclamar da primeira frase que me escreveu. Não abusei, ouso dizer, nem de sua confiança, nem da inocência da senhorita de Volanges. Respeitei a ambas em minhas ações. É fato que apenas essa confiança e essa inocência dependiam de meu procedimento. Mas, como a senhora me faz responsável por um sentimento totalmente involuntário de minha parte, não temo observar que a emoção que me inspirou a senhorita sua filha é de tal natureza que pode desagradá-la, mas não ofendê-la. Sobre esse assunto que me afeta mais do que me seria permitido dizer-lhe, quero que senhora seja meu juiz e minhas cartas, minhas testemunhas.

A senhora proibiu-me de frequentar sua casa no futuro. Sem dúvida, vou submeter-me a tudo o que lhe aprouver ordenar a esse respeito. Mas esse súbito e total afastamento não daria tanta margem aos comentários que a senhora quer evitar quanto as ordens que não queria dar ao porteiro? Insistirei nesse ponto tanto mais quanto a ausência de comentários é bem mais importante para a senhorita de Volanges do que para mim. Suplico, pois, que pese tudo com atenção e não permita que sua severidade venha a prejudicar sua prudência. Persuadido de que o único interesse da senhorita sua filha ditará suas decisões, estou à espera de novas ordens de sua parte.

Entrementes, caso me permita visitá-la de vez em quando, comprometo-me, senhora, e pode contar com minha promessa, a não tirar proveito dessas ocasiões para tentar falar a sós com a senhorita de Volanges ou para entregar-lhe cartas minhas. O temor do que possa comprometer a reputação de sua filha me obriga a esse sacrifício, mas a felicidade de poder vê-la algumas vezes recompensará minha pena.

Este pedido de minha carta é também a única resposta que posso dar ao que a senhora me escreveu sobre o destino que reserva para a senhorita de Volanges e que quer tornar dependente de minha conduta. Seria enganar a senhora, prometer mais do que já fiz. Um sedutor sem escrúpulos sabe adaptar seus planos às circunstâncias analisando os acontecimentos. Mas o amor que me anima só me permite dois sentimentos: a coragem e a constância.

Quem? Eu? Consentir em ser esquecido pela senhorita de Volanges e esquecê-la eu mesmo? Não, não, nunca! Serei fiel a ela, que já recebeu meu juramento de amor eterno, juramento que renovo todo dia. Perdão, senhora, perco-me. Preciso voltar a mim mesmo.

Há um outro assunto para tratar com a senhora: o das cartas que me pede de volta. Sinto-me realmente penalizado por ter de adicionar uma recusa aos erros que a senhora já viu em mim. Mas, suplico-lhe, escute minhas razões e digne-se a recordar, para bem apreciá-las, que o único consolo do infortúnio de ter perdido sua amizade é a esperança de poder manter sua estima.

As cartas da senhorita de Volanges, já tão preciosas para mim, tornam-se ainda mais valiosas nessas circunstâncias. São o único bem que me resta. Apenas elas ainda podem fazer reviver um sentimento que é todo o encanto de minha vida. Contudo, a senhora pode crer-me, eu não hesitaria um só momento em fazer o sacrifício que me pede, pois a mágoa de privar-me dessas cartas cederá ao desejo de provar-lhe minha respeitosa deferência. No entanto, poderosas considerações me imobilizam. E estou certo de que a senhora mesma não poderá condená-las.

Não há dúvida de que, agora, conhece os segredos da senhorita de Volanges. Mas, permita-me dizer-lhe, tenho fundadas razões para crer que o conseguiu pela surpresa, e não por ter sido objeto da confiança da senhorita sua filha. Não pretendo censurar um ato que talvez possa ser justificado pela solicitude materna. Respeito seus direitos, senhora, mas eles não chegam a ponto de dispensar-me de meus deveres. O mais sagrado de todos é nunca trair a confiança que me outorgam. Seria faltar a ela expor aos olhos de uma terceira pessoa os segredos de um coração que quis desvendá-los apenas aos meus. Se a senhorita sua filha consentir em confiá-los à senhora, que ela o diga de viva voz. Minhas cartas são inúteis para a senhora. Mas, se ela quiser guardar seus segredos dentro de si, a senhora, sem dúvida, não espera que seja eu quem lhe vá informá-los.

Quanto ao mistério no qual deseja que esses fatos sejam envolvidos, fique tranquila, senhora. No que tange a tudo o que possa ser benéfico para a senhorita de Volanges, serei capaz de desafiar até o coração de uma mãe. Para terminar de uma vez por todas com sua inquietude, digo-lhe que tudo previ. A caixa preciosa que até então estava marcada com a rubrica *papéis a serem queimados* tem agora a inscrição *papéis pertencentes à senhorita de Volanges*. Essa decisão que tomei deve comprovar-lhe que minha recusa em entregar-lhe as cartas não se deve ao receio de que encontre nelas um único sentimento que possa censurar.

Esta carta, senhora, tornou-se demasiado longa. Mas não seria suficientemente extensa se lhe deixasse a menor dúvida sobre a honestidade de meus sentimentos, sobre o pesar muito sincero por havê-la desagradado e sobre o profundo respeito com o qual tenho a honra de ser etc.

De..., 9 de setembro de 17**.

CARTA 65

Do Cavaleiro Danceny para Cécile Volanges (remetida aberta para a Marquesa de Merteuil, em anexo à carta 66 do visconde)

Ah, minha Cécile! O que será de nós? Que deus nos salvará dos infortúnios que nos ameaçam? Que o amor nos dê pelo menos a coragem de suportá-los! Como descrever-lhe meu espanto, meu desespero ao ver minhas cartas devolvidas, ao ler o bilhete da sra. de Volanges? Quem nos terá traído? Sobre quem recaem as suspeitas? Teria você cometido alguma imprudência? O que faz agora? O que lhe disseram? Queria saber tudo, mas tudo ignoro. Talvez você mesma saiba tão pouco quanto eu.

Envio-lhe o bilhete de sua mãe e a cópia de minha resposta. Espero que aprove o que escrevi a ela. Preciso muito que você também aceite as iniciativas que tomei depois desse fatal acontecimento. Têm como objetivo saber notícias suas e dar-lhe as minhas. E, quem sabe, talvez revê-la ainda e mais livremente do que nunca.

Pode imaginar, minha Cécile, o prazer de estarmos juntos outra vez, de podermos de novo jurar amor eterno e de ver em nossos olhos, de sentir em nossas almas, que esse juramento nunca poderá ser fingido? Quantos tormentos não serão esquecidos num momento assim tão doce! Pois bem: tenho a esperança de que ele logo vai acontecer e devo-o às iniciativas que tomei, as quais lhe suplico aprovar. Que digo? Devo-a aos cuidados em consolar-me do mais terno dos amigos. Meu único pedido é que você permita que ele seja seu amigo também.

Talvez não devesse ter prometido a ele sua confiança sem ter antes pedido seu consentimento. Mas tenho como desculpa a infelicidade e a necessidade. Foi o amor que me dirigiu, e é ele que implora sua compreensão, que lhe pede perdão para uma inconfidência imprescindível, sem a qual talvez pudéssemos ficar separados para sempre.* Você conhece esse amigo a quem me refiro. Também o é daquela senhora de quem você tanto gosta: é o Visconde de Valmont.

Quando o procurei, minha ideia inicial era pedir-lhe que convencesse a Marquesa de Merteuil a entregar uma carta a você. Mas ele considerou que isso poderia não dar certo. Na ausência da senhora, ele responde pela criada desta, que lhe deve favores. Será ela quem vai entregar esta carta a você e a quem você pode dar a resposta.

Como crê o sr. de Valmont, essa ajuda será de pouca utilidade se você partir logo para o campo. Nesse caso, ele mesmo quer nos ser útil. A senhora para cujo castelo você deve ir é sua parenta. Vai utilizar esse fato como pretexto para fazer uma visita a ela no mesmo período em que você estiver lá. Então, será por ele que nossa correspondência deverá circular. Garantiu-me mesmo que, se você fizer o que ele indicar, vai encontrar um meio para que nós dois nos encontremos no campo sem qualquer risco de que você se comprometa.

Minha Cécile, se agora você ainda me ama, se sofre com meu infortúnio, se, como espero, compartilha minhas mágoas, irá recusar sua confiança a um homem que será nosso anjo da guarda? Sem ele, estarei condenado ao desespero de não poder sequer atenuar as penas que causei a você. Estas passarão,

---

* O sr. Danceny não está dizendo a verdade. Ele já se havia aberto com o sr. de Valmont antes desses acontecimentos. Ver a carta 57. (N.A.)

espero. Mas, minha terna amiga, prometa-me não se entregar demasiado a elas, não se deixar por elas se abater. A lembrança de seu sofrimento é para mim um tormento insuportável. Daria minha vida para torná-la feliz. Você bem o sabe. Que a certeza de ser adorada possa trazer algum consolo para sua alma! A minha precisa que você me assegure que perdoa, em nome do amor, as penas que o próprio amor faz com que esteja sofrendo.

Adeus, minha Cécile. Adeus, minha doce amiga.

De..., 9 de setembro de 17**.

CARTA 66
Do Visconde de Valmont para a Marquesa de Merteuil

Você verá, minha bela amiga, ao ler as duas cartas que seguem em anexo, se levei adiante seu plano a contento. Embora ambas sejam datadas de hoje, foram escritas ontem, em minha casa, sob meus olhos. A destinada à pequena diz tudo o que queríamos. Só me basta humilhar-me diante da profundidade de sua perspicácia, marquesa, se tal qualidade for avaliada pelo sucesso de suas iniciativas. Danceny está ardendo de amor. Com certeza, na primeira ocasião que se apresentar, você não terá mais críticas a fazer-lhe. Se a bela ingênua quiser ser dócil, tudo estará consumado logo depois de ela chegar ao campo. Tenho centenas de meios já pensados para esse objetivo. Graças a seus cuidados, sou agora, decididamente, *o amigo de Danceny*. Só lhe falta ser o *Príncipe**.

Esse Danceny é ainda bastante jovem. Você acreditaria que não consegui que prometesse à mãe renunciar a seu amor? Como se fosse muito constrangedor prometer algo que não estamos dispostos a cumprir! "Seria enganar", repetia-me, sem pausa. Mas... não seriam benéficos esses escrúpulos se estiver querendo seduzir a menina? Assim são os homens! Todos igualmente pérfidos em seus propósitos; mas, quando demonstram fraqueza em sua execução, chamam-na de honradez.

---

* Referência a um poema de Voltaire. (N.A.) [O poema épico-satírico *A virgem de Orleans*, de 1755, consagrou a expressão *amigo do Príncipe* para designar um homem sem princípios e enganador; nesse caso, Valmont alude a si próprio. (N.T.)]

É tarefa sua impedir que a sra. de Volanges se indigne com as pequenas ousadias que nosso rapazinho se permitiu na carta que mandou a ela. Preserve-nos da ida para o convento e trate de que ela abandone o pedido das cartas da pequena. Não adianta pedir, ele não vai devolvê-las; não quer fazê-lo. Estou de acordo com ele. Aqui, o amor e a razão estão conformes. Li essas cartas, engolindo o tédio que me causaram. Mas podem nos ser úteis. Explico-me. Apesar de toda a prudência que estamos tendo, pode ser que ocorra um escândalo. O casamento poderia não ser realizado, não é verdade? E isso deitaria por terra todos os nossos planos quanto a Gercourt. Mas como, de minha parte, tenho de vingar-me também da mãe, caso o casamento não se realize, reservo-me o direito de desonrar a filha. Escolhendo com cuidado suas cartas e trazendo a público apenas parte delas, pareceria que a pequena Volanges tomou sozinha a iniciativa e que se entregou sem o menor pudor. Algumas cartas poderiam comprometer até a própria mãe e, no mínimo, a *conspurcariam* por uma negligência imperdoável. Estou seguro de que o escrupuloso Danceny a princípio se revoltaria. Porém, como seria atacado pessoalmente, creio que acabaríamos por dobrá-lo. Aposto mil contra um que as coisas não vão se suceder desse modo, mas é preciso prever tudo.

Adeus, minha bela amiga. Seria muito gentil de sua parte se viesse jantar amanhã na casa da Marechala de... Quanto a mim, não pude recusar.

Imagino que não seja preciso recomendar-lhe segredo quanto à sra. de Volanges a respeito do meu plano de ir para o campo. Se viesse a saber de alguma coisa, imediatamente resolveria permanecer na cidade. Mas, se for para o castelo de minha tia, não vai apressar-se em partir no dia seguinte. Se nos der apenas oito dias, responsabilizo-me por tudo.

De..., 9 de setembro de 17**.

CARTA 67

DA PRESIDENTA DE TOURVEL PARA O VISCONDE DE VALMONT

Não queria responder-lhe, senhor, e talvez o mal-estar que sinto neste momento seja a prova de que não deveria fazê--lo. Contudo, não quero deixar-lhe nenhum assunto que possa originar queixas contra mim. Quero convencê-lo de que fiz pelo senhor tudo o que poderia ter feito.

O senhor recorda, em sua carta, que permiti que me escrevesse? Com certeza. Mas, quando me recorda essa permissão, pensa que esqueço sob quais condições a aceitei? Se tivesse sido tão fiel a ela quanto o senhor não foi, não seria o caso de não receber mais sequer uma única resposta de minha parte? No entanto, esta é a terceira que lhe escrevo. Enquanto o senhor faz tudo para que me veja obrigada a interromper esta correspondência, sou eu que trato de encontrar maneiras de mantê-la. Haveria uma, que seria a única. Se o senhor se recusar a aceitá-la, apesar do que puder alegar em contrário, será para mim a prova do pouco valor que atribui ao assunto.

Abandone, pois, uma linguagem que não posso nem quero escutar. Renuncie a um sentimento que me ofende e me atemoriza, e com o qual talvez o senhor se envolvesse menos se lembrasse que se trata do obstáculo que nos separa. Será, então, esse sentimento o único que o senhor é capaz de ter? Sendo assim, a meus olhos o amor teria o defeito adicional de excluir a amizade. E teria o senhor mesmo o defeito de não querer, como amiga, esta pessoa em quem desejou encontrar os mais ternos sentimentos? Não quero acreditar que assim seja. Essa ideia humilhante me revoltaria e me afastaria do senhor para sempre.

Oferecendo-lhe minha amizade, senhor, dou-lhe tudo o que está a meu alcance, tudo do que posso dispor. Que mais pode desejar? Para que me entregue ao sentimento tão doce da amizade, tão adequado a meu coração, espero apenas sua aceitação e a palavra de honra, que exijo de sua parte, de que essa amizade bastará para sua felicidade. Esquecerei tudo o que possam ter me dito. Confio em que o senhor mesmo agirá de modo a justificar minha opção pela amizade.

O senhor está percebendo minha franqueza, que é prova de minha confiança. Só dependerá do senhor aumentá-la ainda mais. Mas previno que a primeira menção à palavra amor a destruirá para sempre, fazendo renascer todos esses meus temores. Previno, principalmente, que para mim essa palavra sinalizará um silêncio eterno para com sua pessoa.

Se, tal como me escreveu, o senhor *superou seus erros*, deixaria de preferir ser o objeto da amizade de uma mulher honesta para sê-lo dos remorsos de uma mulher cheia de culpa? Adeus, senhor. Penso que deva estar convicto, depois do que lhe disse acima, de que nada do que me escreveu ficou sem resposta.

De..., 9 de setembro de 17**.

CARTA 68
Do Visconde de Valmont para a presidenta de Tourvel

Como responder, sra. de Tourvel, à sua última carta? Como ousar dizer a verdade, quando minha sinceridade pode desgraçar-me diante de sua pessoa? Mas não importa, é preciso que o faça; terei coragem para tanto. Digo-me, repito-me que seria melhor merecê-la que conquistá-la. E, se devesse recusar-me para sempre uma felicidade que sem cessar desejo, pelo menos devo provar que meu coração é digno dela.

É pena que, tal como me diz, eu *superei meus erros*! Com que arrebatamento de alegria teria lido essa mesma carta que hoje tremo ao responder! Você me escreve com *franqueza*, me garante *confiança*, enfim, me oferece sua *amizade*: tantas preciosidades, sra. de Tourvel, e tanto me ressinto por não poder beneficiar-me delas! Por que já não sou mais como antes?

Se de fato o fosse, se só tivesse por sua pessoa uma estima comum, se sentisse apenas essa atração leviana, filha da sedução e do prazer, que hoje, contudo, é chamada de amor, iria apressar-me em tirar vantagem de tudo o que pudesse conseguir. Sem pudor quanto aos meios, desde que me possibilitassem ter sucesso, encorajaria sua franqueza com o objetivo de devassar seu íntimo, desejaria sua confiança com o desígnio de traí-la, aceitaria sua amizade com a esperança de desencaminhá-la. Qual, sra. de Tourvel! Este quadro a atemoriza? Pois bem! Seria ele pintado com esses traços se eu dissesse que consentiria em ser apenas seu amigo...

Quem? Eu? Consentir em compartilhar com alguém um sentimento emanado de sua alma? Se eu com isso vier a concordar, não creia mais em mim. A partir desse momento, estaria apenas tratando de enganá-la. Poderia continuar a desejá-la, mas, com toda certeza, não a amaria mais.

Não que a amável franqueza, a doce confiança, a amizade sensível não tenham valor a meus olhos... Mas o amor! O amor verdadeiro, tal como você o inspira, amalgamando todos esses três sentimentos, dando-lhes maior força, não poderia prestar-se, como cada um deles, a essa tranquilidade, a essa frieza da alma que permite comparações, que tolera até preferências. Não, sra. de Tourvel, absolutamente não serei seu amigo. Eu a amarei com o mais terno amor, até mesmo com o mais ardente, mas também com o mais respeitoso. Poderá tirar-lhe a esperança, mas não aniquilá-lo.

Com que direito pretende dispor de um coração cujas juras de amor rejeita? Por qual refinamento de crueldade quer subtrair-me até mesmo a felicidade de amá-la? Isso me pertence, independe de sua pessoa. Saberei defender esse amor. Se é a fonte de meus males, também é seu remédio.

Não, mais uma vez não. Pode persistir em suas recusas cruéis. Mas deixe-me meu amor. Você se compraz em tornar-me infeliz! Pois bem! Que seja assim. Tente exaurir minha coragem; terei sido, pelo menos, capaz de determinar meu destino. Talvez algum dia me fará justiça. Não que espere torná-la mais sensível; porém, mesmo sem estar persuadida, entenderá, pensando: "Eu o julguei mal".

Exprimindo-me melhor, é consigo mesma que está sendo injusta. Conhecê-la sem amá-la, amá-la sem ser fiel, ambas são possibilidades impossíveis. E, apesar da modéstia que a caracteriza, deve ser-lhe mais fácil queixar-se do que se surpreender em relação a um sentimento que você mesma fez nascer. Quanto a mim, cujo único mérito é ter sabido apreciá-la, não quero perder esse sentimento. E, longe de aceitar suas ofertas insidiosas, renovo a seus pés o juramento de amá-la para sempre.

De..., 10 de setembro de 17**.

CARTA 69

DE CÉCILE VOLANGES PARA O CAVALEIRO DANCENY
(BILHETE ESCRITO A LÁPIS E COPIADO POR DANCENY)

Você me pergunta como estou passando? Continuo a amá-lo e a chorar. Minha mãe não me dirige mais a palavra.

Tirou-me papéis, tinta e pena. Uso este lápis, que por felicidade me sobrou, e escrevo-lhe num pedaço de sua carta. É preciso que eu aprove tudo o que você fez. Eu o amo demais para não fazer tudo o que puder para ter notícias suas e para dar-lhe as minhas. Não gostava do sr. de Valmont, mas não sabia que era tão amigo seu. Vou fazer de tudo para acostumar-me a ele. Então, passarei a gostar dele por sua causa. Não sei quem nos traiu. Só pode ter sido minha camareira ou meu confessor. Sinto-me muito infeliz. Amanhã partiremos para o campo, não sei por quanto tempo. Meu Deus! Não poder mais vê-lo! Falta-me espaço neste papel. Adeus. Trate de ler o que escrevi. Estas palavras a lápis com certeza se apagarão, mas jamais os sentimentos gravados em meu coração.

De..., 10 de setembro de 17**.

CARTA 70
Do Visconde de Valmont para a Marquesa de Merteuil

Tenho uma informação importante para dar-lhe, minha querida amiga. Como sabe, jantei ontem na casa da Marechala de..., ocasião em que você foi um dos assuntos da conversa. Não disse tudo de bom que vejo em você, mas tudo de bom que não vejo nessa minha querida amiga. Todos concordavam com minha opinião. A conversa estava ficando aborrecida, como sempre ocorre se alguém é objeto apenas de elogios, quando se levantou uma voz contrária, a de Prévan.

"Não queira Deus", disse ele, levantando-se, "que eu duvide do modo honrado como se comporta a sra. de Merteuil! Mas ousaria crer que o deve mais à sua leviandade do que a seus princípios. Talvez seja mais difícil ir-lhe ao encalço do que agradá-la. Mas como – quando estamos atrás de uma mulher – quase nunca deixamos de encontrar outras em nosso caminho, e como estas, ao fim e ao cabo, podem valer tanto ou mais a pena que ela, alguns de nós são desviados de sua rota, pelo gosto da novidade, e outros desistem, por cansaço. Talvez por isso seja ela a mulher de Paris que menos necessidade tenha tido de defender sua reputação. Quanto a mim", acrescentou ele (encorajado pelos risos de algumas das senhoras), "apenas vou acreditar nas virtudes da sra. de

Merteuil depois de ter arrebentado com seis cavalos ao fazer-lhe a corte".

Essa brincadeira de mau gosto teve grande sucesso, como todas as que se baseiam na maledicência. Durante o riso geral que suscitou, Prévan retomou seu lugar e a conversa mudou de tema. Mas as duas condessas de B..., ao lado de quem estava o incrédulo, iniciaram com ele uma conversa à parte, a qual, felizmente, pude ouvir pela posição em que me encontrava.

O desafio de tornar você mais abordável foi aceito pelos três, que se deram a palavra de contar tudo uns aos outros quanto a seu plano comum. E, entre todas as promessas que se fizeram sobre o estratagema montado, dizer tudo vai sem dúvida ser religiosamente cumprido. Você está, agora, bem-advertida e sabe o que fazer.

Resta-me dizer-lhe que esse Prévan, que você não conhece, é infinitamente amável e ainda mais hábil. Se algumas vezes você me ouviu dizer o contrário, foi apenas porque não gosto dele, porque gosto de contrariar seu sucesso e porque não ignoro o peso que tem minha opinião junto a umas três dezenas de nossas mulheres mais em voga.

Na verdade, por meio desses expedientes, impedi que ele aparecesse, como se diz, sob as luzes da ribalta, pois fez conquistas que foram verdadeiros prodígios, sem que isso tivesse contribuído para sua fama. Mas o impacto de uma aventura envolvendo três pessoas fez com que todos os olhos se voltassem para ele, o que lhe deu a aprovação que lhe faltava, tornando-o, com isso, verdadeiramente temível. Enfim, é ele hoje o único homem que talvez eu tema encontrar em meu caminho. E, à parte seu interesse, você me prestaria um grande favor se, assim como quem não quer nada, o tornasse ridículo diante de todos. Deixo-o, pois, em boas mãos, com a esperança de que, ao retornar do campo, ele já esteja *afogado**.

Em troca, prometo executar o plano para sua pupila e dedicar-me a ela tanto quanto à minha bela beata.

Esta acaba de remeter-me uma minuta de capitulação. Sua carta toda indica o desejo de que eu a engane. Para tanto, é impossível que sugira um meio mais cômodo e já consagrado pelo uso como o de querer que eu seja *seu amigo*. Contudo, eu,

---

* No falar dos libertinos, um homem que não se "distingue" dos outros. (N.T.)

que prefiro os métodos inovadores e difíceis, não pretendo fazer sua vontade por preço tão módico. Com certeza, não estou tendo tanto trabalho para tê-la para terminar seduzindo-a com um método tão banal.

Meu plano, ao contrário, é que ela sinta, que sinta bem, o valor e a extensão de cada um dos sacrifícios que terá de me fazer; é não conquistá-la tão rapidamente que venha logo a arrepender-se do que fez; é fazer expirar sua virtude numa lenta agonia; é mantê-la muito tempo nessa condição, que a torna um espetáculo desolador; enfim, meu plano é dar-lhe a felicidade de encontrar-se entre meus braços somente depois de havê-la forçado a não mais dissimular seu desejo de querer estar comigo. Na verdade, valeria eu muito pouco se não valesse a pena ser desejado. E poderia eu aceitar vingança menor quanto a uma mulher altiva que dá a impressão de corar toda vez que confessa adorar-me?

Por isso tudo, recusei a preciosa amizade e fiz questão de meu título de amante. Como não escondo que esse título – que dá, de início, a impressão de ser apenas uma questão de palavras – é tão importante para mim, escrevi-lhe com muito cuidado, tratando de fazer constar em toda a carta aquela desordem mental que é o único meio capaz de retratar bem os sentimentos. Enfim, fui o mais tresloucado que pude, pois, sem isso, não despertamos ternura. É por essa razão, penso, que as mulheres são tão superiores a nós nas cartas de amor.

Terminei a minha com palavras carinhosas, que eram a consequência lógica de uma longa série de observações profundas. Depois que o coração de uma mulher se esforça por algum tempo, necessita repousar. Dei-me conta de que palavras carinhosas são, para as mulheres, o mais doce descanso que se pode oferecer.

Adeus, minha bela amiga. Parto amanhã para o campo. Se devo levar algum recado seu à Condessa de..., passarei pelo castelo desta, ao menos para almoçar. Estou irritado por partir sem ter podido ver você. Mande que me entreguem suas sublimes instruções e ajude-me com seus sábios conselhos neste momento decisivo.

Sobretudo, tome cuidado com Prévan; que eu possa um dia compensar esse seu sacrifício. Adeus.

De..., 11 de setembro de 17**.

CARTA 71
Do Visconde de Valmont para a Marquesa de Merteuil

Não é que o estúpido do meu criado esqueceu minha pasta de papéis em Paris? As cartas de minha amada, as de Danceny para a pequena Volanges, tudo ficou para trás, e de tudo estou precisando. Ele vai voltar a Paris para corrigir essa besteira, e, enquanto sela seu cavalo, vou contar a você o que aconteceu nesta noite, pois, creia-me, não perco tempo.

A aventura em si é coisa sem importância. Trata-se apenas de uma recaída pela Viscondessa de M... Mas me interessou por causa dos detalhes. Aliás, estou certo de que vou convencê-la a ver que, se tenho talento para fazer as mulheres se perderem, não deixo de tê-lo também, quando quero, para salvá-las. O caminho que sigo é sempre o mais difícil ou o que mais alegria me causa. E não me censuro por uma boa ação, desde que aumente minha experiência ou me divirta.

Encontrei então a viscondessa aqui e, como ela juntava sua insistência aos pedidos que me faziam para que passasse a noite no castelo, disse-lhe: "Está bem, vou ficar esta noite, mas com a condição de que a passe com você". "Isso é impossível", respondeu-me, "Vressac está aqui". Até aí só pensara em dizer-lhe umas verdades, mas essa palavra "impossível" revoltou-me como de costume. Senti-me humilhado por ter sido posto abaixo de Vressac e resolvi não aceitar a alegada impossibilidade. Insisti, pois.

As circunstâncias me foram favoráveis. Esse Vressac teve a inabilidade de despertar suspeitas no visconde, de tal modo que a viscondessa não pode mais recebê-lo em sua casa. Essa viagem ao castelo da boa condessa tinha sido concertada entre eles com o fim de poderem passar juntos algumas noites. O visconde chegou a ponto de demonstrar mau humor quando se deparou com Vressac, mas, como é mais dado à caça que ao ciúme, ficou assim mesmo. E a condessa, sempre do mesmo jeito que você conhece, depois de ter instalado a mulher no grande corredor, pôs o marido num lado e o amante noutro, deixando que se arranjassem entre si. A má sorte dos dois homens foi que me instalaram bem em frente a eles.

Nesse mesmo dia, ou seja, ontem, Vressac, que, como você bem pode adivinhar, está sempre adulando o visconde, caçava com ele, apesar de seu pouco interesse pela caça. Por isso, estava intensamente esperando poder, entre os braços da mulher, consolar-se, à noite, do tédio que o marido lhe causara durante o dia. Quanto a mim, achei que Vressac teria de descansar e imaginava meios para convencer sua amante a decidir dar-lhe tempo para isso.

Tive sucesso: consegui que brigasse com ele, tendo, como motivo, essa mesma caçada, da qual, é óbvio, ele só quisera participar por causa dela. Poderia ter encontrado pretextos mais perversos, mas nenhuma mulher tem mais do que a viscondessa esse talento comum a todas as mulheres, qual seja, o de pôr a emoção no lugar da razão e de nunca serem tão difíceis de acalmar do que quando estão erradas. O momento, aliás, não era propício para explicações. E, como o que eu desejava era apenas uma noite com ela, pouco me importei se os três iriam ou não entender-se no dia seguinte.

Como era de se esperar, a viscondessa fez cara feia para Vressac quando este voltou da caçada. Ele quis saber o porquê da reação, mas por isso mesmo ela brigou com ele. Tentou justificar-se. O marido, que apareceu onde estavam, serviu de pretexto para que interrompessem a conversa. Depois, o amante aproveitou um momento em que o outro se ausentou para pedir que ela tivesse a bondade de recebê-lo naquela noite. Foi nesse momento que a viscondessa tornou-se sublime. Indignou-se contra a audácia dos homens, os quais, só porque foram objeto dos favores das mulheres, acreditam ter o direito de continuar a abusar, mesmo quando não estão satisfeitas com eles. E, mudando de assunto, com essa mesma habilidade, ela foi toda delicadeza e afeição, o que deixou Vressac mudo e confuso. Eu mesmo fui tentado a crer que ela tinha razão. Você bem sabe que eu, como amigo dos dois, estava escutando a conversa.

Enfim, ela declarou peremptoriamente que não acrescentaria às fadigas do amor as da caça e que se zangaria consigo mesma se perturbasse tão doces prazeres. O marido retornou. O desolado Vressac, que agora já não estava mais livre para responder, dirigiu-se a mim. Depois de me contar, muito longamente, suas razões, que eu já conhecia tão bem quanto ele, pediu-me que falasse com a viscondessa, o que lhe prometi.

De fato, falei com ela, mas foi para agradecer-lhe e combinar com ela a hora de nosso encontro e como o arranjaríamos.

Disse-me que, estando instalada entre seu marido e seu amante, tinha considerado mais prudente ir até o quarto de Vressac do que recebê-lo nos aposentos dela. E que, como eu estava instalado em frente a ela, pensava ser também mais seguro vir até meu quarto, para onde iria logo que sua camareira a deixasse só. Eu devia apenas deixar minha porta entreaberta e esperá-la.

Tudo aconteceu como havíamos combinado. Chegou a meu quarto a uma hora da manhã,

> ...no simples vestido
> de uma beldade a quem acabassem de tirar do sono.*

Como não sou vaidoso, não me detenho nos pormenores da noite. Mas você me conhece. Fiquei contente comigo.

Ao raiar do dia, foi preciso que nos separássemos. Foi nesse momento que começou a acontecer o incidente interessante. A louca pensou que havia deixado entreaberta a porta de seus aposentos. Mas a encontramos fechada, com a chave por dentro. Você não pode imaginar a expressão de desespero com que a viscondessa me disse imediatamente: "Ah! Estou perdida!". Acho que concorda comigo que teria sido engraçado deixá-la naquela situação. Mas poderia eu tolerar que uma mulher se perdesse por mim, sem que o fosse para mim? E devia eu, como o comum dos homens, deixar-me assenhorear pelas circunstâncias? Por isso, precisava encontrar uma saída. O que você teria feito, minha bela amiga? Eis como me comportei... e tive sucesso.

Logo me dei conta de que a porta em questão podia ser forçada, contanto que não houvesse problema em fazer-se um grande barulho. Assim, depois de muito esforço, convenci a viscondessa a dar gritos agudos de terror, como *ladrão! ladrão!*, ou *assassino!*, *assassino!* etc. etc. Combinamos que, no primeiro grito, eu forçaria a porta e ela correria para sua cama. Você não acreditaria na quantidade de tempo que foi preciso para que ela se decidisse a gritar, mesmo depois de

---

* Racine, na tragédia *Britânico*. (N.A.)

ter concordado em fazê-lo. Finalmente, fizemos tudo como combinado, e a porta cedeu no primeiro pontapé.

A viscondessa foi perfeita em não perder tempo, pois, no mesmo instante, o visconde e Vressac chegaram ao corredor e também a camareira dirigiu-se correndo para o quarto de sua senhora.

Eu era o único a manter o sangue-frio. Aproveitei para ir apagar a lamparina que ficara acesa toda a noite e que ainda ardia. Derrubei-a ao chão. Você bem pode imaginar como teria sido ridículo fingir todo esse terror pânico com luz dentro do quarto. Queixei-me do marido e do amante pelo sono letárgico de ambos, garantindo-lhes que os gritos aos quais havia acudido e meu esforço em arrombar a porta haviam durado, pelo menos, cinco minutos.

A viscondessa, que tinha se recuperado na cama, concordou com tudo o que eu dissera e jurou, pelos deuses, que havia um ladrão em seus aposentos. Afirmou, com grande sinceridade, que nunca havia sentido tanto medo em sua vida. Procurávamos por toda parte, sem encontrar nada, quando fiz que notassem a lamparina caída ao chão. Concluí que, sem dúvida, um rato havia causado os danos e o terror. Minha opinião foi aclamada por unanimidade e, depois de algumas piadas muito velhas sobre ratos, o visconde foi o primeiro a voltar para seu quarto e sua cama, pedindo à mulher que, no futuro, se relacionasse com ratos mais tranquilos.

Vressac ficou a sós conosco e aproximou-se da viscondessa para dizer-lhe, com ternura, que o ocorrido tinha sido uma vingança do amor. Ao que ela respondeu, olhando-me: "Não é que o amor estava cheio de raiva, já que sua vingança foi assim tão grande? Mas estou morta de cansaço e queria dormir".

Sentia-me um homem bom naquele momento. Por isso, antes de separar-nos, tomei o lado de Vressac e reconciliei-os. Os amantes ficaram um tanto embaraçados e também eu fiquei constrangido diante dos dois. Não me emocionei com os beijos que a viscondessa me deu, mas confesso que o de Vressac me deixou bem contente. Saímos juntos. Depois de ter recebido os longos agradecimentos de ambos, voltamos cada qual para sua cama.

Se achar essa história divertida, não peço que mantenha segredo. Agora que já me diverti com ela, nada mais justo que o público também tenha sua vez. Neste momento, escrevo-lhe apenas essa história. Dentro em breve, talvez venha a escrever-lhe sobre sua heroína.

Adeus. Faz uma hora que meu criado está esperando esta carta. Aproveito apenas para beijá-la e pedir que tome cuidado com Prévan.

Do Castelo de..., 13 de setembro de 17**.

CARTA 72

Do Cavaleiro Danceny para Cécile Volanges
(entregue somente no dia 14)

Oh, minha Cécile! Como invejo a sorte de Valmont! Amanhã ele irá vê-la. Será ele quem lhe entregará esta carta. E, definhando longe de você, arrastarei minha penosa existência entre mágoas e tormentos. Minha amiga, minha doce amiga, lastime meus males, mas, sobretudo, lastime os seus. Minha coragem me abandona quando neles penso.

Como é terrível para mim ser a causa de sua infelicidade! Sem mim, você seria feliz e tranquila. Perdoa-me? Diga, ah!, diga que me perdoa! Diga também que me ama, que me amará para sempre. Preciso que você o repita. Não é que tenha dúvidas a esse respeito, mas sinto que, quanto mais seguro estou de seu amor, tanto mais me é doce ouvi-la dizer que me ama. Você me ama, não é verdade? Sim, me ama com toda a sua alma. Não esqueço que essas foram as últimas palavras que ouvi de seus lábios. Como as guardei em meu coração! Como ficaram profundamente gravadas em meu peito! E com que arrebatamento ele as respondeu!

Que tristeza! Naquele momento de felicidade, nem sequer podia imaginar o destino terrível que nos aguardava. Encontremos um meio, minha Cécile, de abrandá-lo. Para tanto, se acreditarmos no que diz meu amigo, bastaria que você lhe concedesse a confiança que merece.

Fiquei penalizado, confesso, com a imagem negativa que você parece fazer dele. Reconheci, nessa imagem, os preconceitos de sua mãe. Foi por ter dado ouvidos a ela que me afastei, durante algum tempo, desse homem realmente amável, que hoje tudo faz por mim e que, afinal, está agindo para que possamos nos reunir, depois de sua mãe nos ter separado. Eu lhe suplico, minha querida amiga, veja-o com olhos mais favoráveis. Considere que é meu amigo, que quer ser seu e que pode proporcionar-me a felicidade de revê-la. Se essas razões não a convencerem, minha Cécile, é que você não me ama tanto quanto a amo. Ah, se algum dia você vier a amar-me menos!... Mas não, o coração de minha Cécile é meu, e assim será para toda a vida. E, se sou forçado a temer os tormentos de uma amor infeliz, pelo menos minha constância me salvará dos tormentos de um amor traído.

Adeus, minha encantadora amiga. Não esqueça que estou sofrendo e que só depende de você fazer-me feliz, perfeitamente feliz. Aceite as juras de meu coração e receba os mais ternos beijos de amor.

Paris, 11 de setembro de 17**.

CARTA 73

Do Visconde de Valmont para Cécile Volanges
(anexa à precedente)

Este amigo que a serve, sabendo que você de nada dispõe para escrever, já providenciou tudo. Você encontrará sob o grande armário à esquerda, na antecâmara dos aposentos que deverá ocupar, uma boa quantidade de papel, penas e tinta, que ele vai renovar quando você quiser e que, pensa, poderá deixar guardados nesse mesmo lugar, caso não encontre outro mais seguro.

Pede que não se ofenda se ele der a impressão, por um lado, de não lhe estar prestando atenção junto ao grupo de hóspedes do castelo e, por outro, de tratá-la, entre eles, como se não passasse de uma criança. Esse modo de agir parece a ele necessário para inspirar a confiança de que precisa para poder trabalhar mais eficazmente pela felicidade de seu amigo e pela sua. Vai esforçar-se para criar situações em que possa falar com você toda vez que tiver algo para informar ou entregar. Espera ter sucesso, caso você se empenhe em ajudá-lo.

Também aconselha que lhe entregue, à medida que as for recebendo, as cartas a você destinadas para que corra menos risco de comprometer-se.

Termina garantindo que, se você quiser confiar nele, dedicará todo o seu cuidado em amenizar a perseguição que uma mãe demasiado cruel está movendo contra duas pessoas, uma das quais já é seu melhor amigo e a outra lhe parece merecer seu mais terno interesse.

Do Castelo de..., 14 de setembro de 17**.

CARTA 74

Da Marquesa de Merteuil para o Visconde de Valmont

Ah! Desde quando, meu amigo, você se amedronta tão facilmente? Então esse Prévan é assim tão temível? Mas veja como sou simples e modesta! Encontrei muitas vezes esse sublime vencedor e mal o olhei. Foi preciso sua carta para que prestasse atenção nele. Corrigi, ontem, minha injustiça. Estava na ópera, quase em frente a mim. Olhei-o bem. Pelo menos é lindo, muito lindo mesmo, traços finos e delicados. Deve ganhar se visto de perto. E você me diz que ele quer possuir-me. Certamente vai deixar-me honrada e satisfeita. Falando a sério: alimento essa fantasia e confidencio que já tomei as primeiras iniciativas. Não sei se darão certo. Eis os fatos.

Prévan estava a dois passos de mim, na saída da ópera, quando marquei em voz alta um encontro com a Marquesa de... para jantarmos sexta-feira na casa da marechala. Creio que era o único lugar onde poderia encontrá-lo. Não duvido que me tenha ouvido... Mas se esse ingrato não for? Acha que ele irá? Sabe que, se não for, ficarei de mau humor todo o jantar? Você vai ver que ele não terá dificuldade alguma *em ir a meu encalço*, e o que mais o surpreenderá é que ele terá menos dificuldade ainda *em agradar-me*. Disse que quer arrebentar com seis cavalos fazendo-me a corte? Ah, vou salvar a vida desses cavalos! Jamais terei paciência para esperar tanto tempo. Você bem sabe que não está entre meus princípios fazer alguém definhar por mim quando já me decidi – e já me decidi quanto a ele.

Então? Convenha que é um prazer falar-me sensatamente! Sua *informação importante* já não teve grandes efeitos? Mas o que você quer? Já faz muito tempo que estou vegetando! Faz mais de seis semanas que não me permito uma pequena alegria. Agora que aparece uma, posso recusá-la? Seu objeto não vale a pena? E existe outro mais agradável, em qualquer sentido que se dê a essa palavra*?

Você mesmo é forçado a ser justo com ele. Está mais do que fazendo elogios: está com ciúmes dele. Pois bem! Instituo-me como juiz entre vocês dois. Mas, antes, é preciso que me informe sobre o caso, e é isso que queria fazer. Serei um juiz íntegro, e vocês dois serão pesados na mesma balança. Quanto a você, já tenho suas memórias, estando perfeitamente instruída sobre seu caso. Não é justo que me dedique agora a seu adversário? Vamos, decida de boa vontade e, para começar, conte-me, peço, essa tríplice aventura da qual ele é o herói. Você me falou disso como se eu estivesse a par de tudo, e nem sei do que se trata. Pelo visto, essa história aconteceu durante minha viagem a Genebra, e seu ciúme impediu de escrever-me a respeito. Corrija o erro sem tardar. Considere que *nada do que diz respeito a essa aventura me surpreenderá*. Se bem recordo, ainda se falava sobre ela quando voltei. Mas me dedicava a outra coisa e, quanto a esse tipo de assunto, raramente escuto o que não seja do dia ou da véspera.

Mesmo que meu pedido possa contrariá-lo um pouco, não seria pagamento mais do que justo pelo trabalho que me dou em seu benefício? Não foram meus cuidados que o aproximaram de sua presidenta quando suas besteiras o afastaram dela? Não fui também eu que pus em suas mãos um motivo para que se vingasse do zelo desastroso da sra. de Volanges? Você se queixava a todo momento do tempo que perdia procurando aventuras. Estão, agora, ao alcance de suas mãos. O amor, o ódio, você só tem de escolher, ambos dormem sob o mesmo teto... E, desdobrando-se em dois, você poderá acariciar com uma mão e esbofetear com a outra.

É também a mim que você deve a aventura com a viscondessa. Fiquei bastante satisfeita com ela, mas, tal como

---

* Objeto, com o duplo significado de motivo da ação, a alegria, e o objeto dela, Prévan. (N.T.)

me disse, é preciso que essa aventura seja conhecida, pois, se naquele momento você preferiu encobrir os fatos a divulgar, em benefício próprio, o escândalo que poderia ter então ocorrido, haveremos de convir, contudo, que ela não merece esse comportamento tão honesto de sua parte.

Devo, aliás, queixar-me dela. O cavaleiro de Belleroche a considera mais bela do que eu poderia querer e, por muitas razões, ficaria extremamente feliz se pudesse encontrar um pretexto para romper com ela. Ora, não existe outro mais cômodo do que poder dizer: "Não dá mais para ver essa mulher".

Adeus, visconde. Considere que, no ponto a que você chegou em nossos planos, o tempo é precioso. Vou dedicar o meu a cuidar da felicidade de Prévan.

Paris, 15 de setembro de 17**.

CARTA 75
(Nota: Nesta carta, Cécile Volanges relata, com grande minúcia, tudo o que se refere a ela nos acontecimentos dos quais o leitor tomou conhecimento no fim da primeira parte – carta 61 e seguintes. Considerou-se que essa repetição deveria ser suprimida. Ao fim, ela escreve sobre o Visconde de Valmont, da maneira como segue abaixo.)

DE CÉCILE VOLANGES PARA SOPHIE CARNAY

...asseguro-lhe de que se trata de um homem bastante fora do comum. Mamãe fala muito mal dele. Mas o Cavaleiro Danceny só o elogia, e penso que é ele quem tem razão. Nunca vi homem tão habilidoso. Quando me entregou a carta de Danceny, fê-lo no meio de todo mundo, e ninguém se deu conta de nada. É verdade que fiquei com muito medo, porque não tinha sido prevenida. Mas, agora, estarei atenta. Já entendi perfeitamente como quer que eu aja para lhe entregar a resposta. É muito fácil entender-se com ele, pois seu olhar diz tudo o que quer. Não sei como faz. Escreveu-me, no bilhete sobre o qual já lhe falei, que, na frente de mamãe, ele daria a impressão de não estar prestando atenção em mim. De fato, é como se nem sonhasse em fazê-lo. No entanto, todas as vezes que procuro seus olhos, posso estar certa de que imediatamente os encontrarei.

Está aqui uma amiga muito querida de minha mãe, que não conhecia e que dá a impressão de também não gostar muito do sr. de Valmont, se bem que ele seja cheio de atenções para com ela. Tenho medo de que ele logo se aborreça com o tipo de vida que levamos aqui e volte a Paris. Seria muito triste. Ele deve ter um coração muito bondoso para vir para cá apenas com o intuito de fazer um favor a seu amigo e a mim. Queria muito testemunhar-lhe minha gratidão, mas não sei o que fazer para poder falar com ele. Quando encontrar uma ocasião, ficarei tão envergonhada que nem saberei o que lhe dizer.

Só com a sra. de Merteuil me sinto capaz de falar livremente quando me refiro a meu amor. Talvez até mesmo com você, a quem conto tudo, eu me sentiria sem jeito ao falar. E mesmo com Danceny muitas vezes senti, contra a minha vontade, um certo temor que me impediu de dizer-lhe tudo o que eu estava pensando. Agora, arrependo-me muito. E daria tudo o que tenho neste mundo para ter um momento em que pudesse uma só vez, apenas uma só vez, dizer-lhe o quanto o amo. O sr. de Valmont prometeu-lhe que, se eu o deixasse guiar meus passos, criaria uma ocasião em que pudéssemos nos reencontrar. Vou fazer tudo o que ele quiser. Mas não consigo imaginar que seja possível reencontrá-lo.

Adeus, minha querida amiga, não tenho mais espaço.*

Do Castelo de..., 14 de setembro de 17**.

CARTA 76

Do Visconde de Valmont para a Marquesa de Merteuil

Ou sua carta é uma brincadeira que não compreendi, ou você se encontrava, ao escrevê-la, num delírio perigoso. Se eu a conhecesse menos, minha bela amiga, ficaria realmente apavorado. E, por mais que você possa explicar-se a esse respeito, não deixarei facilmente de permanecer nesse estado.

Em vão li e reli sua carta, mas continuo sem nada compreender, pois não há meios de entendê-la se nos ativermos

---

* Tendo a senhorita de Volanges mudado de confidente pouco depois, como será visto na sequência das cartas, não se encontrarão mais, nesta coletânea, as que continuou a escrever à sua amiga do convento, pois não deixariam o leitor mais informado. (N.A.)

ao sentido literal do que está escrito. O que de fato você quis dizer-me?

Seria apenas que não teria sentido tomar tantos cuidados com um inimigo tão pouco temível? Mas, se for assim, você poderia estar cometendo um erro. Sem dúvida, Prévan é amável. Mais do que você pode imaginar. Tem, sobretudo, o talento muito conveniente de fazer com que todos se interessem por seus amores, pela habilidade de falar sobre o tema em sociedade, diante de todo mundo, aproveitando, para tanto, a primeira conversa que surja. Há poucas mulheres que podem evitar a armadilha de dar-lhe uma resposta, pois, como todas têm pretensão à fineza de espírito, nenhuma quer perder a ocasião de mostrá-la. Ora, você sabe muito bem que uma mulher que se permite falar de amor acaba por ser sua presa ou, no mínimo, por se comportar como tal. Ademais, consegue com esses modos, que ele de fato aperfeiçoou, convocar frequentemente as mulheres presentes como testemunhas de suas vitórias sobre elas. Digo-o porque vi.

Antes, sabia de suas técnicas secretas somente por terceiros. Nunca fui ligado a Prévan. Mas, finalmente, estive com ele num grupo de seis pessoas, mais a Condessa de P... Acreditando esta ser muito fina de espírito e de fato – para aqueles que não estavam de sobreaviso – parecendo querer manter uma conversa de ordem geral, contou-nos com a maior riqueza de detalhes possível como se havia entregue a Prévan e tudo o que acontecera entre ambos. Fazia seu relato com tamanha segurança que nem foi capaz de preocupar-se com o ataque de riso que acometeu a todos nós seis ao mesmo tempo. E vou lembrar-me para sempre de que – tendo um de nós, para desculpar-se, tratado de fingir que não acreditava no que ela dizia, ou melhor, no que ela aparentava estar dizendo – a condessa respondeu seriamente que, com toda a certeza, nenhum de nós estava tão informado sobre o que dizia quanto ela própria. Nem mesmo receou dirigir-se a Prévan para pedir que dissesse se tinha se enganado numa só palavra que fosse em seu relato.

Por isso, passei a considerar esse homem perigoso para todos nós. Mas para você, marquesa, basta que ele seja lindo, *muito lindo mesmo*, tal como me escreveu? Ou que lhe venha a fazer *um desses ataques que você se compraz, às vezes, em recompensar sem outro motivo senão o de considerá-los bem-feitos?* Ou que você tenha achado divertido entregar-se por uma razão ou outra? Ou... que sei eu? Como posso identificar os milhares e milhares de caprichos que dirigem a cabeça de uma mulher e que formam o único laço que ainda liga essa bela marquesa a seu próprio sexo? Agora que está advertida do perigo, não duvido que possa com facilidade livrar-se dele. Volto, pois, ao que escrevi: o que quis você dizer em sua carta?

Se se trata apenas de uma ridicularização do comportamento de Prévan, além de muito longa, não seria junto a mim que poderia ter alguma utilidade. É em sociedade que ele deve ser bastante ridicularizado. Por isso, renovo a você meu pedido quanto ao assunto.

Ah, creio que desvendei o enigma! Sua carta é uma previsão, não do que você pretende fazer, mas do que ele deverá crer que você seria capaz de fazer no momento da queda que está preparando para ele. Estou de inteiro acordo com seu plano. Este, contudo, exige grande cautela. Você sabe tanto quanto eu que, para o público em geral, ser possuída por um homem ou ser objeto de suas deferências é absolutamente a mesma coisa, a menos que esse homem seja um tolo. E Prévan não é bobo, longe disso. Se ele conseguir dar ao menos a aparência de ter possuído uma mulher, vai vangloriar-se disso e todo mundo falará a tal respeito. Os tolos crerão nele e os maliciosos fingirão acreditar. Assim, quais serão seus trunfos, marquesa, ao agir? Escute-me bem: tenho medo. Não é que duvide de sua habilidade, mas são os bons nadadores que se afogam.

Não me julgo menos inteligente do que qualquer pessoa! Já encontrei centenas de meios para desonrar uma mulher, milhares. Mas quando tratei de encontrar algum meio para salvar-lhes honra, jamais encontrei sequer um só. Você mesma, minha bela amiga, cujo comportamento é uma obra-prima, cem vezes considerei que, nesse jogo, teve mais sorte do que habilidade.

Mas, afinal de contas, talvez eu esteja procurando uma razão para algo que não tem razão. Admiro-me que esteja há uma hora tratando com seriedade um assunto que, com toda a certeza, não passa de uma brincadeira de sua parte. Você quer zombar de mim. Pois bem! Que seja! Mas é melhor que se apresse. Falemos, pois, de outro assunto. Engano-me: estaremos sempre falando sobre o mesmo tema, ou seja, mulheres a serem possuídas ou perdidas e, frequentemente, ambas as coisas.

Aqui no castelo, como você notou muito bem, posso exercitar-me nesses dois aspectos, mas não com a mesma facilidade. Prevejo que a vingança será mais rapidamente obtida que o amor. A pequena Volanges já se rendeu e me responsabilizo por ela. Tudo dependerá apenas de uma boa ocasião, e me encarregarei de fazer com que surja uma. Mas não será assim quanto à sra. de Tourvel. Essa mulher me desanima. Não consigo entendê-la. Tenho cem provas de seu amor, mas também mil provas de sua resistência. Na verdade, temo que ela me escape.

A primeira reação que minha volta ao castelo lhe causou fez com que eu esperasse muito mais. Você já deve ter adivinhado que quis avaliar essa reação da beata por mim mesmo. Para garantir que veria sua primeira atitude, não me fiz preceder por ninguém e organizei minha viagem de tal modo que chegasse quando todos estivessem à mesa. De fato, caí das nuvens como uma divindade de ópera que aparecesse para o desfecho.

Tendo feito suficiente barulho ao entrar para que dirigissem o olhar em minha direção, pude notar, ao mesmo tempo, a satisfação de minha velha tia, o desprezo da sra. de Volanges e o prazer sobressaltado de sua filha. Minha amada, pelo lugar que ocupava, dava as costas para a porta por onde entrei. Tratando, nesse momento, de cortar alguma coisa, nem sequer voltou a cabeça. Mas ao falar com minha tia, à primeira palavra que disse, a sensível devota reconheceu minha voz, tendo soltado um grito, no qual acreditei reconhecer mais amor do que surpresa ou temor. Agora, eu já tinha avançado o suficiente para ver seu rosto: o tumulto de sua alma, o choque de suas ideias com seus sentimentos nele se desenharam de vinte maneiras distintas. Sentei-me a seu lado. Ela não estava mais sabendo exatamente o que fazia ou dizia. Tratou de continuar a comer. Não houve meio. Finalmente, depois de menos de um quarto de hora, seu embaraço e meu prazer tendo ficado mais fortes que ela, não imaginou nada melhor do que pedir licença para retirar-se da mesa e refugiou-se no parque do castelo, com o pretexto de que precisava tomar ar. A sra. de Volanges quis acompanhá-la. A terna pudica não o permitiu, sem dúvida porque se sentia demasiado feliz por ter encontrado uma razão para estar só e poder entregar-se sem peias à doce emoção que seu coração sentia.

Abreviei o almoço tanto quanto me foi possível. Logo depois de terem servido a sobremesa, a infernal Volanges, aparentemente levada pela necessidade de prejudicar-me, levantou-se para ir ao encontro da encantadora enferma. Mas previ suas intenções e impedi que as levasse adiante. Fingi ter entendido que sua intenção pessoal era a de todos os presentes e, tendo-me levantado ao mesmo tempo em que ela, a pequena Volanges e o cura do lugar se deixaram levar pelo duplo exemplo, de tal maneira que a sra. de Rosemonde se encontrou à mesa apenas com o velho Comandante de T..., o que fez com que ambos também decidissem sair. Desse modo, todos fomos nos reunir à minha amada, que encontramos no pequeno bosque ao lado do castelo. Como ela precisava ficar só, e não passear, achou melhor voltar conosco do que nos ter a seu lado.

No momento em que me certifiquei de que a sra. de Volanges não encontraria ocasião para falar-lhe a sós, lembrei-me de que devia executar suas ordens, marquesa, tendo-me, então, dedicado aos interesses de sua pupila. Logo depois do café, subi a meus aposentos e entrei também no dos outros para reconhecer o terreno. Fiz o que era necessário para garantir que a pequena pudesse escrever suas cartas e, depois desse primeiro ato benemerente, escrevi-lhe um bilhete para instruí-la a esse respeito e pedir que confiasse em mim. Juntei a meu bilhete a carta de Danceny. Voltei ao salão. Encontrei minha amada reclinada em uma espreguiçadeira, num delicioso abandono.

Tal espetáculo, despertando meu desejo, animou meu olhar. Senti que este deveria ser terno e insistente e me posicionei de tal maneira que pudesse dele tirar proveito. O primeiro resultado foi fazer baixarem os olhos grandes e modestos da celestial pudica. Fitei por algum tempo aquele rosto angelical. Depois, observando toda a sua pessoa, diverti-me em adivinhar-lhe as formas através de sua roupa leve, mas, como sempre, pouco propícia. Depois de tê-la mirado da cabeça aos pés, mirava-a dos pés à cabeça... Minha bela marquesa, seu meigo olhar estava fixado em mim. Imediatamente, baixou-o de novo, mas, querendo eu possibilitar que de novo para mim se voltasse, desviei meus olhos. Então, estabeleceu-se entre nós esse pacto tácito, o primeiro de um amor tímido, que, para satisfazer ao desejo mútuo de verem-se, permite aos olhares que se sucedam até poderem entrelaçar-se.

Convencido de que esse prazer novo absorvia minha amada inteiramente, encarreguei-me de velar por nosso comum interesse de não sermos descobertos. E, depois de assegurar-me de que uma conversação bastante animada nos colocaria a salvo da observação de nosso grupo, tratei de fazer com que seus olhos falassem sua linguagem com sinceridade. Para tanto, de início surpreendi alguns de seus olhares, mas com tanta discrição que sua modéstia não pudesse ser alarmada. Além disso, para que a tímida criatura se sentisse mais à vontade, dei a impressão de estar tão embaraçado quanto ela. Pouco a pouco, nossos olhos, agora acostumados a encontrar-se, fixaram-se uns nos outros por mais tempo. Finalmente, não mais se deixaram. Notei nos dela uma doce languidez, ditosa marca do amor e do desejo. Mas apenas por pouco tempo. Logo voltando a si, alterou, não sem alguma vergonha, tanto sua postura quanto seu olhar.

Não querendo que se desse conta de que eu notara esses distintos movimentos de sua alma, levantei-me bruscamente e perguntei-lhe, com ar bastante receoso, se ela se sentia mal. Imediatamente todos a rodearam. Deixei que os demais passassem à minha frente e, como a pequena Volanges, que fazia uma tapeçaria junto à janela, precisou de mais tempo para deixar o tear, aproveitei a oportunidade para entregar-lhe a carta de Danceny.

Estava um tanto afastado dela. Por isso, simplesmente joguei a carta sobre seus joelhos. A menina, de fato, ficou sem saber o que fazer com ela. Você teria rido demais de seu ar de surpresa e embaraço. Contudo, não me ri, pois temi que tanta falta de habilidade pudesse vir a nos trair em nosso planos. Mas uma mirada e um gesto bem marcados fizeram-na, finalmente, compreender que precisava que ela colocasse o envelope em sua bolsa.

Nada de interessante aconteceu no resto do dia. O que sucedeu, talvez, traga resultados que a deixarão contente, pelo menos no que respeita à sua pupila. Contudo, vale mais a pena empregar o tempo na execução dos nossos projetos que lhe escrever sobre eles. Estamos já na oitava página desta carta, e me sinto cansado. Por isso, adeus.

Você deve estar imaginando, sem que eu lhe conte, que a pequena escreveu a Danceny*. Também recebi uma resposta de minha amada, a quem havia escrito no dia seguinte à minha volta ao castelo. Envio-lhe essas duas cartas. Você vai lê-las, se quiser, porquanto esta perpétua ladainha, que me está divertindo muito pouco, deve ser bastante insípida para qualquer pessoa não envolvida com o assunto.

Mais uma vez adeus. Continuo a amá-la muito, mas peço-lhe que, se for escrever-me outra vez sobre Prévan, faça-o de forma que possa compreendê-la.

Do Castelo de..., 17 de setembro de 17**.

CARTA 77

DO VISCONDE DE VALMONT PARA A PRESIDENTA DE TOURVEL

Como poderia ser explicado, sra. de Tourvel, o empenho cruel que dedica a fugir de mim? Como é possível que os mais ternos sentimentos de minha parte só obtenham da sua um comportamento que não seria aceitável nem em relação a um homem contra quem houvesse as piores queixas? Qual! O amor me traz de volta a seus pés. E, quando um acaso feliz me coloca a seu lado, prefere fingir uma indisposição e preocupar seus amigos a permanecer perto de mim! Quantas vezes ontem não desviou seus olhos para privar-me do favor de um olhar? E, se por apenas um instante pude ver neles menos severidade, esse momento foi tão curto que você me pareceu ter querido menos fazer-me apreciá-lo do que me fazer sentir o que perdia ao privar-me dele.

Não é esse, ouso dizer, nem o tratamento que o amor merece, nem o que a amizade pode permitir-se. Contudo, quanto a esses dois sentimentos, você mesma bem sabe que o primeiro me encoraja e que eu estava, tal como me parece, autorizado a crer que o segundo não me seria negado por você. Que fiz eu, depois, para perder essa preciosa amizade, da qual, sem dúvida, me considerou digno, pois que você mesma quis oferecê-la? Prejudiquei-me por minha confiança e estou sendo punido por minha franqueza? Não receia ao menos es-

---

* Esta carta nunca foi encontrada. (N.A.)

tar abusando de ambas? Na verdade, não foi no coração de minha amiga que depositei os segredos de minha alma? Não apenas por causa dessa amiga que pude crer-me obrigado a recusar condições que simplesmente poderia ter aceito para que me fosse fácil não cumprir ou, talvez, delas abusar para tirar proveito? Enfim, estaria você querendo, com esse rigor pouco merecido, forçar-me a crer que teria sido necessário enganá-la para que eu conseguisse maior compreensão?

Absolutamente não me arrependo de um comportamento que devia a você, que devia a mim mesmo. Mas por que fatalidade cada ato louvável de minha parte se transforma para mim em presságio de um novo infortúnio?

Foi depois de eu ter causado o único elogio que se dignou fazer sobre minha conduta que tive, pela primeira vez, de chorar por causa da infelicidade de havê-la desagradado; foi depois de eu ter comprovado minha submissão total, privando-me da felicidade de vê-la, unicamente para tranquilizar a decência de seu espírito, que você quis acabar com nossa correspondência, tirar essa pequena compensação a um sacrifício que você mesma exigiu, e arrebatar-me até o próprio amor que, unicamente ele, poderia dar-lhe o direito de agir desse modo. Enfim, foi depois de eu ter-lhe falado com uma sinceridade que não pôde ser diminuída nem pelo que seria mais conveniente a esse mesmo amor que você fugiu hoje de mim como se eu fosse um sedutor perigoso cuja perfídia tivesse descoberto.

Nunca se cansará de ser injusta? Diga-me, pelo menos, que novos erros meus puderam levá-la a tanta severidade e não se recuse a ditar-me as ordens que quer que eu cumpra. Depois de comprometer-me a executá-las, é pretensão demais pedir que as possa conhecer?

De..., 15 de setembro de 17**.

CARTA 78

Da presidenta de Tourvel para o Visconde de Valmont

Parece, senhor, que se surpreendeu com meu comportamento, e faltou pouco para me pedir que dele lhe prestasse contas, como se tivesse o direito de censurar-me por minha conduta. Confesso que pensava ter mais razões do que o senhor para surpreender-me e queixar-me. Mas, depois da recusa que consta em sua última carta, tomei a decisão de encerrar-me em uma indiferença que não deixará mais lugar nem para observações, nem para reprimendas de minha parte. Entretanto, como o senhor me pede esclarecimentos e como, graças aos céus, não sinto em mim nada que possa impedir-me de fazê-lo, gostaria, mais uma vez, de proporcionar-lhe as explicações pedidas.

Se alguém lesse suas cartas, iria considerar-me injusta e extravagante. Creio merecer que ninguém tenha essa impressão de mim. Parece-me que principalmente o senhor, mais que qualquer outra pessoa, não deveria ser capaz de pensar desse modo. Não há duvida de que, ao tornar necessário que eu justifique meu comportamento, considerou que me estaria forçando a lembrar-me de tudo o que ocorreu entre nós. Pelo visto, o senhor pensou que só teria a ganhar com essa recapitulação. Como, de minha parte, penso que não teria nada a perder, pelo menos a seus olhos, não receio fazê-la. Na verdade, talvez seja esse o único meio de saber quem de nós dois tem o direito de queixar-se do outro.

A contar, senhor, do dia de sua chegada a este castelo, terá de admitir, creio, que sua reputação me autorizava a comportar-me com reserva e que eu teria podido limitar-me exclusivamente às expressões da mais fria polidez, sem medo de ser tachada de excessivamente decorosa. O senhor mesmo teria me tratado com maior compreensão e considerado normal que uma jovem tão sem sofisticação como eu nem sequer fosse capaz de apreciar a sua. Sem dúvida, essa seria uma postura prudente. E tanto menos me teria custado segui-la quanto não lhe esconderei que, quando a sra. de Rosemonde veio participar-me sua chegada, foi preciso que me lembrasse da amizade que tenho por ela, e que ela tem pelo senhor, para não deixar que percebesse o quanto a notícia me contrariava.

Admito de boa vontade que, a princípio, o senhor se mostrou sob um aspecto mais favorável do que eu tinha imaginado. Mas, de sua parte, deverá admitir que isso durou muito pouco e que logo o senhor se cansou das limitações em relação às quais, aparentemente, o senhor não se sentiu suficientemente recompensado pela imagem positiva que elas me tinham feito ter de sua pessoa.

Foi então que, prevalecendo-se de minha boa-fé, de minha tranquilidade, o senhor não receou falar-me de um sentimento com o qual não pôde imaginar que eu me ofenderia. Quanto a mim, ao passo que o senhor apenas se dedicava a agravar seus erros multiplicando-os, eu procurava motivos para esquecê-los, oferecendo-lhe a oportunidade de corrigi--los, ao menos em parte. Meu pedido era tão justo que o senhor mesmo considerou que não devia negá-lo. Mas, considerando minha compreensão como se fosse um direito seu, o senhor se aproveitou para pedir-me uma permissão que, sem dúvida, eu não deveria ter concedido e que, contudo, obteve. Nenhuma das condições associadas a essa permissão foi cumprida pelo senhor, e o teor de sua correspondência comigo foi de tal natureza que cada uma de suas cartas me obrigava a não lhe responder. Foi no preciso momento em que sua obstinação me forçava a afastá-lo de mim que, por uma condescendência por certo censurável, tentei o único meio que me permitiria aproximar-me do senhor. Mas que valor tem a seus olhos um sentimento honesto? Desprezando a amizade e, em sua louca embriaguez, considerando como se a desgraça e a vergonha não fossem nada, o senhor só procura prazeres e vítimas.

Tão leviano em seu comportamento como inconsequente em suas críticas, o senhor esquece suas promessas, ou melhor, diverte-se em não cumpri-las. E, depois de ter aceitado afastar-se de mim, o senhor volta para cá sem ser chamado. Sem considerar meus rogos e meus argumentos, sem ter tido sequer a gentileza de avisar-me, não temeu expor-me a uma surpresa, cujo efeito, se bem que totalmente natural, poderia, quanto a mim, ser interpretada desfavoravelmente pelas pessoas de nosso grupo. Quanto àquela situação, tão embaraçosa para mim, que o senhor mesmo ocasionou, longe de tentar evitá-la ou contorná-la parecia que, com todo o seu empenho, estava procurando torná-la ainda mais embaraçosa para minha pessoa. À mesa, escolheu exatamente um lugar a meu lado. Uma leve indisposição me forçou a retirar-me antes dos outros e, em vez de respeitar minha privacidade, o senhor incitou todo mundo a vir perturbá-la. De volta ao salão, mal dou um passo, vejo-o a meu lado. Se digo uma só palavra, é sempre o senhor quem responde. A expressão mais inócua serve-lhe de pretexto para iniciar uma conversa que não quero ouvir e que até poderia comprometer-me, porque enfim, senhor, por mais tato que possa empregar em seu modo de agir, aquilo que passei a entender os outros também entendem.

Assim forçada, pelo senhor, a ficar quieta e a manter silêncio, nem por isso deixou de perseguir-me. Não posso levantar os olhos sem encontrar os seus. Sou obrigada, incessantemente, a desviar os meus. E, por um desatino totalmente incompreensível, fez com que as pessoas de nosso grupo fixassem sua atenção em mim, num momento em que teria querido furtar-me mesmo aos meus próprios olhos.

E o senhor se queixa de meu comportamento! E se espanta de meu empenho em fugir do senhor! Ah, melhor censurar-me por minha compreensão; melhor surpreender-se por não ter eu partido imediatamente após seu retorno! É talvez isso o que deveria ter feito. O senhor me obrigará a tomar essa decisão vexatória, mas necessária, se não vier a terminar com sua ofensiva perseguição. Não, absolutamente não esqueço, não esquecerei jamais, o que devo a mim mesma, o que devo aos laços que assumi, que respeito e tenho como caros. Por isso, rogo crer que, se por ventura me visse obrigada à desastrosa escolha entre sacrificá-los ou sacrificar-me a mim mesma, não hesitaria um só instante.

Adeus, senhor visconde.

De..., 16 de setembro de 17**.

CARTA 79

Do Visconde de Valmont para a Marquesa de Merteuil

Estava querendo ir caçar hoje de manhã, mas o tempo está horrível. Para ler, tenho apenas um romance recém-saído, que aborreceria até uma menina de internato. O desjejum deverá ser servido, no mínimo, daqui a duas horas. Desse modo, apesar de minha longa carta de ontem, de novo estou conversando com você. Tenho certeza de que não serei maçante, porque vou escrever sobre o *lindíssimo Prévan*. Como é possível que você não tenha sabido de sua famosa aventura, a que separou *os inseparáveis*? Aposto que vai lembrar-se, à primeira palavra que eu escrever. Aqui está ela, já que assim deseja.

Você, com certeza, recorda que toda a Paris surpreendeu-se que três mulheres – todas muito belas, todas com as mesmas qualidades e podendo, por isso, ter as mesmas pretensões – permanecessem intimamente ligadas entre si depois que passaram a ser vistas em sociedade. A princípio, acreditou-se que a razão disso era serem extremamente tímidas. Mas logo, cercadas por numerosos galãs que lhes faziam a corte e cujas juras elas compartilhavam, e tomando consciência do valor que tinham pelo interesse e pelos cuidados de que eram objeto, sua amizade tornou-se, por isso mesmo, ainda mais forte. Dir-se-ia que o sucesso de uma era sempre o das outras duas. Esperava-se que, quando chegasse o amor, viesse este a ocasionar alguma rivalidade. Nossos galãs disputavam entre si a honra de ser o pomo da discórdia. Eu mesmo teria aumentado suas fileiras, se o grande interesse que a Condessa de... despertou por esse tempo me houvesse permitido ser-lhe infiel antes de ter obtido os favores que eu lhe estava pedindo.

Entrementes, nossas três beldades, sempre na mesma roda-viva, fizeram suas respectivas escolhas, como de comum acordo. E essa escolha, longe de causar a tempestade que se esperava, apenas tornou sua amizade ainda mais interessante pelo atrativo das confidências mútuas.

À multidão dos infelizes pretendentes reuniu-se, então, a das mulheres enciumadas, e a escandalosa constância daquela tripla amizade foi exposta à censura geral. Uns consideravam que, no grupo dos *inseparáveis* (assim eram então chamados), a lei básica era a comunhão de bens e que o próprio amor estava a ela submetido. Outros garantiam que os três amantes, livres de rivais masculinos, não o eram de rivais femininos. Chegou-se mesmo ao ponto de dizer que tinham sido escolhidos por decência e que haviam obtido apenas um título sem função.

Esses boatos, verdadeiros ou falsos, não tiveram o efeito esperado. Os três casais perceberam, ao contrário, que estariam perdidos se viessem a se separar naquele momento. Decidiram enfrentar a tempestade. As pessoas, que se cansam de tudo, logo se cansaram das ironias sem resultado. Levadas por sua natural leviandade, passaram a dedicar-se a outros assuntos. Depois, voltando ao inicial, com sua costumeira inconsequência, transformaram as críticas em elogios. Como entre nós tudo é moda, prevaleceu o entusiasmo, e já se estava transformando em furor, quando Prévan tomou a iniciativa de inspecionar esse grupo fora do comum e atrair para ele a atenção geral e a sua própria.

Foi, então, procurar aqueles modelos de perfeição. Facilmente admitido em seu círculo, percebeu um augúrio favorável nessa facilidade. Bem sabia Prévan que as pessoas felizes não são de acesso assim tão fácil. De fato, logo viu que a tão decantada felicidade era, como a dos reis, mais invejada que desejável. Notou que os pretensos inseparáveis começavam a procurar o prazer das escapadas, dedicando-se a isso até mesmo por distração.

Enquanto isso, as três mulheres, que a necessidade continuava a aproximar, conservavam entre si a aparência da anterior intimidade. Mas os três homens, mais livres em seus passos, estavam sempre encontrando tarefas que deviam ser realizadas ou negócios que deviam ser objeto de cuidados. Ainda lamentavam isso, mas não mais as evitavam. Apenas raramente os três casais passavam juntos as noites.

O modo de agir deles foi proveitoso para o assíduo Prévan. Isso porque, colocado sem problemas ao lado da abandonada do dia, alternadamente e de acordo com as circunstâncias, fazia juras de amor às três amigas. Com facilidade percebeu que se definir por uma seria perder-se, que a falsa vergonha de ser a primeira tachada de infiel afugentaria a eleita, que a vaidade ferida das outras duas as tornaria inimigas do novo amante, que elas não deixariam de mostrar para com ele a severidade dos grandes princípios morais e, finalmente, que o ciúme, com toda a certeza, despertaria os cuidados de um rival que poderia vir a ser temível. Tudo teria sido transformado em obstáculo, mas tudo tornou-se fácil em seu triplo estratagema. Todas as três mulheres comportavam-se com bastante benevolência, pois cada uma estava igualmente interessada no assunto, e cada um dos três homens se comportava da mesma maneira, porque todos eles pensavam não estar sendo indulgentes.

Naquele tempo, precisando abandonar apenas uma amante, Prévan teve muita sorte que esta se transformasse em uma celebridade. A condição de estrangeira e as declarações de amor de um importantíssimo príncipe, habilmente recusadas, tinham voltado para ela a atenção da corte e da cidade.

Seu amante compartilhava suas honras e aproveitou-se disso junto a suas três novas prediletas. A única dificuldade era a necessidade de um ataque frontal às três jovens mulheres, cuja marcha deveria ser forçosamente regulada pelo ritmo da mais lenta delas. Com efeito, soube eu, por um de seus confidentes, que a maior dificuldade foi controlar os ímpetos de uma das três amigas que se encontrava pronta para desabrochar quinze dias antes das outras duas.

Finalmente, chegou o grande dia. Tendo obtido confissões de amor de todas as três, agora Prévan já se havia transformado em senhor das iniciativas de todas elas, do modo que você logo verá. Dos três maridos, um estava ausente, outro deveria partir no dia seguinte, de madrugada, e o terceiro estava na cidade. As inseparáveis amigas deviam jantar na casa da abandonada da vez, mas o novo senhor não permitiu que antigos pretendentes fossem convidados. Na manhã desse dia, fez ele três pacotes com cartas de sua amante estrangeira. No primeiro, colocou o retrato que havia dela recebido; no segundo, um monograma por esta desenhado, com suas iniciais entrelaçadas às dele; e, no terceiro, um anel de seus cabelos. Cada uma das três amigas recebeu um terço de tanto sacrifício e, em troca, todas concordaram em escrever a seus respectivos amantes cartas impactantes de rompimento.

Tudo bem até aí, porém mais iria acontecer. Aquela cujo marido estava na cidade só estaria livre durante o dia. Por isso, combinaram que uma indisposição fingida a dispensaria de estar presente no jantar da amiga e que o anoitecer seria dedicado apenas a Prévan; o resto da noite foi concedido por aquela cujo marido já tinha partido, ficando o amanhecer, momento da partida do terceiro marido, reservado pela última ao encontro amoroso.

Sem nada negligenciar, Prévan em seguida correu à casa da bela estrangeira, cheio de mau humor, o que a deixou também mal-humorada, justamente do que ele precisava, e só saiu depois que uma briga lhe assegurou quatro horas de liberdade. Terminados esses arranjos, voltou para casa, esperando descansar um pouco. Mas lá outros assuntos o esperavam.

As cartas de rompimento abriram os olhos dos três amantes caídos em desgraça. Nenhum deles podia sequer imaginar que seria preterido em favor de Prévan. E o despeito de ter sido ludibriado, juntando-se à irritação que quase sempre acompanha a pequena humilhação do abandono, fez com que os três – sem se comunicarem entre si, mas como de comum acordo – resolvessem tomar satisfações e exigi-las do ditoso rival.

Por isso, encontrou Prévan, ao chegar em casa, três cartas convocando ao duelo. Honestamente as aceitou. Mas não querendo perder nem o prazer, nem a repercussão dessa aventura, marcou os encontros na manhã seguinte e indicou a todos os três o mesmo local e a mesma hora. Foi numa das portas do Bois de Boulogne.

Ao anoitecer, correu sua tripla corrida com igual sucesso. Gabou-se depois de que cada uma de suas três novas amantes recebera três vezes a confissão e a prova de seu amor. Quanto a isso, como você corretamente concluiu, faltam provas para seu relato. Tudo o que pode fazer o historiador imparcial é observar ao leitor incrédulo que a vaidade e a imaginação exacerbada podem engendrar verdadeiros prodígios e, além disso, que sua atuação brilhante nessa noite estaria sendo seguida por uma manhã que pareceria destinada a escusá-lo de qualquer preocupação com o futuro.

Prévan compareceu pontualmente ao compromisso que havia estabelecido. Viu que seus três rivais estavam um tanto surpresos por terem se encontrado, mas, talvez em parte, já consolados por se descobrirem companheiros de infortúnio. Dirigiu-se a eles com um ar afável e cavalheiresco, tendo proferido este discurso, que me relataram fielmente:

"Senhores", disse ele, "tendo os três aqui se encontrado, sem dúvida já adivinharam que têm a mesma razão para queixar-se de mim. Estou pronto para dar-lhes satisfação. Que o destino decida quem tentará primeiro, entre os senhores, obter essa vingança à qual todos os três têm igual direito. Não trouxe comigo nem auxiliar, nem testemunha. Não os convoquei quando foi perpetrada a ofensa, não os convoco no momento de sua reparação." Depois, cedendo a seu caráter brincalhão, acrescentou: "Sei que raramente se ganha o *le-sept-et-le-va**,

---

* No *basset* – jogo considerado o mais aristocrático daquele tempo, pelas grandes somas de dinheiro perdidas ou ganhas –, prêmio muito difícil de receber quando um jogador levava da banca sete vezes o que deixara apostado três vezes na mesma carta. (N.T.)

mas, qualquer que seja o destino que me espera, o fato é que já teremos vivido o suficiente se tivemos tempo para conseguir o amor das mulheres e a estima dos homens".

Enquanto seus surpresos adversários se entreolhavam em silêncio, e suas boas maneiras talvez estivessem fazendo com que considerassem desigual o combate, Prévan retomou a palavra e disse: "Não escondo aos senhores que a noite que acabo de passar cansou-me cruelmente. Seria generoso de sua parte se me permitissem recuperar as forças. Mandei que trouxessem para cá um desjejum já pronto. Façam-me a honra de aceitá-lo. Assim, que comamos juntos e, sobretudo, alegremente! Podemos enfrentar-nos por ninharias, como neste caso, mas não devem elas alterar nosso bom humor".

O desjejum foi aceito. Nunca, segundo dizem, Prévan foi tão amável. Teve a habilidade de não humilhar seus rivais, de persuadi-los de que todos teriam as mesmas possibilidades de vitória e, principalmente, de fazê-los reconhecer que, tal como ele próprio, não deixariam passar essa ocasião de se sentirem vitoriosos. Reconhecidos como verdadeiros todos esses fatos, tudo se resolveu por si só. Por isso, o desjejum ainda não havia terminado e já se havia repetido dez vezes que semelhantes mulheres não mereciam que homens honrados se enfrentassem por elas. Essa constatação despertou a cordialidade, o vinho a fortaleceu e, alguns momentos depois, todos juraram amizade sem reservas, se bem que isso não tenha sido suficiente para que não mais houvesse rancor.

Sem dúvida preferindo esse desfecho a qualquer outro, Prévan, contudo, não queria perder com ele sua fama. Por conseguinte, adaptando seus planos às circunstâncias, disse aos três ofendidos: "Com efeito, não é de mim que os senhores devem vingar-se, mas de suas amantes infiéis. Estou lhes possibilitando a ocasião para tanto. Já estou sentindo, como os senhores, uma injúria que logo compartilharemos, pois, se nenhum dos senhores conseguiu manter a fidelidade de uma só, poderei eu manter a de todas as três? As queixas dos senhores estão se transformando nas minhas. Peço que aceitem, nesta noite, um jantar em meu pavilhão secreto, quando espero não mais adiar suas respectivas vinganças". Pediram-lhe que se explicasse. Mas ele, com esse tom de superioridade que as circunstâncias autorizavam manter, respondeu: "Senhores, creio ter comprovado que sei como comportar-me. Confiem em mim". Todos concordaram e, depois de terem abraçado o novo amigo, separam-se até a noite, à espera do resultado de suas promessas.

Sem perder tempo, Prévan voltou a Paris e, segundo a praxe, foi visitar suas novas conquistas. Conseguiu que todas as três prometessem vir jantar *a sós* com ele naquela mesma noite em seu pavilhão secreto. Duas delas foram um tanto difíceis de convencer, mas o que poderiam recusar no dia seguinte? Marcou os encontros com uma hora de intervalo, tempo necessário para levar adiante seu plano. Depois desses preparativos, retirou-se e mandou avisar os outros três conjurados; todos os quatro foram alegremente esperar suas vítimas.

Ouviram chegar a primeira. Prévan se apresentou sozinho, recebeu-a aparentando desvelo e a conduziu ao santuário, cuja divindade ela pensava ser. Depois, desaparecendo sob um pretexto sem importância, logo se fez substituir pelo amante ultrajado.

Você bem pode imaginar que, naquela ocasião, o aturdimento de uma mulher ainda não acostumada a aventuras tornava muito fácil o triunfo. Toda censura a seu comportamento que deixou de ser feita foi por ela considerada um prêmio. E a escrava fugida, entregue outra vez a seu dono, ficou bastante feliz de poder esperar perdão e retomar as antigas cadeias. O tratado de paz foi ratificado num lugar solitário; o palco, agora vazio, foi alternadamente tomado pelos outros atores, mais ou menos da mesma maneira, mas sempre com o mesmo desfecho.

No entanto, cada uma das três mulheres pensava ser a única protagonista. Seu espanto e embaraço aumentaram quando os três casais se reuniram para o jantar. Mas a confusão delas chegou ao ápice quando Prévan, que reapareceu entre eles, teve a crueldade de prestar às três infiéis escusas que, ao revelar o que todas queriam manter em segredo, fizeram-lhes ver claramente a que ponto haviam sido ludibriadas.

Entrementes, todos se puseram à mesa, ocasião em que voltaram a seu comportamento usual – os homens se soltaram e as mulheres se submeteram. Todos ainda tinham o coração cheio de ódio, mas nem por isso suas palavras deixaram de ser afetuosas. A alegria despertou o desejo, que, por sua vez, marcou-a com novos encantos. A inacreditável orgia durou até a manhã e, ao se separarem, as mulheres pensaram que estavam perdoadas. Mas os homens, que tinham conservado seu ressentimento, no dia seguinte com elas romperam definitivamente. Além disso, não contentes com abandonar suas levianas amantes, consumaram suas respectivas vinganças tornando pública a aventura que tinham vivido. Desde então, uma delas entrou para o convento e as outras duas se estiolam exiladas em suas terras.

Eis a história de Prévan. Cabe a você julgar se deseja aumentar-lhe a fama, atrelando-se a seu carro em sua parada triunfal. A carta que você me escreveu deixou-me realmente aflito e preocupado, e espero com impaciência uma resposta mais sábia e mais clara à última que lhe escrevi.

Adeus, minha bela amiga. Desconfie dessas ideias agradáveis ou bizarras que sempre a seduzem com demasiada facilidade. Considere que, na carreira que você segue, a inteligência não é suficiente e que nela um só ato imprudente de sua parte poderia tornar-se um mal irremediável. Enfim, aceite que a amizade prudente algumas vezes seja o guia de seus prazeres.

De..., 18 de setembro de 17**.

CARTA 80

Do Cavaleiro Danceny para Cécile Volanges

Cécile, minha querida Cécile, quando chegará a hora em que nos reencontraremos? Quem poderá ensinar-me a viver longe de você? Quem me dará força e coragem para tanto? Nunca, não, nunca poderei suportar essa sua fatal ausência. Cada dia aumenta minha infelicidade, e não consigo ver seu fim! Valmont, que me havia prometido socorro e consolo, me abandona e talvez me tenha esquecido. Está agora ao lado de quem ama. Deixou de saber o que sofremos quando estamos longe de nosso amor. Ao mandar-me sua última carta, não aproveitou para também me escrever. No entanto, é ele quem deverá informar-me quando e como poderei vê-la. Não terá ele, então, nada para dizer-me? Você mesma deixou de me falar sobre esse assunto. Será porque não compartilha mais comigo o desejo de rever-nos? Ah, Cécile, Cécile, sinto-me muito infeliz! Amo-a mais do que nunca. Mas esse amor, que é o encanto de minha vida, está se transformando em meu tormento.

Não, não quero mais viver assim, é preciso que a veja; é preciso, nem que por um só instante. Quando acordo, digo-me: "Não a verei mais". Quando adormeço, penso: "Não a pude ver". Os dias – tão longos! – não me dão espaço para um único momento de felicidade. Tudo é privação, tudo é mágoa, tudo é desespero. E todos esses males me vêm de onde esperava toda a minha alegria. Junte a esses infortúnios fatais minha ansiedade quanto aos seus e terá uma ideia de minha situação. Penso em você sem cessar e sempre com inquietude. Se a imagino aflita e infeliz, sofro com todas as suas penas. Se a imagino tranquila e consolada, são as minhas que se multiplicam. Em toda parte, só encontro infelicidade.

Ah, não era assim quando você estava a meu alcance! Tudo então era alegria. A certeza de poder vê-la tornava felizes até mesmo os momentos em que estava ausente. Quando era preciso estar longe de você, o tempo levava-me rápido até sua pessoa. Você nunca deixou de saber exatamente como passava meus dias. Se tinha uma tarefa a cumprir, isso somente me deixava mais digno de você. Se estava cultivando meus talentos, era porque esperava agradar-lhe ainda mais. Mesmo quando as distrações mundanas me levavam para longe de você, não sentia que nos tivéssemos separado. Durante um espetáculo, procurava adivinhar o que teria sido de seu agrado. Um concerto me lembrava de seus dons e dos tão doces momentos em que fazíamos música juntos. Tanto entre as pessoas como ao passear solitário, procurava sempre ver em tudo algo que me lembrasse sua pessoa. Com tudo a comparava e a tudo você era superior. Cada momento do dia era marcado por uma nova jura de amor, e cada noite em que estava em sua companhia depositava a seus pés as provas desse juramento.

Agora, o que me resta? Mágoas dolorosas, privações eternas e uma leve esperança de que o silêncio de Valmont diminua e o seu se transforme em pressa. Apenas dez léguas* nos separam, e essa distância tão fácil de percorrer se torna, só para mim, um obstáculo intransponível! E quando, para ajudar-me a vencê-lo, imploro a meu amigo, à minha amada,

---

* Cerca de sessenta quilômetros. (N.T.)

ambos permanecem frios e serenos. Longe de socorrer-me, nem mesmo me respondem.

No que, então, se transformou a prestimosa amizade de Valmont? Principalmente, no que se transformaram seus sentimentos tão ternos, que a tornavam tão engenhosa em encontrar meios para que nos víssemos todos os dias? Lembro-me muito bem do desejo de estar todos os dias a seu lado, mas, sem abandonar esse desejo constante, algumas vezes me via obrigado a sacrificá-lo às minhas responsabilidades, a meus compromissos. Recorda-se do que me dizia, então, e com quantos pretextos não combatia minhas razões? E lembre, minha Cécile, que sempre minhas razões cediam ante seus desejos. Absolutamente, não considerava que isso fosse um mérito, pois nem o do sacrifício eu tinha. Na verdade, o que você desejava obter eu ardentemente queria proporcionar-lhe. Mas, enfim, chegou agora minha vez de lhe fazer um pedido. E o que lhe peço? Vê-la por um instante, renovar minhas juras de amor eterno e receber as suas. Não depende mais sua felicidade da minha? Rejeito essa ideia exasperante, que me levaria ao cúmulo de meus males. Você me ama, você me amará para sempre. Acredito nisso, estou seguro disso, jamais duvidarei disso. Mas a situação em que me encontro é terrível. Não vou poder aguentar por mais tempo. Adeus, Cécile.

Paris, 18 de setembro de 17**.

CARTA 81

Da Marquesa de Merteuil para o Visconde de Valmont

Como seus temores me causam pena! Como comprovam minha superioridade sobre você! E quer ensinar-me como devo me comportar! Ah, meu pobre Valmont, que distância ainda existe entre nós! Não, todo o orgulho de seu sexo não bastaria para preencher o espaço que nos separa. Já que não pode levar adiante meus planos, considera-os impossíveis! Porque você é orgulhoso e fraco, senta-lhe muito bem querer avaliar meus meios e apreciar meus métodos. Na verdade, visconde, seus conselhos me deixaram zangada, o que não posso esconder.

Que, para mascarar a incrível falta de habilidade com sua presidenta, você me exibir como um triunfo tenha desconcertado por um instante essa mulher tímida que o ama, está bem, aceito; que tenha obtido dela um olhar, um só olhar, sorrio e deixo que se delicie com isso; que, percebendo a contrafeito, o valor zero de sua maneira de agir, espere desviar esse fato de minha atenção ao elogiar seu esforço digno de um deus em aproximar dois jovens que, ambos, desejam ardorosamente ver-se e que, diga-se de passagem, apenas a mim devem o ardor desse desejo, está bem, admito; e, finalmente, que se aproveite dessas suas atitudes de efeito para dizer-me, com um ar professoral, que *é melhor que dediquemos tempo à execução de nossos projetos do que falar sobre eles,* essa vaidade sua não me prejudica em nada e, por isso, a perdoo. Mas que possa acreditar que preciso de sua prudência, que me desgraçaria se não seguisse seus conselhos, que por causa destes deva abandonar um prazer, uma fantasia, bem, visconde, nesse caso, você estaria muito cheio de si quanto à confiança que me esforço em conceder-lhe.

E que fez você que eu mil vezes não tenha feito melhor? Você seduziu e chegou a desgraçar muitas mulheres. Mas que dificuldades teve em vencê-las? Que obstáculos teve de superar? Com efeito, onde está um só mérito nisso tudo que seja verdadeiramente seu? Um belo rosto? Puro efeito do acaso. Maneiras agradáveis? O hábito sempre as faz nascer. Espírito? Sim, mas os termos que estão na moda sempre o suprem quando não existe. Uma falta de pudor bastante louvável? Sim, mas talvez atribuível unicamente à facilidade de suas primeiras conquistas. Se não me engano, eis todos os seus trunfos. Por isso, apesar da fama que você conseguiu para si, creio que não vai exigir de mim que considere como muito engenhosa essa sua capacidade de criar escândalos ou deles tirar proveito.

Quanto à prudência e à fineza de espírito – sem referir-me a mim mesma –, que mulher não teria mais que você? Ufa! Até sua presidenta o está manipulando como se você fosse uma criança!

Creia-me, visconde, raramente adquirimos as qualidades de que podemos abrir mão. Assim, por poder combater sem risco, você ficou incauto. Para vocês, homens, as derrotas não passam de uma vitória a menos. Nesse jogo bastante desigual, nossa sorte é não perder e o insucesso de vocês, apenas falta de sorte. Mesmo se eu viesse a reconhecer em vocês tantos talentos quanto em nós, mulheres, ainda assim seríamos muito superiores, pela necessidade que temos de constantemente usar esses talentos diante de seus ataques.

Suponhamos, está bem, que vocês empreguem tanta destreza em conquistar-nos quanto nós em nos defender ou ceder. Se for assim, reconheça, pelo menos, que será inútil depois do sucesso. Dedicados unicamente à nova conquista, vocês se entregarão a ela sem medo e sem reservas: não é a vocês que importa se essa relação vai ou não durar.

Na verdade, quanto a esses laços, reciprocamente dados e recebidos (para empregar os termos hoje em voga), somente vocês poderão, a seu bel-prazer, estreitá-los ou rompê-los. E suas parceiras dar-se-ão por felizes se vocês, em sua leviandade, preferirem a discrição ao exibicionismo, contentando-se em humilhar-nos com o abandono, sem fazer da deusa da véspera a vítima do dia seguinte!

Mas, quando uma mulher desafortunada sentir, antes de vocês, o peso de suas próprias cadeias, em que riscos não terá de incorrer se a elas tentar subtrair-se, se delas ousar libertar-se? É apenas cheia de anseios que ela tenta afastar um homem que seu coração rejeita com vigor. Mas, se seu amante obstina-se em permanecer a seu lado, o que antes era concedido por amor agora tem de ser pelo medo: "seus braços ainda se abrem, mas o coração já se fechou".

Sua prudência deve desfazer com cuidado e destreza esses mesmos laços que vocês teriam simplesmente rompido. Se não tiver sucesso, ficará à mercê de seu inimigo, e sem saída, pois não tem ele a menor generosidade. E como esperá-la dos homens? Se algumas vezes foram elogiados por tê-la, nunca foram criticados por não a possuir!

Não há dúvida de que você não negará essas verdades que a evidência tornou corriqueiras. Se, no entanto, você me viu manipulando os acontecimentos e as opiniões para fazer desses homens tão temíveis o joguete de meus caprichos ou de minhas fantasias, anulando a vontade de alguns em outros o poder de prejudicar-me; se, levada por meus gostos cambiantes, pude eu mesma incluí-los em meu séquito ou rejeitar para longe de mim "esses tiranos destronados que tornei meus escravos"*; se, em meio a essas reviravoltas, apesar de tudo minha reputação permaneceu ilibada, você não deveria concluir que – nascida para vingar meu sexo e dominar o seu – fui capaz de inventar os meios para tanto, meios que até eu mesma desconhecia?

Ah! Guarde seus conselhos e seus temores para essas mulheres tresloucadas, que se dizem *sentimentais*, e cuja imaginação exacerbada faz crer que a natureza situou seu coração na cabeça, mulheres que, nunca tendo pensado a respeito, confundem sem cessar o amor com o amante e, em sua ilusão, acreditam que somente aquele homem com quem encontraram prazer é o único capaz de proporcioná-lo, mulheres que, além de supersticiosas convictas, têm pelo padre e pela fé o respeito que somente é devido à Divindade.

Preocupe-se, sim, com as mulheres que, mais vaidosas que prudentes, não sabem curvar-se às circunstâncias e deixar-se abandonar.

Tema principalmente por aquelas que são ativas apenas no ócio – e que vocês chamam de *sensíveis* –, das quais o amor se assenhora com tanta facilidade e tamanha força que sentem a necessidade de a ele entregar-se, mesmo quando não mais nele encontram deleite, mulheres que, abandonando-se sem reservas à ebulição de seus pensamentos, com eles engendram cartas dulcíssimas, mas perigosas depois de escritas, e que não receiam confiar essas provas de sua debilidade àquele que a causa: todas são imprudentes, pois, em seu presente amante, não são capazes de reconhecer o futuro inimigo.

Quanto a mim, contudo, que tenho eu de comum com essas mulheres insensatas? Quando foi que me vi afastar-me do comportamento que me prescrevi ou violar meus princípios? Digo meus princípios, e o faço de propósito, porquanto não são como os das outras mulheres, adquiridos por acaso,

---

* Não se sabe se esse verso, assim como o que se encontra mais acima – *Seus braços ainda se abrem, mas o coração já se fechou* –, são citações de obras pouco conhecidas, ou se vieram da pena da sra. de Merteuil. O que torna verossímil essas possibilidades é a enorme quantidade de erros desse tipo que se encontram em toda as cartas desta coletânea. As do Cavaleiro Danceny são as únicas que estão deles isentos, talvez porque, como algumas vezes se dedicava à poesia, seus ouvidos mais experientes lhe fizeram evitar mais facilmente esse defeito. (N.A.)

recebidos sem exame e seguidos por hábito; os meus são fruto de minhas reflexões profundas; eu os criei e, por isso, posso dizer que sou minha própria obra.

Tendo ingressado nos círculos sociais ainda solteira e, por causa dessa condição, dedicada ao silêncio e à inação, soube aproveitar-me disso para observar e raciocinar. Enquanto me consideravam pouco inteligente ou distraída e, na verdade, pouco escutando o que se empenhavam em dizer-me, procurava com zelo justamente aquilo que me ocultavam.

Servindo para aumentar meus conhecimentos, essa útil curiosidade também me ensinou a dissimular. Frequentemente obrigada a esconder os objetos de minha atenção aos olhos dos que me cercavam, tratei de dirigir os meus para onde quisesse. Desde então consegui manter, de acordo com minha vontade, esse olhar distraído que você elogiou tantas vezes. Encorajada por esses primeiros sucessos, da mesma maneira tratei de controlar as expressões de meu rosto. Quando presa de algum ressentimento, treinava em manter um ar de serenidade, até de alegria. Levei esse cuidado a ponto de causar-me mágoas voluntárias, a fim de utilizar, nesses momentos, expressões faciais apenas prazerosas. Exercitei-me com o mesmo cuidado, mas com maior empenho, em reprimir os sinais de uma alegria inesperada. Foi assim que me tornei capaz de ter sobre minha fisionomia esse poder que vi algumas vezes surpreendê-lo tão intensamente.

Era ainda bem jovem, quase sem nenhum interesse, e só tinha de meu os meus pensamentos. Por isso, indignava-me que quisessem roubá-los de mim ou adivinhá-los contra a minha vontade. Munida dessas armas iniciais, experimentava seu uso. Não contente em não mais deixar que penetrassem em minha mente, divertia-me mostrando-me sob diferentes aspectos. Segura de meus gestos, passei a observar minhas palavras. Acabei controlando ambos de acordo com as circunstâncias ou, até mesmo, de acordo com minhas fantasias. A partir desse momento, minhas opiniões passaram a ser apenas as minhas, e só mostrava as que me seriam úteis quando expostas.

Esse trabalho sobre mim mesma dirigiu minha atenção para a expressão dos rostos e o conteúdo das fisionomias. Nessa prática, consegui este olhar penetrante, no qual, contudo, a experiência ensinou-me a não poder confiar inteiramente, mas que, ao fim e ao cabo, raramente me enganou.

Não tinha quinze anos e já possuía o talento a que a maioria de nossos políticos deve seu sucesso, mas me encontrava ainda nos primeiros estágios do conhecimento que queria adquirir.

Você bem pode imaginar que, como todas as jovens, eu procurava adivinhar como era o amor e seus prazeres. Mas, nunca tendo vivido como interna de um convento, nunca tendo uma amiga íntima e sendo vigiada por uma mãe alerta, eu só tinha ideias vagas a esse respeito, que nada me esclareciam. A própria natureza, com a qual sem dúvida eu depois só teria a me gabar, ainda não me havia dado nenhum indício. Dir-se-ia que ela trabalhava em silêncio, aperfeiçoando sua obra. Apenas a cabeça me fervia. Não queria prazer, queria saber. O desejo de me informar mostrou-me os meios.

Senti que o único homem com quem eu poderia falar sobre esses assuntos sem me comprometer era meu confessor. Logo tomei a decisão. Superei minha sincera vergonha e, gabando-me de um pecado que não havia cometido, acusei-me de ter feito *tudo o que as mulheres fazem*. Foi essa a expressão que usei, mas ao empregá-la, na verdade, eu não sabia o que estava dizendo. Minhas esperanças não foram nem desenganadas, nem totalmente preenchidas. O medo de trair-me impedia que me explicasse. Mas o bom padre pintou-me o mal com tamanha magnitude que concluí que o prazer devia ser extremo. Ao desejo de informar-me sobre ele sucedeu o de prová-lo.

Não sei até onde esse desejo me teria levado, e naquele tempo, sem nenhuma experiência, talvez uma só oportunidade me tivesse desgraçado. Felizmente minha mãe me comunicou, alguns dias depois, que eu iria casar-me. Imediatamente, a certeza de que saberia o que desejava extinguiu minha curiosidade e cheguei virgem aos braços do sr. de Merteuil.

Segura de mim, esperava o momento que devia esclarecer-me tudo; precisei controlar-me para transmitir vergonha e receio. A primeira noite, da qual geralmente se faz uma ideia tão terrível ou tão maravilhosa, apenas me possibilitou uma ocasião para aumentar minha experiência: prazer e dor – observei tudo com exatidão e somente via, nessas diferentes sensações, fatos para colher e sobre os quais meditar.

Esse tipo de análise terminou por me agradar. Mas, fiel a meus princípios e sentindo, talvez por instinto, que ninguém deveria ficar tão longe de minha confiança quanto meu marido, decidi mostrar-me a seus olhos como destituída de emoções pelo simples fato de ser eu uma pessoa sensata. Essa aparente frieza foi posteriormente o fundamento inabalável de sua cega confiança em mim. Depois de pensar mais profundamente sobre o assunto, adicionei à frieza um ar de tolice, que me era permitido por minha idade. Desse modo, nunca me considerou tão infantil quanto naqueles momentos em que eu o ludibriava com a maior audácia.

Entretanto, devo confessar, a princípio deixei-me levar pelo turbilhão do mundo e me entregava inteiramente a suas fúteis distrações. Mas, ao fim de alguns meses, tendo o sr. de Merteuil me levado consigo para suas tristes propriedades no campo, o receio do tédio fez com que voltasse meu gosto pela análise. Como me encontrei cercada de pessoas cuja distância em relação a mim me punha fora de qualquer suspeita, aproveitei para estender as áreas de minha experiência. Foi principalmente no campo que fiquei convencida de que o amor, gabado como causa de nossa felicidade, é apenas um pretexto para tanto.

A doença do sr. de Merteuil veio interromper essas doces atividades. Foi preciso que eu retornasse com ele à cidade, onde foi tratar-se. Como você bem sabe, morreu pouco tempo depois. Se bem que, considerando tudo, eu não tivesse queixas contra ele, nem por isso deixei de sentir vivamente o valor da liberdade que minha viuvez me daria, e prometi a mim mesma que tiraria dela o máximo proveito possível.

Minha mãe estava certa de que eu entraria para um convento ou voltaria a viver com ela. Rejeitei as duas possibilidades; tudo o que concedi à decência foi voltar àquelas mesmas propriedades no campo, onde ainda me restavam algumas observações a fazer.

Eu as aprofundei recorrendo à leitura, mas não vá pensar que foi toda ela dedicada ao gênero que você está imaginando. Estudava nossos costumes nos romances e nossas opiniões nos filósofos. Cheguei até a procurar nos moralistas mais severos o que exigiam de nós, tendo, assim, tomado consciência do que podíamos fazer, do que devíamos pensar e do que precisávamos parecer. Uma vez decidida quanto a esses aspectos, apenas o último apresentava alguma dificuldade para ser praticado. Esperava poder vencê-la e passei a meditar sobre os meios para tanto.

Comecei a entediar-me com meus prazeres rurais, muito pouco variados para minha mente ativa. Senti um desejo de coqueteria que me reconciliou com o amor, não para senti-lo verdadeiramente, mas para inspirá-lo ou fingi-lo. Em vão me haviam dito (e também havia lido) que não podemos fingir nossos sentimentos. No entanto, via que, para ter sucesso em dissimular minhas emoções, bastava adicionar à mente dos escritores o talento dos atores. Exercitei-me em ambas as atividades, talvez com algum sucesso. Mas, em lugar de procurar os vãos aplausos do teatro do mundo, resolvi empregar, em benefício de meus prazeres, o que tantas pessoas abandonam em nome da vaidade.

Passei um ano nessas diferentes atividades. Então, meu luto permitindo que eu reaparecesse, voltei à cidade com grandes projetos. Mas não estava esperando o primeiro obstáculo que se apresentou.

A longa solidão, o retiro austero tinham lançado sobre mim um verniz de puritanismo que afugentava nossos melhores galãs. Mantinham-se à distância, entregando-me a uma multidão de desagradáveis, todos pretendentes à minha mão. O obstáculo não era rejeitá-los; mas muitas dessas recusas desagradavam à minha família, e eu perdia, com essas maçantes ninharias que ocupavam minha mente, o tempo ao qual havia prometido um uso apenas prazeroso. Então, para me aproximar de alguns e afastar-me de outros, fui obrigada a cometer alguns atos inconsequentes e a dedicar em prejudicar minha reputação os cuidados que esperava ter para conservá-la. Como você bem pode imaginar, o sucesso veio facilmente. Mas, não estando dominada por nenhuma paixão, fiz apenas o que me parecia necessário; medi, com prudência, a dose de minhas loucuras.

A partir do momento em que cheguei ao alvo que queria atingir, voltei atrás e mostrei-me muito honrada a algumas dessas mulheres que, na impossibilidade de terem pretensões ao prazer, entregam-se à de serem caridosas e virtuosas. Foi uma cartada que me beneficiou mais do que esperava. Agradecidas, essas matronas transformaram-se em minhas apologistas. E seu cuidado cego com o que chamavam de resultado de sua obra foi levado a tal ponto que esse partido das puritanas, à menor palavra que alguém se permitisse lançar contra mim, gritava: "Escândalo! Injúria!". O mesmo método valeu-me ainda o voto das elegantes, as quais, persuadidas de que eu não correria na mesma pista delas, escolheram-me para objeto de seus elogios sempre que lhes interessava provar que não falavam mal de todo mundo.

Entretanto, meu comportamento anterior trouxe de volta os galãs. E, para equilibrar-me entre eles e minhas fiéis protetoras, mostrava-me como uma mulher delicada, mas difícil, a quem o excesso de decência armava contra o amor.

Nessa época, comecei a exibir no teatro do mundo o talento que eu mesma havia construído. Meu primeiro cuidado foi granjear a fama de inconquistável. Para chegar a tanto, os homens que absolutamente não me agradavam foram sempre os únicos cujas confissões de amor eu aparentava aceitar. Eu os utilizava eficazmente para que me atribuíssem honras por estar resistindo, enquanto me entregava sem receio ao amante preferido. Mas, quanto a este, minha timidez fingida jamais permitiu que fosse visto a meu lado em sociedade. Assim, os olhares das pessoas que eu frequentava estavam sempre dirigidos ao amante não correspondido.

Você bem sabe como sou rápida para tomar decisões: foi por ter observado que quase sempre são os primeiros movimentos da conquista que desvendam os segredos das mulheres. Por mais que possamos fazer, a maneira como nos tratam nunca é a mesma antes ou depois de cedermos. Aprofundando-me em meu próprio coração, nele analisei o dos outros. Vi que não há quem não guarde no peito algum segredo cuja revelação é importante que não aconteça. Trata-se de um fato que a Antiguidade parece ter admitido mais do que nós e de que a história de Sansão poderia ser apenas um engenhoso exemplo. Nova Dalila, eu, como ela, sempre utilizei meu poder para trazer à luz esses segredos importantes. Hum! São inúmeros os modernos Sansões cujas cabeleiras tenho sob minha tesoura! E estes deixei de temer. São eles os únicos que me permiti humilhar algumas vezes. Com os outros fui mais suave: a arte de torná-los infiéis a mim própria, o que me dava pretexto para com eles romper, evitando, assim, parecer-lhes demasiado volúvel, uma amizade fingida, uma aparência de confiança, um comportamento desprendido e a ideia lisonjeira que dou a cada um deles de ter sido o meu único amante fizeram com que deles sempre obtivesse a necessária discrição quanto a nosso envolvimento. Enfim, quando esses meios me falharam, através da ridicularização ou de calúnias contra eles, pude sufocar a confiança que esses homens perigosos poderiam vir a obter de mim, simplesmente porque sabia, de antemão, que romperia com eles mais cedo ou mais tarde.

O que lhe conto aqui, você me viu praticar ininterruptamente. E ainda duvida da minha prudência! Pois bem! Recorde-se daquele tempo em que você me dedicou suas primeiras atenções. Nunca uma confissão de amor me deixou tão lisonjeada: eu o desejava antes de tê-lo visto. Seduzida por sua reputação, pareceu-me que faltava tê-lo entre meus troféus de glória e desejei ardentemente combatê-lo corpo a corpo. Foi o único de meus desejos que por um instante chegou a dominar-me. Entretanto, se você tivesse querido me desonrar, não teria obtido sucesso com os meios que teria empregado: palavras vazias que não deixam rastro, as quais sua própria e má reputação teria ajudado a tornar inaceitáveis, e uma sequência de atos inverossímeis que, narrados com a maior sinceridade, teriam a aparência de um romance mal urdido.

É fato que depois lhe confiei todos os meus segredos; mas você sabe não apenas que nossos interesses nos uniam, como também que, entre nós, sou eu quem deve ser tachada de imprudente.*

Já que lhe estou prestando contas, quero fazê-lo com exatidão. Daqui, ouço-o dizer que estou à mercê de minha camareira. De fato, se ela não conhece os segredos de meus sentimentos, sabe o de meus atos. Quando outrora você se referiu a esse mesmo tema, só lhe disse que estava certa de que podia nela confiar. A prova de que minha resposta foi suficiente para tranquilizá-lo é que depois você confiou a ela seus segredos bastante perigosos. Mas agora que Prévan o está deixando enciumado e que sua cabeça ferve por causa disso, duvido que

---

* Será conhecido adiante, na carta 152, não o segredo do sr. de Valmont, mas aproximadamente de que tipo era, de modo que o leitor perceberá que não nos foi possível esclarecer mais esse assunto. (N.A.)

possa acreditar em minhas palavras. Por isso, é preciso que lhe esclareça tudo.

Em primeiro lugar, essa jovem é minha irmã de leite, e essa ligação, que para nós não tem importância alguma, não deixa de ser forte para pessoas de seu nível social. Ademais, conheço seus segredos e tenho maiores trunfos. Vítima de uma loucura amorosa, teria caído em desgraça se eu não a tivesse salvo. Afetadíssimos em sua honra, seus pais queriam no mínimo encarcerá-la.

Foram procurar-me. Percebi facilmente que sua ira poderia me ser útil. Dei força à sua cólera e solicitei um mandado de prisão, que logo obtive. Depois, adotando subitamente o partido da clemência, no qual também fiz ingressar seus pais, e aproveitando meu crédito junto ao velho primeiro-ministro, consegui que consentissem todos em tornar-me depositária do mandado e senhora de fazê-lo executar ou suspender, de acordo com meu julgamento da correção da conduta futura da jovem. Por isso, ela está ciente de que seu destino está em minhas mãos. E, considerando o impossível, que esses meios poderosos não a controlassem, não seria evidente que a revelação de seus erros passados e a punição merecida tirariam a credibilidade de suas palavras?

A tais precauções, que chamo de fundamentais, uniram-se outras mil, específicas ou ocasionais, que a reflexão e o hábito me fazem encontrar de acordo com as necessidades. As particularidades dessas precauções são muito minuciosas, mas sua prática é importante. Você deveria dar-se o trabalho de identificá-las no meu comportamento como um todo, se quiser tomar conhecimento delas.

Mas considerar que tomei tantos cuidados para deixar de colher seus frutos; que, depois de ter me alçado tão acima das outras mulheres por ingentes esforços, consinta, como elas, em arrastar meus passos entre a imprudência e a timidez; que, principalmente, venha a temer um homem a ponto de não mais poder ver minha salvação senão na fuga? Não, visconde, jamais. É preciso vencer ou perecer. Quanto a Prévan, quero tê-lo e o terei; ele vai querer contar a todo mundo, mas não o fará; em poucas palavras, eis todo o enredo de nosso romance. Adeus.

De..., 20 de setembro de 17**.

CARTA 82

De Cécile Volanges para o Cavaleiro Danceny

Meu Deus, como sua carta me fez sofrer! De que me serviu tê-la esperado com tanta impaciência! Imaginava poder nela encontrar consolo e eis-me, agora, mais aflita ainda que antes de recebê-la. Chorei muito enquanto a lia, mas não é por isso que estou me queixando de você, porque já chorei muitas vezes por sua causa sem sofrer. Mas desta vez não é assim.

O que quis dizer-me? Que seu amor se transformou num tormento, que não pode mais viver sem mim, nem aguentar por mais tempo esta situação? Será que você vai deixar de me amar porque tudo não é tão lindo como antigamente? Parece-me que não estou mais feliz que você, muito ao contrário. E, apesar de tudo, eu o amo cada vez mais. Se o sr. de Valmont não lhe escreveu, não foi por culpa minha. Não pude pedir-lhe que o fizesse porque não estive a sós com ele e porque combinamos que nunca nos falaríamos diante dos outros. É também por você que estou agindo assim, para que ele possa fazer o que você deseja o mais rapidamente possível. Não digo que não o deseje tanto quanto você, pode estar certo disso. Mas o que você quer que eu faça? Se pensa que é fácil, encontre então uma maneira; é tudo o que eu queria.

Você acha que é agradável para mim ser todos os dias repreendida por minha mãe; ela, que antes nem sequer me dirigia a palavra? Muito pelo contrário. Agora, minha vida está pior que no convento. Aqui, no entanto, consolava-me imaginar que tudo o que estava sofrendo era por você. E, em alguns momentos, até que me sentia muito feliz. Mas ao ver que está tão zangado comigo, sem que de maneira nenhuma seja por culpa minha, sofro mais com isso do que com tudo o que me tem acontecido até agora.

Apenas receber suas cartas é dificuldade tão grande que, se o sr. de Valmont não fosse uma pessoa muito complacente e hábil, eu não saberia o que fazer. E, para escrever-lhe, é mais difícil ainda. Durante toda a manhã não ouso fazê-lo, porque mamãe está sempre perto de mim e porque ela entra em meu quarto a todo momento. Algumas vezes posso escrever à tarde, com o pretexto de que vou cantar e tocar harpa. Ainda assim, é preciso que interrompa cada linha para que me ouçam estudar. Felizmente, minha camareira algumas vezes fica com muito sono à noite, e digo-lhe que ela não precisa preocupar-se em me ajudar a deitar a fim que se vá e deixe as velas acesas. Depois, preciso esconder-me atrás das cortinas de meu leito, para que não vejam a luz, e ficar atenta ao menor ruído, de tal modo que possa esconder tudo sob o colchão se vier alguém. Queria que estivesse presente para ver-me! Entenderia perfeitamente que é preciso amar muito para fazer tudo isso. Enfim, é a pura verdade que estou fazendo tudo o que posso e que queria poder fazer muito mais.

    Com toda a certeza, não me recusarei a dizer-lhe que o amo e que vou amá-lo para sempre. Nunca disse isso com tanta sinceridade como faço agora, e você está zangado comigo! No entanto, você mesmo me garantiu, antes que eu tivesse dito que o amava, que isso bastaria para torná-lo feliz. Não pode negá-lo; está escrito em suas cartas. Embora não as tenha mais comigo, lembro-me delas como quando podia lê-las dia após dia. E, porque agora estamos afastados um do outro, você não pensa mais como antes. Mas esse afastamento entre nós não vai durar para sempre, talvez! Meu Deus, como sou infeliz! E você é a causa de tudo!

    Sobre suas cartas, espero que tenha guardado as que mamãe tirou de mim e entregou a você. Tenho esperança de que logo chegará o momento em que não mais estarei assim tão vigiada como agora e você me devolverá todas aquelas cartas. Como ficarei feliz quando puder guardá-las para sempre sem que ninguém tenha nada a ver com isso. Agora, estou entregando as que me tem escrito para o sr. de Valmont, porque de outro modo seria muito arriscado para mim. Ainda assim, nunca as entrego sem que isso me faça sofrer muito.

    Adeus, amigo querido. Amo-o de todo o coração. E vou amá-lo por toda a minha vida. Espero que agora não esteja mais zangado comigo. Quando estiver certa disso, também deixarei de estar zangada. Escreva-me o mais cedo que lhe for possível, pois estou certa de que até lá ficarei todo o tempo triste.

                Do Castelo de..., 21 de setembro de 17**.

CARTA 83
Do Visconde de Valmont para a presidenta de Tourvel

Por favor, sra. de Tourvel, reatemos nossa conversa daquele dia, tão desastrosamente interrompida! Que eu possa terminar de provar-lhe como sou diferente do retrato odioso que lhe fizeram de mim; que eu possa, principalmente, ainda ter o prazer de contar com aquela amável confiança que você começava a testemunhar-me. São incontáveis os encantos com que você reveste a virtude! Como a embeleza e torna desejáveis todos os sentimentos honestos! Ah, é essa sua arte de seduzir! A mais forte delas! A única ao mesmo tempo poderosa e digna de respeito!

Não há dúvida de que basta vê-la para desejar agradá-la e ouvi-la entre as pessoas para que esse desejo aumente. Mas quem tem a felicidade de conhecê-la mais profundamente, quem pôde algumas vezes ler sua alma, é logo possuído por um nobre entusiasmo; tomado tanto de veneração quanto de amor, adora todas as virtudes de sua imagem. Talvez como ninguém feito para amá-las e segui-las, levado por alguns erros que fizeram com que delas me afastasse, foi você quem delas me reaproximou, quem novamente me fez sentir todo o encanto que possuem. Vai transformar em crime esse meu novo amor? Vai criticar sua própria obra? Vai censurar o próprio interesse que você poderia ter nisso tudo? Que males poderiam ser temidos num sentimento tão puro e que doçura não haveria em poder experimentá-lo?

Meu amor a amedronta e você o considera violento, descontrolado? Dome-o com um amor mais suave; não recuse o domínio que lhe ofereço sobre minha pessoa, ao qual, juro, nunca vou subtrair-me, um poder, ouso crer, que nunca seria destituído de virtude. Que sacrifício poderia parecer-me doloroso, se estou certo de que seu coração compreenderia o quanto ele foi penoso para mim? Existirá algum homem tão infeliz que não saiba deleitar-se com as privações que ele mesmo se impôs e que não prefira a concessão por sua amada de uma só palavra, de um só olhar, a todos os prazeres que poderia roubar ou surpreender? E você pensou que eu era esse homem! E me teme ainda! Ah, porque sua felicidade não depende de mim!

Como me vingaria tornando-a feliz. Mas a amizade estéril não é capaz de criar esse doce império que lhe ofereço; capaz disso seria apenas o amor.

E essa palavra a intimida! Mas por quê? A mais terna das afeições, o mais forte dos laços, um só modo de pensar, a mesma felicidade e o mesmo sofrimento, que há nisso tudo que sua alma ainda não conheça? Entretanto, assim é o amor! Pelo menos, esse é o amor que você me inspirou e que sinto! Acima de tudo, é ele que, julgando desinteressadamente, sabe apreciar os atos por seu mérito, e não por seu valor. Tesouro inesgotável das almas sensíveis, tudo se torna precioso se feito por amor ou para o amor.

Essas verdades tão fáceis de compreender, tão doces de praticar, que têm afinal de assustadoras? Que receios pode causar-lhe um homem sensível, para quem o amor não mais permite outra felicidade que não a sua? É, hoje, a única promessa que posso formular: tudo sacrificarei para poder cumpri-la, exceto o sentimento que a inspira. Consinta em compartilhá-lo, e então poderá moldá-lo de acordo com a sua vontade. Mas não permitamos mais que esse meu sentimento nos afaste, quando devia era nos unir. Se a amizade que você me ofereceu não é uma palavra vazia; se, tal como você me disse outro dia, é o sentimento mais meigo que sua alma conhece, seja ela que prevaleça entre nós: absolutamente não a recusarei. Mas, juíza do amor, que consinta em ouvi-lo. A recusa de escutá-lo se transformaria numa injustiça, e a amizade de maneira alguma é injusta.

Uma outra entrevista entre nós teria os mesmos inconvenientes da anterior, mas o acaso poderá ensejar a oportunidade para tanto, ou talvez você mesma pudesse indicar o momento. Quero crer que me engano, mas você não preferiria converter-me a combater-me? E duvida de minha docilidade! Se alguém não tivesse vindo, inoportunamente, interromper-nos em nossa conversa anterior, talvez já estivesse inteiramente rendido a seu modo de pensar. Quem poderá dizer até onde seu poder é capaz de chegar?

Permite que lhe diga? Esse poderio invencível, ao qual me entrego sem ousar dimensioná-lo, esse encanto irresistível que a torna soberana não só de meus pensamentos, como também de meus atos, chegam eles algumas vezes a causar-me medo. Que pena! Talvez deva temer essa conversa que lhe estou pedindo! Talvez depois, acorrentado às minhas próprias promessas, sem poder pedir-lhe socorro, vou encontrar-me limitado a arder num amor que, sinto perfeitamente, nunca se extinguirá. Ah, sra. de Tourvel, por misericórdia, não abuse de seu poderio! Mas que estou dizendo! Se isso puder torná-la mais feliz, se devo com isso parecer mais digno de sua pessoa, que infortúnio não será amenizado por esses pensamentos consoladores? Sim, pressinto que falar-lhe outra vez será submeter-me ainda mais inteiramente à sua vontade. É mais fácil defender-me de suas cartas; são também ideias suas, mas você não está presente para imprimir-lhes a força que tem sua pessoa. Entretanto, o prazer de ouvi-la faz com que queira enfrentar o perigo. Pelo menos, experimentarei a felicidade de ter feito por você tudo o que foi possível, mesmo que tenha sido contra mim mesmo. Então, esse sacrifício será a prova de meu amor. E ficarei extremamente feliz se puder provar-lhe de mil maneiras, pois o sinto de mil maneiras, que você é e será para sempre o ser, sem excluir a mim mesmo, mais caro a meu coração.

Do Castelo de..., 23 de setembro de 17**.

CARTA 84

DO VISCONDE DE VALMONT PARA CÉCILE VOLANGES

Você percebeu muito bem quantos obstáculos se interpuseram ontem em nosso caminho. Durante todo o dia, não pude entregar-lhe a carta que tinha para você. Não sei se encontrarei mais facilidade hoje. Temo comprometê-la ao utilizar mais zelo do que destreza. Por isso, não me perdoaria uma imprudência que se tornasse demasiado nociva para você e que causasse o desespero de meu amigo, com isso tornando-a eternamente infeliz. Entretanto, sei como o amor é impaciente; sei como deve ser penoso, em sua situação, ter de tolerar algum atraso quanto ao único consolo que poderia ter neste momento. Por ter dedicado meu tempo a encontrar meios de superar os obstáculos, acabei por encontrar um cuja execução será fácil, caso você se empenhe.

Creio ter notado que a chave da porta de seu quarto que dá para o corredor está sempre sobre a lareira dos aposentos de sua mãezinha. Tudo ficaria fácil com essa chave, você mesma já deve ter pensado nisso. Mas, na falta dela, vou lhe providenciar uma igual, que poderá substituir a da lareira. Para tanto, bastaria que a chave original ficasse uma hora ou duas à minha disposição. Você deverá encontrar com facilidade a ocasião de ir pegá-la; para que ninguém note que desapareceu, junto com esta carta envio uma chave minha que é suficientemente parecida para que não se perceba a diferença, a menos que a testem, o que ninguém tentará. Basta que você ate nela uma fita azul desbotada, como a que está na sua.

É necessário que você tente obter a chave amanhã ou depois de amanhã, durante o desjejum. Isso porque será mais fácil para nós que me entregue pela manhã e porque ela já poderá estar de volta a seu lugar pelo entardecer, ocasião em que sua mãezinha, com certeza, ficaria mais atenta a ela. Se fizermos tudo como combinamos, poderei devolver-lhe a original na hora do almoço.

Você bem sabe que, quando vamos do salão, onde nos reunimos, para a sala do desjejum, é sempre a sra. de Rosemonde que entra por último. Vou dar-lhe a mão. Tudo o que você tem de fazer é deixar o tear de sua tapeçaria lentamente, ou melhor, deixar cair alguma coisa, de modo a ter de voltar e ficar atrás de todos. Assim, você poderá pegar a chave que estarei cuidadosamente segurando atrás de mim. Será preciso que você não deixe de se pôr ao lado de minha velha tia e de fazer-lhe carinho. Se por acaso deixar cair a chave, não vá ficar sem jeito. Direi que fui eu e tomarei todas as iniciativas necessárias.

A pouca confiança que sua mãezinha está tendo em você e seus métodos demasiado severos para com sua pessoa autorizam-nos, afinal de contas, essa pequena fraude. Ademais, é o único meio para que você continue a receber as cartas de Danceny e a enviar as que lhe escreve. Para dizer a verdade, outros métodos seriam muito perigosos e poderiam desgraçá-los a ambos irremediavelmente. Por isso, minha amizade prudente se reprovaria se viesse a utilizá-los.

De posse da chave, ainda restarão algumas precauções que devemos tomar contra o ruído da porta e da fechadura. Mas é fácil. Você encontrará óleo e uma pena debaixo do mesmo armário onde coloquei o necessário para sua correspondência. De vez em quando, procure ir a seu quarto nas horas em que estiver só. Precisa aproveitar-se desse tempo para azeitar a fechadura e as dobradiças. O único cuidado que deve ter é prestar atenção para que não fiquem manchas, pois estas poderão testemunhar contra você. Será preciso também esperar que venha a noite, porque, se tudo for feito com a habilidade da qual você é capaz, as manchas não aparecerão mais na manhã seguinte.

Contudo, se alguém as perceber, não hesite em dizer que foi o faxineiro do castelo. Nesse caso, será preciso esclarecer o momento e até as coisas que ele lhe disse: por exemplo, que é muito cuidadoso com a ferrugem das fechaduras que não são muito usadas. Isso porque você já deve ter imaginado que não seria plausível ouvir o barulho que ele estava fazendo sem perguntar-lhe a causa. São esses pequenos detalhes que dão verossimilhança, e a verossimilhança torna as mentiras inconsequentes, por anular o desejo de serem verificadas.

Depois de ter lido esta carta, peço que a releia e que medite sobre ela: em primeiro lugar, porque é preciso saber bem o que queremos fazer bem; em segundo, para que verifique se não omiti nada. Pouco acostumado a usar de esperteza em meu benefício, não sei como bem utilizá-la; por isso, foi necessário nada menos que minha grande amizade por Danceny, e o interesse que você lhe inspira, para que me decidisse a empregar esses meios, por mais inocentes que possam ser. Detesto tudo o que simplesmente pareça enganoso. É meu caráter! Mas seu infortúnio me tocou a tal ponto que tentarei de tudo para amenizá-lo.

Você compreenderá que, depois de estabelecermos entre nós dois esta comunicação, será mais fácil, para mim, providenciar seu encontro com Danceny, o que ele tanto deseja. Contudo, não lhe fale ainda tudo isso; só estará aumentando sua impaciência, e o momento de satisfazê-la ainda está por chegar. Você deve, penso, acalmá-la, e não aguçá-la. Conto com sua sensibilidade. Adeus, minha bela aluna, porque você é minha aluna. Goste um pouco de seu tutor e, principalmente, tenha com ele alguma meiguice. Isso só poderá beneficiá-la. Estou empenhado em fazê-la feliz, e esteja certa de que encontrarei os meios para tanto.

De..., 24 de setembro de 17**.

CARTA 85

Da Marquesa de Merteuil para o Visconde de Valmont

Finalmente, você ficará tranquilo; principalmente, me fará justiça. Veja bem, não me confunda com as outras mulheres. Encerrei minha aventura com Prévan: *terminou!* Você entende perfeitamente o que isso quer dizer? Agora verá quem, entre ele e mim, poderá gabar-se. O relato não será tão agradável quanto o ato. Assim é porque não seria justo que, nada havendo feito senão dar bons ou maus conselhos sobre este caso, você tenha com ele tanto prazer quanto eu, prazer que me custou muito tempo e trabalho.

Entretanto, se você tem um golpe de mestre em mente, se pretende tentar algo em que Prévan seja um rival que lhe parece perigoso, agora é a sua chance! Pelo menos por algum tempo ele deixou-lhe o campo livre, e talvez nunca se recupere do golpe que lhe dei.

Que sorte a sua ter-me como amiga! Sou para você uma fada madrinha. Você definha longe da maravilhosa mulher a quem se ligou; se digo uma só palavra, ela logo está a seu lado. Se está querendo vingar-se de uma mulher que o prejudicou, determino o lugar onde deve atacar e a entrego a você numa bandeja. Enfim, para afastar da liça um concorrente temível, outra vez é a mim a quem deve pedir socorro, e farei o que você quiser. Na verdade, se você não passar toda a sua vida me agradecendo, será um grande ingrato. Volto à minha aventura e a retomo desde o início.

O encontro que marquei em voz alta à saída da ópera* foi devidamente escutado, tal como esperava. Prévan foi até lá e, quando a marechala, de modo muito cortês, disse que se felicitava por ter podido vê-lo duas vezes em uma semana, ele teve o cuidado de responder que, desde a tarde de terça-feira, tinha desfeito mil compromissos para poder dispor daquela noite. *A bom entendedor, meia palavra basta!* Mas, como eu quisesse ter certeza de que estava sendo o verdadeiro objeto dessa lisonjeira solicitude, fiz com que o novo candidato a meus encantos escolhesse entre mim e seu gosto predileto, as cartas. Afirmei que não iria jogar. Então, de fato, encontrou

---
* Ver a carta 74. (N.A.)

mil pretextos para abandonar o jogo. E minha primeira vitória sobre ele foi sobre o *lansquenet**.

Apoderei-me do Arcebispo de... para conversar. Escolhi-o porque sabia de sua ligação com o herói da noite, a quem queria proporcionar toda a facilidade para abordar-me. Por isso, foi-me também muito fácil dispor de uma testemunha respeitável que, se necessário, defenderia minha conduta e minhas palavras. O estratagema funcionou.

Depois de palavras vagas e na moda, tendo-se logo feito o centro da conversa, Prévan foi pouco a pouco assumindo diferentes tons para ver qual deles poderia me agradar. Rejeitei o sentimental, dando-lhe a entender que não estava acreditando. Interrompi com minha fisionomia séria sua alegria, que me pareceu demasiado leviana para um primeiro encontro. Recorreu, então, à sensível amizade, e foi sob essa bandeira banal que ambos começamos nossos respectivos ataques.

Quando íamos para o jantar, o Arcebispo parecia não querer descer. Por isso, Prévan me deu a mão e encontrou-se, naturalmente, colocado na mesa a meu lado. Precisamos ser justos: ele manteve com muita destreza nossa conversa particular, dando a impressão de só estar participando da conversa geral, a qual parecia querer conduzir. À sobremesa, falou-se de uma nova peça de teatro, que deveria ser levada ao Français** na próxima segunda-feira. Expressei alguma pena por não poder dispor de meu camarote; ofereceu-me o seu, que logo recusei, como é costume, ao que ele respondeu – de modo tão engraçado que quase não pude compreender – que com absoluta certeza não o emprestaria a alguém que não conhecesse, mas que somente me advertia de que o camarote também estava à disposição da marechala. Ele se permitiu essa brincadeira e eu a aceitei.

De volta ao salão, pediu, como você já deve ter adivinhado, um lugar nesse camarote e, como a marechala, que o trata com muita deferência, prometeu que o cederia *se ele se comportasse bem,* Prévan aproveitou a ocasião para iniciar

---

* Jogo de cartas. (N.T.)

** Hoje mais conhecido como *La Comédie-Française*, era o *Théâtre-Français*, ou simplesmente o Français. Fundado em 1680 encontra-se, desde 1799, no *Palais-Royal*, situado no centro nobre de Paris. (N.T.)

uma dessas conversas de duplo sentido, pelas quais você me elogiou seu talento. De fato, tendo-se ajoelhado diante dela como um menino submisso (assim chamou a si mesmo), com o pretexto de perguntar-lhe sua opinião e implorar conselhos, referiu-se a muitas coisas lisonjeiras e bastante ternas, das quais, era-me fácil compreender, eu era o alvo. Como várias pessoas não retornaram às mesas de jogo depois do jantar, a conversa tornou-se mais geral e menos interessante. Nossos olhos, porém, falaram muito. Digo nossos olhos, mas devia dizer seus olhos, pois os meus só falaram uma língua, a da surpresa. Ele deve ter pensado que eu estava espantada e que estava me preocupando muito com o efeito prodigioso que ele exercia sobre mim. Acho que o estava deixando bastante satisfeito, e eu, de minha parte, não estava menos contente.

Na segunda-feira seguinte, fui ao Français, tal como havíamos combinado. Apesar de minha curiosidade, não posso contar-lhe nada sobre o espetáculo, senão que Prévan tem um talento extraordinário para ser afetuoso e que a peça foi um fracasso: isso é tudo de que me dei conta. Sofri quando percebi que a noite ia terminar, noite que realmente me agradou; para prolongá-la, convidei a marechala para vir jantar em minha casa, o que me deu o pretexto de estender o convite ao amável afetuoso, que só pediu que lhe déssemos tempo para correr à casa das Condessas de B...* a fim de desfazer um compromisso. Esse nome fez com que sentisse raiva de novo; vi claramente que ele começaria as confidências: lembrei-me de seus sábios conselhos, visconde, e decididamente me prometi... continuar a aventura, certa de que o curaria dessa perigosa indiscrição.

Estranho em minha roda de amigos, que naquela noite estava pouco numerosa, ele devia tratar-me com as cortesias de praxe; por isso, quando fomos jantar, ele me ofereceu a mão. Tive a malícia, ao aceitá-la, de pôr na minha um leve tremor e de ter, enquanto andávamos, os olhos baixos e a respiração ofegante. Dava a impressão de que pressentia minha derrota e temia o vencedor. Notou-o perfeitamente; por isso, o traidor mudou imediatamente de tom e de postura. Estava galante e ficou terno. Não que as palavras não fossem sem-

---

* Ver a carta 70. (N.A.)

pre quase as mesmas, as circunstâncias o obrigavam, mas seu olhar, agora menos vivo, era mais carinhoso; a inflexão de sua voz, mais meiga; seu sorriso não era mais de elegância, mas de contentamento. Finalmente, em suas falas, desaparecendo pouco a pouco os ditos inteligentes, o espírito cedeu lugar à sensibilidade. Pergunto: você saberia fazer algo melhor?

De minha parte, tornei-me sonhadora, a tal ponto que todos foram obrigados a notá-lo, e, quando me repreenderam pelo que estava demonstrando, tive a habilidade de defender-me canhestramente, lançando a Prévan um olhar rápido, mas tímido e desconcertado, próprio para fazer-lhe crer que todo o meu medo era que ele adivinhasse por que eu estava tão perturbada.

Depois do jantar, aproveitei o momento em que a boa marechala contava uma de suas histórias para reclinar-me sobre minha otomana, com esse abandono que causam os doces sonhos. Não me arrependi por ter deixado Prévan ver-me assim; na verdade, ele honrou-me com uma atenção muito particular. Você bem pode imaginar que meus olhares tímidos não ousavam procurar os olhos do vencedor; porém, dirigidos a ele do modo mais humilde, seu olhar logo me fez perceber que eu estava obtendo o efeito que tinha querido produzir. Faltava ainda convencer-lhe de que eu estava compartilhando aquele momento com ele. Por isso, quando a marechala informou que ia retirar-se, exclamei com uma voz mole e terna: "Ah, que coisa! Estou tão bem aqui!". Apesar disso, levantei-me; contudo, antes de me separar dela, perguntei-lhe o que ia fazer nos próximos dias para ter um pretexto de dizer que eu pretendia ficar em casa nos dias seguintes. Depois disso, todos foram embora.

Então, pus-me a pensar. Não tinha dúvida de que Prévan poderia aproveitar a espécie de encontro que eu acabava de marcar com ele, que talvez viesse a esse encontro suficientemente cedo para encontrar-me sozinha e que seu ataque poderia ser forte; mas também estava certa de que, por causa de minha reputação de virtuosa, ele não me trataria com essa leviandade que, por menos que a usem, os homens só costumam empregar com mulheres fáceis ou com as que não têm nenhuma experiência. Além disso, via que meu sucesso estaria assegurado, se ele pronunciasse a palavra amor, principalmente se ele demonstrasse a pretensão de obtê-la de mim.

Como é fácil lidar com vocês, *homens de princípios rígidos*! Algumas vezes, um amante canhestro pode desconcertar-nos com sua timidez ou deixar-nos sem jeito com seu fogoso arrebatamento; trata-se de uma febre que, tal como a outra, causa calafrios e calores e que também pode variar quanto aos sintomas. Mas como o caminho sempre trilhado por vocês é fácil de ser previsto! A chegada, as maneiras, o tom, as palavras, sabia como tudo ia ser desde o dia anterior. Por isso, não vou contar-lhe minha conversa com Prévan naquela noite, a qual poderá adivinhar facilmente. Observe, somente, que eu o ajudava, com todas as minhas forças, demonstrando-lhe minha fingida defesa: nenhuma presença de espírito para dar-lhe tempo de falar desculpas esfarrapadas para serem combatidas; receio e desconfiança para que provasse o contrário. Além daquele "*Peço-lhe uma só palavra*", refrão perpétuo da sua parte, da minha havia um silêncio, que parecia aumentar-lhe as expectativas, apenas para que me desejasse ainda mais; contrariando tudo isso, uma mão cem vezes procurada, que sempre se retirava sem, contudo, nunca recusar-se. Teríamos passado assim um dia inteiro, mas assim ficamos durante uma hora mortificante e, talvez, ainda estaríamos, se não tivéssemos ouvido chegar uma carruagem em meu pátio. Como era de se esperar, esse contratempo feliz tornou sua insistência ainda mais viva e eu, vendo chegar o momento em que estaria a salvo de tudo o que pudesse sair de meu controle, depois de haver-me preparado para um longo suspiro, concedi a preciosa palavra. As pessoas foram sendo anunciadas e, pouco tempo depois, vi-me cercada de um bom número de amigos.

Prévan pediu-me para vir na manhã seguinte, com o que concordei. Preocupando-me com minha defesa, disse à camareira que ficasse todo o tempo dessa visita no quarto de dormir, de onde, você sabe, pode-se ver tudo o que acontece no meu toalete. Foi neste que o recebi. Livres agora em nossa conversa e tendo ambos o mesmo desejo, logo nos pusemos de acordo. Mas era preciso desvencilhar-nos do espectador inoportuno. Era o que eu estava esperando.

Então, pintando-lhe, de acordo com as conveniências do momento, um quadro de minha vida interior, persuadi-o facilmente de que nunca teríamos um só momento de liberdade e de que era necessário considerar como uma espécie de milagre aquele instante que na véspera nos havia dado tanto prazer, o qual, no entanto, teria ocasionado perigos demasiado grandes para que viesse a eles expor-me, pois a todo instante poderiam ter entrado no salão. Não deixei de acrescentar que havia adotado esse tipo de comportamento para sempre, porque até aquele dia não me tinha causado dano algum. Ao mesmo tempo, cheguei até a insistir na impossibilidade de alterar minha conduta sem me comprometer aos olhos de meus criados. Tratou de parecer triste, de ficar zangado, de dizer-me que eu o amava muito pouco e, estou certa, você já deve ter adivinhado como fiquei tocada com tudo isso! Todavia, querendo eu deflagrar o golpe decisivo, apelei às lágrimas que viessem em meu socorro. Foi exatamente o *"Zaíra, você está chorando!"*.* Esse domínio que ele pensava ter sobre mim e a esperança que concebeu de que poderia tomar-me de acordo com sua vontade substituíram nele todo o amor de Orosman.

Uma vez terminado esse golpe teatral, voltamos aos preparativos do encontro. Não podendo ser de dia, passamos a considerar a noite. Mas meu vigilante porteiro transformava-se em obstáculo insuperável. Por isso, não permitiria que tentássemos suborná-lo. Ele propôs a pequena porta no muro do jardim, mas, como já previa esse pedido, disse-lhe que tinha lá instalado um cão de guarda, silencioso e tranquilo durante do dia, mas um demônio à noite. A facilidade com que eu dava todos esses detalhes era feita de propósito para iludi-lo; por isso, propôs o mais ridículo dos expedientes, e foi o que eu aceitei.

Em primeiro lugar, seu criado era tão digno de confiança quanto ele próprio. Sobre isso estava bastante segura, pois um era igual ao outro. Eu estava por oferecer um grande jantar em minha casa; Prévan viria e permaneceria até o momento em que pudesse partir sozinho. Seu habilidoso serviçal chamaria a carruagem e abriria a portinhola; em vez de subir o

---

* *Zaïre, vous pleurez!* – Fala de Orosman a Zaíra (Zaíra, ato IV, cena 2). (N.A.) [Tragédia de 1732 sobre o amor do sultão Orosman pela cristã Zaíra. Pensando que ela amava outro, ia liberá-la de seu harém, quando notou que ela o amava por estar chorando. A peça consagrou Voltaire tanto como dramaturgo quanto como defensor das ideias de livre-pensamento e de liberdade e igualdade políticas. (N.T.)]

estribo, ele se esquivaria com destreza. Seu cocheiro de nenhum modo poderia dar-se conta disso. Dessa maneira, tendo partido aos olhos de todos, havia, contudo, permanecido em minha casa. Agora, faltava saber como ele poderia chegar a meu apartamento. Confesso que, de início, minha dificuldade foi encontrar argumentos, contra os planos para o encontro, suficientemente fracos para que ele pensasse que os estava destruindo com os seus, o que fazia dando-me exemplos da eficácia do que propunha. Ao escutá-lo, nada era tão óbvio como a técnica de conquista que estava usando. Ele mesmo já a havia empregado várias vezes. Era a que mais usava por ser a menos perigosa.

Subjugada por argumentos de irrecusável autoridade, concordei, com candura, que de fato havia uma escada secreta que levava a bem perto de meu gabinete íntimo, que eu poderia deixar a chave na porta e que lhe seria possível ficar aí encerrado e esperar, sem muitos riscos, que minhas empregadas se retirassem; depois disso, para dar mais verossimilhança a meu consentimento, dizia que não, que não queria mais encontrá-lo, para logo dizer que sim outra vez, mas com a condição de que ele se submetesse inteiramente às minhas exigências, de que seu comportamento... Ah! Seu comportamento! Enfim, empenhava-me em provar-lhe meu amor, mas não em satisfazer ao seu.

Esqueci-me de contar que sua partida deveria ser feita através da pequena porta no muro do jardim. Só tinha de esperar o primeiro alvor do dia que o Cérbero ficaria mudo. Não haveria vivalma por lá naquela hora, e meus criados estariam no sono mais profundo. Se você está surpreso com toda esta longa conversa fiada, é que não se dá conta de nossos respectivos objetivos. Que necessidade tínhamos de uma conversa melhor que esta? Ele nada mais queria que tornar nossa aventura pública e eu, ao contrário, estava certa de que ninguém ficaria sabendo de nada. Enfim, combinamos nos encontrar dois dias depois.

Note que se tratava de um encontro previamente arranjado e que ninguém ainda me havia visto na companhia de Prévan. Encontrei-o num jantar, na casa de amigas minhas, ele me ofereceu seu camarote para a estreia de uma peça de teatro e aceitei um lugar. Durante o espetáculo, convidei aquela senhora para jantar; diante de Prévan, fora quase impossível dispensar-me de pedir que também ele estivesse presente. Ele aceitou o convite e dois dias depois me fez a visita de praxe. Na verdade, veio ver-me na manhã do dia seguinte, mas, além de visitas nesta hora não terem consequências, isso bastou-me para julgar ter sido ele demasiado afoito para que viesse visitar-me depois de nosso primeiro encontro; por isso, coloquei-o na classe das pessoas pouco ligadas a mim, com um convite escrito para um jantar de cerimônia. Estava fazendo exatamente como Anette: "*Mas isto é tudo, viu?*".*

Chegou o dia fatal. Já havia bastante gente em casa quando anunciaram Prévan. Recebi-o com uma polidez acentuada, que constatava minha ausência de ligação com ele. Levei-o à mesa de jogo da marechala, pois o havia conhecido por intermédio dela. A noite só produziu um bilhete muito pequeno, que o discreto enamorado encontrou meios de fazer chegar às minhas mãos e que queimei, seguindo o costume. Informava que eu podia contar com sua confiança, e essa palavra essencial estava cercada por todos esses termos parasitas – amor, felicidade etc. – que nunca deixam de ser encontrados em semelhantes arlequinadas.

À meia-noite, terminado o jogo em todas as mesas, propus uma curta *salada de frutas*.** Tinha o duplo objetivo de ajudar Prévan a escapar para a porta do jardim e, ao mesmo tempo, fazer com que sua saída fosse notada; o que não deixou de acontecer, haja vista sua reputação de jogador. Sentia-me à vontade, sem me preocupar que pudessem pensar, devido às circunstâncias, que eu estava com pressa de ficar só.

O jogo durou mais do que eu esperava. O diabo me tentou e sucumbi ao desejo de ir consolar o impaciente prisioneiro. Assim, eu me encaminhava à minha perdição quando me ocorreu que, uma vez totalmente entregue, não teria mais sobre ele forças para mantê-lo no hábito da necessária decência

---

* *Anette et Lubin*, comédia de Favart (1762). Na fala, Anette está dizendo que o amor é apenas um jogo inocente... (N.T.)

** Algumas pessoas talvez não saibam que *salada de frutas* é um grupo de jogos de cartas a dinheiro, entre os quais quem corta tem o direito de escolher e é ele quem banca. É uma das invenções deste século. (N.A.)

que meus planos exigiam. Dominei-me a ponto de resistir. Dei meia-volta e retornei mal-humorada, retomando meu lugar naquele jogo interminável. Finalmente terminou, e todos se foram. Quanto a mim, chamei minhas empregadas, despi-me muito rapidamente e logo as dispensei.

Você me imagina, visconde, naqueles trajes leves, indo com um passo tímido e circunspecto, e com uma mão insegura, abrir a porta a meu vencedor? Ele me viu, e um raio não teria sido mais rápido. Que devo contar-lhe? Que fui vencida, completamente derrotada, antes que pudesse dizer uma só palavra para detê-lo ou defender-me. Quis ele, então, ir a um lugar mais cômodo e conveniente para aquelas circunstâncias. Maldizia seus trajes, os quais, dizia, me afastavam dele, pois queria combater-me com armas iguais; contudo, minha extrema timidez opôs-se a essa possibilidade e minhas doces carícias não lhe deram o tempo que queria. Dedicou-se a outra coisa.

Com isso, sentiu que seus direitos sobre mim haviam duplicado e voltou a insistir que eu atendesse a seus desejos. Então, disse-lhe: "Escute bem, com o que aconteceu até agora você já tem o suficiente para contar uma aventura muito divertida para as Condessas de B... e para mil outras mais; porém estou curiosa para saber como contará o fim desta história". Ao dizer isso, toquei a campainha com toda a minha força. Dessa vez, era eu quem atacava, e meu gesto foi mais rápido do que suas palavras. Não havia ele sequer balbuciado algo quando escutei Victoire, que se aproximava chamando *a criadagem* que ela havia mantido em seus aposentos por instrução minha. Nesse momento, assumindo meu tom de rainha e alçando a voz, continuei: "Saia, senhor, e nunca mais apareça na minha frente!", quando entrou a turba de meus empregados.

O pobre Prévan perdeu a cabeça. Pensando tratar-se de uma emboscada o que, no fundo, não passava de uma brincadeira, sacou a espada. Melhor que não o tivesse feito, pois meu camareiro, vigoroso e bravio, segurou-o pelo corpo e derrubou-o ao chão. Fui presa, confesso, de um terror mortal. Gritei que parassem e ordenei que deixassem livre sua retirada, assegurando-se apenas que havia deixado minha casa. Meus criados me obedeceram, mas os cochichos entre eles não paravam de aumentar; indignava-os que tivessem ousado faltar ao respeito *à sua virtuosa senhora*. Todos acompanharam o infeliz cavalheiro com barulho e escândalo, tal como eu tinha desejado. Durante esses acontecimentos, apenas Victoire havia ficado comigo e, então, nos mantivemos ocupadas arrumando a desordem de meu leito.

Minha criadagem voltou, sempre em tumulto, e eu, *ainda muito emocionada*, perguntei-lhes por que felicidade ainda se encontravam de pé. Então, Victoire me contou que tinha dado um jantar para duas de suas amigas, as quais passariam a noite em seus aposentos – enfim, tudo o que havíamos combinado. Agradeci a todos e pedi que se retirassem, dando, contudo, a um deles a ordem de ir imediatamente buscar meu médico. Pareceu-me que estava autorizada a temer o efeito de meu *choque mortal*. Era um meio seguro de dar curso e celebridade à notícia.

O médico veio. Queixei-me muito e ele me receitou repouso. De minha parte, instruí que Victoire fosse de manhã cedo contar o ocorrido à vizinhança.

Tudo deu tão certo que antes do meio-dia, logo que minha casa foi aberta, minha devota vizinha estava à cabeceira de meu leito para saber a verdade e os detalhes daquela horrível aventura. Fui obrigada a lamentar-me diante dela durante uma hora pela corrupção de nosso século. Um segundo depois, recebi um bilhete da marechala, que anexo a esta carta. Finalmente, antes das cinco horas, para minha grande surpresa, vi M...* chegar. Vinha, disse-me, prestar suas escusas por ter podido um oficial de sua unidade ofender-me daquela maneira. Ele só o tinha sabido no almoço, em casa da marechala, e havia imediatamente dado a Prévan ordens para que se apresentasse na prisão. Pedi sua liberação, mas me foi negada. Então, pensei que, como cúmplice, eu merecia castigo pelo que fizera, devendo sofrer duras penas. Assim, mandei cerrar minhas portas e dizer que não me sentia bem.

É à minha solidão que você deve esta longa carta. Escreverei outra à sra. de Volanges, a qual, com toda a certeza, será divulgada ao público e você verá esta história tal como deve ser contada.

Esquecia de contar-lhe que Belleroche sentiu-se ultrajado e quer de qualquer maneira duelar com Prévan. Pobre

---

* Comandante da unidade militar em que o sr. de Prévan servia. (N.A.)

rapaz! Felizmente, terei tempo para acalmar sua cabeça. Enquanto isso, vou repousar a minha, que se cansou de escrever. Adeus, visconde.

Paris, 25 de setembro de 17**.

CARTA 86

DA MARECHALA DE... PARA A MARQUESA DE MERTEUIL
(BILHETE ANEXO À CARTA PRECEDENTE)

Meus Deus! O que é isso que me contaram, minha querida sra. de Merteuil? Será possível que um rapaz como Prévan faça coisas tão abomináveis? E, ainda por cima, contra você! A que não estamos expostas! Não é mais possível ter segurança e paz em nossa própria casa! Na verdade, o que ocorreu me consola de ser velha. Mas do que nunca vou me consolar é de ter sido, em parte, a causa de você haver recebido esse monstro em sua casa. Prometo com afinco, se for verdade o que me dizem, que ele não vai mais colocar os pés aqui. É a decisão que todas as pessoas honestas tomarão quanto a ele, se fizerem o que devem.

Disseram-me que você não estava passando bem, e sinto-me ansiosa quanto à sua saúde. Peço que me mande boas notícias suas, ou peça a uma de suas criadas que o faça, se você mesma não puder. Só lhe peço uma palavra para tranquilizar-me. Teria corrido à sua casa nesta manhã, se não tivesse de tomar esses banhos que meu médico não me permite interromper. Ademais, preciso partir para Versalhes nesta tarde, sempre por causa dos interesses de meu sobrinho.

Adeus, minha querida senhora, conte por toda a sua vida com minha amizade sincera.

Paris, 25 de setembro de 17**.

CARTA 87

DA MARQUESA DE MERTEUIL PARA A SRA. DE VOLANGES

Escrevo-lhe de meu leito, minha querida e boa amiga. O acontecimento mais desagradável, o mais impossível de prever, deixou-me enferma pelo choque e pelo desconsolo. Não é que tenha algo pelo que me recriminar, mas, sim, que sempre é de tal modo doloroso para uma mulher que é honesta e que conserva a modéstia que convém a seu sexo ser objeto da atenção geral, que daria tudo o que tenho para que tivesse podido evitar essa infeliz aventura; e não sei ainda se não decidirei partir para o campo e lá esperar até que seja esquecida. Segue abaixo o que tenho a lhe contar.

Encontrei em casa da Marechala de... um certo sr. de Prévan, que a senhora certamente conhece de nome e que eu, absolutamente, não conhecia. Mas, por tê-lo encontrado naquela casa, senti-me autorizada, pareceu-me, a pensar que era uma pessoa honesta. É muito bem-apessoado, e tive a impressão de que não lhe faltava espírito. O acaso e o tédio no jogo de cartas me deixaram a sós com ele e o Arcebispo de..., enquanto todo mundo se entregava ao *lansquenet*. Conversamos os três até a hora do jantar. À mesa, uma notícia deu-lhe a ocasião de oferecer seu camarote à marechala, que o aceitou; combinamos que eu também ocuparia um lugar. Foi segunda-feira passada no Français. Como a marechala estava convidada para jantar em minha casa depois do espetáculo, propus a esse senhor que a acompanhasse, e ele veio. Dois dias depois, fez-me uma visita que ocorreu de acordo com a praxe e sem que houvesse nada digno de nota. No dia seguinte, veio ver-me pela manhã, o que me pareceu prematuro demais para o grau de nosso conhecimento. Mas, em vez de fazê-lo sentir que assim era pela maneira como o receberia, pensei que seria melhor adverti-lo, polidamente, de que nosso relacionamento ainda não era tão íntimo como ele parecia crer. Para tanto, mandei-lhe um convite, tão seco quanto cerimonioso, para um jantar que estava dando antes de ontem. Nem quatro vezes lhe dirigi a palavra durante a noite. De sua parte, retirou-se logo que sua mesa de jogo encerrou as atividades. A senhora há de convir que, até esse momento, nada havia a supor que conduzisse a uma aventura. Depois do jogo, sugeri uma *salada de frutas,* que nos levou até depois das duas horas. Finalmente, fui deitar-me.

Já passara pelo menos meia hora desde que se haviam retirado minhas criadas, quando escutei um ruído em meus aposentos. Abri as cortinas de meu leito com muito medo e vi um homem entrar pela porta que conduz a meu toucador. Dei um grito penetrante e reconheci, à luz da pequena lamparina que fica acesa durante a noite, esse sr. de Prévan, que, com uma audácia inconcebível, disse-me que não ficasse alarmada, que ia esclarecer a razão de seu comportamento, e me suplicou que não fizesse ruído. Ao dizê-lo, acendeu uma vela; estava chocada a ponto de não poder falar. Seu ar tranquilo e à vontade me deixou, penso, ainda mais petrificada. Mas, antes que ele tivesse dito duas palavras a mais, entendi o porquê do pretenso mistério; minha única resposta, como a senhora bem pode adivinhar, foi recorrer à minha campainha.

Por uma incrível sorte, toda a minha criadagem havia passado a noite nos aposentos de uma de minhas serviçais, a qual, ao dirigir-se até os meus, ouviu-me falar acaloradamente e ficou apavorada, tendo por isso chamado todos de minha casa. A senhora bem pode imaginar o escândalo! Meus criados ficaram furiosos; vi o momento em que meu camareiro estava por matar o sr. de Prévan. Confesso que naquela ocasião me senti bem por estar protegida por tanta gente; mas, ao pensar hoje no assunto, teria preferido que apenas minha camareira tivesse vindo em meu auxílio; sua presença teria bastado e eu poderia, talvez, ter evitado esse escândalo que me atormenta.

Em vez disso, o tumulto despertou meus vizinhos, e agora todo mundo está falando; desde ontem, é o assunto de toda a Paris. O sr. de Prévan está na prisão por ordem do comandante de sua unidade, que teve a hombridade de passar por minha casa para apresentar-me suas desculpas. Essa prisão vai aumentar os rumores ainda mais. Mas não consegui que deixassem de prendê-lo. Toda a cidade e a corte vieram visitar-me e não estou recebendo absolutamente ninguém. As poucas pessoas que vi me disseram que fora feita justiça e que a indignação pública estava voltada contra o sr. de Prévan. Estou certa de que ele bem merece o tratamento que está recebendo, mas isso não anula meu mal-estar com o ocorrido.

Ademais, esse homem tem certamente alguns amigos que devem ser mal-intencionados. Quem sabe, quem poderá saber o que não inventarão para prejudicar-me? Meu Deus, como pode ser tão infeliz uma mulher ainda tão jovem como eu! Mal se pôs a salvo da maledicência, é preciso que agora o faça também quanto à calúnia.

Peço que me informe o que teria feito, o que faria em meu lugar, ou seja, tudo o que pensar sobre o assunto. É sempre da senhora que costumo receber o consolo mais suave e os conselhos mais sábios. É também da senhora que mais gosto de recebê-los.

Adeus, minha querida e boa amiga; a senhora conhece os sentimentos que me ligam à sua pessoa para sempre. Beijo sua amável filha.

Paris, 26 de setembro de 17**.

Terceira parte

CARTA 88
De Cécile Volanges para o Visconde de Valmont

Apesar de todo o prazer que eu possa ter, senhor, em receber cartas do Cavaleiro Danceny e embora não deseje menos que ele podermos ainda nos encontrar, sem que nos possam impedir disso, ainda assim não ouso fazer o que me sugeriu. É muito arriscado. Essa chave que deseja que eu coloque no lugar da outra se parece muito com esta, é bem verdade; contudo, não deixa de ser um tanto diferente, e mamãe presta atenção em tudo e tudo percebe. Além disso, muito embora ninguém a tenha utilizado desde quando aqui chegamos, pode ocorrer um mau acaso; e, se alguém se der conta de algo, cairei em desgraça para sempre. Depois, parece-me também que seria algo errado fazer uma chave dupla assim; é demais! É verdade que o senhor é quem teria a bondade de encarregar-se de mandar fazê-la; mas, apesar disso, se ficassem sabendo, nem por isso deixariam de recair sobre mim toda a culpa e todas as repreensões, pois por mim o senhor estaria agindo. Enfim, duas vezes tentei pegá-la, e certamente teria sido bem fácil se fosse por alguma razão diferente; mas, não sei por quê, todas essas vezes fiquei tremendo e não tive coragem. Creio, então, que seria melhor deixar que as coisas fiquem como estão.

Se o senhor ainda tiver a bondade de ser tão complacente como tem sido até agora, seguramente encontrará a melhor maneira de entregar-me uma carta. Mesmo quanto à última, se felizmente num certo momento o senhor não tivesse dado meia-volta de repente, teria sido fácil. Entendo perfeitamente que o senhor não pode, como eu, pensar somente nisso. Mas prefiro ter mais paciência e não arriscar tanto. Estou certa de que Danceny faria o mesmo, pois, todas as vezes que ele quis algo que me fazia sofrer, sempre aceitou mudar de opinião.

Estou devolvendo, senhor, junto com esta carta, a sua, a de Danceny e a sua chave. Mas isso não quer dizer que lhe seja menos agradecida por todas as suas bondades. Rogo que continue. É bem verdade que me sinto muito infeliz e que, sem o senhor, eu o seria ainda mais. Mas que fazer? É minha mãe. Preciso ter paciência. Desde que o Danceny continue a me amar e que o senhor não me deixe só, talvez tempos melhores possam vir.

Tenho a honra de ser, senhor, com todo o meu reconhecimento, sua muito humilde e muito obediente serva.

De..., 26 de setembro de 17**.

CARTA 89
DO VISCONDE DE VALMONT PARA O CAVALEIRO DANCENY

Se seus assuntos não vão tão rápido quanto deseja, meu amigo, absolutamente não é a mim que deve responsabilizar. Tenho aqui vários obstáculos a serem vencidos. A vigilância e a severidade da sra. de Volanges não são os únicos; sua jovem amiga também me criou alguns problemas. Seja por frieza ou timidez, não é sempre que faz o que lhe aconselho. Creio, contudo, saber melhor do que ela o que deve ser feito.

Encontrei um meio simples, cômodo e seguro de entregar-lhe suas cartas e mesmo, posteriormente, de facilitar os encontros que você deseja. Mas não pude convencê-la a utilizá-lo. Estou ainda mais aflito porque não vejo outro meio de aproximá-lo dela. Da mesma maneira, aflige-me incessantemente a possibilidade de que sua correspondência venha a nos comprometer os três. Ora, você bem pode imaginar que não quero nem correr esse risco, nem a ele expor os dois.

Ficaria realmente mortificado se a pouca confiança de sua jovem amiga me impedisse de ser útil a você. Talvez fosse bom você escrever-lhe. Pense bem no que deseja efetivamente fazer. É você quem decide. Pois não basta ajudar os amigos, é preciso ajudá-los da maneira que preferem. Poderia ser também mais um modo de você assegurar-se da sinceridade dos sentimentos dela, pois uma mulher voluntariosa não ama tanto quanto diz.

Não é que suspeite ser sua namorada inconstante. Mas ela é ainda bem jovem. Teme sua mãezinha, que, como sabe, só procura prejudicá-los. Por isso, talvez seja perigoso deixar que passe muito tempo sem pensar em você. Entrementes, não vá inquietar-se com isto que lhe estou escrevendo. No fundo, não tenho razão alguma para desconfiar. Tenho apenas a solicitude da amizade.

Não lhe escrevo mais longamente porque tenho de tratar de assuntos de meu interesse. Não fiz tantos progressos quanto você, mas amo tanto quanto você e isso me consola. E, mesmo que eu não tenha sucesso em relação à minha amada, pensarei que não perdi meu tempo se puder lhe ser útil. Adeus, meu amigo.

Do Castelo de..., 26 de setembro de 17**.

CARTA 90
Da presidenta de Tourvel para o Visconde de Valmont

Desejo muito, senhor, que esta carta não lhe cause nenhuma dor; ou, se ela não deixar de causá-la, que pelo menos seja amenizada pela que sinto ao escrever-lhe. O senhor, por ora, já deve estar me conhecendo o bastante para saber, com absoluta certeza, que minha vontade não é atormentá-lo; mas, de sua parte, sem dúvida o senhor tampouco desejaria lançar-me num eterno desespero. Assim, em nome da terna amizade que lhe ofereci, em nome inclusive de sentimentos talvez ainda mais vivazes, mas com toda a certeza não sinceros, que o senhor tem por mim, peço-lhe que não nos vejamos mais. Parta e, até esse momento, abandonemos essas conversas a dois, muito perigosas, quando, por algum sortilégio inconcebível, nunca consigo dizer-lhe o que queria e gasto meu tempo ouvindo o que não deveria.

Ainda ontem, quando o senhor veio encontrar-me no parque, tinha eu como único objetivo dizer-lhe o que lhe escrevo hoje; contudo, que fiz senão apenas levar em conta seu amor... seu amor, ao qual nunca corresponderei! Ah, por misericórdia, afaste-se de mim!

Não receie que sua ausência possa algum dia alterar meus sentimentos pelo senhor. Como conseguiria eu vencê-los, se não tenho mais coragem para combatê-los? Está vendo? Não lhe escondo nada. Temo menos confessar minha fraqueza que ceder a ela. Contudo, o domínio que perdi sobre meus sentimentos conservarei sobre meus atos. Sim, vou conservar o domínio que ainda tenho sobre minhas ações, estou decidida quanto a isso, nem que seja em detrimento de minha vida.

Que pena! Não se encontra longe o tempo em que pensava estar totalmente convencida de que não teria de enfrentar semelhantes embates. Congratulava-me por isso e com isso talvez me enaltecesse em demasia. Os céus puniram cruelmente meu orgulho; mas, cheios de misericórdia, advertem-me no preciso momento em que me golpeiam, exatamente antes da queda. Por isso, seria eu duplamente culpada se deixasse de ser prudente, pois já estou consciente de minha fraqueza.

O senhor me disse infinitas vezes que não queria uma felicidade comprada com minhas lágrimas. Ah, não falemos mais de felicidade! Deixe-me, sim, voltar a ter alguma paz.

Se atender a meu pedido, quantos novos direitos o senhor não irá adquirir sobre meu coração! E, como serão baseados na virtude, não terei de defender-me. Como ficarei feliz em poder lhe ser grata. Ficar-lhe-ei devendo a doçura de poder degustar, sem remorsos, um sentimento delicioso. Agora, ao contrário, temerosa de meus sentimentos, de meus pensamentos, receio tanto dedicar meu tempo ao senhor como a mim mesma; apenas sua lembrança já me apavora; quando não posso dela fugir, combato-a; não a afasto, mas a rejeito.

Não será melhor para ambos fazer com que cesse esse estado de confusão e ansiedade? Ah! O senhor – cuja alma sempre sensível, mesmo em meio a seus erros, permaneceu amiga da virtude – terá consideração por minha situação dolorosa e não rejeitará minhas súplicas! Um interesse mais suave, mas não menos terno, sucederá a essa violenta aflição; então, podendo respirar tranquila por causa de seu comportamento meritório, minha própria existência me será cara, e direi com um coração alegre: "Devo a meu amigo esta paz que sinto".

No entanto, como o senhor terá de se submeter a algumas privações sem importância – que não lhe imponho, mas lhe peço –, pensa que estará pagando muito caro o fim de meus tormentos! Ah! Se, para torná-lo feliz, só fosse preciso que eu consentisse em ser infeliz, não hesitaria um único momento... Mas sentir-me culpada?... Não, meu amigo, não; antes, morrer mil vezes.

Já dominada pela vergonha, prestes a sentir remorsos, temo tanto as outras pessoas como a mim mesma; coro entre elas e tremo quando estou só; minha vida são apenas dores; só poderei ter paz com seu consentimento. Minhas resoluções mais louváveis não bastam para acalmar-me; tomei-as desde ontem e, no entanto, passei a noite em lágrimas.

Veja como está sua amiga, a que o senhor ama, que, confusa e suplicante, vem pedir-lhe descanso e inocência. Oh, meu Deus! Sem o senhor, será que algum dia ela se veria reduzida a ponto de formular este humilhante pedido? Não o acuso de nada; por mim mesma, percebo claramente como é difícil resistir a um sentimento avassalador. Um pedido de socorro não é uma queixa. Que o senhor faça por generosidade o que faço por dever, e a todos os sentimentos que me inspirou adicionarei o de uma eterna gratidão. Adeus, adeus, senhor.

De..., 27 de setembro de 17**.

CARTA 91

Do Visconde de Valmont para a presidenta de Tourvel

Consternado com sua carta, ignoro ainda, sra. de Tourvel, como poderei respondê-la. Sem dúvida, se for preciso escolher entre sua infelicidade e a minha, cabe a mim sacrificar-me; e não hesito. Mas interesses tão grandes, parece-me, merecem ser antes de tudo discutidos e esclarecidos. E como fazê-lo se não devemos mais nem nos ver, nem nos falar?

Qual! Ainda que nos unam os sentimentos mais suaves, um temor sem fundamento bastará para nos separar, talvez irremediavelmente! Em vão a terna amizade e o amor ardente reclamarão seus direitos; suas vozes não serão absolutamente escutadas. E por quê? Qual é, então, esse perigo iminente que a ameaça? Ah! Creia-me que temores semelhantes e tão apressadamente concebidos são, parece-me, poderosos motivos para que se sinta segura.

Permita-me dizer: vejo nisso tudo a marca da imagem desfavorável que lhe fizeram de mim. Não há por que se amedrontar diante do homem estimado; principalmente, não afastamos de nós quem julgamos digno de alguma amizade. É o homem perigoso que devemos temer e de quem devemos fugir.

Contudo, quem jamais foi tão respeitoso e submisso quanto eu? Já devem ter notado como controlo minhas palavras; como não me permito mais essas palavras tão meigas e tão caras a meu coração, as quais ele incessantemente lhe dirige em segredo. Não é mais o amante fiel e infeliz que acolhe os conselhos e o consolo de uma amiga terna e sensível; é o réu diante do juiz; o escravo diante de seu senhor. Esses títulos novos, sem dúvida, requerem novos deveres. Comprometo-me a cumpri-los todos. Peço que me escute, mas, se me condenar, aceitarei sua sentença e partirei. Prometo ainda mais – mas será que prefere agir como um déspota que decide a pena sem julgamento? Sente-se com coragem de ser injusta? Ordene, pois, e uma vez mais obedecerei.

Mas que possa ouvir de seus lábios essa sentença ou ordem. "E por quê?", me perguntará você. Ah! Se é capaz de fazer essa pergunta, é porque conhece muito pouco meu amor e meu coração! Por isso, não é quase nada pedir para vê-la só uma vez mais? Oh! Quando você tiver conduzido minha alma ao desespero, talvez um olhar seu de consolo possa evitar que eu venha a sucumbir nesse tormento. Mas, se for preciso que eu renuncie ao amor, à amizade, pelos quais exclusivamente continuo vivo, ao menos você poderá ver o resultado de seus atos, e sua piedade não me faltará: quanto a esse ínfimo favor que lhe estou pedindo, mesmo se não o merecer, vou submeter-me, parece-me, a pagá-lo bem caro na esperança de poder obtê-lo.

Mas como! Vai afastar-me de si! Aceita, com isso, que nos tornemos estranhos? Mas que estou dizendo? Você assim o deseja! E, ao mesmo tempo em que me garante que meu afastamento não alterará seus sentimentos, só apressa minha partida a fim de trabalhar com maior facilidade para destruí-los.

Por isso, até já me escreveu dizendo que ia substituí-los pela gratidão. Desse modo, o que está me oferecendo é o mesmo tipo de sentimento que um desconhecido receberia por lhe ter prestado um serviço qualquer sem importância, talvez o mesmo que receberia um inimigo que deixasse de prejudicá-la! E quer que meu coração se contente com isso! Pergunte ao seu: se seu amado, se seu amigo viesse um dia lhe falar de sua gratidão, não diria você indignada: "Afaste-se, seu ingrato!"?

Paro por aqui, mas rogo sua compreensão. Perdoe-me por estar exprimindo uma dor da qual você é a causa: ela não prejudicará minha perfeita submissão. Mas de minha parte, em nome desses sentimentos tão meigos que você mesma reclama para si, imploro que não se recuse a ouvir-me e, ao menos por dó desta fatal confusão a que me relegou, não adie o momento de escutar-me.

Adeus, sra. de Tourvel.

De..., 27 de setembro de 17**.

CARTA 92
Do Cavaleiro Danceny para o Visconde de Valmont

Ó, meu amigo! Sua carta congelou-me de terror. Cécile... Ó Deus! Será possível? Cécile não me ama mais. Sim, vejo essa verdade atroz através do véu com que sua amizade, visconde, trata de cobri-la. Você está querendo preparar-me para receber um golpe mortal; agradeço seus cuidados, mas pode o amor ser enganado? Ele é capaz de antecipar-se a tudo que o afeta. Não é preciso que lhe digam como será seu destino: adivinha-o. Não tenho mais dúvidas quanto ao meu. Por isso, fale-me sem rodeios; pode fazê-lo, suplico. Conte-me tudo: o que fez nascer suas suspeitas, o que as confirmou. Os menores detalhes são preciosos. Procure, principalmente, lembrar-se das palavras dela. Uma só mal-empregada pode alterar todo o significado de uma frase; e as palavras, às vezes, têm mais de um significado... Você pode estar enganado... Que infelicidade! Ainda procuro iludir-me. O que lhe disse? Criticou-me por alguma coisa? Não admitiu, ao menos, ter feito algo errado? Eu deveria ter previsto essa mudança pelas dificuldades que depois de algum tempo ela passou a encontrar em tudo. O amor não conhece obstáculos.

Que decisão devo tomar? O que me aconselha? E se eu tentasse vê-la? Seria impossível? A ausência de Cécile é cruel, fatal, muito... e ela se nega a aceitar um meio de encontrar-me! Você não me disse o que ela deveria fazer; se de fato houver muito perigo, ela bem sabe que não quero que se arrisque demasiado. Mas também conheço sua prudência, visconde; e, para meu infortúnio, não posso deixar de contar com essa sua qualidade.

Que devo fazer agora? Como poderei escrever a ela? Se deixar transparecer minhas suspeitas, estas talvez a tornem infeliz. E, se são injustas, poderia eu perdoar-me de tê-la afligido? Mas esconder minhas suspeitas seria enganá-la, e não sei ser dissimulado com ela.

Ah, se ela pudesse saber o que estou sofrendo, minha dor a tocaria! Sei que ela é sensível; tem um coração boníssimo, e possuo mil provas de seu amor. Demasiado tímida, um tanto envergonhada... mas é tão jovem! E sua mãe a trata com tanta severidade! Vou escrever-lhe de modo contido; vou pedir-lhe apenas que confie inteiramente no senhor. Mesmo que se recuse outra vez, não vai poder zangar-se com meu pedido, com minha súplica. Talvez ela aceite.

Ao senhor, amigo meu, peço mil desculpas, tanto por ela quanto por mim. Garanto-lhe que ela sabe apreciar o valor de sua cooperação, que está por isso agradecida. Não é desconfiança, é timidez. Seja tolerante: é a mais bela prova de amizade. A sua é muito preciosa para mim, e não sei como agradecer tudo o que tem feito em meu benefício. Adeus, vou escrever imediatamente a Cécile.

Sinto voltarem todos os meus receios. Quem diria que um dia me seria doloroso escrever para ela! Que infelicidade! Ainda ontem, fazê-lo era o mais doce dos prazeres.

Adeus, meu amigo. Continue a brindar-me com suas atenções e tenha piedade de mim.

Paris, 27 de setembro de 17**.

CARTA 93

Do Cavaleiro Danceny para Cécile Volanges
(anexa à precedente)

Não posso dissimular o quanto fiquei aflito ao saber por Valmont a pouca confiança que você continua a dedicar-lhe. Bem sabe que é meu amigo e a única pessoa que poderá fazer com que nos encontremos. Pensei que esses títulos seriam suficientes para você. Vejo, com pesar, que me enganei. Posso, pelo menos, esperar que você me comunique suas razões? Ou quem sabe existem motivos que a impedem de fazê-lo? Contudo, sem sua ajuda não poderei desvendar o mistério dessa conduta. Não ouso duvidar de seu amor, e certamente você não vai trair o meu. Ah!, Cécile!...

Então é verdade que recusou um meio que possibilitaria nosso encontro? Um meio *simples, cômodo e seguro*?*
É desse modo então que me ama! Como se poderia prever que uma separação tão curta pudesse alterar tanto seus sentimentos? Por que me enganar? Por que dizer que me ama como sempre, que me ama ainda mais? Sua mãe, ao destruir seu amor, também destruiu sua candura? Se ao menos ela lhe tiver deixado alguma piedade, você poderá sem esforço perceber os tormentos terríveis que está me causando. Ah, sofreria menos se estivesse por morrer!

Então, diga-me: seu coração fechou-se para mim definitivamente? Esqueceu-me inteiramente? Por causa de sua recusa em aceitar o meio proposto por Valmont, não saberei nem quando escutará minhas súplicas, nem quando irá responder-me. A amizade do visconde garantiu nossa correspondência, mas você não a quer mais, achou tudo demasiado difícil, preferiu que nos correspondêssemos com menos frequência. Não, não posso mais acreditar no amor, na boa-fé alheia. Ah, em quem será possível acreditar, se a própria Cécile me enganou?

Responda-me, por favor: é verdade que não me ama mais? Não, não é possível, você se ilude, calunia o próprio coração. Isso tudo foi um receio passageiro, um momento de desencorajamento, mas que o amor logo fez com que desaparecesse, não é verdade, Cécile? Ah, sem dúvida que é assim! Eu é que estou errado em acusá-la! Como gostaria de poder desculpar-me ternamente, de compensar esse momento de injustiça com uma eternidade de amor.

Cécile, Cécile, tenha piedade de mim! Consinta em ver-me, utilize todos os meios possíveis para isso! Veja o que nossa separação está ocasionando! Temores, suspeitas, talvez frieza! Um só olhar, uma só palavra, e ficaremos felizes. Mas qual! Posso ainda falar em felicidade? Talvez a tenha perdido, perdido para sempre. Atormentado pelo receio, cruelmente pressionado – de um lado por suspeitas injustas, de outro pela verdade mais cruel –, não posso mais concentrar meu pensamento. Conservo-me vivo apenas para sofrer e amá-la. Ah, Cécile! Apenas você tem o direito de fazer com que nova-

---

* Danceny não sabe qual era esse meio; apenas repete as palavras de Valmont. (N.A.)

mente aprecie minha vida. Por isso, à primeira palavra que me disser, espero o retorno da felicidade ou a certeza de um desespero eterno.

Paris, 27 de setembro de 17**.

CARTA 94
DE CÉCILE VOLANGES PARA O CAVALEIRO DANCENY

Tudo o que pude absorver de sua carta foi o sofrimento que ela me causou. Afinal de contas, o que foi que o sr. de Valmont lhe informou e o que pôde fazê-lo crer que não o amo mais? Isso talvez me fizesse bem mais feliz, pois, com toda a certeza, não estaria assim tão atormentada. Ademais, amando tanto quanto o amo, é muito doloroso ver que você continua a pensar que estou errada e que, em lugar de me consolar, seja responsável pelos males que me atormentam mais ainda. Acredita que o engano e que digo o que não é verdade? Que bela ideia faz de mim! Mas se fosse uma mentirosa, como me acusa, que interesse eu teria nisso? Não há dúvida de que, se não o amasse mais, simplesmente o diria e todo mundo me elogiaria por tê-lo feito. Mas, por infelicidade, é mais forte que eu. E logo por alguém que absolutamente não demonstra o menor reconhecimento por meu amor.

O que fiz para deixá-lo tão zangado assim? Não ousei pegar a chave porque temia que mamãe o notasse e que isso me causasse mais sofrimentos, e também a você, por minha causa. Além disso, pareceu-me que estaria fazendo algo errado. De qualquer forma, apenas o sr. de Valmont me falara a esse respeito. Não podia saber se você queria ou não, pois você não estava sabendo de nada. Agora que sei o que deseja, será que vou recusar-me a pegar aquela chave? Vou pegá-la amanhã sem falta e quero ver se ainda terá do que reclamar.

Por mais amigo que o sr. de Valmont possa ser de você, estou certa de que gosto de você muito mais do que ele poderia gostar. No entanto, é sempre ele quem tem razão, e eu quem nunca a tem. Pode crer que estou muito zangada. Isso pouco importa para você, porque sabe que logo me acalmo. Agora que terei a chave comigo, poderei vê-lo quando quiser. Contudo, garanto que não vou querer encontrá-lo se continuar a agir desse modo. Prefiro sofrer com o que vem de mim a sofrer com o que vem de você. Veja bem o que quer fazer!

Se você quisesse, poderíamos amar-nos muito! Pelo menos, só sofreríamos com o que nos fizessem! Garanto que, se fosse senhora de mim, você nunca teria do que se queixar. Mas, se não me crê, seremos infelizes para sempre, e não por culpa minha. Espero que possamos nos ver em breve e que não mais tenhamos a oportunidade de nos causar tanta tristeza como agora.

Se tivesse podido prever o que aconteceu, teria pegado aquela chave imediatamente. Mas, na verdade, pensei que estava agindo bem. Por isso, não me queira mal, suplico-lhe. Não fique mais triste e continue a amar-me tanto quanto o amo. Assim, ficarei contente. Adeus, meu amigo querido.

Do Castelo de..., 28 de setembro de 17**.

CARTA 95
DE CÉCILE VOLANGES PARA O VISCONDE DE VALMONT

Peço-lhe, sr. visconde, que tenha a bondade de novamente entregar-me aquela chave que me tinha dado para pôr no lugar da outra. Já que todo mundo assim quer, é preciso que também eu concorde em fazê-lo.

Não sei por que o senhor informou Danceny de que eu não o amava mais. Creio que nunca lhe dei qualquer motivo para que pensasse desse modo. E isso fez muito mal a ele e também a mim. Bem sei que é seu amigo, mas isso não é razão para que o torne triste, e tampouco a mim. Deixar-me-ia muito feliz se o informasse do contrário, na próxima vez em que lhe escrever, dizendo-lhe que está certo disso, pois é no senhor que ele mais confia. Quanto a mim, quando digo algo e não me acreditam, não sei mais o que fazer.

Quanto à chave, o senhor pode ficar tranquilo. Lembro-me bem do que me recomendou em sua carta. Se a chave ainda estiver em seu poder e quiser entregá-la a mim, prometo-lhe que seguirei à risca tudo o que me escreveu. Se puder fazê-lo amanhã, quando formos almoçar, eu lhe darei a outra chave no dia seguinte, durante o desjejum, para que me devolva depois, tal como fez com a primeira. Desejaria muito que tudo fosse rápido, porque haveria menos tempo para corrermos o risco de mamãe dar-se conta de algo.

Além disso, quando o senhor estiver com aquela chave, peço-lhe que tenha a bondade de utilizá-la para pegar minhas cartas. Desse modo, o Cavaleiro Danceny terá notícias minhas mais frequentemente. É bem verdade que assim será mais confortável do que agora; mas é que, acima de tudo, estou com muito medo desse novo esquema; peço que me perdoe, e espero que não seja por isso que vá deixar de ser tão complacente quanto antes. Por isso tudo, serei para sempre grata. Tenho a honra, sr. visconde, de ser sua muito humilde e muito obediente serva.

De..., 28 de setembro de 17**.

CARTA 96
Do Visconde de Valmont para a Marquesa de Merteuil

Aposto tudo que, depois de sua aventura, você passa o dia inteiro à espera de minhas congratulações e elogios; tampouco duvido de que esteja zangada com meu longo silêncio. Mas o que você quer? Sempre achei que, quando tudo o que temos a oferecer a uma mulher são elogios, poderíamos deixá-los por conta delas para que sobrasse tempo para outros assuntos. No entanto, pelo que me toca, agradeço e, pelo que lhe toca, felicito-a. Queria até, para que fique perfeitamente satisfeita, concordar que, desta vez, você superou minhas expectativas. Depois disso, quanto a mim, vejamos se poderei ao menos em parte atingir as suas.

Não é sobre a sra. de Tourvel que queria escrever-lhe. Seu ritmo demasiado lento desagrada a você, que só gosta de casos que chegaram a um bom fim. As longas cenas intermediárias a entediam. Quanto a mim, nunca como agora tinha sentido tanto prazer com a fingida lentidão da beata.

Sim, gosto de ver, de apreciar essa mulher prudente ser conduzida, sem que se dê conta, a um caminho que não permite retorno e cuja descida perigosa e rápida a está levando de roldão, contra sua vontade e à força, a seguir-me. Horrorizada com o perigo que está correndo, ela queria parar, mas não pode conter-se. Seus cuidados e sua habilidade poderão com certeza encurtar seus passos, mas ela não pode deixar de seguir adiante. Algumas vezes, não ousando atentar aos perigos, fecha os olhos e deixa se conduzir, abandonando-se a meus cuidados. Mais frequentemente, porém, um novo receio reanima suas tentativas – em seu terror mortal, outra vez quer voltar atrás, esgotando suas forças para vencer, com muito esforço, apenas uma pequena distância. Mas logo um poder mágico a coloca novamente ao lado do perigo de que em vão tentara fugir. Então, não tendo senão a mim para guiá-la e apoiá-la, sem pensar em seguir repreendendo-me por sua queda inevitável, suplica-me que a retarde. Suas preces fervorosas, suas humildes súplicas, tudo o que os mortais quando dominados pelo terror oferecem à Divindade sou eu que recebo dela. Apesar disso, surdo a suas promessas e destruindo eu mesmo o culto que ela me rende, você ainda quer que eu empregue, para acelerar sua queda, o poder que ela invoca para ampará-la! Ah, deixe-me tempo para observar essa tocante luta entre o amor e a virtude!

Mas o quê! Esse mesmo espetáculo, que a faz correr ao teatro com toda a pressa e que aplaude com furor, você considera menos emocionante que a realidade? Então não escuta com entusiasmo esses sentimentos de uma alma pura e terna, que teme a felicidade que deseja e que não cessa de defender-se, mesmo depois que cessou de resistir? Seriam tais sentimentos inatingíveis apenas para quem os está causando? São esses, no entanto, os prazeres celestiais que essa mulher todo dia me oferece. E você me critica por eu lhes saborear a doçura! Ah, pena que virá demasiado cedo o momento em que, desgraçada por sua queda, ela não passará para mim de uma mulher qualquer!

Mas me esqueço, ao falar-lhe sobre ela, que não queria falar. Não sei que poder me liga à sua pessoa e que me faz voltar a ela incessantemente, mesmo quando ataco sua dignidade. Afastemos sua imagem perigosa, e que eu volte a ser eu mesmo para ocupar-me de assunto mais alegre. Refiro-me à sua pupila, que agora é minha. Espero que, neste caso, você me reconheça como sabe que sou.

De alguns dias para cá, com melhor tratamento por parte de minha terna devota e, por conseguinte, menos dedicado a ela, notei que a pequena Volanges é de fato muito bonita e que seria uma loucura apaixonar-se por ela, tal como fez Danceny. Mas talvez não houvesse loucura nenhuma de minha parte se fosse nela buscar um divertimento, o que minha solidão aqui torna mais que necessário. Também me pareceu justo que me recompensasse pelos trabalhos que empreendera em seu benefício. Além disso, lembrei-me de que você me havia ofertado esta jovem antes que Danceny tivesse qualquer pretensão sobre ela. Por isso, considerei ter fundamentos para reclamar alguns direitos sobre um bem que ele só veio a possuir depois de minha recusa e por eu tê-lo abandonado. O lindo rosto dessa pequena criatura, seus lábios tão frescos, seu ar infantil e até mesmo sua falta de jeito deram força às minhas sábias considerações. Por conseguinte, resolvi agir, e o sucesso coroou minhas iniciativas.

Você já deve estar tratando de descobrir por que meios suplantei tão rapidamente o querido namorado e qual o método de sedução próprio para essa idade e seu nível de experiência. Poupe-se tanto trabalho: não empreguei nenhum. Enquanto vocês, mulheres, ao utilizar as armas de seu sexo triunfam pela sutileza, eu, atribuindo a nós, homens, direitos imprescritíveis, subjuguei-a pela autoridade. Certo de que me apoderaria de minha presa se pudesse chegar até ela, foi preciso apenas um ardil para aproximar-me, e o que usei quase não merece ser assim chamado.

Aproveitei-me da primeira carta que recebi de Danceny para sua amada. Depois de tê-la avisado que tinha algo a dar-lhe pelo sinal que havíamos combinado, em vez de empregar minha habilidade em entregar-lhe a carta, usei-a para não encontrar meios de fazê-lo. Fingi estar compartilhando com ela sua ansiedade quanto ao atraso na entrega, ansiedade que eu mesmo nela fizera brotar; depois de haver causado o mal, indiquei o remédio para curá-lo. A jovem está instalada num quarto com uma porta para o corredor; mas, como era de se esperar, sua progenitora manteve a chave consigo. Só me faltava apoderar-me desta. Nada mais fácil de levar adiante. Apenas pedi à menina que deixasse a chave à minha disposição durante umas duas horas para que, como prometi, providenciasse uma cópia. Então, correspondência, conversas, encontros noturnos, tudo ficaria cômodo e seguro. No entanto, você acredita que a tímida menininha ficou com medo e se recusou a pegar a chave? Outro homem se sentiria mortificado, mas vi em sua reação apenas a possibilidade de obter um prazer mais intenso ainda. Escrevi a Danceny queixando-me da recusa de sua amada, e o fiz tão habilmente que nosso atabalhoado rapaz não sossegou até conseguir – na verdade exigir – que sua temerosa namorada honrasse meu pedido e se pusesse inteiramente à minha disposição.

Foi agradável para mim, confesso, ter mudado de papel dessa maneira, e que o jovem fizesse por mim o que esperava que eu viesse a fazer por ele. Pensar nisso redobrava a meus olhos o valor da aventura. Por isso, a partir do momento em que tive a preciosa chave nas mãos, apressei-me em utilizá-la. Foi na noite passada.

Após me assegurar de que tudo estava tranquilo no castelo, armado com minha lanterna furta-fogo, vestido em trajes próprios para aquela hora, tal como exigiam as circunstâncias, fiz minha primeira visita à sua pupila. Deixara tudo preparado (e isso por causa dela mesma) para poder entrar sem ruído. Estava em sono profundo, o de sua idade, de modo que cheguei até sua cama sem que se tivesse despertado. Inicialmente, fiquei tentado a seguir adiante e procurar dar a impressão de que era um sonho. Mas, temendo o efeito da surpresa e o ruído que geralmente causa, tratei de acordar suavemente a bela adormecida e, com efeito, consegui impedir o grito que estava temendo.

Depois de ter acalmado seus primeiros temores, como não tinha ido até lá para conversar, arrisquei algumas liberdades. Sem dúvida, no convento não lhe ensinaram bem a quantos e diferentes perigos está exposta a tímida inocência e que partes do seu corpo deve defender para que não seja tomada de surpresa. Isso porque, concentrando toda a sua atenção e toda a sua força em esquivar-se de um beijo – que não passava de um falso ataque –, deixou todo o resto sem defesa. Como não me aproveitar disso? Então, acelerei a marcha e imediatamente tomei posição. Nesse momento, pensamos ambos que estávamos perdidos: a jovem, muito apavorada, sinceramente quis gritar. Felizmente, sua voz extinguiu-se no seu pranto. Também se lançou à corda da campainha, mas minha destreza reteve seu braço a tempo.

"Que está querendo fazer", disse-lhe então, "desgraçar-se para sempre? Podem vir, que me importa! A quem poderá convencer de que estou aqui sem sua permissão? Quem, senão você, teria podido possibilitar-me os meios de entrar aqui? E essa chave que recebi, que só poderia ter recebido de você: vai explicar para que seria usada?". Esse curto sermão não dissipou nem a dor, nem o ódio, mas levou à submissão. Não sei se eu mantinha um tom eloquente; pelo menos, garanto, não foram assim meus gestos. Uma mão ocupada em forçar, outra em fazer amor, que orador poderia pretender ser gracioso em semelhante situação? Se imaginar bem a posição em que estávamos, concordará comigo que ao menos era propícia para o ataque. Mas, quanto a mim, não sei nada de nada, e, como você mesma me escreveu, a mulher mais simplória, uma interna de convento, me domina como a uma criança.

Esta, ao mesmo tempo em que se sentia desesperada, percebeu que era preciso decidir-se e entrar em negociações. Tendo suas súplicas me encontrado inexorável, foi preciso que fizesse concessões. Você deve estar imaginando que vendi muito caro a estratégica posição em que me achava: não, tudo prometi por um beijo. É verdade que, recebido o beijo, não mantive a promessa: tinha boas razões. Havíamos combinado que eu o receberia ou o daria? Depois de regatear, concordamos quanto a um segundo beijo, o qual, ficou dito, seria recebido. Então, tendo guiado seus tímidos braços de tal modo que abraçassem meu corpo e trazendo-a para mim, mais amorosamente, com um dos meus, o doce beijo foi de fato recebido, mas muito, muitíssimo bem recebido: tanto, enfim, que se me amasse não teria feito melhor.

Tamanha boa vontade merecia uma recompensa; por isso, logo atendi a seu pedido; minha mão retirou-se, mas, não sei por que casualidade, encontrei-me eu mesmo no lugar em que ela antes ocupava. Você deve estar considerando que, dessa vez, eu agia muito apressado, demasiado ativo, não é verdade? Absolutamente. Digo-lhe que me deleitei em ser muito lento. Quando estamos certos de que vamos chegar, por que apressar a viagem?

Falando seriamente: fiquei muito contente por poder observar, nessa ocasião, a força das circunstâncias, as quais, no presente caso, não estavam sendo influenciadas por nenhum fator externo. Na verdade, a pequena Volanges estava tratando de lutar contra a força do amor com seu recato e sua vergonha, fortalecida sobretudo pela irritação que eu lhe havia causado e que era efetivamente muito grande. Nada mais que circunstâncias, mas que se apresentaram a mim naquele momento como uma oferta, impondo sua presença, embora o amor estivesse ausente.

Para verificar minhas observações, tive a malícia de somente empregar a força que pudesse ser combatida. Apenas se minha encantadora inimiga, abusando da facilidade que lhe estava possibilitando, estivesse por escapar-me, eu a continha com aqueles mesmos temores cujos efeitos eu já tinha comprovado com sucesso. Pois bem! Sem mais cuidados, esquecendo suas juras de amor, a terna namorada começou por ceder e terminou por consentir, o que não quer dizer que, depois desse primeiro arroubo, acusações contra mim e lágrimas não tivessem voltado, misturando-se. Ignoro se eram verdadeiras ou falsas, mas, como sempre acontece, cessaram a partir do momento em que procurei causá-las de novo. Finalmente, de fraquezas a acusações e de acusações a fraquezas, apenas nos separamos quando satisfeitos um com o outro, e ambos de acordo com o encontro da noite de hoje.

Voltei a meus aposentos apenas ao raiar do dia, morto de cansaço e de sono. No entanto, sacrifiquei um e outro ao desejo de estar presente ao desjejum da manhã de hoje: gosto, apaixonadamente, das fisionomias do dia seguinte. Você não poderá imaginar a dela: sua postura era puro embaraço, seu andar, pura dificuldade, os olhos – sempre voltados para baixo – estavam muito arregalados e injetados, seu rosto, antes tão formoso, havia ficado muito comprido! E, pela primeira vez, preocupada com essa alteração profunda, sua mãe a cercou de cuidados bastante carinhosos. A presidenta também, que se desvelava junto a ela. Ah! Esses cuidados de minha devota foram apenas provisórios; virá o dia em que lhe serão restituídos, e esse dia não está longe. Adeus, minha bela amiga.

Do Castelo de..., 1º de outubro de 17**.

CARTA 97

De Cécile Volanges para a Marquesa de Merteuil

Ah! Meu Deus! Como estou aflita, sra. de Merteuil! Como me sinto infeliz! Quem vai consolar minha dor? Quem vai aconselhar-me nessa confusão em que me encontro? O sr. de Valmont... e Danceny! Não! A lembrança de Danceny me leva ao desespero! Como contar à senhora? Como dizer-lhe? Não sei como poderia fazê-lo. No entanto, meu coração está cheio de... É preciso que fale com alguém, e a senhora é a única pessoa em quem posso, em quem ouso confiar. A senhora sempre foi tão boa comigo! Mas não seja assim neste momento; não sou digna de sua bondade, porque... Que posso dizer-lhe? Não queria contar absolutamente nada. Hoje, todo mundo aqui me cercou de atenções... Só aumentaram meu sofrimento. Estava totalmente convencida de que não merecia esses cuidados. Ao contrário, mereço que a senhora ralhe comigo! Ralhe muito, pois agi muito errado. Mas, depois, socorra-me; se a senhora não tiver a bondade de me dar seus conselhos, vou morrer de dor.

Saiba então que... minha mão está tremendo, como pode ver, quase não posso escrever, sinto meu rosto arder... Ah, é o fogo da vergonha! Pois bem! Vou aguentar esse sentimento. Será a primeira punição de meus erros. Sim, vou contar-lhe tudo.

É preciso que saiba que o sr. de Valmont, que até então me entregava as cartas de Danceny, de repente achou que era muito difícil fazê-lo; então, quis que lhe desse uma chave de meu quarto. Garanto-lhe eu que não queria fazer isso. Mas ele escreveu sobre o assunto a Danceny, e Danceny concordou com ele. E a mim causa tanta dor quando lhe recuso alguma coisa, principalmente depois que minha ausência o torna tão infeliz, que acabei consentindo. Não podia prever o mal que viria disso tudo.

Ontem, o sr. de Valmont usou a chave para entrar em meu quarto enquanto eu dormia; tanto não podia esperar que isso fosse acontecer que fiquei com muito medo ao acordar; como ele imediatamente me dirigiu a palavra, reconheci sua voz e não gritei. Além disso, imaginei que talvez tivesse vindo para entregar-me uma carta de Danceny. Longe disso. Um instante depois, quis beijar-me e, enquanto me defendia, o que era de se esperar, agiu com tanta habilidade que fez algo que por nada neste mundo eu desejaria que alguém fizesse... Mas, antes disso, queria um beijo. Tive de ceder. O que poderia eu fazer? Já tentara chamar minha camareira, mas, além de não ter conseguido, ele me disse, com toda a franqueza, que se alguém viesse colocaria toda a culpa em mim, o que de fato seria bem fácil, por causa da chave. Contudo, não fez a menor menção de partir. Quis um segundo beijo; não sei o que havia neste que me deixou totalmente perturbada; depois, foi ainda pior que antes. Ah, tudo isso, no mínimo, é muito errado! Finalmente, depois... a senhora me permitirá não contar o resto, mas me sinto tão infeliz quanto possível.

O que mais me recrimino – e que, no entanto, preciso falar-lhe – é que temo não ter me defendido tanto quanto podia. Não sei como isso foi possível; não há dúvida de que não amo o sr. de Valmont, antes pelo contrário; mas havia momentos em que era como se o amasse... A senhora bem pode imaginar que isso não me impedia de lhe dizer sempre não; mas eu sentia perfeitamente que não estava agindo de acordo com minhas palavras. Fazia tudo contra minha vontade e estava tão perturbada! Se defender-se é sempre tão difícil assim, faz-se necessário estar bastante acostumada com isso! É verdade que o sr. de Valmont fala de tal modo que não se sabe como responder-lhe. Enfim, quando ele se retirou, a senhora acreditaria que, mesmo triste, tive a fraqueza de permitir que ele voltasse esta noite? Isso me perturba ainda mais do que tudo o que aconteceu.

Ah! Mas, apesar disso, prometo à senhora que vou impedir que ele venha. Mal ele havia saído, quando me dei conta de que havia feito mal em prometer-lhe. Por isso, chorei todo o resto da noite. Foi principalmente por causa de Danceny que eu estava sofrendo! Todas as vezes que pensava nele, minhas lágrimas aumentavam tanto que me sufocavam, mas não conseguia parar de pensar... tal como agora: a senhora pode ver o efeito – o papel está todo molhado. Não, nunca vou poder encontrar consolo, justamente por causa dele... Enfim, não aguentava mais, mas não consegui dormir um só minuto. Na manhã de hoje, ao levantar-me, quando me vi no espelho, era de meter medo, tanto eu havia mudado.

Mamãe se deu conta disso logo que me viu e perguntou o que eu tinha. Comecei a chorar imediatamente. Pensei que ela ia ralhar comigo, e talvez isso me fizesse sofrer menos. Mas aconteceu o contrário: falou comigo carinhosamente! Acho que eu não merecia. Disse-me que não ficasse assim tão aflita – não sabia o motivo de minha aflição –, que eu poderia ficar doente! Havia momentos em que queria morrer. Não pude aguentar mais. Joguei-me em seus braços, soluçando, e lhe disse: "Ah, mamãe, sua filha está se sentindo muito infeliz!". Mamãe não pôde deixar de chorar um pouco, e tudo isso fez com que meu sofrimento aumentasse. Felizmente, ela não me perguntou por que razão me sentia tão atormentada, pois eu não saberia o que dizer.

Suplico-lhe, sra. de Merteuil, escreva-me o mais rápido possível e diga-me o que devo fazer, pois não tenho coragem de pensar no que quer que seja; tudo o que posso fazer é afligir-me. A senhora, com certeza, vai escrever-me por intermédio do sr. de Valmont; mas peço-lhe que, se for escrever a ele também, não lhe diga nada do que lhe contei.

Tenho a honra de ser, sra. marquesa, com a mesma grande amizade de sempre, sua muito humilde e obediente serva...

Não ouso assinar esta carta.

Do Castelo de..., 1º de outubro de 17**.

CARTA 98

DA SRA. DE VOLANGES PARA A MARQUESA DE MERTEUIL

Faz muito pouco tempo, minha encantadora amiga, foi a senhora que me pediu consolo e conselhos. Hoje é minha vez: e faço-lhe, de minha parte, o mesmo pedido que me fez da sua. Estou realmente muito aflita e temo que não tenha trilhado o melhor caminho para evitar as dores que estou sofrendo.

É minha filha que está me inquietando. Depois de minha partida para o campo, vi claramente que ela estava sempre triste e magoada; mas, como já estava esperando que fosse assim, armei meu coração com uma severidade que me pareceu necessária. Esperava que a separação e as distrações logo destruíssem um amor que eu considerava mais um erro infantil que uma paixão verdadeira. No entanto, longe de obter qualquer progresso desde minha chegada aqui, percebi que essa criança se entrega, cada vez mais, a uma perigosa melancolia e temo francamente que sua saúde possa alterar-se. Especialmente depois de alguns dias, ela está mudando a olhos vistos. Ontem, sobretudo, deixou-me chocada, e todas as pessoas que aqui estão ficaram sinceramente alarmadas.

O que me comprova que está profundamente afetada é que a vejo prestes a perder o recato que sempre teve para comigo. Ontem de manhã, à simples pergunta que lhe fiz sobre se estava doente, precipitou-se em meus braços, dizendo que se sentia muito infeliz, entre prantos e soluços. Não saberia exprimir-lhe o dó que me causou; as lágrimas vieram-me aos olhos imediatamente, e mal tive tempo de virar meu rosto para que ela não o visse. Felizmente, tive a prudência de não lhe fazer qualquer pergunta, e ela não ousou falar-me mais sobre o que estava acontecendo; apesar disso, não deixa de ser evidente que é essa infeliz paixão que a atormenta.

Contudo, se isso continuar assim, que decisão devo tomar? Serei eu a causa da infelicidade de minha filha? Será que estou usando contra ela as qualidades que mais considero preciosas, a sensibilidade e a determinação? Será para isso que sou sua mãe? E mesmo se eu sufocar em mim esse sentimento mais que natural que nos faz desejar a felicidade de nossos filhos; mesmo se considerar como uma fraqueza fazer o que, ao contrário, creio ser o primeiro e mais sagrado de nossos deveres como mãe; mesmo se eu forçá-la a uma escolha que não quer, não terei eu de responder pelas consequências funestas que podem disso decorrer? Que uso estou fazendo da autoridade materna se ponho minha filha entre a imoralidade e a infelicidade?

Minha amiga, não farei o que tenho criticado com tanta frequência. Sem dúvida, tratei de escolher alguém para minha filha; ao fazê-lo, somente a estava ajudando com minha experiência de vida – não era um direito que estava exercendo: estava era cumprindo um dever. Mas, ao contrário, estaria traindo esse mesmo dever se dispusesse dela em detrimento de uma inclinação cujo nascimento não pude impedir e cuja intensidade e duração nem eu, nem ela poderíamos ter previsto. Não, não posso suportar a ideia de que ela se case com um e ame outro; prefiro comprometer minha autoridade a comprometer a virtude de minha filha.

Creio, pois, que tomarei a decisão mais sábia, ou seja, voltar atrás quanto à palavra que dei ao sr. de Gercourt. A senhora acaba de ler minhas razões para desfazer o noivado; parecem-me superiores às minhas promessas. Digo mais: no estado em que as coisas estão, honrar meu compromisso seria, na verdade, violá-lo. Pois, afinal de contas, se devo à minha filha não revelar ao sr. de Gercourt o segredo de seus verdadeiros sentimentos, devo a este, no mínimo, não abusar da ignorância em que o mantenho e fazer, em seu lugar, o que ele próprio faria se soubesse de tudo. Poderia eu, ao contrário, indignamente traí-lo, quando se entrega à minha boa-fé, e, enquanto me honra ao escolher-me para sua segunda mãe, poderia eu enganá-lo quanto à escolha que quer fazer para a mãe de seus filhos? Estas considerações – tão cheias de verdade e às quais não posso me subtrair – deixam-me muito mais alarmada do que poderia dizer-lhe.

Com os tormentos que elas me fazem temer, comparo minha filha – feliz com o marido que seu coração escolheu –, cumprindo seus deveres apenas pelo deleite que sente em fazê-lo; meu genro, igualmente satisfeito, felicitando-se todo dia pela escolha que fez; ambos só encontrariam felicidade na felicidade do outro, e a dos dois, unindo-se, só aumentaria a minha. A esperança de um futuro tão doce deveria ser sacrificada a vãs considerações? E quais são as que me imobilizam? Unicamente considerações de interesse material. Qual seria então, para minha filha, a vantagem de ter nascido rica, se isso não impede que seja escrava de sua fortuna?

Concordo que talvez o sr. de Gercourt seja partido melhor do que se poderia esperar para minha filha. Confesso até que me senti extremamente lisonjeada com a escolha dela. Mas, enfim, Danceny é de família tão boa quanto a dele, em nada lhe deve quanto a suas qualidades pessoais e tem sobre o sr. de Gercourt a vantagem de amar e ser amado. A verdade é que não é rico, mas minha filha não é o suficiente para ambos? Ah! Por que tirar-lhe a satisfação tão doce de poder tornar rico a quem se ama?

Esses casamentos por nós articulados, mas não harmonizados, que chamamos de conveniência, nos quais, de fato, tudo é objeto de convenção, exceto o caráter e os gostos dos noivos, não são eles a fonte mais fecunda desses escândalos que cada dia estão mais frequentes? Prefiro adiar: pelo menos terei tempo de observar uma filha que não conheço. Sinto-me com coragem de causar-lhe um sofrimento passageiro se for para que obtenha uma felicidade mais sólida. Mas não está em meu coração correr o risco de relegá-la a um desespero eterno.

Estas são, minha querida amiga, as considerações que me atormentam e sobre as quais rogo seus conselhos. Esses assuntos austeros contrastam muito com sua adorável alegria e não parecem muito apropriados à sua idade, mas seu bom senso me supera de forma considerável! Aliás, sua amizade ajudará sua prudência, e absolutamente não temo que uma e outra recusem o pedido de uma mãe que apela a ambas.

Adeus, minha encantadora amiga; jamais duvide da sinceridade de meus sentimentos.

Do Castelo de..., 2 de outubro de 17**.

CARTA 99

Do Visconde de Valmont para a marquesa de Merteuil

Ainda alguns acontecimentos sem importância, minha bela amiga; mas somente descrições, nada de ação. Por isso, arme-se de paciência, aliás, de muita, pois, se minha presidenta continua a fazer progressos com passinhos lentos, sua pupila recuou e tudo está muito pior do que antes. Pois bem! Meu humor é bom o suficiente para que me divirta com essas ninharias. Na verdade, estou me acostumando com minha estada aqui e posso dizer que, neste triste castelo de minha velha tia, não tive um só momento de tédio. Não é fato que estou tendo prazeres, privações, esperanças e incertezas? Que temos a mais nos melhores teatros? Espectadores? Hum! Deixe estar: em breve não faltarão. Se não me estão vendo atuar nesta peça, vou mostrar-lhes meu trabalho depois de encerrá-la. Vão admirar-me ainda mais e aplaudir. Sim, aplaudirão, pois finalmente posso prever com certeza o momento da queda de minha austera devota. Assisti esta noite à agonia da virtude. A deliciosa fraqueza reinará em seu lugar. E prevejo que esse momento não virá depois de nosso próximo encontro. Mas já escuto você a acusar-me de presumido, de cantar vitória antes do tempo! Calma, calma! Para mostrar-lhe a você minha modéstia, vou começar pela história de meu insucesso...

Com efeito, sua pupila é uma criaturinha bastante ridícula! Trata-se de uma criança que deve ser tratada como tal e a quem estaríamos prestando um favor se a colocássemos de castigo! Você acredita que, depois do que aconteceu anteontem entre mim e ela, depois da maneira amigável com que nos separamos ontem pela manhã, quando quis voltar a encontrá-la à noite, tal como havíamos combinado, encontrei a porta fechada por dentro? O que me diz? Algumas vezes somos submetidos a essas criancices na véspera, mas no dia seguinte! Não é engraçado?

No entanto, de início não me ri; ao contrário, nunca antes havia sentido que poderia ser presa de tanto mau humor. Ao dirigir-me ao encontro marcado, estava certo de que ia sem vontade alguma, unicamente por hábito; naquele momento, minha cama – onde era preciso que descansasse – me parecia preferível a qualquer outra, e só me levantei dali com grande pesar. Contudo, bastou encontrar um só obstáculo para que quisesse ardorosamente superá-lo; acima de tudo, sentia-me humilhado pelo fato de uma menina ter me enganado. Por isso, fui-me embora, morto de mau humor e com a intenção de não mais envolver-me nem com essa criança boba, nem com assuntos de seu interesse. Imediatamente escrevi a ela um bilhete que esperava entregar hoje e no qual lhe atribuía seu justo valor. Mas, como se diz, a noite é boa conselheira; pela manhã, considerei que, não tendo muito com o que me divertir aqui, seria melhor que mantivesse ao menos essa, o que me fez destruir o severo bilhete. Depois de refletir sobre o assunto, não consigo perdoar-me de ter pensado em terminar essa aventura sem antes reunir provas para causar a desonra de sua heroína. Veja só aonde podem nos levar os primeiros impulsos! Felizes, minha bela amiga, os que, como você, puderam criar o hábito de jamais ceder a eles! Por fim, decidi adiar minha vingança. Faço esse sacrifício em nome de seus planos quanto a Gercourt.

Agora que minha ira passou, vejo apenas como sua pupila foi ridícula. Na verdade, só queria saber o que ela pensa estar ganhando com o que fez! Não consigo entender: se é para defender-se, convenhamos que já é tarde demais. Gostaria que ela me desvendasse esse mistério. Tenho grande desejo de conhecê-lo. Talvez apenas estivesse cansada! Francamente, é bem possível, pois sem dúvida ela ainda ignora que as flechas do amor, como a lança de Aquiles, trazem em si o remédio para as feridas que causam. Mas não pela cara comprida que manteve todo o dia, aposto que o arrependimento entrou em sua cabecinha... alguma coisa... que tem a ver com... virtude... Com virtude, veja só! Logo ela! Ah! Essa menina deveria deixar a virtude para aquela mulher que de fato nasceu para ser virtuosa, a única que poderá torná-la ainda mais atraente e fazer com que a amemos... Perdão, minha bela amiga, mas foi hoje à tardinha que aconteceu a cena entre mim e a sra. de Tourvel que tenho de contar-lhe; ainda está comigo algo da emoção que senti. Tenho de esforçar-me para esquecer o impacto que me causou, e foi justamente para ajudar-me nesse sentido que comecei a escrever-lhe. Ao ler minhas palavras, você deve tolerar a influência desse momento que vivi.

Já faz alguns dias que a sra. de Tourvel e eu chegamos a um acordo sobre nossos respectivos sentimentos; apenas continuamos com a discussão sobre que palavras devemos empregar. Na verdade, sempre foi *sua amizade* que correspondia a *meu amor*. Mas esses termos entre nós acordados não mudaram a realidade dos fatos; talvez, se tivéssemos permanecido desse modo, eu teria sido mais lento em alcançar meus objetivos, mas isso não me impediria de agir com a mesma segurança. Inclusive já não era mais necessário que me afastasse, como ela inicialmente quisera; e, quanto aos encontros que temos diariamente, se dedico todos os meus cuidados em possibilitar-lhe a ocasião, ela empenha os seus em aceitá-la.

Como geralmente é durante os passeios que acontecem esses encontros rápidos, o tempo horrível que está fazendo hoje me tirou a esperança de poder estar com ela. Por isso, senti-me muito contrariado; não podia prever o quanto ganharia com esse contratempo.

Não podendo passear, fomos jogar cartas ao deixarmos a mesa do almoço; e, como não costumo jogar e sou desnecessário para que se tenha o número mínimo de parceiros, aproveitei para subir até meus aposentos, sem outra intenção a não ser esperar que a partida se aproximasse de seu fim.

Ia voltar para onde estava nosso grupo, quando me deparei com a encantadora mulher entrando em seus aposentos, a qual, por imprudência ou fraqueza, disse-me com sua voz meiga: "Onde o senhor está indo? Não há ninguém na sala de jogo". Não me foi preciso mais, você bem pode imaginar, para que tratasse de entrar em seu apartamento. Encontrei menos resistência que esperava. É verdade que tive a precaução de começar nossa conversa à sua porta e de fazê-lo de maneira desinteressada; logo que entramos, parti para o tema que me interessava: falei-lhe de *meu amor por minha amiga*. Sua primeira reação, se bem que bastante simples, pareceu-me muito expressiva. "Oh! Por favor", disse-me tremendo, "não falemos disso aqui". Pobre mulher! Dava-se conta de seu destino inevitável.

No entanto, ela estava errada em temer. Certo de que meu sucesso viria mais dia menos dia e vendo-a utilizar, em defesas inúteis, todas as suas forças, já há algum tempo resolvi poupar as minhas e esperar, sem maiores esforços, que ela se entregue por exaustão. Você já deve ter percebido que, neste caso, o triunfo deve ser total e que não quero ser auxiliado por circunstâncias fortuitas. Foi justamente depois de ter estabelecido essa tática, e para poder ser insistente sem comprometer-me demasiado, que voltei à palavra *amor*, tão obstinadamente por ela rejeitada; convencido de que a bela beata acreditava ser meu amor deveras ardente, passei a utilizar um tom mais terno. Sua recusa não me contrariava mais, afligia-me; minha sensível amiga não devia consolar-me por isso?

E, ao consolar-me, uma mão permaneceu na minha; seu belo corpo se apoiava contra meu braço, e estávamos extremamente próximos um do outro. Com certeza, você já deve ter notado como, em situações semelhantes, à medida que a resistência esmorece, tanto os pedidos quanto as recusas aumentam de intensidade; como a cabeça se volta e os olhos baixam, enquanto as palavras, sempre ditas com voz tênue, tornam-se raras e entrecortadas. Esses preciosos sintomas anunciam, de maneira inequívoca, o consentimento da alma, mas raramente esse consentimento passa de imediato para os sentidos. Creio até ser sempre muito perigoso tentar, nesse momento, algum gesto mais determinado, porque esse estado de abandono de si mesmo nunca deixa de ser acompanhado de um suave deleite, e não haveria como interrompê-lo sem causar um desconforto que só beneficiaria a resistência.

Mas, nesse caso, a prudência era-me tanto mais necessária quanto tinha a temer principalmente o terror que esse abandono de si mesma poderia causar à minha terna sonhadora. Por isso, quanto à confissão que eu tanto havia desejado, não cheguei sequer a pedir que fosse pronunciada; um olhar bastava – um só olhar, e ficaria satisfeito.

Minha bela marquesa, digo-lhe que os belos olhos dela, com efeito, se elevaram até mim, e aqueles lábios celestiais foram capazes de dizer: "Pois bem! Sim, eu..." Mas, de repente, o olhar se extinguiu, a voz falhou, e essa mulher adorável lançou-se em meus braços. Pouco a mantive entre eles, porque, desvencilhando-se para uma força convulsa, com o olhar perdido, as mãos levantadas os céus, gritou: "Meu Deus... Ó meu Deus, salve-me!" e, imediatamente, mais rápido que um raio, pôs-se de joelhos a dez passos de mim. Parecia que sua voz ia sufocá-la. Fui socorrê-la, mas ela, tomando minhas mãos que banhava de lágrimas, por vezes até mesmo abraçando-me os joelhos, disse: "Sim, será o senhor, o senhor, visconde, quem me salvará! Se o senhor não deseja minha morte, deixe-me sozinha, salve-me, deixe-me sozinha, pelo amor de Deus, deixe-me sozinha!". E essas palavras desordenadas mal podiam ser ouvidas entre os soluços que se avolumavam. Ao mesmo tempo, segurava-me com tanta força que eu não podia afastar-me; então, reunindo as minhas forças, levantei-a em meus braços. Nesse instante, cessou o pranto; não falava mais. Todos os seus membros se enrijeceram e uma violenta convulsão sucedeu a essa tempestade.

Fiquei, confesso, vivamente emocionado e creio que teria assentido a seus pedidos de deixá-la sozinha, mesmo se a situação não me tivesse forçado a tanto. Mas a verdade é que, depois de lhe ter prestado algum socorro, deixei-a, tal como me havia pedido. Felicito-me por isso: estou prestes a receber o prêmio de minha boa ação.

Tal como no dia em que lhe confessei meu amor pela primeira vez, esperava que ela não se reunisse conosco à noite. Mas, pelas oito horas, desceu ao salão e limitou-se a informar-nos que havia se sentido muito mal. Tinha o rosto abatido, a voz fraca, mas sua postura era estável. No entanto, o olhar era meigo e várias vezes fixou-se em mim. Tendo declinado participar do jogo de cartas, fui obrigado a tomar seu lugar; sentou-se a meu lado. Durante o jantar, permaneceu sozinha no salão. Quando para lá voltamos, tive a impressão de que havia chorado. Para certificar-me, disse-lhe que parecia ainda estar sofrendo as consequências de sua indisposição, ao que ela solicitamente respondeu: "Esse mal não passa com a mesma rapidez com que me atingiu!". Enfim, quando se retirou, dei-lhe a mão. À porta de seus aposentos, apertou-a com força. É bem verdade que esse gesto me pareceu ter alguma coisa de involuntário, mas tanto melhor: é uma prova a mais de meu domínio sobre ela.

Aposto que, neste momento, ela está encantada com a situação em que se encontra: pagou todas as suas dívidas para comigo e só lhe resta tirar disso a maior satisfação possível. Talvez, no preciso instante em que lhe escrevo, ela esteja pensando justamente nessa possibilidade! E mesmo se ela estiver, ao contrário, arquitetando um novo plano de defesa, não sabemos nós dois, marquesa, qual o destino dos projetos dessa natureza? Por isso, pergunto-lhe se o desfecho de tudo poderá estender-se além de nosso próximo encontro. Sem dúvida, espero que ocorram algumas dificuldades antes que ceda, é natural! Mas, tendo dado o primeiro passo, poderão essas austeras beatas impedir-se de seguir adiante? Seu amor é uma verdadeira explosão; a resistência apenas aumenta-lhe a força. Minha arredia devota iria atrás de mim, se eu deixasse de correr atrás dela.

Finalmente, minha bela amiga, em breve estarei à sua porta para exigir que cumpra sua palavra. Estou certo de que não esqueceu sua promessa para depois de meu sucesso. Já está preparada para ser infiel a seu cavaleiro? Quanto a mim, desejo estar com você como se nunca nos tivéssemos conhecido. Aliás, tê-la conhecido é, na verdade, uma razão para desejar meu prêmio ainda mais:

Estou sendo justo, e não apenas galante.*

Desse modo, será a primeira infidelidade que cometerei em relação a essa minha trabalhosa conquista. Prometo-lhe aproveitar o primeiro pretexto que encontrar para ausentar-me vinte e quatro horas da companhia dela. Será uma punição por

---

* Voltaire, na comédia *Nanine*. (N.A.)

ter me mantido tanto tempo afastado de você. Notou que já faz uns bons dois meses que essa aventura está tomando meu tempo? Sim, dois meses e três dias. O fato é que também estou contando o dia de amanhã, pois certamente então ela estará consumada. Isso me lembra que a senhorita de B... resistiu-me três meses inteiros. Fico contente em observar que a mais cabal coqueteria sabe defender-se melhor que a mais austera das virtudes.

Adeus, minha bela amiga; é preciso que a deixe, pois já é muito tarde. Esta carta levou-me mais longe do que imaginava; porém, como estou enviando meu criado amanhã de manhã para Paris, aproveitei para compartilhar com você minha alegria um dia antes.

Do Castelo de..., 2 de outubro de 17**, à noite.

CARTA 100

Do Visconde de Valmont para a Marquesa de Merteuil

Minha amiga, fui enganado, traído, arruinado. Estou desesperado: a sra. de Tourvel foi-se embora. Foi-se embora sem que *eu* soubesse! E não estava lá para impedir que se fosse, para acusá-la de sua traição indigna! Ah! Não pense que a teria deixado partir! Teria ficado, sim, ela teria ficado, nem que me tivesse sido necessário empregar violência. Veja só! Embalado por minha crédula certeza, dormia tranquilamente e, enquanto dormia, um raio caiu sobre mim! Não, não posso compreender essa partida: é preciso que eu desista de querer entender as mulheres.

Quando me lembro do que aconteceu no dia de ontem! Não, durante a noite de ontem! Aquele olhar tão meigo, aquela voz tão terna, aquela mão segurando a minha, e durante todo o tempo ela planejava fugir de mim! Ah, essas mulheres! Essas mulheres! Como é que vocês podem queixar-se quando as enganamos! O que querem? Toda forma de traição que nós, homens, podemos cometer não passa de uma imitação do que vocês nos fazem.

Como terei prazer em vingar-me! Vou encontrar essa mulher pérfida e restabelecer o domínio que tinha sobre ela. Se o amor não foi capaz de mantê-lo, do que não será capaz se auxiliado pela vingança! Ainda vou vê-la a meus pés, trêmula, banhada em lágrimas, aos gritos de piedade, com sua voz enganosa. Não terei a menor piedade.

Que estará fazendo ela agora? No que estará pensando? Talvez se aplauda por ter me enganado e, fiel aos gostos de seu sexo, esse prazer, com certeza, lhe parece o mais doce possível. O que a mais elogiada das virtudes não foi capaz de fazer a esperteza o conseguiu sem esforço algum. Insensato! Temia que seu comportamento virtuoso fosse dificultar meus planos! Deveria, isto sim, ter me precavido contra sua má-fé.

E ver-me obrigado a engolir meu ressentimento! Poder apenas demonstrar uma leve dor, quando meu coração está repleto de raiva! E ainda me ver reduzido a dirigir minhas súplicas a uma mulher rebelde que se subtraiu a meu domínio! Será preciso que eu seja humilhado a tal ponto? E por quem? Por uma mulher tímida, sem a menor experiência nos embates amorosos. Do que me serviu ter construído um espaço em seu coração, tê-la incandescido com todos os fogos do amor, haver levado até ao delírio a confusão de seus sentidos, se, tranquila em seu refúgio, pode ela orgulhar-se hoje de sua fuga, muito mais do que eu de minhas vitórias? Posso aguentar isso? Minha amiga, não pense isso, não tenha de mim uma imagem tão humilhante!

Mas que fatalidade me liga a essa mulher? Não existem cem outras que desejam minha atenção? Não se apressarão em fazer tudo para que a mereçam? Mesmo que nenhuma valesse tanto quanto essa devota, a atração da variedade, o encanto das novas conquistas, a fama que me dariam tão numerosas aventuras não me proporcionariam prazeres tão intensos? Por que correr atrás de alguém que foge de nós e negligenciar quem se nos apresenta? Sim! Por quê?... Ignoro-o, mas esse sentimento me avassala.

Só terei satisfação e poderei descansar quando possuir essa mulher que odeio e amo com igual furor. Apenas aceitarei meu destino no momento em que for capaz de determinar o dela. Então, tranquilo e contente, eu a verei, por sua vez, entregue às tempestades por que passo neste instante. Farei com que viva mil outras tormentas. A esperança e o medo, a desconfiança e a certeza, quero que todos os males engendrados pelo ódio, todos os bens gerados pelo amor tomem conta de seu coração e nele se sucedam, de acordo com minha vontade. Deixe estar...

Mas quantos trabalhos ainda me esperam! Como estava ontem perto de colher seus frutos e como estou hoje longe de obtê-los! De que modo tê-los de volta? Ainda não ouso dar qualquer passo; sinto que preciso me acalmar para que tome uma decisão nesse sentido, mas o sangue ferve em minhas veias.

O que multiplica meu tormento é a frieza com que todos aqui respondem às minhas perguntas sobre sua partida, sobre a causa, sobre tudo o que tem de fora do comum... Ninguém sabe nada, ninguém quer saber nada, nem se refeririam ao assunto se não me incomodasse que estivessem falando de outros temas. A sra. de Rosemonde, a cujos aposentos corri nesta manhã quando soube da notícia, com a frieza de sua idade respondeu-me que tinha sido consequência inevitável da indisposição que a sra. de Tourvel tivera ontem, que ela temera ter ficado doente e preferira ir tratar-se em sua casa. Minha tia acha tudo isso muito simples; teria feito o mesmo, disse-me, como se pudesse haver qualquer coisa de comum entre as duas! Entre minha tia, a quem só falta morrer, e ela, que é a razão tanto do encanto como do tormento de minha vida!

A sra. de Volanges, que a princípio pensei ter sido cúmplice de sua partida, parece-me melindrada por não ter sido consultada sobre essa iniciativa. Deixa-me contente, confesso, que não tenha tido o prazer de me prejudicar. Ademais, comprova-me que não tem, tanto quanto eu temia, a confiança dessa mulher; afinal de contas, é uma inimiga a menos. Como não se congratularia se soubesse que foi de mim que ela fugiu! Como não ficaria inchada de orgulho se isso tivesse sido por obra de seus conselhos! Como sua arrogância não aumentaria! Meu Deus! Como a odeio! Ah! Vou reatar com sua filha; quero moldá-la às minhas fantasias. De tal modo que, penso, ficarei por aqui mais algum tempo; o pouco que refleti sobre o assunto me leva a tomar essa decisão.

Na verdade, a julgar por essa iniciativa tão categórica de minha ingrata, você não acha que ela tem medo de que eu vá procurá-la em sua casa? Se lhe veio essa ideia de que eu poderia ir atrás dela, com certeza já deve ter instruído seus criados a que não me abram a porta. E não quero habituá-la a isso, tanto quanto não desejo ser humilhado dessa maneira. Ao contrário, prefiro fazer com que saiba que permanecerei aqui; vou, inclusive, insistir que volte para cá e, quando estiver convicta de que me manterei distante, irei à sua casa. Veremos como vai reagir a esse encontro. Mas é preciso adiá-lo para aumentar o efeito; não sei se terei a paciência necessária. Durante o dia de hoje, vinte vezes abri a boca para pedir que preparassem meus cavalos. Mas me controlei, comprometendo-me em receber aqui sua resposta. Peço-lhe apenas, minha bela amiga, que não me faça esperar.

O que mais me deixaria contrariado seria não ter notícias do que está acontecendo com ela. Mas meu caçador, que está em Paris, tem alguns direitos de acesso à sua camareira. Poderá me ser útil. Mando a ele dinheiro e instruções. Espero que você não se incomode por estar remetendo ambos com esta carta e, também, por pedir-lhe que os remeta a ele por intermédio de um criado seu, com ordens de fazer a entrega apenas a ele. Tomo essa precaução porque aquele gaiato tem o hábito de nunca receber as cartas que lhe envio quando elas lhe determinam algo que não lhe agrada fazer, principalmente agora que me parece não estar tão interessado na camareira como eu esperava que estivesse.

Adeus, minha bela amiga; se tiver alguma ideia feliz, algum meio de apressar o sucesso de meus planos, diga-o por favor. Mais de uma vez pude constatar como sua amizade pode me ser útil; outra vez assim o confirma esta ocasião, já que me sinto mais calmo, depois de ter-lhe escrito; pelo menos, dirijo-me a alguém que me compreende, e não aos autômatos ao lado dos quais vegeto desde esta manhã. Na verdade, quanto mais vivo, mais sinto que, neste mundo, apenas você e eu valemos alguma coisa.

Do Castelo de..., 3 de outubro de 17**.

CARTA 101

Do Visconde de Valmont para Azolan, seu caçador*
(anexa à precedente)

É preciso que sejas muito estúpido, tu, que saíste daqui hoje de manhã, para não saber que a sra. de Tourvel também

---

* Azolan é um personagem do balé *Azolan ou o Criado Indiscreto*, de 1774, baseado no conto em versos *Azolan ou o Beneficiário Eclesiástico*, de 1764, de Voltaire. (N.T.)

estava de saída; ou, se ficaste sabendo, para não ter me avisado. De que serve que gastes meu dinheiro te emborrachando com os criados e que passes o tempo que deverias empregar em servir-me fazendo-te de galã junto às camareiras, se não fico sabendo nada do que está acontecendo? Outra de tuas incompetências! Mas te previno que, se cometeres uma só mais quanto a esse assunto, será a última que cometerás como meu serviçal.

Quero que me informes sobre tudo o que está acontecendo na casa da sra. de Tourvel: como está sua saúde, se está dormindo bem, se está triste ou alegre, se sai amiúde, a quem visita, se recebe convidados, quem frequenta sua casa, o que faz para passar o tempo, se se irrita com suas criadas, particularmente com a que trouxe para cá, o que faz quando está só, se, quando lê, lê sem parar ou para para sonhar acordada, e, da mesma forma, quando escreve cartas. Quero também que te esforces para tornar-te amigo do criado que leva suas cartas ao correio. Oferece-te, com frequência, para fazer seu serviço e, quando ele aceitar, só despacha as que te parecerem sem importância, enviando-me as outras, sobretudo as da sra. de Volanges.

Faze tudo o que puderes para continuar a ser, por algum tempo mais, o feliz amante da tua Julie. Se ela tiver um outro, como achaste que tem, faze com que consinta em ser compartilhada por ambos; e não vai te sentir ferido por um ridículo sentimento de suscetibilidade: estarás na mesma situação de inúmeros outros que valem muito mais que tu. Mas se teu rival se tornar demasiado incômodo, se, por exemplo, te deres conta de que ele mantém Julie muito ocupada durante o dia, de tal modo que ela esteja pouco ao lado de sua senhora, afasta-o dela de alguma maneira, ou procura motivos para brigar com ele; não tenhas medo das consequências; ficarei do teu lado. Sobretudo que de modo algum te afastes daquela casa. É pela assiduidade que poderás tudo ver e ver bem. E, se o acaso fizer com que algum dos criados seja despedido, apresenta-te para substituí-lo, como se não estivesses mais trabalhando para mim. Nesse caso, dize que me deixaste para procurar uma casa mais tranquila e mais séria. Enfim, trata de fazer-te aceito. Continuarei a pagar-te nesse período, tal como na casa da Duquesa de... E, mais tarde, a sra. de Tourvel também vai te recompensar.

Se fosses bastante hábil e zeloso, estas instruções deveriam ser suficientes; mas, para suplementar cada um desses dois predicados, estou te enviando dinheiro. A ordem anexa a esta carta te autoriza, tal como verás, a receber vinte e cinco luíses de meu agente, pois não duvido que teus bolsos estejam totalmente vazios. Deverás empregar essa quantia para convencer Julie a manter correspondência comigo sobre sua senhora. O resto servirá para dar de beber aos criados da casa. Tem o cuidado, tanto quanto puderes, de todas as vezes incluir o mordomo nessas bebidas a fim de que ele sempre aprecie te ver chegar. Mas lembra-te sempre de que não estou pagando teus prazeres, mas teus serviços.

Acostuma Julie a observar tudo e tudo relatar, mesmo o que lhe pareça minucioso demais. É melhor que me escreva dez frases inúteis do que omitir uma que seja importante; além disso, na maioria das vezes o que parece sem importância não o é. Porquanto é preciso que eu saiba de tudo sem demora, se acontecer algo que te pareça merecer atenção especial, logo depois de receberes esta carta, manda Philippe, com o cavalo de reserva, estabelecer-se em ...*, onde deverá ficar até ordens em contrário; assim, poderemos usar cavalos descansados, em caso de pressa. Para a correspondência comum, o correio será suficiente.

Toma cuidado para não perder esta carta. Torna a lê-la todos os dias, tanto para te certificares de que não esqueceste de nada quanto para assegurar-te de que ela ainda está contigo. Enfim, faze tudo o que é preciso fazer quando honro alguém com minha confiança. Bem sabes que, se eu ficar satisfeito contigo, permanecerás comigo.

Do Castelo de..., 3 de outubro de 17**.

CARTA 102

Da presidenta de Tourvel para a sra. de Rosemonde

Ficará bastante surpresa, senhora, ao saber que deixei seu castelo de maneira deveras precipitada. Essa atitude vai parecer-lhe bastante fora do comum, mas sua surpresa redobrará quando souber minhas razões! Talvez considere que, ao confiá-las à senhora, não estou respeitando a paz necessária à

---

* Aldeia a meio caminho entre Paris e o castelo da sra. de Rosemonde. (N.A.)

sua idade e que me afasto dos sentimentos de veneração que lhe são devidos por tantas razões. Ah, senhora, perdão, mas meu coração está oprimido, precisa derramar sua dor junto ao peito de uma amiga ao mesmo tempo meiga e prudente. Quem mais além da senhora eu poderia escolher? Considere-me como sua filha. Tenha por mim cuidados de mãe; imploro-lhe. Talvez eu tenha direito a eles pelos sentimentos que devoto à senhora.

Onde estará o tempo em que, entregue apenas a sentimentos louváveis, não tinha conhecimento dos que, causando na alma a confusão mortal que experimento, tiram-nos a força de combatê-los ao mesmo tempo em que nos impõem o dever de contra eles lutar. Ah! Essa estada no campo foi minha perdição...

Mas o que devo contar-lhe? Sim, estou amando, estou amando perdidamente. Ai de mim! Quanto a essas palavras, que escrevo pela primeira vez, essas palavras tão frequentemente reclamadas sem ser concedidas, eu pagaria com minha vida o doce prazer de uma única vez poder dizê-las a quem as inspira; no entanto, não posso deixar de recusá-lo. Outra vez ele vai duvidar de meus sentimentos; julgará ter motivos para queixar-se deles. Como sou infeliz! Por que não pode ele ler meu coração com a mesma facilidade com que reina sobre ele? Sim, sofreria menos se soubesse tudo o que estou sofrendo. Mas a senhora mesma, a quem tudo conto, ainda assim teria apenas uma leve ideia de meu sofrimento.

Daqui a pouco, vou fugir dele e deixá-lo angustiado. E, quando ainda estiver pensando que está perto de mim, já estarei longe; nas horas em que costumava encontrá-lo todos os dias, estarei num lugar onde ele nunca esteve, onde não devo permitir que venha. Já fiz todos os preparativos; tudo está aqui, sob meus olhos; não posso dirigi-los a nada que não me lembre dessa partida cruel. Tudo está preparado, exceto eu mesma! E, quanto mais meu coração se recusa a partir, tanto mais me comprova a necessidade de submeter-me a essa separação.

Vou fazê-lo, sem dúvida; é melhor morrer que viver culpada. Já sinto que estou excessivamente carregada de culpas. Consegui apenas salvar meu bom comportamento; a virtude esfumou-se. Devo à generosidade dele, é preciso que lhe confesse, tudo o que me sobrou. Embriagada pelo prazer de vê-lo, de escutá-lo, pela doçura de senti-lo perto de mim, pela felicidade ainda maior de poder causar a sua, fiquei impotente, sem forças; mal me sobraram para combater esses sentimentos, não mais as tenho para resistir. Estremecia com o perigo, sem poder fugir. Pois bem! Deu-se ele conta de minha dor e teve piedade de mim. Como não gostar dele? Devo-lhe mais que a vida.

Ah! Se permanecendo a seu lado eu só tivesse de temer por minha vida, creia-me, jamais aceitaria afastar-me dele. De que me vale a vida sem ele? Não estaria mais feliz se a perdesse? Sinto-me condenada a causar eternamente seu infortúnio e o meu, a nunca ousar queixar-me nem consolá-lo, a defender-me todos os dias dele e de mim, a empregar todos os meus cuidados em causar-lhe dor, quando o que queria era dedicá-los à sua felicidade. Viver assim não é morrer mil vezes? Contudo, esse será meu destino. Apesar disso, vou suportá-lo, tenho coragem. Ó minha senhora, que escolhi como mãe, seja testemunha deste meu juramento.

Aceite também ser testemunha deste outro juramento que lhe faço, o de não lhe esconder nada do que fiz. Aceite, rogo-lhe! Peço-o como uma forma da ajuda de que tanto necessito. Desse modo, com o compromisso de contar-lhe tudo, vou me acostumar a crer que estou sempre ao seu lado, sra. de Rosemonde. Sua virtude substituirá a minha. Tenho certeza de que jamais me permitiria ter com o que corar diante da senhora. Assim, contida por esse poderoso freio, ao mesmo tempo em que apreciarei em sua pessoa a amiga compreensiva, confidente de minhas fraquezas, nela também honrarei o anjo da guarda que vai me salvar do opróbrio.

É extremamente penoso fazer-lhe esses pedidos, consequências fatais de minha presunçosa confiança em mim mesma! Por que não temi mais cedo esta inclinação que vi nascer? Por que me lisonjeei com a possibilidade de dominá-la ou vencê-la, de acordo com a minha vontade? Insensata! Eu não sabia o que é o amor! Ah! Se pudesse ter combatido essa inclinação com maior empenho, talvez ele tivesse tido menor domínio sobre mim! Talvez minha fuga não tivesse sido necessária; ou mesmo, embora submetendo-me a essa decisão dolorosa, talvez tivesse podido não romper inteiramente com uma ligação que bastava tornar pouco frequente. Mas perder tudo de uma só vez! E para sempre! Ó minha amiga!... Mas qual! Mesmo quando lhe escrevo, perco-me em desejos ilícitos. Ah! Que eu me vá embora daqui, sim, que saia daqui! E que, pelo menos, esses pecados involuntários possam ser expiados por meus sacrifícios.

Adeus, minha honrada amiga; ame-me como a uma filha, adote-me como tal e esteja certa de que, apesar de minha fraqueza, preferirei morrer a fazer-me indigna de sua escolha.

De..., 3 de outubro de 17**, à uma hora da madrugada.

CARTA 103

DA SRA. DE ROSEMONDE PARA A PRESIDENTA DE TOURVEL

Fiquei, minha querida menina, mais aflita com sua partida do que surpresa com a causa; uma longa experiência de vida e os cuidados que você me inspira foram suficientes para desvendar-me o que seu coração sentia; e, se preciso dizer-lhe tudo, você nada, ou quase nada, me informou com sua carta. Se meu conhecimento viesse apenas dela, ainda não saberia o nome de quem você ama, pois, ao escrever-me sobre *ele* todo o tempo, não me revelou seu nome uma só vez. Não era preciso, sei bem quem é. Mas chamo sua atenção para essa ausência do nome porque lembrei que sempre fazem assim as pessoas apaixonadas. Vejo que nada mudou com o passar do tempo.

Quase não acreditava que me veria recordar lembranças tão distantes e tão estranhas à minha idade. No entanto, desde ontem, voltei a elas com muita intensidade, pelo desejo de encontrar algo que pudesse lhe ser útil. Mas que posso fazer senão admirá-la e apiedar-me? Louvo a sábia decisão que tomou; mas ela me causa medo, porque concluí que você a considerou inevitável, e, quando chegamos a esse ponto, é muito difícil manter-nos para sempre distantes de quem nosso coração nos aproxima incessantemente.

Contudo, não se desencoraje. Nada é impossível para sua bela alma; e, se um dia lhe sobrevier o infortúnio de sucumbir (que Deus não permita!) a seus atuais sentimentos, creia-me, minha querida menina, ao menos fique com o consolo de tê-los combatido com todas as suas forças. Além disso, o que a sabedoria humana não pode conseguir, a Graça Divina o faz, se assim lhe aprouver. Talvez você esteja prestes a receber Seu auxílio; e sua virtude, testada nesses embates terríveis, ficará ainda mais pura e luminosa. A força que você não tem hoje, espere recebê-la amanhã. Contudo, não espere que a Graça Divina possa fazer tudo em seu lugar: Ela servirá para encorajá-la a utilizar todas as forças que você já tem.

Deixando à Providência o cuidado de socorrê-la num momento de grave perigo, contra o qual nada posso, limito-me a apoiá-la e a consolá-la tanto quanto me é possível. Não poderei livrá-la de seus males, mas vou compartilhá-los. É com essas limitações que receberei, de muito bom grado, suas confidências. Estou certa de que seu coração precisa desafogar-se. Ofereço-lhe o meu; a idade ainda não me tornou tão fria a ponto de fazer-me insensível à amizade. Meu coração estará sempre aberto para recebê-la. Será um alívio incompleto para suas dores, mas, pelo menos, você não chorará sozinha; e quando esse amor infeliz, ao dominá-la demasiado, forçar que fale sobre esse sentimento, será melhor que seja a mim do que a *ele*. Não é que estou escrevendo tal como você me escreveu? É que penso que nós duas jamais o nomearemos. Não importa, nós nos entendemos...

Não sei se faço bem em contar-lhe que ele me pareceu imensamente afetado com sua partida; talvez fosse mais sábio não mencionar esse fato, mas não gosto dessa prudência que só faz afligir os amigos. No entanto, vejo-me forçada a não me demorar nesse tema. Minha vista fraca e minha mão trêmula não me permitem cartas muito longas, sobretudo quando sou eu mesma que devo escrevê-las.

Adeus, então, minha querida menina; adeus, minha filha amada; sim, eu a adoto, de coração como minha filha, pois você tem tudo o que é preciso para ser o orgulho e o prazer de qualquer mãe.

Do Castelo de..., 3 de outubro de 17**.

CARTA 104

Da Marquesa de Merteuil para a sra. de Volanges

Na verdade, minha querida e boa amiga, tive dificuldades em evitar o sentimento de orgulho ao ler sua carta. Vejam só! A senhora me honra com sua inteira confiança! Chega ao ponto de pedir-me conselhos! Ah! Fico muito contente em poder merecer essa opinião favorável de sua parte, se é que não a devo exclusivamente às deferências da amizade. Ademais, qualquer que seja o motivo, sua amizade não é menos preciosa para meu coração, e tê-la obtido é apenas outra razão para que me esforce ainda mais por merecê-la. Desse modo, vou expor-lhe livremente minha maneira de pensar, sem a intenção de dar-lhe conselhos. Receio fazê-lo, pois penso de maneira diferente da sua; mas, depois de haver-lhe exposto minhas razões, a senhora as julgará e, se as condenar, aceito com antecipação sua sentença. Pelo menos, terei tido a sabedoria de não me crer mais sábia que a senhora.

Se, contudo, no caso em questão, meu ponto de vista vier a ser preferível, será preciso encontrar as razões para tanto nas ilusões do amor materno. Como esse sentimento é louvável, a senhora com certeza o tem. E como me foi fácil identificá-lo na decisão que está tentada a tomar! Por isso, se algumas vezes chegar a cometer um erro, terá sempre sido pela escolha de qual de suas virtudes decidiu acentuar.

A prudência é, ao que me parece, a qualidade que mais deve ser levada em conta quando estamos por traçar o destino de outra pessoa, sobretudo quando tratamos de associá-lo a um laço indissolúvel e sagrado como o matrimônio. É então que uma mãe tão sábia quanto terna deve, tal como a senhora bem me escreveu, *ajudar a filha com sua experiência de vida*. Ora, pergunto-lhe, que deve fazer para agir dessa maneira? Apenas mostrar à menina a diferença que há entre o que nos dá prazer e o que nos é conveniente.

Não seria aviltar a autoridade materna, não seria aniquilá-la, se a subordinássemos a um capricho frívolo, cuja potência ilusória só é sentida pelas pessoas que a temem e que desaparece logo que a desconsideramos? Quanto a mim, confesso, nunca acreditei nessas paixões avassaladoras e irresistíveis, as quais se convencionou considerar como desculpa genérica para nossos atos irracionais. Não posso conceber como um capricho que nasceu num instante e morrerá noutro pode ter mais força que os valores inalteráveis do pudor, do bom comportamento e da honradez; tampouco posso compreender que uma mulher que os desconsidere possa ter seus atos justificados por uma pretensa paixão, da mesma maneira como não aceito que um ladrão possa justificar seus atos pela paixão que tem pelo dinheiro, ou um assassino por seu desejo de vingança.

Pois bem! Quem poderá afirmar que nunca se viu forçado a lutar contra os próprios sentimentos? Contudo, sempre procurei persuadir-me de que, para resistir, só é preciso querer e, pelo menos até agora, minha opinião foi confirmada pela experiência. Que seria da virtude sem as obrigações que nos impõe? Seu culto está em nossos sacrifícios; sua recompensa, em nossos corações. Essas verdades só podem ser negadas pelos que têm interesse em desprezá-las e que, já depravados, esperam iludir os outros, tratando de justificar sua má conduta com más razões.

Mas poderíamos temer esse tipo de conduta em uma menina humilde e tímida, vinda de seu sangue, e cuja educação honrada e pura apenas reforçou suas qualidades inatas? No entanto, é por esse temor, que ouso considerar humilhante para sua filha, que a senhora deseja abandonar um casamento vantajoso e arranjado por sua prudência! Gosto muito de Danceny e já faz tempo, como sabe, que pouco vejo o sr. de Gercourt; mas minha amizade pelo primeiro e minha ausência de sentimentos quanto ao segundo não me impedem absolutamente de sentir a enorme diferença que há entre os dois pretendentes.

Admito que ambos têm bom nascimento, mas um não tem fortuna e a do outro é tão grande que, mesmo que não fosse bem-nascido, bastaria para elevá-lo acima de tudo. Sei que o dinheiro não traz felicidade, mas é preciso reconhecer que a torna mais fácil. A senhorita de Volanges é, como a senhora diz, suficientemente rica para duas pessoas; contudo, as sessenta mil libras de renda de que irá dispor já não são suficientes quando alguém se chama Danceny e quando é preciso montar e manter uma casa que corresponda a esse sobrenome. Não estamos mais no tempo da sra. de Sévigné.* Hoje, o luxo tomou conta de tudo. É criticado, mas não podemos deixá-lo de lado, e o supérfluo terminou por privar-nos do essencial.

Quanto às qualidades pessoais dos pretendentes, algo que a senhora considera imprescindível, e com muita razão,

---

* A marquesa Maria de Sévigné (1626-1696), escritora famosa por suas cartas, viveu muito tempo no campo, levando uma vida muito mais simples que a levada em Paris. (N.T.)

não há dúvida de que o sr. de Gercourt está acima de qualquer crítica. Foi várias vezes testado e saiu-se bem. Gosto de pensar, e creio mesmo, que Danceny não lhe fica devendo em nada; mas estamos tão certas assim? É bem verdade que até agora ele parece não ter os defeitos de sua idade e que, apesar da moda do momento, demonstra gosto pelas boas companhias, o que faz prever que se tenha no futuro uma ideia favorável a seu respeito; mas quem sabe se esse aparente bom comportamento não é apenas devido à sua diminuta fortuna? Por mais que alguém não deseje ser um sacripanta ou um crápula, é preciso ter dinheiro para ser jogador e farrista. Além disso, é possível que os defeitos cujos excessos são agora apenas temidos possam, por outro lado, ser sempre desejados. Finalmente, não será ele nem o primeiro, nem o último a frequentar as boas companhias unicamente por não ter melhor alternativa.

Não digo (que Deus não permita!) que pense tudo isso dele, mas será sempre um risco. Ademais, como a senhora se recriminaria se o casamento não fosse feliz! E o que responderia se sua filha lhe dissesse: "Minha mãe, eu era jovem e sem experiência; estava seduzida por um erro perdoável em minha idade, mas o céu, que previu minha fraqueza, concedeu-me uma mãe sábia para compensá-la e dela proteger-me. Por que, então, pondo de lado a prudência, a senhora consentiu que me tornasse infeliz? Devia eu escolher um esposo quando não sabia nada do que era estar casada? E, se eu tivesse querido casar-me, não lhe cabia opor-se? Mas nunca tive essa tresloucada ideia. Decidida a obedecê-la, esperei sua escolha com respeitosa resignação; nunca me afastei da submissão que lhe devia e, contudo, carrego hoje comigo a punição que merecem os filhos rebeldes. Ah! Sua fraqueza foi a minha perdição..."? Talvez o respeito de sua filha viesse eventualmente a sufocar esses lamentos; mas o amor materno os adivinharia, e as lágrimas de sua filha, mesmo escondidas, nem por isso deixariam de atingir seu coração materno. Onde, então, a senhora procuraria consolo? Seria nesse louco amor, contra o qual deveria tê-la provido com as armas que pudessem combatê-lo, mas pelo qual, ao contrário, a senhora mesma deixou-se seduzir?

Ignoro, minha querida amiga, se tenho um preconceito demasiado forte contra essa paixão, mas creio que deve ser temida, mesmo se o casamento se realizar. Não é que desaprove o fato de que um sentimento sincero e doce venha tornar mais belo o laço conjugal e, de certa forma, amenizar os deveres que impõe, mas não é a tal sentimento que cabe atar esse laço; não é uma ilusão momentânea que deve determinar a escolha de toda a nossa vida. Com efeito, para escolher é preciso comparar; mas como fazê-lo se uma só pessoa nos encantou e se somos incapazes de conhecê-la justamente porque estamos imersos na embriaguez e na cegueira?

Como pode imaginar, conheci várias mulheres que foram atingidas por esse perigoso mal; recebi as confidências de algumas. A julgar pelo que disseram, não havia nenhuma para quem o amado não fosse um ser perfeito; mas essas quiméricas perfeições existiam apenas em sua imaginação; suas mentes inebriadas sonhavam somente com encantos e virtudes. Essas mulheres vestem com seus desejos aqueles que preferem; mas, geralmente, cobrem com a roupagem de um deus seres apenas abjetos: seja quem for, após tê-lo assim adornado, enganadas por sua própria obra, prostram-se a seus pés para adorá-lo.

Ou sua filha não ama Danceny, ou está sendo presa dessa mesma ilusão, ilusão que é comum a ambos, amado e amada, quando o amor é recíproco. Por tudo isso, suas razões para uni-los para sempre se reduz à certeza de que não se conhecem e de que eles não podem se conhecer. "Mas", a senhora me dirá, "o sr. de Gercourt e minha filha também não se conhecem". Não, sem dúvida; mas, pelo menos, não se iludem; apenas ignoram-se. Nesse caso, o que poderia acontecer entre dois consortes que, supõe-se, sejam sinceros? Cada um deles analisará seu par, observará a si mesmo em comparação com o outro, procurará e logo reconhecerá o que deve ceder de seus gostos e desejos em benefício da tranquilidade comum. Esses leves sacrifícios são feitos sem dor, porque são recíprocos e porque haviam sido previstos: em breve, eles criarão uma benevolência mútua; e o hábito, que fortalece todas as inclinações que não destrói, pouco a pouco levará a essa doce amizade, a essa terna confiança que, unidas à estima, formam, parece-me, a verdadeira, a sólida felicidade dos casamentos.

As ilusões do amor podem ser mais doces; mas quem não sabe que também são as menos duráveis? E quantos perigos não traz o momento que as destrói! Então, os menores defeitos parecerão chocantes e insuportáveis, pelo contraste que produzem com a imagem de perfeição que nos havia seduzido. Cada um dos consortes crê, contudo, que apenas o outro mudou e que ele ainda possui as mesmas qualidades que, num momento de engano, apreciou em seu parceiro. Então, vai surpreender-se com o fato de que não desperta mais no outro o encanto que ele próprio deixou de sentir. Sente-se humilhado por isso, e a vaidade ferida, azedando os espíritos, redobra os erros, gera irritação e engendra o ódio. Finalmente, prazeres frívolos são pagos com longo infortúnio.

Aqui está, querida amiga, minha visão sobre o assunto que a preocupa; não estou defendendo minhas ideias, somente as exponho; cabe à senhora decidir. Mas, se persistir em seu ponto de vista, peço-lhe que me transmita as razões que terão superado as minhas; ficarei muito contente se puder receber seus esclarecimentos e, principalmente, ser informada sobre o destino de sua filha adorável, cuja felicidade desejo com ardor, tanto por minha amizade por ela quanto pela que me une à senhora para toda a vida.

Paris, 4 de outubro de 17**.

CARTA 105

DA MARQUESA DE MERTEUIL PARA CÉCILE VOLANGES

E então? Vejo, minha pequena, que está muito zangada e envergonhada e que esse sr. de Valmont é mesmo um homem muito mau, não é? Mas como! Ele ousa tratá-la como a mulher que mais ama! E lhe ensina o que você estava morrendo de vontade de saber! Na verdade, que comportamento imperdoável! E você, de sua parte, quer guardar sua pureza para seu namorado (que não abusa dela); apenas aprecia no amor os males, não os prazeres! Nada melhor para que se transforme numa personagem perfeita de romance. Paixão, infortúnios, a virtude acima de tudo, que coisas lindas! Diante desse cortejo brilhante de emoções, com toda a certeza, você se cansará de tédio, mas continuará a demonstrá-las muito bem.

Ora, ora, ora! A pobrezinha! Sinto muitíssimo! E seus olhinhos ficaram vermelhos no dia seguinte! E o que me diria dos de seu amante? Vamos, meu belo anjinho, seus olhos não ficarão assim para sempre, e nem todos os homens são como Valmont. E, depois do que aconteceu, você não podia levantar seus olhos? Oh! Não é que estava certa? Todo mundo teria percebido o que você fizera à noite! No entanto, pode acreditar em mim, se é isso o que você imagina, nossas mulheres e nossas jovens estariam sempre com os olhos voltados para baixo!

Apesar de todos os elogios a seu comportamento que me sinto compelida a fazer, como já deve ter percebido, é preciso, contudo, admitir que você deixou incompleta sua obra-prima, ou seja, faltou contar tudo à sua mãe. Você começou tão bem! Pois lançou-se nos braços dela aos soluços, e ela também chorava! Que cena patética! Mas que pena que não a concluiu! Desvanecida de tão contente, sua doce mãezinha, para fortalecer ainda mais sua virtude, a teria enclausurado você em um convento pelo resto de sua vida; lá, poderia amar Danceny tanto quanto quisesse, sem rivais e sem pecado; definharia à vontade; e Valmont, com toda a certeza, não perturbaria sua dor com prazeres cansativos.

Falando sério, com quinze anos é possível que alguém seja tão infantil quanto você? Tem toda a razão de dizer que não merece minhas atenções. Apesar disso, queria ser sua amiga. Com a mãe que tem e o marido que ela lhe arranjou, talvez você precise mesmo de uma amiga como eu. Mas se continuar sem se dar conta de como as coisas são, o que quer que façam com você? O que esperar, se o que torna as jovens maduras parece torná-la ainda mais infantil?

Se você se empenhasse em raciocinar um pouco, iria logo descobrir que deveria era felicitar-se, e não se lamuriar. Mas está envergonhada e isso a incomoda. Ufa! Fique tranquila! A vergonha causada pelo amor é igual a essa dor que nos inflige: só a sentimos uma vez. Depois, podemos até fingi-la, mas não a sentimos mais. No entanto, o prazer permanece, e isso não é pouca coisa. Creio que verifiquei, em meio a seu palavrório, que você poderia dar-lhe grande valor. Vamos, seja honesta! E então? A confusão mental que a impedia de *agir de acordo com suas palavras*, que fez com que achasse *tão difícil defender-se* e se sentisse *irritada* quando Valmont foi-se embora, foi a vergonha que causou isso tudo? Ou foi o prazer? E quanto a esse *modo de falar ao qual não se sabe como responder*, não veio ele de *seu modo de agir?* Ah, minha filhinha! Você está mentindo e mentindo a uma amiga! Isso não é nada bonito! Mas vamos ficar por aqui.

O que teria sido um prazer para qualquer pessoa, e talvez nada mais que isso, na situação em que você se encontra se transforma em algo muito favorável para sua felicidade. Com efeito, colocada entre uma mãe cujo amor lhe é importante e um namorado que quer amá-la para sempre, como é que você ainda não percebeu que o único meio de conseguir sucesso quanto a esses dois objetivos opostos é interessar-se por uma terceira pessoa? Graças ao caminho aberto por essa nova aventura, ao mesmo tempo em que, junto à sua mãe, você poderá manter a aparência de estar abandonando, em nome de sua submissão, um capricho que desagrada a ela, você poderá dispor, junto a seu namorado, de uma bela defesa da relação dos dois, o que a honrará aos olhos dele. A todo momento garantindo-lhe seu amor, contudo, você não vai dar-lhe sua prova derradeira. Essa recusa, muito fácil em seu caso, com certeza será colocada por ele no rol de suas virtudes; talvez ele venha a queixar-se, mas a amará ainda mais. E, para obter o duplo mérito – aos dos olhos de sua mãe, por estar sacrificando seu amor sincero, e aos de seu namorado, por estar resistindo –, o único custo que você vai pagar será... gozar os prazeres que o amor possibilita. Ah! Quantas mulheres não perderam sua reputação, mas a teriam conservado cuidadosamente, se tivessem podido mantê-la com comportamento semelhante!

Esse caminho que lhe proponho não lhe parece tanto o mais razoável quanto o mais agradável? Sabe o que conseguiu agindo como agiu? Sua mãezinha atribuiu a exacerbação de sua tristeza à exacerbação de seu amor; isso a chocou e, para puni-la, ela só está esperando ficar mais convencida do que pensa já ter intuído. Ela acabou de escrever-me a esse respeito; vai tentar de tudo para que você mesma lhe confesse o que sente. Ela própria me disse que vai até propor-lhe que se case com Danceny apenas para forçá-la a abrir-se com ela. E, ao deixá-la seduzida por essa enganosa ternura, se você reagir de acordo com seu coração, será logo posta no convento por muito tempo, talvez para sempre, onde poderá chorar à vontade, arrependida de sua cega credulidade.

Esse ardil que ela quer usar contra você precisa ser combatido com outro. Comece, pois, a mostrar-lhe menos tristeza, a fazer com que creia que cada vez menos pensa em Danceny. Ficará persuadida disso com facilidade, pois vai acreditar que tudo está sendo resultado da ausência de seu namorado. E ela lhe ficará tanto mais agradecida quanto encontrará razões para congratular-se por ter tido a prudência de afastá-los um do outro. Mas se, conservando algumas dúvidas, ela, ao contrário, continuar a testá-la e chegar a falar em casamento, feche-se em copas, como as meninas de boa família, demonstrando perfeita submissão. Na verdade, o que você estaria arriscando com isso? Considerando o que as mulheres fazem com seus maridos, todos valem a mesma coisa; mas mesmo o mais incômodo deles é bem menos aborrecido que uma mãe.

Logo que ficar mais contente com você, sua mãezinha vai finalmente casá-la; então, mais livre em seus movimentos, seguindo sua própria vontade, você poderá deixar Valmont para ficar com Danceny, ou mesmo manter os dois. Isso porque – preste atenção – seu Danceny é um rapaz meigo, mas o tipo de homem que poderemos ter sempre que o desejarmos e pelo tempo que quisermos; assim, fique tranquila em relação a ele. No entanto, esse não é o caso de Valmont: é muito difícil mantê-lo e perigoso abandoná-lo. É preciso ter muita habilidade com ele e, quando não a temos, ser extremamente dócil. Mas, se conseguir fazer com que seja seu amigo, será um grande golpe de sorte! Ela irá colocá-la imediatamente na primeira fila de nossas mulheres elegantes e cobiçadas. É desse modo que se consegue uma sólida reputação na sociedade, e não corando e chorando, como quando suas freiras a faziam almoçar de joelhos.

Por isso tudo, se for esperta, procurará reconciliar-se com Valmont, que deve estar a ponto de explodir de cólera contra você; e, como devemos saber emendar nossas tolices, não receie encorajá-lo, pois logo perceberá que, se os homens tomam a iniciativa na primeira vez, sempre cabe a nós tomá-la na segunda. Você terá um pretexto para tanto, já que não deverá manter esta carta consigo; e exijo que a entregue a Valmont logo depois de tê-la lido. Contudo, não esqueça de lacrá-la de novo. Em primeiro lugar, porque é preciso que você leve o mérito da iniciativa de encorajá-lo sem que pareça ter sido aconselhada a fazê-lo; em segundo, porque só você é tão minha amiga no mundo para que eu possa falar assim.

Adeus, meu anjo lindo; siga meus conselhos e me informe se a fazem sentir-se melhor.

P.S.: A propósito, esqueci... falta dizer-lhe algo. Trate de melhorar o estilo de suas cartas. Você ainda escreve como uma criança. Bem sei qual a origem dessa limitação: é que diz tudo o que pensa e nada do que não pensa. Isso pode ocorrer entre nós duas, que não devemos esconder nada uma da outra; mas, com as outras pessoas, principalmente com seu namorado, se agir assim, será sempre considerada uma grande boba! Você ainda não se deu conta de que, quando escreve para alguém, não está escrevendo para si mesma, e sim para aquela pessoa a quem se dirige. Por isso, deve procurar escrever não o que pensa, mas o que mais agrada ao outro.

Adeus, coração; beijo-a em vez de ralhar com você, na esperança de que seja mais sensata.

Paris, 4 de outubro de 17**.

CARTA 106
Da Marquesa de Merteuil para o Visconde de Valmont

Magnífico, visconde! E, pelo que fez, passei a amá-lo com furor! Aliás, depois da primeira de suas duas últimas cartas, já se podia prever o que a segunda contaria; por isso, absolutamente não me surpreendi; enquanto você, já orgulhoso de seu iminente sucesso, me cobrava seu prêmio e me perguntava se já estava preparada para dá-lo, vi com clareza que não precisava apressar-me. Sim, palavra de honra, lendo seu relato daquela cena enternecedora, que o deixou *tão profundamente emocionado,* e percebendo sua contenção, digna dos mais belos tempos de nossos cavaleiros de antanho, disse vinte vezes a mim mesma: "O caso está perdido!".

Mas não poderia ter sido de outra maneira. O que você quer que faça uma mulher que se entrega e não é possuída? Por Deus! Nesse caso, pelo menos, é preciso que a honra seja salva, e foi exatamente o que fez sua presidenta. Estou certa de que, quanto a mim, tendo percebido que a atitude que ela tomou não deixa de ser bastante eficaz, pensarei em utilizá-la na primeira ocasião séria que se apresente; mas prometo sinceramente que, se aquele por quem me der esse trabalho tão grande não se aproveitar disso melhor que você, com toda a certeza poderá desistir de mim para sempre.

E, agora, você ficou sem mulher alguma, depois de estar com duas, uma delas logo no dia seguinte, sendo que a outra queria ter estado nessa mesma situação! Pois bem! Vai achar que estou me gabando e dizer que é fácil prever depois dos fatos, mas posso jurar que estava esperando que isso fosse acontecer. Na verdade, é que você não tem a genialidade necessária para suas atividades de conquistador; você só sabe fazer aquilo que aprendeu e, por isso, não sabe inovar. Sendo assim, quando as circunstâncias não se ajustam às suas fórmulas habituais, e quando é preciso que saia do caminho usual, você fica sem saber o que fazer, exatamente como um menino sem nenhuma experiência. Enfim, de um lado, uma grande criancice e, de outro, uma recaída de pudor bastaram para desconcertá-lo, simplesmente porque esses dois fatos não lhe acontecem todos os dias; e, agora, não sabe nem como evitar que isso aconteça, nem como remediar a situação. Ah, visconde! Ah, visconde! Estou aprendendo com você a não julgar os homens por sua fama. Logo, logo vão dizer de você: "Bem, ele chegou a ser um conquistador, antigamente...". E, depois de tolice e mais tolice, você vem me pedir socorro! Parece que só me resta emendar essas suas bobagens. Não tenho dúvida de que será um trabalhão!

Seja como for, dessas duas aventuras, uma foi levada adiante contra minha vontade, e não me meto nisso; quanto à outra, como você demonstrou alguma boa vontade em relação a mim, assumo-a como se fosse minha. A carta que anexo a esta, que você lerá antes de entregar à pequena Volanges, é mais do que suficiente para que a tenha de volta; mas, rogo-lhe, trate a menina com muito cuidado, e, de comum acordo, façamos dela o desespero de sua mãe e de Gercourt. Não há o que temer em aumentar as doses. Estou perfeitamente convicta de que essa criaturinha não vai ficar com medo; e, uma vez consumados nossos planos para ela, que se transforme no que quiser.

Não tenho mais interesse nela. Tive vontade de, no mínimo, transformá-la numa auxiliar para minhas aventuras e de atraí-la para que tocasse o *segundo violino* sob minha batuta, mas vejo que ela não será capaz disso. Sua estúpida ingenuidade não diminuiu, mesmo depois do remédio específico que você lhe ministrou, se bem que quase nunca falhe; para mim, a ingenuidade é a doença mais perigosa que uma mulher pode ter. Denota, principalmente, uma fraqueza de caráter que quase sempre é incurável e que contraria a tudo e a todos; de modo que, se empregarmos nosso tempo tentando transformar essa menina numa pessoa como nós, só conseguiremos torná-la uma mulher fácil. Ora, não sei de nada mais aborrecido que essa facilidade com que é boba, que faz com que se entregue sem saber como nem por quê, unicamente por não saber opor resistência. Mulheres desse tipo não passam de máquinas* de prazer.

Você me dirá que isso é tudo o que desejamos para ela e que bastaria para nossos planos. Maravilha! Mas não devemos esquecer que todo mundo acaba descobrindo como fazer funcionar as molas e a engrenagens dessas máquinas; por isso, para podermos nos servir desta sem perigo, é preciso que nos apressemos em utilizá-la, que a desliguemos no momento correto e que, em seguida, a deixemos sem conserto. Na verdade, não nos faltarão meios para nos livrarmos dela, e Gercourt, com certeza, irá encerrá-la para sempre em um convento logo que quisermos. Na verdade, quando ele não puder mais duvidar de que foi objeto de um grande engano, quando isso se tornar público e notório, que nos importa sua vingança, desde que não encontre consolo? O que digo do marido você com certeza pensa da mãe; por isso, vale a pena executarmos nossos planos.

Este modo de agir, que me parece o melhor e com o qual já estou empenhada, decidiu-me levar a pequena a atuar um pouco mais depressa, tal como você verá em minha carta; isso também torna muito importante não deixar nada nas mãos

---

* Comparar uma pessoa a uma máquina, hoje algo comum, era chocante no tempo de Laclos. O livro que forjou essa expressão, *O homem-máquina*, de 1747, de La Mettrie, causou tanta indignação que seu autor nem na tolerante Holanda conseguiu viver. Foi procurar refúgio na então remota Berlim de Frederico II, corte, na época, tida como provinciana nos centros europeus de poder. (N.T.)

dela que nos possa comprometer. Portanto, rogo que fique atento quanto a este aspecto. Uma vez tomada esta precaução, vou encarregar-me de sua mente; o resto fica para você. No entanto, se notarmos que daqui para frente sua ingenuidade for diminuindo, sempre teremos tempo de alterar nossos planos. Com certeza, mais dia, menos dia, teremos de ver o que faremos, porém jamais terão sido em vão nossos esforços.

Sabe que os meus correram o risco de assim ser e que a boa estrela de Gercourt quase prevaleceu sobre minha prudência? Não é que a sra. de Volanges teve um momento de fraqueza materna? Não quis ela entregar sua filha a Danceny? Foi o resultado daquela atitude compreensiva que você notou *no dia seguinte*. Outra vez teria sido você o responsável por essa bela obra-prima! Felizmente, a compreensiva mãe me escreveu a esse respeito, e espero que minha resposta faça com que mude de opinião. Tanto lhe falei de virtude e a elogiei que vai achar que tenho razão.

Estou triste por não ter tido tempo de fazer uma cópia de minha carta para convencê-lo da austeridade de meus princípios morais. Você teria visto como desprezo as mulheres bastante depravadas para terem um amante! Como é fácil sermos rigorosos quando escrevemos! Isso apenas prejudica os outros e absolutamente não nos afeta... E, depois, não ignoro que a excelente senhora teve suas fraquezas, como qualquer outra mulher, quando era jovem; por isso, não me inculpei ao humilhá-la, pelo menos em sua consciência; isso me consolou um pouco dos elogios que lhe fiz contra a minha vontade. Foi pela mesma razão que, nessa carta, a ideia de prejudicar Gercourt me deu coragem para falar bem dele.

Adeus, visconde; aprovo inteiramente a decisão que tomou de permanecer aí por mais algum tempo. Não tenho como apressar o ritmo de suas conquistas, mas o convido a desanuviar-se um pouco com nossa pupila. Quanto a mim, apesar de sua cobrança extremamente cortês, você por certo já se deu conta de que ainda é preciso esperar. Também há de convir que, sem sombra de dúvida, não é por culpa minha.

Paris, 4 de outubro de 17**.

CARTA 107

DE AZOLAN PARA O VISCONDE DE VALMONT

Meu senhor,

Seguindo vossas instruções, logo depois de ter recebido vossa carta, estive com o senhor Bertrand, que me entregou os vinte e cinco luíses, como meu senhor tinha determinado. Pedi dois luíses a mais para o Philippe, a quem dissera para partir imediatamente, como meu senhor me havia mandado, e que não tinha dinheiro. Mas o senhor vosso agente não quis. Disse que não tinha ordens do meu senhor. Então, fui obrigado a tirar do meu bolso, e espero que meu senhor leve isso em consideração, se tiver essa bondade.

Philippe partiu ontem à noite. Recomendei bastante que não saísse da estalagem para a gente poder ter certeza de encontrá-lo lá, se precisar dele.

Logo depois, fui à casa da presidenta para ver a srta. Julie. Mas ela estava fora e só falei com La Fleur; não consegui saber nada dele, porque, depois que chegou, só estivera no palacete à hora da refeição. É o segundo lacaio que estivera fazendo todo o serviço, e meu senhor já sabe que não conheço esse homem. Mas comecei hoje a conhecê-lo.

Voltei hoje de manhã à casa da srta. Julie, e ela parece que ficou contente de me ver. Perguntei-lhe por que sua senhora tinha partido, mas ela disse que não sabia de nada, e acho que está dizendo a verdade. Censurei-a por não ter me dito sobre sua partida, e ela me disse que era verdade que ficou sabendo na própria noite, quando foi preparar sua senhora para dormir. Passou toda a noite arrumando a bagagem e a pobre só dormiu duas horas. Ela só saiu do quarto da sua senhora depois da uma da madrugada, e deixou a patroa quando ela ficou só para escrever.

Na manhã seguinte, a sra. de Tourvel, quando estava indo embora, deixou uma carta com o porteiro do castelo. A srta. Julie não sabe para quem era a carta, mas disse que talvez fosse para meu senhor; mas meu senhor não me falou disso.

Durante toda a viagem, a sra. de Tourvel manteve um capuz bem grande cobrindo seu rosto e, por isso, não dava para ver seu rosto; mas a srta. Julie crê ter certeza de que ela tinha chorado muitas vezes. Ela não disse uma palavra durante toda a viagem e não quis parar em...*, como fizera na ida, o que não agradou à srta. Julie, que não tinha tomado o desjejum. Mas, como eu lhe disse, os patrões são os patrões.

Quando chegou, a sra. de Tourvel foi deitar-se, mas ela ficou na cama só duas horas. Quando levantou, chamou o mordomo e deu a ordem de não deixar entrar ninguém. Ela nem mudou de roupa e sentou à mesa para jantar, mas só tomou um pouco de sopa e saiu imediatamente. Levaram café para ela nos seus aposentos, e a srta. Julie entrou ao mesmo tempo. Ela encontrou a patroa arrumando papéis em sua secretária e viu que eram cartas. Aposto que são as do meu senhor; e, das três que chegaram esta tarde, ainda mantinha uma consigo por toda a noite! Também tenho certeza de que é outra do meu senhor. Mas por que será que ela foi embora assim, sem mais nem menos? Mas não é assunto para mim.

A senhora presidenta foi à tarde na biblioteca do palacete e lá pegou dois livros que levou para o seu toucador, mas a srta. Julie está certa de que ela não leu mais que um quarto de hora durante todo o dia e que só faz é ler essa carta e ficar sonhando acordada com a cabeça apoiada na mão. Como achei que meu senhor ficaria contente de saber quais eram esses livros que a srta. Julie não sabia, pedi que me levasse na biblioteca hoje para eu ver quais eram. Só tem dois lugares vazios: um é o do segundo volume de *Pensamentos cristãos*** e o outro o primeiro volume de *Clarisse****. Escrevo como está escrito. Talvez meu senhor os conheça.

Ontem à noite, a sra. de Tourvel não jantou; só tomou chá.

Ela chamou os criados bem cedo hoje de manhã, pediu que trouxessem os cavalos imediatamente e, antes das nove

---

* A mesma aldeia na metade do caminho. (N.A.)

** *Pensées Chrétiennes*, de Pascal, de 1670, sobre a fraqueza dos homens e a instabilidade da felicidade, esta só encontrável nos braços de Deus e na religião cristã. (N.T.)

*** *Clarisse Harlowe*, romance (1747-1748) também epistolar de Richardson, traduzido para o francês em 1751. Conta os percalços de Clarissa, que imprudentemente começa a corresponder-se com um velhaco e que, tal como a sra. de Tourvel, tem de fugir para evitar ser por ele perseguida. Ver o posfácio. (N.T.)

horas, estava nos Cistercienses*, onde ela ouviu missa. Pediu que a confessassem, mas seu confessor não estava e só voltaria dentro de oito a dez dias. Achei que era bom dizer tudo isso ao meu senhor.

Ela voltou para o palacete logo depois disso, tomou o desjejum e depois começou a escrever cartas, e ficou escrevendo durante quase uma hora. Então, pude fazer logo o que meu senhor mais queria: fui eu quem levou as cartas ao correio. Não tinha nenhuma para a sra. de Volanges, mas mando ao meu senhor uma carta para o senhor Presidente de Tourvel; achei que essa carta devia ser a mais importante. Tinha uma também para a sra. de Rosemonde, mas pensei que meu senhor a verá quando quiser e a despachei. Além disso, meu senhor vai logo saber de tudo, porque a sra. presidenta também escreveu para o meu senhor. Daqui para frente, posso pegar todas as cartas que meu senhor quiser, porque quase sempre é a srta. Julie que entrega as cartas de sua senhora para os criados levarem ao correio, e ela me garantiu que, por amizade por mim, mas também pelo meu senhor, ela vai fazer, de coração, tudo o que eu lhe pedir.

Ela nem mesmo quis o dinheiro que lhe ofereci, mas acho que meu senhor vai querer dar um presente para ela. E se essa é a vontade do meu senhor, e se meu senhor quiser me encarregar disso, sei bem o que vai deixá-la contente.

Espero que meu senhor não pense que estou sendo ineficiente no serviço e faço questão de me explicar por suas advertências. Se não fiquei sabendo da partida da sra. presidenta, só foi porque estava servindo meu senhor com muita atenção e dedicação, porque foi meu senhor que me mandou partir às três horas da manhã, e foi por isso que não pude ver a srta. Julie na véspera, à noite, como costumo fazer e fui dormir no pavilhão dos criados para não acordar ninguém no castelo.

Sobre o ralhamento do meu senhor porque nunca tenho dinheiro, primeiro é porque gosto de me vestir bem, como meu senhor pode ver; segundo, preciso manter a honra de vestir os trajes de caçador que uso; sei muito bem que devia, talvez,

---

* *Fueillants*, no original, ramo dos monges cistercienses criado em 1589 e extinto em 1791. Sua igreja de Paris ficava na já então elegante *Rue de Saint-Honoré*. (N.T.)

economizar um pouco daqui para frente, mas confio totalmente na generosidade do meu senhor, que é um patrão muito bom.

Sobre eu entrar no serviço da sra. de Tourvel e continuar a trabalhar para meu senhor, espero que meu senhor não me obrigue a fazer isso. Agora, tudo é muito diferente daquela vez em que trabalhei com a sra. duquesa; mas, com toda a certeza, não vou vestir uma libré, principalmente uma libré de casa de *nobres de roupa**, como o sr. juiz da sra. presidenta, depois de ter tido a honra de vestir os trajes de caçador particular do meu senhor. Para qualquer outra coisa, meu senhor pode contar comigo, que tenho a honra de ser, com tanto respeito quanto afeição, o humilde criado do meu senhor.

Roux Azolan, caçador

Paris, 5 de outubro de 17**, às onze horas da noite.

CARTA 108
DA PRESIDENTA DE TOURVEL PARA A SRA. DE ROSEMONDE

Ah, minha mãezinha compreensiva! Agradeço-lhe infinitas vezes! Como estava precisando receber uma carta sua, que li e reli sem parar! Não podia me separar dela. Devo à sua carta os momentos menos dolorosos que tive depois de minha partida daí. Como a senhora é boa! Sua sabedoria, sua virtude sabem, então, apiedar-se da fraqueza! A senhora sofre com meus males! Ah, se a senhora os conhecesse! São horríveis... Pensei que já tinha sofrido as dores do amor, mas o tormento inexprimível, o que é preciso sentir para que se tenha uma ideia, é estar longe da pessoa que amamos para sempre... Sim, o sofrimento que me atormenta hoje vai voltar amanhã, depois de amanhã, toda a minha vida! Meu Deus! Como sou jovem! Como ainda tenho tempo pela frente para sofrer!

Sermos nós mesmos os artífices de nosso infortúnio, dilacerar-nos o coração com nossas próprias mãos e, enquanto

---

* A *nobreza de roupa* era composta por altos funcionários, geralmente com funções vitalícias e hereditárias; distinguia-se da *nobreza de sangue*, com títulos antigos, hereditários, geralmente associados a conquistas de guerra e à propriedade da terra, de cunho feudal. Da primeira fazia parte o próprio Laclos, cuja família fora enobrecida, sem título, em 1725, apenas dezesseis anos antes de seu nascimento. (N.T.)

sofremos essas dores insuportáveis, sentir a cada instante que podemos aniquilá-las com uma só uma palavra, e saber que essa palavra levaria a atos ilícitos! Ah, minha amiga!

Quando tomei essa decisão tão dolorosa de me afastar dele, esperava que a ausência aumentasse minha coragem e minhas forças: como estava enganada! Ao contrário, parece que o afastamento terminou por aniquilá-las. Agora, é verdade que não mais precisaria usá-las; mas, quando estava aí e resistia, não era apenas com privações que tinha de lidar; pelo menos, eu o via algumas vezes e, frequentemente, mesmo sem ousar dirigir meus olhos para ele, sentia os dele fixados em mim. Sim, minha amiga, eu sentia seus olhos! Parecia que estavam aquecendo minha alma; e, mesmo sem cruzar com os meus, não deixavam os seus de penetrar em meu coração. Agora, nesta terrível solidão, isolada de tudo o que me é caro, a sós com meu infortúnio, todos os momentos de minha triste existência estão marcados pelas lágrimas, e nada pode amenizar-lhes o amargor; nenhum consolo se deixa mesclar a meus sacrifícios, e os que fiz até este momento serviram apenas para tornar mais dolorosos os que me falta fazer.

Ainda ontem senti isso muito profundamente. Entre as cartas que me entregaram, havia uma dele; ainda estava a dois passos do criado que as trazia e a reconheci entre as outras. Levantei-me involuntariamente, tremia, mal podia esconder minha emoção, e essa sensação não era destituída de prazer. Um instante depois, tendo ficado só, essa doçura enganosa logo se evaporou e apenas me deixou mais um sacrifício inevitável. Com efeito, devia eu abrir essa carta, que, apesar de tudo, eu desejava ardentemente ler? Pela fatalidade que me persegue, todo consolo que parece me ser oferecido, ao contrário, apenas me impõe novas privações, e estas se tornam ainda mais cruéis quando penso que o sr. de Valmont as compartilha.

Aí está, enfim, o nome que não me sai da cabeça e que me deu tanto trabalho escrever; quanto a isso, a crítica velada que a senhora me fez deixou-me efetivamente alarmada. Rogo crer que minha reticência jamais tenha significado falta de confiança na senhora; de fato, por que eu temeria nomeá-lo? Ah! Coro com meus sentimentos, e não por causa do ser que os causa. Quem mais digno que ele para poder inspirá-los? No entanto, não sei por que motivo, esse nome não se desenha espontaneamente sob minha pena; ainda agora, tive necessidade de pensar muito antes de escrevê-lo. Novamente, estou pensando nele.

A senhora me informa que ele lhe pareceu *imensamente afetado por minha partida*. Diga-me, então, o que ele está fazendo. O que disse ele? Disse que ia voltar a Paris? Por todos os meios possíveis, rogo-lhe que faça com que mude de ideia. Com certeza, se ele julgou meus atos corretamente, não está ofendido com minha partida, mas também deve aceitar que esta é uma decisão irrevogável de minha parte. Um dos meus maiores tormentos é não saber o que ele está pensando. Tenho aqui comigo aquela carta que ele me escreveu... mas a senhora por certo concorda que não devo abri-la.

Apenas pela senhora, minha amiga compreensiva, é que posso não ficar inteiramente separada dele. Não quero abusar de sua bondade; sei perfeitamente que suas cartas não podem ser longas, mas a senhora não deixará de mandar duas palavras à sua filhinha: uma para manter-lhe a coragem, outra para consolá-la. Adeus, honrada amiga!

Paris, 5 de outubro de 17**.

CARTA 109

DE CÉCILE VOLANGES PARA A MARQUESA DE MERTEUIL

Foi apenas hoje, senhora, que entreguei ao sr. de Valmont a carta que me deu a honra de escrever. Fiquei quatro dias com ela, apesar do pânico constante que tinha de que a encontrassem comigo; mas a escondi com muito cuidado e, quando me sentia infeliz, encerrava-me em meu quarto para relê-la.

Entendi perfeitamente que o que pensava ser um grande infortúnio quase não tem nada a ver com isso e que é preciso confessar que senti muito prazer. Tanto é assim que não me sinto mais aflita. Só que pensar em Danceny algumas vezes ainda me atormenta. Contudo, já há momentos inteiros em que absolutamente não penso nele! Depois, o sr. de Valmont é muito amável, não é verdade?

Há dois dias me entendi com ele; foi bem fácil para mim,

pois ainda não lhe havia dito duas palavras quando me comunicou que, se eu tivesse alguma coisa a dizer-lhe, iria a meu quarto naquela noite; eu só precisava dizer que sim, que queria. E, depois de ter ido ao meu quarto, parece que deixou para sempre de ter qualquer razão para ficar zangado. Só ralhou comigo depois, e de modo muito carinhoso; seu jeito foi... assim como o da senhora, o que me comprovou que também ele me dedica uma grande amizade.

Não seria capaz de narrar-lhe todos os casos divertidos que me contou, nos quais nunca teria acreditado, especialmente sobre mamãe. Gostaria muito que a senhora me informasse se tudo o que me contou é verdade. Mas o que é certo é que eu não podia parar de rir, de tal modo que, num certo momento, ri tão forte que ficamos ambos com medo de que mamãe nos tivesse ouvido; e, se tivesse vindo ver o que era, o que teria sido de mim? Não há dúvida de que me mandaria para o convento.

Como é preciso ser prudente e como (foi o próprio sr. de Valmont que me disse), por nada neste mundo, ele quer arriscar comprometer-me, combinamos que, de agora em diante, ele virá a meu quarto apenas para abrir a porta a fim de que possamos logo passar a seus aposentos. Já estive ontem lá, e não há nada a temer; na verdade, agora enquanto lhe escrevo, eu o aguardo vir novamente abrir minha porta. Espero que agora, senhora, não fique mais zangada comigo.

No entanto, não posso deixar de dizer-lhe que uma coisa me deixou muito surpresa em sua carta: é o que a senhora afirma sobre quando eu estiver casada, no que se refere a Danceny e ao sr. de Valmont. Parece-me que, quando fomos à Ópera, a senhora disse o contrário: que, uma vez casada, eu devia amar apenas meu marido e que até devia esquecer Danceny; enfim, talvez eu tenha compreendido mal e prefiro que seja ao contrário, porque agora não vou mais ter tanto medo de casar-me. Na verdade, estou querendo casar, pois terei mais liberdade; espero, então, poder preparar-me para só sonhar com Danceny.

Estou convencida de que só serei verdadeiramente feliz a seu lado. Por exemplo, neste instante, sua lembrança me atormenta de novo o coração; só me sinto feliz quando deixo de pensar nele, o que é muito difícil. E, quando estou pensando nele, fico logo triste.

O que me consola um pouco é que a senhora me garante que Danceny vai me amar ainda mais, por causa de tudo o que aconteceu. Mas a senhora tem certeza? Ah! Sim! A senhora não iria querer enganar-me! No entanto, é engraçado que seja Danceny a quem eu amo e que seja o sr. de Valmont que... Mas, como a senhora diz, talvez tudo seja uma grande sorte para mim! Enfim! Vamos ver...

Não entendi bem sua observação sobre meu estilo de escrever. Parece-me que Danceny acha minhas cartas boas do jeito que são. Contudo, entendi muito bem que não devo absolutamente mencionar a ele nada do que está acontecendo entre mim e o sr. de Valmont; por isso, a senhora não tem nada a temer.

Mamãe ainda não me falou outra vez sobre meu casamento; contudo, pode ficar tranquila, quando ela falar no assunto, já que é para eu cair em sua armadilha, prometo à senhora que vou saber mentir.

Adeus, minha boa amiga. Agradeço-lhe muito e prometo que não vou esquecer todas as suas deferências para comigo. É preciso que termine esta carta, pois já é uma hora e o sr. de Valmont deve estar chegando.

Do Castelo de..., 10 de outubro de 17**.

CARTA 110

Do Visconde de Valmont para a Marquesa de Merteuil

Forças celestes! Minha alma foi destinada à dor! Dai-me uma outra destinada à felicidade!* Quem assim fala é o suave Saint-Preux**, se não me engano. Melhor aquinhoado do que ele, tenho, ao mesmo tempo, as duas existências. Sim, minha amiga, ao mesmo tempo sou muito feliz e muito infeliz. Como você tem minha inteira confiança, devo-lhe o duplo relato de minhas dores e de minhas alegrias.

Saiba, pois, que minha ingrata devota mantém-se inalterável. Já estou na quarta carta devolvida. Talvez não devesse

---

* *A nova Heloísa* (vol. I, carta V). Ver o posfácio. (N.T.)

** Saint-Preux era o preceptor de Julie d'Etanges, personagens centrais do livro de Rousseau *A nova Heloísa*; o título completo da obra é *Julie ou A nova Heloísa*, pois, tal como Saint-Preux, Abelardo se apaixonou por sua aluna, Heloísa. (N.T.)

dizer a quarta, porque, tendo previsto, desde a primeira devolução, que esta seria seguida por muitas outras, e não querendo perder meu tempo dessa maneira, decidi escrever minhas queixas em frases usuais e não datar. Desse modo, desde a segunda vez, é sempre a mesma carta que vai e vem; apenas mudo o envelope. Se algum dia minha amada terminar, como terminam todas as minhas amadas, por abrandar seu coração, nem que seja por cansaço, ela finalmente vai aceitar a carta, e será então que passarei a datar as próximas. Contudo, você já deve ter notado que, com esse novo método de correspondência, não estou melhor informado do que no dia em que o iniciei...

Seja como for, descobri que a volúvel beata mudou de confidente; pelo menos, asseguro que, após ter ela deixado o castelo, não chegou nenhuma carta sua para a sra. de Volanges, ao passo que já chegaram duas para a sra. de Rosemonde; por isso, como minha tia nada me contou e como não abre mais a boca para falar da *sua querida menina*, de quem antes falava sem parar, concluí que é agora a sua confidente. Acho que essa importante alteração foi causada, de um lado, pela necessidade de falar sobre mim e, de outro, pelo constrangimento que tem de tratar com a sra. de Volanges sobre sentimentos que esta desaprovou por tanto tempo. Receio que também perdi com a troca: quanto mais velhas ficam as mulheres, tanto mais se tornam ásperas e severas. A primeira falaria mal de mim muito mais do que minha tia, mas esta vai falar-lhe mais é de amor; e a delicada devota se apavora muito mais com sentimentos do que com pessoas.

A única maneira de manter-me a par dos fatos é, como você vê, interceptar essa troca clandestina de cartas. Já instruí meu caçador nesse sentido e espero ver minhas ordens cumpridas mais dia, menos dia. Até lá, só posso agir ao sabor do acaso; por isso, faz oito dias que inutilmente repasso modos de agir em todos os romances conhecidos e também em minhas memórias secretas, pois nada tenho conseguido encontrar neles que convenha, nem às circunstâncias dessa aventura, nem ao caráter de sua heroína. A dificuldade não seria introduzir-me em sua casa, mesmo à noite, ou até fazê-la dormir com alguma droga e transformá-la em uma nova Clarissa; após dois meses de esforços e aflições, imagine-me tendo de recorrer a meios que são estranhos à minha índole! Rastejar servilmente sobre as pegadas dos outros e triunfar sem glória? Não, ela não terá *os prazeres do vício e as honras da virtude.** Não me basta possuí-la; quero que se entregue. Ora, para isso não é apenas preciso que eu entre em seus aposentos, mas também que ela própria me abra a porta; que eu a encontre a sós e com o desejo de ouvir-me; e, principalmente, que não lhe seja permitido ver o perigo, pois, se o vir, ela irá superá-lo ou morrer. Mas, quanto mais me decido sobre o que fazer, tanto mais me parece difícil executá-lo; se você quiser outra vez fazer troça de mim, confesso-lhe que minha confusão aumenta à medida que trato justamente de diminuí-la.

Estou certo de que me sentiria totalmente perdido se não tivesse a excelente distração que me tem proporcionado nossa pupila; é a ela que devo o fato de ter alguma coisa para fazer, algo completamente diferente das elegias que costumo escrever à beata.

Mas você acredita que a pequena estava tão apavorada que sua carta, marquesa, apenas surtiu efeito três longos dias depois? Aí está um exemplo de como uma só palavra errada pode estragar a mais propícia das disposições.

Enfim, apenas no sábado ela veio ficar à minha volta, balbuciando umas poucas palavras, pronunciadas tão baixo e tão abafadas pela vergonha que me foi impossível compreendê-las. Mas o rubor que causaram me fez adivinhar-lhes o significado. Até esse momento, havia mantido meu orgulho; mas, amolecido por um arrependimento tão amável, prometi imediatamente à linda penitente que a receberia ainda naquela noite, tendo sido essa minha oferta recebida com o reconhecimento que correspondia a tamanha benemerência de minha parte.

Como nunca perco de vista nem seus planos, nem os meus, decidi aproveitar a ocasião não apenas para averiguar com precisão quanto efetivamente vale essa menina, como também para acelerar sua educação. Mas, para continuar esse trabalho com mais liberdade, tinha de mudar o lugar de nossos encontros, pois o simples cômodo que separa seu quarto de dormir do de sua mãe não poderia inspirar-lhe suficiente confiança para que me mostrasse, à vontade, tudo do que é capaz. Decidi, então,

---

* *A nova Heloísa.* (N.A.)

fazer *sem querer* algum ruído que lhe causasse tanto medo que a decidisse a ir, no futuro, para um esconderijo mais seguro; ela mesma acabou por poupar-me esses cuidados.

A criaturinha ri com facilidade; e, para dar força à sua natural alegria, nos entreatos achei por bem contar-lhe todo tipo de aventura escandalosa que me passava pela cabeça. Para torná-las mais picantes e prender ainda mais sua atenção, fiz de sua mãe a personagem central de todas elas, a quem me divertia muito engalanar com vícios e atitudes ridículas.

Não foi sem motivo que tomei essa decisão. Desse modo, eu estava encorajando, melhor do que com qualquer outro meio, minha tímida colegial e, ao mesmo tempo, inspirando-lhe o mais profundo desprezo por sua mãe. Há muito tempo notei que esse meio nem sempre é necessário para seduzir uma jovem, mas é indispensável, e até mais eficaz, quando queremos fazer dela uma devassa. Isso porque a jovem que não tem respeito pela própria mãe não vai respeitar a si mesma, verdade moral que creio tão útil que muito contente forneci um exemplo concreto para comprovar esse princípio apenas abstrato.

No entanto, sua pupila, que não estava preocupada com assuntos morais, a todo instante se sufocava de tanto rir e, por fim, pensou que ia explodir! Não tive trabalho para convencê-la de que estava fazendo um *barulho horrível*. Fingi estar com muito medo, o que compartilhou com facilidade. Para que se lembrasse de ter cuidado, não mais permiti que o prazer voltasse a nos tomar e deixei-a sozinha três horas antes do habitual; então combinamos, ao separar-nos, que a partir do dia seguinte seria em meu quarto que nos reuniríamos.

Só a recebi em meus aposentos duas vezes, mas, nesse curto espaço de tempo, a colegial já está quase tão esperta quanto seu mestre. Sim, na verdade, ensinei-lhe tudo, até as formas mais extremas de dar e receber prazer; só não lhe ensinei as precauções necessárias.

Assim ocupado durante toda a noite, fiquei dormindo a maior parte do dia; e, como no atual grupo de hóspedes do castelo não há nada que me atraia, mal permaneço uma hora no salão durante todo o dia. Hoje, cheguei até a decidir comer em meus aposentos, de onde espero sair apenas para andar um pouco. Essas esquisitices estão sendo atribuídas à minha saúde.

Declarei que estava *com falta de ar* e que tinha um pouco de febre. Isso me obriga a falar somente com voz lenta e fraca. Quanto a alterações em meu rosto, sua pupila se encarregará disso. *O amor providenciará.**

Passo meu tempo livre pensando em como recuperar a vantagem perdida sobre minha ingrata e também compondo uma espécie de catecismo da orgia para o uso de minha aluna. Divirto-me em mencionar nele cada coisa por seu nome técnico e rio, com antecipação, das conversas que isso vai originar entre ela e Gercourt na primeira noite após o casamento. Nada é mais divertido do que a ingenuidade com que ela já se serve do pouco que sabe desses termos! Nem imagina que outras palavras possam ser utilizadas. Essa menina é, sem dúvida, muito sedutora! O contraste de sua ingênua candura com essa linguagem desavergonhada não deixa de causar efeito; mas, não sei por que razão, agora, apenas essas coisas bizarras é que estão podendo causar-me prazer.

Talvez esteja me envolvendo demais com essa menina; digo isso porque, por causa dela, estou comprometendo tanto meu tempo quanto minha saúde. Mas espero que minha doença fingida, além de salvar-me do tédio que reina no salão, possa ainda ser-me de alguma utilidade junto à minha austera devota, cuja virtude de leoa, contudo, se alia a uma sensibilidade muito doce! Não tenho dúvida de que já está informada desse grande acontecimento que é minha falsa enfermidade e tenho muita vontade de saber o que estará pensando a esse respeito, tanto mais quanto apostaria tudo que ela não vai deixar de atribuir-se a honra de ser a causa de meu mal-estar. Vou adequar a intensidade de minha indisposição à impressão que esta tiver sobre ela.

Agora, minha bela amiga, com esta carta você está sabendo sobre mim tanto quanto eu mesmo. Espero ter, em breve, notícias mais interessantes para relatar-lhe, e rogo acreditar que, entre os prazeres que me prometo com toda esta trabalheira, conto muito com o prêmio que espero de sua pessoa.

Do Castelo de..., 11 de outubro de 17**.

---

* Regnard, *Loucuras de amor*. (N.A.) [(O autor (1655-1709), nessa peça de teatro muito popular naquele tempo, conta a história de uma jovem que engana um velho pretendente e se casa com seu jovem amante. (N.T.)]

CARTA 111
Do Conde de Gercourt para a sra. de Volanges

Tudo parece, sra. de Volanges, encaminhar-se para a paz nesta região e esperamos, de um dia para outro, a permissão para voltarmos à França. Estimo que jamais duvidará de que tenho a mesma pressa de antes em voltar a Paris e aí formalizar os laços que devem me unir à srta. de Volanges. No entanto, o sr. Duque de..., meu primo, a quem, como a senhora sabe, devo muitos favores, acaba de comunicar-me que foi reconvocado para Nápoles. Informou-me que espera passar por Roma e, no caminho, visitar a parte da Itália que lhe falta conhecer. Pediu-me que o acompanhe nessa viagem, que será de aproximadamente seis semanas ou dois meses. Considerando que, uma vez casado, dificilmente terei tempo para ausências que não as exigidas por meu serviço, não escondo à senhora que me seria agradável aproveitar essa oportunidade. Talvez também fosse mais conveniente esperar o inverno para realizar nossas bodas, pois só então todos os meus parentes poderão estar reunidos em Paris, especialmente o sr. Marquês de..., a quem devo a esperança de fazer parte de sua família. Apesar destas considerações, meus planos quanto a esse assunto estão absolutamente subordinados aos seus; e, por pouco que a senhora prefira manter os preparativos que já tomou, estou pronto para deixar de lado os que, de minha parte, já tomei. Rogo apenas que me comunique, tão logo puder, acerca de suas intenções. Esperarei sua resposta aqui, e somente ela determinará meus passos.

Com respeito, senhora, e com todos os sentimentos que convêm a um filho, sou seu muito humilde etc.

CONDE DE GERCOURT
Bástia, 10 de outubro de 17**.

CARTA 112
Da sra. de Rosemonde para a presidenta de Tourvel
(ditada, mas não assinada)

Somente agora, minha querida menina, recebo sua carta do dia 11*, com as suaves críticas que contém. Admita que de-

---
* Esta carta não foi encontrada. (N.A.)

sejava fazer-me críticas ainda maiores e que, se não se tivesse lembrado de que era *minha filha,* teria realmente ralhado comigo. Mas, se o tivesse feito, teria sido muito injusta! Foram o desejo e a esperança de poder eu mesma escrever a resposta que me fizeram adiá-la a cada dia. Você deve levar em conta que ainda me vejo obrigada a pedir que escreva por mim a mão de minha camareira. Meu desafortunado reumatismo me atacou de novo; tendo, desta vez, se instalado em meu braço direito, estou completamente maneta. Linda e ágil como você é, veja bem o que é ter uma velha como amiga! Sofremos desses males...

Tão logo minhas dores cederem um pouco, prometo que vou escrever-lhe mais longamente. Enquanto espera, saiba apenas que recebi suas duas cartas; que, se fosse possível, teriam aumentado minha terna amizade por você e que nunca deixarei de participar, com muito empenho, de tudo o que possa lhe dizer respeito.

Meu sobrinho também está um pouco indisposto, mas sem nenhum perigo, não sendo preciso preocupar-se com seu estado. É uma leve indisposição que, ao que me parece, afeta mais seu humor que sua saúde. Quase não o vemos mais.

A reclusão de meu sobrinho e sua partida, minha menina, não tornaram nosso pequeno círculo mais alegre. A pequena Volanges, principalmente, gostaria muito de poder conversar com você e passa o dia bocejando de tédio, ao mesmo tempo em que rói as unhas de tanta ansiedade. Especialmente de uns dias para cá, ela nos honra dormindo profundamente logo depois do jantar.

Adeus, minha querida. Como sempre, sou sua boa amiga, sua mãezinha, até mesmo sua irmã, se minha avançada idade pudesse me permitir o título. Enfim, sinto-me ligada a você pelos sentimentos mais ternos possíveis.

Assinado ADÉLAÏDE, pela sra. DE ROSEMONDE
Do Castelo de..., 14 de outubro de 17**.

CARTA 113

DA MARQUESA DE MERTEUIL PARA O VISCONDE DE VALMONT

Penso que devo adverti-lo, visconde, de que já se começa a falar sobre você em Paris, que já estão notando sua longa ausência e que a causa já foi adivinhada. Ontem, estive em um jantar muito concorrido, quando disseram com todas as letras que você estava retido num vilarejo por causa de um amor novelesco e não correspondido; imediatamente, a alegria se desenhou na face de todos os homens que invejam seu sucesso e de todas as mulheres que você descartou. Se acreditar em mim, não deixará que esses boatos perigosos tomem consistência e virá, sem mais tardar, destruí-los com sua presença.

Se permitir que não lhe creiam mais irresistível, leve em conta que logo as mulheres se defenderão de seus ataques com maior facilidade e que seus rivais também lhe perderão o respeito e ousarão atacá-lo. Pois qual deles não se crê mais forte que a virtude? Principalmente, considere que, na multidão de mulheres cuja conquista você alardeou, aquelas que na verdade nem sequer tocou vão tentar tirar o público desse engano, enquanto as abandonadas farão de tudo para deixar a todos nessa ilusão. Enfim, prepare-se para ser, talvez, apreciado tão abaixo de seu real valor quanto, até hoje, foi apreciado acima dele.

Por isso tudo, volte para cá, visconde, e não sacrifique sua reputação a um capricho pueril. Já fez tudo o que queríamos com a pequena Volanges e, quanto à sua presidenta, aparentemente não será permanecendo a dez léguas dela que satisfará às suas próprias fantasias. Acha que ela correrá atrás de você? Quem sabe se agora ela já não o esqueceu, pensando apenas em felicitar-se por tê-lo humilhado. Aqui, pelo menos, você poderia encontrar alguma ocasião para reaparecer com grande alarde; está precisando disso; mas, se continuar obstinado com essa aventura ridícula por mais tempo, não consigo prever como sua volta a Paris possa ajudá-lo no que quer que seja... ao contrário.

Com efeito, se sua presidenta *o adora,* como você tantas vezes me escreveu e tão pouco comprovou, seu único consolo e seu exclusivo prazer devem ser, agora, poder falar sobre você, saber o que está fazendo, o que diz, o que pensa e até as mínimas coisas que estão lhe interessando. Essas ninharias atingem um preço altíssimo por causa das privações que ela está sentindo. São as migalhas de pão que caem desdenhadas da mesa do homem rico, mas os pobres as recolhem avidamente e se alimentam com elas. Ora, a coitada da presidenta consegue, agora, todas essas migalhas e, quanto mais as obtiver, menos pressa terá de entregar-se, com apetite, ao pão inteiro.

Ademais, agora que sabe quem é sua nova confidente, com certeza você não duvida de que todas as suas cartas deixarão de conter pequenos sermões com tudo o que ela crê adequado para *solidificar seu bom senso e fortalecer sua virtude**. Por que, então, prover os meios para que uma dessas duas mulheres possa defender-se e para que a outra nos prejudique?

Não é que não esteja absolutamente de acordo com você quanto à desvantagem em que ficou com a mudança de confidente. Em primeiro lugar, a sra. de Volanges o odeia, e o ódio sempre vê as coisas com mais clareza e engenho do que a amizade. Toda a virtude de sua velha tia não irá induzi-la a falar mal um só instante de seu sobrinho, pois as pessoas virtuosas também têm suas fraquezas. Finalmente, queria dizer-lhe que seus temores, visconde, originam-se de observações absolutamente errôneas.

Não é verdade que, *quanto mais envelhecem as mulheres, mais ficam ásperas e severas*. Apenas entre quarenta e cinquenta anos é que o desespero de ver o rosto fenecer e a raiva de se sentirem obrigadas a abandonar pretensões e prazeres que ainda lhes são imprescindíveis fazem com que a maioria das mulheres se torne pudica e birrenta. É preciso um longo tempo para aceitarem inteiramente essas grandes perdas; mas, logo depois da consumação desse sacrifício, podemos dividir as mulheres em dois grupos.

O mais numeroso, o das mulheres que só tiveram de seu a beleza e a juventude, cai numa apatia imbecil, da qual só sai para jogar cartas ou exercer algumas práticas religiosas; esses tipos de mulher são sempre maçantes: estão sempre ralhando, algumas vezes podem até criar casos desagradáveis, mas raramente são más. Também não se pode dizer se são ou não severas: sem saber pensar e sem experiência de vida, elas repetem, sem compreender e indiscriminadamente, tudo o que ouviram dizer, transformando-se, por si mesmas, em absolutas nulidades.

O outro grupo de mulheres, muito mais raro, mas preciosíssimo, é o das que, tendo personalidade e não querendo negligenciar o cultivo das ideias, sabem confeccionar para si

---

* *Não se pode prever tudo!*, comédia. (N.A.) [Ópera cômica de Sedaine, de 1761. (N.T.)]

mesmas uma existência própria quando a natureza começa a deixá-las sem atrativos; por isso, nessa nova situação, decidem vestir o espírito com os adornos que antes enfeitavam seus corpos. Esses tipos de mulher julgam com isenção e possuem espírito ao mesmo tempo forte, alegre e gracioso. Tais atributos substituem os encantos que antes seduziam seja por uma bondade cativante, seja por uma vivacidade cujo atrativo aumenta na proporção da idade. É assim que elas conseguem, de alguma maneira, aproximar-se da juventude, fazendo-se amadas pelos mais jovens. Mas então, longe de ser como você disse – *ásperas e severas* –, o hábito da tolerância, suas longas reflexões sobre a fraqueza humana e, sobretudo, as lembranças da juventude, pelas quais elas ainda se mantêm ligadas à vida, tornariam essas mulheres talvez demasiado indulgentes e despreocupadas.

Finalmente, o que posso lhe dizer sobre esse assunto é que, tendo sempre procurado a companhia das velhas senhoras, de cuja opinião favorável sobre nós conheci a utilidade muito cedo, encontrei muitas para as quais minha simpatia me levava mais que o próprio interesse. Não digo mais nada, pois, como ultimamente você tem ficado de cabeça quente de maneira tão rápida e intensa, teria medo de que subitamente se apaixonasse por sua própria e velha tia e que se enterrasse com ela na tumba onde está vivendo já faz tanto tempo. Por isso, voltemos a nossos assuntos.

Apesar de parecer encantado com sua pequena aluna, não posso acreditar que ela tenha, de algum modo, entrado em seus planos. Você a tinha em suas mãos e a tomou oportunamente! Mas isso não pode se transformar num gosto. Nem mesmo se trata, para dizer a verdade, de um prazer completo: você apenas possui seu corpo! Não me refiro ao coração dela, com o qual tenho certeza que você quase nem se preocupa, e onde ela não tem para você o menor espaço. Não sei se percebeu, mas tenho a prova disso na última carta que ela me escreveu* e que lhe envio para que você mesmo julgue. Note bem, quando ela se refere a você, é sempre como *sr. de Valmont,* e todas as suas ideias, mesmo as que você lhe desperta, sempre terminam por desembocar em Danceny; a ele, sim, ela nunca chama de senhor; é sempre apenas *Danceny*. Isso comprova como o distingue de todos os outros; de fato, mesmo entre-

---
* Ver a carta 109. (N.A.)

gando-se a você, só com ele se sente à vontade. Se uma conquista desse tipo parece-lhe *sedutora,* se os prazeres que lhe proporciona o deixam *deliciado,* não há dúvida de que você é pouco exigente e fácil! Que fique com ela, posso compreender; isso está de acordo com meus planos. Mas acho que não vale a pena incomodar-se quinze minutos com isso tudo; aliás, você também deveria ter maior controle sobre a situação e só permitir, por exemplo, que se reaproxime de Danceny depois de tê-la feito esquecer-se dele um pouco mais.

Antes de deixar seus assuntos de lado e tratar dos meus, queria ainda dizer-lhe que essa tática de ficar doente, que você me disse que ia empregar, é bastante conhecida e utilizada. Na verdade, visconde, você não é nada inventivo! Quanto a mim, algumas vezes também me repito, como você vai ver, mas procuro redimir-me pelos detalhes e, principalmente, pelo sucesso, o que me justifica. Agora mesmo vou tentar outra vez o sucesso em uma nova aventura. Admito que esta não terá o mérito da dificuldade, mas, pelo menos, será uma distração: estou tão entediada que me parece que vou morrer.

Não sei por quê, depois da aventura com Prévan, Belleroche tornou-se insuportável para mim. Aumentou suas atenções, suas carícias e sua *veneração* de tal modo que não o aguento mais. De início, sua cólera me pareceu divertida; no entanto, foi até preciso que o acalmasse quando eu quis romper, pois seria comprometer-me, se o deixasse agir de acordo com seus desejos, e não havia meios de que escutasse argumentos razoáveis. Então, decidi demonstrar-lhe maior amor para chegar a meu objetivo mais facilmente; mas ele levou a sério minha atitude e, depois disso, me sufoca com seu inquebrantável encantamento. Notei, acima de tudo, a insultante confiança que passou a ter em mim e a segurança com que me considera sua para sempre. Isso está me deixando, de fato, muito humilhada. Ele me valoriza muito pouco, se acha que vale o suficiente para me prender para sempre. Não é que outro dia estava dizendo que jamais amei alguém como a ele? Ah! Com tamanho golpe, tive necessidade de empregar toda a minha prudência para não tirá-lo de sua doce ilusão e dizer como as coisas de fato são. Que homenzinho, então, é esse? Querer ter direitos exclusivos! Admito que tem um corpo bem-feito e que seu rosto é algo bonito, mas, julgando o conjunto, não passa de um amante sofrível. Ou seja, chegou o momento: é preciso que nos separemos.

Já faz quinze dias que estou tentando fazê-lo e, alternadamente, já utilizei frieza, caprichos, mau humor e brigas inventadas, mas a tenaz criatura não abandona sua presa com facilidade. Por isso, preciso tomar uma atitude mais drástica; vou levá-lo comigo ao campo. Partimos depois de amanhã. Somente estarão conosco pessoas que não prestarão atenção em nós e que não repararão em nada; poderemos, pois, ter tanta liberdade como se estivéssemos sozinhos. No campo, vou sobrecarregá-lo a tal ponto com amor e carinhos, vamos viver tão bem, unicamente um para o outro, que aposto tudo como desejará mais do que eu o fim desse interregno campestre, o qual imagina será só felicidade; e, se ele não ficar mais entediado comigo do que eu com ele – está bem!, admito! –, não sei mais do que você como agir em casos semelhantes.

O pretexto para essa espécie de retirada é dedicar-me seriamente a um grande processo judicial de meu interesse, que será, de fato, julgado finalmente no início do inverno. Estou muito contente com isso, pois é realmente desagradável ver toda a sua fortuna dançando na corda bamba. Não que me inquiete com a decisão judicial; em primeiro lugar, tenho razão: todos os meus advogados me asseguram disso; e, mesmo que não tivesse, eu seria muito canhestra se não soubesse como ganhar esse processo, no qual tenho por adversários apenas menores de muito pouca idade e seu velho tutor. Mas como não se pode esquecer nada num assunto de tão grande importância, terei todo tempo comigo dois advogados. Essa estada no campo não lhe parece divertida? De quebra, se ganho o processo e perco Belleroche, não vou arrepender-me do modo como empreguei meu tempo.

Agora, visconde, adivinhe quem será o sucessor do meu cavaleiro? Aposto cem contra um. Está bem! Então não sei que você nunca adivinha nada? Pois bem! É Danceny. Está surpreso, não é?, já que ainda não fui reduzida a educar meninos! Mas este merece uma exceção; só possui da juventude os encantos, nada da futilidade. A grande discrição com que se comporta em sociedade é muito propícia para afastar todo tipo de suspeita quanto a nosso caso; e essa discrição apenas faz com que o considere ainda mais amável quando ele se entrega, quando está a sós comigo. Não é que já tenha me beneficiado dessas situações; até agora, sou apenas sua confidente; mas, sob esse véu da amizade, penso que está gostando intensamente de mim e percebo que também eu o quero muito. Seria uma pena se tanta fineza de espírito e tanta sensibilidade fossem abandonadas e se embrutecessem ao lado dessa pequena imbecil dos Volanges! Espero que esteja enganado quando crê que a ama; a menina está longe de merecê-lo. Não é que esteja com ciúmes, mas isso seria um crime de morte, e quero salvar Danceny. Rogo, pois, visconde, que se empenhe em impedi-lo de se reaproximar de *sua Cécile* (tal como ainda tem o péssimo hábito de chamá-la). O primeiro amor tem sempre maior força do que podemos crer, e não estarei segura de nada se ele conseguir vê-la agora, sobretudo durante minha ausência. Quando regressar, vou encarregar-me de tudo e por tudo me responsabilizarei.

Pensei até em levar o jovem comigo, mas sacrifiquei esse prazer à minha costumeira prudência; e, depois, fiquei com medo de que pudesse perceber alguma coisa entre Belleroche e mim; ficaria desesperada se ele tivesse a menor ideia do que está acontecendo. No mínimo, quero apresentar-me à sua imaginação como se fosse pura e sem mácula; enfim, tal como devo ser para verdadeiramente ser digna dele.

Paris, 15 de outubro de 17**.

CARTA 114

Da presidenta de Tourvel para a sra. de Rosemonde

Minha amiga querida, cedo à minha intensa inquietude; pois, sem saber se a senhora estará em condições de responder-me, não consegui deixar de consultá-la. O estado do sr. de Valmont, que descreve como *sem perigo*, não me deixa com a mesma segurança que a senhora parece ter. Não é raro serem a melancolia e o desgosto do mundo sintomas que precedem a algumas doenças graves; os sofrimentos do corpo, como os do espírito, fazem com que se deseje a solidão; e, frequentemente, criticamos o mau humor de quem deveríamos apenas lamentar os males.

Parece-me que ele devia, pelo menos, consultar alguém. Estando a senhora mesma doente, como pode não ter um médico a seu lado no castelo? O meu, que vi hoje de manhã e a quem, não lhe escondo, consultei sobre o sr. de Valmont, indiretamente opinou que, nas pessoas naturalmente ativas, essa espécie de apatia súbita nunca deve ser desprezada; ademais, disse que as enfermidades deixam de ceder ao tratamento quando não são medicadas a tempo. Por que fazer correr esse risco alguém que a senhora tanto ama?

O que redobra minha inquietação é que há quatro dias não recebo notícias dele. Meu Deus! A senhora está me enganando quanto à saúde dele? Por que será que deixou de escrever-me subitamente? Se fosse somente pelo efeito de minha obstinação em restituir suas cartas, creio que teria tomado essa decisão bem antes. Enfim, mesmo não crendo em pressentimentos, há alguns dias que venho sendo tomada por uma tristeza que me mete medo. Ah! Talvez esteja às vésperas do maior de todos os males!

A senhora não vai me acreditar, tenho vergonha de dizer-lhe quanto me aflijo por não mais receber essas mesmas cartas que, contudo, ainda me recuso a ler. Pelo menos, então, eu tinha certeza de que ele ainda estava pensando em mim e via alguma coisa que vinha dele! Não abria essas cartas, mas chorava ao olhá-las: minhas lágrimas eram mais doces e mais fáceis. Além disso, apenas elas conseguiam, em parte, dissipar a opressão habitual em que me encontro desde minha partida daí. Suplico-lhe, minha compreensiva amiga, que me escreva, a senhora mesma, logo que puder e, até lá, que mande me darem notícias suas e dele.

Dou-me conta de que só escrevi umas poucas palavras sobre sua pessoa, mas a senhora já conhece meus sentimentos, meu envolvimento sem reservas, meu terno agradecimento por sua sensível amizade. Peço que me perdoe, em nome da confusão em que me encontro, do sofrimento mortal, do tormento horrível de ter que temer males dos quais, talvez, seja eu a causa. Deus misericordioso! Essa ideia exasperante me persegue e estraçalha meu coração; esse infortúnio estava me faltando: sinto que nasci para sofrê-los todos.

Adeus, minha querida amiga; ame-me e apiede-se de mim! Será que receberei uma carta sua ainda hoje, senhora?

Paris, 16 de outubro de 17**.

CARTA 115
Do Visconde de Valmont para a Marquesa de Merteuil

Que coisa mais inconcebível, minha bela amiga! Logo depois que tivemos de nos separar, deixamos de nos entender com grande facilidade. Durante todo o tempo em que estive a seu lado, tínhamos sempre um só modo de sentir e uma única maneira de ver; mas, como já faz cerca de três meses que não a vejo, não concordamos mais no que quer que seja. Quem de nós está errado? Com toda a certeza, você não hesitaria em responder; mas eu, o mais sábio, o mais cortês, não me decido. Vou apenas responder à sua carta e continuar relatando-lhe o que faço.

Em primeiro lugar, agradeço os conselhos que me deu relativos aos boatos que circulam sobre mim, mas ainda não me inquietaram; estou certo de que tenho meios de fazer com que esses rumores cessem logo. Fique tranquila: só vou reaparecer em sociedade mais famoso que anteriormente e sempre mais digno de você.

Para tanto, espero que em algo contribua a aventura com a pequena Volanges, da qual você parece fazer pouco caso, como se fosse pouco, em uma só noite, roubar uma jovem de seu namorado muito querido e utilizá-la depois, à vontade, como se fosse sua plena propriedade, sem qualquer obstáculo para obter o que não se ousa pedir nem às jovens cujo ofício é fazê-lo. E isso tudo sem abalá-la em nada quanto a seu terno amor, sem torná-la volúvel e tampouco infiel: pois, com efeito, não é somente sua cabeça que conquistei? De tal modo que, uma vez satisfeita minha fantasia, vou devolvê-la aos braços de seu amante, por assim dizer, sem que ela própria se tenha dado conta de que algo aconteceu entre nós. Continua a achar que se trata de uma conquista corriqueira? Considere também que quando ela não mais estiver em meus braços, os princípios que lhe dei não se desenvolverão menos por isso; predigo que a tímida escolar, em breve, vai tomar um impulso próprio que honrará seu mestre.

Se, contudo, o gênero heroico for preferido, apresentarei a presidenta, esse reconhecido modelo de todas as virtudes, respeitado mesmo por nossos maiores libertinos! Resultado: em tão alta conta eles a têm que a ideia de conquistá-la já foi abandonada! Mas a mostrarei, dizia eu, esquecida de seus deveres e de suas virtudes, e sacrificando sua reputação e dois anos de esposa de comportamento impecável para sair correndo atrás da felicidade de agradar-me, para inebriar-se com a de amar-me, encontrando suficiente recompensa para tantos sacrifícios numa só palavra ou num só gesto de minha parte, os quais, no entanto, não lhe serão para sempre concedidos. Farei mais: eu a deixarei e, a não ser que esteja muito enganado a respeito dessa mulher, não terei nenhum sucessor. Isso porque ela vai resistir seja à necessidade de consolo, seja ao hábito de procurar prazer, seja ao próprio desejo de vingança. Por fim, estará existindo apenas para mim, e esse período de sua vida será mais breve ou mais longo, segundo eu determine quando começa ou termina. Uma vez consumado meu triunfo, direi a meus rivais: "Observem minha obra e procurem, neste século, um exemplo semelhante!".

Você vai perguntar-me de onde vem hoje esse excesso de confiança. É que, há oito dias, obtive a confiança de minha amada; ela não me contou seus segredos, mas os descobri! Duas de suas cartas para a sra. de Rosemonde me informaram o suficiente a esse respeito; só lerei as outras por curiosidade. Para ter sucesso, não preciso de mais nada senão me reaproximar dela e já sei que meios devo usar. Vou agir imediatamente.

Está curiosa?... Não lhe direi nada! Para puni-la por não crer em minha inventividade, você não vai ficar sabendo que meios serão esses. Para ser honesto, acho que você merecia que eu deixasse de confiar em você, pelo menos durante essa aventura; com efeito, antes do prêmio delicioso que você associou a meu sucesso, não vou mais contar-lhe nada sobre esse caso. Com isso, fique sabendo que estou zangado. Entretanto, na esperança de que venha a se corrigir, vou limitar-me a essa pena muito leve; e, quando recuperar minha tolerância, esquecerei por um momento meus importantes planos para discutirmos os seus.

Então, você agora está no campo, lugar tedioso como as emoções e triste como a fidelidade! E esse pobre Belleroche! Não vai contentar-se em fazê-lo beber as águas do oblívio: vai usá-las também para torturá-lo até que morra afogado! Como ele vai reagir? Aguentará bem as náuseas do excesso de amor? Queria muito que nesse caso ficasse ainda mais ligado a você; se for assim, tenho curiosidade de saber qual o remédio mais eficaz que você empregará. Na verdade, eu a critico por ter sido obrigada a recorrer ao medicamento que está usando agora: em toda a minha vida, apenas uma vez fiz amor por obrigação. Naturalmente que tinha um grande motivo, pois se tratava da Condessa de... E, em seus braços, vinte vezes fiquei tentado a dizer-lhe: "Senhora, renuncio à posição que estava pleiteando; assim, permita-me que deixe vaga a que agora ocupo". Por isso, entre todas as mulheres que tive, esta é a única de quem tenho grande prazer em falar mal.

Quanto aos motivos que você mesma me deu para sua própria conduta, para ser sincero, parecem-me de um raro ridículo: você tinha razão ao crer que eu nunca adivinharia o sucessor! Qual! É por Danceny que você está se dando essa trabalheira toda! Ufa! Minha cara amiga, deixe-o adorar *sua virtuosa Cécile* e não se comprometa com brincadeiras infantis. Deixe os colegiais terem suas experiências com as *criadas*, ou brincarem com seus coleguinhas de escola suas *brincadeiras inocentes*. Como é que você vai se encarregar de um noviço que não vai saber nem tomá-la, nem abandoná-la, e com quem terá de fazer tudo? Digo-lhe, com toda a seriedade, que desaprovo essa sua escolha e, por mais secreto que tudo permaneça, você no mínimo ficaria humilhada diante dos meus olhos e da sua consciência.

Você me disse que está gostando muito dele: vamos, então!, não há dúvida de que está se iludindo; na verdade, creio até que encontrei a causa de seu engano. Esse desagrado em relação a Belleroche sobreveio num momento de baixa temporada para nós, caçadores, e, como Paris não pode ofertar-lhe uma grande escolha nesse período, sua mente, sempre muito ativa, pousou no primeiro objeto que encontrou. Mas considere que, quando voltar a Paris, você poderá escolher entre milhares; e, se finalmente você temer a falta de ação na qual se arriscaria cair, se vier a desistir de sua aventura com Danceny, ofereço-me a você para desanuviar seu tempo livre.

Daqui até sua volta, de uma maneira ou de outra, meus planos mais importantes terão chegado a seu objetivo final; então, seguramente, nem a pequena Volanges, nem a própria presidenta me ocuparão tanto que eu não possa ser seu todo o tempo que desejar. Talvez até, de hoje até lá, já tenha recolocado a pequena nas mãos de seu discreto namorado. Apesar do que você possa afirmar, sem reconhecer que ela não me esteja proporcionando *prazeres deliciosos* – já que tenho a intenção de que mantenha, por toda a sua vida, uma imagem de mim melhor do que a que tem dos outros homens –, estou em um ritmo que não vou poder manter por muito tempo sem afetar minha saúde. Desse modo, a partir deste instante, só fico com ela pelos cuidados que devemos aos assuntos de família...

Você não entendeu? É que estou esperando uma segunda ocasião para confirmar minha esperança e assegurar-me de que tive pleno sucesso em meus projetos. Sim, minha bela amiga, já tenho um primeiro indício de que o marido de minha colegial não vai correr o risco de morrer sem posteridade e que o futuro chefe da casa dos Gercourt será apenas um caçula da casa dos Valmont. Mas deixe-me terminar ao sabor de minhas fantasias essa aventura que só comecei por seus rogos. Considere que, se fizer de Danceny um volúvel em relação a seus amores, você vai acabar totalmente com o aspecto picante dessa história. Por fim, considere que, por me ter oferecido para substituí-lo a seu lado, tenho, parece-me, alguns direitos à sua preferência, marquesa.

Conto tanto com isso que não temi contrariar seus pontos de vista, contribuindo eu mesmo para a terna paixão do discreto amoroso pelo primeiro e digno ser que escolheu; pois, tendo ontem encontrado sua pupila ocupada em escrever-lhe e tendo-a tirado dessa doce ocupação para que iniciasse outra ainda mais doce, pedi-lhe, depois, que me mostrasse a carta. Como a considerei fria e contida, fiz com que não apenas sentisse que daquele jeito seria impossível consolar seu namorado, como também que aceitasse escrever uma carta diferente, que eu ditaria; nesta, imitando o mais que pude seu palavrório habitual, tratei de alimentar o amor do rapaz com esperanças mais concretas. A criaturinha ficou maravilhada, disse-me, de ver como podia escrever tão bem; por isso, de agora em diante, ficarei encarregado de sua correspondência. O que não teria eu feito por Danceny? Fui ao mesmo tempo seu amigo, seu confidente, seu rival e... sua amante! Ainda agora lhe estou prestando o favor de salvá-lo de suas perigosas cadeias, marquesa; sim, sem dúvida perigosas, porque possuí-la e perdê-la é pagar um momento de felicidade com uma eternidade de sofrimento.

Adeus, minha bela amiga; tenha a coragem de despachar Belleroche o mais depressa que puder. Fique com Danceny e prepare-se para reencontrar e dar-me os deliciosos prazeres, tal como em nosso primeiro relacionamento.

P.S.: Transmito-lhe meus cumprimentos pelo iminente julgamento do grande processo! Ficarei muito contente se esse feliz acontecimento ocorrer em meu reinado.

Do Castelo de..., 19 de outubro de 17**.

CARTA 116

Do Cavaleiro Danceny para Cécile Volanges

A sra. de Merteuil partiu hoje de manhã para o campo; desse modo, minha encantadora Cécile, estou agora privado do único prazer que me restava durante sua ausência, o de falar sobre você com sua e minha amiga. Depois de alguns dias, ela me permitiu que assim a chamasse e me aproveitei disso, com pressa tanto maior, quanto me pareceu que, assim, poderia aproximar-me de você ainda mais. Meu Deus! Como essa mulher é amável! E que lisonjeiro encanto sabe imprimir à amizade! Parece que nela esse doce sentimento se embeleza e se fortalece, pois exclui qualquer pensamento relativo ao amor. Se você soubesse como ama você, como se compraz em escutar-me quando falo sobre você!... Não há dúvida de que é isso que me liga tanto a ela. Que felicidade poder viver unicamente para vocês duas, poder passar, ininterruptamente, das delícias do amor às doçuras da amizade; que felicidade poder consagrar a isso toda a minha existência, ser de alguma maneira o traço de união da ligação entre vocês duas e sentir para sempre que, cuidando da felicidade de uma, estarei igualmente trabalhando para a da outra! Ame, ame muito, minha encantadora amiga, essa mulher adorável. Aumente ainda mais o valor dessa ligação que tenho com ela compartilhado. Depois de ter experimentado o encanto da amizade, gostaria que, por sua vez, você também o provasse. Parece que aprecio apenas pela metade os prazeres que não compartilho com você. Sim, minha Cécile, queria envolver seu coração com os mais doces dos sentimentos para que, toda vez que ele batesse, você sentisse apenas felicidade; e, mesmo depois que a tivesse proporcionado, creio que eu só teria podido retribuir-lhe uma pequena parcela da felicidade que lhe devo.

Por que será que esses planos maravilhosos são apenas uma quimera de minha imaginação e que a realidade, ao contrário, só me proporciona frustrações dolorosas e indefinidas? Percebo agora que devo renunciar à esperança que você me havia dado de poder ir vê-la no campo. Só tenho como consolo tratar de persuadir-me de que, de fato, lhe seria impossível agir com esse objetivo. E você deixa de dizer-me essa verdade claramente sem ficar aflita por mim. Já duas vezes minhas queixas quanto a esse assunto ficaram sem resposta. Ah, Cécile, Cécile! Creio, sim, que você me ama com todas as faculdades de sua alma, mas sua alma não é tão ardente quanto a minha! Por que não eu mesmo para remover todos esses obstáculos? Por que não são meus próprios interesses, em vez dos seus, que devem ser levados em consideração? Se fosse assim, eu poderia provar-lhe que nada é impossível para o amor.

Você também não me informou quando deverá chegar ao fim essa sua cruel ausência: aqui, pelo menos, talvez pudesse vê-la. Seus olhos encantadores reanimariam minha alma abatida; sua fisionomia tocante tranquilizaria meu coração, que, por vezes, realmente precisa de sua presença. Perdão, minha Cécile, este temor não é uma suspeita. Creio em seu amor, na constância de seus sentimentos. Ah, eu seria muitíssimo infeliz se duvidasse de você! Mas são tantos os obstáculos! E se renovam a cada dia! Minha amiga, estou triste, muito triste. Parece que a partida da sra. de Merteuil me fez sentir de novo todos os meus males.

Adeus, minha Cécile; adeus, minha bem-amada. Considere que seu amado se aflige e que apenas você poderá devolver-lhe a felicidade.

Paris, 17 de outubro de 17**.

CARTA 117
De Cécile Volanges para o Cavaleiro Danceny
(ditada por Valmont)

Então você acredita, meu caro amigo, que é necessário ralhar comigo para que eu fique triste, quando sei que está se sentindo aflito? E duvida que eu sofra tanto quanto você todos esses males? Compartilho até os que involuntariamente lhe causo e, além desses males, tenho o de ver que você não é justo comigo. Oh, isso não é correto! Bem sei o que o está fazendo ficar zangado comigo; foram suas duas últimas cartas, nas quais me pediu para vir aqui e que não respondi. Mas atender ao que você me pediu é assim tão fácil? Pensa que não sei que o que você quer é muito errado? E, além disso, se já tenho tanta dificuldade em negá-lo quando estou longe de você, que seria de mim se você estivesse aqui? E, depois, por ter querido consolá-lo um só instante, sofreria o resto de minha vida.

Peço que me ouça com atenção: não escondi nada de você; estas são minhas razões, julgue você mesmo. Eu talvez tivesse feito o que você quer, se não fosse pelo que lhe informei, ou seja, que esse sr. de Gercourt – que é a origem de todos os nossos males – vai chegar mais tarde do que se esperava. Mas, como de uns tempos para cá minha mãe está sendo muito mais compreensiva comigo e como, de minha parte, a estou tratando cada vez com mais carinho, quem sabe o que não poderei conseguir dela? E, se pudermos ser felizes sem que eu nada tenha do que me arrepender, não valeria muito mais a pena? Se devo acreditar no que me dizem com frequência, os maridos deixam até mesmo de amar suas mulheres quando estas os amam demasiado antes de casarem-se. É o medo dessa possibilidade que me detém mais do que qualquer outra consideração. Meu amigo, não está seguro quanto ao que se passa em meu coração e de que não haverá bastante tempo no futuro?

Ouça-me, por favor, outra vez: prometo que, se não puder evitar a infelicidade de casar-me com o sr. de Gercourt – que já odeio tanto antes de conhecer –, nada mais me impedirá de ser sua tanto quanto me seja possível e mesmo antes de tudo. Como só me preocupa ser amada por você e que você mesmo julgue se estou agindo mal, não vou cometer nenhum erro e pouco me importa o resto, desde que você prometa amar-me para sempre, tal como me ama agora. Mas, meu amigo, até lá, deixe-me agir como estou agindo, e não me peça mais uma coisa que tenho boas razões para não fazer e que, no entanto, me deixa triste porque não a faço.

Queria também que o sr. de Valmont não fosse tão prestimoso com você; isso só me deixa mais triste ainda. Oh, você tem nele um grande amigo, garanto! Ele faz tudo como se fosse você mesmo quem estivesse fazendo. Mas adeus, meu caro amigo; comecei esta carta muito tarde e passei escrevendo boa parte da noite. Vou deitar-me para recuperar o tempo que passei desperta. Beijo-o. Não ralhe mais comigo.

Do Castelo de..., 18 de outubro de 17**.

CARTA 118
Do Cavaleiro Danceny para a Marquesa de Merteuil

Se devo acreditar no meu calendário, minha adorável amiga, só há dois dias que está ausente; mas, se fosse crer em meu coração, já são dois séculos. Ora, aprendi com a senhora mesma que é sempre no coração que devemos crer; por isso, já é tempo de que volte a Paris. Além disso, por ora, todos os seus negócios já devem estar mais que resolvidos. Como quer que me interesse por seu processo judicial se, perdido ou ganho, também eu devo pagar o ônus que me causou sua ausência? Oh, como gostaria de levá-la a juízo! Mas, mesmo tendo uma razão muito justa para ser presa de irritação, como é triste não ter o direito de mostrá-la.

Seja como for, não é uma verdadeira infidelidade, uma verdadeira traição deixar seu amigo longe de sua pessoa depois de tê-lo acostumado a não poder dispensar sua presença? Em vão poderá a senhora consultar seus advogados: não encontrarão justificativas para esse comportamento inaceitável; depois, esse tipo de gente apenas se refere a razões e razões, não bastam para satisfazer a sentimentos.

Quanto a mim, tantas vezes a senhora me disse que sua partida para o campo era motivada pela razão que me indispôs totalmente contra ela. Não quero mais escutá-la, nem mesmo quando me aconselha a esquecê-la. Contudo, a voz da razão é eminentemente razoável; por isso, não seria assim tão difícil segui-la quanto a senhora poderia crer: bastar-me-ia perder meu hábito de pensar sempre em sua pessoa, e aqui, asseguro-lhe, não há nada que possa fazer com que a recorde.

Nossas mais belas mulheres, as que são consideradas as mais dignas de serem amadas, permanecem ainda tão distantes do que a senhora é que só poderiam transmitir uma pálida imagem de sua amabilidade. Penso até que, com olhos bem treinados, tanto mais, de início, se possa crer que elas se assemelham à sua pessoa, tanto maior, depois, serão as diferenças encontradas; em vão podem essas mulheres tudo fazer e em vão utilizar todos os meios que conhecem para opor-se a essa situação, mas lhes faltará sempre ser a senhora, pois nisso, positivamente, está todo o encanto. Infelizmente, quando os dias são assim tão longos e não temos nada para fazer, sonhamos e engendramos quimeras feitas de nuvens; terminamos por criar uma fantasia; pouco a pouco, a imaginação se exalta: queremos tornar bela essa nossa obra, reunimos nela tudo o que possa agradar-nos e, finalmente, chegamos à perfeição; após ter agido assim, comparamos o retrato com o modelo e nos muito surpreendemos ao ver que apenas a senhora estava em nossa mente.

Neste preciso momento, sou vítima de um erro algo parecido. Talvez tenha pensado que foi para falar de sua pessoa que comecei a escrever-lhe? Absolutamente. Foi para deixar de pensar na senhora. Tinha cem coisas para dizer-lhe das quais você não era o assunto; este, como bem sabe, me interessa profundamente; contudo, foi dessas cem coisas que me esqueci. E desde quando os encantos da amizade fazem com que se esqueça os do amor? Ah, se eu inspecionasse bem essa questão, talvez encontrasse algo com que me recriminar! Mas silêncio! Esqueçamos esse pequeno erro por medo de repeti-lo; que minha amiga mesma o ignore.

Por isso, por que não está aqui para responder-me, para encontrar meu caminho se me perco, para falar-me sobre minha Cécile, para aumentar – se possível – a felicidade que experimento ao amá-la, ao ter em minha mente esse pensamento tão doce de que é uma amiga sua que amo? Sim, confesso, o amor que ela me inspira tornou-se ainda mais precioso para mim depois que a senhora aceitou ser minha confidente. Gosto tanto de abrir-lhe meu coração, de envolver o seu com os meus sentimentos e de nele depositá-los sem reserva! Parece que me delicio cada vez mais com essas emoções toda vez que a senhora se digna de escutá-los; e, depois, eu a olho e me digo: é nela que está guardada toda a minha felicidade.

Não tenho novidade alguma quanto à minha situação. A última carta que recebi *dela* aumentou e fortaleceu minha esperança, mas continuou a adiá-la. Entretanto, seus motivos são tão ternos e tão sinceros que não posso culpá-la ou me queixar. Talvez a senhora não compreenda o que lhe escrevi agora, mas por que não está aqui neste momento? Embora se possa tudo dizer a uma amiga, é melhor não ousar tudo escrever. Os segredos de amor, principalmente, são tão sensíveis que não podemos deixá-los partir assim, escritos, em nome da boa-fé dos amigos. Se algumas vezes nos permitimos desvendá-los, não devemos perdê-los de vista; é preciso que, de alguma maneira, cuidemos para que possam retornar com segurança à sua nova morada. Ah, volte para cá, minha adorável amiga! Com toda a certeza, já se deu conta de como sua volta me é necessária. Esqueça, enfim, as *mil e uma razões* que a retêm onde está, ou ensine-me a viver onde a senhora não se encontra.

Tenho a honra de ser etc.

Paris, 19 de outubro de 17**.

CARTA 119

DA SRA. DE ROSEMONDE PARA A PRESIDENTA DE TOURVEL

Embora ainda esteja com muitas dores, minha querida menina, vou tentar escrever-lhe eu mesma a fim de poder falar-lhe do que lhe interessa. Meu sobrinho continua a isolar-se de tudo e de todos.

Manda regularmente, todos os dias, que levem notícias minhas, mas não veio uma só vez informar-se ele mesmo, apesar de eu lhe ter pedido; de modo que não o vejo mais do que se estivesse em Paris. No entanto, encontrei-o esta manhã onde menos esperava. Foi na minha capela, para onde desci, pela primeira vez, desde que sofro destas dores. Informaram-me hoje que há quatro dias ele vai à capela regularmente assistir à missa. Deus queira que isso dure!

Quando entrei, veio até a mim e me felicitou muito afetuosamente pela melhora de minha saúde. Como a missa estava começando, abreviei a conversa que esperava muito poder reiniciar depois, mas ele desapareceu antes que eu pudesse ir procurá-lo. Não vou lhe esconder que o achei um pouco mudado. Mas, minha querida menina, não faça com que me arrependa da confiança que tenho na força de sua mente ficando inquieta com o que lhe conto. Esteja certa, sobretudo, de que prefiro deixá-la aflita a enganá-la.

Se meu sobrinho continuar a tratar-me como me está tratando, logo decidirei que será melhor ir vê-lo em seu quarto e tratarei de descobrir a causa desse seu comportamento arredio e fora do comum, com o qual, parece-me, você deve ter algo a ver. Vou informá-la logo do que averiguar. Deixo-a agora, pois não posso mais mover meus dedos; e depois, se Adélaïde souber que estou escrevendo, vai ralhar comigo toda a noite. Adeus, minha querida menina.

Do Castelo de..., 20 de outubro de 17**.

CARTA 120

Do Visconde de Valmont para o Padre Anselme
(Cisterciense do Convento da Rue Saint-Honoré*)

Ainda não tive a honra de conhecê-lo, reverendíssimo, mas sei da inteira confiança que a sra. de Tourvel tem em sua pessoa e, além disso, estou consciente de quanto o senhor é digno dela. Por isso, sem ser indiscreto, creio poder dirigir-me ao senhor para pedir um favor extremamente importante, muito digno de seu Santo Ministério, e no qual o interesse da sra. de Tourvel se une ao meu.

---

* A *Rue Saint-Honoré*, já naquela época, corria em bairro aristocrático, de onde se depreende que o convento e sua igreja eram frequentados por nobres ou elegantes. (N.T.)

Tenho em minhas mãos documentos importantes que se referem a ela, que não podem ser confiados a ninguém e que apenas devo e quero entregar-lhe pessoalmente. Não tenho nenhum modo de informá-la sobre isso, porque suas razões (que talvez o senhor já tenha sabido dela, mas que, penso, não tenho permissão de comunicar-lhe) fizeram com que se recusasse a manter qualquer correspondência comigo, decisão da qual hoje, de bom grado, confesso não poder queixar-me, pois ela não poderia prever acontecimentos que eu mesmo estava longe de poder esperar e que só foram possíveis graças à força mais que humana que somos forçados a ver nisso.

Por isso, reverendíssimo, rogo-lhe a bondade de informá-la das minhas novas decisões e de pedir-lhe, em meu nome, uma entrevista particular, em que eu possa, ao menos em parte, reparar meus erros com minhas escusas e, como sacrifício derradeiro, destruir a seus olhos os únicos vestígios existentes de um erro que me tornou culpado diante deles.

Somente após esta expiação preliminar, ousarei depor a seus pés, reverendíssimo, a confissão humilhante de minha longa perdição e implorar sua mediação para uma reconciliação muito mais importante e, talvez, mais difícil.

Posso esperar, reverendíssimo, que não me recusará esses cuidados tão necessários e tão preciosos, que se dignará a amparar minha fraqueza e guiar meus passos por um caminho novo que desejo ardentemente seguir, mas que, confesso corando, ainda não conheço?

Espero sua resposta com a impaciência do arrependido que deseja emendar-se e rogo que me creia com iguais gratidão e veneração.

Seu muito humilde etc.

P.S.: Pediria, reverendíssimo, caso julgue conveniente, que leia esta carta inteiramente à sra. de Tourvel, a quem tenho o dever de respeitar toda a minha vida e em quem jamais deixarei de honrar aquela de que os céus se serviram para trazer minha alma de volta à virtude, graças ao tocante espetáculo da sua.

Do Castelo de..., 22 de outubro de 17**.

CARTA 121
Da Marquesa de Merteuil para o Cavaleiro Danceny

Recebi sua carta, meu muito jovem amigo, mas antes de agradecer-lhe é preciso que o repreenda e previno que, se não se corrigir, não mais me corresponderei com você. Se quiser me dar ouvidos, então deixe de lado esse tom de lisonja que não passa de uma fórmula da moda, já que não se trata de uma manifestação de amor. Seria esse o tom da amizade? Não, meu amigo, cada sentimento tem a linguagem que lhe convém; e servir-se de uma que não seja apropriada é disfarçar o pensamento que se exprime. Sei perfeitamente que nossas jovens elegantes nada compreendem do que lhes possa ser dito se não for, de alguma maneira, traduzido para essas fórmulas em voga; mas eu pensava merecer, confesso, que você me diferenciasse delas. Estou mesmo muito zangada, talvez mais do que deveria estar, por você ter me julgado tão mal.

Por isso, você só encontrará nesta carta o que a sua não contém: franqueza e simplicidade. Por exemplo, direi a você que teria grande prazer em vê-lo e que estou muito contrariada por ter à minha volta somente pessoas que me entediam, em vez de gente que me agrada; mas você traduziria essa frase da seguinte maneira: *Ensine-me a viver onde você não se encontra*; assim sendo, suponho que, quando estiver junto de sua namorada, você somente poderá viver se também eu estiver presente. Que pena! E, entre essas mulheres *em quem lhes faltará sempre ser eu mesma*, você também incluiria Cécile? Há algo que falte nela? Eis a que conduz uma linguagem que, pelo abuso que hoje dela fazem, vale ainda menos que as fórmulas de cumprimento e se transforma em palavras protocolares, tão pouco convincentes quanto *seu muito humilde servo*.

Meu amigo, quando me escrever, que seja para dizer-me sua maneira de pensar e sentir, e não para me enviar frases que eu encontraria, sem seu auxílio, melhor ou pior ditas, no romance mais em moda. Espero que não se zangue comigo pelo que lhe estou dizendo, mesmo que note que estou um tanto irritada, o que não nego; mas para evitar, de minha parte, qualquer sombra do defeito que lhe estou imputando, não lhe direi que essa minha irritação tenha sido, talvez, um tanto aumentada pela distância que nos separa. No fim das contas, parece-me que você vale mais que um processo judicial e dois advogados, e talvez ainda mais que o *atencioso* Belleroche.

Bem vê que, em vez de desesperar-se com minha ausência, você deveria era congratular-se com ela, pois não teria podido fazer-lhe esse elogio tão grande. Parece que seu exemplo está me afetando, já que estou com vontade de lhe fazer elogios; mas não, prefiro ater-me à minha franqueza: é apenas ela que lhe assegura minha terna amizade e o interesse que sua pessoa me inspira. É deveras agradável ter um amigo tão jovem, cujo coração está comprometido alhures. Não é assim que pensam todas as mulheres, mas assim penso eu. Tenho a impressão de que as pessoas se entregam com mais prazer a sentimentos que não podem causar nenhum temor; por isso, muito rapidamente assumi o papel de sua confidente. Mas, como suas namoradas são muito jovens, você me fez perceber, pela primeira vez, que começo a envelhecer! Assim, é de sua inteira responsabilidade iniciar uma longa carreira de constância a seus amores, e desejo, do fundo de meu coração, que sua amada seja recíproca.

Você tem razão ao aceitar seus *motivos ternos e sinceros,* os quais, pelo que me informou, *atrasam sua felicidade.* A defesa longa é o único mérito que resta às mulheres que nem sempre sabem resistir; mas o que eu consideraria imperdoável, em qualquer outra mulher que não fosse uma criança como a pequena Volanges, seria não evitar um perigo contra o qual já se encontra suficientemente alertada pela confissão que fez de estar amando. Vocês, homens, não fazem ideia do que seja a virtude e do que custa abandoná-la. Mas, por menos que uma mulher consiga raciocinar, deve saber, independentemente do erro que cometeu, que a fraqueza é para ela o pior dos males; por isso, não concebo que uma mulher possa deixar-se por ela levar, já que sempre poderá encontrar um instante para refletir.

Não vá combater essa ideia, pois é principalmente ela que me liga à sua pessoa. Nossa ligação me salvará dos perigos do amor. Por isso, embora eu tenha sabido defender-me deles até o momento sem você, reconheço que lhe serei grata e que vou amá-lo por sua ajuda melhor e ainda mais.

Dito isso, meu querido cavaleiro, rogo a Deus que o mantenha em Sua santa e augusta proteção.

Do Castelo de..., 22 de outubro de 17**.

CARTA 122

Da sra. de Rosemonde para a sra. de Tourvel

Esperava, minha filha amada, poder finalmente amenizar suas inquietudes, mas vejo, com pena, que, ao contrário, vou aumentá-las ainda mais! Acalme-se, no entanto; meu sobrinho não está correndo perigo: não se pode nem dizer que esteja doente. Mas, com certeza, algo extraordinário se passa com ele. Não consegui entender o que estava ocorrendo e saí de seu quarto com um sentimento de tristeza, talvez mesmo de medo, que me repreendo por fazê-la compartilhar e sobre o qual, contudo, não posso deixar de falar com você. Segue o relato do que aconteceu, e pode ter certeza de que é um relato fiel, pois, mesmo que eu viva mais oitenta e quatro anos, não vou esquecer a marca que me deixou essa triste cena.

Estive esta manhã no quarto de meu sobrinho; estava escrevendo, cercado por várias pilhas de papel que parecia estar utilizando em seu trabalho. Estava tão dedicado ao que fazia que eu já me achava no meio do quarto e ele ainda não havia voltado a cabeça para saber quem entrara. Logo que me viu, notei muito bem que, ao levantar-se, esforçou-se para recompor sua expressão facial, e talvez tenha sido justamente isso que me fez prestar mais atenção nele. Na verdade, não estava nem trajado, nem empoado; mas o encontrei pálido e combalido e, sobretudo, com a fisionomia alterada. Seu olhar, que víamos tão vivo e jovial, estava triste e abatido; enfim, seja dito entre nós que não desejaria que você o tivesse visto desse modo, pois tinha esse ar muito tocante e puro, capaz, pelo que sei, de inspirar essa terna piedade que é uma das mais perigosas armadilhas do amor.

Se bem que afetada pelo que via, comecei a conversar com ele como se não me tivesse dado conta de nada. Primeiro, perguntei-lhe sobre sua saúde; sem me dizer que estava bem, não afirmou, contudo, que estivesse mal. Então, queixei-me de seu sumiço, que parecia ter se instituído em mania, e o disso tratando de pôr uma pitada de humor em minha crítica; mas, com um tom profundo, respondeu-me apenas: "É um erro a mais, mas será corrigido com os outros". Seu olhar, mais que suas palavras, de algum modo alertou-me para não brincar, o que fez com que me apressasse em lhe dizer que estava atribuindo muita importância a uma observação apenas amigável.

Então, começamos a conversar tranquilamente. Algum tempo depois, disse-me que talvez um certo assunto, *o mais importante assunto de sua vida*, o levaria de volta a Paris; mas, minha querida menina, como tive medo de adivinhar qual seria esse assunto e como esse início de conversa poderia levá-lo a fazer-me confidências que eu não queria ouvir, não lhe perguntei nada, limitando-me a comentar que mais distração poderia ser útil à sua saúde. Acrescentei que, desta vez, eu não insistiria com ele, pois gostava das pessoas que amava do jeito que eram; foi em resposta a essa frase tão despretensiosa que, apertando minhas mãos e falando com uma veemência que não saberia descrever, ele me disse: "Sim, minha tia, ame-me, ame muito este sobrinho que a respeita e a tem como muito cara; e, como a senhora mesma diz, ame-o do jeito que é. Não fique aflita com sua felicidade e não altere, com algum arrependimento, a eterna tranquilidade que ele espera desfrutar em breve. Repita que me ama e que me perdoa. Sim, a senhora vai perdoar-me; conheço sua bondade. Mas como esperar a mesma tolerância daqueles a quem ofendi?" Então, curvou-se diante de mim, para esconder, creio, as marcas de dor que o som de sua voz me revelava, apesar de seus esforços em contrário.

Muito mais comovida do que posso dizer-lhe, levantei-me precipitadamente; sem dúvida, ele notou meu espanto, pois, sem perder tempo, tratando de recompor-se um pouco, retomou suas palavras, dizendo-me: "Perdão, senhora, perdão, sinto que perco o controle sobre mim mesmo, apesar de meus esforços. Suplico que esqueça minhas palavras e que se lembre apenas de meu profundo respeito. Não deixarei de renovar-lhe esses sentimentos antes de minha partida". Pareceu-me que essa última frase me obrigava a terminar minha visita e, de fato, fui embora.

Todavia, por mais que pense no que aconteceu, menos consigo entender o que ele quis dizer-me. Que assunto é esse, *o mais importante de sua vida*? Por que motivo me pediu perdão? Ao falar-me, de onde lhe veio essa debilidade emocional involuntária? Já me fiz essas perguntas um milhão de vezes, sem encontrar resposta. Na verdade, não vejo nada que possa estar relacionado com você; no entanto, como os olhos do amor veem com mais clareza que os da amizade, não quis deixá-la sem saber tudo o que se passou entre mim e meu sobrinho.

Tive de retomar esta longa carta quatro vezes para poder escrevê-la, e seria ainda mais longa se não fosse pelo cansaço que estou sentindo. Adeus, minha querida menina.

Do Castelo de..., 25 de outubro de 17**.

CARTA 123
DO PADRE ANSELME PARA O VISCONDE DE VALMONT

Recebi, sr. visconde, a carta com a qual me honrou; seguindo seus desejos, ainda ontem dirigi-me à casa da pessoa em questão. Expliquei-lhe o objeto e os motivos da solicitação que me pediu fizesse junto a ela. Embora tivesse constatado que estava deveras comprometida com a sábia decisão que tomara inicialmente, quando considerei com ela que talvez estivesse arriscando, com sua recusa, colocar um obstáculo na feliz conversão do sr. visconde e, assim agindo, de alguma maneira, opor-se aos misericordiosos desígnios da Providência, ela concordou em receber sua visita, sob a condição, contudo, de que seria a última; ademais, encarregou-me de comunicar-lhe que estará em casa na próxima quinta-feira, dia 28. Se esse dia não lhe for conveniente, tenha a bondade de informá-la e indicar uma nova data. Sua carta será recebida.

Entretanto, senhor visconde, permita-me sugerir que não adie esse encontro (a não ser que tenha razões muito fortes), para que possa entregar-se o mais depressa e o mais inteiramente possível às louváveis intenções que me comunicou. Considere que quem demora em aproveitar-se do momento da Graça se expõe a que lhe seja retirada; que, se a Bondade Divina é infinita, sua aplicação é regulada por Sua justiça; e que, de um momento para outro, o Deus da misericórdia pode transformar-se no Deus da vingança.

Se o sr. visconde continuar a honrar-me com sua confiança, rogo crer-me que todos os meus cuidados estarão à sua disposição, sempre que desejar; por numerosos que possam ser meus compromissos, meu assunto mais importante será sempre cumprir com os deveres do Santo Ministério, ao qual me dedico particularmente; e o momento mais belo de minha vida será quando vir meus esforços prosperarem com a bênção do Todo-Poderoso. Fracos e pecadores que somos, não conseguiremos nada sozinhos! Mas o Deus que o chama tudo pode; e ambos ficaremos devendo à Sua bondade: o sr. visconde, o desejo constante de reencontrar-se com Ele, e eu, os meios de conduzi-lo até Ele. Será com Sua ajuda que espero, em breve, convencer o sr. visconde de que apenas a Santa Religião pode proporcionar, enquanto estivermos neste mundo, a felicidade sólida e durável que, em vão, procuramos encontrar na cegueira das paixões humanas.

Tenho a honra de ser, com respeitosa consideração etc.

Paris, 25 de outubro de 17**.

CARTA 124
Da presidenta de Tourvel para a sra. de Rosemonde

Em meio à vertigem, senhora, que me causou a notícia que me deram ontem, não posso esquecer a satisfação que lhe irá proporcionar pelo que me apresso em comunicá-la. O sr. de Valmont não está mais interessado nem em mim, nem em seu amor por mim, e quer apenas, com uma vida mais edificante, reparar os erros de sua juventude. Fui informada a respeito desse grande evento pelo Padre Anselme, a quem se dirigiu para que o oriente no futuro e também para pedir que marcasse um encontro comigo, cujo o objetivo principal, penso, é devolver-me as cartas que guarda até hoje, apesar do pedido em contrário que eu lhe havia feito.

Sem dúvida que só posso aplaudir essa feliz mudança e congratular-me se – como ele próprio diz – contribuí para ela. Mas por que terá sido preciso que fosse por mim que isso acontecesse e que custasse a tranquilidade de minha existência? A felicidade do sr. de Valmont só poderia acontecer mediante meu infortúnio? Oh, minha compreensiva amiga! Perdoe-me estas queixas; sei que não cabe a mim perscrutar os decretos de Deus; mas, enquanto Lhe peço ininterruptamente, mas sempre em vão, forças para vencer meu desgraçado amor, Ele as prodigaliza àquele homem, que não as pediu, deixando-me desamparada, inteiramente entregue à minha fraqueza.

Mas sufoquemos estas queixas pecaminosas! Então não sei que foi o filho pródigo que, ao voltar para casa, recebeu mais favores do pai que o filho que nunca se ausentara? Como pedir que nos preste contas, se Ele nada nos deve? E, se fosse possível ter algum direito junto a Ele, quais poderiam ser os meus? Iria vangloriar-me de meu bom comportamento como esposa, o qual apenas devo a Valmont? Ele me salvou e ouso queixar-me por estar sofrendo por sua causa! Não, meus sofrimentos me serão caros se o preço for sua felicidade. Não há dúvida de que ele, de seu lado, precisa voltar aos braços de Nosso Pai. Deus, que o fez, deve apreciar sua obra. Não criou Ele esse ser encantador para dele fazer apenas um réprobo. Cabe a mim suportar as penas de minha audaciosa imprudência; não deveria eu ter entendido que não podia ter me permitido vê-lo, já que me era proibido amá-lo?

Minha culpa, ou minha infelicidade, foi ter me recusado a ver essa verdade por um período demasiado longo. A senhora é testemunha, querida e honrada amiga, de que me submeti ao sacrifício de não mais vê-lo tão logo o reconheci; mas, para que minhas penas chegassem ao auge, só faltava ao sr. de Valmont não aceitar compartilhar nossa separação. Posso confessar-lhe que esse pensamento é o que mais me atormenta agora? Arrogância insuportável essa minha, que ameniza os males que sofro com aqueles de quem faço sofrer! Ah! Vou vencer este meu coração rebelde, acostumando-o a humilhações sem-fim.

Foi principalmente para sofrê-las que consenti em receber, na próxima quinta-feira, a dolorosa visita do sr. de Valmont. Quando vier, vou escutá-lo dizer pessoalmente que não sou mais nada para ele, que o impacto débil e passageiro que lhe havia causado extinguiu-se inteiramente! Verei seus olhos se dirigirem a mim sem emoção, enquanto o medo de revelar meus sentimentos me fará baixar os meus. E justamente essas cartas que ele recusou devolver-me, apesar de meus reiterados pedidos, vão-me ser devolvidas por sua indiferença; vai devolvê-las como objetos inúteis que não interessam mais; e minhas mãos trêmulas, ao receber esses papéis vergonhosos, sentirão que estão sendo devolvidos por uma mão firme e tranquila! Enfim, vou vê-lo ir-se embora, ir-se embora para sempre; e meus olhos, que o seguirão, não mais verão os seus se voltarem para mim!

Esse é o destino humilhante que me estava reservado! Ah! Pelo menos, que eu torne útil tanta humilhação, tomando com ela plena consciência de minha fraqueza. Sim, essas cartas que ele não se interessa mais em manter consigo serão guardadas por mim preciosamente. Vou impor-me a vergonha de relê-las todos os dias, até que minhas lágrimas tenham apagado seus últimos traços. Quanto às dele, vou queimá-las, por estarem infectadas com esse veneno perigoso que corrompeu minha alma. Ah! Que amor, então, é esse, se nos faz lastimar até os perigos a que nos expõe e se ainda somos capazes de temer senti-lo, mesmo depois de não o inspirarmos mais! Fujamos dessa paixão funesta que não deixa escolha senão entre a vergonha e a infelicidade, muitas vezes até reunindo uma e outra. Se não podemos ser virtuosos, que ao menos sejamos prudentes!

Como essa quinta-feira está distante! Por que não posso consumar neste momento o doloroso sacrifício que me espera e esquecer, com ele, sua causa e seu objeto! Essa visita me perturba; arrependo-me de tê-la aceito. Ah! Por que ele ainda teria necessidade de ver-me? Que somos agora um para o outro? Se ele me ofendeu, eu o perdoo. Até o felicito por querer emendar seus erros; louvo-o por isso. Farei mais: vou imitá-lo e, seduzida pelos mesmos erros que me assolam, seu exemplo me fará voltar a meus sentimentos de antigamente. Mas, se sua intenção é fugir de mim, por que começa por procurar-me? O mais urgente para nós não é que nos esqueçamos um do outro? Ah, sem dúvida! E esse será, de agora em diante, meu único objetivo.

Se me permitir, minha adorável amiga, será em sua casa que irei dedicar-me a esse difícil trabalho. Se precisar de ajuda, talvez mesmo de consolo, só quero que venham de sua pessoa. Somente a senhora me compreende e sabe tocar meu coração. Sua amizade preciosa tornará plena minha existência. Nada me parecerá difícil fortalecer os cuidados que a senhora dispensar comigo. Vou ficar lhe devendo minha paz, minha felicidade e minha virtude; e o fruto de suas bondades para comigo estará em poder eu finalmente ser digna delas.

Creio que, nesta carta, perdi de todo a capacidade de raciocinar logicamente: isso, é o que me indica o fato de não ter cessado o tormento que sofria quando comecei a escrever-lhe. Se há nela algum sentimento meu que me faria corar, peço que o cubra com sua compreensiva amizade, da qual passo inteiramente a depender. Não será à senhora que vou ocultar qualquer sentimento de minha alma.

Adeus, minha honrada amiga; espero anunciar-lhe em breve minha chegada.

Paris, 25 de outubro de 17**.

QUARTA PARTE

CARTA 125
Do Visconde de Valmont para a Marquesa de Merteuil

Foi finalmente derrotada essa mulher soberba que ousou crer que poderia resistir-me! Sim, minha amiga, ela me pertence, pertence-me inteiramente; desde ontem, não tem mais nada para conceder-me, pois concedeu-me tudo o que eu queria.

Ainda me sinto demasiado pleno com minha satisfação para poder apreciá-la, mas me surpreendo com a magia desconhecida que experimentei. Será então verdade que a virtude aumenta o valor de uma mulher até mesmo no exato momento em que ela a perde? Mas releguemos essa ideia pueril às histórias das criadas. No primeiro triunfo, não encontramos quase sempre uma resistência mais ou menos fingida? E já não encontrei com outras mulheres essa magia de que lhe falo? Contudo, tampouco se trata da magia do amor; pois, enfim, se algumas vezes tive ao lado dessa mulher surpreendentes momentos de fraqueza, os quais se assemelhavam a uma pusilânime paixão, sempre os pude vencer e voltar a meus princípios. Mesmo que a cena de ontem tenha me levado, como creio, um pouco mais longe do que esperava, mesmo que tenha podido, num certo momento, compartilhar a confusão e a embriaguez que eu mesmo fazia nascer, essa ilusão passageira agora já se dissipou; no entanto, aquela magia persiste. Teria mesmo, confesso, um prazer muito doce se pudesse me entregar outra vez a esse encanto, mas se esse meu desejo não me causasse também alguma inquietação. Estaria eu, na minha idade, sendo dominado, como um colegial, por um sentimento incontrolável e desconhecido? Não, antes de tudo, é preciso combatê-lo e compreendê-lo profundamente.

Talvez, aliás, já tenha até entrevisto sua origem! Pelo menos, essa ideia me agrada e gostaria que fosse verdade.

Entre a multidão de mulheres junto às quais desempenhei até hoje o papel e as funções de amante, ainda não havia encontrado uma que tivesse tanto desejo de entregar-se quanto eu desejava que o fizesse. Já me tinha acostumado a chamar de *puritanas* as que só percorriam a metade do caminho, em comparação a tantas outras cuja defesa é provocante e apenas encobre imperfeitamente o ataque inicial por elas feito.

Aqui, ao contrário, inicialmente encontrei uma forte prevenção contra a minha pessoa (fundada em conselhos e relatos de uma mulher odiosa, mas que via com clareza); uma timidez natural e extremada (que fortalecia um alto grau de pudor); um engajamento com a virtude (que a religião conduzia e que já triunfara sobre dois anos de casamento); enfim, decisões de efeito, inspiradas por esses diferentes motivos, cujo único objetivo, em toda essas atitudes, era subtrair-se à minha perseguição.

Não foi, como em minhas outras aventuras, uma simples capitulação mais ou menos vantajosa e da qual é mais fácil tirar proveito do que se orgulhar; foi uma vitória completa, conquistada com uma campanha dolorosa e decidida por manobras sábias. Não é nada surpreendente, portanto, que esse sucesso, devido exclusivamente a mim, por isso mesmo se torne ainda mais precioso. E o aumento da satisfação que vivi com meu triunfo e que ainda sinto nada mais é do que o doce sabor dessa vitória que engrandecerá minha fama. Gosto dessa maneira de ver, pois ela me salva da humilhação de pensar que eu possa estar, de algum modo, dependendo da própria escrava que a mim subjuguei; que não encontre em mim mesmo a plenitude de minha felicidade; enfim, que a capacidade de gozá-la em toda a sua potência esteja reservada a tal ou qual mulher, excluindo-se todas as outras.

Estas reflexões sensatas regularão meu comportamento nesta ocasião tão importante. E você pode estar segura de que não me deixarei acorrentar de tal modo que não possa, em qualquer momento, romper esses novos laços divertindo-me como me aprouver. Mas já lhe estou falando em ruptura, e você ignora como obtive este direito; leia, então, a que se expõe o comportamento impecável de uma mulher inteligente e pura ao tentar socorrer a loucura sem peias de um homem como eu. Prestei tanta atenção às minhas palavras e às respostas que obtive que espero transmiti-las a você com uma exatidão que a deixará satisfeita.

Você verá pelas duas cópias* que anexo a esta carta quem foi o mediador que escolhi para aproximar-me de minha amada e o grande zelo que o santo personagem empregou para reunir-nos. O que ainda preciso lhe dizer é que fiquei sabendo – por uma carta interceptada segundo os métodos habituais – que o medo e a humilhação de ter sido abandonada tinham, de certo modo, abalado a prudência da austera devota, enchendo sua cabeça e seu coração com sentimentos e ideias que, mesmo não tendo o menor cabimento, não deixavam de ser menos interessantes. Foi depois desses cuidados preliminares essenciais que ontem, quinta-feira, dia 28, dia prefixado e escolhido pela ingrata, apresentei-me em sua casa, fazendo-me de escravo tímido e arrependido para de lá sair como um vitorioso coberto de louros.

Eram seis horas da tarde quando cheguei à casa da bela reclusa, pois, após ter voltado a Paris, sua porta ficara fechada para todo mundo. Tentou levantar-se quando me anunciaram, mas seus joelhos trêmulos não lhe permitiram ficar de pé; sentou-se imediatamente. Como o criado que me havia acompanhado tinha algo para fazer no aposento, pareceu-me impacientada. Preenchemos esse intervalo com os cumprimentos de praxe. Contudo, para nada perder de um momento instantes eram todos preciosos, examinei cuidadosamente o local; e, desde então, marquei o teatro de minha vitória. Poderia ter escolhido um mais cômodo, pois havia uma otomana no próprio aposento onde estávamos. Mas notei que havia um retrato de seu marido em frente a ela e tive medo, confesso, de que, sendo ela mulher tão extraordinária, um só olhar que o acaso dirigisse para esse lado pudesse destruir, num segundo, a obra que me custou tanto tempo e cuidados. Enfim, ficamos a sós, e entrei no assunto.

Depois de ter exposto em poucas palavras que o Padre Anselme já devia tê-la informado dos motivos de minha visita, queixei-me do tratamento rigoroso a que fora submetido, com ênfase no *desprezo* que me tinha testemunhado. Ela se

---

* Cartas 120 e 123. (N.A.)

defendeu, como eu já esperava; e, tal como você também está esperando, fundamentei a prova da desconfiança e do terror que lhe tinha causado na escandalosa fuga que se seguiu, na recusa de responder às minhas cartas e também de recebê-las etc. etc. etc. Como ela estava por começar justificativas apenas banais, pensei que deveria interrompê-la; e, para poder ser perdoado por meus modos pouco polidos, imediatamente comecei a cobri-la de elogios. "Se todos os seus encantos", disse, "tiveram em meu coração um impacto tão profundo, todas as suas virtudes não fizeram por menos em minha alma. Seduzido, seguramente, pelo desejo de aproximar-me desses encantos e virtudes, ousei pensar que era digno deles. Não a critico por não estar de acordo comigo quanto a isso; sou eu que me puno por meu engano". Como se instalou entre nós um constrangido silêncio, continuei: "Tinha querido, sra. de Tourvel, ou justificar-me diante de seus olhos, ou conseguir seu perdão para os erros que supõe existirem em mim; ao menos, para poder terminar em paz estes dias aos quais não atribuo mais nenhum valor depois que você se recusou a enriquecê-los".

Aqui, no entanto, ela tratou de responder: "Meu dever não me permitiria...". Mas a dificuldade em terminar essa mentira (que o dever exigia) não lhe permitiu concluir a frase. Por isso, disse-lhe no tom mais terno possível: "Então, é verdade que foi de mim que você fugiu?" "A partida foi necessária." "E por que, então, se afastou de mim?" "Foi preciso." "E para sempre?" "Assim deverá ser." Não é preciso que lhe diga que, durante esse curto diálogo, a voz da terna puritana estava embargada e que seus olhos não se levantavam até os meus.

Achei que devia tornar essa cena enfadonha um pouco mais divertida; assim, levantando-me com um ar de despeito, disse: "Sua firmeza me devolveu inteiramente a minha. Pois bem! Sim, sra. de Tourvel, nos separaremos, ficaremos mais separados ainda do que possa imaginar; então, você vai poder felicitar-se durante todo o tempo do mundo por seus feitos". Um tanto surpresa com meu tom acusatório, quis explicar-se. "A decisão que tomou...", disse ela, "...é apenas o efeito de meu desespero", continuei eu calorosamente. "Você quis minha infelicidade; vou provar-lhe que conseguiu muito além do que poderia ter desejado." "Desejo sua felicidade", respondeu ela. E o som de sua voz já deixava prever que seria tomada por uma emoção bastante forte. Por isso, precipitei-me a seus pés e, com aquele tom dramático que você já conhece, gritei: "Ah! Cruel! Poderá existir para mim felicidade se você não a compartilhar? Diga-me, então, onde poderei encontrá-la longe de sua pessoa! Ah! Nunca! Nunca!". Confesso que, ao entregar-me com essa intensidade, contava muito com o auxílio de minhas lágrimas, mas, seja por alguma incapacidade momentânea, seja, talvez, apenas pelo efeito da atenção dolorosa e contínua com que acompanhava tudo, não me foi possível chorar.

Por sorte, mais uma vez lembrei que, para subjugar uma mulher, qualquer meio é bom e que bastava impressioná-la com uma gesto grandioso para que o efeito fosse profundo e favorável a mim. Por conseguinte, supri com o terror a emotividade que estava faltando à cena que vivíamos; para tanto, apenas alterando a inflexão de minha voz, mas mantendo a mesma postura a seus pés, continuei: "Sim, juro a seus pés: possuí-la ou morrer!". Ao pronunciar essas últimas palavras, nossos olhos se encontraram. Não sei o que a tímida criaturinha viu ou pensou ver nos meus, mas se levantou com um ar aterrorizado e escapou dos meus braços, onde a havia mantido. É verdade que não fiz nada para retê-la, pois notara muitas vezes que as cenas de desespero, se conduzidas de maneira muito intensa, caem no ridículo logo que se tornam longas demais, obrigando-nos a utilizar meios verdadeiramente trágicos, os quais eu estava longe de querer empregar. Contudo, enquanto ela escapava de mim, acrescentei com um tom baixo e sinistro, mas de modo que ela pudesse ouvir: "Está bem! A morte!".

Levantei-me, então, e, mantendo um momento de silêncio, lancei-lhe, como por acaso, olhares furiosos que, apesar de darem a impressão de estar totalmente enlouquecidos, mantinham sua capacidade de observar e de compreender com clareza o que estava acontecendo. Sua postura instável, a respiração ofegante, todos os músculos retesados, os braços trêmulos e um pouco alçados, tudo me comprovava, a contento, que sua reação era exatamente a que eu queria causar; mas, como no amor nada se consuma se não estivermos bem perto, e como estávamos, naquele momento, bastante longe um do outro, precisava antes de tudo reaproximar-me dela. Foi para isso que, sem perda de tempo, adotei uma aparência de tranquilidade, adequada para acalmar os efeitos desse estado de alma violento que a tomara, sem enfraquecer o impacto de que fora presa.

Foi com estas palavras que consegui minha transição: "Sinto-me muito infeliz. Quis viver para sua felicidade, mas só consegui perturbá-la. Decidi dedicar-me a fortalecer sua paz, mas, de novo, só consegui perturbá-la". Depois, com um ar composto, mas constrangido, acrescentei: "Perdão, sra. de Tourvel; pouco acostumado às tempestades da paixão, mal sei reprimir suas emoções. Se errei em entregar-me a elas, considere, pelo menos, que é pela última vez. Oh! Acalme--se! Acalme-se! Suplico!". E, durante esse longo discurso, aproximei-me dela sem que se desse conta. "Se quiser que me acalme", respondeu-me a bela enfurecida, "que o senhor também se acalme". "Está bem", disse, "está bem, prometo", acrescentando com a voz mais fraca: "Se o esforço for grande, pelo menos não será longo". E, com um ar perdido, disse logo depois: "Mas vim, não é verdade?, para devolver suas cartas. Por favor, aceite-as de volta. Ainda me resta esse sacrifício; não deixe comigo nada que possa fazer com que perca minha coragem". E, tirando do bolso o precioso pacote de cartas, disse: "Aqui está esse acúmulo enganoso de suas garantias de amizade! Mas elas me mantinham vivo. Tome! Se as receber, será o sinal de que devemos nos separar para sempre".

Aqui, a temerosa amante cedeu inteiramente à sua ternura e à sua inquietação. "Mas, sr. de Valmont, o que o senhor tem, o que está querendo dizer? Isso que está fazendo agora não é de seu desejo? Não é resultado de suas reflexões? E não foram elas que o levaram a crer que, ao partir, eu estava tomando a decisão correta, em função de meus deveres?" "Pois bem!", retomei, "sua decisão resultou na minha." "Qual?" "A única que poderá pôr fim a meu infortúnio depois de separar--me de você." "Mas, responda-me, o que vai fazer?" Nesse momento, agarrei-a em meus braços sem que ela esboçasse qualquer resistência. Então, por ter ela deixado de lado o decoro que tanto prezava, considerei o quanto as emoções que sentia eram fortes e poderosas. "Mulher adorável", disse-lhe, arriscando demonstrar entusiasmo, "não tem a menor ideia do amor que despertou; nunca saberá a que ponto foi adorada e o quanto esse sentimento era para mim mais importante que minha própria existência! Que todos os seus dias possam ser felizes e tranquilos; que possam ser enriquecidos pela felicidade da qual me privou! Pelo menos, recompense esta confissão sincera com um momento de tristeza, com uma lágrima, e creia que o último dos meus sacrifícios não será o mais doloroso para meu coração. Adeus."

Enquanto falava, sentia seu coração palpitar com violência; observei a alteração de sua fisionomia; notei, sobretudo, as lágrimas que a sufocavam, mas que lhe saíam dos olhos aos poucos e dolorosamente. Só então decidi fingir que estava indo embora; por isso, retendo-me com força, disse ela com veemência: "Não, escute-me!" "Deixe-me", respondi. "Escute-me, quero que me escute!" "Preciso fugir de você, sim, preciso!" "Não!", gritou ela. Ao proferir essa palavra, precipitou-se, ou melhor, caiu desmaiada em meus braços. Como ainda duvidava que tivesse conseguido um sucesso tão grande, fingi estar aterrorizado, mas, ao mesmo tempo em que me apavorava, conduzi-a, ou melhor, carreguei-a para aquele lugar que havia anteriormente designado para ser o campo de batalha onde chegaria à consagração final. Com efeito, só voltou a si submissa e já entregue a seu feliz vencedor.

Até aqui, minha bela amiga, você constatou em todo o meu comportamento uma pureza técnica que a está deixando contente; com efeito, verá que, absolutamente, não me afastei dos princípios adequados a esse tipo de guerra, que muitas vezes reconhecemos ser tão semelhantes aos da outra. Considere-me, pois, um novo Turenne ou Frederico*. Forcei a combater o inimigo que queria ganhar tempo comigo; por sábias manobras atribuí-me a escolha do terreno e da disposição das respectivas forças; soube inspirar confiança no inimigo (para atacá-lo mais facilmente na retirada); pude nele gerar terror, antes que se entregasse ao combate; não deixei nada ao acaso, uma vez que, apesar de considerar a vitória inevitável, em caso de recusa, poderia utilizar outros recursos,

---

* Turenne (1611-1675) foi um dos maiores generais de Luís XIV, que muito prezava a teoria da guerra. Frederico II, o Grande (1711-1786), rei da Prússia, era considerado esclarecido e bom estrategista bélico. (N.T.)

já preparados; enfim, apenas comecei a ação com a retirada garantida, por onde eu pudesse cobrir e conservar tudo o que havia conquistado. Acho que ninguém poderia fazer melhor; mas, agora, temo ter me abrandado, como Aníbal, com as delícias de Cápua*. Veja só o que aconteceu depois!

Já esperava que um acontecimento dessa magnitude não dispensasse as lágrimas e o desespero de praxe; e se, a princípio, notei uma certa confusão e uma espécie de recolhimento a si mesma, ambas atribuí ao estado em que a puritana se encontrava; por isso, sem dar atenção a essas leves diferenças em seus sentimentos (que eu pensava ser apenas tópicas), simplesmente administrei a panaceia da consolação: estava totalmente persuadido não apenas de que, tal como costuma acontecer, as sensações viriam em auxílio dos sentimentos, mas também de que um só gesto teria muito mais efeito que muitas palavras, as quais, no entanto, não negligenciaria. É que a resistência que encontrei foi de fato aterrorizante, menos por sua extravagância que pela forma como se exprimia.

Imagine uma mulher sentada, sem um único movimento, rígida, com expressões faciais inexistentes, com o ar de não estar nem pensando, nem escutando, nem entendendo nada, mas cujos olhos fixos deixam escapar lágrimas contínuas e que escorrem sem esforço. Assim estava a sra. de Tourvel enquanto eu lhe falava; mas, se eu tentava trazer sua atenção para mim com uma carícia, mesmo com o mais inocente dos gestos, essa aparente apatia era logo sucedida por terror, falta de ar, convulsões, soluços e alguns gritos nos intervalos, tudo sem que articulasse uma só palavra.

Essas crises apareceram várias vezes, cada vez mais fortes; a última foi tão violenta que fiquei inteiramente desencorajado e, por um momento, temi ter obtido uma vitória inútil. Retrocedi, utilizando nada menos que clichês, entre os quais o seguinte: "Está desesperada porque fez minha felicidade?". Diante dessa frase, a adorável mulher virou o rosto para mim; sua face, se bem que ainda com um ar um tanto perdido,

---

* Cápua, lugar no Sul da Itália onde as tropas do general cartaginês Aníbal (247-163 a.C.), marchando contra Roma, estacionaram e dedicaram-se a uma vida de lazer e prazer. Essa teria sido a causa da derrota final dos exércitos de Aníbal.

já tinha retomado a expressão celestial. "Então, está feliz?", disse-me ela. Você bem pode adivinhar minha resposta. "Então, está feliz?", perguntou ela outra vez. Redobrei minhas garantias de que sim. "E feliz por minha causa!", acrescentou. Provi-a com os elogios e palavras ternas de praxe. Enquanto eu falava, todos os seus membros relaxaram; ela se reclinou molemente, apoiando-se na poltrona e abandonando-me uma mão, que ousei tomar, e me disse: "Sinto-me aliviada e encontro consolo quando penso que sou a causa de sua felicidade".

Você compreende que, uma vez tomado esse caminho, tive todos os cuidados para não mais deixá-lo; sem dúvida era o melhor, e talvez o único. Por isso, quando quis tentar uma segunda vitória, encontrei, de início, alguma resistência, e o que havia acontecido antes me deixou cauteloso; mas, tendo pedido socorro àquela mesma ideia de minha felicidade, logo vim a sentir seus efeitos favoráveis: "Você tem razão", disse-me a terna criatura, "eu só vou poder suportar minha existência se puder contribuir para sua felicidade; vou dedicar-me inteiramente apenas a isso; neste momento, me coloco em suas mãos, e você nunca mais verá, de minha parte, nem recusas, nem arrependimentos". Foi com essa candura, ingênua ou sublime, que ela me entregou sua pessoa e seus encantos, o que aumentou minha felicidade, por estar ela compartilhando-a. Com isso, a embriaguez foi total e recíproca; e, pela primeira vez, a minha durou mais que o prazer. Só saí de seus braços para cair a seus pés, para jurar-lhe amor eterno; e, preciso confessar tudo, sentia o que estava dizendo. Enfim, mesmo depois de nos separarmos, sua imagem não me deixava, e tive de fazer muito esforço para poder pensar em outra coisa.

Ah! Por que você não está aqui para igualar meu feito extraordinário com uma recompensa no mínimo equivalente? Mas não perderei nada por esperar, não é verdade? Além disso, espero contar com sua concordância quanto ao arranjo que lhe propus em minha última carta. Você está vendo que cumpro o que digo e, tal como lhe havia prometido, meus assuntos estão indo tão bem que posso lhe dedicar uma parte de meu tempo. Apresse, pois, seu rompimento com o maçante Belleroche e deixe também o doce Danceny para dedicar-se apenas a mim. Mas o que está fazendo aí no campo que não responde às minhas cartas? Sabe que não me seria difícil ralhar com você por causa disso? Mas a felicidade leva à tolerância. E, depois, não esqueço que, por ter me colocado na lista de seus pretendentes outra vez, devo submeter-me às suas fantasias. Entretanto, lembre-se de que o novo amante não quer perder nenhuma das prerrogativas do antigo amigo.

Adeus, como antigamente... *Sim, adeus, meu anjo! Envio-te todos os meus beijos de amor.**

P.S. Você sabe que Prévan, ao completar um mês de prisão, foi obrigado a deixar sua unidade? É o assunto de toda a Paris. Na verdade, foi cruelmente punido por um erro que não cometeu. Seu sucesso, marquesa, foi total!

Paris, 29 de outubro de 17**.

CARTA 126

DA SRA. DE ROSEMONDE PARA A PRESIDENTA DE TOURVEL

Teria respondido antes, minha filha querida, se o cansaço que me causou minha última carta não tivesse trazido minhas dores de volta e me negado, todos estes dias, o uso de meu braço. Queria logo agradecer as boas notícias que me mandou sobre meu sobrinho e também felicitá-la sinceramente pelo que conseguiu com seus próprios méritos. Somos obrigados a reconhecer nisso tudo uma intervenção da Providência, que, tocando um, também salvou o outro. Sim, minha menina querida, Deus, que só queria testá-la, salvou-a no momento em que suas forças estavam esgotadas; apesar de algumas queixas de sua parte, penso que você deveria agradecer-Lhe. Não é que deixe de reconhecer que lhe teria sido mais agradável ter tomado essa decisão antes de Valmont e que meu sobrinho, em consequência, a tivesse apenas seguido; se tivesse sido assim, parece-me mesmo, humanamente falando, que os direitos de nosso sexo teriam ficado mais bem protegidos, e não queremos perder um só deles! Mas por que estas considerações ligeiras, levando em conta os importantes objetivos que foram atingidos? Será possí-

---

* Valmont estaria fazendo menção a uma antiga carta da marquesa. Vide Apêndice I, no final deste volume. (N.T.)

vel que quem se salve de um naufrágio venha a queixar-se por não ter podido escolher os meios de sua salvação?

Dentro em breve, minha filha querida, você verá que as dores que teme vão curar-se sozinhas. Além disso, se subsistirem para sempre e com muita força, nem por isso você deixará de sentir que serão mais fáceis de suportar do que o arrependimento por um ato ilícito e pelo desprezo de si própria. Inutilmente teria falado mais cedo com você sobre esta aparente verdade: o amor é um sentimento independente, que a prudência pode tentar evitar, mas que não conseguirá vencer e que, uma vez nascido, só morre por causas naturais ou por total falta de esperança. E é essa última situação, na qual você se encontra, que me dá a coragem e o direito de lhe dizer livremente o que penso. Seria cruel apavorar um doente sem esperança dizendo-lhe que só lhe restam consolo e paliativos; mas seria sábio mostrar a um convalescente os perigos pelos quais passou para inspirar-lhe a prudência de que precisa e sua submissão a conselhos que ainda lhe podem ser necessários.

Já que me escolheu como seu médico, é como tal que lhe escrevo e que lhe digo que os pequenos incômodos que você está sentindo agora e que talvez exijam algum remédio nada são, apesar disso, em comparação com a doença horrível cuja cura, enfim, já foi garantida. Depois, como sua amiga e amiga de uma mulher razoável e virtuosa, me permitiria acrescentar que essa paixão que a tinha subjugado, já tão desafortunada por si só, se tornava ainda pior por causa daquele a quem se dirigia. Se devo crer no que me dizem, meu sobrinho, que confesso talvez amar com demasiada fraqueza, e que reúne, de fato, muitas qualidades e encantos dignos de elogios, não deixa tanto de constituir-se em perigo para as mulheres como de ter cometido vários erros para com elas, já que se apraz, igualmente, em seduzi-las e desgraçá-las. Estou certa de que você o converteu. Sem dúvida alguma, jamais alguém foi tão capaz disso como você; mas tantas mulheres já se gabaram de havê-lo feito, mulheres cujas esperanças foram decepcionadas, que estou ainda mais contente por você não ter se rebaixado a ponto de vangloriar-se.

Considere agora, minha querida menina, que, em vez dos numerosos perigos que você teria tido de enfrentar, conseguirá, além do repouso de sua consciência e sua própria paz, a satisfação de ter sido a principal causa do feliz retorno de Valmont ao bom caminho. Quanto a mim, não duvido de que isso seja, em grande parte, obra de sua corajosa resistência, e que um momento de fraqueza sua talvez tivesse deixado meu sobrinho para sempre perdido. Gosto de pensar desse modo, no qual você encontrará seu primeiro consolo e eu, novas razões para amá-la ainda mais.

Espero vê-la aqui em poucos dias, minha filha adorável, tal como me anunciou. Venha reencontrar a calma e a felicidade naqueles lugares em que justamente as perdeu; venha, principalmente, gozar junto com sua terna mãezinha o fato de ter cumprido com a palavra que lhe tinha dado, de nada fazer que não fosse digno dela e de você!

Do Castelo de..., 30 de outubro de 17**.

CARTA 127

Da Marquesa de Merteuil para o Visconde de Valmont

Se não respondi, visconde, à sua carta do dia 19, não foi porque não tivesse tempo; foi simplesmente porque me deixou irritada e porque não encontrei nela nada que fosse sensato. Por isso, achei que o melhor que deveria fazer era deixá-la cair no esquecimento; mas, já que você volta a referi-la, que parece apegar-se às ideias que ela contém e que toma meu silêncio como um consentimento, preciso dizer-lhe o que penso com clareza.

Posso ter tido, eventualmente, a pretensão de substituir sozinha todo um harém, mas nunca tive a menor pretensão de fazer parte de um. Pensei que já sabia disso. Pelo menos, agora que você não pode mais ignorá-lo, vai entender facilmente como sua proposta deve ter-me parecido ridícula. Quem, eu?! Abandonar um capricho e, ainda mais, um capricho recente, para dedicar-me a você? E para dedicar-me de que maneira? Esperando minha vez, como uma escrava submissa, para obter os favores sublimes de *Sua Alteza*? Quando, por exemplo, você quiser se distrair por um momento dessa *magia desconhecida* que apenas a *adorável*, a *celestial* sra. de Tourvel o fez sentir, ou quando tiver medo de comprometer, diante da *atraente Cécile,* a imagem altamente positiva que ela tem de você e que você gostaria muito de conservar, em casos semelhantes, descendo até mim, você viria procurar prazeres menos vívidos, é verdade, mas sem maiores consequências. Além disso, seus preciosos favores, embora raros, seriam o suficiente para deixar-me feliz.

Sem dúvida! Você tem um grande patrimônio de boas opiniões sobre si mesmo, mas esse, aparentemente, não é o meu caso quanto à modéstia; pois, por mais que me olhe no espelho, não consigo ver que esteja decaída, tal como você parece pensar. Talvez seja uma falha minha, mas previno você que tenho muitas outras mais.

Tenho, principalmente, a de pensar que o *colegial*, o *açucarado* Danceny, dedicado exclusivamente a mim, abandonando por mim, sem nenhuma cobrança, sua primeira paixão antes mesmo de tê-la satisfeito, amando-me, enfim, como se ama em sua idade, apesar de seus vinte anos, poderá trabalhar mais eficazmente que você para minha felicidade e meus prazeres. Até me permitiria acrescentar que, se me viesse a fantasia de conseguir um suplente para ele, este não seria você, pelo menos no momento.

"E por que razão?", iria você perguntar-me. Em primeiro lugar, pode ser que não haja nenhuma, pois o capricho que me faria preferir você pelas mesmas razões poderia também excluir você. Apesar disso, por polidez, desejo que tome conhecimento de meus motivos. Parece-me que você teria de me fazer muitos sacrifícios, e eu, em vez de conceder o reconhecimento que não deixaria de esperar por causa deles, seria capaz de pensar que você deveria sacrificar-se ainda mais! Por isso, você já percebeu que é totalmente impossível que nos reaproximemos, pois estamos muito afastados um do outro por nossa maneira de pensar; e temo que precisaremos de muito tempo, mas de muito tempo mesmo, antes que eu possa mudar de opinião. Quando me corrigir, prometo que o avisarei. Até lá, peço-me, faça outros planos e guarde seus beijos: você pode depositá-los em lugares muito melhores...

Adeus, como antigamente, você me diz? Mas antigamente, parece-me, você me levava um pouco mais em conta; nunca me havia destinado tão drasticamente a um terceiro papel; e, sobretudo, tinha a gentileza de esperar que eu dissesse sim antes de convencer-se de meu consentimento. Considere, por isso, muito bom que, em vez de também lhe dizer *Adeus, como antigamente,* eu lhe diga *Adeus, como agora.*

Sua criada, sr. de Valmont.

Do Castelo de..., 31 de outubro de 17**.

CARTA 128
Da presidenta de Tourvel para a sra. de Rosemonde

Recebi apenas ontem, senhora, sua resposta tardia. Ela teria causado minha morte imediatamente, se minha existência ainda me pertencesse, mas um outro ser já tem sua posse: e esse ser é o sr. de Valmont. A senhora se dá conta de que não lhe escondo nada. Mesmo que não considere mais digna de sua amizade, temo menos perdê-la do que mantê-la no engano. Tudo o que posso dizer-lhe é que, colocada pelo sr. de Valmont entre sua morte e sua felicidade, decidi por esta. Não me gabo nem me acuso; digo simplesmente como são as coisas.

Uma vez ciente disso, a senhora perceberá facilmente que impacto não devem ter me causado sua carta e as severas verdades que continha. No entanto, não creia que me deixou magoada nem que jamais poderá alterar meus sentimentos e minha conduta. Não é que não tenha tido momentos cruéis, mas, quando meu coração se sente o mais destroçado do mundo, quando temo não poder mais suportar meus tormentos, digo-me "Valmont está feliz", e tudo desaparece diante desse pensamento, ou melhor, tudo se transforma em prazer.

É, pois, a seu sobrinho que me consagro agora; foi por ele que me perdi. Ele se transformou no único foco de meus pensamentos, de meus sentimentos, de meus atos. Minha vida me será preciosa apenas durante o tempo em que eu for necessária à sua felicidade. Se algum dia ele mudar de ideia... não vai escutar de mim nem queixas, nem repreensões. Já ousei voltar minha atenção para essa possibilidade fatal, e minha decisão está tomada.

Pode ver agora como me afeta pouco o medo que a senhora parecia ter de que, um dia, o sr. de Valmont pudesse desgraçar-me; pois, antes de querer minha desgraça, ele terá cessado de amar-me e, então, que efeito poderão ter sobre mim repreendas vãs que não conseguirei compreender? Somente ele será meu juiz. Como estarei vivendo somente para ele, minha memória estará em suas mãos; e, se ele se vir obrigado a reconhecer que eu o amava, sentirei que justiça me foi feita.

Ao ler esta carta, senhora, acaba de saber quais são meus pensamentos. Preferi o infortúnio de perder sua estima por causa de minha franqueza a tornar-me indigna dessa mesma estima pelo aviltamento da mentira. Pensei que devia essa total confiança às deferências que até hoje teve para comigo. Dizer mais uma só palavra poderia levá-la a supor que ainda tenho a arrogância de contar com sua bondade, quando, ao contrário, penso ser justa ao deixar de aspirar a ela. Com respeito, senhora, sou sua muito humilde e obediente serva.

Paris, 1º de novembro de 17**.

CARTA 129

Do Visconde de Valmont para a Marquesa de Merteuil

Diga-me, então, minha bela amiga, de onde poderia vir esse tom amargo e irônico que reina em sua última carta? Qual foi, então, o crime que cometi, aparentemente sem me dar conta, e que a deixou tão irritada? Você me repreende por eu parecer já contar com seu consentimento sem tê-lo obtido; mas pensei que o que para as outras pessoas poderia parecer presunção só poderia ser considerado como confiança entre mim e você. E desde quando esse sentimento prejudica a amizade ou o amor? Ao reunir a esperança ao desejo, apenas estou cedendo ao impulso natural que faz com que nos coloquemos sempre o mais próximo possível da felicidade que estamos procurando; e você tomou como efeito do orgulho o que era resultado apenas de minha solicitude. Sei que a praxe recomenda, neste caso, uma respeitosa dúvida; mas você também sabe que essa atitude não passa de uma simples fórmula, com conteúdo meramente protocolar. Além disso, parece-me que tinha sido autorizado a crer que essas minuciosas precauções não eram mais necessárias entre nós.

Tenho até a impressão de que esse ritmo franco e livre, quando se funda numa ligação antiga, é preferível à insípida lisonja, que tão cedo amortece o amor. Talvez, aliás, o valor que atribuo a esse tipo de atitude venha da felicidade que associo às recordações de nosso passado; mas, justamente por isso, me seria mais doloroso ainda vê-la pensar diferentemente de mim.

Esse terá sido meu único erro. É que não poderia imaginar que você consideraria, com seriedade, que exista no mundo uma mulher que me parecesse preferível a você; menos ainda, que eu pudesse tê-la julgado tão mal quanto você finge pensar. Você me diz que se observou por muito tempo no espelho e não pôde ver em si própria nenhuma ruína humana. Tenho certeza disso, o que só prova que seu espelho é fiel. Mas você não poderia ter concluído com mais facilidade e justiça que, com toda a certeza, eu julgara da mesma maneira?

Em vão procuro a causa dessa ideia extravagante. Parece-me, contudo, que ela tem a ver, de uma maneira ou de outra, com os elogios que me permiti fazer a outras mulheres. Infiro-o, ao menos, de sua satisfação em valorizar os adjetivos *adorável*, *celestial* e *atraente,* que utilizei quando lhe escrevia sobre a presidenta de Tourvel e a pequena Volanges. Mas você não sabe que essas palavras, escolhidas muito mais por acaso que por reflexão, expressam menos o que estimamos nas pessoas a quem as atribuímos do que a situação na qual nos encontrávamos ao delas falarmos? Mas, se você ficar sabendo que, no próprio momento em que me senti vivamente atraído por uma dessas mulheres, não deixei, apesar dessa atração, de desejá-la menos e que, de fato, estava era demonstrando uma forte preferência por você em relação a ambas, porque, afinal de contas, eu só poderia renovar nossa antiga ligação em prejuízo das outras duas, não creio que haja nisso tudo qualquer motivo para que me repreenda.

Não me será mais difícil justificar a *magia desconhecida* com a qual você me pareceu tão chocada. Em primeiro lugar, por ser desconhecida não significa que seja mais forte. Ufa! Quem poderia superar os deliciosos prazeres que apenas você sabe sempre renovar e sempre tornar mais intensos? Ou seja, eu apenas quis dizer que aquela magia era de um tipo que nunca experimentara, mas sem pretender atribuir-lhe qualquer primazia; e já lhe havia explicado o que repito hoje, que, quaisquer que sejam os atrativos dessa magia, saberei combatê-los e vencê-los. Colocarei nisso muito mais zelo ainda se puder ver esses esforços considerados como um tributo que pago a você.

Quando à pequena Cécile, acho totalmente inútil escrever sobre ela. Você não esqueceu que foi por um pedido seu que me encarreguei dessa menina e que só espero sua permissão para desfazer-me dela. Já constatei sua ingenuidade e seu frescor; pude até, em certo momento, considerá-la *atraente*, porque, com mais ou menos intensidade, nós sempre nos comprazemos um pouco com nossas próprias obras; mas, seguramente, ela não tem suficiente consistência em qualquer aspecto para que fixe a atenção no que quer que seja.

Agora, minha bela amiga, apelo a seu senso de justiça, a suas primeiras deferências para comigo, à nossa longa e perfeita amizade, à inteira confiança que posteriormente estreitou nossos laços, para perguntar-lhe se mereço esse tom rigoroso que você assumiu comigo. Mas como lhe será fácil recompensar-me quando quiser! Diga apenas uma palavra e verá se toda essa magia e toda essa afeição serão capazes de me reter aqui, não digo um dia, mas um só minuto. Voarei a seus pés e a seus braços para provar mil vezes e de mil maneiras que você é, que você será sempre a verdadeira soberana de meu coração.

Adeus, minha bela amiga; tenho muita pressa em receber sua resposta.

Paris, 3 de novembro de 17**.

CARTA 130

Da sra. de Rosemonde para a presidenta de Tourvel

E por que, minha querida menina, você não quer mais ser minha filha? Por que parece me comunicar que toda correspondência entre nós será interrompida? Seria para me punir por não ter adivinhado algo contra toda a verossimilhança? Não, conheço muito bem seu coração para crer que pense assim do meu. Por isso, a dor que me causou sua carta se relaciona muito mais a você do que a mim!

Ah, minha jovem amiga! Digo-lhe com dor, mas você é digna demais de ser amada para que o amor possa torná-la algum dia feliz. Oh, que mulher verdadeiramente delicada e sensível deixou de encontrar tormentos no próprio sentimento que lhe prometia tanta felicidade? Sabem os homens apreciar a mulher que possuem?

Não é que muitos não sejam honestos em seu modo de agir ou fiéis quanto às suas afeições; mas, mesmo entre estes, quantos não sabem ainda pôr-se em uníssono com nossos corações! Não creia, minha filha querida, que o amor dos homens seja igual ao nosso. Sentem a mesma embriaguez, muitas vezes até colocam nisso mais arrebatamento que nós, mas não conhecem essa inquieta prestimosidade, essa solicitude delicada que produzem em nós esses ternos e contínuos cuidados cujo único alvo é sempre o ser amado. O homem se deleita com a felicidade que sente; a mulher, com a que proporciona. Essa diferença, tão essencial e tão pouco reconhecida, influencia de modo muito sensível as respectivas maneiras de comportar-se de cada sexo. O prazer de um é satisfazer aos próprios desejos; o do outro é, sobretudo, despertá-los. Agradar, para ele, é apenas um meio de chegar ao sucesso, enquanto, para ela, agradar é o próprio sucesso. E a coqueteria, tão frequentemente criticada nas mulheres, não passa de um abuso dessa maneira de sentir e, por isso mesmo, comprova que assim é. Enfim, esse gosto de exclusividade que particularmente caracteriza o amor é, entre os homens, apenas uma preferência que serve, no máximo, para aumentar um prazer que uma outra mulher, talvez, viesse a diminuir, mas não destruir; ao passo que, entre as mulheres, a exclusividade no amor é um sentimento profundo que não apenas aniquila todo desejo exterior, mas também, mais forte que a natureza e acima de suas forças, apenas lhes deixa sentir repugnância e desgosto justamente por aquilo que deveria fazer nascer a voluptuosidade.

E não vá crer que exceções mais ou menos numerosas (que poderia citar) possam contrariar com sucesso essas verdades gerais! Elas têm por testemunha a voz pública, que apenas quanto aos homens distingue a infidelidade da inconstância, distinção de que eles se prevalecem, quando deveriam sentir-se humilhados, e que, para nosso sexo, só foi adotada por essas mulheres depravadas (que são nossa vergonha) para quem todo tipo de comportamento parece bom, de tal modo que assim esperam salvar-se da penosa consciência da própria baixeza.

Pensei, minha querida menina, que poderia lhe ser benéfico dispor de reflexões capazes de combater as quiméricas ideias de felicidade perfeita com que o amor nunca deixa de assoberbar nossa imaginação; esperança enganosa, à qual ainda nos apegamos, mesmo depois de nos vermos forçadas a abandoná-la, e cuja perda exacerba e multiplica as mágoas já demasiado reais, companheiras inseparáveis de uma paixão intensa! Esta tentativa de amenizar suas dores e de diminuir-lhes o número é tudo o que queria ou que poderia fazer neste momento. No caso dos males sem remédio, os conselhos devem dirigir-se apenas a aspectos circunstanciais. A única coisa que lhe peço é lembrar que compadecer-se por uma pessoa doente não é culpá-la. Ah! E quem somos nós para censurar-nos uns aos outros? Deixemos o direito de julgar para o Único que pode ler nossos corações; ouso até pensar que, a Seus olhos paternais, uma multidão de virtudes pode redimir uma só fraqueza.

Mas, conjuro-a, minha querida amiga, a defender-se principalmente dessas resoluções abruptas que anunciam muito mais um total desânimo do que força; não esqueça que, fazendo de uma outra pessoa o possuidor de sua existência – para usar suas próprias palavras –, você ainda não pôde subtrair a seus amigos aquilo que eles já possuíam antes e que nunca cessarão de reivindicar.

Adeus, minha filha querida; pense vez ou outra em sua terna mãezinha e creia que você será sempre e acima de tudo o ser mais amado em seus pensamentos.

Do Castelo de..., 4 de novembro de 17**.

CARTA 131

Da Marquesa de Merteuil para o Visconde de Valmont

Bravo, visconde! Estou mais contente com você por esta carta do que pela anterior; mas, agora, conversemos como bons amigos. Espero convencê-lo de que, tanto para você quanto para mim, o arranjo que parece querer é uma verdadeira loucura.

Ainda não se deu conta de que o prazer, que na verdade é o único motivo para a reunião dos dois sexos, não basta para estabelecer uma ligação entre ambos? E de que, se é precedido pelo desejo que os aproxima, não deixa de ser acompanhado do desgosto que os afasta? É uma lei da natureza, que pode ser alterada apenas pelo amor; e o amor, nós o temos quando o desejamos? Contudo, precisamos sempre dele, e nos causaria muitas contrariedades se não percebêssemos que, felizmente, basta que ele exista de um só lado: por isso, o problema fica reduzido pela metade, sem que tenhamos de perder muito. De fato, um se compraz com o prazer de amar, o outro com o prazer de agradar – este um pouco menos intenso, é verdade, mas ao qual acrescento o prazer de enganar, o que refaz o equilíbrio e tudo fica bem para todos.

Mas, visconde, diga-me: quem de nós dois vai enganar o outro primeiro? Você conhece a história dos dois trapaceiros que se reconheceram numa mesa de jogo: "Não podemos fazer nada um contra o outro", disseram-se eles, pagaram as cartas, cada um a sua metade, e separaram-se. Creia-me, sigamos este exemplo prudente e não percamos juntos o tempo que poderíamos empregar muito melhor alhures.

Para provar-lhe que nisso seu interesse me decide tanto quanto o meu e que não ajo nem por mau humor, nem por capricho, não vou recusar-lhe o prêmio combinado entre nós dois: sinto, perfeitamente bem, que uma só noite bastará para que nós deixemos plenamente satisfeitos; e até não duvido de que faremos essa noite tão maravilhosa que apenas com pesar nos separaremos. Mas não esqueçamos que o pesar é necessário à felicidade e, por mais doces que sejam nossas ilusões, não creiamos que possam ser duráveis.

Bem vê que cumpro o que prometo, e isso sem que você esteja quite comigo, pois, afinal de contas, eu deveria receber a primeira carta de sua celestial pudica e, contudo, seja porque você ainda a guarda, seja porque se esqueceu das condições de nosso trato (que lhe interessa talvez menos do que deseja que eu saiba), o caso é que até agora ainda não recebi nada, absolutamente nada. No entanto, ou me engano, ou a terna devota deve escrever muito: o que faz ela quando fica só? Seguramente, não deve ter suficiente espírito para distrair-se sozinha. Por isso, eu teria algumas críticas a fazer a você, mas calo-me e deixo-as passar, como compensação por um pouco de mau humor que talvez lhe tenha demonstrado em minha última carta.

Agora, visconde, só me resta fazer-lhe um pedido, e mais uma vez o faço por você e por mim: o de protelar um momento que desejo, talvez tanto quanto você, mas cuja consumação parece-me que deve ser adiada até minha volta a Paris. De um lado, não teríamos aqui a liberdade necessária; de outro, teríamos de correr alguns riscos, pois, se eu demonstrasse o menor ciúme, esse horroroso do Belleroche iria querer-me ainda mais quando, no entanto, está por um fio. Ele já tem de esfalfar-se para amar-me, a tal ponto que agora emprego tanta malícia quanto prudência nas carícias com que o assoberbo. Mas, mesmo numa situação como essa, você vê, com clareza, que isso que faço dificilmente poderia ser considerado como um sacrifício em seu nome! Uma infidelidade recíproca tornará o encanto de nosso encontro muito maior.

Você sabe que lamento, por vezes, que sejamos forçados a empregar esse tipo de comportamento? No período em que nos amávamos – pois penso que era amor –, sentia-me feliz. E você, visconde?... Mas por que ainda falar de uma felicidade que não pode mais voltar? Não, por mais que você possa dizer-me o contrário, é uma volta impossível. Em primeiro lugar, eu exigiria sacrifícios de sua parte que, com toda a certeza, você não poderia ou não quereria fazer por mim e que possivelmente eu não mereça; em segundo, como fazer com que me seja fiel? Oh! Não, não, absolutamente não quero sequer pensar nessa possibilidade! E, apesar do prazer que me dá este momento em que lhe escrevo, prefiro abandoná-lo abruptamente...

Adeus, visconde.

Do Castelo de..., 6 de novembro de 17**.

CARTA 132

Da presidenta de Tourvel para a sra. de Rosemonde

Profundamente tocada, senhora, por sua bondade para comigo, dela usufruiria inteiramente se não tivesse sido impedida, de alguma maneira, pelo receio de profaná-la aceitando-a. Por que será necessário – já que considero seus bons sentimentos tão preciosos para mim – que eu tenha de sentir também que não sou digna deles? Ah! Pelo menos, ouso testemunhar-lhe meu agradecimento; para sempre admirarei essa tolerância de uma mulher virtuosa, que só toma conhecimento de minhas fraquezas para delas compadecer-se, e cujo poderoso sortilégio mantém sobre os corações um domínio deveras forte e suave, mesmo se comparado ao encanto o amor.

Mas ainda poderei merecer essa amizade, se ela não é mais capaz de me fazer feliz? Digo o mesmo a respeito de seus conselhos; reconheço-lhes valor, mas não posso segui-los. E como não crer em uma felicidade perfeita, se a sinto neste momento? Sim, se os homens são como a senhora diz, é preciso fugir deles, pois são todos odiosos, mas Valmont está longe de se assemelhar a eles! Se tem, como os outros homens, essa veemência na paixão que a senhora chama de arrebatamento, como não reconhecer que nele esse arrebatamento é superado pelo excesso de sensibilidade? Ah, minha amiga! A senhora me fala em compadecer-se de minhas dores: aprecie agora minha felicidade. Devo-a ao amor. E como o ser que a causa aumenta o valor desse sentimento! A senhora ama seu sobrinho, disse-me, talvez com fraqueza? Ah! Se o conhecesse como eu! Eu o idolatro, mas ainda menos do que ele merece. Sem dúvida, foi levado a cometer alguns erros, ele mesmo o admite; mas existe alguém que tenha conhecido melhor que ele o verdadeiro amor? Que mais posso dizer? Ele o sente tão intensamente quanto o inspira.

A senhora irá pensar que esta é *uma dessas ideias quiméricas com que o amor nunca deixa de assoberbar nossa imaginação*. Mas, neste caso, por que então ficou ele mais terno e mais atencioso depois de não ter mais nada a obter? Confesso que antes via nele um ar de reflexão e de reserva que raramente abandonava e que com frequência me levava a pensar, a contragosto, nas falsas e cruéis opiniões que me deram a seu respeito; mas, desde o momento em que passou a entregar-se sem peias aos sentimentos de seu coração, parece que adivinha todos os desejos que tenho em meu peito. Quem sabe não nascemos um para o outro! Quem sabe essa felicidade de ser eu necessária à sua não estava havia muito reservada para mim? Ah! Se é uma ilusão, que eu morra antes que ela se esvaia. Mas não, quero viver para guardá-lo como um tesouro e adorá-lo. Por que deixaria ele de amar-me? Que outra mulher o faria mais feliz que eu? Ademais, descobri por mim mesma que essa felicidade que ele desperta em mim é o laço mais forte que pode existir, o único que verdadeiramente une. Sim, é esse sentimento delicioso que enobrece o amor, que de algum modo o purifica e o torna verdadeiramente digno de uma alma terna e generosa como a de Valmont.

Adeus, minha querida, minha respeitada, minha tolerante amiga. Em vão desejo poder-lhe escrever mais longamente, mas está chegando a hora em que ele prometeu vir, e qualquer outro pensamento me abandona. Perdão! Mas a senhora deseja minha felicidade, e ela é tão grande neste momento que quase não dou conta de abarcá-la.

Paris, 7 de novembro de 17**.

CARTA 133

Do Visconde de Valmont para a Marquesa de Merteuil

Quais seriam, minha bela amiga, esses sacrifícios que você considera que eu não faria e cujo prêmio, contudo, seria agradá-la. Deixe, pelo menos, que eu os conheça e, se hesitar em oferecê-los a você, prometo aceitar sua recusa em receber o testemunho de minha afeição. Ah! Como foi possível que tenha mudado de opinião a meu respeito assim tão recentemente, de tal modo que, apesar de ser tão compreensiva, está agora duvidando de meus sentimentos e de minha energia? Sacrifícios que eu não quereria ou não poderia fazer? É porque me considera apaixonado e subjugado? E o valor que atribuo ao sucesso em minhas conquistas? Você supõe que seja o mesmo que atribuo às mulheres que conquisto? Ah! Graças aos céus não ter sido ainda rebaixado a esse nível. Ofereço-me para provar-lhe o que digo. Sim, vou provar-lhe, mesmo que seja às custas da sra. de Tourvel. Com toda a certeza, depois disso você não terá mais dúvidas.

Creio que pude, sem assumir nenhum compromisso, dedicar algum tempo a uma mulher que, pelo menos, tem o mérito de ser de um tipo raro de encontrar-se. Talvez, também, a baixa estação durante a qual essa aventura se iniciou fez com que eu me entregasse a ela com afinco. E mesmo agora, quando mal começam os primeiros sinais da alta estação, não é surpreendente que eu tenha dedicado a ela quase todo o meu tempo? Por isso, considere que ainda não se completaram oito dias que estou me beneficiando do fruto de três meses de esforços. Na verdade, muitas vezes fiquei por mais tempo com mulheres que não valiam tanto a pena quanto ela e que me haviam dado muito menos trabalho! E, apesar disso, você nunca tirou conclusões que me desmerecessem.

E, depois, quer saber a verdadeira razão de meu interesse por ela? Conto-lhe a seguir. Essa mulher é naturalmente tímida; no início, duvidava constantemente de sua felicidade, dúvida que bastava para atormentá-la de modo que apenas agora começo a perceber até onde vai meu poder sobre mulheres dessa espécie. Contudo, saber a extensão desse poder é algo que sempre me deixou curioso, e as ocasiões para conhecê-lo não acontecem com a facilidade que se costuma acreditar.

Em primeiro lugar, para muitas mulheres, prazer é sempre apenas prazer e não passa disso; para elas, por mais impressionantes que sejam os adjetivos com que nos adornem, somos apenas agentes, simples intermediários, cuja potência constitui todo o nosso mérito, e o homem que mais a tem é o que melhor desempenha seu papel.

Numa outra categoria, talvez a mais numerosa hoje em dia, a fama do amante, o prazer de tê-lo tirado de uma rival e o medo subsequente de vê-lo ser roubado por outra absorvem quase inteiramente a atenção dessas mulheres; nós, homens, contribuímos, mais ou menos intensamente, com alguma coisa para essa espécie de felicidade que elas sentem, mas isso tem mais a ver com as circunstâncias do que com as pessoas. Sua felicidade vem por nós, mas não de nós.

Então, seria preciso encontrar, para minhas observações, uma mulher delicada e sensível, que fizesse do amor seu único interesse e que, no próprio amor, apenas vivesse para seu amante; uma mulher cuja emoção, longe de seguir o caminho usual, partisse sempre do coração para chegar aos sentidos; uma mulher, enfim, que, por exemplo, eu visse (não estou falando do primeiro dia) cheia de lágrimas depois do prazer e que, logo após, reencontrasse a voluptuosidade com apenas uma palavra que tocasse sua alma. Ou seja, seria preciso que ela também fosse dotada de uma natural candura, tornada inabalável pelo hábito de a ela entregar-se, e que não lhe permitisse dissimular nenhum sentimento de seu coração. Ora, você há de concordar comigo que tais mulheres são muito raras; por isso, se não fosse por esta, creio que talvez nunca teria encontrado outra do mesmo gênero.

Por conseguinte, não é de admirar que eu fique com ela mais tempo do que com qualquer outra; e, se as observações que pretendo fazer sobre seu comportamento exigem que eu a torne feliz, perfeitamente feliz, por que iria eu recusar-me a ela, sobretudo quando isso também me é útil e de modo algum prejudica meus objetivos? Mas, pelo fato de estar a mente dedicada a esses temas, pode-se concluir que o coração tenha sido escravizado? Claro que não. Por isso, o valor que não me proíbo atribuir a essa aventura não me impedirá de empreender outras, ou mesmo de abandoná-la por outras mais prazerosas.

Estou tão livre que não dispensei a pequena Volanges, apesar de não fazer a menor questão dela. Sua mãe vai levá-la de volta a Paris em três dias; e eu, desde ontem, tratei de garantir minha comunicação com a menina: algum dinheiro para o porteiro, alguns galanteios para a mulher deste, e tudo ficou resolvido. Você pode imaginar que Danceny não foi capaz de utilizar um meio tão simples? E depois dizem que o amor nos faz inventivos! Ao contrário, ele torna estúpidos aqueles a quem domina. Como é possível pensar que eu seria incapaz de defender-me do amor? Ah, fique tranquila! Dentro em breve, coisa de poucos dias, vou diminuir o impacto talvez demasiado vivaz que o amor causou em mim, compartilhando-o com outra mulher; e, se uma não for suficiente, recorrerei a várias.

Contudo, não vou alterar minha intenção de devolver a menina do convento a seu discreto amante, desde que você considere oportuno. Parece-me que você não tem mais nenhuma razão para impedir-me de fazê-lo e, de minha parte, consinto em prestar esse imenso favor ao pobre Danceny. É, na verdade, o mínimo que lhe devo por todos os que me prestou. No momento, ele está extremamente preocupado em saber se será novamente recebido na casa da sra. de Volanges; trato de acalmá-lo o máximo que posso, garantindo-lhe que, de uma maneira ou de outra, satisfarei à sua vontade já no primeiro dia da chegada de sua amada. Enquanto isso, continuo a encarregar-me da correspondência que quer retomar com *sua Cécile*. Já recebi seis cartas dele e imagino que vá receber uma ou duas mais até o grande dia. Esse menino, com certeza, não tem mais o que fazer!

Mas deixemos de lado essas duas crianças e voltemos ao que nos interessa para que eu possa dedicar-me inteiramente à esperança que sua última carta me deu. Sim, não há dúvida de que você será capaz de manter-me fiel, e não vou perdoá-la se duvidar disso. Alguma vez lhe fui infiel? Nossos laços foram desfeitos, mas não rompidos. Nossa aparente ruptura não passou de uma visão errônea que tivemos dessa separação: apesar dela, nossos sentimentos e interesses permaneceram entrelaçados. Tal como o viajante que volta à sua terra sem ilusões, eu seria capaz de reconhecer que abandonei a felicidade que tinha para ir ao encalço da esperança de tê-la ainda maior; por isso, digo como d'Harcourt:

> *Quanto mais terras estrangeiras visitei,*
> *mais passei a amar minha pátria*.*

Por isso, não combata mais os pensamentos, ou melhor, os sentimentos que a trazem de volta para mim. E, depois de termos experimentado todos os prazeres em nossos respectivos caminhos, gozemos a felicidade de sentir que nenhum deles se compara ao que provamos juntos e que consideraremos ainda mais delicioso.

Adeus, minha encantadora amiga. Concordo em esperar sua volta a Paris, mas apresse-a e não se esqueça de quanto eu desejo que volte.

Paris, 8 de novembro de 17**.

CARTA 134

Da Marquesa de Merteuil para o Visconde de Valmont

Na verdade, visconde, você é exatamente como as crianças, diante das quais não podemos falar tudo e para as quais não se pode mostrar alguma coisa sem que queiram imediatamente dela apoderar-se! Basta que eu fale de uma simples possibilidade que me veio à cabeça (a qual até já o havia advertido

---

* De Belloy, *O cerco de Calais*, tragédia. (N.A.)

de que não queria levar adiante) para que você se prevaleça disso, fazendo com que de novo me lembre dela e me obrigue a nela pensar – mesmo quando faço de tudo para dedicar-me a outras coisas –, e para que seja cúmplice de seus desejos ridículos, contra a minha vontade! Por isso, considera simpático de sua parte deixar-me suportar sozinha o pesado fardo da necessidade de sermos prudentes? Digo-lhe outra vez (e a mim o repito com maior frequência ainda) que o arranjo que me propôs é realmente impossível. Ainda que você continuasse a ter a magnanimidade que me tem demonstrado ultimamente, pensa que eu também não tenho escrúpulos em aceitar sacrifícios que prejudicariam sua felicidade?

Ora, ora! É verdade, visconde, que está assim tão iludido quanto aos sentimentos que o ligam à sra. de Tourvel? É amor! Ou, então, não sei o que é o amor. Você o nega de cem maneiras, mas prova-o de mil outras. Por exemplo, por que esse subterfúgio que está usando diante de si mesmo (pois creio que está sendo sincero comigo), que faz com que tenha vontade de fazer observações sobre o desejo (que não pode nem esconder, nem combater) de querer essa mulher para sempre? A julgar por suas palavras, seria possível dizer que você nunca fez outra mulher feliz, perfeitamente feliz! Ah, se tem dúvidas disso, tem muito pouca memória! Mas não, esse não é o assunto. Simplesmente queria dizer que seu coração está prevalecendo sobre sua mente e que você se justifica com más razões; mas eu, que tenho grande interesse em não me deixar enganar em meu argumentos, não sou fácil de contentar.

É por isso que, ao apreciar sua polidez ao suprimir cuidadosamente todas as palavras que, imaginou, me tinham desagradado, observei que, talvez sem que tivesse percebido, você nem por isso deixou de manter os mesmos pontos de vista. Com efeito, não é mais a adorável, a celestial sra. de Tourvel, mas *uma mulher impressionante, uma mulher delicada e sensível,* e isso em detrimento de todas as mulheres; *uma mulher rara,* enfim, de tal forma que dificilmente encontraríamos outra igual. Da mesma maneira quanto àquela magia desconhecida que, no entanto, já não é a *mais forte*. Pois bem! Que assim seja! Mas, como você até agora não encontrou algo semelhante, podemos crer que não vai encontrar nada igual no futuro; ademais, a perda do que agora encontrou seria igualmente irreparável. Ou são esses, visconde, sintomas certos de amor, ou será preciso desistir de procurar saber quais são.

Esteja certo de que, desta vez, estou lhe escrevendo sem a menor irritação. Prometi a mim mesma não mais ficar irritada. Logo me dei conta de que a irritação é conselheira perigosa. Creia-me, sejamos apenas amigos e permaneçamos assim. Reconheça apenas minha coragem de defender-me – sim, de minha coragem, pois, algumas vezes, é preciso tê-la, até para não tomar uma decisão que sentimos ser errada.

Por isso, é apenas para trazê-lo a meu ponto de vista por meios persuasivos que vou responder à pergunta que me fez sobre os sacrifícios que eu exigiria e que você não poderia fazer. Uso de propósito a palavra *exigir* porque estou certa de que, daqui a pouco, você de fato vai me considerar muito exigente. Mas que me importa! Longe de me irritar com sua recusa, eu iria agradecer-lhe por ela. Escute bem, por favor, não seria com você que desejaria querer dissimular meus sentimentos: é que talvez eu precise de sua recusa.

Exigiria, pois (veja que crueldade!), que essa rara e impressionante sra. de Tourvel fosse para você apenas uma mulher como outra qualquer, uma mulher exatamente como ela é. É preciso que não nos enganemos: o encanto que pensamos encontrar nos outros, é em nós que ele existe; ademais, é apenas o amor o que torna tão belo o objeto amado. Quanto a esse meu pedido, por mais impossível que seja seguramente você se esforçaria para prometer-me, até jurar-me, que o cumpriria; mas, confesso, não poderia crer em palavras vãs. Só poderia ser persuadida por seu comportamento como um todo.

Ainda há mais: vou ser caprichosa. Abandonar a pequena Cécile, sacrifício que você me ofereceu de tão bom grado, não me afetaria em nada. Ao contrário, iria pedir-lhe que continuasse a prestar-me esse penoso favor até ordem em contrário de minha parte – ou porque me apraz abusar do mando que tenho sobre você, ou porque, ora tolerante, ora justa, basta-me controlar seus sentimentos sem prejudicar seus prazeres. Seja como for, queria ser obedecida, e minhas ordens seriam muito rigorosas!

Mas é também verdade que, então, eu me sentiria obrigada a agradecer-lhe e (quem sabe?) talvez até recompensá-lo. Com toda a certeza, por exemplo, abreviaria uma ausência de Paris que está ficando insuportável. Teria, finalmente, o prazer de vê-lo, visconde, e ao revê-lo... o que aconteceria?... Mas lembre-se de que esta carta não passa de uma simples conversa sobre um projeto impossível e do qual não quero esquecer-me sozinha...

Sabe que meu processo judicial está me preocupando um pouco? Finalmente, informei-me com precisão sobre minhas possibilidades de vitória e meus advogados me citaram várias leis e, sobretudo, muitos *precedentes,* como dizem; mas não vejo nem boas razões, nem justiça nesses casos já julgados. Estou quase me arrependendo de não ter aceito um acordo. No entanto, estou certa de que vou ganhar a causa, se meu procurador for hábil, se meu advogado for eloquente e se esta parte interessada apresentar-se em toda a sua beleza na corte de justiça. Se esses três fatores não me levarem ao sucesso, será necessário alterar o ritmo em que vão as coisas e abandonar-se o respeito pelas práticas antigas.*

Esse processo é, atualmente, a única coisa que me prende aqui. O de Belleroche encerrou-se; é caso julgado, com as despesas divididas entre as partes. Chegou a tal ponto que está se queixando por ter perdido o baile desta noite; é muita falta do que fazer! Vou restituir-lhe a liberdade quando voltarmos a Paris. Farei esse penoso sacrifício para ele e me consolo com a generosidade que vê em meu gesto.

Adeus, visconde, escreva-me sempre. O relato minucioso de seus prazeres me compensará, ao menos em parte, do tédio que estou sentindo.

Do Castelo de..., 11 de novembro de 17**.

CARTA 135

DA PRESIDENTA DE TOURVEL PARA A SRA. DE ROSEMONDE

Estou tentando escrever-lhe sem saber se vou conseguir. Ah, por Deus! E lembrar que, em minha última carta, era o

---

* Alusão ao ritmo que sobretudo a burguesia francesa estava querendo imprimir às reformas, impostas posteriormente, de forma violenta, também pela plebe, durante a Revolução Francesa, processo que se inicia em 1789, oito anos depois da publicação de *Ligações perigosas*. A Revolução Francesa derrubou justamente o *Ancien Régime*, o Antigo Regime, ou seja, as *práticas antigas* que a marquesa defende contra, deu ela a entender, órfãos e menores. (N.T.)

excesso de felicidade que não me deixava seguir adiante! É o excesso de infortúnio que me atormenta agora, que me deixa com força apenas para que sinta minhas dores e me tira aquela que me permitiria expressá-las.

Valmont... Valmont não me ama mais, nunca me amou. O amor não termina assim desse jeito. Iludiu-me, traiu-me e, agora, ofende-me. Estou sofrendo toda a gama possível de infortúnios, todas as humilhações, e é dele que esses males me chegam!

E não creia que se trate apenas de uma suspeita: estava perto o suficiente para ver com meus próprios olhos! Não tenho a felicidade de poder duvidar. Vi. Que poderia ele me dizer para justificar-se? Mas que lhe importa! Nem sequer vai pensar em tentar... Ai, desgraçada! O que podem fazer tuas lágrimas e tuas queixas diante dele? Ele não tem por ti a menor consideração!...

A pura verdade é que me abandonou, que até me sacrificou.... e a quem?... A uma criatura vil... Mas que digo? Ah! Perdi até mesmo o direito de desprezar essa mulher. Ela traiu menos deveres que eu; não tem, pois, tanta culpa quanto tenho. Oh, como é dolorosa a pena quando se origina do remorso! Sinto que meus tormentos se multiplicam. Adeus, minha cara amiga! Por mais indigna de sua piedade que me tenha transformado, a senhora ainda a teria por mim, se pudesse fazer uma ideia do que estou sofrendo.

Acabo de reler esta carta e percebi que não contém nenhuma informação para a senhora; tentarei, então, encontrar coragem para contar-lhe o cruel acontecimento. Foi ontem. Pela primeira vez desde que voltei a Paris, devia sair para jantar fora. Valmont veio ver-me às cinco horas; nunca me havia parecido tão terno. Fez-me saber que minha intenção de sair o deixava contrariado; a senhora pode imaginar que logo decidi ficar em casa. No entanto, duas horas depois, de repente, sua aparência e seu tom de voz mudaram visivelmente. Não sei se, sem querer, disse algo que pudesse tê-lo desgostado; seja como for, pouco tempo depois alegou lembrar-se de um negócio que o obrigava a deixar-me e foi embora, não sem antes testemunhar-me seu imenso pesar por ter de partir, o que me pareceu muito terno e sincero.

Outra vez sozinha, pensei que seria mais adequado não desconsiderar meu compromisso inicial, pois, agora, estava livre para honrá-lo. Terminei de vestir-me e tomei minha carruagem. Infelizmente, o cocheiro me fez passar em frente à Ópera e encontrei-me no congestionamento da saída: a quatro passos diante de mim, na fila ao lado da minha, percebi a carruagem de Valmont. Imediatamente meu coração começou a palpitar, mas não era de medo; o único sentimento que tinha era o desejo de que minha carruagem pudesse seguir adiante. Mas, ao contrário, foi a dele que se viu forçada a recuar, ficando exatamente ao lado da minha. Sem perda de tempo, lancei-me à janela, e qual não foi meu espanto quando encontrei, a seu lado, uma afamada prostituta! Voltei para o interior da carruagem, como a senhora, com certeza, já imaginou; o que vira já teria sido suficiente para deixar meu coração destroçado, mas o que lhe custará crer foi que essa mesma rapariga, aparentemente por ter sido objeto de uma odiosa confidência de Valmont, não abandonou a porta da carruagem onde estava nem deixou de me olhar fixamente, com terríveis ataques de riso, como numa cena de teatro.

Apesar de sentir-me totalmente aniquilada, deixei-me levar até a casa onde deveria jantar, mas me foi impossível permanecer: a todo instante, sentia-me prestes a desmaiar e, sobretudo, não conseguia reter as lágrimas.

Ao voltar, escrevi ao sr. de Valmont, tendo remetido a carta imediatamente, mas ele não estava em casa. A qualquer custo querendo deixar esse estado mortal ou confirmá-lo para sempre, mandei o criado ir lá outra vez, com a ordem de esperá-lo; contudo, voltou antes da meia-noite, dizendo que o cocheiro, que havia regressado, informara que seu amo não dormiria em casa naquela noite. Nesta manhã, pensei que tudo o que poderia fazer era pedir que devolvesse minhas cartas e rogar que não viesse mais à minha casa. De fato, dei ordens aos criados nesse sentido, mas foram inúteis. É quase meio-dia; ele ainda não apareceu, e nem mesmo um bilhete seu recebi.

Minha querida amiga, não tenho nada mais a acrescentar: agora, a senhora está informada de tudo e sabe perfeitamente bem quais são meus sentimentos. Minha única esperança é não continuar por muito tempo onerando a compreensão e a amizade que me dedica.

Paris, 15 de novembro de 17**.

CARTA 136

Da presidenta de Tourvel para o Visconde de Valmont

Sem dúvida que, depois do que sucedeu ontem, o senhor não espera mais ser recebido em minha casa; é também sem nenhuma dúvida que deseja muito pouco fazê-lo! Por isso, este bilhete tem por objetivo menos pedir-lhe que não venha mais à minha casa do que, outra vez, rogar-lhe que me devolva essas cartas que nunca deveriam ter existido e que, se chegaram a interessar-lhe em certo momento, como prova da cegueira que o senhor ocasionou em mim, hoje só lhe podem ser indiferentes, porque seu interesse nelas se esvaneceu e porque apenas exprimem um sentimento que o senhor destruiu.

Reconheço e confesso que errei por ter tido no senhor uma confiança da qual tantas mulheres antes de mim foram vítimas. Quanto a isso, acuso apenas a mim mesma, mas pensei que, no mínimo, não merecia ter sido exposta ao desprezo e ao insulto. Pensei que, por ter abandonado tudo pelo senhor, perdendo pelo senhor meu direito à estima dos outros e à minha própria, poderia esperar não ser julgada por sua pessoa mais severamente que pela opinião pública, a qual ainda separa por uma imensa distância a mulher indefesa da mulher desonesta. Esses erros, que seriam percebidos por qualquer pessoa, são os únicos sobre os quais lhe escrevo. Calo-me quanto aos cometidos contra o amor; seu coração não entenderia o meu... Passar bem, sr. visconde.

Paris, 15 de novembro de 17**.

CARTA 137

Do Visconde de Valmont para a presidenta de Tourvel

Acabam de entregar-me, sra. de Tourvel, sua carta; tremi ao lê-la e mal tenho forças para responder. Que ideia terrível faz de mim! Ah! Sem dúvida que cometo erros, erros que eu mesmo não vou perdoar-me durante toda a minha vida, mesmo que você os encobrisse com sua tolerância. Mas os erros dos quais você me acusa sempre foram alheios à minha alma. Quem? Eu? Humilhá-la? Vilipendiá-la? Quando a respeito tanto quanto a quero! Quando só conheci o amor-próprio depois que você me considerou digno de sua pessoa! As aparências a enganaram e admito que poderiam constituir-se em acusação contra mim. Mas você não tinha em seu coração os sentimentos necessários para refutá-las? E não se chocou ele com o mero pensamento de que poderia estar encontrando razões para queixar-se do meu? No entanto, você acreditou nisso. Assim, não apenas me julgou capaz desse delírio atroz, como chegou até a temer haver se exposto a esses meus delirantes sentimentos por causa dos favores que me concedeu. Ah! Se você se sente degradada a esse ponto por seu amor, então sou eu totalmente vil a seus olhos?

Oprimido pelo sentimento doloroso que essa possibilidade me causa, perco, em rechaçá-la, o tempo que deveria empregar para destruí-la. Queria confessar-lhe tudo: há mais uma consideração que ainda me detém. Por isso, será preciso que eu reconstrua fatos que desejaria aniquilar e que fixe sua atenção e a minha num momento de fraqueza (que gostaria de recuperar com o resto de meus dias) cuja causa ainda desconheço e cuja lembrança para todo o sempre me humilhará e desesperará? Ah, se ao acusar-me desperto sua cólera, pelo menos você não precisará esforçar-se para obter vingança: basta que me deixe só com meu arrependimento.

No entanto, quem poderia crer? O que aconteceu teve como causa principal o todo poderoso encanto que sinto a seu lado. Foi ele que me fez esquecer por muito tempo um assunto importante e que não podia mais ser adiado. Deixei você muito tarde e não conseguia encontrar a pessoa que procurava. Esperava dar com ela na Ópera, mas minhas iniciativas foram infrutíferas. Émilie, que lá encontrei, que conheci numa época em que estava longe de conhecer não apenas você, mas também o amor, Émilie não estava com sua carruagem e me pediu que a levasse à sua casa, a quatro passos dali. Não vi nada de inconveniente nisso e concordei. Mas foi então que encontrei você e senti imediatamente que seria levada a julgar-me culpado.

O receio de desagradá-la ou de afligi-la é tão poderoso em mim que imediatamente deve ter sido, e de fato foi, notado por você. Confesso até que esse mesmo receio fez com que tentasse convencer a rapariga a não se mostrar; essa precaução de minha sensibilidade acabou por atingir nosso amor. Acostumada, como todas as de sua profissão, a demonstrar sua força – sempre conseguida ilicitamente – apenas pelo uso exagerado dela, Émilie teve todo o cuidado de não deixar escapar uma oportunidade tão estrondosa. Quanto mais ela via meu embaraço aumentar, mais se deleitava em expor-se; e sua alegria desvairada, que me fez corar quando me dei conta de que você, por um só instante, pensou ser a causa, só teve como origem as dores cruéis que eu sentia, dores que, por sua vez, vinham também de meu respeito e de meu amor por você.

Não tenho dúvida de que, até agora, tenho tido mais falta de sorte que culpa; e esses erros *que seriam percebidos por qualquer pessoa, os únicos sobre os quais você me falou*, esses erros, não existindo, você não pode responsabilizar-me por eles. Mas é em vão que você se cala sobre os erros cometidos contra o amor: isso porque não manterei sobre eles o silêncio que mantive sobre os outros, pois um interesse maior me obriga a quebrá-lo.

Não pense que, na confusão em que me encontro por causa de meu inconcebível e devasso comportamento, eu possa, sem grande sofrimento, tratar de trazer de volta à memória esses erros que teria cometido contra o amor. Convencido quanto às minhas faltas, aceitarei suportar qualquer penitência ou, até mesmo, esperarei o perdão que poderá ser-me concedido pelo tempo, por minha imorredoura ternura ou por meu arrependimento. Mas como poder calar-me quando o que me falta dizer-lhe poderá afetar sua sensibilidade?

Não creia que eu esteja procurando um subterfúgio para eximir-me ou diminuir minha culpa; confesso que sou culpado. Mas não admito, e nunca admitirei, que esse erro humilhante possa ser visto como um falta contra o amor. Ah! Que pode haver de comum entre um momento de sentimentos conturbados, entre um instante de perda de controle sobre si mesmo (logo seguido pela vergonha e pelo arrependimento), e um sentimento puro, que só pode nascer de uma alma delicada, nela manter-se pela estima e cujo fruto último é a felicidade! Ah, não insulte assim o amor! Receie sobretudo insultar-se a si mesma reunindo sob um só ponto de vista o que nunca pode ser confundido. Deixe que as mulheres vis e depravadas temam uma rivalidade que, apesar de seus desejos em contrário, sentem que necessariamente virá a ocorrer; deixe que sintam os tormentos de ciúmes tão cruéis quanto humilhantes, mas desvie os olhos desses seres que conspurcariam seu olhar e, pura como a Divindade, tal como Ela, puna os pecados sem por eles ficar afetada.

Mas que penitência você me imporia que pudesse ser mais dolorosa do que a que já sofro, que pudesse ser comparada à mágoa de tê-la desagradado, ao desespero de tê-la afligido, à ideia desesperadora de ter me feito menos digno de sua pessoa? Você deve estar pensando nos meios de punir-me, enquanto rogo que me console! Não que mereça seu consolo, mas preciso dele, pois só posso ser consolado por você.

Se, esquecendo o meu amor e o seu, e não mais valorizando minha felicidade, você quiser, ao contrário, causar-me uma dor eterna, tem o direito de fazê-lo: então, vamos!, ataque! Mas se, mais compreensiva ou mais sensível, você ainda puder lembrar-se daqueles sentimentos tão ternos que uniam nossos corações, daquela voluptuosidade da alma que sempre se renovava e que sempre se manifestava de forma cada vez mais viva, daqueles dias tão doces, tão afortunados que cada um de nós possibilitava ao outro, de todos esses tesouros do amor que apenas o amor nos dá, talvez então prefira o poder de fazê-los renascer ao de destruí-los. Enfim! Que mais poderia eu dizer? Perdi tudo e tudo perdi por minha culpa, mas posso tudo recuperar através de seu caridoso coração. Agora é você quem decide. Acrescento apenas uma palavra mais: ainda ontem, você jurou que minha felicidade estaria garantida se dependesse de sua pessoa! Ah, sra. de Tourvel, vai condenar-me hoje a um desespero eterno?

Paris, 15 de novembro de 17**.

CARTA 138

Do Visconde de Valmont para a Marquesa de Merteuil

Insisto, minha bela amiga: não, não estou apaixonado, e não é culpa minha se as circunstâncias me forçam a representar esse papel. Admita-o apenas isto e volte para cá. Você logo verá, por si mesma, como estou sendo sincero. Passei no teste ontem e o resultado não poderá ser alterado pelo que está acontecendo hoje.

Vou contar-lhe: estava então na casa da doce puritana, e não tinha nada mais interessante para fazer, pois a pequena Volanges, apesar de seu estado de saúde, devia passar toda a noite no baile de pré-estação da sra. de V... De início, o tédio despertou-me o desejo de prolongar aquela noite; para tanto, eu já havia exigido da presidenta um pequeno sacrifício, mas mal me foi concedido e o prazer que já me havia prometido foi prejudicado pela ideia desse amor que você se obstina em pensar que sinto ou, no mínimo, que teima em criticar; de modo que senti apenas o desejo de poder tanto convencer-me de que ele não existia quanto de provar-lhe que essa sua ideia era pura calúnia de sua parte.

Decidi agir determinadamente: com um pretexto bastante fácil, deixei minha amada sozinha, completamente surpresa e, sem dúvida, ainda mais aflita. Quanto a mim, muito tranquilo, fui encontrar Émilie na Ópera; e ela mesma lhe poderá garantir que até a manhã de hoje, quando nos separamos, nenhum ressentimento veio perturbar nossos prazeres.

Contudo, teria tido bastante com o que me inquietar se minha perfeita indiferença não me tivesse salvado desse problema, pois devo contar-lhe que estava apenas a quatro casas da Ópera, junto com Émilie em minha carruagem, quando a austera devota veio posicionar-se exatamente ao lado da minha; o subsequente engarrafamento nos deixou um ao lado do outro. Estava claro como se fosse meio-dia, e não havia meios de escapar de sua vista.

Mas isso não foi tudo; achei que devia informar Émilie de que aquela era a mulher da carta (talvez você se lembre daquela loucura que cometi e de que Émilie era a escrivaninha*). Ela, que não se tinha esquecido e que tinha o riso fácil, não se contentou enquanto não deu uma longa e penetrante olhada naquela que ela mesma chamava de *paradigma das virtudes,* e isso com irritantes e escandalosos acessos de riso.

E não foi tudo: não é que a ciumenta mandou um criado à minha casa ainda naquela noite? Eu não estava, mas, em sua obstinação, mandou o criado novamente, dessa vez com ordens de esperar-me. Como havia decidido ficar na casa de Émilie, mandara minha carruagem de volta, ordenando ao co-

---

* Cartas 47 e 48. (N.A.)

cheiro que apenas viesse buscar-me ao amanhecer; e como ele, ao chegar aqui, encontrou aquele mensageiro do amor, pensou que deveria simplesmente dizer-lhe que eu não dormiria em casa naquela noite. Você bem pode adivinhar o efeito que essa notícia teve no criado de minha amada e que, ao voltar para casa, encontrei um bilhete que me despachava com toda a dignidade que as circunstâncias exigiam.

Como vê, essa aventura interminável, segundo suas palavras, teria podido acabar nesta manhã; mas se, apesar disso, não foi assim, como você verá, não é porque eu tenha qualquer desejo ou interesse de continuá-la; é que, de uma parte, não considerei decente deixar-me abandonar e, de outra, quis reservar a você a honra desse sacrifício.

Por isso, respondi ao severo bilhete com uma longa epístola, carregada de sentimentos; dei extensas razões e deixei ao amor o trabalho de fazê-las aceitáveis. Já triunfei. Acabo de receber um segundo bilhete, ainda muito rigoroso e que confirma a ruptura eterna, como deveria ser, mas cujo tom não é mais o mesmo. Principalmente, a mulherzinha não quer me ver: decisão que já foi tomada e anunciada umas quatro vezes, sempre da maneira mais irrevogável possível. Disso tudo concluí que não havia um só momento a perder para ir vê-la. Já enviei meu criado para subornar o mordomo; em um instante, irei pessoalmente fazer com que ela assine meu perdão, pois, no caso desse grande erro que cometi, apenas um método resulta na indulgência plenária, e esta só se consegue com rapidez se expedida pessoalmente.

Adeus, minha encantadora amiga; corro para entregar-me a esse grande acontecimento.

Paris, 15 de novembro de 17**.

CARTA 139

Da presidenta de Tourvel para a sra. de Rosemonde

Como me repreendo, minha sensível amiga, por ter-lhe falado demais sobre minhas dores passageiras! Estou dando-lhe motivos para que se sinta aflita e, se esses maus sentimentos que lhe vêm de mim ainda perduram em sua alma, eu agora já me sinto feliz novamente! Sim, tudo foi esquecido, perdoado, digamos, tudo foi arranjado. Àquele estado de dor e de angústia, sucederam-se a calma e prazeres deliciosos. Ó, alegria de meu coração, como exprimir-te? Valmont é inocente; não é possível que seja culpado quando se sente tanto amor. Estes erros graves e ofensivos, que eu censurei nele com tanto azedume, não haviam sido cometidos por ele; e, se apenas quanto a um aspecto, eu precisei fazer concessões, também eu não tinha de reparar minha injustiça quanto a ele?

Não vou narrar-lhe, com detalhes, os fatos ou as razões que o justificam; inclusive porque, talvez, a mente poderia apreciar mal tanto os fatos, quanto as razões: apenas ao coração cabe senti-los. Se, contudo, a senhora suspeitar que estou sendo apenas fraca, tratarei de fazer com que seu entendimento dê força ao meu. Nos homens, a senhora mesma me disse, ser infiel não é ser volúvel.

Não é que não sinta que esta distinção deixe de ferir meus escrúpulos, apesar de a opinião pública, em vão, tentar justificá-la. Mas do que queixar-me, se os escrúpulos de Valmont estão sendo feridos ainda mais que os meus? Quanto ao erro em si que lhe perdoei, não pense que ele se perdoa ou está conseguindo consolar-se por tê-lo praticado; no entanto, já não corrigiu ele esse pecadilho o suficiente, com o excesso de seu amor e o de minha felicidade!

Desde o momento em que temi haver perdido minha felicidade, ela ou tornou-se ainda maior, ou eu passei a apreciá-la mais ainda. Mas o que eu posso sim dizer à senhora é que, se eu tiver forças para aguentar dores tão cruéis como as que acabo de sentir, não consideraria demasiado alto o preço com que compraria a felicidade adicional que viria a experimentar depois. Ah, minha terna mãezinha! Ralhe com sua filha sem consideração: ela a deixou aflita ao ter sido demasiado apressada em queixar-se; ralhe com ela por ter julgado precipitadamente e ter caluniado a quem não deveria cessar de adorar. Mas, ao reconhecer como ela foi imprudente, considere como ela está feliz e aumente sua alegria, compartilhando-a.

Paris, 16 de novembro de 17**, à noite.

CARTA 140

Do Visconde de Valmont para a Marquesa de Merteuil

Como é possível, minha bela amiga, que até agora eu não tenha recebido nenhuma resposta sua? No entanto, pareceu-me que minha última carta merecia ser respondida; e, após três dias da data em que esperava recebê-la, ainda a estou esperando! Estou no mínimo zangado; por isso, não vou contar-lhe meus grandes feitos.

Que a reaproximação tenha tido todos os efeitos esperados, que, em vez de queixas e desconfiança, só tenha produzido novas carícias, que seja apenas eu quem, na realidade, recebe as escusas e as reparações devidas à minha veracidade posta sob suspeita e em questão... não, não lhe direi uma só palavra sobre este assunto; e, sem o acontecimento imprevisto da noite passada, eu não lhe escreveria. Mas, como o ocorrido interessa à sua pupila e como, com toda a certeza, ela mesma não será capaz de contar-lhe o que aconteceu, pelo menos por algum tempo, vou encarregar-me de fazê-lo.

Por razões que você mesma adivinhará, ou não*, a sra. de Tourvel não era mais objeto de meu pensamento já fazia alguns dias e, como fenômeno semelhante não poderia ocorrer com a pequena Volanges, tornei-me mais assíduo junto dela. Graças a seu solícito porteiro, não tinha de contornar nenhum obstáculo; assim, levávamos sua pupila e eu uma vida cômoda e regular. Mas o hábito leva à negligência: nos primeiros dias, achávamos que não havíamos tomado precauções suficientes para nossa segurança e tremíamos de receio, ainda que sob sete chaves. Ontem, uma distração incrível causou o acidente do qual queria informá-la; e se, de meu lado, saí ileso, a não ser por meu medo, a pequena teve de pagar mais caro.

Nós ainda não adormecêramos, estávamos naquele repouso e abandono que se seguem à voluptuosidade, quando ouvimos a porta do quarto abrir-se de repente. Sem perda de tempo, dei um salto até minha espada para poder defender a mim e à nossa pupila: fui até a porta e não encontrei ninguém, apesar de estar efetivamente aberta. Como havia alguma luz, saí à procura, mas não encontrei vivalma. Foi, então, que me

---

* A presidenta de Tourvel estava menstruada e Cécile, grávida. (N.T.)

lembrei de que havíamos esquecido nossas precauções habituais e, com toda a certeza, apenas encostada ou malfechada, a porta se abrira sozinha.

Quando fui ao encontro de minha tímida companheira para tranquilizá-la, não mais a encontrei em seu leito: caíra ou se refugiara entre a cama e a parede. Estava estendida no chão, sem consciência, totalmente tomada por convulsões bastante fortes. Imagine como não me senti! No entanto, consegui colocá-la de volta na cama e esperei até que recuperasse a consciência; ela havia se machucado na queda e logo começou a sofrer as consequências.

Dores nos rins, cólicas violentas, sintomas ainda menos inequívocos imediatamente me desvendaram o que ela tinha; porém, para dizer-lhe o que era, em primeiro lugar seria necessário dar-lhe explicações sobre o estado em que estivera antes, pois não tinha consciência de nada. Talvez, antes dela, nunca ninguém conservou tanta inocência, fazendo tão bem tudo o que é necessário para perdê-la! Ah! Essa menininha não perde tempo usando a cabeça!

Enquanto isso, passou grande parte do tempo chorando ou gemendo, o que me fez ver que deveria tomar uma decisão sobre o que ocorrera. Então, combinei com ela que imediatamente iria ao médico e ao cirurgião de minha família, para preveni-los de que, em breve, seriam convocados, que lhes contaria tudo em segredo, que ela, Cécile, de seu lado, chamaria sua camareira, que lhe contaria ou não o que ocorrera, como quisesse, mas que lhe mandaria buscar socorro e que impediria, principalmente, que a sra. de Volanges fosse acordada, delicada e natural atenção de uma filha que teme afligir sua mãe.

Fiz minhas duas visitas e minhas duas confissões o mais rapidamente que pude e, depois disso, voltei para casa, de onde ainda não saí. O cirurgião, que eu, aliás, conhecia, veio ao meio-dia fazer-me um relatório sobre o estado da doente. Não me havia enganado, e ele espera que, se não ocorrerem acidentes, ninguém notará nada na casa da pequena. A camareira conhece o segredo, o médico deu um nome qualquer à doença e, como em mil outras vezes, tudo dará certo ao final, a não ser que eventualmente nos seja útil que se fale do assunto.

Mas ainda existe algum interesse comum entre nós, marquesa? Seu silêncio me faz ter dúvidas a respeito... Contudo, não vou mais crer nessa hipótese, pois o desejo de compartilhar interesses com você faz com que eu empregue todos os meios possíveis para conservar essa esperança.

Adeus, minha bela amiga; beijo-a, apesar de seus rancores...

Paris, 21 de novembro de 17**.

CARTA 141
Da Marquesa de Merteuil para o Visconde de Valmont

Meu Deus, visconde, como você me deixa constrangida com sua obstinação! Que lhe importa meu silêncio? Pensa que, se eu o mantenho, é por falta de razões para defender-me? Ah! Que Deus não permita! Mas... é lógico que não: é que me custa muito expor-lhe todos os meus argumentos.

Diga-me a verdade: você está se iludindo ou está tentando enganar-me? A distância entre suas palavras e seus atos só me deixa a escolha entre essas duas atitudes: qual é a verdadeira? O que quer que eu lhe diga, então, quando eu mesma não sei o que dizer?

Parece que você se atribuiu grande mérito pela última cena com a presidenta; mas com o que contribuiu ela para comprovar seus métodos ou para destruir os meus? É certo que nunca lhe disse que você ama tanto essa mulher que não vai enganá-la e que não vai aproveitar todas as oportunidades que lhe pareçam mais agradáveis ou mais fáceis; nem jamais duvidei de que lhe fosse praticamente a mesma coisa satisfazer com uma outra mulher (a primeira que aparecer!) até mesmo aos sentimentos que somente a presidenta foi capaz de despertar; e não estou nada surpresa com o fato de que, considerando sua liberalidade de espírito, o que ninguém ousa negar, você tenha conseguido por estratégia o que, anteriormente, mil vezes conseguira apenas por acaso. Quem é que não sabe que, no mundo, as coisas são assim e que esse é o comportamento de vocês, homens, da arraia-miúda até os mais *endinheirados?* Os que hoje se abstêm dele passam por romanescos; e não seria esse, penso, o defeito do qual o acusaria.

Mas o que disse, o que pensei e o que ainda penso é que o que você tem por sua presidenta não é nada mais, nada menos que amor; não, na verdade, um amor muito puro e muito terno, mas o amor que você pode ter. Esse amor, por exemplo, que faz com que encontre numa mulher encantos e qualidades que ela não possui, que a coloca numa classe à parte e põe as demais em segundo plano, que ainda o mantém ligado a ela, mesmo quando a ofende; um amor, enfim, que, imagino, um sultão possa sentir por sua princesa favorita, o que não o impede de frequentemente preferir a ela uma simples odalisca. Minha comparação me parece tanto mais justa quanto, como o sultão, você jamais é nem o amante, nem o amigo das mulheres que tem, mas sempre seu tirano ou seu escravo. Por isso, estou absolutamente certa de que já se humilhou e aviltou o bastante para fazer as pazes com essa bela criatura! E, muito feliz por ter chegado a esse estado de coisas, no momento em que achou que já era tempo de pedir-lhe perdão, você me deixa e *corre para entregar-se a esse grande acontecimento.*

Também em sua última carta, se você não me falou apenas e exclusivamente dessa mulher, foi porque não quis contar-me seus *grandes feitos*; eles lhe parecem tão importantes que o silêncio que você mantém sobre este tema soa como ser uma punição a mim dirigida. E é depois dessas mil provas de sua decidida preferência por outra mulher que você me pergunta, tranquilamente, se *ainda existe algum interesse comum entre nós*? Tome cuidado, visconde! Se algum dia eu responder a essa pergunta, minha resposta será o irrevogável; e temo que dá-la agora, neste momento, é talvez já dizer muito. Por isso, não quero falar sobre esse assunto.

Tudo o que posso fazer é contar-lhe uma história. Mas talvez você não tenha tempo de lê-la ou de prestar bastante atenção nela para poder entendê-la. Deixo-lhe a escolha. Na pior das hipóteses, será apenas uma história perdida.

Um homem de meu conhecimento apoderou-se, como você, de uma mulher que não estava à sua altura. Contudo, a cada tanto, tinha ele perfeita consciência de que, mais cedo ou mais tarde, essa aventura iria prejudicá-lo. Apesar de preocupar-se com isso, não tinha coragem de romper. Seu constrangimento era tanto maior quanto se gabava a seus amigos de que era inteiramente livre e não ignorava que somos tanto mais ridículos quanto mais força usamos para provar que não o somos. Passou sua vida desse jeito, nunca deixando de fazer besteiras e sempre dizendo, depois de fazê-las: *Não é culpa minha*. Ele conhecia uma outra mulher, sua amiga, que se sentiu tentada, em certo momento, a expor ao público essa sua habitual cegueira e, assim, torná-lo ridículo para sempre; no entanto, mais generosa do que má, ou talvez por algum outro motivo, ela decidiu tentar uma última cartada, para ter a ocasião, acontecesse o que acontecesse, de dizer como seu amigo: *Não é culpa minha*. Sem adverti-lo, fez chegar ele a carta que segue abaixo, como um remédio cujo uso poderia ser útil para seu mal.

"Nós nos entediamos com tudo, meu anjo, é uma lei da natureza: não é culpa minha.

"Se agora me canso de uma aventura que me absorveu inteiramente durante quatro meses mortais, não é culpa minha.

"Se, por exemplo, tive tanto amor quanto tu virtudes, o que não é pouco, não é surpreendente que meu amor tenha terminado ao mesmo tempo em que tuas virtudes. Não é culpa minha.

"O resultado disso tudo é que eu estou te enganando já faz algum tempo: mas também, tua implacável ternura, de certa maneira, me forçou a fazê-lo! Não é culpa minha.

"Hoje, uma mulher que amo perdidamente exige que eu te deixe. Não é culpa minha.

"Vejo, com clareza, que esta é uma bela ocasião para que me acuses de perjúrio; mas se a natureza concedeu aos homens apenas a constância, enquanto outorgou a obstinação às mulheres, não é culpa minha.

"Aceita meu conselho: escolhe um outro amante, assim como eu escolhi uma outra amante. Este conselho é bom, muito bom; se tu o achares mau, não é culpa minha.

"Adeus, meu anjo, foi com prazer que te tive; deixo-te agora, sem mágoas: talvez volte para ti. Assim é o mundo. Não é culpa minha."

Não é o momento de contar-lhe, visconde, o efeito dessa última tentativa da amiga e o que aconteceu depois, mas prometo que vou contar-lhe tudo na próxima carta. Nela, você também vai encontrar meu ultimato sobre a renovação do pacto que você me propôs. Até lá, simplesmente adeus...

A propósito, agradeço-lhe as informações minuciosas sobre a pequena Volanges; é um assunto que devemos reservar, até a véspera do casamento, para a gazeta da maledicência. Entrementes, envio-lhe meus pêsames pela perda de sua posteridade. Boa noite, visconde.

Do Castelo de..., 24 de novembro de 17**.

CARTA 142
Do Visconde de Valmont para a Marquesa de Merteuil

Ora, ora, veja só, minha bela amiga! Não sei se li mal ou se entendi mal sua carta, a história que nela me contou, o pequeno modelo epistolar que incluiu. O que posso dizer a você é que o modelo pareceu-me original e capaz de surtir efeito; por isso, simplesmente o copiei e, também simplesmente, o remeti para a celestial presidenta. Não perdi um só segundo, pois a terna missiva foi expedida ainda ontem à tardinha. Preferi agir assim, em primeiro lugar, porque havia prometido a ela que lhe escreveria ontem e, em segundo, porque pensei que ela poderia dispor de toda a noite para recolher-se e meditar sobre *esse grande acontecimento*, correndo o risco de ser novamente criticado por você por esta expressão.

Nesta manhã, esperava poder mandar-lhe, marquesa, a carta de resposta de minha bem-amada, mas já estamos perto do meio-dia e ainda não recebi nada. Vou aguardar até às cinco horas, mas, se até lá não tiver notícias, vou buscá-las eu mesmo: principalmente quando estão em jogo modos corteses, apenas o primeiro passo é que mais nos custa.

Agora, como pode imaginar, tenho muita pressa de saber o fim da história daquele homem de seu conhecimento, tão veementemente acusado de não ser capaz de abandonar uma mulher quando necessário. Será que ainda não se emendou? E sua generosa amiga, ainda não o perdoou?

Não menos desejo receber seu ultimato, como você me disse tão diplomaticamente! Sobretudo, estou curioso para saber se, nesta sua última iniciativa, ainda podem ser encontrados vestígios de amor. Ah, sem dúvida que ainda podem, e muito! Mas por quem? Todavia, não tenho reivindicação alguma e tudo espero de sua boa vontade.

Adeus, minha encantadora amiga; só vou encerrar esta carta às duas horas, na esperança de poder anexar a desejada resposta.

Duas horas da tarde.

Nada ainda! Estou com muita pressa pelo adiantado da hora; não tenho tempo de acrescentar uma só palavra. E agora vai outra vez recusar meus mais ternos beijos de amor?

Paris, 27 de novembro de 17**.

CARTA 143
Da presidenta de Tourvel para a sra. de Rosemonde

O véu foi rasgado, senhora, sobre o qual estava inscrita minha ilusória felicidade. A funesta verdade me esclareceu tudo e, agora, apenas me deixa ver uma morte certa e próxima, o caminho para a qual me foi indicado tanto pela vergonha quanto pelo remorso. Vou segui-lo... Vou apreciar meus tormentos abreviarem minha existência. Envio-lhe a carta que recebi ontem; não adicionarei nenhuma observação, ela fala por si mesma. Não é mais tempo de queixar-me, apenas de sofrer. Não é de piedade que preciso, mas de força.

Receba, sra. de Rosemonde, o único adeus que formularei e ouça meu último pedido, que é de ser abandonada à minha sorte, de ser inteiramente esquecida, de não mais contar no mundo dos vivos. Existe um estágio no infortúnio no qual até a amizade aumenta nossos sofrimentos e não os pode curar. Quando os ferimentos são mortais, todo socorro se torna desumano. Exceto o desespero, os demais sentimentos me são estranhos. Nada mais me convém que não seja a noite profunda em que sepultarei minha vergonha. Nela vou chorar meus erros, se ainda puder chorar! Sim, depois de ontem, não derramei uma só lágrima. Meu coração sem vida não mais pode produzi-las.

Adeus, sra. de Rosemonde. Peço-lhe que não me responda. Jurei sobre esta carta cruel que nunca mais receberia uma outra.

Paris, 27 de novembro de 17**.

CARTA 144
Do Visconde de Valmont para a Marquesa de Merteuil

Ontem, às três horas da tarde, minha bela amiga, impaciente por não ter notícias, fui até a casa da bela desamparada; disseram-me que tinha saído. Apenas vi nessa frase uma recusa em receber-me, o que nem me zangou, nem me surpreendeu; fui embora, com a esperança de que minha iniciativa obrigaria essa mulher, de resto tão polida, a honrar-me com uma palavra de resposta. O desejo que tinha de recebê-la fez com que, movido por essa esperança, passasse em casa às nove horas, mas nada encontrei. Surpreso com seu silêncio, o qual não esperava, encarreguei meu caçador de trazer-me informações e de saber se a sensível criatura estava morta ou agonizante. Enfim, quando voltei, contou-me que a sra. de Tourvel havia, de fato, saído às onze horas da manhã com sua camareira, que sua carruagem a levara ao Convento de... e que, às sete horas da noite, mandara que sua viatura e seus criados voltassem para casa, com a ordem de que não a esperassem. Com toda a certeza, está colocando em ordem suas ideias. Um convento constitui verdadeiro asilo para uma viúva, e, se ela persistir nessa resolução tão louvável, juntarei a todos os favores que já lhe devo o da fama que esta aventura vai angariar-me.

Bem que há pouco tempo lhe disse, marquesa, que, apesar de suas preocupações, eu somente reapareceria no grande palco do mundo resplandecendo sob novos louros. Que apareçam, então, esses críticos severos que me acusavam de um amor romanesco e não correspondido; que eles próprios consigam romper seus casos amorosos mais rápida e mais brilhantemente; não, que façam melhor do que eu: que se apresentem para consolá-la, nada os impede de fazê-lo. Pois bem! Que ousem, então, tentar esta carreira que percorri inteira; e, se um só deles obtiver o menor dos êxitos, cedo-lhe o primeiro lugar. Mas todos ficarão sabendo que, quando me empenho em fazer algo, o impacto que deixo é inapagável. Ah! Sem dúvida que também será assim quanto a esta aventura; porém, vou desconsiderar todos os meus triunfos anteriores, se algum dia eu vir essa mulher ligar-se a um de meus rivais.

A decisão que ela tomou lisonjeia meu amor-próprio, admito, mas estou zangado por ela ter encontrado em si forças suficientes para separar-se de mim dessa maneira peremptória. Haverá entre nós outros obstáculos além dos que eu mesmo criei? Se quiser reconciliar-me, será possível que ela não concorde? Ou melhor, será que não mais deseje voltar comigo, que não mais considere nossa reconciliação sua felicidade suprema? É assim que se ama? E você acha, minha bela amiga, que devo aguentar esse tipo de tratamento? Não poderia eu, por exemplo, ou melhor, não valeria mais a pena tentar fazer com que essa mulher chegue ao ponto de considerar a possibilidade de uma reconciliação, algo que desejamos sempre que ainda temos esperança? Poderia tentar esse caminho sem empenhar-me verdadeiramente e, por conseguinte, sem que isto possa vir a ofender você. Ao contrário! Seria uma simples experiência que faríamos de comum acordo e, mesmo que eu tivesse sucesso, seria apenas um meio a mais para encenarmos, outra vez e segundo sua vontade, o abandono da presidenta, o que parece ser agradável a você. Agora, minha bela amiga, só me falta receber o prêmio por já ter abandonado a beata uma vez: todos os meus votos são para que você volte logo a Paris. Venha, pois, bem depressa, encontrar seu amante, seus prazeres, seus amigos e as últimas novidades sobre as aventuras.

A da pequena Volanges está dando resultados maravilhosos. Ontem, quando minha inquietação não me dava sossego, depois de estar em vários lugares, acabei na casa da sra. de Volanges. Encontrei sua pupila logo ao entrar no salão, ainda em suas roupas de doente, mas em plena convalescença e, por isso, mais fresca e mais interessante. Vocês, mulheres adultas, em casos semelhantes teriam ficado um mês deitadas numa espreguiçadeira; por Deus, que vivam as jovens mulheres! Essa nossa, na verdade, despertou-me o desejo de saber se havia se recuperado perfeitamente.

Tenho ainda a dizer-lhe que este acidente com a menina quase deixou louco o *sentimental* Danceny. Inicialmente, foi por tristeza; agora, por alegria. *Sua Cécile* estava doente! Você pode imaginar como ficou sua cabeça por causa de tamanha infelicidade. Três vezes por dia, mandava saber notícias dela e não deixava passar um só sem ir informar-se pessoalmente.

Por fim, através de uma bela missiva à mãezinha, pediu permissão para ir felicitar, pela convalescença, um ser tão caro e a sra. de Volanges consentiu, de modo que encontrei o rapaz exatamente como se comportava antes, mas ainda não ousando beneficiar-se de certas familiaridades, como antigamente.

Foi por ele mesmo que soube estes detalhes, pois saímos juntos e fiz com que conversasse comigo. Você não tem ideia do efeito que essa visita lhe causou. Foi uma alegria, foram desejos e arrebatamentos impossíveis de descrever. Eu, que gosto dos grandes gestos, acabei por fazer com que perdesse a cabeça ao garanti-lhe que, em poucos dias, faria com que ele pudesse estar ainda mais perto de sua amada.

Na verdade, estou decidido a devolver-lhe a pequena tão logo termine minhas observações. Quero consagrar-me inteiramente a você; e, depois, ainda valeria a pena que sua pupila fosse também minha aluna, se ela devesse enganar apenas o marido? A obra-prima estaria em enganar também o amante e principalmente o primeiro, já que, ao que me toca, não tenho de censurar-me por ter dito a ela a palavra amor.

Adeus, minha bela amiga; volte o mais cedo possível para exercer seu domínio sobre mim, receber seus tributos e dar-me, por isso tudo, meu prêmio em pagamento.

Paris, 28 de novembro de 17**.

CARTA 145

Da Marquesa de Merteuil para o Visconde de Valmont

Falando seriamente, visconde, então você abandonou a presidenta? Enviou-lhe a carta que eu escrevera para ela em seu nome! Com efeito, você é maravilhoso, superou minhas expectativas! Confesso, de bom grado, que esta vitória me deixa mais lisonjeada do que todas as que pude obter de você até hoje. Talvez você ache que eu tenha em alta conta essa mulher que antes apreciava tão pouco. Absolutamente: o fato é que não foi sobre ela que obtive esta vantagem, foi sobre você. É isto que é tão divertido: uma verdadeira delícia!

Sim, visconde, você amou muito a sra. de Tourvel e, na verdade, ainda a ama; você a ama loucamente; contudo, só porque me divertia em fazer com que se envergonhasse desse amor, você corajosamente a abandonou. Teria abandonado mil outras somente para não ser objeto de uma brincadeira. Mas veja só aonde a vaidade nos leva! O sábio tem razão quando diz que a razão é inimiga da felicidade.

E agora, como é que se sentiria se o que fiz com você tivesse efetivamente sido apenas uma brincadeira? Mas sou incapaz de enganar, você bem o sabe: quanto a mim, se você me reduzisse ao desespero ou ao convento, correria todos os riscos e me entregaria ao vencedor.

No entanto, se eu capitulasse, na verdade seria por pura fraqueza, já que, se eu quisesse, quantos problemas não poderia eu ainda criar! Será que você merece? Admiro, por exemplo, com que fineza (ou inabilidade) você inocentemente me propôs que permitisse sua reconciliação com a presidenta. Seria muito conveniente para você, não é verdade? Dar a você o mérito desse rompimento, sem que você viesse a perder os prazeres e a satisfação que a ligação com ela lhe possibilita? E, tal como no presente caso, esse rompimento não seria para você absolutamente nenhum sacrifício, você me promete repetir o mesmo comportamento com outras mulheres, toda vez que eu quiser! Com esse arranjo, a celestial devota pensaria sempre ser a única escolha do seu coração, enquanto eu me orgulharia de ser a rival preferida; nós duas seríamos enganadas, mas você ficaria satisfeito, e é apenas isso que importa, não é?

Pena que, com tanto talento para arquitetar planos, você tenha tão pouco para executá-los e que, por causa de um só e impensado passo, tenha criado, para si mesmo, um obstáculo intransponível na obtenção daquilo que você mais deseja.

Agora entendo: quando você teve a coragem de mandar minha carta, é possível que já tivesse a ideia de reatar com a presidenta! Então, você me considera totalmente ingênua! Ah! Peço que me creia, visconde, quando uma mulher apunhala o coração de outra, raramente deixa de encontrar o ponto fraco: a ferida torna-se incurável. Enquanto eu golpeava essa mulher, ou melhor, enquanto eu dirigia seus golpes contra ela, nunca esqueci que era minha rival, que, em certo momento, você a considerou preferível a mim e que, enfim, você me colocou em posição inferior à dela. Se canhestramente prejudiquei minha vingança, concordo em pagar por esse erro: por isso, acho que seria bom se você tentasse de tudo para reconciliar-se com a presidenta, instigo mesmo você a tentar todos os meios para tanto e prometo que não vou ficar zangada se você tiver sucesso, se é que você vai tê-lo. Estou tão tranquila quanto a esse ponto, que não quero mais dedicar-me a esse tema. Falemos de outra coisa.

Por exemplo, da saúde da pequena Volanges. Espero que me dê notícias concretas dela quando eu voltar, não é? Ficaria muito contente. Depois, caberá a você julgar se será mais conveniente para si mesmo devolver a menina a seu amado ou tentar, pela segunda vez, ser o fundador de um novo ramo dos Valmont, sob o nome de Gercourt. Esta ideia me pareceu muito engraçada e, deixando a você a escolha, peço-lhe, contudo, para não tomar uma decisão definitiva, sem que antes ambos tenhamos discutido esse tema pessoalmente. Não o farei esperar demasiado, pois muito brevemente estarei de volta a Paris. Não posso dizer-lhe exatamente quando, mas não duvide que será o primeiro a ser informado, imediatamente após o meu retorno.

Adeus, visconde. Apesar de minhas brigas, minhas implicâncias e minhas críticas, continuo a amá-lo muito e estou me preparando para comprová-lo. Até breve, meu amigo.

Do Castelo de..., 29 de novembro de 17**.

CARTA 146

DA MARQUESA DE MERTEUIL PARA O CAVALEIRO DANCENY

Enfim, estou de partida, meu jovem amigo: amanhã, no fim da tarde, estarei de volta a Paris. Por causa dessa grande confusão que se reinstalar causa, não receberei ninguém. No entanto, se você tiver alguma confidência muito urgente para fazer-me, com prazer o excetuo da regra geral; mas a exceção será apenas para você; por isso, peço-lhe segredo sobre minha volta. Até mesmo Valmont não vai ficar sabendo de meu retorno.

Se há pouco tempo atrás me dissessem que você rapidamente teria minha confiança exclusiva, eu não teria acreditado. Mas sua confiança em mim despertou a minha. Estaria tentada a crer que você foi muito hábil nisso tudo, talvez até sedutor. Isso seria muito mau, para dizer o mínimo. Agora, porém, não há perigo em me seduzir, pois, na verdade, você está muito mais interessado em outra coisa! Quando a protagonista entra em cena, quase ninguém presta atenção na confidente.

Por isso, nem teve tempo de me contar o que aconteceu com você nestes últimos dias. Quando sua Cécile estava ausente, eles não eram suficientemente longos para suas ternas queixas de amor. Você se teria lamentado ao vento se eu não estivesse presente para escutá-lo. Quando depois ela ficou doente, você continuou a honrar-me com o relato de suas inquietudes; você precisava de alguém a quem narrá-las. Mas, agora que aquela que você ama está em Paris, que ela já se recuperou e, principalmente, que você a vê algumas vezes, ela preenche todas as suas necessidades e seus amigos não valem mais nada.

Não estou culpando você por isso; a culpa é dos seus vinte anos. Desde Alcebíades até você, não é sabido que os jovens só recorrem aos amigos quando se sentem infelizes? A felicidade, às vezes, os torna indiscretos, mas nunca faz com que se abram em confidências. Diria exatamente como Sócrates: *Gosto que meus amigos me procurem quando se sentem infelizes**; mas, por ser um filósofo, absolutamente não precisava deles, quando não vinham vê-lo. Nisto, não sou tão sábia quanto ele, e, por isto, senti seu silêncio, com toda a fraqueza de uma mulher.

Contudo, não vá pensar que eu sou exigente, isto está longe de ser possível! O mesmo sentimento que me faz sofrer com essa falta, faz com que eu a enfrente com coragem, quando ela é a prova ou a causa da felicidade de um amigo meu. Assim, conto com você amanhã, no fim da tarde, mas apenas se o amor deixar você livre e desocupado; proíbo que me faça o menor sacrifício.

Adeus, cavaleiro; para mim, seria uma grande festa poder vê-lo: você vai vir?

Do Castelo de..., 29 de novembro de 17**.

---

* Marmotel, *Conto moral sobre Alcebíades*. (N.A.) [Marmotel (1723-1799), dramaturgo e enciclopedista, era famoso por seus contos morais. Alcebíades (450-404 a.C.), político e general ateniense, era o discípulo favorito de Sócrates. No conto referido, Alcebíades queixa-se que gostaria de ser amado pelo que era, e não por suas vitórias. (N.T.)]

CARTA 147

Da sra. de Volanges para a sra. de Rosemonde

A senhora ficará tão aflita quanto estou, minha digna amiga, ao saber o estado em que se encontra a sra. de Tourvel, doente desde ontem. Sua enfermidade começou de modo tão intenso e mostra sintomas tão graves que estou, de fato, alarmada.

Uma febre ardente, um delírio violento e quase contínuo, uma sede que não pode ser saciada, eis é o quadro que se vê. Os médicos dizem que ainda não podem diagnosticar nada e que o tratamento será tanto mais difícil quanto a enferma, obstinadamente, se recusa a aceitar qualquer remédio; a tal ponto, que foi preciso imobilizá-la à força para sangrá-la e, depois, mais duas vezes foi necessário o mesmo expediente para recolocar as ataduras, que ela insiste em querer arrancar.

A senhora, que como eu a conhece tão fraca, tão tímida e tão doce, poderia imaginar que quatro pessoas mal puderam contê-la e que, toda vez que alguém tentava falar-lhe, ela ficava tão furiosa que nem se pode descrever? Quanto a mim, temo que não seja isso apenas um delírio passageiro, mas uma verdadeira alienação mental.

O que aumenta minha crença nisso foi o que aconteceu anteontem.

Nesse dia, por volta das onze horas, ela foi com sua camareira ao Convento de... Como fora educada nessa instituição e conservara o hábito de, algumas vezes, para aí retirar-se, foi recebida da maneira usual, tendo parecido a todos tranquila e bem-disposta. Cerca de duas horas depois, perguntou se o quarto que ocupava quando interna estava livre e, como lhe respondessem que sim, pediu para ir até lá. A Madre Superiora acompanhou-a, junto com outras religiosas. Foi então que ela comunicou que havia voltado ao convento para estabelecer-se de novo naquele quarto, o qual, dizia, nunca deveria ter deixado e do qual, acrescentou, só sairia *depois de morta*, tal como se exprimiu.

A princípio, ninguém sabia o que dizer; mas, passado o primeiro impacto, observou-se que seu estado de mulher casada não permitia que fosse recebida no convento sem uma permissão específica; nem esta razão, nem mil outras tiveram qualquer efeito e, a partir deste momento, ela obstinadamente fez questão de não mais sair do convento nem de seu antigo quarto. Finalmente, cansadas de tanto argumentar, às sete horas da noite, as religiosas consentiram em que passasse a noite no convento. Mandaram de volta sua carruagem e seus criados, e adiou-se a decisão para o dia seguinte.

Disseram-me que, durante todo esse tempo, sua aparência e sua atitude estavam longe de parecer desregradas – ao contrário, ela permaneceu composta e sensata; que apenas umas quatro ou cinco vezes começou a sonhar acordada, de modo tão profundo, que não era possível trazê-la de volta à realidade, quando se falava com ela; e que, antes de sair daquele estado de sonho, várias vezes, levou as mãos até a testa, que parecia apertar com força; diante disso, tendo uma das religiosas perguntado se estava com dor de cabeça, fixou nela seus olhos por muito tempo, antes de responder, tendo finalmente dito: "Não é na cabeça que está meu mal!". Logo depois, pediu que a deixassem só e que, dali por diante, não mais lhe fizessem perguntas.

Todos se retiraram, menos a camareira, que felizmente deveria dormir no mesmo quarto, pois não havia outro lugar.

De acordo com o relato dessa moça, sua senhora esteve bastante tranquila até as onze horas da noite. Disse, então, que queria deitar-se, mas, antes de terminar de mudar de roupa, pôs-se a andar pelo quarto, com muita determinação e gestos descontrolados. Julie, que tinha testemunhado o que ocorrera durante o dia, não ousou dizer-lhe nada: esperou calada quase um hora. Finalmente, a sra. de Tourvel chamou-a duas vezes, uma logo depois da outra. Mal acudiu ela e sua senhora caiu-lhe nos braços, dizendo: "Não aguento mais". Deixou que a levassem para a cama e não quis comer nada nem que procurassem ajuda. Pediu apenas que colocassem água a seu lado e, a Julie que fosse dormir.

Esta garante que não adormeceu antes das duas horas da manhã e que não ouviu, durante todo esse tempo, nem movimentos, nem queixas. Mas disse que foi acordada às cinco horas, pela voz de sua senhora, que falava alto e com força. Ao perguntar-lhe se queria alguma coisa, não obteve resposta. Por isso, tomou o castiçal e foi até o leito da sra. de Tourvel, que não a reconheceu; mas, de repente interrompendo as palavras sem sentido que dizia, gritou com força: "Deixem-me só! Deixem-me nas trevas, são elas que me convêm!". Eu mesma notei, ontem, que ela repetiu várias vezes esta mesma frase.

Finalmente, Julie aproveitou essa espécie de melhora para sair e procurar pessoas e ajuda; mas a sra. de Tourvel não queria saber de ninguém, nem de nada, com um furor e um arrebatamento que depois se tornaram muito frequentes.

O constrangimento em que esta delicada situação pusera todo o convento levou a Madre Superiora a mandar chamar-me às sete horas da manhã... Ainda estava escuro. Fui para lá imediatamente. Quando me anunciaram à sra. de Tourvel, pareceu recuperar a consciência, pois disse: "Ah! Sim, que ela entre". Mas, quando me instalei ao pé de seu leito, olhou-me fixamente, segurou minha mão, apertando-a com força, e disse-me com uma voz forte, mas sombria: "Morro por não ter acreditado na senhora". Logo depois, escondendo os olhos, voltou à sua fala mais frequente: "Deixem-se só etc." e perdeu a consciência inteiramente.

Estas palavras que me disse e algumas outras que deixou escapar em seu delírio fazem-se temer que esta enfermidade cruel tenha causas mais cruéis ainda. Mas respeitemos o segredo de nossa amiga e contentemos-nos em lamentar seu sofrimento.

Todo o dia de ontem foi igualmente tempestuoso, dividido entre transes apavorantes e momentos de abatimento letárgico, os únicos em que descansa e permite aos outros descansar. Só deixei sua cabeceira às nove horas da noite; voltarei lá esta manhã para ficar com ela todo o dia. Com toda a certeza, não abandonarei minha infeliz amiga, mas o que mais nos desola é sua obstinação em recusar todo cuidado e auxílio.

Remeto-lhe o relatório médico desta noite, que acabo de receber, e que, como a senhora verá, não é nada consolador. Tomei o cuidado de mandar que transcrevam para a senhora todos os relatórios com precisão.

Adeus, minha digna amiga, vou rever nossa doente. Minha filha, que felizmente está quase restabelecida, apresenta-lhe seus respeitos.

Paris, 29 de novembro de 17**.

CARTA 148

Do Cavaleiro Danceny para a Marquesa de Merteuil

Ó senhora, que amo! Ó você, que adoro! Ó senhora, que começou a fazer-me feliz! Ó você, que levou minha felicidade a seu ápice! Amiga sensível, terna amada, por que a lembrança de sua dor vem perturbar essa magia que sinto? Ah, senhora, acalme-se, é minha amizade que lhe pede! Ó, minha amiga! Seja feliz, é a súplica de meu amor.

Diga-me por que a senhora tem de fazer tantas críticas a si mesma? Creia-me, seus escrúpulos a prejudicam. O arrependimento que eles lhe causam e os erros dos quais me acusa são igualmente ilusórios; de todo o coração, sinto que foi apenas o amor que nos seduziu a ambos. Por isso, você não deve mais temer entregar-se aos sentimentos que você inspira ou deixar-se envolver pela ardente paixão que você ocasiona! Qual! Por terem sido despertados tão tarde, nossos corações seriam menos puros? Não, sem dúvida. É o contrário do que faz a sedução, que, agindo sempre de acordo com algum estratagema, pode adequar sua marcha e seus meios e prever, de longe, os acontecimentos. Mas o amor verdadeiro não permite que se calcule e premedite dessa maneira; ele nos impede de pensar por causa de nossas emoções; seu domínio sobre nós é tanto mais forte quanto age secretamente e é na penumbra e no silêncio que ele nos envolve, com laços igualmente impossíveis de serem vistos ou rompidos.

Ontem mesmo, apesar da viva emoção que me causava a ideia de sua volta e apesar do prazer extremo que experimentei ao vê-la, continuei a sentir que o que me chamava ou conduzia até você era apenas minha serena amizade; ou melhor, inteiramente entregue aos doces sentimentos de meu coração, pouco me preocupei em destrinchar sua origem ou sua causa. Tanto quanto eu, minha terna amiga, você sentiu, sem conhecê-la, essa magia imperiosa que entregou nossas almas às doces emoções da ternura; e ambos só reconhecemos que era o Amor quando saímos da embriaguez em que este deus nos havia imerso.

Mas é justamente isso que nos justifica, em vez de condenar-nos. Não, você não traiu a amizade e eu, do mesmo modo, não abusei de sua confiança. Ambos, na verdade, ignorávamos nossos sentimentos; mas esta ilusão, nós a sentimos simplesmente, sem que procurássemos de fazê-la nascer. Ah! Longe de queixar-nos dela, sonhemos apenas com a felicidade que nos trouxe; e, sem perturbá-la com injustas repreensões, dediquemo-nos apenas a aumentá-la ainda mais pelo encanto da confiança e da certeza. Ó, minha amiga! Como esta esperança é cara a meu coração! Sim, liberta, de agora em diante, de qualquer receio e entregue ao amor inteiramente, você compartilhará comigo meus desejos, meu arrebatamento, o delírio dos sentidos, a embriaguez da alma; e cada instante de nossos dias afortunados será marcado por uma nova voluptuosidade.

Adeus a você que adoro! Irei vê-la esta noite, mas vou encontrá-la só? Não ouso esperar que sim. Ah! Você não deseja tanto quanto eu que seja assim.

Paris, 1º de dezembro de 17**.

CARTA 149
Da sra. de Volanges para a sra. de Rosemonde

Ontem, esperei quase todo o dia, minha digna amiga, poder dar-lhe esta manhã notícias mais favoráveis sobre o estado de saúde de nossa querida enferma; porém, desde o fim da tarde de ontem, esta esperança foi destruída e só me resta a mágoa de tê-la perdido. Um acontecimento, inócuo na aparência, mas muitíssimo cruel pelas consequências, fez com que a doente caísse num estado no mínimo tão mau quanto o anterior, se não ainda pior.

Não teria compreendido a razão dessa súbita alteração, se não tivesse sido ontem objeto da inteira confiança de nossa infeliz amiga. Como ela me fez saber que também a senhora estava informada de todo o seu infortúnio, posso escrever-lhe, sem reservas, sobre sua triste situação.

Ontem de manhã, quando cheguei ao convento, disseram-me que a enferma dormia havia mais de três horas e que seu sono estava demasiado profundo e tranquilo, tive, por um momento, medo de que tivesse entrado em estado de coma. Mas, depois de algum tempo, despertou e abriu ela mesma as cortinas de seu leito. Olhou-nos a todos com um ar de surpresa e, como eu me levantei para ir até ela, reconheceu-me, disse meu nome e pediu que me aproximasse. Não me deu tempo para que lhe perguntasse o que quer que fosse, querendo saber onde estava, o que fazíamos lá, se ela estava doente e por que não estava em casa. Inicialmente, pensei que se tratava de novo delírio, apenas mais tranquilo que os anteriores, mas percebi que ela compreendia perfeitamente minhas respostas. Ela, de fato, havia recuperado a consciência, mas não a memória.

Querendo saber muitos detalhes, perguntou-me sobre tudo o que tinha acontecido com ela, desde o momento em que chegara ao convento, para onde não se lembrava de ter vindo. Respondi-lhe com exatidão, suprimindo apenas o que pudesse preocupá-la. E quando, por minha vez, perguntei-lhe como se sentia, respondeu-me que nada sofria naquele momento, mas que havia tido um sono muito perturbado e que se sentia cansada. Fiz com que ficasse mais tranquila e falasse menos; depois disso, fechei outra vez as cortinas de seu leito, deixando-as entreabertas, e sentei-me a seu lado. Ao mesmo tempo, ofereceram-lhe um cozido, que ela comeu, dizendo que estava bom.

Assim ficou cerca de meia hora, durante a qual só falou para agradecer-me os cuidados que eu estava tendo com ela e, em seus agradecimentos, colocou todo o encanto e toda a graça que a senhora nela conhece. Em seguida, manteve silêncio absoluto por algum tempo, o qual só rompeu para dizer: "Ah! Agora me lembro que vim para cá". Um segundo depois, gritou dolorosamente: "Minha amiga, minha amiga, tenha pena de mim; lembrei-me de todos os meus males". Como, então, eu me tinha inclinado para aproximar-me dela, segurou minha mão, apoiando nela a cabeça: "Deus Todo-Poderoso!", continuou, "será que não posso morrer?". Sua expressão facial, mais que suas palavras, me tocaram até as lágrimas; deu-se conta disto por minha voz e disse: "A senhora tem pena de mim! Ah! Se soubesse!..." E depois, interrompendo-se: "Peça aos outros que fiquemos a sós para que eu conte tudo à senhora".

Acho que já lhe tinha indicado que suspeitava de qual seria o segredo que ela iria confiar-me e, temendo que a conversa, que previa longa e triste, fosse nociva ao estado de nossa infeliz amiga, recusei-me a ouvi-la, com o pretexto de que

355

ela precisava descansar; mas ela insistiu e cedi a suas pressões. Logo que nos encontramos a sós, informou-se de tudo o que a senhora já soube por ela e que, por isso, não lhe vou repetir.

Finalmente, falando-me da maneira cruel como fora abandonada, acrescentou: "Estava absolutamente certa de que morreria por causa disso tudo e sentia que tinha coragem para tanto, pois sobreviver ao meu infortúnio e à minha vergonha é impossível". Tentei combater este estado depressivo, ou melhor, este desespero, com as armas da religião, até então tão poderosas sobre sua pessoa; mas senti logo que eu não tinha forças suficientes para esta augusta função e limitei-me a propor-lhe que se chamasse o Padre Anselme, que sei merecedor de sua total confiança. Ela concordou e realmente pareceu desejar muito vê-lo. Assim, mandaram chamá-lo e ele veio imediatamente. Ficou muito tempo com a enferma, tendo dito ao sair que, se os médicos pensassem como ele, considerava que a cerimônia dos sacramentos poderia ser adiada; ele voltaria no dia seguinte.

Eram três horas da tarde e até às cinco nossa amiga esteve bastante tranquila, de modo que todos nós ficamos esperançosos. Então, por má sorte, alguém lhe trouxe uma carta. Quando quiseram entregá-la, ela afirmou que não queria receber nenhuma carta e ninguém insistiu. Mas, a partir deste momento, pareceu mais agitada. Logo perguntou de onde vinha aquela carta, mas não estava selada. Quem a havia trazido? Ninguém sabia. Em nome de quem a entregaram? As irmãs da portaria não sabiam dizer. Depois disso, manteve silêncio por algum tempo, após o que recomeçou a falar, mas suas palavras e frases sem nexo apenas nos deixaram ver que o delírio voltara.

Contudo, ainda houve um intervalo de tranquilidade até o momento em que, finalmente, pediu que lhe dessem a carta. No instante em que dirigiu seus olhos ao envelope, gritou: "É dele! Deus Todo-Poderoso!". Em seguida, com uma voz forte, mas oprimida, arrematou: "Devolvam esta carta! Devolvam esta carta!". Então, imediatamente mandou que fechassem as cortinas de seu leito e proibiu que qualquer pessoa se aproximasse. Mas, logo depois, fomos obrigados a voltar para junto dela. O ataque manifestara-se com mais violência que antes, e a ele se somavam agora convulsões verdadeiramente apavorantes. Esses episódios não cessaram durante todo o resto da tarde, e o relatório médico desta manhã informa que a noite não foi menos conturbada. Ou seja, seu estado é tal que me surpreendo por ela não ter ainda sucumbido com todos esses ataques e não escondo à senhora que me resta muito pouca esperança.

Suponho que aquela carta infeliz seja do sr. de Valmont. Mas o que pode ele ainda ousar dizer-lhe? Perdão, minha querida amiga, proibi-me fazer qualquer comentário; contudo, é muito perverso ver perecer tão desgraçadamente uma mulher até agora tão feliz e tão digna de sê-lo.

Paris, 2 de dezembro de 17**.

CARTA 150
Do Cavaleiro Danceny para a Marquesa de Merteuil

Esperando o prazer de poder ver você, entrego-me, minha terna amiga, ao prazer de escrever-lhe. E é dedicando meu tempo a você que contorno a mágoa de estar longe de sua pessoa. Contar-lhe meus sentimentos e recordar-me dos seus é para meu coração um prazer sincero; e é por causa desse prazer que o mesmo tempo em que estamos afastados ainda proporciona mil tesouros a meu amor. No entanto, se devo crer no que você me disse, não vou receber uma resposta para esta carta, que deverá ser a última; se for assim, nos privaremos de um meio de comunicação que é perigoso e *do qual não precisamos*. Com toda a certeza, vou concordar com você, se continuar a insistir, pois o que pode você querer que, pelas mesmas razões, eu também não deseje? Mas, antes que você tome uma decisão final sobre interromper nossa correspondência, não vai aceitar que discutamos juntos esse assunto?

Sobre a questão dos perigos em que incorremos, você deve julgá-la sozinha; não tenho opinião a esse respeito e me limito a rogar que você cuide de sua segurança, já que não poderei sentir-me tranquilo se você estiver aflita. Quanto a este assunto, não é que nós dois pensemos como uma só pessoa, mas sim que você pense por nós dois.

Não é o mesmo caso quanto *ao que precisamos*; aqui, só podemos ter um só pensamento; e, se nós temos opiniões distintas, só pode ser por falta de nos explicar e de nos entendermos. Por isso, eis o que sinto sobre este tema.

Sem dúvida, as cartas parecem muito pouco necessárias, quando podemos nos ver livremente. O que podem elas dizer que um olhar e mesmo um silêncio não exprimam cem vezes melhor? Este fato me parece tão verdadeiro que, no momento em que você me disse para não mais lhe escrever, a ideia atingiu diretamente minha alma; constrangeu-a talvez, mas absolutamente não a afetou – de certo modo, é como quando, querendo dar um beijo em seu coração, ao encontrar uma fita ou renda, apenas tenho de afastá-la sem ter, contudo, o sentimento de que seja um obstáculo.

Mas depois nos separamos; e, como você não está aqui, pensar na continuação de nossa correspondência voltou a atormentar-me. Por que, disse comigo, mais essa limitação em nosso relacionamento? Qual! Porque estamos afastados, não temos mais nada a dizer-nos? Favorecidos pelas circunstâncias, imaginemos que possamos passar todo um dia juntos; será preciso utilizar nosso tempo com conversas em detrimento do prazer? Sim, do prazer, minha terna amiga, pois, ao seu lado, os próprios momentos de repouso também proporcionam um delicioso deleite. Enfim, por mais tempo que tenhamos à nossa disposição, eventualmente temos de separar-nos e, depois, sentimo-nos tão sós! É, então, que uma carta se torna tão preciosa; se não a lemos, pelo menos a olhamos.... Ah! Sem dúvida que podemos olhar uma carta sem lê-la, tal como à noite, parece-me, sinto prazer em tocar seu retrato...

Seu retrato, disse? E uma carta é o retrato da alma. As cartas não têm, como as frias imagens, essa imobilidade tão distante do amor; elas se adaptam a todas as emoções de nosso coração; uma de cada vez, elas se entusiasmam, enchem-se de prazer e repousam. Seus sentimentos, todos eles, marquesa, são muito preciosos para mim! Vai privar-me desse modo de guardá-los?

Está certa de que nunca será atormentada pela necessidade de escrever-me? Se, na solidão, seu coração se expandir e se comprimir, se um sentimento de alegria perpassar sua alma, se uma tristeza involuntária vier perturbá-la em certo momento, não será no peito de seu amigo que você vai espargir tanto sua felicidade quanto seu infortúnio? Sentirá emoções que ele não possa compartilhar? Será que vai deixá-lo, sonhador e solitário, perder-se longe de você? Minha amiga... Minha terna amiga! Mas cabe a você decidir. Quis apenas discutir o assunto, e não convencê-la; apenas adiantei-lhe minhas razões, mas ouso crer que minhas súplicas seriam mais fortes. Então, se você persistir na ideia de interromper nossa correspondência, tentarei não afligir-me; vou esforçar-me para dizer a mim mesmo o que você me teria escrito, mas ouça-me, por favor: você o faria melhor que eu, e eu teria muito mais prazer em ouvi-lo por meio de suas cartas.

Adeus, minha encantadora amiga; finalmente aproxima-se o momento em que poderei vê-la: deixo-a neste momento, para ir mais cedo a seu encontro.

Paris, 3 de dezembro de 17**.

CARTA 151
Do Visconde de Valmont para a Marquesa de Merteuil

Sem dúvida, marquesa, você me considera muito pouco experiente nas coisas do mundo por acreditar que eu poderia cair nessa história a respeito do motivo por que a encontrei a sós com alguém esta noite e sobre esse *acaso surpreendente* que levou Danceny à sua casa! Não é que sua fisionomia experimentada não tenha sabido maravilhosamente assumir uma expressão de calma e serenidade, nem que você se tenha traído por algumas destas palavras que às vezes nos escapam por confusão ou arrependimento. Até mesmo admito que seus olhares dóceis lhe foram muito úteis e que, se tivessem podido fazer-se crer tão bem quanto se fizeram compreender, longe de ter ou manter a menor suspeita, eu não teria duvidado um só instante do extremo desconforto que lhe estava causando *este importuno entre vocês dois*. Mas, para que você não ostentasse em vão talentos tão grandes, para que obtivesse o sucesso que esperava ao usar suas habilidades histriônicas, enfim, para produzir a ilusão que procurava despertar em mim, teria sido necessário haver anteriormente treinado seu amante aprendiz com mais cuidado.

Já que você está começando a dedicar-se à educação dos jovens, ensine seus alunos a não corar ou se desconcertar diante da menor pilhéria e não negar veementemente, quanto a uma certa mulher, as mesmas coisas que demonstram tão pouco entusiasmo em repudiar nas demais. Ensine-os também a saber escutar elogios à sua amada, sem que se sintam obrigados a fazer a mesma coisa; e, se você lhes permitir que a olhem quando estiverem com outras pessoas, que saibam pelo menos disfarçar esses olhares possessivos, tão fáceis de ser reconhecidos e que eles tão canhestramente confundem com olhares amorosos. Então, você poderá exibi-los em seus compromissos públicos, sem que sua conduta cause dano a sua sábia professora; e eu mesmo, feliz por poder contribuir para sua fama, até prometo organizar e publicar as apostilas desta nova instituição de ensino.

Mas até esse momento, surpreende-me, confesso, que seja eu quem você decidiu tratar como um menino de escola. Oh! Fosse qualquer outra mulher, eu já me teria vingado! E como isto me daria prazer! Prazer que facilmente seria bem maior do que a satisfação que ela pensou ter-me feito perder! Sim, na verdade, é unicamente no seu caso, marquesa, que sou capaz de aceitar uma reparação em vez da vingança; e não creia que esteja sendo imobilizado pela menor dúvida, pela menor incerteza: sei tudo.

Você está em Paris há quatro dias; e em cada um deles esteve com Danceny e exclusivamente com ele. Hoje mesmo, sua porta ainda estava fechada a todos; só faltou a seu mordomo ser tão determinado quanto você para impedir que eu entrasse até onde você estava. No entanto, eu não deveria duvidar, você me disse, de que eu seria o primeiro a ser informado de sua chegada; desta chegada cuja data você ainda não podia dizer-me, embora você me tivesse escrito na véspera de sua partida. Vai negar estes fatos ou procurar escusar-se? As duas possibilidades são igualmente impossíveis e, contudo, ainda me contenho! Reconheça nisso seu domínio sobre mim, mas, creia-me, satisfeita por ter saboreado sua força, não mais abuse dela por muito tempo. Nós nos conhecemos, marquesa; esta constatação deve ser suficiente.

Amanhã, você estará fora de casa o dia todo, não foi isso que você me disse? Maravilha! Se é que você efetivamente vai sair e você sabe que vou acabar descobrindo tudo. Mas, como não poderia deixar de ser, você vai voltar à noitinha e, para nossa difícil reconciliação, teríamos de utilizar todo o tempo disponível até depois de amanhã. Por isso, gostaria de saber se será em sua casa ou no *seu pavilhão* que ocorrerão os numerosos atos expiatórios de parte a parte. Principalmente, nada de Danceny – para sempre. Sua cabeça rebelde está totalmente obcecada por ele, mas pode ser que eu não venha a sentir ciúmes desse delírio de sua imaginação; contudo, considere que, a partir deste momento, o que não passava de um capricho seu poderá transformar-se numa preferência definida. Não creio que fui feito para aguentar este tipo de humilhação e não esperava recebê-la logo de você.

Espero até que abandonar Danceny não lhe pareça sacrifício algum. Mas, se lhe custar o que quer que seja, considero ter dado a você um exemplo muitíssimo bom, ou seja, que uma mulher sensível e bela, que só existia para mim, que possivelmente esteja morrendo neste preciso momento de amor e de arrependimento, certamente pode ter o mesmo valor de um rapazinho a quem, se você quiser, não faltam nem uma bela figura, nem inteligência, mas que ainda não tem nem sofisticação, nem consistência.

Adeus, marquesa; não lhe escrevo nada sobre meus sentimentos por você. Tudo o que posso fazer, neste momento, é não inspecionar meu coração. Espero sua resposta. Ao escrevê-la, considere cuidadosamente que, assim como seria fácil para você fazer com que eu esquecesse a ofensa que me fez, uma recusa de sua parte, uma simples hesitação, com a mesma facilidade, faria com que essa sua ofensa ficasse gravada com traços indeléveis em meu coração.

Paris, 3 de dezembro de 17**, à noite.

CARTA 152

DA MARQUESA DE MERTEUIL PARA O VISCONDE DE VALMONT

Se é assim, cuidado, visconde, trate minha extrema timidez com maior cautela! Como quer que eu receba a ideia angustiante de despertar sua indignação e, sobretudo, que eu não sucumba diante do medo de sua vingança? Ainda mais que, como sabe, se me fizer uma perfídia, será impossível para mim retribuí-la. Se, por acaso, eu disser tudo a seu respeito, será em vão, pois, apesar do que eu possa revelar, sua vida não será menos brilhante ou aprazível. Na verdade, o que você tem a temer? Ser obrigado a deixar a França, se lhe derem tempo para isso?* Mas não se vive no exterior tão bem quanto aqui? Contanto que a corte francesa deixe você tranquilo, seria para você apenas a mudança do lugar de suas conquistas. Depois de tentar restituir-lhe o sangue-frio com estas considerações morais, voltemos a nossos assuntos.

Sabe, visconde, por que nunca me casei de novo? Absolutamente não foi por falta de partidos vantajosos; foi simplesmente porque ninguém tem o direito de criticar meus atos. Tampouco foi porque temesse não poder mais satisfazer às minhas vontades, pois eu o conseguiria de uma maneira ou de outra; foi porque me constrangeria muito que alguém tivesse o direito de queixar-se de meu comportamento; enfim, se não me casei, foi porque queria enganar por prazer, e não por necessidade. E agora você me escreve a carta mais marital que se possa conceber! Nela só fala de meus erros e de suas qualidades! Mas como podemos deixar de cumprir obrigações para com quem não temos nenhuma! Não posso entender!

Vamos examinar o assunto. Por que tanto barulho? Você encontrou Danceny em minha casa e isso o desagradou? Maravilha! Mas que conclusões tirou? Ou que fora o resultado do acaso, como afirmei, ou de minha vontade, como não afirmei. No primeiro caso, sua carta é injusta; no segundo, é ridícula. Não valia a pena tê-la escrito! Mas você está com ciúmes, e os ciúmes não sabem pensar. Pois bem! Vou pensar por você.

Ou você está diante de um rival, ou não está. Se está, é preciso que seja agradável para ser preferível a ele; se não, ainda assim seria preciso ser agradável para evitar que venha a tê-lo. No dois casos, o mesmo comportamento deve ser mantido. Desde modo, por que atormentar-se? Por que, principalmente, atormentar-me a mim? Você, então, não sabe mais ser o mais amável dos homens? E não está mais seguro de seu sucesso? Ora, ora, vamos, visconde, você não está sendo justo consigo. Mas não se trata disso; a verdade é que, a seus olhos, eu não valho o suficiente para que você se dê muito trabalho.

---

* Ver a carta 81, em que a marquesa alude a uma grave ofensa de Valmont. (N.T.)

Você deseja menos meus favores do que exercer seu domínio sobre mim. Concorde, você é um ingrato! Isto sim, creio, é que é ter sentimentos e, caso viesse a continuar esta carta, por menos que o fizesse, certamente seria ela apenas ternura. Mas você não merece.

Tampouco merece que me justifique. Para puni-lo por suas suspeitas, vou deixá-lo com elas. Assim, não lhe direi nada sobre quando voltei a Paris e sobre as visitas de Danceny. Você deve estar tendo muito trabalho para informar-se, não é verdade? Pois bem! Já fez algum progresso? Espero que tenha encontrado muito prazer nessa sua procura; quanto a mim, suas iniciativas não prejudicaram o meu.

Por isso, tudo o que posso dizer em resposta à sua carta ameaçadora é que não teve ela nem o dom de me agradar, nem o poder de me intimidar; e que, no momento, não poderia estar menos disposta a conceder seus pedidos.

Na verdade, aceitá-lo de volta, tal como você se encontra hoje, seria fazer-lhe uma verdadeira infidelidade. Não seria reatar com um antigo amante; seria ter um novo, mas que está muito longe de possuir o mesmo valor que o de antigamente. Ainda não esqueci o primeiro o suficiente para cometer esse erro. O Valmont que eu amava era maravilhoso. Queria mesmo confessar que jamais encontrei um homem tão adorável. Ah! Rogo-lhe, visconde, se o encontrar, traga-o de volta para mim; ele, sim, será sempre muito bem recebido.

Contudo, previna-o de que, de qualquer forma, isso não será para hoje, nem para amanhã. Seu *Menecmo** já lhe diminuiu em algo suas chances comigo e, se eu tomasse uma decisão muito apressada, acho que estaria enganando-me quanto ao gêmeo correto; ou quem sabe eu já não me tenha comprometido com Danceny nestes próximos dois dias? Ademais, sua carta me fez ver que você não brinca quando lhe faltam com a palavra. Bem vê que será preciso que espere.

Mas que importância teria para você ter de esperar? Seja como for, você vai vingar-se de seu rival. Por sua vez, ele não daria à sua amante, visconde, um tratamento pior do que o

---

* Um dos dois gêmeos do mesmo nome da comédia de Plauto (230-180 a.C.): *Os Menecmos ou os Gêmeos*, fonte de inspiração para a peça *Os Menecmos*, de Regnard (1655-1709), estreada em 1705. (N.T.)

que você está dando à dele; e, afinal de contas, uma mulher não vale tanto quanto outra qualquer? São seus princípios. E essa mesma mulher, *que seria terna e sensível, que apenas existiria para você e que, enfim, estaria morrendo de amor e arrependimento*, não seria ela abandonada por ocasião de seu primeiro capricho ou fosse receio de ser ridicularizado, nem que por um segundo. E ainda quer que os outros se deem o trabalho de fazer o que você deseja! Ah, isto não é nada justo.

Adeus, visconde; volte a ser adorável. Ouça-me bem, por favor: não estou pedindo nada mais do que o considerar encantador outra vez. E, no momento em que estiver certa disto, vou empenhar-me em prová-lo. Na verdade, sou uma mulher muito bondosa.

Paris, 4 de dezembro de 17**.

CARTA 153

Do Visconde de Valmont para a Marquesa de Merteuil

Respondo à sua carta sem perder tempo e procurarei ser claro, o que não é fácil com você, sobretudo quando já decidiu não compreender nada.

Longos discursos não seriam necessários para comprovar que nós dois, tendo nas mãos tudo o que é necessário para destruir o outro, temos igual interesse em tratar-nos mutuamente com cautela; por isso, não é este o cerne da questão. Mas, entre a opção violenta, que nos destruiria, e aquela, sem dúvida melhor, de permanecermos unidos como sempre estivemos e de ficarmos ainda mais próximos, reassumindo nossa antiga ligação, entre estas duas opções, dizia, há na verdade mil outras que poderíamos escolher. Por isso, não foi nada ridículo dizer-lhe, como não será repeti-lo, que, a partir de hoje, serei ou seu amante, ou seu inimigo.

Sei perfeitamente que esta escolha a incomoda e que ganhar tempo lhe seria mais conveniente. Ademais, não ignoro que jamais gostou de ser colocada nesta situação, entre o sim e o não. Mas você também deveria considerar que eu não posso deixá-la sair desta situação angustiante sem correr o risco de ser ludibriado; você deveria ter previsto que eu não suportaria ser enganado. Agora, cabe a você decidir; posso deixar-lhe a escolha entre essas duas opções, mas não posso aceitar permanecer na incerteza.

Apenas previno que não vai poder enganar-me com suas considerações, boas ou más; que não vai mais seduzir-me por qualquer lisonja com que procure disfarçar sua recusa em reatarmos; e que, finalmente, chegou o momento de sermos francos. E estou muito contente por poder dar-lhe o exemplo; com prazer, declaro que prefiro a paz e a união; mas, se for preciso acabar com ambas, creio ter o direito e os meios para tanto.

Enfim, acrescento que o menor obstáculo colocado por você será tomado por mim como uma verdadeira declaração de guerra. Verá que a resposta que espero de você não exige frases nem longas, nem belas. Duas palavras bastam.

Paris, 4 de dezembro de 17**.

RESPOSTA DA MARQUESA DE MERTEUIL
(ESCRITA AO PÉ DESTA CARTA)

Então, guerra!

CARTA 154
DA SRA. DE VOLANGES PARA A SRA. DE ROSEMONDE

Os relatórios médicos a informam melhor do que eu poderia fazer, minha querida amiga, do preocupante estado de saúde de nossa enferma. Inteiramente dedicada aos cuidados para com ela, entre meus afazeres não tenho encontrado tempo para escrever-lhe, ainda mais que há outros fatos além da doença. Narro um que certamente não estava esperando. Foi uma carta que recebi do sr. de Valmont, a quem apeteceu escolher-me como sua confidente e, até mesmo, como intermediária junto à sra. de Tourvel, para quem também mandou uma carta anexa à que me escreveu. Devolvi a destinada à nossa infeliz amiga ao responder à carta que seu sobrinho me dirigiu. Mando-lhe uma cópia desta* e penso que a senhora

---

* Essa carta, inicialmente escrita por Laclos e encontrada nos manuscritos originais, não foi por ele incluída no momento da publicação do livro. Consta do Apêndice II. (N.T.)

vai concordar comigo que não devia nem podia fazer nada do que ele me pediu. Ainda que quisesse atender a seus pedidos, nossa doente não seria capaz de compreender o que eu lhe teria a dizer. Seu delírio é contínuo. Mas o que a senhora me diz do desespero do sr. de Valmont? Em primeiro lugar, será possível crer que realmente esteja nesse estado, ou quer ele simplesmente enganar todo mundo até o fim?* Se desta vez está sendo sincero, poderá dizer que ele mesmo causou seu próprio infortúnio. Creio que não ficará contente com minha resposta; mas confesso que, quanto mais pormenores chegam a meu conhecimento sobre essa infeliz aventura, mais me indigno contra seu protagonista.

Adeus, minha querida amiga; volto a meus tristes cuidados, que se tornam ainda mais tristes pela pouca esperança que tenho de vê-los prosperar. A senhora conhece meus sentimentos para com sua pessoa.

Paris, 5 de dezembro de 17**.

CARTA 155

Do Visconde de Valmont para o Cavaleiro Danceny

Passei duas vezes por sua casa, meu caro cavaleiro; mas, depois que você deixou o papel de enamorado para assumir o de conquistador, ficou difícil encontrá-lo, como era de se esperar. Seu valete, contudo, garantiu-me que você voltaria para casa no fim da tarde e que tinha ordens de esperá-lo; mas eu, que estou ciente de seus planos, logo compreendi que voltaria apenas por um momento, para vestir-se de acordo com seu novo papel, e que imediatamente retomaria suas andanças vitoriosas. Meus parabéns! Não posso deixar de aplaudir; mas, talvez nesta noite, você seja tentado a mudar o alvo dessas escapadas. Você só tem conhecimento da metade dos assuntos que lhe interessam; preciso atualizá-lo quanto à outra metade e, então, você poderá tomar uma decisão.

---

* Como nada se encontrou na continuação desta correspondência que pudesse resolver esta dúvida, tomou-se a decisão de suprimir da presente coletânea a carta do sr. de Valmont. (N.A.) [Ao contrário da carta de Valmont para a sra. de Volanges, a que esta lhe enviou não consta dos manuscritos de Laclos. (N.T.)]

Se tivesse merecido sua inteira confiança, se tivesse sabido por seu intermédio a parte de seus segredos que você me deixou adivinhar, teria sido informado a tempo de poder ajudá-lo; meu zelo nesse sentido teria sido mais eficiente, e não estaria hoje constrangendo seus passos. Mas partamos do ponto em que estamos agora. Qualquer decisão que você venha a tomar, mesmo na pior das hipóteses, fará alguém feliz.

Você tem um compromisso esta noite, não é verdade? Com uma mulher encantadora que ama, não é assim? Na sua idade, que mulher não adoramos, pelo menos nos primeiro oito dias! O lugar do encontro, com certeza, aumentará seu prazer. Um pequeno e delicioso pavilhão, *que foi montado só para você*, deverá acentuar a voluptuosidade, os encantos da total liberdade e do mistério. Tudo está combinado: já o esperam, e você está ardendo de impaciência para ir. Ambos sabemos disso tudo, embora você não me tenha dito nada. Agora, conto-lhe o que ainda não sabe e que preciso lhe dizer.

Após minha volta a Paris, dediquei-me a encontrar uma maneira de reaproximá-lo da srta. de Volanges, tal como lhe havia prometido; já na última vez em que lhe consigo a esse respeito, tive a oportunidade de concluir, por suas respostas – poderia dizer por seu arrebatamento –, que ajudá-lo seria promover sua felicidade. Não poderia ter sucesso sozinho nesta empresa tão complexa; mas, depois de ter aberto um caminho, deixei o resto aos cuidados de sua jovem amada. Ela encontrou, em seu amor por você, recursos que faltavam à minha experiência e, infelizmente para você, teve sucesso. Há dois dias, disse-me ela esta tarde, todos os obstáculos foram removidos, e sua felicidade, cavaleiro, depende agora apenas de você.

Faz dois dias também que ela acaricia a ideia de contar-lhe essa novidade pessoalmente, e, apesar da ausência da mãe, você seria recebido por ela. Mas você nem sequer foi visitá-la! E, para dizer-lhe tudo, por capricho ou por razão, a menina me pareceu um tanto zangada com esta falta de interesse de sua parte. Seja como for, ela encontrou uma maneira de fazer com que eu também tivesse acesso à sua pessoa, tendo-me feito prometer que lhe entregaria a carta anexa o mais cedo possível. Pelo interesse que demonstrou, aposto que se trata de um encontro para esta noite. Mas, independentemente de seu conteúdo, prometi a ela, em nome de minha honra e amizade, que você receberia a terna missiva ainda hoje, e não posso nem quero faltar com minha palavra.

Agora, meu jovem, como vai comportar-se? Colocado entre a coqueteria e o amor, entre o prazer e a felicidade, qual vai ser sua escolha? Se eu estivesse falando com o Danceny de há três meses, ou mesmo de apenas oito dias atrás, certo de como era seu coração, também estaria certo de como você agiria; mas o Danceny de hoje, disputado pelas mulheres, indo de aventura em aventura, e transformado, segundo o costume, num farrista, preferiria ele uma jovem tímida, que só tem a beleza, a inocência e o amor por você em seu favor, a uma mulher perfeitamente *mundana*?

Para mim, meu caro amigo, parece-me que, mesmo considerando seus atuais princípios, os quais, confesso, são de algum modo também os meus, as circunstâncias me decidiriam pela jovem amada. Em primeiro lugar, será mais uma para você pôr em sua lista; em segundo, trata-se de uma mulher novinha em folha; além disso, há o perigo de você perder o fruto de seus esforços por estar negligenciando colhê-lo; enfim, porque, no caso dela, seria realmente uma oportunidade perdida, a qual nem sempre se repete, particularmente por ser a primeira vez que ela fraqueja; nestes casos, frequentemente é preciso apenas um instante de irritação, uma suspeita enciumada ou menos ainda para impedir a mais bela das conquistas. Ao afogar-se, a virtude por vezes se agarra a uma tábua de salvação e, depois de salva, permanece atenta; então já não é fácil surpreendê-la.

Ao contrário, quanto à outra opção, o que você estaria arriscando? Nem mesmo um rompimento, no máximo uma briga, que apaziguamos com atenções, para obtermos o prazer da reconciliação. Que atitude resta a uma mulher que já se entregou senão ser tolerante? O que ganharia sendo severa? A perda do prazer, sem benefício para seu prestígio como mulher.

Se, como suponho, você optar pelo amor, o que me parece ser também a opção mais racional, creio que seria prudente não mandar escusas pela ausência no encontro marcado; simplesmente, deixe que fiquem esperando. Se você se arriscar em dar alguma razão, talvez queiram verificar-lhe a veracidade. As mulheres são curiosas e obstinadas; tudo pode ser descoberto; eu mesmo, você bem sabe, acabo de constituir-me em um exemplo disto. Mas, se você deixar esperanças, que serão mantidas pela vaidade, elas só se esvanecerão muito tempo depois do momento oportuno para as explicações. Deste modo, amanhã, você poderá escolher qual obstáculo insuperável impediu que você honrasse o compromisso; você estava doente, morto se quiser, ou qualquer outra coisa que o deixará igualmente desesperado, e tudo se acomodará.

Aliás seja qual for a opção que escolher, rogo-lhe apenas que me informe; e, como não tenho nenhum interesse nisso, considerarei que agiu corretamente. Adeus, meu caro amigo.

Tenho ainda a acrescentar que sinto muito a falta da sra. de Tourvel; é que estou desesperado por estar longe dela; pagaria com metade de minha vida a felicidade de dedicar-lhe a que ainda me restasse. Ah, creia-me, só somos felizes através do amor!

Paris, 5 de dezembro de 17**.

CARTA 156

DE CÉCILE VOLANGES PARA O CAVALEIRO DANCENY
(ANEXA À PRECEDENTE)

Como é possível, meu querido amigo, que ultimamente tenha deixado de vê-lo, apesar de não ter deixado de querer encontrá-lo? Seu desejo não é tão grande quanto o meu? Ah, nunca estive tão triste! Mais triste do que quando estávamos realmente separados. O sofrimento que me causavam outras pessoas, agora é de você que ele me chega, e isso faz com seja ainda maior.

Já faz alguns dias que mamãe tem estado sempre fora de casa, como sabe; por isso, esperava que você tentaria aproveitar-se destes momentos de liberdade, mas nem sequer pensa em mim. Sinto-me muito infeliz! Você me disse muitas vezes que, de nós, era eu quem amava menos! Tinha certeza de que era o contrário e, agora, aí está a prova. Se você tivesse vindo ver-me, teria realmente me visto, porque não sou como você; só penso no que pode nos aproximar. Você bem que merece que eu não lhe diga absolutamente nada sobre tudo o que fiz para isso e que me deu tanto trabalho; mas o amo demais e tenho tanto desejo de vê-lo que não posso deixar de contar-lhe tudo. E, depois, vou ficar sabendo se você me ama de verdade.

Consegui que o porteiro ficasse de nosso lado: prometeu que, todas as vezes em que você vier, vai deixá-lo entrar como se não tivesse visto nada; podemos confiar nele de verdade, porque é uma pessoa muito boa. Depois disso, só falta tomar cuidado para que não seja visto dentro de casa, o que será muito fácil, se você vier sempre de noite, quando não teremos nada a temer. Por exemplo, como mamãe está saindo todos os dias, todos os dias ela vai deitar-se às onze da noite; por isso, teremos muito tempo.

O porteiro me disse que, quando você quiser vir, em lugar de bater na porta, deve bater na janela, que ele vai abrir imediatamente; e, depois, você vai ver sem problemas a escadinha; como não podemos contar com a luz de um castiçal, vou deixar a porta do meu quarto entreaberta: isso vai iluminar um pouco seu caminho. Você deve tomar muito cuidado para não fazer barulho, principalmente quando passar em frente ao quarto de mamãe. Quanto ao de minha camareira, não tem importância, porque ela me prometeu que não vai se acordar; ela também é uma pessoa muito boa! Para ir embora, é só fazer tudo de novo. Agora, quero ver se você virá.

Meu Deus, por que é que meu coração bate com tanta força quando lhe escrevo? Será porque algo ruim vai acontecer comigo? Ou será a esperança de poder vê-lo que me deixa perturbada deste jeito? O que eu estou sentindo é que nunca amei você tanto e que nunca desejei tanto lhe dizer. Venha então, meu amigo, meu querido amigo; que eu possa repetir-lhe cem vezes que o amo, que o adoro, que nunca amarei outro que não seja você.

Encontrei uma maneira de mandar avisar ao sr. de Valmont que eu tinha algo para dizer a ele; e ele, como é um amigo muito bom, com certeza virá amanhã: vou pedir que entregue minha carta a você imediatamente. Assim, estou esperando você amanhã à noite; procure vir sem falta, se não quiser que sua Cécile fique muito infeliz.

Adeus, meu amigo querido; beijo-o de todo o coração.

Paris, 4 de dezembro de 17**.

CARTA 157

Do Cavaleiro Danceny para o Visconde de Valmont

Não duvide, caro visconde, nem de meu coração, nem de minha conduta: como poderia recusar satisfazer a um desejo de minha Cécile? Ah! É justamente ela, apenas ela que amo, que amarei para sempre! Sua ingenuidade e sua ternura têm o maior encanto para mim, do qual, contudo, por fraqueza, deixei-me afastar, mas o qual nada conseguirá apagar. Envolvido em uma outra aventura, por assim dizer, sem dar-me conta, constantemente a lembrança de Cécile veio perturbar-me até os mais doces prazeres. Talvez meu coração jamais lhe tenha prestado provas tão reais de amor quanto no preciso momento em que lhe estava sendo infiel. Contudo, meu caro amigo, tratemos com cautela sua sensibilidade e escondamos meus erros; não para enganá-la, mas para não afligi-la. A felicidade de Cécile é o desejo mais ardente que posso ter; jamais vou perdoar-me qualquer falta que lhe custe uma só lágrima.

Mereci, penso, a brincadeira que fez comigo sobre o que chama de meus princípios, mas pode crer que não é por eles que me estou guiando neste momento. E, a partir de amanhã, estou decidido a comprovar-lhe isto. Vou criticar-me justamente diante daquela que causou minha conduta licenciosa e que a compartilhou; vou dizer-lhe: "Leia meu coração; tem ele por você a mais terna das amizades; e a amizade unida ao desejo se parece tanto com o amor!... Ambos nos iludimos; mas, se sou capaz de errar, sou incapaz de má-fé". Conheço essa minha amiga; é tão honesta quanto compreensiva. Vai mais que me perdoar: vai aprovar meu comportamento. Ela mesma se recriminava frequentemente por ter traído nossa amizade; muitas vezes sua decência inibia o amor; mais experiente que eu, ela vai fortalecer em minha alma estes temores úteis que eu temerariamente procurava reprimir na sua. Através dela deverei tornar-me um homem melhor e, através de você, mais feliz. Oh! Meus amigos! Compartilhem minha gratidão! O pensamento de que lhes devo minha felicidade só faz com que seu valor aumente ainda mais.

Adeus, meu caro visconde. Minha alegria sem limites não me impede de pensar em suas dores e delas participar. De que modo poderia eu ser-lhe útil? A sra. de Tourvel continua inexorável? Dizem que está muito doente. Meu Deus, como me lastimo por você! Que ela possa, ao mesmo tempo, recuperar a saúde e sua indulgência para poder fazê-lo feliz para sempre! São os votos de minha amizade; ouso esperar que serão ouvidos pelo deus do amor.

Gostaria de continuar a escrever-lhe mais longamente, mas o tempo urge. Talvez Cécile já esteja à minha espera.

Paris, 5 de dezembro de 17**.

CARTA 158
Do Visconde de Valmont para a Marquesa de Merteuil

E então, marquesa, o que achou dos prazeres da noite de ontem? Não está um tanto cansada? Admita que Danceny é maravilhoso! Esse menino é capaz de prodígios! Não esperava que ele fosse assim, não é verdade? Vamos, estou sendo justo comigo mesmo: com um rival dessa natureza, bem que eu merecia ser abandonado. Falando a sério, ele tem muitíssimas qualidades! Mas, principalmente no amor, quanta fidelidade, quanto recato! Ah! Se porventura algum dia você vier a ser amada por Danceny tanto quanto ele ama a sua Cécile, você não terá de temer nenhuma rival: ele já lhe comprovou isso na noite passada. Talvez, usando de coqueteria, uma outra mulher possa tomá-lo de você por algum tempo: um rapaz ainda não sabe defender-se de atenções provocantes; mas uma só palavra do ser amado bastará, como você está vendo, para dissipar suas ilusões. Desse modo, só falta a essa minha bela marquesa ser esse ser amado para que possa sentir-se perfeitamente feliz.

Com certeza, você não vai enganar-se quanto a isso; é hábil demais para que se possa temer o contrário. No entanto, a amizade que nos uniu, tão sincera de minha parte quanto perfeitamente reconhecida pela sua, fez com que eu lhe desejasse o teste pelo qual passou na noite passada; foi resultado de meus cuidados para com sua pessoa. Porém, nada de agradecimentos, não vale a pena, nada de mais fácil.

Na verdade, o que me custou agir como agi? Uma pequena concessão e um pouco de habilidade. Aceitei compartilhar com esse rapaz os favores de sua amada; contudo, o fato é que Danceny tem tanto direito a eles quanto eu, mas isso não teve a menor importância para mim! A carta que a menina lhe escreveu fui eu que ditei, mas foi somente para ganhar tempo, pois tínhamos como empregá-lo melhor. E a que mandei ao rapaz com a que eu escrevera por sua amada? Ah, não foi nada, quase nada! Apenas algumas considerações, vindas da amizade, para orientar a opção do novo amante; mas, palavra de honra, foram inúteis, pois é preciso que eu diga a verdade: ele não hesitou um só segundo.

E depois, em sua candura, ele deve ir hoje à sua casa contar-lhe tudo; com certeza, esse relato a deixará muito contente! Ele dirá *Leia meu coração*, conforme me informou, e você vai ver como isso levará à reconciliação entre ambos. Lendo em seu coração justamente aquilo que ele estiver desejando ser lido, talvez você também leia que amantes assim tão jovens podem ser perigosos e, ademais, que é melhor ter-me como amigo que inimigo.

Adeus, marquesa, até a próxima oportunidade.

Paris, 6 de dezembro de 17**.

CARTA 159

Da Marquesa de Merteuil para o Visconde de Valmont
(bilhete)

Não me agrada que brincadeiras de mau gosto se unam a comportamentos do mesmo teor. Não é de meu estilo, nem me dá prazer. Quando tenho queixas, não faço ironias; faço melhor, vingo-me. Por mais satisfeito consigo mesmo que esteja agora, não esqueça que não é primeira vez que está se aplaudindo antes do tempo, e sozinho, na esperança de uma vitória que vai escapar-lhe justamente no momento em que estiver se felicitando por ela. Adeus.

Paris, 6 de dezembro de 17**.

CARTA 160

Da sra. de Volanges para a sra. de Rosemonde

Escrevo-lhe do quarto de sua infeliz amiga, cujo estado de saúde quase não se alterou. Esta tarde deverá ocorrer uma conferência entre quatro médicos. Infelizmente, como a senhora sabe, isso é mais prova de perigo do que garantia de cura.

No entanto, parece que sua consciência voltou um pouco na noite passada. A camareira informou-me nesta manhã que, por volta da meia-noite de ontem, sua senhora mandou chamá--la, quis estar a sós com ela e lhe ditou uma carta bastante longa. Julie acrescentou que, enquanto estava fechando o envelope para escrever o destinatário, a sra. de Tourvel recomeçou a delirar, de modo que a jovem não soube a quem deveria endereçar a missiva. De início, surpreendi-me que o próprio texto não lhe tivesse indicado o destinatário; mas, como Julie me disse, que temia enganar-se e que sua senhora lhe havia pedido que a carta partisse imediatamente, assumi a responsabilidade de abrir o envelope.

Encontrei essa carta que lhe remeto, a qual, com efeito, não se dirige a ninguém em especial, pois que poderia dirigir--se a muitas pessoas. Poderíamos crer, contudo, que foi ao sr. de Valmont que nossa desgraçada amiga quis inicialmente escrever; mas ela foi sendo presa, sem sentir, da desordem de sua mente. Seja como for, considerei que a carta não deveria ser remetida a ninguém. Envio-a à senhora, porque verá nela, melhor do que poderia dizer-lhe, quais são as ideias que passam pela cabeça de nossa enferma. Enquanto ela estiver assim, tão ferozmente afetada, não terei muitas esperanças. O corpo se recupera com dificuldade quando o espírito está tão pouco tranquilo.

Adeus, minha querida e digna amiga. Invejo-a por estar longe do triste espetáculo que tenho continuamente sob meus olhos.

Paris, 6 de dezembro de 17**.

CARTA 161

Da presidenta de Tourvel para...
(por ela ditada à sua camareira)

Tu, ser cruel e maligno, não vais deixar nunca de me perseguir? Não te basta ter-me atormentado, degradado, aviltado? Queres roubar-me até a paz do túmulo? Qual! Neste lugar de trevas, onde a ignomínia me forçou a que me sepultasse, não cessará nunca meu tormento e não terei mais esperanças? Não imploro um favor que não mereço; para sofrer sem queixar-me, bastaria que meus males não superassem minhas forças. Mas que não tornes meus sofrimentos insuportáveis. Deixando-me com minhas dores, que apagues a cruel lembrança de tudo de bom que perdi. Agora que me roubaste tudo, que não continues a trazer-me aos olhos essa imagem desoladora do bem que outrora tinha. Era inocente e tranquila; foi por ter-te encontrado que perdi a paz; foi por ter-te escutado que cometi atos ilícitos. Autor de meus erros, que direito tens de punir-me?

Onde estão os amigos que me queriam tanto, onde estão? Meu infortúnio os apavora. Nenhum deles ousa aproximar-se de mim. Estou desesperada e deixam-me sem socorro! Morro e ninguém chora por mim. Recusam-me qualquer consolo. A piedade deteve-se à borda do abismo em que esta criminosa se jogou. O remorso a esfacela e seus gritos não são ouvidos.

E tu, que ultrajei, tu, cuja estima por mim só aumenta meu suplício, tu, enfim, que apenas tens o direito de vingar-te, que estás fazendo longe de mim? Vem punir uma mulher infiel. Que eu sofra esses tormentos que mereço! Já me teria submetido à tua vingança, mas a coragem me faltou para indicar-te a vergonha que te causei. Não foi por dissimulação, foi por respeito. Que esta carta pelo menos te convença de meu arrependimento. Os céus assumiram tua causa; vingam-te de uma injúria da qual nunca tomaste conhecimento; foi Deus que travou minha língua e reteve minhas palavras; Ele temeu que me perdoarias um erro que queria punir. Afastou-me de tua tolerância, a qual teria ferido Sua justiça.

Impiedoso em Sua vingança, entregou-me justamente àquele que causou minha perdição. É para ele e por ele que, ao mesmo tempo, estou sofrendo. Quero fugir dele, mas o faço em vão, porque ele me persegue e está sempre aqui; obceca-me sem cessar. Mas como agora ele está diferente de si mesmo! Seus olhos só expressam ódio e desprezo. Sua boca só profere insultos e reprimendas. Seus braços só me envolvem para me despedaçar. Quem poderá salvar-me de seu furor bárbaro?

Mas qual! É ele... Não estou me enganando; é ele que estou vendo. Oh! Meu adorável amigo! Recebe-me em teus braços; esconde-me em teu peito. Sim, és tu, és tu mesmo! Que ilusão funesta me fez não reconhecer-te? Como sofri durante tua ausência! Não mais nos separaremos, não nos separaremos jamais. Deixa-me respirar aliviada. Sente como palpita meu coração! Ah! Não é mais por medo, é pelo suave sentimento do amor. Por que recusas minhas carícias ternas? Dirige para mim teu doce olhar! Quais são esses laços que estás tentando romper? Por que estás preparando essa cerimônia fúnebre? Quem pôde mudar tanto tua fisionomia? Que estás fazendo? Deixa-me só! Estou tremendo. Meu Deus! De novo aquele monstro! Minhas amigas! Não me abandonem! A senhora, que me aconselhou a fugir dele, ajude-me a combatê-lo; e a senhora, que, mais tolerante, prometeu aliviar minha dor, venha, então, ficar a meu lado. Onde as senhoras estão? Se não mereço mais vê-las, respondam, pelo menos, a essa carta; que eu saiba que as senhoras ainda me querem.

Deixa-me, pois, ó cruel! Que novo furor te anima? Temes que o doce sentimento do amor possa tomar conta de minha alma? Tu estás multiplicando meus tormentos; tu me estás forçando a te odiar. Oh! Como o ódio é doloroso! Como corrói o coração que o destila! Por que o senhor me persegue? O que ainda tem a dizer-me? O senhor já não me tornou impossível escutá-lo ou responder-lhe? Não esperes mais nada de mim. Adeus, senhor.

Paris, 5 de dezembro de 17**.

CARTA 162
Do Cavaleiro Danceny para o Visconde de Valmont

Fui informado, senhor, de seu procedimento para comigo. Sei também que, não contente em me ter indignamente ludibriado, o senhor não vacilou em vangloriar-se e aplaudir-se pelo que fez comigo. Vi as provas de sua traição escritas de seu próprio punho. Confesso que meu coração ficou ferido e que me senti um tanto envergonhado por ter contribuído tanto para o odioso abuso que o senhor fez de minha cega confiança; contudo, não lhe invejo essa vergonhosa vantagem sobre mim; apenas sinto-me curioso de saber se o senhor poderá mantê-la inalterada por muito tempo. Saberei se assim será, se, como espero, o senhor concordar em encontrar-me amanhã, entre oito e nove horas da manhã, na porta do Bois de Vincennes, na aldeia de Saint-Mandé. Encarregar-me-ei de fazer com que lá se encontre todo o necessário para os esclarecimentos que me faltam obter do senhor.

CAVALEIRO DANCENY
Paris, 6 de dezembro de 17**.

CARTA 163
Do senhor Bertrand para a sra. de Rosemonde

É com grande pesar que cumpro o triste dever de transmitir-lhe uma notícia que vai causar-lhe uma dor muito cruel. Antes, permita-me aconselhar-lhe essa piedosa resignação que todos, tão amiúde, admiraram na senhora e que só ela pode fazer-nos suportar os males que afetam esta nossa miserável vida.

O senhor seu sobrinho... Meu Deus! Será preciso que aflija tanto uma dama tão respeitada! O senhor seu sobrinho teve a infelicidade de sucumbir em um duelo que travou hoje de manhã com o senhor Cavaleiro Danceny. Ignoro inteiramente a razão da desavença, mas parece, pelo bilhete que encontrei no bolso do senhor visconde e que tenho a honra de enviar-lhe, parece, dizia-lhe, que ele não era o agressor. Contudo, foi ele que os céus permitiram que sucumbisse!

Estava à espera do senhor visconde em sua casa no momento em que o trouxeram de volta. Imagine meu terror ao ver o senhor seu sobrinho ser carregado por dois de seus criados, todo banhado de sangue. Recebera dois golpes de espada em seu corpo e estava já muito fraco. O senhor Danceny também estava lá e até chorava. Ah! Com certeza, tinha de chorar, mas é tarde demais para derramar lágrimas quando já se causou um mal irreparável.

Quanto a mim, não pude controlar-me; apesar do pouco que sou, não deixei de dizer tudo o que pensava ao senhor Danceny. Foi, então, que o senhor visconde mostrou sua verdadeira grandeza. Mandou que me calasse e, justamente àquele que tinha sido seu assassino, chamou-o de amigo, segurou-lhe as mãos, beijando-o, diante de todos nós e dizendo: "Ordeno a vocês que tenham pelo cavaleiro todo o respeito que se deve a um homem corajoso e distinto". Além disso, mandou que lhe entregassem, diante de mim, papéis muito numerosos, dos quais eu não tinha conhecimento, mas aos quais, bem sei, ele atribuía muita importância. Em seguida, quis que deixássemos os dois a sós por um momento. Entrementes, eu havia mandado procurar socorro imediatamente, tanto espiritual como temporal; mas, infelizmente, o mal não tinha remédio. Menos de meia hora depois, o senhor visconde havia perdido a consciência. Só pôde receber a extrema-unção e, mal esta havia terminado, deu seu último suspiro.

Bom Deus! Quando recebi em meus braços, após seu nascimento, este precioso esteio de uma casa tão ilustre, poderia eu ter previsto que seria em meus braços que expiraria e que eu teria de chorar sua morte? Uma morte tão prematura e tão infeliz! As lágrimas me correm contra a minha vontade; peço-lhe perdão, senhora, por ousar misturar desse modo minhas dores com as suas; mas, em todas as classes, igualmente temos coração e sensibilidade; ademais, considerar-me-ia muito ingrato se não chorasse durante toda a minha vida um amo que só tinha bondades para comigo, que tanto me honrava com sua confiança.

Amanhã, depois da remoção do corpo, mandarei pôr selos em tudo, e a senhora pode ficar tranquila, confiando inteiramente em meus cuidados. Bem sabe que este infeliz acontecimento anula seu testamento em benefício do senhor seu sobrinho, estando agora suas propriedades totalmente livres para novas disposições. Se puder ser-lhe de alguma utilidade, rogo que me envie suas ordens; colocarei todo o meu zelo em executá-las pontualmente.

Com o mais profundo respeito, senhora, sou seu mais humilde etc.

BERTRAND
Paris, 7 de dezembro de 17**.

CARTA 164

Da sra. de Rosemonde para o senhor Bertrand

Recebo sua carta neste instante, meu caro Bertrand, e por ela tomo conhecimento do horroroso acontecimento do qual meu sobrinho foi a infeliz vítima. Sim, sem dúvida, tenho instruções a dar-lhe; e é apenas por causa delas que posso dedicar-me a outra coisa que não minha mortal aflição.

O bilhete do senhor Danceny, que me enviou, é uma prova bem convincente de que foi ele quem provocou o duelo; e minha intenção é registrar queixa contra ele em juízo, imediatamente e em meu nome. Ao perdoar seu inimigo, seu assassino, meu sobrinho pôde satisfazer à sua generosidade inata; quanto a mim, devo vingar, a um só tempo, sua morte, a humanidade e a religião. Não será possível despertar suficiente severidade das leis contra este resto de barbárie que ainda infecta nossos costumes; e, quanto ao ocorrido, não creio que seja o caso de adotarmos o perdão das injúrias cometidas. Desse modo, espero que o senhor acompanhe esse assunto com todo o seu zelo e toda a sua capacidade de ação, dos quais não duvido. O senhor os deve à memória de meu sobrinho.

Antes de tudo, o senhor deverá encontrar-se, em meu nome, com o senhor Presidente de...* e discutir o assunto com ele. Não lhe escrevo, pois tenho pressa para dedicar-me inteiramente à minha dor.

Adeus, meu caro Bertrand; elogio e agradeço seus bons sentimentos e me ponho em suas mãos por toda a minha vida.

Do Castelo de..., 8 de dezembro de 17**.

CARTA 165

DA SRA. DE VOLANGES PARA A SRA. DE ROSEMONDE

Já estou informada, minha querida e digna amiga, da perda que acaba de sofrer; sabia de sua ternura pelo sr. de Valmont e compartilho, com muita sinceridade, a aflição que deve estar sentindo. Estou realmente mortificada por ter de acrescentar novas dores às que a senhora já está experimentando; mas, infelizmente, também no caso de nossa infeliz amiga não há nada a fazer senão derramar suas lágrimas. Nós a perdemos ontem, às onze horas da noite. Por uma fatalidade ligada a seu destino, e que parecia estar zombando de toda a prudência humana, o curto intervalo de tempo em que ela sobreviveu ao sr.

---

* Presidente de um Tribunal de Justiça, tal como o marido da senhora de Tourvel. (N.T.)

de Valmont foi suficiente para que ficasse sabendo de sua morte; e, como ela mesma disse, só pôde sucumbir ao peso de seus males depois que a taça do infortúnio com eles transbordou.

Com efeito, a senhora já soube que, havia oito dias, ela estava inteiramente sem consciência; ainda ontem pela manhã, quando seu médico chegou e nos aproximamos de seu leito, não nos reconheceu, nem a mim, nem a ele; não pudemos conseguir dela uma só palavra nem um mero sinal. Pois bem! Mal tínhamos voltado à lareira, ao pé da qual o médico começava a relatar-me o triste acontecimento que levara à morte do sr. de Valmont, quando aquela mulher desafortunada recobrou toda a sua consciência, seja porque a própria natureza produziu essa mudança, seja porque foi causada por estas palavras, algumas vezes repetidas pelo médico, *sr. de Valmont* e *morte,* as quais, com certeza, lembraram à enferma as únicas ideias que fazia muito lhe passavam pela cabeça.

Seja como for, ela abriu as cortinas de seu leito precipitadamente, gritando: "O quê? O que o sr. está dizendo? O sr. de Valmont morreu?". Tentei fazer-lhe crer que se enganara e, inicialmente, garanti-lhe que havia entendido errado; mas, longe de deixar-se persuadir por minhas palavras, exigiu que o médico recomeçasse seu cruel relato. Quando tentei outra vez dissuadi-la, chamou-me e me disse com voz baixa: "Por que querer enganar-me? Já não estava ele morto para mim?". Então, tive de ceder.

A princípio, nossa infeliz amiga escutava com um ar bastante tranquilo, mas, logo depois, interrompeu a narração, dizendo: "Basta, isto já basta para mim". Pediu que fechassem logo as cortinas do leito e, quando em seguida o médico quis ministrar-lhe os cuidados que seu estado requeria, não permitiu sequer que se aproximasse dela.

Logo depois que ele saiu, do mesmo modo pediu que sua enfermeira e sua camareira se retirassem. Quando ficamos a sós, pediu-me que a ajudasse a pôr-se de joelhos sobre o leito e a equilibrar-se. Nessa postura, permaneceu alguns instantes em silêncio e sem outra expressão que não a das lágrimas que corriam abundantemente. Enfim, juntando as mãos e levantando-as aos céus, disse com um voz fraca, mas ardorosa: "Deus Todo-Poderoso, submeto-me à Vossa justiça, mas perdoai Valmont.

Que meu infortúnio, que reconheço ter merecido, não seja razão para que ele venha a ser punido, e abençoarei Vossa misericórdia!". Permiti-me, minha querida e digna amiga, entrar nestes detalhes sobre um tema que, sinto, vai renovar e agravar suas dores, porque não duvido poder esse pedido a Deus da sra. de Tourvel trazer um grande consolo para sua alma, senhora.

Após ter nossa amiga proferido estas poucas palavras, deixou-se cair em meus braços; mal havia se reacomodado em seu leito quando desmaiou por muito tempo, mas pôde ser reanimada pelos métodos usuais. Depois de haver recuperado a consciência, pediu-me que mandasse chamar o Padre Anselme, acrescentando: "Agora, é ele o único médico de que necessito; sinto que meus males logo vão terminar". Queixou-se muito de falta de ar e falava com dificuldade.

Pouco tempo depois, mandou sua camareira entregar-me uma pequena caixa, que lhe envio e que, disse-me, continha papéis dela; pediu-me que fosse entregue à senhora imediatamente após sua morte.* Em seguida, falou-me sobre a senhora e sua amizade por ela, por tanto tempo quanto sua situação lhe permitia, mas com muita ternura.

O Padre Anselme chegou por volta das quatro horas e ficou sozinho quase uma hora a seu lado. Quando nos retiramos, a fisionomia da enferma estava calma e serena, mas era fácil ver que o Padre Anselme tinha chorado muito. Ficou para ministrar-lhe os últimos ritos da Igreja. Esta cena, sempre tão impactante e dolorosa, tornava-se ainda mais pelo contraste entre a tranquila resignação da doente e a dor profunda de seu venerável confessor, que se esvaía em lágrimas a seu lado. A comoção foi geral; e essa pessoa, que todos choravam, foi a única que deixou de chorar.

Passou-se o resto do dia com as orações habituais, que só eram interrompidas pelos frequentes desmaios da enferma. Finalmente, pelas onze horas da noite, ela pareceu estar sofrendo muito pela falta de ar mais intensa ainda. Quando eu procurava seu pulso, ainda teve forças para segurar minha mão e colocá-la sobre seu coração. Não senti mais seus batimentos e, de fato, nossa infeliz amiga expirou neste exato momento.

---

* Esta caixa continha todas as cartas relativas à sua aventura com o sr. de Valmont. (N.A.)

A senhora se recorda, minha querida amiga, de que em sua última visita a Paris, há menos de um ano, quando conversávamos juntas sobre algumas pessoas cuja felicidade nos parecia mais ou menos assegurada, falamos longamente, com prazer, sobre o boa sina dessa mesma mulher de quem hoje pranteamos não apenas o infortúnio, mas também a morte? Tantas virtudes, tantas qualidades louváveis, tantos dons, um caráter tão doce, um trato tão fácil, um marido que ela amava e por quem era adorada, numerosos amigos, de quem ela tanto gostava e dos quais era a mais querida, beleza, juventude, fortuna, tantas vantagens reunidas, as quais, no entanto, foram perdidas por um única imprudência! Ó, Santa Providência! Não há dúvida de que devemos reverenciar Vossos segredos, mas como nos são inescrutáveis! Paro de escrever agora, pois temo estar aumentando sua tristeza ao entregar-me à minha.

Deixo-a, pois, para ir ao quarto de minha filha, que está um tanto indisposta. Quando soube por mim, nesta manhã, da morte tão súbita de duas pessoas de seu conhecimento, sentiu-se mal, o que me fez acamá-la. Contudo, espero que este leve desconforto não tenha maiores consequências. Na sua idade, ainda não estamos habituados a tanta mágoa, e seu efeito é mais vívido e intenso. Esta grande sensibilidade é, sem dúvida, uma qualidade louvável; mas tudo o que temos visto ultimamente é uma advertência para que a temamos! Adeus, minha querida e digna amiga.

Paris, 9 de dezembro de 17**.

CARTA 166

Do senhor Bertrand para a sra. de Rosemonde

Seguindo as ordens que a senhora me deu a honra de transmitir, tive a de encontrar o senhor Presidente de..., quando lhe mostrei sua carta, prevenindo-o de que, de acordo com seus desejos, não faria nada sem antes aconselhar-me com ele. Esse respeitável magistrado encarregou-me de considerar com a senhora que a queixa que tenciona registrar contra o senhor Cavaleiro Danceny também comprometeria a memória do senhor seu sobrinho e que sua honra seria necessariamente manchada por qualquer decisão da Corte de Justiça, o que, sem dúvida, seria um grande malefício. Por isso, sua opinião é que seria melhor abster-se de qualquer iniciativa e que, se fosse imprescindível agir judicialmente, seria, ao contrário, para tentar impedir que o Ministério Público tomasse conhecimento dessa infeliz aventura, que já suscitou grande escândalo.

Estas observações me pareceram plenas de sabedoria, e fico à espera de novas ordens de sua parte.

Permita-me rogar-lhe, senhora, que, ao enviar-me essas novas ordens, queira remeter-me também uma palavra sobre seu estado de saúde, que me preocupa extremamente pelos efeitos que poderiam ter essas mágoas tão intensas. Espero que a senhora me perdoe esta impertinência em nome de minha fidelidade e zelo.

Com respeito, senhora, sou seu etc.

Paris, 10 de dezembro de 17**.

CARTA 167
Anônima*, ao Cavaleiro Danceny

SENHOR,

Tenho a honra de adverti-lo de que, na manhã de hoje, na Corte de Justiça, foi discutido pelos senhores Ministros de sua Majestade o recente caso ocorrido entre o senhor e o senhor Visconde de Valmont e de que deveria temer a abertura pelo Ministério Público de um inquérito a respeito. Considerei que este aviso poderia ser-lhe útil, seja para que o senhor faça agirem seus protetores na Corte de Justiça, com vistas a que impeçam consequências perniciosas, seja para que, caso não tenha meios de conseguir este desfecho, o senhor se mude para um lugar onde esteja a salvo.

Se o senhor me permitir um conselho, creio que agiria bem se, durante algum tempo, aparecesse em público muito menos do que tem feito nesses últimos dias. Embora geralmente exista grande tolerância para com este tipo de assunto, devemos sempre respeitar as leis.

Esta precaução torna-se tanto mais necessária quanto

---

* Pelo estilo, costuma-se considerar que esta carta foi escrita pelo senhor Bertrand, que estaria, assim, cumprindo as últimas ordens de Valmont sobre como tratar Danceny. (N.T.)

chegou a meus ouvidos que uma certa sra. de Rosemonde, que me disseram ser tia do senhor de Valmont, estava querendo registrar uma queixa contra o senhor na Corte de Justiça e que, neste caso, o Promotor Público não poderia recusar-se a seguir adiante. Talvez fosse oportuno que o sr. apresentasse suas razões a essa dama.

Motivos de ordem pessoal me impedem de assinar esta carta. Mas estou certo de que, apesar de não saber de quem ela se origina pelo menos, o senhor fará justiça aos sentimentos que a inspiraram.

Tenho a honra de ser etc.

Paris, 10 de dezembro de 17**.

CARTA 168

DA SRA. DE VOLANGES PARA A SRA. DE ROSEMONDE

Difundem-se aqui, minha querida e digna amiga, a respeito da sra. de Merteuil, boatos deveras surpreendentes e malignos. Como não poderia deixar de ser, estou longe de acreditar neles e aposto que tudo não passa de uma horrorosa calúnia. Contudo, mas estou demasiado consciente de como essas invenções maldosas, mesmo as menos verossímeis, são facilmente aceitas por todos e de como o impacto que causam só pode ser contraposto com dificuldade, para que não me sinta muito preocupada com os rumores que ora correm, por mais fácil, imagino, que seja destruí-los. Sobretudo, gostaria que fossem detidos o mais cedo possível, antes que se espalhem ainda mais. Mas somente ontem, tarde demais, tomei conhecimento desses horrores que apenas começavam a circular de boca em boca; e, quando na manhã de hoje mandei um criado à casa da sra. de Merteuil, ela acabara de partir para o campo, onde deverá passar dois dias. Não puderam dizer-me para a casa de quem foi ela. Sua camareira auxiliar, a quem pedi que viesse falar comigo, disse-me que sua senhora lhe havia apenas instruído que a esperassem na próxima quinta-feira, e os outros criados que ficaram em Paris também não sabiam nada além disso. Eu mesma não tenho ideia de onde ela possa estar; não me lembro de ninguém de seu conhecimento que permaneça no campo até tão tarde.

Seja como for, antes que ela retorne a Paris, espero conseguir esclarecimentos que possam lhe ser úteis, pois fundamentam esses odiosos boatos nas circunstâncias da morte do sr. de Valmont, os quais a senhora já sabe se são verdadeiras, ou pode descobrir, favor que lhe peço. Segue abaixo o que está sendo divulgado, ou melhor, o que se murmura à boca pequena, mas que, com toda a certeza, será logo totalmente elucidado.

Conta-se, pois, que a desavença que sobreveio entre o sr. de Valmont e o Cavaleiro Danceny foi obra da sra. de Merteuil, que enganava os dois ao mesmo tempo; que, como quase sempre acontece, os dois rivais começaram por duelar, mas, depois do confronto, tudo foi esclarecido entre ambos; que esses esclarecimentos resultaram numa sincera reconciliação; e, finalmente, para que o Cavaleiro Danceny pudesse conhecer, de fato, como era a sra. de Merteuil e também para justificar seu comportamento totalmente, que o sr. de Valmont adicionou a suas últimas palavras uma imensa quantidade de cartas, parte de uma correspondência regular que mantinha com ela, e na qual ela relata sobre si, num estilo mais que libertino, as mais escandalosas aventuras.

Acrescenta-se que Danceny, em sua primeira e indignada reação, mostrou essas cartas aos que queriam vê-las e que agora, elas percorrem toda a Paris. Citam-se particularmente duas*: uma em que ela conta a história de sua vida e mostra quais são seus princípios, e da qual se diz que é o cúmulo da indecência; e a outra, que justifica inteiramente o comportamento do sr. de Prévan (de cuja história a senhora se lembra), pela prova que apresenta, ao contrário do que se imaginava, de ter ele cedido aos avanços mais ousados da sra. de Merteuil e que o encontro fora com ela combinado.

Felizmente, tenho razões fortíssimas para crer que essas imputações são tão falsas quanto odiosas. Em primeiro lugar, sabemos as duas que o sr. de Valmont nunca teve absolutamente nenhum envolvimento com a sra. de Merteuil, e estou convencida de que tampouco Danceny tinha qualquer coisa com ela. Desse modo, parece-me comprovado que ela não pode ter sido nem o objeto, nem a autora da desavença. Tampouco posso compreender que interesse a sra. de Merteuil, que

---

* Cartas 81 e 85 desta coletânea. (N.A.)

se supõe haver-se previamente entendido com o sr. de Prévan, poderia ter em fazer uma cena que, pelo escândalo que causou, só poderia ser-lhe nociva, já que teria, com isso, um inimigo irreconciliável, que se tornava conhecedor de uma grande parte de seus segredos, inimigo que, ademais, na época da aventura tinha um grande número de pessoas que o defenderiam. No entanto, deve ser notado que, depois do que ocorreu, nenhuma voz levantou-se em favor de Prévan e que, mesmo de sua parte, nenhuma queixa foi expressa.

Estas considerações me levam a tê-lo como o autor dos boatos que estão correndo agora e a classificar essas calúnias como obra do ódio e da vingança de um homem que, vendo-se perdido, espera com esses meios espalhar dúvidas e, talvez, provocar uma diversão útil. Mas, de quem quer que seja que venham essas maldades, o mais urgente é destruí-las. Cairiam por si mesmas, se fosse verificado, como é verossímil, que os senhores de Valmont e Danceny não se falaram depois daquele infeliz encontro e que não houve nenhuma entrega de papéis.

Na minha impaciência de verificar estes fatos, hoje de manhã mandei alguém à casa de Danceny, mas também ele não está em Paris. Seus criados disseram aos meus que ele tinha partido de noite, depois de uma advertência que recebera ontem, e que o lugar onde estava era segredo. Aparentemente, está temendo as consequências do duelo. Por conseguinte, é apenas pela senhora, minha querida e digna amiga, que poderei ter os detalhes que me interessam e que poderiam tornar-se muito necessários para a sra. de Merteuil. Renovo-lhe meu pedido de fazer com que cheguem até mim o mais rápido possível.

P.S.: A indisposição de minha filha não teve nenhum desdobramento; ela lhe envia seu respeito.

Paris, 11 de dezembro de 17**.

CARTA 169

Do Cavaleiro Danceny para a sra. de Rosemonde

SENHORA,

Talvez considere muito estranha esta iniciativa que agora tomo, mas rogo-lhe que me escute, antes de julgar-me, e que não veja nem impertinência, nem audácia onde apenas há respeito e confiança. Não diminuirei os males que lhe causei e não me perdoaria por eles, durante toda a minha vida, se pudesse pensar, um só instante, que me teria sido possível evitá-los. Pode ficar totalmente convencida, minha senhora, de que, por considerar-me eu isento de culpa, isso não quer dizer que não me sinta arrependido; ademais, posso acrescentar, com sinceridade, que os males que lhe causei estão entre os que mais me deixam com remorso. Para que creia nesses sentimentos dos quais ouso assegurá-la, bastaria que a senhora mesma fizesse justiça e soubesse que, apesar de não ter a honra de ser seu conhecido, eu, ao contrário, tenho a de conhecê-la.

No entanto, quando lamentava a fatalidade que causou, ao mesmo tempo, sua tristeza e sua infelicidade, alguém quis apavorar-me dizendo que, totalmente dedicada à vingança, a senhora estava procurando o modo de perpetrá-la, recorrendo inclusive ao rigor da lei.

Inicialmente, permita-me observar que, quanto ao que ocorreu, a senhora está sendo mal-orientada por seu sofrimento, pois meu interesse nesse assunto está intrinsecamente ligado ao do sr. de Valmont, já que ele próprio seria incluído na condenação que a senhora estaria querendo promover contra mim. Por isso, ao contrário, creio poder esperar, sim, que venham de sua pessoa, sra. de Rosemonde, auxílios, e não obstáculos, quanto aos cuidados que eu seria obrigado a tomar para que aquele fato infeliz fosse tragado pelo esquecimento.

Mas o recurso a essa cumplicidade, que convém igualmente ao culpado e ao inocente, não poderia satisfazer meus escrúpulos; desejando que não venha acusar-me em juízo, eu a instituo agora como meu juiz. A estima das pessoas que respeitamos é demasiado preciosa para que deixe que me roubem a sua sem defendê-la: creio que tenho meios para tanto.

Com efeito, se a senhora admitir que a vingança é adequada, ou melhor, que somos obrigados a ela recorrer quando fomos traídos em nosso amor, em nossa amizade e, principalmente, em nossa confiança, se a senhora admitir isso, meus erros desaparecerão diante de seus olhos. Para que aceite tal verdade, não precisa acreditar em minhas palavras, mas leia, se tiver a coragem, a correspondência que coloco em suas mãos*. A quantidade de cartas originais nela contida parece tornar autênticas as que se encontram apenas copiadas. Ademais, recebi estes papéis, exatamente no estado em que tenho a honra de remetê-los à senhora, do próprio sr. de Valmont. Não adicionei nada, apenas retirei duas cartas que me permiti mandar imprimir e divulgar.

A publicação de uma era necessária à vingança comum a mim e ao sr. de Valmont, à qual ambos tínhamos direito e da qual ele expressamente me encarregou. Além disso, pensei que seria prestar um serviço à sociedade desmascarar uma mulher tão perigosa quanto a sra. de Merteuil, que, como a senhora poderá ver, é a única, a verdadeira causa de tudo o que aconteceu entre mim e o sr. de Valmont.

Meu sentimento de justiça levou-me a publicar também a segunda carta para justificar o comportamento do sr. de Prévan, que mal conheço, mas que de modo algum mereceu nem o rigoroso tratamento de que foi objeto faz pouco tempo, nem a severidade do julgamento da opinião pública, esta mais temível ainda, severidade que continua a sofrer, desde o incidente com a marquesa, sem ter podido defender-se.

Assim, a senhora encontrará apenas a cópia dessas duas cartas, cujos originais devo guardar comigo. Quanto a todas as demais, creio não poder entregar em mãos mais seguras essa coletânea, a qual me convém, talvez, que não seja destruída, mas que me envergonharia se eu viesse tirar proveito dela. Creio, minha senhora, que, ao confiar-lhe estes papéis, estou cuidando tão bem do interesse das pessoas a que eles se referem como se os tivesse entregue a elas próprias; ademais, com isto poupo-lhes o constrangimento de recebê-los de mim e de me saberem informando de aventuras que, sem dúvida, desejam que todo mundo ignore.

A esse respeito, penso que devo preveni-la de que a correspondência que lhe remeto em anexo é apenas parte de uma coleção bem mais volumosa que a selecionada em minha

---

* A partir desta correspondência, da que também foi entregue após a morte da sra. de Tourvel e das cartas igualmente confiadas à sra. de Rosemonde pela sra. de Volanges é que foi formada a presente coletânea, cujos originais permanecem em mãos dos herdeiros da sra. de Rosemonde. (N.A.)

presença e que a senhora deverá encontrar, quando os selos forem retirados, sob o título, que vi, de *Conta corrente entre a Marquesa de Merteuil e o Visconde de Valmont*. Em relação ao assunto, a senhora tomará a decisão que sua prudência lhe aconselhar.

Com respeito, minha senhora, sou etc.

P.S.: Algumas advertências que recebi e conselhos de amigos decidiram-me a ausentar-me de Paris por algum tempo, mas o lugar de meu retiro, mantido em segredo para todo mundo, não o será para a senhora. Se honrar-me com uma resposta, rogo-lhe dirigi-la ao Comando de..., em P..., aos cuidados do sr. Comandante de... . É de sua casa que tenho a honra de escrever-lhe.

Paris, 12 de dezembro de 17**.

CARTA 170
DA SRA. DE VOLANGES PARA A SRA. DE ROSEMONDE

Tenho ido, minha querida amiga, de surpresa em surpresa e de mágoa em mágoa. É preciso ser mãe para ter ideia do que sofri ontem, durante toda a manhã; e, se minhas cruéis inquietações se acalmaram depois, ainda me resta uma viva aflição, cujo fim não consigo prever.

Ontem, pelas dez horas da manhã, surpresa por ainda não ter visto minha filha, mandei a camareira saber o que poderia ter ocasionado esse atraso. Um instante depois, voltou ela muito atemorizada, e atemorizou-me ainda mais do que estava ao informar-me de que minha filha não se encontrava em seus aposentos e de que, desde aquela manhã, sua camareira não a tinha visto lá. Imagine como fiquei! Mandei que toda a criadagem viesse ver-me, principalmente o porteiro: todos me juraram nada saber e nada poder informar sobre o que acontecera. Imediatamente fui ao quarto de minha filha. A desordem que lá reinava mostrou-me que, aparentemente, ela havia saído naquela mesma manhã; mas, além disso, não consegui encontrar nada que me desse maiores esclarecimentos. Inspecionei os armários e a escrivaninha, mas encontrei tudo em seu lugar, assim como todas as suas roupas, exceto as com que saíra. Ela nem mesmo levou consigo a pequena soma de dinheiro que sempre guarda em seu quarto.

Como ela soubera apenas ontem tudo o que se conta sobre a sra. de Merteuil, a quem se sente fortemente ligada, a ponto de nada fazer durante toda a noite de ontem senão chorar por causa das notícias sobre sua amiga, e como também lembrei-me de que ela não sabia que a sra. de Merteuil partira para o campo, minha primeira ideia foi que teria querido ir ver a amiga e que tinha feito a loucura de ir sozinha. Mas o tempo que passou sem que retornasse fez com que voltassem minhas inquietações. A cada momento aumentava meu sofrimento; desejando ardentemente saber seu paradeiro, não ousava, contudo, pedir nenhuma informação, por medo de chamar atenção para uma iniciativa de minha filha que, talvez, eu desejasse esconder de todo mundo. Não, nunca sofri tanto em toda a minha vida!

Enfim, apenas depois das duas horas foi que recebi uma carta sua e outra da Madre Superiora do Convento de... A de minha filha dizia apenas que ela havia temido que eu me opusesse à sua vocação de ser religiosa e que não ousara falar-me a respeito; o resto foram apenas desculpas por ter tomado essa decisão sem minha permissão, decisão que eu, com certeza, não desaprovaria, acrescentou, se conhecesse seus motivos, os quais, contudo, ela me suplicou que não lhe perguntasse.

A Madre Superiora informou-me de que, tendo visto chegar uma jovem sozinha, a princípio recusou-se a recebê-la; mas que, ao interrogá-la e tendo tomado conhecimento de quem era, pensou que me estaria prestando um serviço, se inicialmente desse asilo à minha filha para não expô-la a novas andanças, o que parecia estar determinada a fazer. A Madre Superiora – assegurando-me, naturalmente, de que mandaria minha filha de volta se eu assim quisesse –, de acordo com sua obrigação religiosa, aconselhou-me a que não me opusesse a uma vocação que considerava perfeitamente autêntica; disse-me, ainda, que não pudera informar-me antes sobre o que acontecera pelo trabalho que tivera em convencer minha filha a escrever-me, cujo plano era que todo mundo ignorasse para onde se havia retirado. Como são cruéis os atos tresloucados de nossos filhos!

Imediatamente fui ao convento; depois de ter encontrado a Madre Superiora, pedi-lhe para ver minha filha; esta só veio ver-me depois de muito trabalho, tremendo dos pés à cabeça. Falei com ela na presença das religiosas e depois a sós; tudo o que consegui saber dela, entre muitas lágrimas, foi que só poderia sentir-se feliz no convento; decidi permitir-lhe que lá permanecesse, mas sem que fosse incluída entre as postulantes ao noviciado, tal como ela queria. Temo que a morte da sra. de Tourvel e a do sr. de Valmont tenham afetado, em muito, sua mente imatura. Por mais respeito que tenha pela vocação religiosa, não veria, sem dificuldades ou mesmo sem temor, minha filha abraçar esse estado. Parece-me que já temos suficientes deveres a cumprir para que procuremos assumir outros. Além disto, nessa idade quase nunca sabemos o que nos convém.

O que redobra meu constrangimento é a iminente volta a Paris do sr. de Gercourt: será preciso desmanchar esse casamento tão vantajoso? Como, então, possibilitar a felicidade de nossos filhos, se não basta ter o desejo de fazê-lo e dedicar-se inteiramente a isso? Ficar-lhe-ia muito grata se me dissesse o que faria em meu lugar; não consigo decidir-me a esse respeito; não considero nada tão perturbador quanto ter de decidir o destino dos outros e temo igualmente agir nesta situação seja com a severidade de um juiz, seja com a fraqueza de uma mãe.

Critico-me severamente por estar aumentando sua tristeza ao falar-lhe da minha, mas conheço seu coração: o consolo que proporciona aos outros é o maior que a senhora costuma encontrar para si própria.

Adeus, minha querida e digna amiga; espero sua resposta a minhas duas perguntas com impaciência.

Paris, 13 de dezembro de 17**.

CARTA 171

Da sra. de Rosemonde para o Cavaleiro Danceny

Depois do que trouxe a meu conhecimento, senhor, só me resta chorar e calar. Lamentemos estar ainda vivos por inteirar-nos de tamanhos horrores; coramos por ser mulher quando vemos uma delas ser capaz de tantos excessos.

Quanto ao que me concerne, com muito boa vontade aceitarei cobrir de silêncio e deixar cair no esquecimento tudo o que puder relacionar-se com estes tristes acontecimentos. Desejo até que não lhe causem mais dores que as necessariamente ligadas à infeliz vitória que conseguiu sobre meu sobrinho. Apesar de seus erros, os quais sou obrigada a reconhecer, sinto que nunca vou consolar-me de sua perda; minha aflição eterna será a única vingança que me permitirei ter contra o senhor; cabe a seu coração determinar quão profunda essa minha vingança poderá ser.

Se permitir à minha idade uma consideração que quase não se faz na sua, que, se soubéssemos com clareza o que nos faz realmente felizes, nunca o procuraríamos fora dos limites prescritos pela Lei e pela Religião.

Poder estar certo de que guardarei, com extremo cuidado, as cartas que me confiou; mas peço sua autorização para não entregá-las a ninguém, nem mesmo ao senhor, a menos que se torne necessário fazê-lo para justificar seu comportamento. Ouso crer que não me recusará este pedido e que não deixe de sentir que quase sempre nos arrependemos depois de nos entregarmos até mesmo à vingança mais justificável.

Não me deterei nos pedidos que lhe faço, convencida que estou de sua generosidade e decência; seria digno de ambas que também colocasse em minhas mãos as cartas da senhorita de Volanges, que aparentemente o senhor ainda conserva e que, sem dúvida, não mais lhe são importantes. Sei que essa jovem cometeu erros muito graves para com sua pessoa, mas penso que o senhor nem sequer considera a possibilidade de puni-la por isso. Ademais, não fosse apenas pelo respeito que deve a si próprio, o senhor não aviltaria um ser que tanto amou. Por isso, não preciso acrescentar que a consideração que essa menina não merece é, sim, devida à sua mãe, essa mulher honrada, a quem o senhor não deixa de dever grandes reparações, porque, afinal de contas, por mais que procuremos nos iludir com uma pretensa sensibilidade emocional, quem primeiro tentou seduzir um coração ainda puro e simples se torna, por isso mesmo, o primeiro agente de sua corrupção e deve ser para sempre considerado responsável pelos excessos e pela perdição que dela resultaram.

Não se surpreenda, senhor, com tanta severidade de minha parte: é a prova mais cabal que poderia dar-lhe de minha perfeita estima. O senhor adquirirá direitos a ela ainda maiores se contribuir, como desejo, para que se mantenha um segredo cuja divulgação o prejudicaria a si mesmo e levaria à morte um coração materno que já foi ferido por sua pessoa. Seja como for, cavaleiro, queria prestar este favor à minha amiga; se me fosse possível temer que o senhor me recusaria este consolo, pediria que considerasse, antes, que é o único que me deixou.

Tenho a honra de ser etc.

Do Castelo de..., 15 de dezembro de 17**.

CARTA 172

Da sra. de Rosemonde para a sra. de Volanges

Se tivesse sido obrigada, minha querida amiga, a mandar vir ou esperar de Paris os esclarecimentos que me pediu relativos à sra. de Merteuil, ser-me-ia impossível dá-los neste momento. Além disso, é certo que só teria recebido notícias vagas e incertas; contudo, chegaram-me alguns esclarecimentos que não estava esperando e que não havia por que esperar; e são eles absolutamente verdadeiros. Ó, minha amiga, como essa mulher a enganou!

Repugna-me dar-lhe detalhes sobre esta montanha de horrores; porém, esteja certa de que o que quer que possa ouvir sobre isso estará ainda bem abaixo da verdade. Espero, minha querida amiga, que me conheça o suficiente para crer em minhas palavras e não exigir de mim nenhuma prova. Que lhe seja suficiente saber que existe uma multidão delas e que as tenho em minhas mãos neste momento.

Não é sem extrema dor que lhe faço o mesmo pedido de não obrigar-me a fundamentar o conselho que me pediu sobre a senhorita de Volanges. Tomo a liberdade de aconselhá-la a não se opor à vocação que ela demonstra. Com toda a certeza, nenhuma razão deve autorizar-nos a forçar que alguém assuma esses votos, quando não se foi chamado a fazê-lo; contudo, por vezes, é uma grande felicidade quando esse chamamento ocorre. Além disso, a senhora bem viu que sua filha lhe disse que a senhora não desaprovaria suas intenções, caso conhecesse seus motivos. Ele, que inspira nossos sentimentos, sabe melhor do que nossa vã sabedoria o que convém a cada um de nós e, frequentemente, o que nos parece um ato de severidade, ao contrario, é prova de Sua clemência.

Enfim, meu conselho, que sinto que a deixará aflita e que, por isso mesmo, a senhora deve crer que só o estou dando depois de ter refletido muito, é que deixe a senhorita de Volanges no convento, pois esta é a decisão que escolheu; que a senhora encoraje, sem contrariar, os planos que ela tem para si; e que, à espera de sua execução, a senhora não hesite em desmanchar o casamento que tinha combinado.

Depois de ter cumprido este penoso dever imposto pela amizade, e na impotência em que me encontro de indicar-lhe qualquer consolo, o favor que me resta pedir-lhe, minha querida amiga, é de não mais interrogar-me sobre nada que se relacione a estes tristes acontecimentos: deixemo-los no esquecimento que lhes convém. Finalmente, sem procurar inúteis e aflitivos esclarecimentos, submetamo-nos aos decretos da Providência e creiamos na sabedoria de Seus desígnios, mesmo quando não nos permite compreendê-los. Adeus, amiga querida.

Do Castelo de..., 15 de dezembro de 17**.

CARTA 173

Da sra. de Volanges para a sra. de Rosemonde

Oh, minha amiga! Com que véu apavorante a senhora cobriu o destino de minha filha! Tanto que parecia temer que eu tentasse levantá-lo! O que, então, me esconde ele que poderia afligir ainda mais o coração de uma mãe que as horrorosas suspeitas nas quais a senhora me deixou? Quanto mais me dou conta de sua amizade sincera e de sua compreensão sem limites, mais meus tormentos se multiplicam. Desde ontem, mil vezes quis livrar-me dessas incertezas cruéis e pedir-lhe que me informasse de tudo, sem cuidados e sem subterfúgios; mas, todas as vezes, tremi de medo ao pensar no pedido que a senhora me fez de não perguntar-lhe nada. Finalmente, tomei uma decisão que ainda me deixa alguma esperança e conto com sua amizade para que a senhora não me recuse o que desejo: é que me responda se algo compreendi do que a senhora teria a dizer-me e que não tema informar-me de tudo o que a compreensão possa abarcar e que não seja impossível corrigir. Se meus males excederem tais limites, então aceitarei que a senhora se explique apenas com seu silêncio. Abaixo, narro-lhe, então, o que já soube e até onde poderão chegar meus temores.

Minha filha demonstrou estar bastante satisfeita com o senhor Danceny e fui informada de que chegara ao ponto de receber cartas dele e, até mesmo, de respondê-las; contudo, pensava ter conseguido impedir que esse erro de menina tivesse consequências desastrosas. Hoje, que tudo temo, reconheço que minha vigilância possivelmente tenha sido contornada e receio que minha filha, seduzida, tenha chegado ao cúmulo da perdição.

Recordo-me, além disso, de várias circunstâncias que poderiam fortalecer esta suspeita. Já tive oportunidade de informá-la que minha filha se sentiu muito mal ao receber a notícia da morte do sr. de Valmont; talvez sua sensibilidade a esse fato tivesse como única razão a ideia dos riscos que o senhor Danceny correra no duelo. Quando, depois, chorou copiosamente ao saber de tudo o que se estava dizendo sobre a sra. de Merteuil, talvez o que pensei ser a dor da amizade não passasse do efeito do ciúmes ou da mágoa por ter sabido que seu amado lhe era infiel. Sua última iniciativa, parece-me, também pode ser explicada pelo mesmo motivo. Muitas vezes, sentimo-nos chamados por Deus, quando apenas estamos revoltados com os homens. Enfim, supondo que estes fatos sejam verdadeiros e que a senhora esteja informada a respeito deles, com certeza poderia tê-los considerado suficientes para fundamentar o rigoroso conselho que me deu.

Contudo, se for assim, mesmo reconhecendo a culpa de minha filha, penso dever a ela tentar ainda todos os meios para salvá-la dos tormentos e dos perigos de uma vocação ilusória ou passageira. Se o senhor Danceny ainda não perdeu todos os sentimentos de honradez, não se recusará a corrigir um erro do qual é o único autor, ou seja, sinto-me autorizada a crer que seu casamento com minha filha é suficientemente vantajoso para que possa sentir-se lisonjeado, bem como sua família.

Estava por terminar esta carta, quando um cavalheiro de meu conhecimento veio visitar-me e contou-me a cena cruel que a sra. de Merteuil teve de suportar antes de ontem. Como não vi ninguém nos últimos dias, nada soubera a respeito desse acontecimento. Abaixo, segue o relato tal como me narrou essa testemunha ocular.

A sra. de Merteuil, ao voltar do campo anteontem, quinta-feira, foi à Ópera Italiana, onde tinha um camarote; estava só e, o que deve ter-lhe parecido extraordinário, nenhum homem foi até lá cumprimentá-la durante todo o espetáculo. Na saída, segundo seu costume, entrou no salão menor, que já estava cheio de gente; num segundo, levantou-se um forte rumor, do qual, contudo, ela aparentemente não pensava estar sendo a causa. Percebeu um lugar livre numa das banquetas e se sentou; mas, em seguida, todas a mulheres que ali estavam levantaram-se, como de comum acordo, e deixaram-na totalmente só. Este gesto de acentuada indignação geral foi aplaudido por todos os homens e fez multiplicarem-se os murmúrios, os quais, disseram, chegaram até as vaias.

Para que nada faltasse à sua humilhação, sua má sorte quis que o sr. de Prévan, que não havia aparecido em parte alguma desde aquela aventura, entrasse no salão menor naquele preciso momento. Logo que sua presença foi notada, homens e mulheres circundaram-no e aplaudiram-no; desse modo, por assim dizer, viu-se ele levado até diante da sra. de Merteuil pelo público, que fazia uma roda em torno dos dois. Garantiram-me que, durante todo o tempo, ela manteve um ar de como se nada estivesse vendo ou escutando e que sequer alterou a expressão do rosto! Mas acho que isso deve ser exagero. Seja como for, essa situação, realmente ignominiosa para ela, durou até o momento em que anunciaram a chegada de sua carruagem; quando partia, as vaias desaforadas aumentaram mais ainda. É horrível saber-me parenta dessa mulher. O sr. de Prévan, naquela mesma noite, foi calorosamente saudado por todos os oficiais de seu regimento que se encontravam na Ópera, e ninguém duvida de que seu cargo e seu posto lhe serão restituídos.

A mesma pessoa que me deu estas informações disse-me que, na noite seguinte, a sra. de Merteuil foi presa de uma febre muito forte, a qual inicialmente pensaram ter sido resultado da agressividade a que fora exposta; mas, desde ontem à noite, sabe-se que foi uma varíola confluente* que se manifestou de modo extremamente destruidor. Na verdade, acho que seria para ela uma grande felicidade se viesse a morrer dessa doença. Diz-se, ainda, que toda essa aventura prejudicará muito o processo judicial de seu interesse, que está prestes a ser julgado e no qual, é opinião geral, ela precisará de todo o apoio possível para ter sucesso.

Adeus, minha querida amiga. No presente caso, vejo os maus serem punidos, mas não encontro nisso nenhum consolo para suas infelizes vítimas.

Paris, 18 de dezembro de 17**.

CARTA 174

DO CAVALEIRO DANCENY PARA A SRA. DE ROSEMONDE

Tinha razão, senhora: certamente não vou recusar-lhe nada que dependa de mim ou a que pareça atribuir qualquer importância. O pacote que tenho a honra de enviar-lhe contém todas as cartas da srta. de Volanges. Se as ler, talvez não deixe de ver, com espanto, como se pode reunir tanta ingenuidade e tanta perfídia ao mesmo tempo. Pelo menos, foi isso o que mais me impressionou na última leitura que fiz dessas cartas.

Mas, principalmente, poderíamos evitar sermos tomados pela mais viva indignação contra a sra. de Merteuil, quando constatamos com que horrível prazer colocou todo o seu empenho em abusar de tanta inocência e tanta candura?

Meu amor morreu. Não conservo nada de um sentimento tão indignamente traído; e não é ele que me leva a tentar justificar o comportamento da srta. de Volanges. Mas aquele coração simples e aquele caráter tão meigo e tão fácil não seriam levados mais facilmente ainda ao bem do que foram conduzidos ao mal? Que jovem, tendo acabado de sair de um convento, sem experiência e quase sem informações sobre a vida, e tendo, para enfrentar o mundo, como quase sempre

---

* Tipo de varíola em que as feridas se unem umas às outras, recobrindo a pele inteira. (N.T.)

costuma acontecer em tais casos, apenas sua ignorância tanto do bem como do mal, que jovem, dizia eu, poderia ter esboçado, nessas condições, maior resistência contra artifícios tão diabólicos? Ah! Para ser indulgente em relação a tudo o que ocorreu basta que pensemos quanto dependem de circunstâncias alheias à nossa vontade a terrível opção entre a decência dos sentimentos e a depravação deles. Por isso, estará julgando-me corretamente, senhora, se pensar que os erros contra mim da srta. de Volanges, que senti muito intensamente, não me inspiram nenhuma ideia de vingança. Já é o suficiente ter sido obrigado a deixar de amá-la! Custar-me-ia ainda mais ter de odiá-la.

Não precisei sequer refletir para desejar que tudo o que se refere a ela ou que possa prejudicá-la fique para sempre ignorado por todos. Como dei a impressão de querer adiar, por algum tempo, o cumprimento de seu desejo nesse sentido, creio que não posso esconder-lhe o motivo; antes, quis estar certo de que não sofreria as consequências do caso infeliz que vivera. Quando pedi sua compreensão, quando cheguei à ousadia de crer que tinha algum direito a ela, temi dar a impressão de que estava de algum modo querendo comprá-la com a concessão, de minha parte, do que a senhora me solicitara; mas, certo da pureza de meus motivos, tive, confesso, o orgulho de querer que não duvidasse deles. Espero que me perdoe esta susceptibilidade, talvez exagerada, em nome da veneração que me inspira e da importância que atribuo à sua estima.

O mesmo sentimento me faz pedir, como último favor, que se digne a informar-me se considera que cumpri todos os deveres que possam ter-me imposto as infelizes circunstâncias nas quais me encontrei. Uma vez tranquilo quanto a isso, já tomei a decisão de partir para Malta, onde farei com prazer, e manterei religiosamente votos que me afastarão de um mundo contra o qual, apesar de tão jovem, já tenho tanto do que queixar-me; enfim, sob um céu estranho, tratarei de apagar a memória de tantos e tantos horrores cuja lembrança poderia apenas entristecer e fazer definhar minha alma.

Com respeito, minha senhora, sou seu humilde etc.

Paris, 26 de dezembro de 17**.

CARTA 175
Da sra. de Volanges para a sra. de Rosemonde

O destino da sra. de Merteuil parece finalmente consumado, minha querida e digna amiga, e de tal modo que seus inimigos se dividem entre o opróbrio que mereceu e a piedade que inspira. Teria muitas razões para afirmar que talvez tivesse sido para ela uma grande felicidade poder morrer da varíola. Pois que, sobrevivendo à doença, ficou terrivelmente desfigurada, tendo até mesmo perdido um olho. A senhora bem pode imaginar que não a vi mais, mas disseram-me que ficou inacreditavelmente asquerosa.

O Marquês de..., que nunca perde a ocasião de dizer uma maldade, ontem, ao falar dela, afirmou que a varíola a tinha virado pelo avesso e que, agora, sua alma estava exposta em sua fisionomia. Infelizmente, todo mundo considerou que a imagem era perfeita.

Um outro acontecimento acaba de aumentar suas desgraças e seus males. O processo judicial de sua iniciativa foi encerrado anteontem, tendo sido o veredicto contrário a seus interesses por unanimidade. Custos, danos, juros, a restituição de todas as rendas passadas, tudo foi julgado em favor dos menores, de tal modo que o pouco de sua fortuna que não estava comprometido com esse processo foi consumido pelas despesas na verdade, excedido por elas.

Imediatamente após ter tomado conhecimento do resultado do processo, embora ainda doente, preparou tudo e foi embora sozinha, à noite, de diligência. Seus criados disseram hoje que nenhum deles quis acompanhá-la. Acham que tomou o caminho da Holanda.

Sua partida está causando escândalo ainda maior que o anterior, já que levou consigo os diamantes, de valor altíssimo, que deveriam fazer parte da herança de seu marido, adjudicada aos menores, assim como a prataria, as joias e, enfim, tudo o que pôde carregar; ademais, já se sabe que deixou para trás cerca de cinquenta mil libras de dívidas. Sua bancarrota foi total.

A família deve reunir-se amanhã para ver que medidas tomar junto aos credores. Se bem que parenta muito distante, ofereci-me para ajudar, mas não estarei presente nessa reunião, pois devo comparecer em uma cerimônia bem mais triste. Minha filha veste amanhã o hábito de postulante a noviça. Espero que não esqueça, minha querida amiga, que, para este grande sacrifício que faço, não tenho outro motivo para crer-me a ele obrigada, senão o silêncio que a senhora mantém sobre este assunto.

O senhor Danceny deixou Paris há quinze dias. Dizem que vai para Malta e que tenciona lá estabelecer-se. Haveria ainda tempo para detê-lo? Minha amiga! Então minha filha é culpada de tudo?... A senhora, sem dúvida, perdoará uma mãe por não admitir com facilidade essa terrível certeza.

Que fatalidade abateu-se sobre mim nesses últimos dias, atingindo as pessoas que mais amo! Minha filha e minha amiga!

Quem poderia deixar de tremer ao pensar nos males que pode causar uma ligação perigosa? E quantos males não poderiam ser evitados se meditássemos sobre esta verdade! Então, que mulher não fugiria às primeiras palavras de um sedutor? Que mãe poderia observar sem preocupação uma outra pessoa que não ela ocupar-se de sua filha? Mas essas considerações tardias só nos chegam depois que tudo aconteceu. Desse modo, uma das verdades mais importantes, e talvez uma das mais universalmente aceitas, permanece sufocada e sem utilidade pelo turbilhão de nossos costumes insensatos.

Adeus, minha querida e digna amiga. Neste momento, sinto que nossa razão, já tão insuficiente para prevenir nossa infelicidade, é ainda mais insuficiente para proporcionar-nos qualquer consolo diante dela.*

Paris, 14 de dezembro de 17**.

Não podemos, neste momento, apresentar ao leitor a continuação das aventuras da srta. de Volanges, nem colocá-lo a par dos sinistros acontecimentos que aumentaram os males ou consumaram a punição da sra. de Merteuil.

Talvez um dia permitam-nos terminar esta obra, mas não podemos assumir nenhum compromisso nesse sentido. E,

---

* Razões pessoais e considerações que nos obrigamos a respeitar levam-nos a parar por aqui. (N.A.)

quando isto nos for possível, pensamos que deveremos, antes, consultar o gosto do público, que não tem as mesmas razões que nós para interessar-se por este assunto.*

Nota do Editor

---

* Segundo consta, esta nota não foi escrita por Laclos, mas pela editora que publicou a primeira edição do livro, já prevendo seu sucesso e uma possível sequência (N.T.)

APÊNDICE I

Rascunho sem data e sem número, de carta inacabada da presidenta de Tourvel para Valmont. Seria a carta pedida pela marquesa (na carta 20), como prova escrita da primeira noite da beata com Valmont, para que Merteuil se entregasse a ele, por uma noite, como prêmio da conquista da virtuosa puritana; porém, a carta, que consta dos manuscritos originais, não foi publicada por Laclos. Sem a prova pedida, Valmont ficou sem o prêmio, o que, entre outros fatores, possibilitou o desenlace trágico do livro. A carta teria sido redigida por Tourvel logo depois da quinta-feira, dia 28 de outubro, quanto se entregou pela primeira vez a Valmot. Seria ela, então, a de número 126?

Meu querido marido, por que, desde quando me deixaste, sinto-me tão mal? Preciso tanto ter um instante de paz! Como é possível que esta agitação esteja se transformando em dor e apavorando-me? Serias capaz de acreditar, se te contasse, que foi preciso usar todas as minhas forças e forçar minha mente para poder escrever-te agora? No entanto, passo o dia dizendo-me que tu estás feliz; mas este pensamento, que é tão precioso para o meu coração e que tu mesmo tão corretamente descreveste como o efeito suave do amor que nos tranquiliza, ao contrário, transformou-se em tal efervescência, que me sinto sobrepujada por um excesso de felicidade; ao passo que, quando penosamente tento evitar esses pensamentos ditosos, imediatamente caio na mais cruel angústia, que solenemente te prometi evitar e que preciso, de fato, ter cuidado em combater, pois já prejudicaram tua própria felicidade. Não consideraste difícil, meu querido amigo, ensinar-me como viver longe de ti... Não, não era isto o que queria dizer realmente, o que sinto é que, quando tu estás longe, preferia absolutamente não viver ou, pelo menos, preferia esquecer o tipo de vida que levava antes de encontrar-te. Deixada sozinha, não consigo suportar nem minha felicidade, nem minha dor; sinto que preciso descansar, mas não consigo encontrar descanso. Tentei dormir, mas o sono parece estar muito distante; e não posso nem manter-me ocupada, nem ficar sem fazer nada. Estou sendo consumida pelo fogo ardente da paixão, ao mesmo tempo em que tremo com calafrios mortais. Sinto-me demasiado cansada para poder mover-me e, contudo, não posso parar quieta! Como dizê-lo com palavras? Sofreria menos caso estivesse ardendo de febre e, embora reconheça que minha dor venha inteiramente de minha incapacidade de controlar ou bem encaminhar uma multidão de sentimentos, ao mesmo tempo sinto que deveria estar feliz por ainda ser capaz de entregar-me, de corpo e alma, à magia desses mesmos sentimentos.

Quando tu me deixaste, estava menos atormentada; na verdade, fiquei um pouco agitada e cheia de remorsos, mas atribuí isto à minha impaciência com a presença das criadas, que entraram logo depois de tua saída. Elas sempre levam muito mais tempo para vestir-me do que me agrada e desta vez demorou mais, muito mais do que o normal. Acima de tudo, o que eu queria era estar sozinha; estava certa de que, com todas estas doces lembranças a meu dispor, quando estive só, usufruiria a única espécie de felicidade que poderia encontrar em tua ausência. Como eu seria capaz de prever que – embora, quando estavas aqui, tenha tido forças suficientes para suportar o vórtice dessa rápida sucessão de emoções cambiantes sem fraquejar – não poderia dominá-las agora que me vi só... Meus atos ilícitos voltaram imediatamente à minha mente... E agora, meu amado coração, tenho dúvidas se devo contar tudo para ti... Mas, na verdade, não sou tua, totalmente tua? Devo esconder-te meus pensamentos? Ah! Isto seria totalmente impossível! Só tenho a rogar que me perdoes essa fraqueza involuntária, que de nenhum modo veio de meu coração... Seguindo meus hábitos, pedi que minhas criadas se retirassem antes que me deitasse para dormir...

APÊNDICE II

Carta originalmente destinada por Laclos para ser a de número 155, mas substituída, na publicação do manuscrito, pela nota da carta 154, da sra. de Volanges para a sra. de Rosemonde. A não publicação da carta torna ainda mais obscuros pelo autor os verdadeiros sentimentos e intenções de Valmont em relação à presidenta de Tourvel. A carta de Valmont para a presidenta não consta dos manuscritos de Laclos, que nunca deve tê-la escrito.

DO VISCONDE DE VALMONT PARA A SENHORA DE VOLANGES

Estou totalmente consciente, senhora, de que não gosta de mim e, igualmente, de que sempre tentou colocar a sra. de Tourvel contra mim. Nem tenho eu nenhuma dúvida de que ainda guarda contra mim esses mesmos sentimentos, na verdade, com mais intensidade do que anteriormente. Chego mesmo a admitir que a senhora pode considerar bem-fundados esses seus sentimentos contra mim. No entanto, aproximo-me da senhora e não apenas não me impeço de pedir-lhe que entregue a sra. de Tourvel a carta que anexo para ela, como também rogo-lhe até que a persuada a lê-la e a encorajá-la a fazê-lo, assegurando-a de meu arrependimento, de minha dor e, acima de tudo, de meu amor. Sinto que este gesto meu pode parecer-lhe estranho; também estou surpreso eu mesmo; mas um homem desesperado não sabe raciocinar e utiliza qualquer meio a seu alcance. Seja como for, uma preocupação tão grande, tão cheia de significado, compartilhada por mim e pela senhora, torna qualquer consideração irrelevante. A sra. de Tourvel está morrendo e sente-se desafortunada; precisamos trazê-la de volta à vida, à saúde e à felicidade. Este deve ser nosso objetivo, e qualquer meio para assegurá-lo e apressá-lo é correto. Se a senhora se recusar fazer o que lhe estou sugerindo, a responsabilidade do desenlace recairá sobre seus ombros: sua morte, o remorso que isto vai despertar na senhora e meu eterno desespero serão todos obra sua. Sei que me prevaleci, prevaleci-me abominavelmente, de uma mulher que só merecia ser adorada; sei que a única causa de seus atuais sofrimentos são os erros escabrosos que cometi contra ela. Não estou tratando de esconder meus erros ou de escusá-los; contudo, caso a senhora tente impedir-me de corrigi-los, então tenha cuidado para não se transformar em minha cúmplice. Eu lhe apunhalei o coração; no entanto, sou a única pessoa que pode estancar o ferimento e apenas eu tenho o poder de curá-lo. E, se eu puder ser de alguma utilidade, que interessa se sou culpado? Salve sua amiga! A senhora precisa salvá-la! É do seu auxílio que ela precisa, não de sua vingança.

Paris, 4 de dezembro de 17**.

POSFÁCIO

Fernando Cacciatore de Garcia

A magia que eterniza uma obra como *Ligações perigosas* (1782), de Pierre-Ambroise-François Choderlos de Laclos (1741-1803), está em sua atualidade através dos tempos, em sua universalidade e em sua capacidade de postular com antecipação conceitos apenas muito mais tarde consagrados, nesse caso, as ideias de Freud. Por essas três qualidades, a obra tem grande interesse para a atualidade brasileira.

A primeira edição, de 1782, com dois mil exemplares, esgotou-se em apenas duas semanas; seguiu-se nova impressão e, naquele ano, houve quinze (!) edições piratas. "Nenhum romance dos tempos atuais", escreveu um contemporâneo, "teve sucesso tão estrondoso." Naquele tempo, o sucesso da obra foi considerado como "de escândalo", tanto chocaram as maldades e as motivações psicológicas mais que mesquinhas da Marquesa de Merteuil e do Visconde de Valmont em suas conquistas amorosas.

Assim, a primeira crítica contemporânea de *Ligações perigosas* disse ser a obra "um tecido de horrores e infâmias". Outro crítico considerou que "por pior que seja nossa opinião sobre a sociedade humana em geral e a parisiense em particular não será possível para uma jovem encontrar uma ligação mais perigosa do que a leitura de *Ligações perigosas*". Uma amiga de Laclos escreveu-lhe: "a fineza de espírito é hereditária em sua família; mas não posso elogiá-lo por ter empregado seu talento, sua imaginação e a elegância de sua pluma para possibilitar aos estrangeiros uma visão tão apavorante dos costumes de sua pátria e dos gostos de seus compatriotas". O livro foi traduzido para o alemão já em 1783 e para o inglês em 1784. Em Londres, a *Monthly Review* considerou a obra recém-traduzida como *diabólica*.

Um aspecto das qualidades de escritor de Laclos que escapou à crítica do momento foi a poderosa ironia com que retratou as motivações emocionais mais profundas de seus personagens ou os costumes e as instituições de seu tempo, como, por exemplo, a própria religião, a educação das mulheres, o casamento, a caridade e as relações familiares e corteses. Essa ironia demonstra que a sexualidade é o vetor principal do comportamento dos seres humanos, quando descreve, convincentemente, a luta entre a razão e a emoção e a própria condição humana, marcada por seu intrínseco sofrimento e infelicidade, sem consolo eficaz. Se essa ironia mostra um mundo tenebroso, sobretudo aos olhos dos seus contemporâneos, é também cheia de vida e encanto e, assim como mantém nosso interesse pelos "horrores" que vão acontecendo pouco a pouco até o abrupto e enigmático desenlace, tem também a capacidade de deixar tudo em aberto.

Logo ao iniciarmos a leitura, a *Advertência do Editor* (escrita, é claro, por Laclos) chama-nos a atenção para o fato de que a ação não poderia ter ocorrido no Século das Luzes, "este século de Filosofia", que tornou tão honrados homens e mulheres, nem na França, onde o autor (ele próprio!) teve a ousadia de retratar pessoas "com moral tão estranha à nossa". Nisso já se vê essa outra qualidade do autor, sua ambiguidade, que nos possibilita várias leituras, inclusive quanto ao próprio desfecho e às motivações finais das personagens. Essa capacidade de Laclos prever a reação dos indignados leitores de seu tempo quanto à impossibilidade de seres tão baixos serem seus contemporâneos ou compatriotas antecipou as linhas mestras de um debate que durou dezenas de anos. Por outro lado, por seu realismo, *Ligações perigosas* foi considerado um romance verídico de personagens reais, e as cartas que o compõem, como por eles escritas; foram publicadas listas com as *chaves* para que se soubesse quem era quem. Além disso, por décadas, conjecturou-se que as 175 cartas que estruturam a obra seriam eventualmente encontradas em algum castelo do campo francês. Quanto ao momento em que o enredo do livro se situaria, questão debatida há mais de dois séculos, bastaria considerarmos que a França conseguiu afirmar seu mando na Córsega em 1768, justamente quando isso nos narra o Conde de Gercourt, na carta 111, datada de 10 de outubro de 17** e situada em Bástia. Essas questões não teriam hoje maior interesse; contudo, comprovam o realismo da "elegante pluma" de Laclos, que levou a posteridade a ver na ficção a realidade.

Era isso o que desejava Laclos? Difícil perscrutar sua mente. Apesar da crítica contemporânea indignada, apesar de ter *Ligações perigosas* contribuído para que sua ascensão na carreira militar fosse prejudicada pela demonização que fizera da aristocracia francesa em seu livro, sabe-se que ele jamais o renegou; ao contrário, afirmou que a reação dos leitores provava ter ele conseguido levantar "a saudável indignação do público". Isso foi tudo o que ele disse, o que deixa aos críticos a difícil tarefa de desvendar os objetivos do autor.

Será que nos interessaria hoje considerar que Laclos escreveu seu livro para compensar sua revolta contra a aristocracia francesa, que o fazia marcar passo no cargo de capitão, por ser de nobreza recentíssima, de apenas uma geração? Não teria seu livro, em algum momento, transposto os estreitos limites de sua pessoa e possíveis motivações individuais para assumir um valor acima de suas idiossincrasias e seu tempo? Não deveríamos aceitar como suficiente o depoimento do próprio Laclos e aceitarmos que ele queria, sim, chocar a opinião pública com os sentimentos baixíssimos que podiam ser encontrados entre membros da aristocracia francesa e com o desprezo atroz que estes tinham pelos seres humanos para melhor dominá-los e possuí-los? Quem sabe? Para o autor, a indignação foi "saudável" porque o público tomou consciência dos níveis mais inferiores a que pode chegar a maldade e a falsidade humanas. Contudo, é interessante saber que *Ligações perigosas* se inclui em duas tradições literárias do século XVIII europeu: o romance epistolar e o romance libertino.

As cartas eram essenciais para a comunicação interpessoal naquele tempo, pois não havia outro meio mais cômodo para as pessoas trocarem informações entre si. O que faria um jovem apaixonado? Escreveria uma carta. *Clarissa*, de Samuel Richardson, de 1748, e *Júlia ou A nova Heloísa*, de Jean-Jacques Rousseau, de 1761, são também romances epistolares, ou seja, compostos por uma coletânea de cartas trocadas entre os personagens. A obra de Rousseau, muitíssimo popular em seu tempo, é várias vezes citada no romance de Laclos. *A nova Heloísa* também teria influído no estabelecimento do cerne de *Ligações perigosas,* qual seja, a questão do predomínio da razão sobre a emoção. No Século das Luzes, através da aplicação da racionalidade aos problemas sociais e morais, acreditava-se que a humanidade poderia seguir o caminho do progresso, no fim do qual estaria um mundo ideal, onde a ignorância, a pobreza, a superstição e a injustiça seriam vencidas. Assim como Rousseau, vinte e um anos antes, mas ainda em meio à total preferência pela racionalidade, Laclos prega a predominância do amor e da emoção; em momento crucial do livro, o autor nos faz ver que a felicidade não pode ser encontrada fora da afetividade (carta 155). Isso nos dá a certeza de que ele acreditava que o amor deveria estar acima de tudo e isso apesar de tal emoção só trazer-nos infortúnios e de não podermos encontrar consolo para eles, nem mesmo na razão. Por ser assim, *Ligações perigosas* seria obra pré-romântica.

Seja como for, o delírio inicial causado pela obra durou até pouco antes da morte do autor, ocorrida em 1803. Depois de tê-la escrito, Laclos passou a ser um coerente e corajoso agente das novas ideias e das reformas do Iluminismo, da Revolução Francesa e do período napoleônico. No entanto, com a queda de Napoleão, Laclos começou a ser visto como um manipulador maquiavélico, não apenas por ser autor de uma obra considerada um verdadeiro manual de falsidade, como também pela atuação que tivera em prol da mudança política e social.

Com a Restauração dos Bourbons, em 1815, seu túmulo foi violado: teria sido um dos causadores da Revolução Francesa e da violência que se seguiu. Em 1823, um tribunal de Paris proibiu o livro por "seu insulto à moral". Em 1865, *Ligações perigosas*, até então ainda considerado "de sistemática licenciosidade" e "da mais odiosa imoralidade", foi novamente proibido pelos magistrados parisienses. Logo antes, ou seja, entre 1856-1857, Baudelaire escrevera que "a Revolução (Francesa) foi feita pelos sensuais. Os livros libertinos, pois, analisam e explicam a Revolução". Mas esse texto deixou de ser publicado, e a obra continuou a ser desprezada pela crítica e pelo público.

Com a mudança do século, *Ligações perigosas* começa sua ascensão, até hoje ininterrupta. Antes de iniciar-se o século XX, é publicada a volumosa correspondência de Laclos: para a surpresa de muitos, sobressaiu sua veia caseira, seu gosto pela vida em família. Sua biografia foi publicada, assim como a opinião elogiosa sobre a obra de Laclos que Baudelaire havia registrado cerca de cinquenta anos antes e que contribuía, agora, para a sua redescoberta. O mundo mudara. As razões que levaram a Europa aos horrores da Primeira Guerra eram, com certeza, bem mais terríveis que os das personagens de *Ligações perigosas*. Ademais, a obra de Freud, que abrira a mente do mundo ocidental à percepção de que a psique humana era presa de motivações consideradas baixas, sobretudo as sexuais, levara também à constatação, agora comprovada, de que a irracionalidade é elemento inevitável no dia a dia da mente humana.

Esses dois aspectos, a sexualidade como base da ação humana e a irracionalidade por trás de nossa mente, estão claramente expostos em *Ligações perigosas*: talvez tenham sido a principal razão do sucesso "de escândalo" – quando da publicação do livro –, de sua proibição no século XIX moralista e do interesse que hoje desperta por sua modernidade. Merteuil e Valmont são retratos vivos de dois sentimentos humanos descritos e nomeados por Freud que chocaram as pessoas, no tempo deste, tanto quanto a obra de Laclos no seu: a onipotência e a autossuficiência; chocantes, porque nos recusamos a perceber em nós esses dois sentimentos desprezíveis. O "sucesso de escândalo" veio do fato de a mente europeia ter sido retratada através do horrível espelho da marquesa e do visconde – imagem dolorosa, chocante, que não podemos aceitar facilmente.

A onipotência da marquesa foi conscientemente construída, quando era ainda bem jovem, após ter se dado conta de como eram os homens (carta 81). Valmont, por outro lado, é a própria encarnação da autossuficiência quando (sobretudo na carta 125) afirma que sua maneira de ver o mundo "me impede a humilhação de pensar que eu possa vir a depender dessa mesma escrava que eu sujeitei para meu uso". Valmont não podia sentir que estava amando, para não sentir que dependia dos outros, que não era, afinal, autossuficiente e onipotente. Teria Freud lido as *Gefährliche Liebschaften*? O fato é que as ideias coincidentes de Laclos e Freud chocaram fortemente seus contemporâneos, mas hoje são um dos principais motivos para a apreciação de *Ligações perigosas*. Terceiro elemento que faz prever Freud na obra de Laclos é o seu método analítico: nas cartas 58 e 125 se afirma que "para dissipar nossos medos, quase sempre basta que nos aprofundemos em suas causas".

Contudo, novos horrores na Europa (agora a Segunda Guerra Mundial) outra vez superaram os que, até então, nossa mente tinha sido capaz de engendrar: por mais malignos que fossem a marquesa e o visconde, estariam ainda bem abaixo da malignidade dos que tramaram as atrocidades contra o ser humano impetradas naquele longo e terrível episódio. A esperança que se tinha no mundo ocidental desde o Renascimento quanto à possibilidade de a moral, a religião, a razão ou a ciência tornarem o ser humano melhor foi profundamente abalada. As pessoas mais pareciam ser então como o visconde e a marquesa, capazes de horríveis agressões aos valores consagrados, sem pestanejar ou temer os eternos castigos do inferno. A partir de 1945, *Ligações perigosas* inicia seu caminho para a consagração definitiva.

Os aspectos revolucionários do livro de Laclos quanto à imagem que o ser humano tinha de si mesmo estão ligados à segunda corrente literária do século XVIII, na qual o livro se insere: a dos romances libertinos. Don Juan, o libertino da ópera de Mozart, de 1787, morre para não renegar seu livre-pensamento. Segundo alguns críticos, o herói mozartiano estaria representado duplamente em *Ligações perigosas:* na marquesa e no visconde. A atitude da marquesa quanto ao sagrado e a manipulação que o visconde faz da crença, de crentes e de sacerdotes são absolutamente destituídas de qualquer respeito; ao contrário, caracterizam-se por um insidioso desprezo à religião.

Os romances libertinos foram utilizados no século XVIII como instrumento de mudança social e política, através do potente atrativo para o público amplo que é o sexo e a sexualidade. Com eles, passou-se a censurar e expor os costumes devassos dos aristocratas franceses, direta ou indiretamente: estes não mereciam o poder que tinham, as imensas rendas que auferiam e o respeito que exigiam. Havia muito tinham perdido os valores de valentia e honradez que, nos tempos remotos, consagraram a casta dos nobres. Agora, estavam conspurcados pelos sentimentos mais ávidos e baixos do ser humano, dominados pela sexualidade e pela dissimulação. Laclos mostrou a verdadeira face da aristocracia francesa ao retratar a marquesa e o visconde de maneira crua, impiedosa, exteriorizando, assim, os horripilantes sentimentos que reinavam nos corações desses dois "nobres". A paulatina aceitação das ideias de Freud, como o conceito de *id*, irracional e voraz, e os horrores das duas Guerras Mundiais fizeram com que a precursora obra de Laclos fosse agora admirada por sua profundidade e por ter antecipado, em muito tempo, ideias e conceitos do agora muito reverenciado Dr. Freud. A partir da Segunda Guerra, a obra de Laclos deixa de ser chocante e passa a ser um espelho no qual podemos mirar, sem horror, as forças irracionais que comandam o homem e as nações. Por isso, hoje podemos dar-nos conta do grande valor de *Ligações perigosas* e apreciar esse romance eletrizante e bem--construído, que prende a atenção do leitor até a última frase; não por seus escandalosos horrores, como antigamente, mas pelo prazer de vermos os recônditos de nossa intimidade psicológica retratados de forma estética, literária, em nível muito elevado. Pelo inverso, ou seja, pela falta de amor que perpassa toda a obra, podemos agora entender a principal mensagem desse antigo "romance escandaloso": a vida só vale pelo afeto, pelo amor, cuja falta leva às desgraças mais atrozes. E nisso podemos encontrar mais uma antecipação das ideias de Freud, isto é, que a afetividade deve ser vivida sem medos e culpa, objetivo principal da obra e métodos do psicanalista de Viena. Em suma, não mais nos ofendemos; ao contrário, hoje em dia nos identificamos com *Ligações perigosas*.

O libertino Laclos seria finalmente consagrado cerca de 170 anos após a publicação de sua obra, quando passou a ser considerado um "clássico" de leitura obrigatória nas universidades francesas. As contínuas adaptações de *Ligações perigosas* – como ópera por Claude Prey (1974 e 1980), como peça para a televisão por Charles Brabant (1982 e 1985), e para o teatro por Heiner Müller (1985) e Christopher Hampton (1988), e como filme por Stephen Frears (1988, baseado na peça de Hampton) e Milos Forman (1989), e outras mais – comprovam a vitalidade e o apreço dessa obra nas últimas décadas.

Quanto ao que ela poderia dizer ao Brasil de hoje, queremos crer que seja a revelação que Laclos fez ao público dos esquemas mentais do poder, do poder sobre os outros, do poder que vem de reificarmos as pessoas, de tirarmos delas sua humanidade, para melhor dominá-las. A passagem que melhor expressa essa postura é quando a marquesa (carta 106) compara Cécile a uma máquina que deve ser usada e jogada fora. Daí a obra ter tido papel importante no arrebatar da Revolução

Francesa, porque exteriorizou o vazio sem sentido da classe dominante daquele tempo, a qual, devido aos seus sentimentos corrompidos, não tinha mais direito ao poder e às suas rendas. A reificação dos camponeses, dos operários, da classe média, dos burgueses está mais do que clara em *Ligações perigosas*.

Quanto a nós e a todas as ex-colônias, europeias ou não, a reificação foi utilizada pelas metrópoles para melhor dominar. Quando o outro não passa de uma coisa, sem humanidade ou identidade, o dominador exime-se de toda culpa e, ainda mais, justifica seus atos. Por isso, podemos ver esse método de domínio sobre as pessoas, constante em *Ligações perigosas*, como extensivo aos países. A imagem de outras nações como fonte exclusiva de riquezas ou lucros é essencial para que essa fonte seja explorada ao máximo, com o mínimo de retorno ou nenhum. Além disso, a reificação está presente em toda relação dominador-dominado – dos ricos para com os pobres, do homem para com a mulher, dos brancos para com os negros, do patrão para com os empregados etc. A anulação da identidade do explorado através de sua reificação seria, talvez, a chave-mestra do sucesso dos poderosos.

Por isso, para pregar a necessidade do amor, Laclos teria desvendado as origens de sua ausência? A única verdade sobre esse potente e imorredouro livro é que contribuiu, em muito, para a derrocada da aristocracia francesa e o início de uma nova era política e social em grande parte do mundo ocidental.

E em nossos dias? Seria possível traçar um paralelo com o que ocorre entre nós? Vem-nos à mente o comentário de um certo analista político brasileiro sobre como, hoje em dia, nossa classe política torna-se cada vez mais desnecessária. Tão desnecessária quanto a aristocracia francesa do tempo de Laclos que vivia das rendas de um povo espoliado. Será que uma outra obra com as características de *Ligações perigosas*, escrita hoje entre nós, poderia ser o estopim para que uma renovação intensa fizesse com que a classe política novamente assumisse um papel relevante – e que, com isso, se justificassem as rendas que de nós recebem? Será? O que vemos é a renitência da corrupção, associada ao contínuo aumento unilateral das rendas da classe política, sem o correspondente serviço à comunidade que as paga. Com certeza, somos reificados por nossos políticos para sermos mais bem explorados.

CRONOLOGIA

1741 – 18 de outubro, nasce em Amiens, capital da Picardia, no norte de Paris, onde seu pai atuava como funcionário bem situado. Sua família fora enobrecida, sem título, em 1725.

1759 – Com 18 anos, torna-se cadete da Escola de Artilharia de La Fère, no nordeste da França.

1762-63 – A pedido, é recrutado pela Brigada Colonial Francesa, mas a paz de 1763 faz com que não parta para a luta. Transferido para Toule, na França Oriental.

1765 – Transferido para Strasburg. Com 24 anos, começa a escrever versos e torna-se maçom para o resto da vida.

1769 – Transferido para Grenoble, no Sudeste da França, importante capital provincial, com sociedade tida como elegante e cultivada.

1771 – Com 30 anos é comissionado capitão.

1775 – Mencionado pela Loja Maçônica Militar do seu regimento de Toule.

1777 – Promovido a capitão com 36 anos de idade. Recebe apoio para montar uma Escola de Artilharia, em Valence, no vale do Ródano, onde Napoleão seria um dos primeiros alunos. Escreve o libreto da ópera cômica *Ernestine,* baseado em romance homônimo da sra. de Riccoboni, amiga de sua família, que teve apenas uma apresentação.

1778 – Transferido para Besançon, no Leste da França, onde, com 37 anos de idade, começa a escrever *Ligações perigosas*.

1779 – Recebe o encargo de fortificar a ilha de Aix, perto do porto e base naval de La Rochelle, no Canal da Mancha. Deixa de escrever de maio até junho do ano seguinte.

1780-82 – Várias licenças em Paris, quando continua a trabalhar em *Ligações perigosas*.

1782 – Início de abril: *Ligações perigosas* é publicado numa edição de dois mil exemplares, que se esgotam em duas semanas. Recebe 1.200 libras. Uma segunda edição aparece quase imediatamente. O escândalo causado pelo livro leva à sua transferência para Brest, na Bretanha, na costa atlântica da França; pouco depois, recebe permissão para retornar a La Rochelle, a fim de continuar a fortificação da ilha de Aix. Começa um caso com Marie-Soulange

Duperré (nascida em 1759), filha de um oficial graduado da pequena nobreza, morto em 1775.

1783 – Começa, mas deixa de seguir adiante, seu primeiro ensaio sobre a educação das mulheres, seguido por outro, sobre o mesmo tema, também incompleto.

1784 – Publica crítica, na revista *Mercure de France,* sobre a tradução para o francês do livro *Cecília ou Memórias de uma grande herdeira*, escrito por Fanny Burney, em 1872. Nascimento de seu primeiro filho, Etienne, com Marie-Soulange.

1785 – Eleito membro da Academia de La Rochelle.

1786 – Publica carta, dirigida à Academia Francesa, questionando a competência do Marechal de Vauban (1633-1707), tido como a maior e, até então, incontestada autoridade francesa na construção de fortificações. Mais uma vez, sem as simpatias de seus superiores, é transferido para Metz e depois para La Fère. 3 de maio: casa-se com Marie-Soulange.

1787 – Feito cavaleiro da Ordem de São Luiz, um título honorífico concedido por antiguidade.

1788 – Seu desapontamento com a maneira como é tratado pelas autoridades militares aumenta quando não consegue obter o posto de Agregado Militar junto à Embaixada da França na Turquia. Pede baixa definitiva do Exército Francês e instala-se em Paris, onde passa a fazer parte dos assessores do duque de Orleans, primo de Luís XVI. A presença do duque em Paris, onde os reformistas o queriam no lugar do rei, tornou-o centro de intrigas políticas e de agitação revolucionária, nas quais Laclos se viu profundamente envolvido. Frequenta um ou dois salões parisienses.

1789 – Frequenta vários clubes revolucionários, mas vê-se obrigado a fugir apressadamente para Londres, com o duque, sob a suspeita de envolvimento da organização de arruaças contra o rei, em Versalhes. Orleans, que conspirava para assumir o lugar de seu primo e assumir o poder como regente, adota o nome de Felipe *Égalité.*

1790 – Ao retornar a Paris, em julho, ingressa no Clube Jacobino, naquele momento grupo moderado, cujo título original era Sociedade de Amigos da Constituição. Como secretário dos jacobinos, abandona seu titulo de nobreza e passa a ser o Cidadão Choderlos. Propõe que Felipe *Égalité* seja feito regente, mas logo depois, como os jacobinos tornam-se cada vez mais violentos antimonarquistas, renuncia a suas funções de secretário no Clube Jacobino e deixa de frequentá-lo.

1792 – Mandado pelo Ministro da Guerra para o Quartel-General do Exército Francês em Châlons-sur-Marnes a fim de auxiliar na organização do exército contra as forças invasoras austro-prussas. Deixa o posto antes da Batalha de Valmy, que faz o inimigo retroceder; readmitido no Exército Francês, como General de Brigada da Infantaria, com a função de Chefe do Estado Maior do Exército nos Pirineus, mas é logo chamado a Paris. Nomeado Governador-Geral de colônia francesa nas vizinhanças do Cabo da Boa Esperança, também essa nomeação é cancelada quase imediatamente.

1793 – Detido com outros partidários de Felipe *Égalité*; encarcerado, liberado, novamente preso e posto em liberdade. Durante algumas semanas, faz experiências com a bola de canhão oca, que viria a substituir a sólida. 5 de novembro: detido e encarcerado. 7 de novembro: Felipe *Égalité* é executado. Esperando o mesmo destino, Laclos manda um anel de seus cabelos para sua mulher, como lembrança, e consola-se lendo Sêneca.

1794 – 5 de abril: Danton, protetor de Laclos, é executado. 1º de dezembro: Laclos é liberado. Passa a viver em Paris.

1795 – Nomeado Secretário-Geral das Hipotecas, função que exerce até 9 de novembro (18 de Brumário) de 1799, quando Napoleão toma o poder, como Primeiro Cônsul, num golpe do qual Laclos participa ativa e decididamente.

1799 – Pede para ser comissionado General de Brigada da Artilharia.

1800 – Pedido aprovado. Transferido para o Exército Francês do Reno, como segundo no comando da reserva da artilharia. Presente nas batalhas de Biberach e Memmingen. Transferido para Grenoble, como segundo no comando do Serviço de Minas do Exército Francês. Transferido para a Itália. 15 de dezembro: comandante da reserva da artilharia do Exército Francês na Itália.

1801 – Paz entre França e Áustria assinada na Itália. Volta a Paris.

1802 – Nomeado Inspetor-Geral da Artilharia Francesa. Transferido, como Comandante da Artilharia, para Santo Domingo (Haiti), ato tornado sem efeito poucos dias depois.

1803 – Nomeado Comandante da Artilharia do Exército Francês de Observação no Estado de Nápoles, a função de maior importância que até então assumira, com 62 anos de idade. 14 de julho: chega a Taranto, Sul da Itália. 5 de setembro: morre de disenteria, malária e exaustão. Logo antes, carta a Napoleão, atendida, pedindo que amparasse sua mulher e seus filhos, o que o então Cônsul Perpétuo fez, até que ficassem adultos, cada um com sua profissão.

IMPRESSÃO:

Pallotti
GRÁFICA EDITORA
IMAGEM DE QUALIDADE

Santa Maria - RS - Fone/Fax: (55) 3220.4500
www.pallotti.com.br